für Benjamin

möge er nie unter gesellschaftlichen Bedingungen leben müssen, in denen das Eintreten für Gerechtigkeit und Menschlichkeit den Einsatz des Lebens erfordert

Da fragte ich mich: Was für eine Kälte
Muß über die Leute gekommen sein!
Wer schlägt da so auf sie ein
Daß sie jetzt so durch und durch erkaltet?
So helfet ihnen doch! Und tut es in Bälde!
Sonst passiert euch etwas, was ihr nicht für möglich haltet!

Bertolt Brecht, O Falladah, die du hangest!

I

»Wär doch gelacht, wenn ich nicht zum Schuß käme.« Der Apotheker Lösch sagt es – mehr zu sich selbst als zu seinem Nebenmann. Den Blick hat er nach vorne gerichtet, läßt ihn über die weite Schneefläche mit den verwehten Mugeln schweifen, zu den vereinzelten Weiden und Baumgruppen. Er kneift die Augen ein wenig zusammen, um besser sehen zu können. Eine Spur etwa oder gar eine Bewegung. Doch da ist nichts als die weit auseinander gezogene Kette von Männern, die sich, schwer durch den Schnee stapfend, vorwärtsbewegt.

»Na dann Weidmannsheil, Herr Apotheker. So sagt man doch zünftig in ihren Kreisen. Wird schon werden.« Der Nebenmann hat Löschs zwischen zwei Schritten hervorgestoßenen Wunsch offenbar gehört, was diesen doch irritiert. Nicht so sehr, daß jener ihn gehört hat, sondern wie er das aufgenommen hat. Vor allem dessen Betonung des ›zünftig‹ stört ihn. Und die Anzüglichkeit, was seine Kreise betrifft. Diesem ungebildeten Bauernlackel kommt es wahrlich nicht zu, sich ihm gegenüber einen solchen Ton herauszunehmen, denkt er.

Es ist, als ob die Unverschämtheit, die er hier wittert, Lösch erst so recht deutlich zu Bewußtsein bringt, wie unangenehm kalt es ist. Mit den klammen Fingern der linken Hand versucht er, sich den Schal zu richten, stopft ihn, so gut es eben geht, in den Ausschnitt seines Lodenjankers und zieht dessen Kragen enger um den Hals. Vielleicht wäre es besser gewesen, die warmen, pelzgefütterten Fäustlinge anzuziehen, statt der dünnen Wollhandschuhe, kommt es Lösch in den Sinn. Doch die Fäustlinge muß man erst ausziehen, will man zum Schuß kommen; ist damit gegenüber den anderen im Hintertreffen. – Na ja, nicht nur Schönheit muß leiden. Mit dem gequälten Versuch eines Grinsens steckt er die linke Hand fest in die Jackentasche, ohne große Hoffnung, sie darin wärmen zu können.

Wozu muß er überhaupt leiden, setzt der Apotheker seinen Gedankengang fort. Eine Frage, die er sich nicht zum ersten Mal an diesem Vormittag stellt. Schließlich fällt diese Jagdveranstaltung wirklich nicht in seinen Bereich, auch wenn er Ortsjägermeister ist. Aber man hat eben Verantwortungsgefühl. Das würde er jedem antworten, wenn man ihn fragte; so beläßt er es für sich selbst auch bei dieser Antwort. Und er fügt hinzu: In solchen Zeiten darf man nicht abseits stehen. Vor allem, wenn jene, die zu allererst, oder eigentlich einzig und allein dafür verantwortlich sind, offenbar nicht fähig sind, das allein zu schaffen. Dabei schaut Lösch indigniert zu seinem Nebenmann; als müßte jener die Gedanken hinter seinem Blick verstehen können.

Wie der daherkommt. Ein wahrhaftiges Ärgernis, findet Lösch, den Nebenmann von oben bis unten musternd. Zur schwarzen Uniform trägt er ausgelatschte Bauernstiefel. Zweifellos sind sie wärmer als die engen Schaftstiefel. Aber wenn man schon zur Elite der Nation gezählt werden will, dann darf man sich nicht so gehen lassen. Und dazu noch der alte Soldatenmantel. Den hat wohl sein Vater schon im ersten Weltkrieg getragen; und später bestimmt auch zur Arbeit auf dem Feld. Danach schaut er jedenfalls aus. Kein Stück, das über die schwarze Uniform paßt. Aber die darf heute eben auch schon so ein Bauernlümmel tragen, ohne sich darüber Gedanken machen zu müssen, was er damit darzustellen hat. Allerdings, die Unverschämtheit, zu der das Tragen dieser Uniform zu berechtigen scheint, die hat auch solcher Nachwuchs nur allzu schnell verinnerlicht. Nun ja, auf Grund dieser Uniform darf er schließlich auch hier das Kommando führen. Und dabei wären andere wahrlich berufener dazu.

Je öfter Lösch zu seinem Nebenmann hinüberblickt, desto mehr findet er an ihm auszusetzen. Oder auch: Je mehr er an ihm auszusetzen findet, desto öfter schaut er zu ihm hinüber. Gewissermaßen, um sich in seiner Ansicht bestätigt zu finden. – Das mag wohl auch daran liegen, daß sich vor ihnen überhaupt nichts tut. Blank, vom Wind geglättet, zieht sich die Schneedecke unversehrt bis zur Senke. Keine Spur, keine Bewegung, die auf eine erfolgreiche Jagd hindeuten würde.

Das gibt diesem Lackel jedoch noch lange nicht das Recht, sein Gewehr wie einen Prügel zu tragen, ärgert sich der Apotheker. Wenn man ihn so sieht, denkt man eher an einen Treiber und nicht an einen Jäger. Das ist allerdings auch kein Wunder, paßt es doch viel besser zu ihm. – Dennoch, es ist eine Frechheit, wie der daherkommt. Hat keinen Drill, der Bursch. Und so einer sollte berufen sein, die Nation zu schützen, wo sich der Feind nun gar schon im Hinterland breit macht?

So kann es Lösch schließlich nicht lassen, zu seinem Nebenmann hinüberzuschnauzen: »Sie! Wie tragen Sie denn ihr Gewehr. Das ist kein Stock, mit dem man an die Bäume schlägt, um das Wild aufzuscheuchen. Man bindet auch sein Binkerl nicht dran.« Und dann setzt er noch einen Gedanken nach: »An der Front könnten sie auch nicht so daherkommen. Wenn ihnen ein Schuß losgeht, treffen sie zum Schluß noch ihre eigenen Leut.« – Die kleine Bosheit mit der Front konnte er sich doch nicht entgehen lassen. Andere stehen im Feld, während der sich's mit Hilfe seines Vaters gerichtet hat.

Wird sich gleich zeigen, ob er die Bemerkung frißt. – Der Apotheker wartet auf eine Reaktion. So recht zufrieden ist er allerdings auch nicht mit sich. Es bringt nichts, wenn man sich mit einem von denen anlegt, denkt er. Unter Umständen kann so etwas sogar ins Auge gehen. Die haben allemal den besseren Draht zur Führung. Deswegen sagt Lösch, als sein Nebenmann herüberschaut, sogleich in einem Ton, der versöhnlich klingen soll: »Schaun'S doch her, wie ich das Gewehr trag. Weidmännisch halt. Locker über den Arm gelegt. Mündung nach vorne. Nach unten halten; dann kann nichts passieren! Nicht verkrampfen, sonst schläft der Arm ein und dann bringt man das Gewehr nicht schnell genug hoch, wenn es so weit ist.«

Als ob er hier und ausgerechnet bei dieser Eiseskälte im Schnee dahinstapfte, um diesem Bauernlümmel weidgerechtes Benehmen beizubringen. Andererseits kann es auch nicht schaden. Schließlich muß man sich ja um das eigene Leben ängstigen, wenn der irgendwann loszuballern beginnt. Da aber sein Nebenmann keine Anstalten macht, den Karabiner anders zu tragen, fügt Lösch nach einigen Augenblicken noch hinzu: »Und wenn etwas vor's Korn kommt, dann muß man auf den Kopf zielen oder aufs Blatt.«

»Ist ganz egal, wo es so einen erwischt, Herr Apotheker«, sagt jetzt sein Nebenmann. »Hin müssen sie sein, das ist der Auftrag. Ob erschossen oder erschlagen, das interessiert niemand. Ein Schuß in die Haxen tut's also auch.«

Immerhin, er reagiert noch, sagt sich Lösch. Doch was jener da von sich gegeben hat, treibt ihm erst recht die Galle hoch. Wie der das so hinsagt, und dabei auch noch grinst. »Ein Weidmann zielt nie auf die Läufe«, murrt er vor sich hin – aber so leise, daß es auch nicht im Ansatz für seinen Nebenmann bestimmt sein könnte. Mit diesem Bauernlümmel über Weidmännisches zu reden, ist ohnehin sinnlos. – Als Buben haben die allesamt im Revier Schlingen gelegt. Drahtschlingen! Einmal, nur ein einziges Mal hätte er einen von denen auf frischer Tat ertappen mögen. Dem hätte er dann schon gezeigt, daß man mit Tieren so nicht umgeht. Das Jagen darf schließlich keine Quälerei sein. Ein rechter Schuß, aufs Blatt wenn möglich, darauf kommt es an. Das ist die oberste Maxime, die für jeden in seinem Revier zu gelten hat. Sonst macht man sich ihn zum Feind.

Die schlingenlegenden Bauernbuben gehen dem Apotheker jetzt nicht mehr aus dem Kopf: Vom alten Märzendorfer erzählt man sich, daß er einmal so einen Verbrecher in flagranti erwischt und mit der eigenen Schlinge an einem Baum aufgehängt hat. Das war während der Systemzeit, als Lösch noch nicht am Ort gewesen ist. Ein rechter Skandal muß das gewesen sein, den er gern miterlebt hätte, denkt er. Der Märzendorfer hat den Buben ohnehin gleich wieder heruntergenommen, aber der war ab dem Zeitpunkt blöd. – Zumindest blöder als zuvor, feixt der Apotheker in sich hinein.

Der Märzendorfer war dann wohl auch für kurze Zeit eingesperrt, doch hat man ihn schon bald wieder freigelassen. Der Pfarrer muß die Sache damals ganz richtig angepackt haben. Die

Tiere wären schließlich ebenso Kreaturen Gottes wie die Menschen, muß er von der Kanzel gesagt haben. Und so sei es für jeden aufrechten Menschen Pflicht, das Tier, das sich selbst nicht wehren könne, zu schützen. Das hat jeder richtig verstanden, und so wurde der Märzendorfer schließlich herausgehauen. Immerhin mußte ja einmal ein Exempel statuiert werden, wie man so sagt. Es heißt, man hätte dem Märzendorfer bei der Entlassung aus dem Gefängnis lediglich nahegelegt, im Ort keine große Siegesfeier abzuhalten. – Nach dem Umbruch hat man den verblödeten Lümmel ohnehin abgeholt, womit auch das corpus delicti beseitigt war, das doch immer noch zwischen den Jägern und den Bauern stand.

Die Bauernbrut hat aber trotz der ganzen Geschichte nicht aufgehört, ihre Schlingen auszulegen. Lösch hat ja selbst schon welche gefunden, allerdings nie jemanden auf frischer Tat ertappt. Obwohl er natürlich die Verdächtigen kennt. Doch die sind mittlerweile vorsichtiger geworden. Vor dem Umbruch mag man beim Wildern noch ein Auge zugedrückt haben, doch jetzt ist es damit vorbei. Heute gelten andere Gesetze, und da wandert so einer sofort ins Lager. Aufknüpfen an der eigenen Schlinge – wie es der Märzendorfer praktiziert hat –, das wäre allerdings immer noch die entsprechendere Lösung, findet Lösch. Und gar nicht wieder herunternehmen. Da muß man dann schon hart bleiben. Sonst nimmt das nie ein Ende.

Was einem an so einem Tag nicht alles durch den Kopf geht. Der Apotheker, der zuletzt ein bißchen zurückgeblieben ist, schreitet nun wieder fester aus, horcht auf das Knirschen des Schnees unter seiner Schuhsohlen, um dann doch noch den Gedanken zu beenden: Nur weil einer das Kommando führt, der letztlich auch nur so ein Schlingenleger ist. So einer, der nicht einmal weiß, wie man das Gewehr zu halten hat. Und gar noch störrisch wird, wo man es doch gut mit ihm meint.

Der Apotheker betrachtet es als persönlichen Affront, daß sein Nebenmann den Karabiner noch immer wie einen Prügel über der Schulter trägt. So beschließt er, von nun an nicht mehr zu ihm hinüberzuschauen. Er wird schon sehen, wo er bleibt, wenn's zum Schießen kommt. Und einzig und allein dazu sind sie schließlich hier. Sonst bräuchten sie sich ja nicht die Füße abzufrieren bei dieser Saukälte. Und die Finger noch dazu.

Wenn er jetzt anfangen wollte aufzuzählen, was ihm mittlerweile vor lauter Kälte alles schon weh tut, käme er nicht so schnell zu einem Ende, denkt Lösch. Wäre doch gelacht, wenn sich das alles nicht auszahlte. So läßt er abermals den Blick von links nach rechts über die vom Wind glattgefegte Schneefläche wandern, die sich auf der einen Seite sanft geneigt zum Steinbach und dem Lenseder-Teich hinunterzieht und auf der anderen Seite zum Meisel-Wald aufsteigt, hinter dem der Hof vom Meiselbauern liegt. Ein rechtes Versteck gibt es bis zum Bach hinunter kaum mehr. Da ist lediglich noch der Slawenbühel mit dem Granitblock, den sie im Volksmund Opferstein nennen, der aber ganz offen daliegt, und schließlich die zwei kleinen Birkenhaine. Die haben sich übrigens in den vergangenen Jahren ganz schön herauswachsen können, seit sie nicht mehr für die Fronleichnamsprozessionen geplündert werden dürfen, geht es Lösch bei deren Anblick durch den Kopf, und er verzieht das Gesicht zu einem Schmunzeln, soweit dies die Kälte überhaupt erlaubt.

Doch selbst wenn sich einer beim Opferstein oder in den Birkenhainen versteckt halten sollte, würde ihn das kaum zum Schuß bringen, liegen doch weder der Bühel noch die Baumgruppen in der Richtung, die ihm innerhalb der Schützenkette vorgegeben ist. Lösch schaut nach links die Kette entlang, wer wohl auf jene möglichen Verstecke treffen wird. Er erkennt die drei Bauern aus der Dürnau, die ihm schon beim allgemeinen Sammeln auf dem Hauptplatz unangenehm aufgefallen sind, weil sie – nicht gerade leise – ihre Unlust zur Suchaktion bekundet hatten. Und er fragt sich, ob die auch gewissenhaft suchen werden. Und wenn sie auf jemanden stoßen? Da müßte einer schon vorzeitig aus seinem Versteck flüchten, damit er ausgerechnet ihm vor den Lauf käme.

Er läßt den Blick nun noch weiter nach links und wieder zurück schweifen, bis zu den Enden der Schützenkette. Dreißig Mann umfaßt der Trupp. Die meisten sind vom hiesigen Volkssturm, einige sind von auswärts. Die Auswärtigen hat man aus der Hauptschule geholt, wo gerade ein mehrtägiger Kurs für den Volkssturm der ganzen Umgebung stattfindet. In der Früh hat man die Kursteilnehmer herausgetrommelt und gleich hier zum Einsatz gebracht, den hiesigen Gruppen zugeteilt. Hätte nichts gebracht, sie zu ihren Volkssturm-Einheiten nach Haus zu schicken, die ihrerseits gewiß auch im Einsatz sind. Wäre nur Zeitverlust gewesen. – So haben sie wenigstens eine richtige Übung dabei. Können sie zeigen, was sie gelernt haben, denkt Lösch.

Eine besondere Truppe ist es ja nicht gerade, in die er sich da hineinverirrt hat. Ein paar gehören wirklich schon zum allerletzten Aufgebot. Die Hiesigen kennt er im Grund alle, schließlich sind sie seine Kunden. Da weiß man auch um ihre Wehwehchen. Einige werden bestimmt heute wieder akut werden, geht es dem Apotheker durch den Kopf, und die ganze Schützenkette nochmals musternd, überschlägt er schon einmal, wer von denen wohl morgen seine Frau zu ihm in die Apotheke schicken wird. Allerdings muß er selbst auch darauf achten, daß er sich keine Verkühlung zuzieht. Einmal mehr versucht er, den Schal noch fester in die Jacke zu stopfen. Aber mit der linken Hand allein geht das schwer. Am einfachsten wär es ja, das Gewehr über die Schulter zu hängen, dann könnte er sich auch die Hände reiben, damit er wieder etwas Wärme in sie bringt. Wenn er so schaut, ist er ohnehin schon einer der letzten, die ihr Gewehr schußgerecht halten. Nur die beiden HJ-Buben am rechten Rand leisten ihm da noch Gesellschaft. – Doch Lösch sieht faktisch schon den spöttischen Blick seines Nebenmanns, wenn er sich nun selbst das Gewehr umhängen wollte, hat dessen höhnische Bemerkung schon im Ohr, der er sich nun wirklich nicht aussetzen will. Diesem Flegel wird er bestimmt keinen Anlaß bieten, sich über ihn lustig zu machen.

Sein Pech, daß er ausgerechnet in diesem Trupp gelandet ist. Noch dazu in einer Gegend, in der sich ganz offenbar nichts abspielt. Aber selbst daran ist nur sein Nebenmann schuld. Die anderen haben sich die guten Strecken ausgesucht, der Bürgermeister, der Ortsgruppenleiter und all jene. Aber der Lackel war blöd genug, daß er sich mit seinem Trupp hat hierherschicken lassen. Fast sehnsüchtig blickt Lösch zum Meisel-Wald hinüber. Dort wäre möglicherweise mehr zu holen – aber das ist schon nicht mehr ihr Revier.

Die Kapazunder haben sich's natürlich gerichtet. Die wissen ja auch von vornherein, wo es etwas zu holen gibt. Und da nehmen sie wiederum nur ihre Freunderl mit. Und solche, die sich an sie heranschmeißen. Kein Wunder, daß deren Trupps schon voll waren, als er sich in der Früh vor dem Gemeindeamt zum Einsatz gemeldet hat. Freiwillig wohlgemerkt, hatte er doch überhaupt nur durch Zufall von all dem erfahren. Aber das hat auch niemand zu würdigen gewußt.

Nun ja, daß etwas los war, hatte er schon in der Nacht mitgekriegt, war er doch von dem Lärm, den ein SS-Trupp auf der Straße machte, aufgewacht. Zwei Uhr muß es da gewesen sein. Aber er hatte sich weiter keine Gedanken darüber gemacht. Erstens kam so etwas öfter vor, und zweitens ist es ohnehin besser, sich nicht um alles zu kümmern. Dann hat man auch nichts damit zu tun. Man erfährt immer noch rechtzeitig genug, worum es gegangen ist, denkt Lösch.

Diesmal hätte er's natürlich ein bißchen früher wissen sollen. Dann wäre er sicher zu einem besseren Trupp gekommen. So aber hatte er bis zur Früh weitergeschlafen, sich dann in aller Ruhe für die Arbeit in der Apotheke angezogen und gefrühstückt. Wie es aber der Zufall wollte, schaute er gerade aus dem Fenster, als der Leitl und der Mitterer, als Volkssturm verkleidet, mit umgehängten Gewehren vorbeigingen, Richtung Sammelplatz. Erst durch sie erfuhr er, was in der Nacht passiert war und daß nun alle aufgerufen waren, sich an den Suchaktionen zu beteiligen. – Das mußte auch schon im Rundfunk durchgegeben worden sein, doch vor dem Frühstück schaltet Lösch schon aus Prinzip den Volksempfänger nicht ein.

Bis er dann selbst adjustiert war, hat das natürlich seine Zeit gedauert. Schließlich konnte er gerade heute die Apotheke nicht zugesperrt lassen, ausgerechnet am Lichtmeßtag. Bestimmt hätte sich gleich jemand das Maul zerrissen, daß er wegen dem kirchlichen Feiertag geschlossen habe. Und vielleicht hätte es dann gar noch geheißen, er habe bei der Streifung nur mitgemacht, um sich zu tarnen. Eine saukalte Tarnung. Da steht er schon lieber in seiner warmen Apotheke. Aber wenn man will, kann man alles so drehen, wie man's braucht, geht es dem Apotheker durch den Kopf. Und es hätte sich mit Sicherheit jemand gefunden, der erklärt, er habe es ohnehin schon immer gewußt, daß der Lösch ein heimlicher Katholischer sei. Einmal denunziert kommt man leicht in Verschiß. Da muß man aufpassen. Schließlich ist ihm der Feiertag vollkommen wurscht. Und auch der Streit um die kirchlichen Feiertage, der sich ja nun schon seit Jahren dahinzieht.

Bis er aber dann seiner Frau beigebracht hatte, daß sie die Apotheke offenhalten muß, aber unter keinen Umständen Medikamente verkaufen darf – man weiß ja nie –, was sie jedem, der in die Apotheke kommt, zu sagen habe, und bis er sich dann auch noch umgezogen hatte, waren am Hauptplatz die meisten Trupps eingeteilt und die ersten auch schon abmarschiert. Wohl oder übel mußte er sich da einem anschließen, der noch nicht vollzählig war. Er konnte ja nicht gut wieder heimgehen. Allerdings wäre ihm dort gar nicht in den Sinn gekommen, daß das alles so ablaufen könnte. Sonst hätte er doch vielleicht stantape kehrtgemacht.

Inzwischen sind die ersten aus der Schützenkette beim Bach angelangt. Am Opferstein und bei den beiden Birkenhainen hatte sich nichts ergeben. Weit und breit nichts. Nicht das geringste Anzeichen, daß hier jemand durchgekommen wäre oder sich hier aufhält. Als Lösch selbst den tiefverschneiten Weg erreicht, der sich neben dem Bach dahinzieht, bemüht er sich angestrengt, wenigstens den Anflug irgendeiner Spur zu finden. Doch selbst ein Waldläufer würde hier nichts erkennen können. Da war seit langem niemand mehr gegangen, geschweige denn in den letzten Stunden. Auch wenn die Fußstapfen schon stark verweht wären, so sähe man doch immer noch Vertiefungen im Schnee, vor allem hier, wo man so tief einsinkt.

Es ist schon eine trostlose Gegend, denkt Lösch, als ihm zu Bewußtsein kommt, daß er die ganze Strecke über, die er in den letzten Stunden zurückgelegt hat, nicht einmal eine Hasenspur gesehen hat. Nicht einmal einen Hund dürfte man hierherschicken. – In der Früh hatte er noch kurz überlegt, ob er seinen Axel mitnehmen sollte. Aber es war schon richtig, daß er ihn zu Haus gelassen hat. Der hätte sich nur seine Pfoten abgefroren oder an den verharschten Stellen gar aufgerissen. Und selbst wenn Spuren vorhanden gewesen wären, hätten ihn nur die von Hasen oder Rehen interessiert. Für eine Jagd wie diese braucht man schon Tiere, wie sie sich der Ziereis hat abrichten lassen. Aber selbst die hätten hier bislang nichts genützt. Wo nichts ist, finden auch Bluthunde nichts, ist Löschs Schlußfolgerung.

Nun haben auch die vom rechten Ende der Schützenkette den Bach erreicht. »Kurze Verschnaufpause«, schreit sein Nebenmann. Mit dieser Anordnung vollzieht er allerdings nur nach, worauf sich der Trupp ohnehin schon eingestellt hat. Denn niemand hat vorläufig Anstalten gemacht, den Bach zu überqueren. Die drei Bauern aus der Dürnau haben sich zusammengestellt und Lösch sieht, wie eine Flasche reihum geht. Einen anständigen Schluck könnte er jetzt auch vertragen. – Beim Anziehen hat er noch daran gedacht, sich das Fläschchen, das er sonst auch bei der Jagd eingesteckt hat, mitzunehmen. Er hat es sich sogar hergerichtet, um es aufzufüllen, doch in der Eile hat er dann ganz darauf vergessen. Da steht es nun gut, in der Küche. Und weit und breit niemand, den er um einen Schluck angehen möchte.

Da muß man eben schauen, wie man sich anders warmhält, sagt sich der Apotheker, ohne rechte Überzeugungskraft. Der Befehl zur Pause hat es ihm immerhin ermöglicht, das Gewehr umzuhängen. So kann er nun auch die Finger seiner rechten Hand, die vor Kälte schon ganz taub sind, reiben und kneten. Anfangs hat er das Gefühl, daß dabei die Finger abbrechen könnten, doch als das leichte Stechen in den Fingerspitzen einsetzt, weiß er, daß die Blutzirkulation wieder funktioniert. Gleichzeitig muß er schauen, daß auch die Füße in Bewegung bleiben. Und wieder einmal geht Lösch durch den Kopf, daß diese ganze Quälerei nur Sinn hat, wenn man zumindest einen von denen zur Strecke bringt. So überschlägt er die Möglichkeiten auf ihrem weiteren Weg.

Auf der anderen Seite des Bachs geht es bergauf zu einer Hügelkuppe und dann ziehen sich Felder bis zum Güterweg, der zum Hof des Eiblmayer führt. Im Herbst steht dort gern das Rotwild, weiß er. Doch für die heutige Jagd ist das Terrain auch weiter denkbar ungeeignet. Also wird sie sich nicht anders abspielen als bisher. Bis zum Güterweg muß er allerdings auf jeden Fall noch mitgehen, überlegt Lösch. Doch dann wird er schon einen Grund finden, um sich von dieser traurigen Jagdgesellschaft zu verabschieden. Ihm reicht es jedenfalls.

Immerhin, sagt er sich, werden heute bestimmt nicht alle erwischt werden. Davon kann er ausgehen, wenn es stimmt, was am Hauptplatz erzählt worden ist. Da war von fünfhundert die Rede. Die müssen alle erst einmal gefunden werden. Bestimmt wird man morgen weitermachen müssen, tröstet sich Lösch. Und da wird es ihm schon gelingen, zu einem besseren Trupp zu kommen. Muß ja nicht gerade der vom Bürgermeister sein, oder der vom Ortsgruppenleiter, wenn die ihn nicht wollen. Aber es gibt ja andere, die ihn durchaus zu schätzen wissen. Und auch solche, die wissen, daß einige hohe Chargen vom KZ große Stücke auf seine Rezepturen halten.

Als er kurz nach dem Umbruch die Apotheke hier am Ort übernahm, stand er sich's ja auch mit dem Bürgermeister und dem Ortsgruppenleiter recht gut. Schließlich war er über die Partei hergekommen. Da wußte man ihn zu respektieren. Bis dann dieser Denunziant Drechsler kam und ihnen erzählte, er, der

Apotheker, habe während der Verbotszeit gegen die Illegalen gehetzt. Und, wer weiß, vielleicht auch noch mehr getan.

Meingott, ich habe seinerzeit nicht mehr und nicht weniger getan als so mancher, der heut bei denen gut angeschrieben ist, weil er sich als Alter Kämpfer titulieren läßt, obwohl er doch nicht mehr als ein Märzveigerl ist. Das ist Löschs nunmehr seit Jahren oft wiederholter Stoßseufzer, vor allem dann, wenn er sich wie heute benachteiligt oder ganz allgemein nicht entsprechend anerkannt fühlt. Im Grund hat er sich auch längst damit abgefunden, nicht mehr zum engsten Kreis um die hiesige Parteiführung zu gehören, da er sich ebenso oft schon gesagt hat, daß es ohnehin nichts bringt, sich darüber aufzuregen. Es würde ja auch niemand zugeben, daß man etwas gegen ihn hat. Niemand würde gradheraus sagen, daß man ihn nicht dabeihaben will, wenn man unter sich ist. Tatsache aber ist, daß man ihm seit jener Denunziation anders begegnet.

Gut, er war bei der Heimwehr, und nachher bei der Vaterländischen Front. Das hat er auch nie geleugnet. Aber wer war das nicht, als aufrechter Österreicher, als Patriot, wenn es darum ging, die rote Gefahr zu bannen. Schließlich waren es Männer wie er, die denen im 34er Jahr den Marsch geblasen haben. Und es waren die Nazi, die dem Soziführer Bernaschek, dem roten Hund, zur Flucht verholfen haben, stellt Lösch – wenn auch nur für sich selbst – den Sachverhalt wieder einmal richtig. Nichts anderes hat er auch seinerzeit gesagt; nichts, was ihm heute angelastet werden könnte. Und schließlich haben die den Bernaschek im vergangenen Jahr selber eingesperrt. Wenn aber die Heimwehr ausgerückt ist, den Nazis die Schneid abzukaufen, dann war er, der Lösch, nie mit dabei. Dafür war er nicht zu haben.

Aber so kann er das niemandem sagen. Die Vorbehalte gegen ihn sind nun einmal da. Und damit läßt sich auch leben. Ans Leder können sie ihm jedenfalls nicht. Dafür ist er bei anderen, die letztlich mehr zu sagen haben, zu gut angeschrieben. Das ist der Vorteil, wenn man die kleinen oder auch etwas größeren

Wehwehchen gewisser Leute kennt, und auch die nötigen Mittelchen dagegen zu liefern weiß.

Die Genugtuung, die ihm dieser Gedanke bereitet, verhindert, daß Lösch noch weiter in Selbstmitleid versinkt. Wenn er wirklich beim Güterweg drüben ausschert, dann ist die Sache für ihn bald vorbei, denkt er. Es wäre allerdings an der Zeit, daß sie weitermarschieren. Die Warterei läßt einem die Kälte nur noch tiefer in die Knochen dringen. Bringt nicht mehr, als daß sich ein paar Bauern einen Rausch ansaufen können, sagt er sich verärgert und schaut wieder zu dem Grüppchen, wo die Flasche noch immer reihum geht. Saufen können die auch zu Haus oder im Wirtshaus.

»Geht's nicht bald weiter«, ruft er schließlich seinem Nebenmann zu. Der Ton macht klar, daß er dies nicht als Frage aufgefaßt wissen will. Und jener versteht das richtig, wenn er sich auch sogleich wieder eine Ungebührlichkeit leistet. – »Seien'S doch nicht so ungeduldig, Herr Apotheker. Nur weil Sie noch nicht zum Schuß gekommen sind. Die Streifung dauert ja noch.« Aber immerhin gibt er dann nach links und nach rechts das Kommando: »Weiter geht's!«

Man muß mit denen nur richtig reden, dann verstehen sie einen schon, denkt Lösch, als er das schneeverwehte Eis auf dem Bach kurz prüft, bevor er ihm sein ganzes Körpergewicht anvertraut. So kalt, wie es die letzte Zeit über war, muß das dick genug sein, überlegt er. Dabei schaut er die Schützenkette entlang, nach beiden Seiten, wie es den anderen geht. Manche sind schon am anderen Ufer. Keine Schwierigkeiten also. Und mit wenigen Schritten ist er selbst drüben. Nur sein Nebenmann geht recht zögernd ans Überqueren des Baches. Der Kerl hat wohl Angst einzubrechen. Belustigt schaut ihm Lösch zu. »Frisch gewagt, junger Mann!« Laut schreit er es. Sollen nur ein paar andere auch darauf aufmerksam werden, wie wenig forsch sich ihr Kommandoführer auf dem Eis zeigt. – Der blickt verärgert herüber. Das gefällt Lösch. Hat er ihn doch am richtigen Punkt erwischt.

»Sie haben leicht lachen, Herr Apotheker. Sie sind ja nicht während der Nacht schon einmal eingebrochen«, sagt der dann. »Rennen Sie stundenlang mit nassen Stiefeln durch den Schnee; bis Sie sicher sind, daß Ihnen die Zehen abbrechen, wenn Sie nur irgendwo anstoßen. – Jetzt paß ich halt auf, daß mir nicht die Stiefel da auch noch naß werden. Sind ja die einzigen, die ich noch hab.«

Als ob er sich ihm gegenüber verantworten müßte, denkt Lösch. Aber es tut ihm gut, wenigstens auf diese Weise etwas Respekt zu spüren. Damit ist auch geklärt, warum er Bauernstiefel statt der Uniformstiefel anhat. Dennoch kann es der Apotheker nicht lassen, nachzuhaken: »Wahrscheinlich nicht anständig gepflegt, die Stiefel. Sonst können die nicht mit einem Mal gleich durch und durch naß werden. Stiefel gehören nun einmal fest mit Leinöl eingerieben, dann können Sie zehn Mal im Eis einbrechen.« Es liegt ihm auf der Zunge, noch etwas über Schädigung von Volkseigentum zu sagen, das vorliegt, wenn man sich um die Montur nicht entsprechend kümmert. Das läßt er dann aber doch und meint eher verträglich: »Wenn Sie kein Leinöl haben, können Sie ja in der Apotheke vorbeikommen. Für solche Zwecke habe ich immer noch einen Vorrat.« – »Da komm ich gern«, hört Lösch seinen Nebenmann sagen und ist es zufrieden.

Er kann sich auch nicht weiter um Stiefel und deren richtige Pflege kümmern, da er nun auf der Steigung, die sich vom Bach heraufzieht, immer mehr ins Schnaufen kommt. Und die Kälte nimmt ihm fast den Atem, wenn er durch den Mund Luft holen muß. – Na ja, gleich ist er auf halber Höhe. Die Anstrengung des Aufstiegs führt dazu, daß er am Rücken zu schwitzen beginnt. Doch hat er das Gefühl, als ob der Schweiß sogleich gefriert. Die beste Methode, sich zu verkühlen, denkt er. Und da er gegen die Kälte am Rücken nichts machen kann, reibt er sich mit seinen Händen die Oberschenkel, in denen nun auch schon der Frost heftig bohrt, obwohl er ohnehin die schafwollene lange Unterhose anhat, in der ihn sonst noch nie gefroren hat.

Immerhin kann er jetzt die Hände ein wenig besser warmhalten, da er nach dem Aufenthalt am Bach das Gewehr nicht wieder von der Schulter genommen hat. Aber wenn er oben ist, muß er es wieder in die Armbeuge nehmen, überlegt er. Nicht nur weil er seinem Nebenmann keinen Anlaß für eine dumme Bemerkung geben will; es könnte ja sein, daß ihm doch noch etwas vors Korn kommt. Wenn so viele ausgekommen sind, müßten sich doch wenigstens ein paar auch hierher verirrt haben.

Keuchend erreicht er die Anhöhe. Er will auch gleich die Gegend überblicken. Doch hier kann der Wind besonders an, und es treibt ihm die Tränen in die Augen. Erst nach geraumer Zeit, in der er wiederholt die Tränen abwischen muß, sieht er über die Felder, bis hinunter zum Weg. Nach dem einheitlichen Weiß der bisherigen Strecke eröffnet sich hier ein anderer Ausblick. Der Wind hat über den Feldern den Schnee so verblasen, daß überall die schwarzbraunen Schollen herausragen.

In dem Moment hört man aus dem Meisel-Wald einen Schuß – und kurz darauf noch zwei weitere. Sag ich's nicht, denkt Lösch, schaut kurz zu seinem Nebenmann und nimmt schon das Gewehr von der Schulter. Das dauert allerdings, da sich der Riemen an der Achselklappe verhängt hat. Während er ihn mit seinen schon wieder klammen Fingern löst, murrt er vor sich hin: Ich weiß ja, warum man das Gewehr auf der Jagd nicht so trägt. Bis er es jedoch richtig im Arm liegen hat, ist schon wieder Ruhe eingekehrt.

Angestrengt blickt Lösch zu den Hecken, die den Meisel-Wald nach dieser Seite her säumen. Er kann jedoch nichts erkennen. Jetzt bräuchte er den Feldstecher. Doch den hat er in der Eile ebenfalls daheim vergessen. Er blickt zu seinem Nebenmann. Der hat seinen weiter auf der Brust hängen, macht gar keine Anstalten, ihn zu benützen. Überhaupt geht er weiter, als ob er nichts gehört hätte. Auch den Karabiner hat er nicht von der Schulter genommen.

»Da drüben haben's was gefunden«, schreit Lösch zu ihm hin. Doch der zuckt nur mit den Schultern. Und erst nach einer ganzen Weile sagt er: »Wer weiß. Vielleicht einen Hasen.«

Man könnte glauben, dem ist die ganze Aktion vollkommen gleichgültig, geht es dem Apotheker durch den Kopf. Hat schon von vornherein gewußt, daß es hier gar nichts zu finden gibt. Hat sich vielleicht gerade deswegen diese Strecke ausgesucht. Und treibt uns für nichts und wieder nichts durch die Gegend, bis uns alles abgefroren ist. Zuzutrauen wäre es diesem Falotten. Hat sich doch bloß hineingeschwindelt in die schwarze Uniform. Oder besser, sein Vater hat ihn da hineingeschwindelt, damit er nicht an die Front muß. Ist schließlich beim Bürgermeister gut angeschrieben. Der läßt ihn als Musterbauern feiern. Sogar im ›Österreichischen Beobachter‹ wurde er schon lobend erwähnt, mit Bild. Immer pünktlich bei der Ablieferung und auch nicht knausrig, wenn gesammelt wird. Na, der kann es sich leisten. Ist schließlich kein Armer, der Rescheneder. Ein paar Speckseiten unter der Hand für den Keller des Herrn Bürgermeister fallen da bestimmt ab. Und vielleicht sonst noch ein paar Gefälligkeiten, die entsprechend honoriert werden.

Wer den Pachner wegen Schwarzschlachtens denunziert hat, weiß man zwar noch immer nicht. Aber denken kann man sich's. Schließlich spitzt da jeder auf den Hof des anderen. Und wenn's gar nach dem Eiblmayer ginge, dann wären die hiesigen Bauern allesamt schon nach dem Osten abgesiedelt. Als Ortsbauernführer hat er schon vor Jahren die Höfe rundum taxiert und sich insgeheim wohl die besten für seine Söhne reserviert. Ein paar Abmeierungen, wo dann die Partei den Hof für sich in Anspruch genommen hat, sollte darauf die Vorleistung sein. Aber offenbar stört es niemanden, daß da jeder nur auf seinen eigenen Vorteil schaut. Auch ein Rescheneder ist gut angeschrieben und kann's seinem Sohn richten.

Und ausgerechnet von dem muß er sich herumkommandieren lassen, sich für nichts und wieder nichts abfrieren. Nur weil man selbst in diesen Zeiten noch Pflichtgefühl zeigt. Ausgenützt wird man, verschaukelt. Aber nicht mit mir. Lösch merkt, wie er sich immer mehr in seinen Ärger hineinsteigert. Das braucht er sich nicht anzutun. Und überhaupt: Da sagt man dann schnell einmal etwas, was man besser nicht sagt. Das darf man gar nicht riskieren.

Noch ein paar hundert Meter sind es bis zum Weg vorn. Dort wird er sich von dieser ›Jagdgesellschaft‹ verabschieden. Geht ohnehin schon auf Mittag. Und am Nachmittag muß er eben in der Apotheke sein. Das muß dem Bauernlümmel genügen. Kann er gar nichts dagegen sagen. Er wird jedenfalls kein langes Gesuch einreichen. Ist er halt auch ›unabkömmlich‹. Und damit hat sich's!

II

»Treib deine Rösser an, Jockl! Wenn wir weiter so dahinzuckeln, wird alles kalt, bis wir hinkommen.« Der alte Knecht auf seinem Kutschbock hört das die Anni hinter sich nicht zum ersten Mal sagen, und er läßt die Zügel kurz auf den Hintern der beiden Pferde aufschnalzen. Mehr tut er aber auch schon nicht, um diese zu einer schnelleren Gangart zu veranlassen – will er auch nicht tun. Und die beiden Rösser, die den schweren Schlitten ziehen, haben den Schnalzer anscheinend gar nicht gespürt. Jedenfalls gehen sie keinen Schritt schneller. »Recht so, ihr beiden«, murmelt der Jockl vor sich hin, »die kriegen noch bald genug ihre Menage.« Und mit einem kurzen Grinsen: »Verbrennen sich sonst gar noch die Zungen.«

Das Tempo paßt ihm gerade. Und eher liebevoll, gleichsam zur Bestätigung, daß ohnehin alles in Ordnung sei, läßt er die Zügel noch einmal über die Kruppen der beiden Pferde schwingen. Daß es den beiden Menschern hinten zu langsam geht, das ist nicht sein Problem, denkt er. Außerdem sind die ohnehin so in ihre Tratscherei vertieft, merken überhaupt nicht, daß die Pferde keinen Schritt zugelegt haben. Zur Peitsche wird er jedenfalls nicht greifen. Nicht bei dieser Fuhre.

Der Schnee auf der schmalen Straße, die sie entlangfahren, ist von Autoreifen niedergewalzt, an manchen Stellen auch aufgewühlt. – Da ist einer hängengeblieben, denkt der Knecht. War schon viel Verkehr hier. – Streckenweise liegt Schotter auf der Straße. Dann quietschen die Kufen beim Drüberfahren und der ganze Schlitten ruckt, zieht einmal mehr nach der einen und dann wieder mehr nach der anderen Seite. Dabei schlagen die großen Essenstöpfe hinten auf der Ladefläche scheppernd aneinander. Das sind die einzigen Geräusche, die das Tuscheln der beiden Mädchen unterbrechen. Selten ist dieses so leise, daß Jockl nicht mithören könnte. Aber eigentlich hängt er lieber seinen eigenen Gedanken nach. Wenn ihn nicht gerade Annis Aufforderungen, schneller zu fahren, herausreißen.

Hat Flausen im Kopf, das Mensch, grübelt er. War einmal ein sauberes Dirndl. Aber das war zu einer anderen Zeit. Wo die Fremden noch nicht da waren. Dieses gottverdammte Gesindel, das den Krieg gebracht hat. Stolzieren herum in ihren Uniformen wie die Gockel und verdrehen den Menschern den Kopf. Und die lassen sich einwickeln. Keinen Anstand im Leib. Früher hätten die sich nie so zu reden getraut. Schon gar nicht, wenn wer anderer zuhören kann. Genieren sollten sie sich, denkt der Knecht fuchtig, als die Leitl-Zenzi jetzt ganz direkt ihre Freundin fragt, ob sie mit ihrem Jörgl schon geschlafen habe.

»Noch nicht. Aber ich hab's ihm für heut zugesagt, wenn er mich nach dem Essen mit auf die Hasenjagd nimmt«, hört er die Anni sagen. »Hab mich dafür schon warm angezogen. Ich krieg auch sein Gewehr, hat er gesagt, weil er selber eh nur die Pistole braucht. Na, du weißt ja, wie sie ihn nennen: den Pistolen-Schelsky. Weil er von ihnen allen der beste Pistolenschütze ist. – Und das möcht ich auch einmal sehen. Weißt, ich stell mir das so vor, wenn ich mit ihm am Nachmittag da durch den Schnee geh, und plötzlich rennt vorn einer von denen. Der Jörg zieht ganz ruhig seine Pistole – und Peng. Weg ist er.«

»Also weißt, ich möcht da nicht zuschauen«, sagt die Zenzi. »Ich kann mir nicht helfen, aber irgendwie find ich das nicht lustig.«

»Bist eine Zetzen. – Die müssen doch alle weg, hat der Jörgl gesagt. Sind gefährliche Schwerverbrecher. Wenn man die frei herumrennen läßt, bringen sie jeden um, zünden alles an. Stell dir vor, du begegnest so einem allein und der vergeht sich an dir. – Gottseidank haben's heute nacht schon einen Haufen von denen erwischt, gleich nachdem sie ausbrochen sind. Und in der Zwischenzeit werden's bestimmt wieder eine Menge erledigt haben.

Dabei wär's gut, wenn dein Herbert auch möglichst viel erwischt. Dann wird er gewiß befördert. Und er könnt wirklich eine Beförderung brauchen. Ist ja erst Rottenführer. – Ich hab ja nie verstanden, daß du dir ausgerechnet den ausgesucht hast.

Gibst dich mit so einem Kleinen ab. Hättest dir was Besseres finden können.«

»Aber der Herbert ist wenigstens ein Hiesiger. Und das zählt auch was.«

»Denkst immer noch an den Klaus. Weil der sich versetzen und dich sitzen hat lassen. Sei froh, hättest doch nur Ärger mit ihm gehabt. – Aber es sind nicht alle aus dem Altreich so. Nimm meinen Jörg. Der hat mir versprochen, daß er alles tun wird, daß er für immer da bleibt. Und wenn er jetzt auch noch befördert wird, kriegt er sogar eine Wohnung in der Siedlung; braucht er nimmer im Lager oben schlafen. Dann wird alles ganz anders.«

Nichts wie Flausen im Kopf, denkt der Jockl erneut, als das Getuschel für kurze Zeit verstummt. Bei der Jagd will's mitmachen, die Anni. Und das Gewehr von ihrem Jörgl will's haben. Aber verwenden darf sie's doch nicht, sonst schießt's dem Jörgl zum Schluß gar noch Punkte von seiner Beförderung weg. – Und das wollen Christenmenschen sein. Vor lauter Ärger haut der Knecht einem der Pferde mit der Zügelschlaufe aufs Hinterteil, daß es klescht. Dieses merkt den andersgearteten Schlag und fällt auch sofort in eine schnellere Gangart.

»Ja, ja, treib's ein bißl an«, sagt die Anni wieder hinter ihm. »Die Armen da draußen müssen ja schon vollkommen durchgefroren sein. Waren die halbe Nacht unterwegs und nun auch noch den Vormittag in der Eiseskälte. Was glaubst, was die sagen, wenn wir mit einem kalten Essen daherkommen. Die brauchen was Warmes im Bauch.«

»Die kriegen schon was Warmes in den Bauch«, murrt der Knecht vor sich hin. Außerdem, bei dem Jagdfieber kann ihnen gar nicht kalt werden. Und, selbst wenn das Essen kalt ist, so gibt's doch noch was anderes Wärmendes. – Als der Schlitten beladen wurde, hat er gesehen, daß da neben den großen Hafen auch ein Korb mit Schnapsflaschen war. An der Wärme im Bauch wird's also nicht fehlen.

Die beiden Rösser gehen mittlerweile wieder im gewohnten Schritt. Behutsam hat Jockl ihnen über die Zügel zu verstehen gegeben, daß der Schnalzer eigentlich nicht ihnen gegolten hat. Was können die Gäule dafür, wenn ihn der Grant plagt, denkt er. Sollen sich nicht mehr anstrengen als nötig, wenn sie schon für diese Gottlosen das Essen ziehen müssen. – Da liegt auch der Ursprung seines Ärgers. Es kommt immer wie das Amen im Gebet: Wenn die Nazi ein Fuhrwerk brauchen, dann ist das Hartlsche dran. Dann muß er anspannen. Denn die andern haben bestimmt gerade was Wichtiges zu erledigen und können auf ihre Rösser nicht verzichten. Aber bei den Hartlschen fragt man nicht lang, wozu die die Rösser vielleicht gerade bräuchten. Da wird nur Post gelassen, daß eine Fuhre zu erledigen sei. Die Hartlbäurin wird schon nicht nein sagen. Die gehen davon aus, daß sie sich gar nicht nein zu sagen traut – selbst wenn sie am Hof die Arbeit stehenlassen müssen.

Haben sie ihr den Mann genommen und an die Front geschickt, können sie ihr auch noch den Hof nehmen, falls sie nicht pariert. Die suchen jede Gelegenheit, um ihr etwas am Zeug zu flicken. Was sie auch tut, es wird beargwöhnt. Nur weil der Bauer ein einziges Mal im Dusel den Mund nicht hat halten können. Und was hat er denn schon gesagt? ›Ich hab den Schuschnigg nicht braucht, kann mir auch der Hitler gestohlen bleiben. Unterm alten Kaiser war's allemal noch am besten.‹ Das war auch schon alles. War ja nicht falsch, was er gesagt hat; nur sagen hätt er's nicht dürfen. Vor allem nicht vor Leuten, von denen er hat wissen müssen, daß sie es dem Eiblmayer zutragen.

Und der hat dann auch nicht lang auf sich warten lassen. Ist auf den Hof geritten kommen und hat herumgebrüllt. Hat geschrien, der Hartl wär nicht bauernfähig. Vom Abmeiern war die Red. Wollt ihm gleich den Hof wegnehmen lassen. Ein Exempel müßt er statuieren, hat er gesagt. Und so ist das fortgegangen.

Das mit dem Hofwegnehmen ist dann aber doch nicht so einfach gegangen. Vor allem, weil er selbst jedem brühwarm erzählt hat, was er machen will. Und als sich das herumgesprochen hat, sind die andern Bauern hellhörig geworden. Da hat ihnen geschwant, wie sowas weitergehen könnte. Und selbst die, die sich's mit dem Ortsbauernführer am besten gestanden sind, haben drauf geschaut, daß er dabei übrigbleibt. Zuletzt muß ihm dann sogar der Bürgermeister gesagt haben, daß so ein Schritt in dem Fall mehr schaden als nützen würde.

Nachdem der Bauer aber einmal beim Eiblmayer in Verschiß war, hat irgendwas passieren müssen. Und so ist er an die Front verschickt worden. Soll sich dort bewähren, hat der Eiblmayer im Wirtshaus gemeint, wär schließlich das mindeste, was ihm zustünd, für das, was er gesagt hat. Immer noch besser als das Lager. Aus dem Krieg könnt er zurückkommen; aus dem Lager wär das allemal schwieriger.

Seither muß die Bäurin den Hof herhalten. Aber zufrieden gibt sich der Eiblmayer noch immer nicht. Wartet nur darauf, daß auch sie einmal was Falsches sagt. Wenn es ihm gelingt, auch ihr was anzuhängen, könnte er sagen, daß er ja von Anfang an recht gehabt hätte. Und er käme doch noch an den Hartlhof heran. – Was für die Bäurin gilt, das gilt für ihn selbst auch, denkt der Knecht. Gleich als der Bauer weg war, hat sie ihn in die Stube gerufen und inständig gebeten: ›Paß auf, Jockl, was du sagst. Man sagt so schnell was Gfehltes. Und wenn's dir passiert, dann heißt's nicht: Das hat der Jockl g'sagt, sondern sie werden sagen: Vom Hartl-Knecht hat man sich ja nichts anderes erwarten können. Ganz allein auf mich fallt's dann zurück. Und sie nehmen mir auch noch den Hof weg.‹

Die Bäurin hat geglaubt, sie müßt ihm dazu noch alles mögliche versprechen. Das war aber wirklich nicht notwendig. Er würde sich doch nicht selbst ins Fleisch schneiden. Es ist ihm nie schlecht gegangen am Hartlhof. Der Bauer konnte einen schon drangsalieren, aber im Grund war er nicht übler als andere in der Gegend. Jetzt ist er ohnehin fort und die Bäurin im Grund auf ihn angewiesen. Da muß er zu ihr halten. Das ist Christenpflicht. Wo es doch gegen die Gottlosen geht. Und so Er ihm hilft, wird er nichts tun, was der Bäurin schaden könnte.

Seit sie damals mit ihm geredet hat, ist er nur mehr selten ins Wirtshaus gegangen. Und wenn, dann hat er darauf geschaut, daß er nicht zu viel erwischt. Da ist schließlich immer einer, der die Ohren aufsperrt und horcht, was wer sagt. Da darf man keinem trauen. Besonders nicht, wenn einer selbst die Goschen besonders aufreißt. Hat mehr als einer büßen müssen, weil er geglaubt hat, er könnt im gleichen Ton zurückreden. Sind irgend so einem Spitzel hereingefallen, haben nicht die Absicht dahinter gemerkt; und als sie gescheiter waren, war's zu spät. – Jetzt hat er sich schon lang nicht mehr im Wirtshaus sehen lassen. Wenn er einmal dringend einen Schnaps braucht, dann kriegt er ihn auch von der Bäurin. Der muß es ja recht sein, wenn er nicht fortgeht. Und ihm geht nichts ab, wenn man sich dort immer nur vorsehen muß. Schließlich können die einem sogar noch an, wenn man den Mund überhaupt nicht aufmacht. Man braucht nur am falschen Tisch zu sitzen. Den Naz haben sie vor den Richter gebracht, nicht weil er etwas gesagt hat, sondern weil er nichts gesagt hat. Er hätte die Volksverhetzer anzeigen müssen, hat es geheißen. Mitgefangen, mitgehangen.

Möglichst wenig unter die Leut gehen und nur das Allernötigste reden, das hat sich der Jockl zur Regel gemacht. Und daran hält er sich auch. Wenn ihm nach Reden ist, dann hat er seine Rösser. Die hören ihm besser zu als all die Leut, und Hinterlist kennen sie auch nicht. Nur eines läßt er sich nicht nehmen, auch wenn ihm das schlecht angeschrieben wird: Das ist der Kirchgang. An den Sonntagen fällt das nicht weiter auf, da geht ja fast jeder zur Messe. Aber an den Feiertagen, die diese Gottlosen abgeschafft haben, da wird schon geschaut, wer in die Kirche geht. Und erst recht, ob an den Tagen gearbeitet wird. Da wird schnell einer als Volksschädling denunziert. Und was den Kirchgang an den eingesparten Feiertagen betrifft, so kommen immer noch so viele, daß es denen schwerfällt, sich den einen oder anderen deshalb herauszuholen. Selbst heut, wo rundum die ganze Aufregung war, waren noch immer genug Leut in der Kirche. – Den Volkssturm haben's jedenfalls erst zu einer Zeit sammeln lassen, wo die Messe schon vorbei war, denkt Jockl mit einer gewissen Genugtuung.

Was ein rechter Bauer – und vor allem was ein rechter Knecht ist, der läßt sich Lichtmeß nicht nehmen. Früher gab's an dem Tag den Jahrlohn. Und außerdem war Lichtmeßzeit die Urlaubszeit. Da ging es jedenfalls immer hoch her. Und wenn man den Hof gewechselt hat, dann war das zu Lichtmeß. Früher. Heut wird man dienstverpflichtet und muß froh sein, wenn man bleiben kann, wo man's halbwegs gut getroffen hat. Falls man so alt ist, daß sie einen nicht schon längst an die Front geschickt haben.

Die Bäurin bleibt allerdings an den abgeschafften Feiertagen zu Haus. Will nicht riskieren, daß man ihr deswegen noch mehr Prügel vor die Füße schmeißt. Ist wahrscheinlich auch besser. Muß halt er für sie ein Vaterunser mitbeten. Und was die Arbeit an diesen Tagen betrifft, so haben sich die Bäurin und er darauf geeinigt, daß es auf jeden Fall so aussehen muß, daß am Hartlhof gewerkt wird. Aber es werden eben nur leichte Arbeiten getan.

Heute war es gerade recht, daß die Bäurin nicht in die Meß gegangen ist, spinnt der Jockl seine Gedanken weiter. Ist doch, während er noch in der Kirche war, schon der Gendarm gekommen und hat erklärt, daß sie die Rösser samt Schlitten und Knecht nötig bräuchten. Wär nicht gut gewesen, wenn da niemand am Hof gewesen wär. Hätt sicher Ärger gegeben, wenn er umsonst vom Posten heraufgekommen wär. Aber so hat's nichts gegeben. Er war rechtzeitig mit dem Schlitten gestellt, ohne alle Anständ. – Dafür, daß er jetzt mit dem Essen für diese Schmarotzer unterwegs ist. Dürfen ja nicht vom Fleisch fallen.

Mit dem letzten Gedanken kehrt Jockl zu seinem Gespann zurück. Die Rösser setzen, da sie für einige Zeit keine Zügel spürten, gerade noch Schritt vor Schritt. »Ich würd ja auch keinen Meter weitergehen, wenn ich nicht müßt«, murmelt der Knecht in deren Richtung. Und er läßt sie wieder die Zügel spüren, treibt sie ein wenig an, denn bei diesem Tempo würden sie gar erst zum Abendessen zurecht kommen. Nicht daß ihn das störte, aber gewiß würde man ihm das als Wehrkraftzersetzung oder sonstwas auslegen. Sollen sie doch ihr Essen haben, denkt er. Verhindern wird er's nicht können.

Aus schwer erfindlichem Grund fühlt sich Jockl im Augenblick ein wenig leichter – und damit auch verträglicher. Er setzt sich auf seinem Kutschbock zurecht – ganz verkrampft war er zuletzt dagesessen –, und richtet sich den schweren Schafpelz. Es könnte sein, daß es ein wenig wärmer wird, denkt er. Die ganze Nacht über war es klar, ganz hell hat der Mond geschienen. Deswegen war es in der Früh auch gar so bitter kalt. Dann ist allerdings der Nebel eingefallen. Und mit der Feuchtigkeit ist die Kälte erst recht überall durchgedrungen, selbst durch den Pelz und die dicken Filzstiefel, bis auf die Haut, wenn nicht gar bis auf die Knochen. Inzwischen ist der Nebel jedoch etwas höher gestiegen und als Jockl jetzt auf seine Art witternd zum Himmel schaut, sieht er die Sonne als fahle Scheibe immer wieder zwischen den Nebelfetzen aufscheinen. Da ist kein wärmender Strahl, und es ist fraglich, ob die Sonne an diesem Tag überhaupt einmal den Nebel durchdringen wird. Um diese Jahreszeit wärmt allerdings schon allein der Gedanke, daß sie noch da ist. Die Tage werden auch schon wieder merklich länger, sinnt Jockl und kramt aus seinem Gedächtnis das Sprücherl: Zu Dreikönig ist's ein Hirschensprung, zu Lichtmeß eine ganze Stund.

Als er schließlich wieder einmal zu seinen beiden Mitfahrerinnen nach hinten horcht, findet er, daß er nichts versäumt hat. Die sind immer noch beim gleichen Thema.

»Wenn nach all dem jetzt für den Jörgl eine Beförderung herausschaut, dann wird für uns alles anders«, hört er aufs neue die Anni sagen. »Dann können wir davon ausgehen, daß er auch wirklich da bleibt. Und dann hört es sich auf mit der Heimlichtuerei.«

»Und eines Tages bekommst du einen Brief, daß eben doch nicht alles so geklappt hat, und daß er erst in ein paar Jahren endgültig herversetzt wird. Und das auch nur vielleicht. Und dabei mußt noch froh sein, wenn überhaupt ein Brief kommt.«

»Bei dir muß anscheinend alles so gehen wie mit deinem Klaus.« Hörbar verärgert ist Anni jetzt lauter geworden. »Der ist weg. Na gut. Mußt dich endlich damit abfinden. – Und er hat schließlich allen Grund gehabt abzuhauen.«

»Ich hab ihn nie gedrängt. Hab nie was von ihm verlangt.«

Das Mensch fangt gleich an zu trenzen, vermutet Jockl. Das kommt davon, wenn man sich mit denen einlaßt. Die haben zuerst ihre Hetz mit den Ganserln und dann lassen sie's einfach sitzen. Und so ein Mensch muß froh sein, wenn's nicht auch noch schwanger ist.

»Das hab ich ja gar nicht gemeint«, sagt die Anni nun beruhigend. »Die Geschichte mit den Fronturlaubern, die war doch an allem schuld.«

»Aber da hat doch der Klaus nichts dafürkönnen. So ist's auch im Protokoll gestanden. Der Josef hat ihn provoziert, hat es geheißen. – Bei dem, was der zu ihm gesagt hat, hat er ja fuchtig werden müssen. ›Wenn er schon so viel vom Vaterland redet, sollt er lieber schaun, daß er an die Front kommt, als bei uns die anständigen Leut ärgern.‹ Das hat er zu ihm gesagt. Und jeder hat gewußt, daß der Josef ein Giftnigl war. Ist ja auch festgestellt worden, daß er im Wirtshaus aufsässige Reden geführt hat.«

»Aber ja. Nachträglich hat man das festgestellt«, ist der in seinen Schnauzer gemurmelte Kommentar Jockls. Da war der Jochbauern-Josef schon tot und hat sich nimmer wehren können. Erschlagen von dem Gesindel. – Er kann sich gut an die Geschichte erinnern, die die ganze Gegend rebellisch gemacht hat. Ist noch gar nicht so lang her.

»Man hat aber auch gesagt, daß man so etwas nicht so erledigen kann«, wirft die Anni ein. »Anzeigen hätt er ihn müssen; das wär richtig gewesen. Doch der Klaus hat den Josef in der Nacht abgepaßt und ihn so getreten, daß er schließlich eingangen ist. – Dermaßen darf man's eben nicht anpacken, hat auch der Jörgl gemeint.«

»Ach du mit deinem Jörgl. Der war ja damals noch gar nicht da.«

»Aber als er hergekommen ist, haben alle noch davon geredet. Selbst bei ihrer Schulung haben sie das als Fall gebracht – wie man eben nicht vorgehen darf. ›Man muß schließlich auch auf die Gefühle der Bevölkerung Rücksicht nehmen‹, hat man ihnen erklärt. Er hat es mir erzählt, weil er irgendwann gemeint hat, daß das hier eine Gegend wär, wo man sich vorsehen müßt. – Ja, und man hat ihnen noch gesagt, daß wir in einem Rechtsstaat leben, wo es allein den Gerichten vorbehalten ist, jemanden zu bestrafen.«

»Aber geh. Wenn's nicht um dem Jochbauern seinen Buben gegangen wär, hätt sich niemand drum gekümmert. Aber der Vater hat ja alle rundum rebellisch gemacht. Am liebsten hätt' der selbst den Klaus am nächsten Baum aufknüpft, wenn er können hätt'. – Und man hat außerdem auch festgestellt, daß der Klaus in ›berechtigtem Zorn‹ gehandelt hat. ›Die Männer der SS hätten hier eine nicht minder schwere und verantwortungsvolle Aufgabe zu erfüllen als die Soldaten an der Front.‹ So hat es geheißen. Und auch, daß man wehrkraftzersetzende Elemente ausmerzen muß.«

»Deswegen ist schließlich dem Klaus nichts passiert. – Aber für die SS war das Ganze ein rechtes Gfrett. Du weißt ja selbst, wie überall geredet worden ist. Da war es schon besser, daß sich der Klaus hat versetzen lassen.«

Schiß hat er bekommen, der Haderlump. Jockl erinnert sich, was da geredet worden ist, und auch, was los war. Der hat sich nirgends mehr sehen lassen dürfen. Nicht einmal bei Tag hat er sich allein auf die Straße getraut, geschweige denn bei der Nacht. Und für die anderen SSler war die Sache auch nicht so eben. Lange Zeit über sind die zumindest paarweise gegangen. Hatten schlichtweg Angst, daß ihnen auch was passieren könnte. Der eine hätte jedenfalls in unserer Gegend ganz bestimmt nicht lang überlebt, denkt Jockl noch im nachhinein genüßlich. Im Grund genommen war's eigentlich schad, daß der versetzt worden ist.

»Dein Klaus hat ja Angst um sein Leben haben müssen«, sagt jetzt wie zur Bestätigung die Anni.

»Das weiß ich ja auch. – Weil's lauter Mörder sind.« Die Zenzi sagt es mit einem tiefen Schluchzer. »Aber wie er weg war, hätt er wenigstens schreiben können. Sagen, wo er jetzt ist. Ich hätt ihn doch besucht.«

»Vielleicht hat er sich geniert. Oder er hat Angst gehabt, es könnt jemand anderer auch erfahren, wo er jetzt ist.«

»Aber ich hätt doch nichts gesagt.«

»Wie's auch ist, er hat sich so bestimmt sicherer gefühlt.«

»Aber anständig war das trotzdem nicht.«

»Jetzt hör auf zu flennen. Vergiß ihn. Schließlich hast jetzt deinen Herbert.«

»Ja, und der ist anständig. Der ist nämlich von da.«

Fuchtig könnt man werden bei all dem Weibergeschwätz, denkt der alte Knecht. Anständig ist von denen keiner. Wer sich in die schwarze Uniform stecken läßt, hat schon seinen Anstand verloren. Gottlose Horden! Und die Menscher gleich dazu. Bund deutscher Mädchen – sieht man ja, was da herauskommt. In der alten Zeit hätt's sowas nicht gegeben. Da waren's auch noch österreichische Dirndln. – Am besten ist, er hört da überhaupt nimmer zu, nimmt sich der Jockl – auch nicht zum ersten Mal an diesem Vormittag – vor. Dabei geht es gar nicht nur darum, daß er sich dann weniger ärgern muß. Aber es könnt sonst passieren, daß er denen noch seine Meinung sagt. Und das zahlt sich nicht aus. Eine Tracht Prügel wär das beste, damit's wieder wissen, wo sie sind.

Weit ist es jetzt ohnehin nicht mehr bis zum Holzplatz, zu dem sie das Essen bringen sollen. Der Jockl richtet seine Aufmerksamkeit auf die Straße vor sich. Viele Spuren sind hier eingegraben, Reifenspuren von Lastwagen, aber auch Radspuren von Fuhrwerken. Da war heut schon einiges unterwegs, denkt er. Sind recht aufgescheucht, seit ihnen ein paar hundert aus dem Lager ausgekommen sind.

Zu allererst hat er von dem Ausbruch vor der Kirche erfahren, aber da hat noch keiner etwas Genaues gewußt. Eben nur, daß welche aus dem Lager entwischt sind. Alle müßten mithelfen, sie wieder einzufangen, hat es geheißen. Im Radio haben sie auch so einen Aufruf durchgegeben. Von da her hat die Bäurin schon davon gewußt, als der Gendarm auf den Hof gekommen ist. Und mehr hat der ihr auch nicht erzählen können. Lauter Schwerverbrecher wären's, hat er gemeint. Rauben und plündern würden's, die Höf anzünden. Deswegen wär es auch gar so dringend, daß man sie alle wieder erwischt.

Und ausgerechnet an so einem Tag, wo die die ganze Gegend unsicher machen, muß er weg vom Hof, um für die SSler die Menage zu führen. Es beunruhigt Jockl, daß die Bäurin ganz allein daheim ist. Was kann die schon machen, wenn ein paar von denen auf den Hof kommen. Ist doch nicht ausgeschlossen, sagt er sich. Sind in alle Richtungen davon. Deswegen brauchen sie ja so viele Suchtrupps. – Vielleicht wär's doch besser, wenn er sich ein wenig beeilt, damit er schneller wieder nach Haus kommt, überlegt er und läßt die Zügel einmal mehr über die Kruppen der beiden Pferde schwingen, die seiner Aufforderung sogleich nachkommen. »Gute Rösser«, murmelt er, »die verstehen einen auf Anhieb.«

Seit geraumer Zeit sieht er jetzt schon das Marterl, das an der Kreuzung der Straße mit dem Weg zur Au steht. Wie eine Markierung steht es da in der Landschaft, an der sich unweigerlich immer wieder der Blick fängt. Vor allem im Winter, wenn der Bildstock dunkel aus der weißen Schneefläche herausragt, geht es ihm durch den Kopf. Wenn es rundherum grün ist, fällt es nicht so auf. – Als er nun immer näher kommt, sieht er, daß neben dem Marterl etwas aus dem Schnee herausschaut. Zuerst hat er gedacht, daß es ein Stück Holz wäre, ein umgerissenes Bäumchen vielleicht. Nun erkennt er aber, daß es das nicht ist. Ganz eigenartig schaut es aus, findet er. Und weil er jetzt endlich wissen will, was es ist, hält er den Blick fest darauf gerichtet, während er näherkommt. Und dann dämmert ihm plötzlich, was das ist: ein Arm, der aus dem Schnee herausragt. Er steckt in einem blau-weiß gestreiften Ärmel, die Hand ist hochgereckt. Als ob sie winken wollte, denkt Jockl, oder um Hilfe fleht. Wie bei einem Ertrinkenden. Ist im Schnee ertrunken. Der dazugehörige Körper zeichnet sich nur mehr sacht unter dem Schnee ab, den es darübergeweht hat. – Ein bitterer Geschmack steigt ihm hoch.

»Schau!« hört er die Zenzi sagen, während er weiter gebannt auf den Arm blickt.

»Was ist denn das?« fragt die Anni jetzt hinter ihm. »Jockl, sag!« Und ohne sich zu den beiden umzudrehen, antwortet er: »Na, ein Arm halt.« Und aus dem angestauten Ärger gegenüber den beiden heraus setzt er noch hinzu: »Wirst doch wissen, wie sowas ausschaut.«

»Dann halt doch an«, sagt die Anni. »Da muß man was tun.«

Einen Augenblick lang hat der Knecht selbst überlegt, ob er nicht anhalten soll. Doch nun murrt er nur: »Wofür? – Dem kann niemand mehr helfen. Der ist tot.« Und sich an deren Gespräch über den Pistolen-Jörgl erinnernd: »Erschossen, erschlagen, erfroren – alles eins. Auf jeden Fall tot. Erledigt. – Wie sich's gehört.«

Und nachdem er selbst eine Weile gebraucht hat, um sich zu fangen, sagt er: »Wird sonst gar noch das Essen kalt.« Dabei dreht er sich auf dem Kutschbock um. Er will doch wissen, wie die beiden jetzt dreinschauen, wo sie das gesehen haben. Ob sie wenigstens ein bißl weiß um die Nase sind. Die Zenzi schaut wirklich erschrocken drein, vermerkt er. Dagegen hat sich die Anni schon wieder gefangen. Dreist schaut sie ihn an und sagt: »Hast recht. Fahr zu.« – »Ausgschamtes Luder, ausgschamtes!« flucht Jockl in sich hinein, während er wieder auf die Pferdehintern vor sich blickt. Unzufrieden sucht er nach einer noch kräftigeren Schmähung.

Auch nachdem sie schon längst am Marterl vorbei sind, bringt er den Anblick des Arms nicht aus dem Kopf, wie er steif aus dem Schnee schaut, die ausgestreckte Hand, dünn wie ein Skelett. Als ob sich das durchs Auge eingebrannt hätte. Und wieder sagt er sich: Wie wenn sie um Hilfe bettelte.

Als könnte er dadurch von dem Anblick wegkommen, treibt er die Pferde zu einer schnelleren Gangart an, achtet aber dabei nicht weiter auf die Straße. So schlägt die rechte Kufe gegen einen größeren Stein, schleift darüber, wodurch der ganze Schlitten herumgerissen wird. Die Essensbehälter hinten scheppern schwer gegeneinander.

»He, paß doch auf, Jockl! Uns kippen ja die Hafen um«, schimpft die Anni.

Von mir aus die Schnapsflaschen mit dazu, denkt Jockl. Deren Klirren hat er inmitten des Schepperns auch gehört, was ihn auf den Gedanken bringt, daß er jetzt selbst einen kräftigen Schluck vertragen könnte. Er hat noch immer diesen bitteren Geschmack im Mund. Und der ist nicht wegzukriegen. Schlucken allein hilft da nichts.

Auf dem Hang links vorn taucht jetzt der Hof vom Falterbauern auf. Das heißt, daß es bis zum Holzplatz vielleicht noch zwanzig Minuten Fahrt sind. Er ist mittlerweile froh, daß das bald überstanden ist. Friedlich liegt der Hof da auf der Leiten, denkt der alte Knecht, als ob ihn das beruhigen könnte. Aus dem Schornstein ringelt sich ein wenig Rauch, wird aber weiter oben vom Wind verblasen. Ob die beim Falter wohl heut am Feiertag arbeiten, fragt er sich. Die sind auch nicht besonders gut angeschrieben bei der Nazi-Obrigkeit, haben sich seinerzeit nach dem Einmarsch geweigert, den Hof mit Hakenkreuz-Fahnen zu schmücken. Hat damals verschiedene Größen gegeben, aber der Falterbauer wollt denen nicht einmal das kleinste Fahnderl abnehmen, erinnert sich der Jockl.

Seit der Zeit ist ihm der Eiblmayer aufsässig. Immer wieder hat er versucht, ihn mit irgendwas dranzukriegen. Einmal ist er mit der Gendarmerie ausgerückt, um den Falterbauern beim Schwarzschlachten zu erwischen. Muß von irgendwem einen Zund bekommen haben. Der war auch tatsächlich gerad beim Schlachten. Und der Eiblmayer hat die Gendarmen auf dem Hof rundum Aufstellung nehmen lassen, mit Gewehr im Anschlag. Hat schon geglaubt, jetzt hat er ihn. Doch dann hat sich herausgestellt, daß es mit der Schlachtung ohnehin seine Richtigkeit gehabt hat. Und der Ortsbauernführer hat samt seinen Gendarmen mit eingezogenem Schwanz wieder abziehen müssen. Was ihn gewiß noch mehr gegen den Falterbauern aufgebracht hat. Wegen Schwarzhören wollt er ihm auch schon ans Leder. Doch der läßt sich nicht so leicht drankriegen, der hat die Vorsicht gelernt.

Beim Näherkommen sieht Jockl, daß der Weg, der von der Straße zum Hof hinaufführt, ganz ausgetreten ist. Da haben sie also auch gesucht, denkt er. War zu erwarten, daß der Eiblmayer so eine Gelegenheit nützt, um dem Falterhof einen Besuch abzustatten. Ist ja ein guter Vorwand, dort alles umkrempeln zu lassen. Soll niemand sagen, er hätt aus Bosheit den Hof auf den Kopf gestellt, war ja nur wegen der Ausbrecher. – Das kann ihnen am Hof auch blühen, wenn dieser Führerverschnitt dort auftaucht, geht es ihm durch den Kopf. Und die Bäurin ist ganz allein daheim. Hoffentlich ist da noch nichts passiert.

In dem Moment sieht Jockl, daß dort, wo der Weg vom Falterbauern auf die Straße trifft, Bündel liegen; blauweiß gestreift wie der Ärmel, der aus dem Schnee geschaut hat. Als er jedoch genauer hinschaut, erkennt er, daß das nicht nur Kleider sind. Da liegen Menschen – Leichen. Zwei sind es, wie er jetzt feststellen kann. Beim Näherkommen beginnen die Rösser zu schnauben und die Köpfe hochzureißen, wollen nach rechts weg. »Hü!« schreit Jockl und er murmelt weiter: »Wollt's mich in Graben fahren? Habt's sowas noch nicht gesehen. Wart's eben nicht im Krieg.« Er muß kräftig an den Zügeln zerren, um das Gespann rasch an den beiden Leichen vorbeizuführen, wobei er selbst nicht den Blick von ihnen wenden kann.

Die haben sie beim Falterbauer erwischt, geht es ihm durch den Kopf. Und dann: Das sind ja Gerippe, nur Haut und Knochen, Totenschädel. Daß die sich überhaupt auf den Füßen halten konnten, so verhungert wie sie sind. Und nur in dem dünnen Drillich. Der eine bloßfüßig, der andere mit ein paar Fetzen um die Füße. Und auch der Anblick dieser beiden Leichen erweckt in ihm das Gefühl: Die haben Hilfe gesucht, hätten Schutz gebraucht.

Überall war doch von gefährlichen Schwerverbrechern die Rede, fällt ihm dabei ein. Wie wollten solche Gestalten, solche Schatten von Menschen rauben und plündern, Frauen vergewaltigen. Der bittere Geschmack, den er seit dem Marterl nicht losgeworden ist, hat sich noch verstärkt. So viel er auch schluckt, das wird nicht besser. Was muß man mit Menschen tun, damit sie zuletzt so ausschauen, fragt er sich, und er unterdrückt einen Schluchzer, der sich ihm entringen will.

Da merkt er, wie still es hinter ihm ist. Die beiden Mädchen hinter ihm tuscheln nicht mehr. Wenn er's genau überlegt, schon seit einiger Zeit nicht mehr. Seit dem Arm im Schnee. – Hat's ihnen doch noch die Red verschlagen, sagt er sich. Und dann: Ob der Anni jetzt noch immer danach ist, mit auf die Jagd zu gehen?

Was sind das für Menschen, die da überhaupt von Jagd reden. Ein Hendl am Hof ist schwerer zu erwischen als solche Skelette. »Gottlose!« Dieses Wort murmelt er ein paarmal vor sich hin. – Was aber, wenn nun solche Gestalten zu ihnen auf den Hof kämen? Wenn ihm so einer entgegenkommt? Was würd er tun? Was könnt er tun, wenn der ihn um Hilfe bittet, fast erfroren, ausgehungert, verfolgt? Wenn er ihm ein Stück Brot gibt und auch noch einen Schluck Milch – ist das genug? Vielleicht auch noch den alten Rock? Wär es nicht Christenpflicht, ihn zu verstecken? Aber wo? Und vor wem? Sicher, vor den Gottlosen. Müßt er ihn aber nicht auch vor der Bäurin verbergen? Die würde nicht zulassen, daß sich so einer am Hof versteckt. Wenn man ihn findet, wär alles aus. Sie hätte allein schon Angst, dem etwas zu essen zu geben.

Den Hof zu behalten, ist schließlich alles, was sie kümmert. Durch nichts würd sie das aufs Spiel setzen. Und wenn es ihr hilft, würd sie auch ihn bei der Gendarmerie anzeigen, denkt Jockl. Wie aber wollt er dann so einen am Hof verstecken? Ohne daß es die Bäurin merkt? Und doch, könnte er so einen einfach wegschicken? Daß der dann ein paar hundert Meter weiter im

Schnee krepiert? Es wär eine Sünd, die man nie mehr loswird, denkt er. Und irgendwo anders ein Versteck finden?

Es sind zu viele Fragen, die da mit einem Mal auf ihn eingestürmt sind, Fragen, die auf Anhieb nicht zu beantworten sind. Und so beschließt Jockl, fürs erste nicht weiter darüber nachzudenken. Wenn's dazu kommt, soll der Augenblick entscheiden, sagt er sich. Dann muß ihm was einfallen. Jetzt muß er ohnehin gleich nach rechts in den schmalen Waldweg einbiegen. Und auf der ersten Lichtung ist der Holzplatz, zu dem er hin muß.

Am liebsten würde er an überhaupt nichts mehr denken. Rasch die Fuhre abliefern und dann heimfahren. Hoffen, daß dort nichts passiert ist. Ruh haben von allem. Sich einen ansaufen und ins Bett legen. – Es wär schon etwas, wenn er die beiden Menscher da lassen könnte bei dem SS-Trupp. Dann könnt er wenigstens allein nach Hause fahren.

Auf dem Rückweg muß er noch einmal an den Leichen vorbei, geht es ihm durch den Kopf. Soll er die Augen zumachen, wenn er sie da liegen sieht? Nichts hören, nichts sehen? – Die Zenzi wird auf jeden Fall mit zurückfahren wollen. Ihr Herbert ist anscheinend nicht bei dem Trupp. Und wenn sie ihn dann anredet, wegen der Toten? Was soll er ihr dann sagen? Nur den Mund halten? Geht das, daß man immer nur das Maul hält?

Jetzt ist er schon wieder beim Fragen, denkt er. Und nahezu erleichtert merkt er, daß er schon seit einiger Zeit Hundegebell und dann auch die Stimmen von einer größeren Zahl von Männern gehört hat, ohne über seinen Gedanken darauf zu achten. Als er jetzt an die Lichtung kommt, sieht er die Schwarzuniformierten in Gruppen bei den Holzstößen beisammenstehen. Ihr lautes Reden, ihr Lachen stört ihn.

»Da ist der Jörgl«, ruft voll hörbarer Freude die Anni hinter ihm. Die Männer wenden sich dem Schlitten zu. Als er die Pferde anhalten läßt, kommen sie näher, ohne Eile, weiter miteinander redend. Einer forciert, schon knapp vor dem Schlitten, den Schritt. »Wird auch Zeit, daß ihr endlich kommt«, sagt er in einem Ton, der dem Jockl ein innerliches ›Piefke‹ entlockt. »Sind hungrig wie die Löwen.« Währenddessen geht er um die Pferde herum und hebt die Anni, die ihn anstrahlt, vom Schlitten. Er stellt sie jedoch nicht gleich auf den Boden, sondern drückt ihr, während er sie so hält, einen Kuß auf den Mund. Dabei schaut er Anerkennung heischend in die Runde. Jockl sieht, daß Anni rot geworden ist. – Geschieht ihm recht, dem Mensch, denkt er.

III

»Jetzt wird's wohl bald aus sein mit denen. Wenn's ihnen jetzt gar schon zuhauf davonrennen. – Selbst wenn's vorderhand nur welche aus dem KZ sind.«

Grasböck blickt sich rasch um, ob auch niemand in der Nähe ist, der seinen Kollegen gehört haben könnte; dann brummt er ärgerlich: »Sepp, du redest dich wirklich noch einmal um Kopf und Kragen.«

»Wieso? Willst mich denn bei deinen Pgs verzünden«, fragt Ganglberger anzüglich zurück.

Die beiden Eisenbahner haben einander wie üblich getroffen, um gemeinsam zur Arbeit auf den Bahnhof zu gehen, der ein gutes Stück außerhalb des Ortes liegt. Die Abenddämmerung hat schon früh eingesetzt und es ist kaum noch jemand auf der Straße zu sehen, geschweige denn in nächster Nähe. Niemand, der sie belauschen könnte. Dennoch blickt sich Grasböck noch ein paarmal um, auch nachdem er Ganglberger mehr zur Mitte der Straße – weg von den Hauseinfahrten – gezogen hat.

»Nein. Ich werd dich nicht verzünden. Schon aus alter Freundschaft nicht. Aber du reißt ja sonst auch überall das Maul auf und weißt nicht, wer da aller mithört. – Gerade jetzt solltest dir deine Reden besser verkneifen. Eben weil's so ausschaut, als ob's auf ein End zugeht. Aber, ich sag's dir: So ohne weiteres werden die das Feld nicht räumen. Bevor es so weit ist, hauen die noch kräftig um sich. Und da wird's zu allererst die erwischen, die ihnen bis jetzt immer wieder durchgerutscht sind.«

»Mußt es ja wissen, Friedl. Hast dich ja selbst mit dem Gesindel eingelassen«, erwidert Ganglberger.

Es ist ein alter Streitpunkt zwischen den beiden und entsprechend heftig begehrt Grasböck auch auf: »Du weißt ganz genau, warum ich in die Partei gegangen bin. War einzig und allein wegen dem Arbeitsplatz. Mehr hab ich von denen nicht wollen.«

»Bei mir hat's genügt, daß ich zum Arbeitsdienst gegangen bin. Und ich bin auch noch bei der Bahn.«

»Bist ihnen aber stets verdächtig geblieben. Bei einigen bist immer noch der Rote.«

»Und das bin ich auch. Hab nie geleugnet, daß ich Sozialdemokrat geblieben bin. Nicht daß ich das überall an die große Glocke hängen muß. Dafür ist mir mein Kopf zuviel wert. Aber ich hab meine Gesinnung nie verraten.«

»Du hast dich's immer leicht geredet, Sepp. – Was soll das schon heißen: Du hast deine Gesinnung nie verraten. Ich hab sie auch nicht verraten. Bin im Grund genauso Sozialdemokrat geblieben wie du.«

»Nein, Friedl, so einfach geht's nun auch wieder nicht. Man kann immer gerad ein Parteibüchl haben.«

»Aber das Büchl kann mir doch gestohlen bleiben. Was hat das damit zu tun? Es gibt genug Leut rundum, die seinerzeit einmal unser Parteibüchl gehabt haben, nach dem Parteiverbot in der Vaterländischen Front groß aufgegeigt haben und sich zu guter Letzt schon bei den illegalen Nazi haben eintragen lassen. Waren dann, nach dem Umbruch, gar schon Alte Kämpfer und sind als solche auch schnell was geworden. Und, ich frag dich: Glaubst nicht, daß die das rote Parteibüchl noch immer irgendwo gut versteckt halten – für alle Fälle?«

»Gesinnungslumpen gibt's überall, wird's immer geben«, wirft Ganglberger ein.

»Und ich bin auch so ein Lump? Willst das damit sagen?«

»Ich sag nur: Du hast dich an die Nazis verkauft. Wenn'st von denen gerufen wirst, dann stehst Gewehr bei Fuß. Immer schön zackig die Hand oben. Heil Hitler. Und wenn's was zum Sammeln gibt – Winterhilfe, Kinderhilfe, Mütterhilfe, Kriegshilfe und was da nicht sonst noch tagaus, tagein daherkommt – klimperst mit der Büchsen. Das ›Volksopfer‹, das sie jetzt fordern, nicht zu vergessen.«

»Ich kann schließlich nicht gut sagen, daß ich nicht sammeln geh – wenn ich schon einmal bei der Partei bin.«

»Eben – das sag ich ja.«

»Aber ich hab nie was von der Partei gehabt, hab mich nirgends hineingedrängt. Meine Arbeit wollt ich haben. Das war alles.«

»Und jetzt darfst sogar Bahnhofsvorsteher spielen, seit sie den Haider abgeholt haben. Weil der Alte Kämpfer geglaubt hat, er könnt sich – sozusagen von Amts wegen – ein bisserl was in die eigene Tasche wirtschaften. Bist eben jetzt der dienstälteste Pg am Bahnhof.«

»Bist mir's neidig? – Ich hab mich jedenfalls nie für was hergegeben, wofür ich mich genieren müßt. Ich hab ganz bestimmt nie wen denunziert.« Und nach einer kurzen Pause setzt Grasböck hinzu: »Stell dir vor, ich hätt denen nur ein einziges Mal gesagt, was du so bei jeder Gelegenheit von dir gibst.«

»Hast's aus deiner Gesinnung heraus nicht getan, oder nur wegen der alten Freundschaft, wie du vorhin gesagt hast?«

»Drehst einem wirklich jedes Wort im Mund um«, faucht Grasböck verärgert. »Mit dir kann man einfach nicht reden.«

Keiner der beiden Männer nimmt das Gespräch wieder auf. Das liegt allerdings auch am Weg, den die beiden gehen. Die letzten Häuser am Ortsrand haben sie mittlerweile hinter sich gelassen und sie benützen nun die übliche Abkürzung zum Bahnhof, einen schmalen Fußweg. Der ist jedoch seit dem jüngsten Schneefall noch immer nicht ausgetreten; ist nur durch einzelne Fußstapfen im tiefen Schnee gekennzeichnet, die einer einmal gesetzt hat, und jeder, der danach kam, wieder zu benützen versucht hat.

So sind nun auch Ganglberger und Grasböck, hintereinander gehend, angestrengt bemüht, ihre Schritte den vorhandenen Fußstapfen anzupassen. Das gelingt allerdings immer nur für einige Zeit; nicht zuletzt deswegen, weil auch schon die, die vor ihnen hier gingen, immer wieder aus dem Tritt geraten sind. Noch dazu wurden die Fußstapfen jeweils auch in der Gegenrichtung benützt. Es ist also höchst anstrengend für die beiden, hier zu gehen. Das Vorwärtskommen gleicht einem Balanceakt, bei dem man nach jedem Fehltritt in den Tiefschnee erst wieder mühsam in die Fußstapfen zurückfinden muß. So beginnen die beiden Männer bald zu keuchen.

»Scheiße«, stößt Grasböck nach einiger Zeit hervor, »wir hätten doch wieder die Straße nehmen sollen.« Beide hatten um die Unwegsamkeit der Abkürzung gewußt. Und sie waren ihr ja auch schon am Morgen, beim Heimweg vom Bahnhof, auf die Straße ausgewichen, nachdem sie gestern nachmittag, so wie jetzt, hier nur mühsam vorangekommen waren. Entweder war es die alte Gewohnheit oder ihr Gespräch hat sie so abgelenkt, daß sie nun erst wieder hier unterwegs sind.

»Hätt ja sein können, daß der Weg inzwischen ausgetreten ist«, sagt Ganglberger einige Schritte später. In gewisser Weise sollte dies eine Antwort sein, oder auch eine Entschuldigung. Beide wissen jedoch recht gut, daß dieser Weg zur Zeit nur von wenigen benützt wird. In erster Linie sind es die Eisenbahner, zur und von der Arbeit. Und dazu kommen noch die paar Menschen, die dienstverpflichtet jeden Tag zu ihrem Arbeitsplatz in die Stadt fahren. Mit dem 4-Uhr-Zug.

Als Ganglberger dies durch den Kopf geht, denkt er zuerst an den Greindl, den abgemeierten Bauern. Bei dem weiß er noch immer nicht, was das für einer ist. Dann ist da noch ein Invalide, den es hierherverschlagen hat; nicht mehr tauglich für die Front, aber noch so gut beisammen, daß er in der Rüstungsindustrie arbeiten kann. Ein Verbissener, so schätzt ihn Ganglberger ein, da man ihn immer nur in Uniform sieht. Und schließlich die Kerschbaumer-Kathi, die stets im letzten Abdruck kommt. War einmal so eine Hübsche, wenn man sie aber jetzt sieht, mager wie ein Zündholz und blaß, der Schlaf schaut ihr aus den Augen, da erkennt man sie kaum wieder. Die würde glatt steckenbleiben, wenn sie jetzt die Abkürzung nehmen wollte, denkt er, als er gerade selbst wieder einmal aus dem Tritt geraten ist.

Es sind nicht viele übriggeblieben, die in diesen Tagen noch die Eisenbahn benützen. Wer sonst noch wegfährt oder wegfahren muß, der sucht sich lieber eine andere Fahrgelegenheit. Die paar Züge, die hier überhaupt noch verkehren, sind immer überfüllt, da es kaum noch Waggons gibt. Und die sind kalt und zugig, da die Scheiben alle nach und nach bei Luftangriffen zu Bruch gegangen und die Fensteröffnungen nur unzulänglich mit Sperrholzplatten verschlagen sind. – Früher wurde die Bahn vor allem auch von Fronturlaubern benützt; doch von denen sieht man in jüngster Zeit auch keine mehr.

»Hätt ja sein können, daß heut einer von den Suchtrupps hier durchmarschiert ist. Da wär der Weg schon ausgetrampelt worden.« Tatsächlich ärgert sich Ganglberger über jeden Schritt, den er hier dahinstapft, weil er damit erneut Gefahr läuft, sich Schnee in seine Schuhe zu schöpfen, wie es ihm gestern passiert ist. Die ganze Nacht war er das Gefühl nicht losgeworden, daß ihm der nasse Socken am Fuß festfriert. Einmal hat er versucht, diesen beim Kanonenofen im Aufenthaltsraum zu trocknen. Doch das endete damit, daß er ihn fast ansengte. Die Wolle begann schon zu stinken. Dennoch blieb der Socken klamm, und er spürte sogleich wieder den beißenden Frost am Fuß, als er den warmen Raum verließ und in die Kälte zurückkehrte.

Es war eine außergewöhnlich kalte Nacht. Kein Wunder, war doch der Himmel ganz klar. Doch es sind weniger seine kalten Füße, die Ganglbergers Erinnerung an die vergangene Nacht beherrschen. Den Tag über waren die Ereignisse dieser Nacht aus seinem Gedächtnis verschwunden gewesen. So scheint es ihm jedenfalls. Als ob er sie gelöscht hätte, geht es ihm durch den Kopf. Doch nun – da er keuchend durch den Schnee stapft und die Dunkelheit hereinbricht – drängen sich ihm die Bilder wieder auf. Und es ist ihm, als hätte er plötzlich das Stöhnen wieder im Ohr, das aus den Waggons drang, die sie in dieser Nacht auf die Abstellgleise des Bahnhofs rangiert hatten. Er versucht darauf zu horchen, doch da ist es weg. Er hört nur ihrer beider knirschende Schritte. Als wäre dieses Geräusch im Kopf drinnen, denkt er dann. Wie ein leiser, aber durchdringender Ton, der nur den Tag über von anderen Lauten überlagert war. – Und wie die Bilder ist auch dieser nicht wirklich zu löschen.

Gestern nacht – der Spätzug aus der Stadt hatte längst passiert – war ein Zug aus dem Norden angekommen; hinter der Lokomotive ein Personenwaggon und 32 Viehwaggons. Er hatte direkt vor dem Bahnhofsgebäude gehalten. Die Lokomotive wurde abgekoppelt und fuhr sogleich weiter. Aus dem Personenwaggon stieg eine SS-Mannschaft, einige der Männer schon reichlich angetrunken. Brüllten über das ganze Bahnhofsgelände. Und einer – der Kommandant – bellte los, niemand dürfe sich den Waggons nähern, die Eisenbahner hätten sich ins Bahnhofsgebäude zurückzuziehen.

Er und zwei weitere, die mit Rangierarbeiten beschäftigt gewesen waren, gingen zur Lamperie, weil diese am nächsten lag. Sie wußten nicht, was sich abspielen sollte und wie lang sie faktisch eingesperrt sein würden. Sonst wären sie bestimmt zum Aufenthaltsraum gegangen, wo es warm war. Immerhin konnten sie von der Lamperie die darauffolgenden Ereignisse beobachten, denn deren Fenster war eines der wenigen im Bahnhof, das auch die jüngsten Luftangriff überstanden hatte. So standen sie dann zu dritt hinter der Scheibe, um zu sehen, warum man sie vom Gelände vertrieben hatte. – Selbstverständlich waren solche Züge für die Eisenbahner hier nichts Neues. Jeder wußte, daß darin Häftlinge zum KZ gebracht wurden. Neu war, daß ein solcher Transport in ihrem Bahnhof länger Halt machte, denn bis zum KZ war es nur eine Station und bisher waren die Züge immer gleich weitergeführt worden.

Zuerst bezog ein Teil der SSler in einiger Entfernung vom Zug Posten. Dann öffneten jeweils zwei die Schiebetüren der ersten drei Viehwaggons, allerdings gerade nur mannsbreit. Der eine, der zuvor seine Befehle gebellt hatte und seither nach Manier der SS-Führer mit einer Reitgerte an die Stiefel schlagend auf dem Bahnsteig hin und hergestelzt war, nahm vor den Waggons Aufstellung und brüllte: »Tote raus!« – Und durch die Türen wurden Leichen geschoben, schon steif, die, sobald sie das Übergewicht bekamen, auf dem Perron aufschlugen. Aus dem ersten

Waggon fielen fünf, aus dem zweiten zwei und aus dem dritten gar sieben.

Dann wurden die Schiebetüren wieder zugestoßen und verriegelt. Die Zweiermannschaften gingen zu den nächsten drei Waggons, wo sich dasselbe abspielte. Aus allen Waggons kollerten Leichen in ihren dünnen Häftlingskleidern. Die Eisenbahner in der Lamperie konnten dies nur beim vorderen Teil des Zugs beobachten, mußten aber annehmen, daß sich bis zum letzten Waggon fortsetzte, was sie bisher gesehen hatten. – Keiner von ihnen sprach ein Wort. Teils weil ihnen die Worte fehlten, teils auch deshalb, weil es angesichts solcher Geschehnisse allemal besser ist, seine Meinung für sich zu behalten, denkt Ganglberger, sich an dieses lastende Schweigen erinnernd.

Nach geraumer Zeit waren die sechs SS-Männer mit ihrem Führer zurückgekehrt, wobei sie einen Häftling vor sich hertrieben. Es war der erste Lebende, den Ganglberger zu sehen bekam. Und doch ähnelte er nur zu sehr den Toten, die auf dem Bahnsteig lagen. Ein Gerippe von Haut umspannt, bewegte er sich in seinem schlotternden Häftlingsanzug vorwärts. Tiefe Augenhöhlen wie bei einem Totenkopf, sodaß man bei der düsteren Beleuchtung des Bahnsteigs darin die Augen selbst nicht erkennen konnte.

Ohne weitere Befehle wurde wieder nach und nach jede Waggontür einen Spalt aufgeschoben, worauf ein Eimer herausgereicht wurde, den der Häftling nahm. Im Laufschritt eilte er zur Pumpe in der Bahnhofswerkstatt und mit gefülltem Eimer zurück zum Waggon, aus dem der Eimer stammte, wobei bei jedem Schritt Wasser herausschwappte. Sobald der Eimer drinnen war, wurde die Tür wieder verriegelt. Schon beim zweiten Waggon sah man dem Häftling die ungeheure Anstrengung an, die Pein, die ihm das Laufen mit dem schweren Kübel bereitete. Wurde er jedoch langsamer, so brüllte der SS-Führer, der wieder auf dem Bahnsteig hin und hermarschierte: »Hopp, hopp, du Lahmarsch! Laß deine Kameraden nicht verdursten.« Je schneller der Häftling aber seine Schritte setzte, desto mehr Wasser schwappte aus dem Eimer. Es wurde wohl mehr über den Bahnsteig verschüttet als tatsächlich in die Waggons gelangte.

Vor deren Türen lagen immer noch die Leichen. Bei den ersten beiden Waggons hatte sich der Häftling noch bemüht, nicht auf sie zu treten, wenn er den Eimer übergab. Doch schon beim dritten, vor dem ja sieben lagen, war ihm dies nicht mehr gelungen. Gehetzt von den Kommandos und vor Anstrengung wohl auch nicht mehr fähig, seine Schritte gezielt zu setzen, war er auf die Leichen getreten. Das hatte Ganglberger nicht mehr mitansehen können. Er hatte sich vom Fenster weggewandt, war in eine Ecke des Raums gegangen und hatte sich dort hingehockt. – Nun, da ihm das Bild des Häftlings wieder hochkommt, fragt er sich, warum ihn gerade dieser Anblick so erschüttert hat. War nicht der gepeinigte Lebende selbst viel erschütternder als die Tatsache, daß er gezwungen war, auf die Leichen seiner Mithäftlinge zu treten?

Von den weiteren Ereignissen bis zu dem Augenblick, da die drei Eisenbahner ihren Zufluchtsort wieder verlassen durften, hatte Ganglberger jedenfalls nichts mehr mitbekommen. Als sie schließlich aus der Lamperie hinaustraten, stand der Zug noch wie zuvor auf dem Bahnsteig, alle Waggons mit geschlossenen Türen. Die Leichen waren weggeräumt; das fiel ihm sofort auf. Mehrere SS-Männer patrouillierten den Zug entlang, den Rest der Mannschaft sah er nicht mehr.

Über Grasböck hatten sie dann den Auftrag erhalten, die Waggons auf die Abstellgleise zu rangieren. Das mußte erledigt sein, bevor noch der 4-Uhr-Zug kommen würde. Da sie jedoch am Bahnhof kein Zugfahrzeug mehr hatten, mußten sie alle Wagen auseinanderkuppeln und jeden einzeln verschieben. Es war eine harte Arbeit in dieser Nacht. – Und dabei hatte sich ihm dieses Geräusch eingeprägt, das ihm jetzt noch tief im Kopf zu sitzen scheint. Immer wenn er bei der Arbeit einem der Waggons ganz nahe gekommen war, hatte er aus dem Innern Stöhnen und Wimmern vernommen. Doch war das für ihn nicht nur die

Summe von Klagen einzelner Menschen, es wurde vielmehr zu einer drängenden Mitteilung aller.

Das wird Ganglberger, während er durch den Schnee stapft und die Eindrücke der vergangenen Nacht nach und nach aus der Erinnerung wiedererstehen, deutlich. Was da aus jedem der Waggons auf ganz gleiche Weise herausdrang, das waren seiner Empfindung nach nicht einfach Schmerzenslaute, in ihrer Übereinstimmung ergab sich letztlich ein geschlossener Klang, eine verdichtete Anklage gegen die Unmenschlichkeit. Deswegen war dieser Ton auch gar so eindringlich gewesen – und noch immer so gegenwärtig.

Ganglberger ist dermaßen in Gedanken, daß er den Weg weitergegangen wäre, wenn ihn sein Kollege nicht von hinten angerufen hätte: »He, Sepp! Willst noch weiter durch den Schnee waten? Ich wechsel jedenfalls zur Straße hinüber.« Sie sind an eine Stelle gekommen, an der sich die Straße in einer Kurve dem Weg nähert, sodaß es nur weniger Schritte bedarf, um auf die Straße zu gelangen. – »Hast recht, Friedl«, sagt Ganglberger und sucht passende Fußstapfen, die zur Straße hinüberführen, um sich nicht jetzt noch Schnee in die Schuhe zu schaufeln.

Als die beiden die Straße erreichen, gehen sie wieder nebeneinander. Und Grasböck nimmt ihr Gespräch von zuvor wieder auf: »Na gut, Sepp, du bist nicht in die Partei gegangen. Aber was heißt das schon? Dir selbst mag das was geben. Aber hast du irgendwas damit bewirkt? Hast du allein damit – als aufrechter Sozialdemokrat – schon irgendwas gegen die Nazi gemacht?«

»Möchtest gern wissen, ob ich sabotiert hab? Oder bei den Widerständlern bin? – Und das sollt ich dir auf die Nase binden?«

»Glaubst denn wirklich, daß ich dich verraten könnt?«

Ganglberger spürt selbst, daß er in seiner ablehnenden Haltung gegenüber seinem Kollegen wieder zu weit gegangen ist. Er glaubt ja wirklich nicht, daß der Friedl ihn verraten könnte. Dazu kennen sie einander tatsächlich schon zu lange. – Es ist vielmehr Grasböcks Frage, die ihn verunsichert. Eine Frage, die er sich selbst auch schon des öfteren gestellt hat. Er hat ja in der Tat nichts zu verbergen.

»Brauchst nicht gleich beleidigt zu sein«, sagt er nun versöhnlich. »Und kannst auch beruhigt sein: Ich hab nichts gemacht, was mich an den Galgen bringen sollt. Außer Schwarzhören, aber wer tut das nicht heutzutag. Keine Sabotage, kein Widerstand.«

»Wüßt nicht, warum das beruhigend sein sollte. – Weißt, ich hab mir selbst schon manchmal überlegt, daß man irgendwas machen müßt; denen zufleiß. Nicht einfach nur zuschauen.«

»Wenn das deine Parteigenossen wüßten, was sie da für einen in ihren eigenen Reihen haben.« Und da er sich wegen dieser neuerlichen Stänkerei gleich wieder aufs Maul hauen möchte, setzt er hinzu: »Sag nichts, Friedl. War eine blöde Bemerkung. Ich geb's zu. – Was aber wolltest denn wirklich machen? Sabotage? Wolltest einen Zug zum Entgleisen bringen; nichts leichter als das. Brauchst nur einen Bolzen aus der Radaufhängung herausnehmen und irgendwann und irgendwo wird schon was passieren. Das Problem ist nur, daß du nicht weißt, was dann passiert. Und dann ist da auch noch die Frage: Was willst denn für einen Zug zum Entgleisen bringen. Einen, mit dem sie ihre Kanonen führen? Die fahren bei uns durch. Einen mit Erdäpfeln? Daß die dann in der Gegend herumliegen? Das bringt's auch nicht. Einen mit Soldaten? Weißt nie, wen's dabei erwischt.«

»Man könnt fast glauben, du hast das alles auch schon überdacht.«

»Na und – warum nicht? Damit ist noch nichts getan. Du warst es, der gesagt hat, daß er denen gern was zufleiß tät.«

»Aber es gibt doch Leut, die was tun.«

»Die stehen aber nicht allein da. Für so was muß man schon zu mehrt sein. – Mit wem aber wolltest was machen. Von uns – der Bewegung – ist nichts übriggeblieben. Im 34er Jahr haben uns die Hahnenschwanzler auseinandergeschlagen. Und die Nazi haben es dann verstanden, die Leut endgültig auseinanderzudividieren. Daß man nie weiß, wem man noch trauen kann. Wo sind denn die ganzen Genossen von ehemals. Wenn'st mich fragst, ich wüßt keinen, den ich anreden wollt. Die meisten sind an der Front, oder dort schon umgekommen. Ein paar haben sie eingesperrt – und der Rest, der hat sich's gerichtet. Da ist es besser: Gar nicht anstreifen.«

»Aber es gibt Leut, die auch in unserer Gegend was machen. So heißt's zumindest immer wieder. – Haben ja deswegen auch den Abt von Wilhering eingesperrt.«

»Die Legitimisten? Da stecken doch die Pfaffen dahinter. Lauter Monarchisten. Wollen den alten Kaiser wieder haben. Nennen sich großösterreichisch. – Mir tät unser kleines Österreich schon reichen, wenn wir es nur bald wieder hätten. Nein, mit denen will ich bestimmt nichts zu tun haben.«

»Im vergangenen Herbst haben's in Freistadt einen Schübl Leut verhaftet. Sollen auch Widerständler gewesen sein.«

»Von denen hab ich vorher nie was gehört gehabt. In der Zeitung ist was von separatistisch-kommunistisch gestanden, waren aber, was ich gehört hab, Christliche. – Nein, Friedl, ich wüßt in der Gegend niemanden, mit dem ich mich zusammentun wollt.«

»Und dennoch, man sollt was tun – hätt schon längst was tun müssen«, erwidert Grasböck mehr zu sich selbst.

Eine Weile gehen die beiden Männer wieder schweigend nebeneinander her. »Mußt aber schnell was tun, wenn'st noch was tun willst«, sagt dann Ganglberger. »Die Russen haben in Polen schon die Weichsel überschritten, und in Ungarn bereiten sie sich auf den Kampf um Budapest vor. – Die Deutschen machen's nicht mehr lang. Auch wenn jetzt die Red davon ist, das Stammreich zu halten.«

»Weil du das sagst: Der Ober-SSler hat erzählt, daß der Zug, den sie gestern gebracht haben, aus Auschwitz gekommen ist. Das heißt, die haben dort das KZ geräumt und bringen die Gefangenen jetzt zu uns.«

»Beziehungsweise ihre Leichen. Ich frag mich, warum sie die noch durch die Gegend kutschieren müssen, damit sie schließlich doch noch krepieren. Die könnten schon frei sein. Vor fünf Tagen haben die Russen Auschwitz erreicht. Grauenhaft soll's gewesen sein, was sie dort gefunden haben.«

»Hast wieder Feindsender gehört. Wer sagt dir, ob das nicht alles Propaganda ist?«

»Hast gestern nicht die Leichen am Bahnsteig gesehen, und den einen, den sie herumgejagt haben zum Wasserholen. Das haben die Nazi aus Menschen gemacht. – Und jetzt lassen sie sie bei uns am Bahnhof verkommen. Wenn die noch länger da bleiben, erfrieren alle in den Waggons.«

»Im KZ haben sie augenblicklich keinen Platz, hat der SSler gesagt.«

»Na, das hat sich ja heut nacht geändert. Jetzt müßten's wieder Platz haben, wo ihnen doch gleich ein paar hundert abpascht sind. – Sag, Friedl, haben's dich in der Früh gar nicht zur Treibjagd geholt?«

»Natürlich sind's dagewesen. Um fünf haben's Sturm geläutet, der Blockwart und noch ein paar. Keine Hiesigen. Waren wahrscheinlich SSler vom Lager. Haben die Kinder aufgeweckt, die Frau aus dem Bett geholt. Doch die hat ihnen gesagt, daß ich noch im Dienst wär. Um acht ist der Blockwart noch einmal gekommen, hat gemeint, daß es ganz wichtig wär. Die Sicherheit der ganzen Gegend stünd auf dem Spiel, hat er geschwollen dahergeredet. Und ich hab ihm – auch recht geschwollen – gesagt, daß wir in der Nacht einen heiklen Transport gehabt hätten, und ich deswegen ganz erledigt wär.«

»Du und erledigt. Bist die ganze Nacht im Warmen gesessen, während wir uns alles abgefroren haben. Aber der Herr Bahnhofsvorsteher braucht ja nicht mehr mit anpacken. Bist ja jetzt was Besseres. Plauscht sogar mit einem Ober-SSler.«

»Hör mir auf mit dem. Hat sich nur wichtig gemacht, der Bazi. Wollt herumkommandieren. Nichts ist ihm recht gewesen. – Und was das andere betrifft: Ich hab mich um den Posten nicht gerissen. Aber einer muß ihn machen. Und, wenn du's genau wissen willst, Sepp: Es tut mir ganz gut, im Warmen zu sitzen, wenn ihr euch draußen abrackerts.«

»Aber dann sag wenigstens nicht, du wärst vom Dienst ganz erledigt gewesen.«

»Kannst mich ja beim Blockwart verzünden.« Beide lachen.

»Aber siehst, Friedl, zu mir sind sie gleich gar nicht gekommen. Bin eben nicht gut genug, daß ich bei so einer herrschaftlichen Treibjagd mitmach.«

»Bist eben ein schlechter Treiber. Verscheuchst ihnen gar noch das Wild.«

»Ja, Friedl, das hätt ich gern getan. Nicht einen hätten's wieder eingefangen, wenn's nach mir gegangen wär.«

»Aber möchtest, daß die überall frei herumrennen. Haben sogar im Radio gesagt, daß es gefährliche Schwerverbrecher sind, Plünderer, Mörder.«

»Und wer sagt dir, daß das nicht alles Propaganda ist? Glaubst ihnen alles? Ich hab gehört, daß es russische Kriegsgefangene sind. Und wenn das stimmt, würd ich jedem von denen helfen.«

Wieder gehen die beiden eine Weile schweigend dahin. Mittlerweile ist es fast finster. In einiger Entfernung ist allerdings schon die matte Beleuchtung des Bahnhofs zu erkennen. Beide haben den Kopf gesenkt, als ob sie auf das Knirschen des Schnees unter ihren Schritten horchen wollten. »Weißt, Friedl«, sagt dann Ganglberger, »mir geht seit der Nacht dieses Stöhnen nicht aus dem Kopf, das in den Waggons war. Es ist mir, als würd das immer lauter. Wahrscheinlich sind das auch alles so gefährliche Schwerverbrecher, wie sie sie jetzt jagen. – Möcht wissen, warum sie die nicht in Auschwitz gelassen haben. Kommen ihnen wirklich alle noch in der Kälte um, wenn sie die noch länger am Bahnhof stehen lassen. Aber vielleicht ist ihnen das gleich, wollen's das gar. Um die Leichen, die sie aus den Waggons geworfen haben, haben sie sich mehr gekümmert als um die Leut, die noch drinnen sind. Die Toten haben sie jedenfalls mit Lastwagen abholen lassen.«

»Wegen denen hat der SS-Bazi auch langmächtig herumtelephoniert. Hat im KZ angefragt, ob er sie da liegen lassen sollt. Würden schon nicht zu stinken anfangen, bei der Kälte. Doch die vom KZ haben dann anscheinend erklärt, daß sie sie abholen wollen. ›Macht wohl einen schlechten Eindruck‹, hat der Piefke gemeint, nachdem er den Hörer eingehängt hat.«

»Freilassen müßt man's.« Ganglberger hat es ganz leise gesagt, eher in Gedanken als an seinen Kollegen gerichtet.

»Was dir einfällt«, erwidert Grasböck, der es doch gehört hat. »Die Waggons werden streng bewacht. Die ganze Zeit über patrouillieren SSler um sie herum. Und Hunde hat der Wichtigmacher auch aus dem KZ angefordert. Du kommst jetzt zu den abgestellten Waggons gar nicht mehr hin. – Schlag dir das aus dem Kopf, Sepp.«

»Hast du nicht gerade vorher gesagt, daß man was tun müßt? – Da könntest was tun.«

»Aber was bringt das? Wo sollen sie denn hin, wenn sie ausgelassen sind? Sollen sie auch noch in der Gegend herumrennen wie die aus dem KZ? Werden sie gleich mit abgeschossen.« Und dann setzt Grasböck noch hinzu: »Nein, Sepp, laß das bleiben. Gehst selbst mit drauf.«

Die letzten paar Meter zum Bahnhofsgebäude legen sie schweigend zurück. Es fällt zwischen den beiden kein Wort mehr bis sie sich trennen und Grasböck ins Zimmer des Bahnhofsvorstehers, Ganglberger zum Aufenthaltsraum der Rangierer geht.

IV

»Hast uns leicht einen Hasen mitbracht, Hans«, sagt der Gaberl-Wirt, kaum daß der junge Rescheneder die Wirtsstube betreten hat. »Habt's ja heute große Jagd gehabt – oder heißt das bei euch Großwildjagd?«

Rescheneder geht nicht auf die Stichelei des Wirts ein, schließt die Tür hinter sich und deutet lediglich mit der Hand einen Gruß an. Nachdem er seinen Mantel an einen Haken neben der Tür gehängt hat, setzt er sich an den Tisch, der immer der Stammtisch der Jungbauern war, allerdings seit Kriegsbeginn nach und nach recht verwaist ist. Er blickt von Tisch zu Tisch, doch es ist niemand da; niemand, an den er sich wenden könnte, um einer Unterhaltung mit dem Wirt zu entgehen.

»Jessas, jetzt hab ich's schon wieder vergessen«, fährt dieser nun fort, und während er ein Hackenschlagen andeutet und die Hand übertrieben zum Gruß emporreißt: »Heil Hitler, Herr Staffelanwärter. – Oder darf ich heut Hans zu dir sagen, wo du doch in Zivil bist.«

Rescheneder bereut schon, daß er hierhergekommen ist. Umständlich holt er eine Zigarette aus seiner Rocktasche, klopft sie zurecht, um sie schließlich anzuzünden. Erst als er die erste Rauchwolke ausgestoßen und die Ellbogen auf den Tisch gestützt hat, blickt er zum Wirt auf, der neben ihm stehengeblieben ist und sagt: »Geh mir nicht auf die Eier, Alfons. Bring mir lieber ein Bier.« Etwas zu bestellen, ist die einzige Möglichkeit, den Wirt zu beschäftigen und ihn zumindest für kurze Zeit hinter die Schank zu verbannen.

Eine traurige Angelegenheit ist so eine leere Wirtsstube, denkt Rescheneder. Er schaut kurz auf die Uhr. Es ist noch früh am Abend, und beim Gaberl, wo ausschließlich Bauern verkehren, kommen die Gäste üblicherweise erst nach dem Abendessen. Dennoch hatte er gehofft, irgend jemanden hier anzutreffen, mit dem er ein wenig reden könnte. Unter diesem Aspekt war er überhaupt – nach geraumer Zeit wieder einmal – hierhergekommen. Die übliche Runde, in der sie früher beisammengesessen sind und auch ihren Spaß gehabt haben, die gibt es nicht mehr. Von all denen ist kaum einer übriggeblieben. Die meisten sind eingezogen worden. Und wer von den Jungbauern noch da ist, der geht auch nur mehr selten zum Gaberl. Es bringt ja nichts, allein im Wirtshaus herumzusitzen. – Denn am Tisch der Bauern und bei deren Gesprächen haben die Jungen nichts verloren.

Aber er mußte heute abend weggehen. Bei den anderen SSlern – ob in der Kantine oder beim Post-Wirt – hätte er's nach diesem Tag nicht ausgehalten; und nach Haus wollte er schon gar nicht. Dort hätte ihn der Vater nur wieder ausgefragt: Was er heut gemacht habe, und ob er sich auch richtig verhalten habe, und ob er mit den andern gut zurecht komme. Wie seinerzeit, als er noch zur Schule gegangen ist. Dieser Fragerei wollte er sich jedenfalls an diesem Abend nicht auch noch aussetzen. Und die Gefahr, daß sein Vater hier auftauchen könnte, die besteht nicht. Seit einiger Zeit geht dieser nun zum Post-Wirt, wo sich die führenden Parteigenossen des Orts eingenistet haben.

So war Rescheneder, als er kurz nach Einbruch der Dämmerung seinen Suchtrupp wieder zum Hauptplatz zurückgeführt hatte, zwar mit den anderen SS-Chargen ins Lager gefahren, hatte aber dort gleich um Ausgang angesucht. – Er müsse heim auf den Hof, hatte er erklärt, nachschauen, ob dort etwas passiert sei. – Dann hatte er die Uniform in den Spind gehängt, das Zivil angezogen – Mantel und Stiefel brauchte er ohnehin nicht zu wechseln – und war mit der erstbesten Mitfahrgelegenheit wieder in den Ort herübergekommen.

Eine Zeitlang war er ziellos umhergewandert, hatte nur darauf gewartet, ob er nicht einem Bekannten begegnen würde. Außer der Leitl-Zenzi hat er aber niemand getroffen. Und als er die grüßte und mit ihr ein Gespräch anfangen wollte, schaute sie ihn nur ganz eigenartig an, irgendwie verschreckt und ist, sich an ihm vorbeidrückend, davongeeilt.

Bei diesem Umhertrotten war ihm schließlich immer kälter geworden, und so hat er beschlossen, doch wieder einmal zum

Gaberl-Wirt zu schauen. Das schien ihm insgesamt betrachtet noch das am wenigsten Unangenehme für diesen Abend zu sein. Auch wenn er genau weiß, daß ihm die meisten Bauern, die hier verkehren, nicht gerade gutgesonnen sind. Vor allem die, deren Söhne an der Front sind, halten ihm vor, er hätte sich's gerichtet. Das ist mit ein Grund, daß er an und für sich gar nicht mehr gern zum Gaberl geht. Das gesteht sich Rescheneder ohne weiteres ein. Gerade beim letzten Mal, als er hier war, hatten einige von ihnen hämische Reden geführt, über junge Leut, die sich zu gut wären für die Front. Dabei redeten sie so laut, daß er es auch ja hören mußte.

Er hat sich wirklich nicht darum gerissen, bei der SS unterzukommen, sagt er sich jetzt. Weiß Gott, er fühlt sich bei denen gar nicht wohl in seiner Haut. Halten sich allesamt für was Besseres. Aber der Vater hat sich das eingebildet und hat alles getan, damit er ihn beim Wachdienst im Lager unterbringt; hat sich bei der Parteileitung angebiedert und auch nicht gespart, wenn er geglaubt hat, daß es nützt. Der Bub sollt nicht so weit vom Hof weg, hat er immer wieder zur Mutter gesagt, wenn die gemeint hat, es wär nicht gut, wenn er sich gar so mit denen einlasse. Das würd nur Unheil bringen. – Das jedoch könnte er nie den Bauern erzählen, wenn die ihn wieder schlechtmachen.

Als der Wirt nun das Bier vor ihn hinstellt, rückt er sich einen Sessel zurecht und setzt sich zu ihm. Sein Grinsen kündigt schon an, daß er gleich wieder auf das Thema zurückkommen wird: »Na, wieviel Hasen hast denn erwischt? War die Jagd gut?«

So unangenehm wie heute ist Rescheneder die Fistelstimme des Gaberl noch nie aufgefallen. Dabei erinnert er sich, daß der Wirt vor dem Krieg ganz normal geredet hat. Doch dann wurde er krank und davon blieb ihm diese Stimme. Es heißt, der Wirt hätte damals Kreide gefressen, um nicht einrücken zu müssen. – Ob das stimmt, weiß er nicht. Was ihn angeht, so könnte er sich nicht vorstellen, daß er so etwas macht. Da würde er schon lieber einrücken, als dann das ganze Leben lang mit so einer Fistelstimme herumzurennen.

»Bei uns war nichts los«, erwidert er schließlich, nachdem er einen langen Zug aus dem Bierglas genommen hat. Irgendwas muß er ja sagen. »Beim Opferstein hinten hat sich keine Maus anschauen lassen. Sind den ganzen Tag völlig umsonst durch den Schnee gewatet.«

Es stört ihn auch, wie der Wirt immer von den Hasen redet, als ob er nicht wüßte, worum es tatsächlich gegangen ist. Dabei kann Rescheneder nicht heraushören, ob das ihm gegenüber anzüglich gemeint ist. Oder ob der Wirt einfach den SS-Ausdruck übernommen hat. – Bei der Befehlsausgabe in der Früh hatte ein reichsdeutscher Obersturmführer – ein fanatischer Jäger, wie die alle – erklärt: ›Die müssen gejagt werden wie die Hasen.‹ Und irgendwer hat daraufhin beim Abtreten gemeint: ›Na, dann Weidmannsheil. Gehen wir heut eben auf die Hasenjagd.‹

Rescheneder wundert es, daß der Spruch so schnell die Runde gemacht hat. Aber schon beim Sammeln des Volkssturms vor dem Gemeindeamt war allenthalben von der Hasenjagd die Rede, erinnert er sich. Und der Lösch hat die ganze Zeit über auch so getan, als ob es auf nichts anderes als auf Hasen ginge.

»Kannst ja den Herrn Untersturmführer Kaltenberger fragen, ob bei dem nicht ein paar Hasen abgefallen sind«, geht er dann doch auf den Ton des Wirts ein. Jeder weiß, daß die Wirtstochter Purgl mit dem Kaltenberger ein Pantscherl hat, wobei auch gemunkelt wird, der Wirt hätte sie selbst an den verkuppelt, gewissermaßen als Rückversicherung, daß man ihn nicht trotz allem doch noch einzieht. »Wenn'st so gern einen Hasen hättest, mußt dich schon an den halten.«

Das hat ihm gerade noch gefehlt, daß er sich jetzt auch noch an den Lösch erinnert hat, der ihm den ganzen Vormittag auf die Nerven gegangen ist, denkt Rescheneder, findet aber dann, daß der Apotheker immerhin ein Gesprächsthema wäre, geeignet, den lästigen Wirt bei Laune zu halten. Schließlich muß er sich ohnehin den Ärger, den er mit dem hochnasigen Pulverlgreißler gehabt hat, von der Seele reden.

»Den Lösch hab ich in der Gruppe gehabt«, redet er also weiter. »Der ist ganz damisch geworden, weil wir nichts erwischt haben. Hat sich noch dazu aufgeregt, daß ich nicht die Uniformstiefel angehabt hab. Dabei sind mir die in der Nacht schon naßgeworden. Und dann wollt er mir auch noch erklären, wie ich das Gewehr zu halten hätt. Als ob ich ausgerechnet ihn dazu bräuchte. Bin lang genug gedrillt worden, bis auch ja alles haargenau nach Vorschrift geklappt hat. ›Das geladene, ungesicherte Gewehr ist unter dem rechten Arm auf der Patronentasche liegend zu tragen.‹ Doch, sag: Wozu soll ich das Gewehr die ganze Zeit in Anschlag halten, wenn weit und breit nichts ist, worauf ich schießen könnt? Soll ich mir für nichts und wieder nichts die Finger abfrieren?«

»Na, was willst. Der Lösch, der ist doch allerweil auf der Pirsch, ist eben ein passionierter Jäger. Und er nimmt's eben recht genau. Der Lösch wollt sich doch seinerzeit sogar mit dem Kreisjägermeister anlegen, weil der dem Ziereis bewilligt hat, daß die hohen SS-Führer auch in der Schonzeit Rehböcke schießen dürfen. Sie bräuchten das als Entspannung für den Dienst, hat es geheißen. Aber der Lösch wollt das nicht gelten lassen. Ist allerdings nicht weit gekommen mit seiner Eingabe.«

»So ein Zugereister, der sich bei uns aufspielen will.«

»Na, und warum ist er denn zu uns zugereist? Der hat rechtzeitig gerochen, worauf es ankommt. Hat sich gedacht, als Apotheker am Land ist er unabkömmlich, muß er nicht in den Krieg.«

Hat er wenigstens keine Kreide fressen müssen, denkt Reschenneder, als der Wirt spitz hinzufügt: »Bei der SS hätten's ihn nämlich nicht genommen.«

Er sieht, wie der Wirt auf eine Reaktion von ihm wartet, doch die Freude macht er ihm nicht. Er tut so, als hätte er nicht mitbekommen, wie das gemeint war. Und so fährt jener fort: »Er muß seinerzeit, in der Verbotszeit, bei den Hahnenschwanzlern ein rechter Nazi-Fresser gewesen sein. So wird erzählt. Er wollt's vertuschen, als er zu uns gezogen ist, aber man ist ihm doch draufgekommen. Hat ihm nichts genützt, daß er dem Bürgermeister in den Arsch kriechen wollt und große Reden auf die nationale Revolution geführt hat. – War aber so oder so ein Ding: Als Zugereister hätt er bei uns nichts zu bestellen gehabt.«

»Das Maul reißt er aber trotzdem auf, als ob er was zu bestellen hätt«, ereifert sich Rescheneder.

In diesem Moment wird die Tür der Wirtsstube geöffnet. Beide Männer schauen auf, um zu sehen, wer da kommt. Der Wirt will auch schon wie üblich aufstehen, läßt sich dann aber wieder in den Sessel zurückfallen, als er den Gast erkennt, der sich vor der Tür noch sorgfältig die Schuhe abputzt. Dann sieht auch Rescheneder, daß es der Greindl ist.

Einen Gruß murmelnd, bei dem er keinen der beiden Männer anschaut, tritt dieser schließlich ein und schlurft quer durch die Wirtsstube zu einem kleinen Tisch in der hinteren Ecke, der von den Gästen allgemein der Katzentisch genannt wird – ohne daß jemand wüßte, warum. Sich schwer auf den Tisch stützend schiebt er seinen ausgemergelten Körper auf die Bank. Den Mantel hat er anbehalten, und erst als er sitzt, nimmt er den Hut ab. Sorgfältig legt er ihn neben sich auf den Tisch. Dann fährt er sich mit beiden Händen über das von der Kälte gerötete Gesicht. – Der Wirt und auch Rescheneder haben den Gruß nicht erwidert. Sie beobachten jedoch den Mann die ganze Zeit über, bis er nun erstmals den Blick hebt.

»Was willst denn trinken, Greindl«, fragt der Wirt vom Jungbauerntisch hinüber.

»Einen Schnaps gegen die verdammte Kälte«, erwidert jener. Und erst jetzt erhebt sich der Wirt langsam aus dem Sessel.

Es gehört schon was dazu, weiter zum Gaberl-Wirt zu kommen, denkt Rescheneder, alleingelassen, während er den Mann im Auge behält, allerdings mit dem Bemühen, ihn nicht anzustarren. Wo aber sollte der auch sonst hingehen. Für ihn ist es wahrscheinlich immer noch einfacher, er findet sich mit dem Katzentischerl ab. Als Abgemeierter hat er ja vom Tisch der Bauern verschwinden müssen. Allerdings, und das ist gewiß etwas Besonderes, haben die Bauern nichts dagegen, daß er weiter zum Gaberl kommt. Unter der Hand hört man da und dort auch, daß man dem Greindl übel mitgespielt hätte. Und schließlich ist es so, daß die Bauern, die einander beim Gaberl treffen, es zwar nach Möglichkeit vermeiden, mit ihm in Verbindung gebracht zu werden, Feindseligkeit steckt aber keine dahinter.

Rescheneder gesteht sich ein, daß er herzlich wenig über die Sache mit dem Greindl weiß. Bekannt ist ihm lediglich, daß dieser erst sehr spät aus dem Ersten Weltkrieg nach Haus gekommen ist. War in russischer Kriegsgefangenschaft. Selbst soll er erzählt haben, daß es wegen des Zusammenbruchs der Monarchie Schwierigkeiten mit seiner Staatsbürgerschaft gegeben hätte. Er hat dann den Greindlhof übernommen, und da hat es nichts gegeben; war alles in Ordnung. Bedauert hat man ihn, daß er so lange in Rußland hat bleiben müssen.

Bis zum Umbruch. Da ist dann plötzlich eine Weisung von Himmler persönlich gekommen, wonach Spätheimkehrer in Schutzhaft zu nehmen seien. So hat es zumindest der Vater einmal erzählt. Mit einem Mal war der Greindl verdächtig. Das wären alles verkappte Kommunisten, hat es geheißen. Dem Greindl war aber nichts anzumerken. Die Nazi hätten's auf den Greindlhof abgesehen, hat der Vater damals noch gesagt. Der Eiblmayer, der Ortsbauernführer, muß in der Zeit immer wieder hingeritten sein, um was Verdächtiges auszukundschaften. Aber der Greindl hat genau gewußt, auf was das hinauslaufen soll. Irgendwann muß ihm die Kreisleitung sogar angeboten haben, daß man ihm den Hof abkauft. Aber darauf ist er nicht eingestiegen.

Und dann hat es geheißen, man hätte den Greindl beim Schwarzhören erwischt, den russischen Sender hätte er gehört. Man hat ihn verhaftet und in die Hauptstadt gebracht; und ihm dort den Prozeß gemacht. Aber gar nicht wegen dem Schwarzhören. Vielmehr hat der Greindl einem, der mit ihm in der Zelle war, vorgeschwärmt, wie gut es den Bauern in Rußland gehe und daß man das System auch bei uns einführen müßte. Jedenfalls hat der das beim Prozeß ausgesagt. So ist der Greindl verurteilt worden und erst im vergangenen Jahr wieder aus dem Gefängnis herausgekommen.

Gleich nach dem Urteil hat man ihm hier die Bauernfähigkeit abgesprochen, weil der Greindl ja nun vorbestraft war, und die Partei hat den Hof übernommen. Ursprünglich war zu hören, daß ein Heim auf dem Greindlhof eingerichtet würde, aus dem ist aber nie etwas geworden. Jetzt sind dort schon seit einem Monat Familien aus Ungarn einquartiert, die man aus den Messerschmidtwerken in Raab evakuiert hat.

Als er aus dem Gefängnis zurückgekommen ist, hat der Greindl jedenfalls nichts mehr gehabt. Der Ortsgruppenleiter wollte, daß er überhaupt nicht mehr in den Ort zurückkommt. Und er hat verhindert, daß er hier Arbeit bekommt. Hat ihm eine Arbeit in der Stadt bei den Göring-Werken zuteilen lassen. Deswegen sollte er dann auch gleich in die Stadt übersiedeln. Aber der Greindl war bockig. Er hat sich am Ort ein Zimmer gesucht, was gar nicht so leicht war. Doch schließlich ist er im Pfarrhof untergekommen. Und jetzt fährt er täglich zur Arbeit und wieder zurück. – Dabei haben sie ihn inzwischen schon wieder einmal verhaftet gehabt. War sofort verdächtig, als es in den Göring-Werken Sabotage gegeben hat. Anscheinend hat man ihm aber nichts nachweisen können.

Kleinweis trägt Rescheneder aus seinem Gedächtnis zusammen, was er über den Greindl weiß oder zumindest gehört hat. Dabei läßt er ihn weiter nicht aus den Augen. Wie er dasitzt, vor sich auf die Tischplatte starrt, ab und zu an dem Stamperl nippt. – Der Wirt, der sich inzwischen wieder zu ihm an den Tisch gesetzt hat, muß seine Neugier bemerkt haben, denn jetzt sagt er flüsternd zu ihm: »Ist ein armer Narr, der Greindl. Glaubt immer noch, daß er eines Tages seinen Hof zurückbekommt. Aber darauf wird er wohl noch lang warten müssen.«

Rescheneder kommt es vor, als hätte der Wirt den letzten Satz etwas eigenartig betont. Sollte es eine Feststellung sein oder eine Frage? – Erst vor wenigen Tagen wurden sie bei der Befehlsausgabe wieder darauf hingewiesen, daß rundum defätistische Reden geführt würden. Die Heimtücke lauert überall, hat es geheißen, und daß man darauf achten müßte – und anzeigen, wenn man jemand dabei erwischt. Doch hier hat Rescheneder das Gefühl, daß der Wirt eher ihn ausholen will. Wahrscheinlich nicht zu Unrecht wird gemunkelt, daß der Gaberl auch als Zuträger für die Parteileitung arbeitet. Der wäre es gewiß recht, wenn sie bei den Bauern mithören könnte, denen man soundso nicht recht traut. Die Pfaffen und die Bauern halten's immer noch mit dem Kaiser, das hat man ihnen schon während der Ausbildung beigebracht.

Rescheneder spürt den fragenden Blick des Wirts, als ob dieser auf eine Antwort wartete. So murmelt er ein »Ja-ja«, schaut aber dann doch dem Gaberl rasch ins Gesicht. Er glaubt etwas Lauerndes in dessen Augen zu sehen, und so fügt er – möglichst beiläufig, als ob es ohnehin keine Zweifel darüber gebe – hinzu: »Da wird er lange warten müssen.«

Jetzt hört man vor der Tür Männer reden und auch das Geräusch von Schuheabputzen. Diesmal steht der Wirt schon auf – und stellt sich in Positur –, bevor noch die Tür geöffnet wird. Wie der Stubendienst beim Rapport, denkt Rescheneder. Steht schon habtacht, wenn er nur das entsprechende Geräusch vor der Tür hört. Aber der Wirt war nie anders, wenn es um die ›guten Gäste‹ gegangen ist. – Ein kurzer Blick auf die Uhr zeigt ihm, daß jetzt nach und nach die Bauern eintreffen müßten. In früheren Jahren wären sie gewiß früher aufgekreuzt, am Feiertag. Den gibt es aber nicht mehr, und es will sich gewiß niemand nachsagen lassen, er hätte heut nicht voll gearbeitet.

Es sind der Meisel und der Grünberger, die nun die Wirtsstube betreten. Während sie ihre Mäntel ausziehen, blicken sie im Raum rundum. »Da schaust dich an, der junge Rescheneder gibt uns auch wieder einmal die Ehre«, sagt der Meisel, als er ihn sieht. »Und ganz in Zivil.« An den Grünberger gewandt fügt er dann hinzu: »Na, heut haben wir eh schon genug Uniformen gesehen.«

Rescheneder schaut ihnen zu, wie sie bedächtig zum Bauerntisch gehen und einer nach dem anderen auf ihre angestammten Plätze rutschen. Der Wirt steht schon bereit und fragt: »Das Übliche?« Worauf die beiden Bauern nur nicken. Jeder von ihnen haucht einmal kräftig in die Hände und reibt diese dann aneinander. Für einen Augenblick ist das das einzige Geräusch, das in der Wirtsstube zu hören ist. Dann kommt der Wirt hinter der Schank hervor. Er stellt jedem sein Bier hin und zieht sich wieder zurück. In abwartender Haltung bleibt er in der Nähe der Schank stehen.

Bei denen traut er sich nicht, sich so einfach dazuzusetzen, vermerkt Rescheneder und kann sich dabei ein spöttisches Lächeln nicht verkneifen. Wenn er nicht gerufen oder vielleicht einmal ausdrücklich aufgefordert wird, sich zu setzen, hat er in der Nähe des Tischs, solange die Bauern dort sitzen, trinken und reden, nichts verloren. Muß ihm schwer fallen, abseits zu stehen, wenn ihn doch die Neugier dermaßen plagt.

Sein Sinnieren wird jäh unterbrochen, als ihn der Meisel unvermutet wieder anspricht: »Ist denn eure Suchaktion schon beendet? Habt's die Ausreißer alle wieder eingefangen?«

»Na, sonst könnt er ja nicht so einfach im Wirtshaus sitzen und an seinem Bier zuzeln«, wirft der Grünberger ein.

Just rechtzeitig geht erneut die Tür auf, sodaß Rescheneder einer Antwort enthoben wird. In rascher Folge trifft nun die Mehrzahl jener Bauern ein, die Stammgäste beim Gaberl sind. Für einen Freitagabend sind es ziemlich viele, denkt er, muß doch am Feiertag liegen – oder es ist die Neugier zu erfahren, was es im Zusammenhang mit dem Ausbruch alles gegeben hat. Verwunderlich wäre es nicht, haben doch die Suchaktionen auch die meisten Höfe betroffen. Und da gibt es bestimmt viel zu erzählen.

Jeder der Hereinkommenden hat nach dem üblichen Gruß zum Bauerntisch hin auch die Anwesenheit des jungen Rescheneder vermerkt; manche mit dem abweisenden Gesichtsausdruck, den er an ihnen schon kennt, andere auch mit einer freundlichen Handbewegung. Die immer wiederkehrende Bemerkung, daß er auch wieder einmal da sei, bleibt natürlich nicht aus, und ebensowenig die spöttische Vermutung, daß sein Besuch mit dem Feiertag zusammenhängen müsse. Sobald sie aber am Tisch sitzen, beachten sie die Anwesenheit des Jungbauern und SS-Manns nicht mehr.

Dieser hat inzwischen sein Bier ausgetrunken. Einen kurzen Augenblick überlegt er, ob er nicht jetzt gehen sollte. Er kann sich jedoch nicht dazu entschließen. Zum einen weiß er nicht, wo er sonst hingehen sollte, und zum anderen möchte er doch allzugern wissen, was heute da drüben am Bauerntisch gesprochen wird. Bestimmt reden sie vom Ausbruch und den Suchaktionen, denkt er, wenn man danach geht, wie sie ihre Köpfe zusammenstecken. So sehr er aber auch die Ohren spitzt, er bekommt nichts mit von dem, was da erzählt wird. – Und je mehr er sich ausgeschlossen fühlt, desto größer wird seine Neugier, desto mehr will er nun selbst auch wissen, was sich heute rundum in den Gehöften abgespielt hat. Obwohl er doch eigentlich ins Wirtshaus gegangen ist, um von den Ereignissen dieses Tages abzuschalten.

Rescheneder deutet dem Wirt an, daß er noch ein Bier will. Als dieser es gebracht und er den ersten Zug genommen hat, macht er es sich vorerst einmal etwas bequemer auf der Bank. Dabei merkt er, wie angespannt er die ganze Zeit über dagesessen war. Ein paarmal blickt er zum Bauerntisch hinüber, verkneift sich dieses aber im weiteren. Es wäre nicht gut, wenn man dort sein Interesse bemerkte. So zündet er sich wieder eine Zigarette an, bläst den Rauch vor sich hin und versucht, sich den Anschein des Unbeteiligten zu geben.

Von dem, was sich heute insgesamt und insbesondere hier am Ort ereignet hat, weiß er eigentlich gar nichts, geht es ihm durch den Kopf. Er selbst war noch in der Nacht mit seiner Mannschaft ausgerückt, um den Fluchtweg der Ausbrecher gegen Norden abzuriegeln. Weit außerhalb des Lagers hatten sie Posten bezogen, Straßen und Wege gesperrt. Es war sternenklar und das Gelände, in dem sie eingesetzt waren, gut einsichtig. Es wäre ihnen wohl nicht entgangen, wenn Ausbrecher dorthingekommen wären. Aber entweder hatten diese eine andere Fluchtrichtung genommen oder sie waren noch nicht so weit gekommen. Jedenfalls war an ihrem Abschnitt nichts los.

In der Früh hat man sie dann zurückgeholt. Da inzwischen auch der Volkssturm mobilisiert war, sollte nun jeder von ihnen einen Suchtrupp führen. Bei der Einteilung der Trupps auf dem Hauptplatz hat es allerdings ein unvorstellbares Durcheinander gegeben. Da wurde gestritten, wer mit wem zusammengehen sollte oder wollte, und dann noch, wer welche Marschroute nehmen würde. Da wurde ausgetüfftelt, wo sich die Ausbrecher am ehesten versteckt halten könnten. Wetten wurden abgeschlossen, wer mehr von ihnen einfangen würde. – Eigentlich war es zum Kotzen, denkt Rescheneder bei der Erinnerung daran. War nur verwunderlich, daß nicht manche auch noch zu hecheln begonnen haben. Ihm war es jedenfalls einerlei, mit wem und wohin er gehen würde. Ihn hatte von Anfang an an dieser Aktion etwas gestört; und das war, daß sie die Ausbrecher gar nicht wieder einfangen sollten, sondern daß sie den strikten Befehl hatten, jeden an Ort und Stelle sofort zu erledigen. Und er hat noch nie auf einen Menschen geschossen, hat noch nie auf einen Menschen schießen müssen.

Andere in seiner Mannschaft waren hingegen ganz versessen darauf, geht es ihm durch den Kopf. Denen macht es auch Spaß, die Häftlinge zu schlagen, zu treten, auf jede Art zu quälen, wenn sie sie zur Arbeit führen. Die machen sich auch immer wieder über ihn lustig. Vor allem die Reichsdeutschen. Das mindeste ist, daß sie ihn Kamerad Schnürschuh nennen. Die Heimischen sind aber auch nicht besser; die glauben, sie müßten ebenso daherreden, nennen ihn einen Schlappschwanz und auch sonst noch einiges. Dieses Ungeziefer muß man in den Arsch treten, heißt es pausenlos. In der Tat versteht er nicht, warum man auf Leute hintreten soll, wenn kein Grund dafür da ist. – Mitunter ist Rescheneder recht unglücklich; vor allem, wenn er wieder Zielscheibe des Hohns seiner Kameraden ist, wenn die ihm zu verstehen geben, daß er mit ihnen im Grund nichts gemeinsam hat. An der Front wäre es vielleicht einfacher, denkt er für einen Augenblick, sagt sich aber sofort, daß dort erst recht geschossen wird. – Hauptsache ist, daß der Vater nicht erfährt, was sie ihn in der Mannschaft alles heißen.

Eine eigene Parole wurde für die Verfolgung der Ausbrecher auch ausgegeben, erinnert er sich, kam von Ziereis persönlich. ›Blücher‹ heißt sie. Allerdings kann Rescheneder nicht viel damit anfangen. Soll ein preußischer Feldherr gewesen sein, hat jemand erklärt.

Im Lager hat er eigentlich auch keine Einzelheiten darüber erfahren, was sich in der Gegend heute alles zugetragen hat. Da hat ein jeder nur angegeben, wie viele er hoppgenommen und wie er denen dann den Garaus gemacht hat. Wer so erfolglos geblieben war wie er, der durfte da überhaupt nicht mitreden. Ein paar haben sich lediglich über Bauern beschwert, die den Ausbrechern etwas zu essen gegeben hätten. Die hätte man am besten gleich mit an die Wand stellen sollen, haben sie gemeint. Namen wurden dabei allerdings keine genannt.

Als ihm dies durch den Kopf geht, schaut Rescheneder nun doch wieder zum Bauerntisch hinüber, wobei er sich die Frage stellt, ob wohl unter denen auch einer ist, der den Ausbrechern etwas zu essen gegeben hat. Forschend läßt er seinen Blick von einem zum anderen wandern, da schaut ihn gerade der Grünberger an. Und dem scheint dabei eine Idee zu kommen. Er lacht auf und sagt dann laut in die Runde: »Was spintisieren wir da lang herum, wie das passieren hat können. Schließlich haben wir jemand da, der uns das alles aus erster Hand erzählen kann.«

Andere folgen seinem Blick, und als nun die meisten zu ihm herüberschauen, sagt der Walchshofer: »Ja, richtig. Hans, komm rüber. Sag, wie das war, daß euch auf einmal gleich dermaßen viel Leut haben auskommen können.« Rescheneder ist einigermaßen verlegen über diese Einladung. Er wartet ab, ob nicht von jemand anderem am Tisch ein Einwand kommen würde. Aber die einen – die, die ihm nicht wohlgesinnt sind – zeigen lediglich ablehnendes Schweigen, von den anderen kommt zustimmendes Gemurmel. Der Meisel wirft noch mit einem Schmunzeln ein: »Mußt dir aber klar sein über die Ehre«, und zweideutig setzt er hinzu: »Die heißt bei uns Treue zum Bauernstand.«

So geht Rescheneder schließlich zum Bauerntisch hinüber und setzt sich auf den Platz, den der Walchshofer neben sich freigemacht hat. Sogleich kommt auch der Wirt neugierig herzu, er wird aber vom Edtlinger mit der Bestellung, noch ein paar Bier zu bringen, wieder weggeschickt. Alle Blicke richten sich nun auf den jungen Rescheneder, der nicht recht weiß, wie ihm ist. Einerseits ist er natürlich stolz, einmal am Bauerntisch sitzen zu dürfen, andererseits weiß er aber auch genau, daß er das nur darf, weil die Bauern etwas von ihm wissen wollen. Und daß sie etwas von ihm wissen wollen, liegt daran, daß er bei der SS ist. – Es ist also seine Zugehörigkeit zur SS, die es ihm ermöglicht hat, bei den Bauern am Tisch zu sitzen. Wenn das der Vater wüßte! Doch der hätte bestimmt auch daran wieder etwas auszusetzen. Er kann sich vorstellen, wie der keppelt: Was laßt dich mit diesen Bauern ein. Merkst denn nicht, daß dir das nur schaden kann. – Und umgekehrt werfen ihm die Bauern ja ihrerseits immer vor, daß er bei der SS ist.

»Jetzt erzähl endlich, was da in der Nacht wirklich passiert ist«, hört er den Walchshofer neben sich drängen.

»Aufpaßt haben sie nicht, das ist alles«, sagt darauf lachend der Kloibhofer. Andere lachen mit. »Aber das ist ja nichts Neues. Am Montag haben sie in der Schönau einen Juden aufgegriffen, der ihnen im Lager ausgerissen ist.«

Die Bemerkung und das anschließende Gelächter haben Rescheneder noch einmal etwas Zeit gegeben. Einen Augenblick überlegt er, was er denn überhaupt berichten kann, soll oder auch darf. Angesichts der erwartungsvollen Blicke, die sich nun wieder auf ihn richten, muß er aber doch zu reden beginnen. »Bis jetzt ist jeder wieder im Lager gelandet«, sagt er deshalb, auf den einzelnen Ausbrecher eingehend, der vor wenigen Tagen zurückgebracht worden war. »Dem von neulich haben sie eine Tafel um den Hals gehängt, auf der gestanden ist: ›Warum in die Ferne schweifen, wenn das Gute doch so nah‹.« Daß jener gleich darauf mit Musikbegleitung auf dem Appellplatz hingerichtet wurde, erzählt er aber nicht.

»Aber jetzt sind euch ja gleich ein paar hundert ausgekommen, wie es heißt«, wirft Effeneder ein. »Da steckt ja mehr dahinter, als wenn sich einmal einer aus dem Lager hinausverirrt.«

»Was da wirklich passiert ist, davon weiß ich im Grund auch nicht recht viel«, geht Rescheneder vorsichtig das Thema an. »Ich weiß nur: Um eins in der Nacht ist plötzlich Alarm gegeben worden. Und es hat geheißen, die vom Block 20 sind ausgebrochen. An die Stelle, wo die über die Mauer sind, bin ich aber gar nicht gekommen, weil unsere Mannschaft gleich dazu eingeteilt worden ist, das Gelände abzuriegeln. Wie denen das gelungen ist, hab ich folglich erst später gehört. Demnach haben die Häftlinge plötzlich einen der Wachtürme angegriffen. Haben mit Steinen geworfen und allem, was ihnen nur in die Hände gekommen ist. Mit einem Feuerlöscher haben sie schließlich den Posten auf dem Turm blind gemacht. So hat einer hinaufkraxeln können, und der hat dann von oben mit dem MG auf den zweiten Wachturm geschossen. Derweil sind die anderen über die Mauer.«

»Die Mauern sind, soviel ich weiß, doch noch zusätzlich gesichert«, wirft der Kloibhofer ein.

»Die haben nasse Decken und Matratzen über den Stacheldraht geworfen und einen Kurzen verursacht. Es war anscheinend alles genau vorbereitet«, erwidert Rescheneder.

»Und auf der drüberen Seite der Mauer, da haben sie so einfach davonlaufen können«, hört er die Frage.

»Aber nein. Am Ende von der Wiese, die es dort hinuntergeht, haben die unseren schon gewartet.«

»Aber ein Haufen muß ja doch durchgekommen sein«, sagt nun der Meisel, »sonst hätt es doch heut nicht gar so einen Wirbel gegeben. Wenn sie sogar über das Radio schon die Leut aufrufen, sie sollen beim Einfangen mithelfen. Da muß schon noch ein ganzer Schübl unterwegs gewesen sein.«

»Sollen ja wie die Wölfe auf die SSler losgegangen sein«, meldet sich nun wieder der Walchshofer zu Wort. »So wird es zumindest erzählt. Einer soll einem SSler die Kehle durchgebissen haben.«

»Davon weiß ich nichts«, antwortet Rescheneder.

»Ich hab gehört, daß sie zwanzig SSler umgebracht haben«, sagt darauf der Banholzer mit einem fragenden Blick.

Doch auch das kann Rescheneder nicht bestätigen. »Davon ist keine Rede«, erwidert er. »Ich weiß nur, daß sie in der Früh die Leichen von den Ausbrechern zu Hunderten auf der Wiese hinter dem Lager aufgeklaubt haben. Wenn da jemand von uns dabeigewesen wär, hätt sich das herumgesprochen.«

»Aber was waren das überhaupt für Leut«, fragt darauf der Meisel. »Im Radio war die Red von Schwerverbrechern. Sie wären eine Gefahr für die ganze Bevölkerung, hat es dazu geheißen.«

»Wenn sie's im Radio gesagt haben, wird es ja wohl stimmen«, wirft Walchshofer ein, bevor Rescheneder noch antworten kann.

Der sagt aber dann: »Mit denen vom Block 20 haben wir nie etwas zu tun gehabt. Das ist der Isolierblock. Von dort ist nie jemand herausgekommen. Und in das Häftlingslager selber dürfen wir von den Wachmannschaften ja nicht hinein. Es hat immer nur geheißen, die vom Block 20, das sind die K-Häftlinge. Was das aber genau bedeutet, weiß ich auch nicht so genau. Irgendwie soll das K für Keitel stehen oder auch für Kugel, aber wie gesagt, das weiß ich nicht.«

Das Interesse an Rescheneders Ausführungen scheint mittlerweile ziemlich geschrumpft zu sein. Die meisten der Bauern führen wieder untereinander Gespräche. Nur der Walchshofer wendet sich nochmals an ihn. Indem er ihm wieder die Hand vertraulich auf die Schulter legt, fragt er: »Und du, Hans, hast heut auch was erwischt bei eurer Jagd?«

»Sind ja doch nicht genug, daß für jeden einer abfallen kann«, entzieht dieser sich einer klaren Antwort. Die Vertraulichkeit des Walchshofer ist ihm höchst unangenehm. Überhaupt, so sagt sich

Rescheneder jetzt, hat er von all dem nun reichlich genug. Schließlich wollte doch er etwas über den Verlauf der Suchaktionen in der Gegend hier erfahren. Zu guter Letzt ist aber nur er von den Bauern ausgeholt worden. – So erklärt er seinem Nebenmann, daß er nun gehen müsse. Als er aufsteht, nicken ihm einige einen Gruß zu, unterbrechen aber deswegen nicht ihre Gespräche.

Um das Zahlen abzukürzen, geht er zum Wirt, der nach wie vor neben der Schank steht. »Bist ja heute richtiggehend eine Attraktion«, redet ihn der an. »So einer wie du kann eben was erzählen.« Gewiß nicht zu unrecht vermutet Rescheneder, daß dieser nun seinerseits noch ein paar Fragen stellen möchte. Deswegen zählt er schnell das Geld für seine Zeche auf den Schanktisch und sagt: »Weißt, ich hab's jetzt wirklich schon sehr drawig.«

Er murmelt noch ein Heil Hitler in Richtung des Wirts – die anderen brauchen es nicht zu hören, holt sich dann rasch seinen Mantel und, bevor er diesen noch fertig zugeknöpft hat, verläßt er die Wirtsstube.

V

Gewiß, in Zeiten wie diesen muß man Härte zeigen. Ausbrecher muß man auch wieder einfangen. Sonst stimmt die ganze Ordnung nicht mehr. Ob es aber notwendig war, daß sie den einen, den ihr Trupp gestern erwischt hat, gleich erschossen haben? Leitl, der Malermeister, grübelt vor sich hin, während er auf dem Waldweg dahingeht. – Nun, er selbst hat dem Mann nichts getan. Er war nicht beteiligt. Er hat nur gesehen, wie der Mann erschossen worden ist. Und dafür kann er schließlich nichts. – Er schaut einmal nach links, dann wieder nach rechts zwischen die Bäume, schließlich dreht er sich auch noch um. Weit und breit ist niemand zu sehen. Dennoch hätte er auf seinem Weg zum Effeneder besser die Straße nehmen sollen, denkt er jetzt. Man weiß schließlich nicht, wo diese Ausbrecher urplötzlich auftauchen können.

Er hat aber nun einmal den kürzeren Waldweg genommen. Bei der Kälte, die in diesen Tagen herrscht, muß man nicht länger im Freien umherrennen als nötig. Die gestrige Sucherei hat ihm schon gereicht. Den ganzen Tag auf den Füßen. Frostbeulen hätte er sich holen können. – Als sie am späten Nachmittag zurückgekommen sind, hat ihm seine Frau gleich Wasser für ein heißes Fußbad aufsetzen müssen. Am liebsten hätte er sich überhaupt auf den Ofen gesetzt, so durchgefroren war er. Und er hat sich den ganzen Abend lang nicht und nicht erwärmen können. Erst hat er es mit heißem Tee versucht, dann mit Schnaps. Nichts hat genützt. Selbst als er sich schließlich ins Bett legte, ist er mit einem Gefühl eingeschlafen, als säße ihm die Kälte noch immer tief in den Knochen.

Und dazu kam noch, daß die Frau die ganze Zeit auf ihm herumgehackt hat. Erst hat sie gesagt, daß er schön blöd sei, wenn er den ganzen Tag bei so einer Sache mitmache und sich dabei vielleicht gar noch den Tod hole. Als ob er sich nichts Besseres zu tun wüßte. Außerdem müßte er sich selbst zu gut für so etwas sein.

Als er ihr daraufhin erklärte, wer aller dabei gewesen war – der Bürgermeister, der Ortsgruppenleiter und so fort –, hat sie lediglich gemeint, die müßten ja, sozusagen von Amts wegen. So versuchte er ihr klarzumachen, daß eine derartige Aktion schließlich auch eine Verpflichtung sei, wenn man zu den Nationalsozialisten der ersten Stunde hier am Ort gehört, zu den echten Alten Kämpfern. Und darauf hat sie wieder geantwortet, daß sie davon nur das alt gelten lasse. So etwas sei doch eine Sache für Jüngere, nicht für so alte Deppen. Dabei hat sie ihn abschätzig von oben bis unten gemustert, wie er so dasaß, mit aufgekrempelten Hosenbeinen und den Füßen im Lavoir mit heißem Wasser. Hätte nur noch gefehlt, daß er dabei rot geworden wäre, denkt Leitl. Als er ihr verdeutlichte, daß eben keine Jüngeren mehr da wären, weil sie alle an der Front sind, und daß noch viel ältere Männer als er mitgetan hätten, hat sie das ganze Thema einfach mit der Bemerkung beendet: Dann seid's eben selber allemiteinand schuld.

Die Frau hat aber deswegen nicht aufgehört zu keppeln. Als er sich schließlich einen Schnaps genehmigte, um vielleicht damit die innere Kälte vertreiben zu können und – er gibt das ohne weiteres zu – auch um den häuslichen Frieden besser ertragen zu können, hat sie wieder angefangen: Mußt immer saufen? Und als er darauf feststellte, daß er den Schnaps für die inwendige Wärme bräuchte, hat sie höhnisch bemerkt: Bist ja nur mitgehatscht, damit'st dann einen Vorwand zum Saufen hast.

Und zuletzt hat sie angefangen, ihm vorzuhalten, daß sie schon so lang nichts Gescheites mehr zu essen gehabt hätten, und wenn er schon so ein wichtiger Mann sei, dann müßt's doch ein Leichtes für ihn sein, wieder einmal ein richtiges Stück Fleisch mit nach Haus zu bringen. Auf dem ist sie den restlichen Abend herumgeritten, bis er ihr – der lieben Ruh wegen – schließlich versprach, er würde sich um etwas umschauen. Es fiel ihm nämlich ein, daß ihn der Effeneder in der Früh, als er zum Hauptplatz gegangen war, auf ein paar Kübel Farbe angesprochen hatte, die er demnächst brauchen würde.

Und so ist er jetzt unterwegs, in der Hoffnung, ein Geschäft machen zu können – Farbe gegen eine schöne Speckseite. Damit wäre ihnen beiden geholfen. Farbe hat er ja noch von den Malerarbeiten in der SS-Siedlung beim Lager. Da ist ein bißchen was übriggeblieben, denkt er mit einem selbstgefälligen Schmunzeln. Sonst wüßte man ja gar nicht, wo man heutzutag noch eine Farbe herkriegen sollte. – Den Auftrag hat er übrigens auch nur als Alter Kämpfer bekommen. Der Bürgermeister hat sich persönlich bei der Lagerleitung dafür eingesetzt. Und die hat auch eingesehen, daß die Arbeit ihm als früherem Illegalen zustehe, obwohl er vom Nachbarort ist. Das hat zwar den ortsansässigen Maler ziemlich gefuchst – aber alles im Leben macht sich halt einmal bezahlt. Das hätte er der Frau gestern auch sagen müssen. Schließlich hat sie immer gern mitgenascht, wenn bei der Arbeit sonst auch noch etwas abgefallen ist. Der Wirtschaftsoffizier vom Lager, ein Hauptsturmführer, mit dem er oft zusammensaß, wenn er hingekommen ist, die Arbeit zu beaufsichtigen, hat ihm mitunter was zugesteckt: französischen Cognac, aber auch Gänseleber und andere Schmankerln. Wenn er sowas nach Haus brachte, war sie immer zufrieden. Da war es ihr recht, daß er in der Partei was gilt.

Aber dann war der Hauptsturmführer von einem Tag auf den anderen nicht mehr da. Nachgefragt hat er nicht, warum der weg war. Man weiß ja nie. Und jetzt sitzt da so ein Preuß. Ein rechter Notnigl, denkt Leitl. Allein schon beim Gedanken an diesen beutelt es ihn ab. Bei jedem Kübel Farbe stellt der seine Berechnungen an. Und seinen Spruch: ›Höchste Sparsamkeit ist unter den gegenwärtigen Umständen angesagt‹, den er bei jeder Gelegenheit anbringt, den hat der Malermeister selbst jetzt im Ohr.

Gottseidank hat er noch ein bisserl was aus der Zeit übrig, als der noch nicht da war. Sonst hätte er gar nichts, womit er sich wenigstens ab und zu etwas zum Zubessern holen könnte. Dabei ist auch das gar nicht so einfach. Unter den gegenwärtigen Umständen, wie der notige Preuß sagt, denkt ja kaum noch jemand daran, einen Maler zu beschäftigen. Ohne den Auftrag in der SS-Siedlung wäre er jedenfalls längst abkömmlich für die Front. Von seinem Jahrgang sind zuletzt auch schon welche eingezogen worden. – An und für sich fühlt er sich ja nicht alt, beim Gedanken daran, er müßte jetzt irgendwo in einem Schützengraben liegen, steigen ihm allerdings die Grausbirn auf. Da trägt er schon lieber sein Scherflein an der Heimatfront bei. – Das hätte die Frau auch bedenken sollen, als sie gestern gar so auf ihm herumgehackt hat. Er könnte ja auch an der Front sein, und dann müßte sie schauen, wie sie allein weiterkommt.

Eigentlich müßte er ja auch heute wieder bei der Jagd auf die Ausbrecher dabei sein. Und gewiß wäre er auch dabei, wenn es nach ihm ginge – und wenn er die Keppelei der Frau noch einen ganzen Abend ertragen könnte. Das aber wollte er sich nicht antun. So hat er sie eben in der Früh zum Bürgermeister geschickt, um ihm ausrichten zu lassen, daß er heut nicht kommen könne, weil er was Wichtiges zu erledigen hätte. Wenn sie nur ein bisserl geheimnisvoll täte, würde der schon nicht nachfragen, was denn das wäre, hat er gedacht. Der weiß ja ganz genau, daß er immer wieder in der SS-Siedlung zu tun hat.

Vielleicht aber wäre es besser gewesen, wenn er selbst gegangen wäre? Wer weiß, was die Frau am Gemeindeamt sonst noch alles gesagt hat. Die ist imstande, auch dem Bürgermeister solche Gemeinheiten an den Kopf zu werfen wie ihm gestern abend. Selber jedoch wollte er nicht gehen. Er hätte sich wegen der Ausrede geniert, wo doch wirklich jeder Mann gebraucht wird. Außerdem hat er Angst gehabt, daß man ihm ankennen müßte, daß er lügt.

Nur weil seine Frau kein Einsehen hat, worauf es in diesen Zeiten ankommt, stapft er nun diesen Waldweg entlang. Dabei weiß er nicht einmal, ob der Effeneder daheim ist. Aber, wie er den kennt, wird der sich wohl auch vor der Suchaktion drücken. Dieses ›auch‹ tut ihm innerlich weh. Schließlich hat er sich nie gedrückt, wenn es darum gegangen ist, seine Pflicht zu tun. Da hat es nie etwas gegeben. Er hat immer seinen Mann gestanden, schon in der Verbotszeit. Wenn ihn die Partei gerufen hat, war er gestellt, ohne Wenn und Aber.

Er weiß nicht einmal, wie ernst es dem Effeneder mit der Farbe ist. Demnächst einmal bräuchte er eine, hat er gesagt. Und selber hat er nicht weiter nachgefragt – weil es ihn so pressierte, wegen dem Aufruf zum Gemeindeamt zu kommen. Meldest dich halt bei mir, wenn's so weit ist, hat er dem Effeneder nur gesagt. Dabei hätte er doch gleich etwas ausmachen können. Man muß ja schließlich auch darüber reden, was er bereit ist, für die Farbe zu geben. Muß schon etwas herausschauen, das er seiner Frau auf den Tisch legen kann – ohne daß die daran auch gleich wieder etwas auszusetzen hat.

Das heißt, er wird einigermaßen handeln müssen. Wird nicht leicht sein. Der Effeneder wird ihm erzählen, daß er doch selber nichts hat. – Dabei haben die Bauern alle ihre stillen Vorräte. Von denen ist noch keiner vom Fleisch gefallen. – Wenn er nämlich nichts zu bieten hätte, dann hätte er ja gleich gar nicht nach der Farbe gefragt. Für ein Butterbrot wird er sie auf keinen Fall hergeben. Leichter zu verhandeln wäre natürlich gewesen, wenn der Effeneder zu ihm hätte kommen müssen. Aber darauf hat er eben nicht warten können.

Mit einem Mal wird Leitl klar, wie kalt ihm eigentlich ist. Die Finger sind schon ganz klamm, obwohl er ohnehin die Fellfäustlinge angezogen hat. Die sind aber wiederum so dick, daß er mit ihnen die Hände nicht in die Manteltaschen stecken kann. Immerhin werden vorläufig die Füße noch durchs Gehen warmgehalten, denkt er. Er kommt ja gut voran. – Ein Glück, daß hier gestern ein Suchtrupp durchmarschiert ist, sonst müßte er auch noch durch den Schnee waten. Dieser Gedanke läßt ihn stutzen. Eingehend betrachtet er den Weg. Der Suchtrupp muß tatsächlich schon gestern hier durchgezogen sein, sagt er sich dann, es ist schon wieder etwas Schnee über den Weg geweht. Es wäre ja peinlich, wenn er ausgerechnet hier einem Trupp begegnen müßte.

Auf den Schreck hinauf muß er sich jedenfalls einen genehmigen. Er bleibt stehen, zieht die Pelzfäustlinge aus und klemmt diese unter die Achsel, dann haucht er in die Hände und nestelt schließlich mühsam das flache Fläschchen aus der Brusttasche. Während er den Verschluß abschraubt, schaut er prüfend den Weg nach hinten und nach vorn. Dann setzt er das Fläschchen an und nimmt einen kräftigen Schluck. Genüßlich läßt er ihn die Gurgel hinunterrinnen und schmatzt hinterher. Der war auf den Schreck, sagt er sich dann. Und jetzt noch einen gegen die Kälte. Es folgt die gleiche genießerische Prozedur. Schließlich will er das Fläschchen schon zuschrauben, als ihm einfällt, er sollte eigentlich noch ein kleines Schlückchen darauf nehmen, daß niemand keppelt, wenn er ihn nimmt. So setzt er die Flasche ein drittes Mal an, und ein zufriedenes Lächeln breitet sich dabei auf seinem Gesicht aus.

Die Wärme, die er jetzt vom Bauch her spürt, tut ihm gut. Er verstaut das Fläschchen wieder in der Brusttasche, richtet sich den Schal und zieht die Fäustlinge an. Dabei späht er erneut zwischen die Bäume. Hat sich da etwas bewegt? Er schaut genauer hin, kann jedoch nichts erkennen. Vielleicht war es der Schnaps, der ihm zu Kopf gestiegen ist. – Aber vielleicht war es auch einer von den Ausbrechern. Wäre ja gut möglich, daß sich ein paar von denen hier herumtreiben.

Leitl beeilt sich weiterzukommen. Doch die Ausbrecher gehen ihm jetzt nicht mehr aus dem Kopf. Zum einen überlegt er – sich selbst beruhigend –, daß die ja nicht ausgerechnet jetzt hier aufkreuzen würden; zum anderen fragt er sich aber, warum sie nicht ausgerechnet jetzt hier aufkreuzen sollten. Er stellt sich den Weg vom Lager herüber vor und kommt zum Schluß, daß man gar keinen besseren Fluchtweg nehmen könnte als hier vorbei. Dann beruhigt er sich wieder mit dem Gedanken, daß das Gebiet ja schon gestern abgesucht worden sei, doch auch das hält nicht lange vor. – Wer weiß, wo die sich versteckt haben? So genau kann man gar nicht suchen. Da müßte man ja hinter jeden Baum schauen. Und dann kommt es auch darauf an, was für ein Suchtrupp gestern hier unterwegs war. Manche haben überhaupt nichts gefunden. Weiß Gott, ob die überhaupt richtig gesucht haben.

Zwischen den Bäumen sind keine Spuren zu sehen, denkt er dann. Und der Weg ist ausgetreten. Die sind hier offenbar nur entlanggetrampelt und im Wald selbst haben sie gar nicht gesucht. Kein Wunder, daß die keinen erwischt haben. – Allerdings gesteht er sich sogleich ein, daß er gar nicht wissen könne, ob der Trupp, der gestern hier gesucht hatte, erfolgreich war oder nicht. Aber immerhin wäre es möglich, daß die keinen erwischt haben, weil sie nicht besser gesucht haben, schränkt er schließlich den vorigen Gedanken ein.

Wohin sind wir gekommen, wenn nun auch schon der deutsche Wald nicht mehr sicher ist, geht es ihm durch den Kopf. Schwerverbrecher machen ihn unsicher, nicht Wölfe und Bären. Da kann etwas nicht in Ordnung sein. Man kann sich ja gar nicht vorstellen, daß die überhaupt aus dem Lager haben ausbrechen können. Wo sich die SS hier immer gebrüstet hat, wie sicher gerade dieses Lager sei. Die SS ist wahrscheinlich auch nicht mehr das, was sie einmal war. War einmal die Elite. ›Wir fürchten niemanden auf der Welt, uns genügt, wenn alle uns fürchten.‹ Sprücheklopfer, allemiteinand, schimpft Leitl leise vor sich hin.

Dabei rückt der Feind immer näher. Macht sich schon in Ungarn breit. Jetzt müßten die deutschen Stammlande gehalten werden, heißt es. Als ob das ein Ziel ist. Den deutschen Lebensraum auszudehnen, darum ist es schließlich gegangen, und nicht, um das zu kämpfen, was ohnehin von Anfang an uns gehört hat. Wofür sind unsere Kinder, die deutsche Zukunft, gestorben, wenn nicht für das größere Vorhaben. Heute, da muß man geradezu froh sein, daß man keinen Sohn hat. – Leitl schämt sich sogleich für diesen Gedanken. Wie oft hat er bedauert, daß aus ihrer Ehe kein Stammhalter erwachsen ist. Wenn andere Väter von den Heldentaten ihrer Söhne im Krieg erzählt haben – und dabei gewiß auch reichlich angegeben haben –, war er immer im

Hintertreffen gewesen. Da hat er nicht mitreden können, hat er sich als Versager gefühlt. Er, der nur eine Tochter hat, die Zenzi.

Und die ist auch weit weg von ihm. Treibt sich herum und läßt sich schon lang nichts mehr von ihm sagen. Vielleicht liegt das daran, daß er einigermaßen alt war, als sie auf die Welt gekommen ist. Oder sie hat mitgekriegt, daß er doch viel lieber einen Buben gehabt hätte. – Von vornherein hätte er nicht zulassen dürfen, daß man ihr diesen Namen gibt. Aber ihm war es einerlei, weil es ja doch kein Bub war. Und so hat sie den Namen von der Schwiegermutter gekriegt. Aber er hat sich auch sonst nie recht um die Zenzi gekümmert. Jetzt treibt sie sich mit den Menschern vom BdM herum, und wie man ihm hintenherum erzählt hat, soll sie auch was mit einem SSler haben. Da ist Hopfen und Malz verloren.

Ja, wenn's ein Bub wär, seufzt er, dann wär alles ganz anders. Wo aber sind denn die heut alle, die Buben? Gefallen, vermißt, in Gefangenschaft. Nur wenige von ihnen hat er zuletzt noch gesehen, wenn sie auf Heimaturlaub gekommen sind. Dabei hat er sie alle gekannt, denkt Leitl. Hat er sie doch immer beobachtet, in seinem Wunsch, auch einen Sohn zu haben; einen Sohn, auf den er stolz sein könnte. Doch welcher der Väter kann noch darauf hoffen, daß er seine Söhne gesund, oder auch nur lebend zurückerhält. Alles bricht zusammen. – Die Wunderwaffe soll jetzt den Umschwung bringen. Alle reden sie davon. Doch das ist nur ein Strohhalm, so glaubt er jedenfalls. Die deutsche Manneskraft sollte die Welt bezwingen. Darauf hat er gebaut. Wenn das nicht gelungen ist, was kann dann noch so ein Wunderding schaffen.

Ein plumpsendes Geräusch läßt den Malermeister aufschrekken. Suchend blickt er in die Richtung, aus der das Geräusch gekommen ist. Doch da ist nichts zu erkennen. Wahrscheinlich war es Schnee, der von einem Ast heruntergerutscht ist, beruhigt er sich. Dabei bleibt er stehen und holt wieder das Fläschchen aus der Brusttasche. Ein Schluck wird wohl seine düsteren Gedanken vertreiben, denkt er, als er darangeht, den Verschluß abzuschrauben. Das gelingt ihm aber auf Anhieb nicht. Seine Fingerspitzen sind von der Kälte so gefühllos, daß er den Verschluß nicht richtig packen kann. Er muß sie erst ein bißchen anwärmen. So schiebt er die rechte Hand unter den Mantel und unter den Rock in die Achselhöhle des linken Arms. Als er sie dort einklemmt, durchzuckt ihn ein Schauder von der plötzlichen Kälte so nah an seinem Körper.

Während er eine Weile so dasteht und dabei wieder nach allen Seiten Ausschau hält, geht es ihm durch den Kopf: Wenn ihn da jetzt jemand beobachtet. Wie er dasteht, in der Linken das noch ungeöffnete Fläschchen und die Rechte zum Wärmen unter der Achsel, damit er überhaupt zu einem Schluck kommt. Er muß schon einen besonderen Anblick bieten. Zum Lachen. – Wozu nur tut er sich das alles an? Nur damit die Frau Ruh gibt? Warum läßt er sie nicht einfach keppeln, wenn ihr danach ist? Soll sie doch, so lang und so laut sie will. Wenn es ihm zu arg wird, geht er einfach fort.

Als er gestern mit dem Suchtrupp unterwegs war, ist ihm nie so kalt gewesen, geht es ihm durch den Kopf, als er nun wieder rascher ausschreitet. Da war aber auch eine ganz andere Stimmung. Mit dem Mitterer zusammen war er auf den Hauptplatz gekommen, und da hat ihn der Bürgermeister gefragt, ob er nicht bei ihm im Trupp mitgehen wolle. Der weiß halt auch, was er an ihm hat. Uns geht keiner durch die Lappen, hat er zu den anderen gesagt, als sie abgezogen sind.

Zuerst sind sie Richtung Langegg gegangen, da ist aber ohnehin in der Nacht schon die SS gewesen. Im Wald hinter dem Eibensteiner-Teich hat er sie dann ausschwärmen lassen. Das war zwar eine rechte Schneewaterei, aber es sind auch Witze gerissen worden. Wie es halt sonst auch bei einer Jagd ist. Jeder hat nur darauf gewartet, daß man endlich ein Rudel von denen erwischt, oder zumindest einen. Sie haben den Wald regelrecht durchgekämmt, aber nichts hat sich gezeigt.

Schließlich war es schon Mittag vorüber – der Magen hat ihm geknurrt –, als sie zu einer Keusche gekommen sind, die er sein Lebtag noch nie gesehen hat. Koller sei der Hausname, hat einer gesagt, aber den hatte er auch noch nie gehört. Jedenfalls sind sie dort aus dem Wald gekommen, wollten sich gerade wieder sammeln, als einer vom Haus wegrannte. Der Bürgermeister hat gleich einen Schuß abgegeben, worauf der mitten im Satz stehenblieb und sich nicht mehr gerührt hat, bis sie alle bei ihm waren. Meingott, war das ein Krispindel. Gefährlich hat er wirklich nicht ausgeschaut, wie er da gestanden ist, schlotternd in seiner Häftlingsuniform. Ängstlich hat er von einem zum anderen geschaut. Dann ist der Bürgermeister ganz nah zu ihm hingegangen, hat mit seinem Gewehr auf seine Hand gezeigt und gesagt: Fallen lassen. Er hat nämlich einen angebissenen Apfel in der Hand gehalten, ganz fest. Erst als ihm der Bürgermeister mit dem Gewehr eine über den Arm gezogen hat, hat er den Apfel schließlich fallen lassen. Hat ihm nachgeschaut, wie der jetzt im Schnee gelegen ist. Dann hat er sich auf die Knie geworfen und geflennt: Bitte, lebenlassen, bitte! Der Bürgermeister ist aber um ihn herumgegangen, wie er da kniete, und hat ihm einen Genickschuß verpaßt.

Danach haben sie noch die Keusche von dem Koller durchsucht; aber da war niemand, niemand von den Bauersleuten und auch kein weiterer Ausbrecher. – Den restlichen Tag über haben sie keinen mehr erwischt. Das war dann nur noch eine Hatscherei – und auch die Stimmung war nicht mehr so gut, erinnert sich Leitl. Na ja, schön war das nicht, wie der im Schnee gelegen ist und rundherum die Blutspritzer, bis vor ihre Füße. Er selbst hat ja gar nicht richtig hingeschaut, aber das hat er noch vor Augen: Den kleinen roten Fleck direkt vor seinen Stiefelspitzen im weißen Schnee.

Sie haben den Toten dort liegen gelassen. Wer hätte ihn denn tragen sollen. Die Sache war auch so schon anstrengend genug. Der Bürgermeister hat nur gesagt, er würd den Gendarm schikken, damit der Koller den wegführt. Nicht, daß der ihn einfach eingräbt, wenn er ihn findet. Der muß schließlich registriert werden. So eine Trophäe darf ja nicht einfach verschwinden, hat er lachend hinzugesetzt.

Leitl bleibt abrupt stehen. Es war ihm, als ob er aus den Augenwinkeln eine Bewegung gesehen hätte. Angestrengt schaut er wieder in den Wald hinein, sucht, was sich da bewegt haben könnte. Da sind bestimmt Ausbrecher drinnen, geht es ihm durch den Kopf. Zum Schluß verfolgen die ihn schon die ganze Zeit über, schleichen ihm zwischen den Bäumen nach. Warten nur darauf, über ihn herzufallen. Sind alles Schwerverbrecher, heißt es. Räuber, Mörder. – Der eine, den sie gestern erwischt haben, hat zwar nicht so ausgeschaut, als ob er einem was anhaben könnte. Aber wenn die zu mehrt sind?

Er schaut, ob nicht am Wegrand ein Ast liegt, den er als Prügel gebrauchen könnte; sieht aber nichts, was sich dazu eignen würde. Heutztag bleibt nichts liegen, denkt er, alles schon eingesammelt als Brennholz. Und wenn man dringend einen Prügel braucht, ist nichts da. Langsam geht er nun weiter, richtet seinen Blick einmal zwischen die Bäume, ob er dort einen der Ausbrecher ausmachen kann, zum anderen Mal auf den Wegrand, ob da nicht vielleicht doch ein Trumm Holz liegt, das er zur Verteidigung gebrauchen könnte.

Er hätte das Gewehr mitnehmen sollen, überlegt er. Doch hätte er recht komisch ausgeschaut, wenn er so beim Effeneder aufgetaucht wäre. Der hätte ihn gar noch ausgelacht und überall herumerzählt, der Malermeister wäre jetzt nur mehr mit seinem Schießprügel unterwegs. – Aber immer noch besser als daß er hier umgebracht wird. Wer weiß, wann man seine Leiche findet. Die brauchen ihn nur ein Stück in den Wald hineinzuziehen und im Schnee zu vergraben, dann liegt er da bis zum Frühjahr, wenn er schon längst verfault ist. Und bis dahin weiß niemand, was mit ihm geschehen ist.

Auch der Frau hat er nicht gesagt, wo er hingeht, fällt ihm jetzt ein. Nur, daß er ein Stück Fleisch auftreiben will. Die würde sich Sorgen machen, wo er abgeblieben ist. Geschieht ihr aber recht. Schließlich ist ja sie allein an allem Schuld. Wenn sie ihn nicht so genervt hätte, wäre er jetzt wieder mit dem Suchtrupp unterwegs – und sicher.

In diesem Augenblick hört er einen Ast knacken. Da ist ganz bestimmt jemand im Wald, denkt er. Wenn er aber jetzt zu laufen beginnt, würden sie ihn schnell einholen. So gut sind seine Beine auch nicht mehr. Deshalb beschließt er, im gleichen Tempo weiterzugehen wie bisher. Wenn sie ihn angreifen, kann er immer noch rennen. Vielleicht erreicht er dann sogar schon den Waldrand. Und wenn man ihn einmal vom Effenederhof aus sehen und auch sein Rufen schon gehört werden kann, dann werden die es sich vielleicht überlegen, über ihn herzufallen.

Auf jeden Fall nimmt er jetzt noch einen Schluck aus seinem Fläschchen, das er zuletzt gottseidank griffbereit in die Manteltasche gesteckt hat. Während er es herauszieht, merkt Leitl, daß ihm gar nicht mehr kalt ist. Dennoch bleibt er bei seinem Entschluß, sich an seinem Schnaps gütlich zu tun. – Wenigstens der soll diesem Gesindel nicht in die Hände fallen.

Vielleicht würden sie ihn in Ruhe lassen, wenn er ihnen den Schnaps überließe. Bei einem prüfenden Blick auf die Flasche sieht er aber, daß nicht mehr viel drinnen ist. Da hat er ja schon kräftig zugelangt, geht es ihm durch den Kopf, und trotz aller Anspannung muß er schmunzeln. Kommt es auf den spärlichen Rest auch nicht mehr an. So trinkt er das Fläschchen mit einem Schluck gleich ganz leer.

Jetzt fühlt er sich wieder um einiges besser. Und er überlegt: Warum sollten die ihm überhaupt etwas tun. Er hat ja auch keinem von denen etwas angetan. Daß er gestern bei der Suchaktion dabei war, damit hat es nichts Besonderes auf sich. Und auch dem, den sie erwischt haben, hat er selber kein Haar gekrümmt. Geschossen hat der Bürgermeister. Ihm hat das im Grunde genommen ganz und gar nicht gefallen. Wenn es nach ihm gegangen wäre, hätten sie den als Gefangenen mitgenommen. Schließlich – einfangen hat man ihn schon müssen.

Mit einem Mal sieht er das Ende des Waldes. Er blickt erneut nach beiden Seiten zwischen die Bäume, und auch hinter sich. Niemand läßt sich blicken. Nun beginnt er rascher auszuschreiten. Nur nicht rennen, sagt er sich, das könnte sie aufreizen. Und dann erkennt er auch schon zwischen den letzten Bäumen des Waldes den Hof des Effeneder. Hundert Meter noch, dann ist er draußen aus dem Wald, dann wird er schon gehört, wenn er ruft. Einerseits ziehen sich diese letzten Meter, andererseits kommt er doch sehr schnell voran. – Und schließlich hat er die letzten Bäume hinter sich gelassen. Den kurzen Weg zum Hof eilt Leitl weiter dahin. Er schaut sich nicht um, will gar nicht wissen, was hinter ihm ist. So erreicht er das Hoftor. Hier kann ihm nichts mehr geschehen. Er bleibt eine Weile stehen, bis er wieder zu Atem kommt.

Daß man so eine Angst haben muß, denkt er, wo man doch hier daheim ist. Wie kommt man eigentlich dazu.

Als er schließlich durch das Tor den Hof betritt, kommt ihm der Effeneder entgegen. Man sieht ihm an, daß etwas nicht stimmt. Sein Gruß ist eine eher hilflose Handbewegung.

»Was schaust denn so drein? Wie die Katz wenn's donnert«, fragt Leitl. »Ist was passiert?« Und, da ihm das das Nächstliegende zu sein scheint: »Sind welche von denen bei euch eingebrochen? Haben sie wem von euch was angetan?«

»Nein, nein«, antwortet der Bauer rasch; rückt aber dann doch heraus: »Einer ist schon da. Hat sich im Stall versteckt, ganz hinten in der Streu verkrochen. Es hätt ihn keiner von uns bemerkt, wenn ihn die Mitzi nicht stöhnen gehört hätt. – Was sollen wir denn jetzt tun?« Und nach einer kurzen Pause: »Wir haben uns überlegt, ob wir nicht den Gendarm holen.«

»Wozu braucht's denn da den Gendarm«, erwidert der Malermeister, »wenn's eh nur einer ist. Damit werden wir schon selber fertig.«

Der Effeneder steht vor ihm, ein Bild der Unsicherheit. Zieht einen Buckel. Gerade, daß er nicht von einem Fuß auf den anderen steigt. Als ob er dringend aufs Häusl müßte, denkt Leitl. Und so fügt er hinzu: »Wenn wir alle aufgerufen sind, unsere Pflicht zu tun, dann tun wir eben unsere Pflicht.«

»Ja, wenn'st meinst«, sagt der Bauer nur.

Leitl spürt den Respekt, den er in diesem Augenblick genießt. Es liegt jetzt an ihm, die Entscheidungen zu treffen. »So, und jetzt holst den Lumpen einmal aus dem Stall heraus«, schafft er deshalb dem Bauern an. Der will auch schon weggehen, als ihn der Malermeister noch einmal zurückhält: »Wart«, sagt er, »vorher bringst mir noch den Sauschlögel.« Schließlich muß ja dann auch etwas geschehen. Und es ist er, der etwas tun muß. Der Verbrecher gehört ihm, ihm ganz allein, geht es ihm durch den Kopf. Der wird niemanden mehr ängstigen.

Rasch kommt der Bauer mit dem steinernen Hammer, der zum Töten von Schweinen benützt wird, zurück und drückt ihn Leitl in die Hand. Zuletzt hat dieser als Kind so einen Schlögel in der Hand gehabt; seinerzeit, als sie im Ort herumgezogen sind und hier alles erforscht haben. Unter anderem auch das Schlachthaus des Fleischhauers. Dort hat er erstmals gesehen, daß man so ein Ding benützt, und wie man es benützt. – Er könnte nicht sagen, warum er ausgerechnet den Schlögel vom Bauern verlangt hat. Er hat sich gar nichts dabei gedacht; es war einfach da, wie die Erinnerung ans Schlachthaus.

Und jetzt hat er das Werkzeug in der Hand, während der Effeneder wieder vor ihm steht. Mit der einen Hand hält er den Stiel, und den steinernen Kopf läßt er in der anderen hin und herrollen, als ob er den Schlögel richtig in den Griff bekommen müßte. Eine Weile läßt er sich dabei vom Bauern beobachten, dann knurrt er diesen an: »Jetzt hol den Verbrecher endlich heraus«, und spöttisch setzt er hinzu: »Wenn'st Angst hast, allein zu gehen, kannst dir ja den Knecht zu Hilfe holen.«

Der Bauer geht tatsächlich noch ins Haus und kommt schließlich mit dem alten Knecht zurück. Langsam gehen sie über den Hof und in den Stall. Leitl folgt ihnen bis vor die Tür. Dabei schaut er den Sauschlögel an. Der liegt gut in der Hand, sagt er sich, als er hinter der Stalltür schlurfende Geräusche hört.

Und dann stehen sie zu dritt vor ihm. Links der Bauer, rechts der Knecht, und in der Mitte fast ebenso eine Jammergestalt wie die, die sie gestern erwischt haben. Und dieser da kann sich kaum auf den Füßen halten. Die stützen den ja mehr als daß sie einen Gefangenen herbeiführen, denkt der Malermeister.

»Her da, zu mir«, ordnet er an. Da blickt der Gefangene auf, schaut ihn an, sieht auch den Schlögel in seiner Hand, den er wieder hin und herrollen läßt.

Als sie ihn nun zu ihm herschleifen, glaubt Leitl zuerst, in dessen Augen die blanke Angst zu erkennen. Je näher sie ihn jedoch bringen, desto mehr ist ihm, als ob nur Trotz in diesem eingefallenen Gesicht stünde. Wankend auf einem Bein bleibt er vor ihm stehen, nachdem ihn der Bauer und sein Knecht knapp vor ihm losgelassen haben.

Jetzt muß er zuschlagen, denkt Leitl. Und er tut es. – Er trifft schlecht. Schließlich ist er Malermeister und kein Fleischhauer oder Bauer, geht es ihm durch den Kopf. Doch der Mann geht zu Boden. Mit einem zweiten Schlag zertrümmert er dem vor ihm Liegenden den Schädel.

»Erledigt«, sagt er und hält dem Effeneder den Sauschlögel hin. – Mit einem Mal fühlt er sich sehr müde.

VI

»Komm, Roserl! Jetzt geh endlich weiter! Ich hab's doch schon so drawig. Wenn der gnä' Herr nach Haus kommt, muß sein Essen fertig sein.« Seit sie von der Großmutter weggegangen sind, versucht Franziska, ihre Tochter zur Eile zu drängen, doch vergebens. Fast schon resigniert schimpft sie daher vor sich hin: »Ist ja auch kein Wunder. Alles ist vollkommen durcheinander.«

»Mama, ich will auch zur Schule schauen«, sagt nun das Mädchen herbeihüpfend.

»Das wär wohl das Rechte für ein Lamperl wie dich«, erwidert die Mutter, und sie packt dabei das Kind bei der Hand, als ob dieses tatsächlich zur Schule laufen könnte. Dabei bleibt es ohnehin brav in ihrer Nähe.

Alles hört das Kind, was es nicht hören soll, denkt Franziska. Hat mitgehört, als die Mutter erzählt hat, daß die SS vor der Volksschule einen Haufen Leichen abgeladen hat. – Das war es ja, was alles so durcheinander gebracht hat. – Direkt neben dem Eingang von der Schule, am Kirchenplatz, haben sie sie hingeschmissen. Und manche Leute gehen jetzt in ihrer blöden Neugier extra dort vorbei, um das zu sehen. Gewiß hat es die SS auch deswegen getan. Sollen alle sehen, daß ihnen die Ausbrecher aus dem KZ nicht entkommen. Das ist das eine. Andererseits soll es wohl auch eine Abschreckung für die sein, die etwas gegen die Nazi haben. Ein grauslicher Anblick muß das sein. Und doch gehen Leute hin, nur um sich das anzuschauen.

»Aber ihr habt's selbst gesagt, daß es dort was zu sehen gibt«, sagt das Kind jetzt.

»Ja, aber das ist, um die Leut zu schrecken«, antwortet die Mutter; und nach kurzer Pause: »Vor allem die Kinder. Und du willst dich doch nicht schrecken?«

»Und warum dürfen wir jetzt nicht mehr in die Schule«, fragt das Roserl weiter. »Weil wir dort erschreckt werden könnten?«

»Nein, Kind. Es ist wohl, weil es in Zeiten wie diesen ohnehin nichts bringt, wenn man viel weiß.« – Diese Erklärung ist

Franziska freiweg herausgerutscht. Das war nicht für das Kind bestimmt, und so versucht sie nun, sich zu verbessern: »Das ist es nicht, Roserl.« Sie beugt sich zum Kind hinunter und nimmt es liebevoll bei der Schulter. »Die Schule wird jetzt für was anderes gebraucht. Und auch deine Lehrerin hat jetzt keine Zeit mehr, euch Unterricht zu geben. – Aber lernen ist immer wichtig. Wir werden uns eben am Abend, wenn ich Zeit hab, zusammen deine Bücher anschauen.« Für sich denkt sie aber dann doch noch: Am Bücherwissen allein liegt's heutzutag nicht, ob einer gescheit ist oder nicht.

Man muß aber aufpassen, daß das Kind nicht auch noch durcheinander kommt, setzt sie ihren Gedankengang fort. Was kann es denn dafür, daß überall so ein Durcheinander ist. – Dennoch, sie muß sich beeilen, auf den Meierhof zurückzukommen. Sonst hat sie dort noch Anständ. Deshalb drängt sie erneut: »Und jetzt komm, Roserl. Laß dich doch nicht die ganze Zeit bitten. Mach's deiner Mutter nicht noch schwerer als sie's eh schon hat.«

Das Kind schaut Franziska groß an und legt nun seinerseits die Hand in die ihre. Es versteht doch schon so vieles, geht es dieser durch den Kopf, als sie voller Zuneigung das Mädchen beobachtet, das nun so tut, als müßte es die Mutter weiterziehen. Und gerade deswegen muß sie aufpassen, daß es nicht zu viel von all dem mitbekommt, was rundherum passiert; von diesem Durcheinander, in das ihr ganzes Leben jetzt geraten ist. – In der Früh hat sie das Kind zur Großmutter bringen müssen, weil seit heut im ganzen Land die Schulen gesperrt sind. Es gibt, so heißt es, in nächster Zeit keinen Unterricht mehr. Das wäre ja an und für sich noch nicht das Problem gewesen – wenn Franziska auch nicht einsieht, daß die Kinder ausbaden sollen, was an Unheil über sie alle gekommen ist. Aber schließlich hat das Kind sonst auch schon freie Tage und Ferien gehabt, wo es dann den ganzen Tag über bei der Großmutter gewesen ist. Und so hätte sie es halt heut – und in der nächsten Zeit, bis es wieder zur Schule gehen kann – am Abend von dort abgeholt.

Aber ausgerechnet jetzt hat der Ortsgruppenleiter der Großmutter auch noch ›nahegelegt‹, sie möge doch mithelfen bei der Einquartierung von Flüchtlingen in der Schule. Direkt nein hat sie da natürlich nicht sagen können. Sie hat's ohnehin versucht: Hat ihm gesagt, daß es ihr mit ihren wehen Füßen recht schwer falle, zur Schule zu gehen. Da hat der aber nur gemeint, wenn sie ansonsten jeden Tag das Dirndl nach dem Unterricht abholen könne, dann wird es ihr auch nicht zu schwer werden, zur Schule zu gehen, um beim Quartiermachen zu helfen. Und so hat sie ihm zu erklären versucht, daß sie ja jetzt den ganzen Tag über das Kind hüten müßt. Sollt sie es eben mitnehmen, hat der geantwortet, schließlich sei es groß genug, daß es auch bei der einen oder anderen Sache an die Hand gehen könne. Heut müßt eben jeder seinen Beitrag leisten. Und es wär doch nur für ein paar Tage, hat er gemeint, bis die Volksgenossen, die aus dem Osten fliehen müssen, um den Bolschewisten nicht in die Hände zu fallen, hier entsprechend untergebracht wären.

Als ob man sich um jene Leut mehr sorgen müßt als um die eigenen, die hier zuhaus sind, ärgert sich Franziska, während sie sich die Argumente des Ortsgruppenleiters wieder in Erinnerung ruft, so wie sie ihr die Mutter mitgeteilt hat. – Täglich kommen sie jetzt an, ganze Lastwagen voll, mit Sack und Pack; zumeist aus dem Banat. Die ersten sind noch aufgeteilt worden, da eine Familie hin und dort eine. Aber jetzt sind es schon so viele, daß rundum kein Platz mehr ist. So haben sie zuletzt auch noch die Schulen für diese Flüchtlinge freigemacht.

»Roserl, bleib nicht stehen. Und steig nicht in den Schnee; machst dir die Schuhe ganz naß«, ruft sie jetzt wieder dem Kind zu. Längst hat es sich wieder aus der mütterlichen Hand gelöst, um bald hierhin, bald dorthin zu hüpfen, immer wieder etwas entdeckend, auf das es die Mutter aufmerksam machen will. Es ist's eben nicht gewohnt, daß sie sich beide auf diesem Weg so abhetzen müssen, denkt Franziska. Wenn sie sonst die Kleine nach der Arbeit von der Großmutter holt, haben sie immer Zeit. Da können sie spielen, herumspringen und auch schneeballwerfen. In der wärmeren Jahreszeit haben sie die Blumen am Wegrand beobachtet, wie sie wachsen, blühen und schließlich verblühen, erinnert sie sich. Wenn der Löwenzahn verblüht ist, haben sie in die feinen Bällchen geblasen und zugeschaut, wie die Samen gleich Fallschirmen langsam zu Boden geschwebt sind. – Heutzutag kann man an die angenehmsten und schönsten Sachen denken, geht es Franziska durch den Kopf, immer kommt wieder etwas heraus, das einen an den Krieg erinnert. In Leopoldschlag sollen sie jetzt doch noch den Amerikaner erwischt haben, der schon vor Wochen aus seinem brennenden Flugzeug abgesprungen ist, das dann beim Meiselwald heruntergekommen ist. Irgend jemand hat das erzählt; sie kann sich aber jetzt beileibe nicht entsinnen, wer das gewesen sein könnte.

Franziska will ohnehin lieber zu den schönen Erinnerungen zurückkehren. Gelegentlich haben sie auf dem Heimweg von der Großmutter auch einen Umweg gemacht, über die Wiesen oder durch den Wald. Immer hat das Kind etwas Neues entdeckt und sich darüber gefreut. Und sie selbst hat sich mitfreuen können. Das war schon immer die Zeit, in der sie sich am meisten um das Kind kümmern kann. Denn wenn sie dann nach Haus kommen, wartet ohnehin der Haushalt. Da ist selten noch Zeit übrig, bis das Kind schlafen geht.

Und jetzt diese Hetzerei, denkt sie erneut. Dabei merkt Franziska, daß sie selbst fast ins Trödeln geraten wäre. Sie hätte gar nichts dagegen, ein bißchen spazierenzugehen. – Alles wäre ihr recht, wenn sie nicht so schnell auf den Meierhof zurückmüßte. Nach dem, was dort heute früh vorgefallen ist. Doch daran will sie sich nun wirklich nicht erinnern. Alles in ihr sträubt sich dagegen. Jetzt geht es ohnehin nur darum, daß das Essen fertig ist, wenn der Herr wie üblich um eins von seinem Steinbruch kommt. Auf die Minute genau trifft er an jedem Arbeitstag ein, da hat das Essen auf dem Tisch zu stehen. Und wenn er fertiggegessen hat, muß der Verwalter schon in der Tür warten. Den fragt er dann, ob es etwas gäbe. Wenn es nichts gibt, geht er ins Herrenzimmer und legt sich dort genau eine Stunde hin, hält seinen Mittagschlaf, bevor er in sein Haus im Ort geht. Außer er hat noch irgendwelche geschäftlichen Gespräche.

Heut kann sich das gar nicht mehr ausgehen, denkt Franziska, als sie kurz überschlägt, wie spät es schon sein müßte. Erschrokken beginnt sie selbst noch schneller auszuschreiten, während sie dem Mädchen zuruft: »Weil'st dir auch so Zeit läßt! Jetzt müssen wir schon laufen.« Doch dann überlegt sie, daß sie ihm einfach sagen wird, warum das Essen noch nicht fertig ist. Daß sie eben das Kind hat unbedingt holen müssen.

Ursprünglich wollte es die Mutter ja wirklich zum Quartiermachen mit in die Schule nehmen. Doch dann hat sie ihr am Vormittag Nachricht geschickt, daß das nicht ginge und daß sie das Roserl holen müßte. Erst als sie bei ihr war, hat sie ihr gesagt warum: Daß eben bei der Volksschule ein Haufen Leichen liegt, und daß das kein Anblick für ein Kind sei. Sie hat es von der Nachbarin erfahren, die im Ort gewesen ist und das mit eigenen Augen gesehen hat. – Natürlich wäre alles leichter gewesen, wenn die Mutter die Kleine am Meierhof vorbeigebracht hätte. Mit ihren wehen Füßen hätte sie das aber nicht geschafft. Sie quält sich ohnehin schon ab, wenn sie das Roserl von der Schule holt. Aber der Weg zum Meierhof, der war ihr nicht zuzumuten. Noch dazu, wo sie dann noch in der Schule arbeiten soll.

Das muß der Herr doch einsehen, überlegt Franziska, und dann: Vielleicht kommt er heut überhaupt später oder auch gar nicht. Nach dem, was ihr die Mutter erzählt hat. – Eigentlich kann sie's noch immer nicht glauben, daß das ihr Herr gewesen sein soll. Aber die Mutter hat steif und fest behauptet, die Nachbarin hätte den Aschauer erkannt. Und warum sollte die denn lügen?

Die Nachbarin ist nämlich in der Früh ganz aufgeregt zur Mutter gekommen: Gerade wär der Aschauer, der vom Steinbruch, bei ihr gewesen. Wie wild hätt er an die Tür gepoltert, und als sie aufgemacht habe, wär er draußen gestanden, mit einem Gewehr in der Hand. Er hat sie gefragt, ob vielleicht einer von den Ausbrechern da sei. Sie hat ihm gesagt, daß sich keiner hätt' blicken lassen. Doch er hat darauf bestanden, daß er das ganze Haus durchsuchen müßt. Es könnte ja einer im Stall sein, hat er gemeint. Das hätt sie merken müssen, hat sie ihm darauf gesagt, denn da hätt er auch bei der Haustür hereinkommen müssen. Doch der Aschauer hat sich nicht davon abbringen lassen, daß er das Haus durchsuchen müßt. Er hat sie einfach auf die Seite geschoben, und da hat sie sich nichts mehr zu sagen getraut. Sollt er halt nachschauen und sehen, daß niemand da ist. Sie hat ja nichts zu verbergen gehabt. Und er ist wirklich im ganzen Haus herumgegangen, hat in jedes Zimmer geschaut, in jeden Winkel. Nichts hat er ausgelassen, nicht den Stall und nicht den Heuboden. Dort hat er sogar mit der Heugabel überall hineingestochert. Da war aber auch nichts zu finden. Und so ist er wieder abgezogen. – Doch dann, gerade als er bei der Tür hinausging, sieht er drüben bei den Apfelbäumen, bei der Allee mit den großen Mostäpfeln, einen rennen. Der Aschauer rennt auch ein Stückerl, dann legt er das Gewehr an und schießt. Und der, der dort gerannt ist, schlägt einen Purzelbaum, dann sieht man ihn nicht mehr. Die Nachbarin hat noch eine Zeitlang zu der Stelle hinübergeschaut, aber da hat sich nichts mehr gerührt. Und als sie zum Aschauer hingeschaut hat, dorthin, von wo er geschossen hat, da war der auch weg.

Das hat sie der Mutter erzählt. Zu den Apfelbäumen schauen wollte aber keine von den beiden. Sie selbst hätte sich das auch nicht getraut, überlegt Franziska. War ohnehin das einzig Richtige, daß die Nachbarin dann in den Ort gegangen ist, um dem Gendarmen alles zu erzählen. Der hat auch gesagt, daß er nachschauen komme, sobald er Zeit hätte. – Und als die Nachbarin dann über den Kirchenplatz heimgangen ist, hat sie vor der Schule den Haufen Leichen gesehen, und auch die Leute, die schauen gekommen sind und darüber geredet haben, warum die SS die toten Ausbrecher ausgerechnet dort abgeladen hätte. Deswegen ist sie dann noch einmal zur Mutter gekommen, um ihr auch das zu erzählen.

Dabei muß die Mutter sogar nachgefragt haben, ob das in der Früh auch wirklich der Aschauer gewesen sei. Eben weil er ihr Dienstherr ist, hat sie ihr gesagt, wollte sie es ganz genau wissen. Wenn es irgendwer aus dem Ort gewesen wär, bräuchte man sich den Kopf nicht zu zerbrechen. Aber die Nachbarin hat es wieder bestätigt.

Dennoch, Franziska kann es noch immer nicht glauben. Daß der gnä' Herr mir nichts, dir nichts mit seinem Gewehr durch die Gegend zieht und Leut abschießt, das paßt nicht zu ihm. Wo er doch sonst immer herausstreicht, daß er was Besseres ist. – Wie das Gscher, so der Herr, geht es ihr kurz durch den Kopf, aber sofort unterdrückt sie den Gedanken wieder. Nein, sie will sich nicht an diesen Morgen erinnern.

So schaut sich Franziska erneut nach dem Kind um. Das tippt mit dem Schuh auf eine zugefrorene Lacke, probiert dann vorsichtig, ob das Eis hält. Als es jedoch den Blick der Mutter spürt, kommt es zu ihr gelaufen und ruft dabei: »Mama, Mama, ich will einen Adler machen! Da ist so schöner Schnee.«

»Nicht jetzt, Kind. Machst dir ja das Gwand ganz naß«, erwidert Franziska.

»Nur ein Mal, ein einziges Mal«, drängt das Kind, während es die Mutter bei der Hand nimmt und schon zum Wegrand zieht.

Was ist schon dabei, überlegt diese. Sie kommt ohnehin schon zu spät zum Meierhof. Und das Kind kann ja für nichts. Soll es doch seine Freude haben. Außerdem ist bei der Kälte der Schnee so trocken, daß man ihn nachher leicht vom Manterl abklopfen kann. »Aber wirklich nur einen! Ja?« sagt sie schließlich.

»Danke, Mama«, freut sich das Kind. »Wirst sehen, ich mach auch einen ganz, ganz schönen.« Es stellt sich zurecht und läßt sich steif nach hinten in die glatte Schneefläche fallen. Erst drückt es den Kopf einmal fest nach hinten, dann streckt es die Arme aus und drückt diese vom Kopf abwärts immer wieder neben sich in den Schnee. Als es schließlich – ohne in den Schnee zu greifen – aufgestanden ist, betrachtet es sein Werk. »Ist er nicht schön?« fragt es die Mutter.

»Ja, sehr schön«, antwortet diese ein wenig abwesend. Muß es ausgerechnet so ein Raubvogel sein, sinniert sie den Abdruck im Schnee betrachtend. Wenn es ein Spatz wär, dann wär es etwas Lustiges – und eine Gans wär wenigstens was Eßbares. Aber es kommt immer ein Adler heraus. Das Raubzeug, mit dem auch die SS ihre Standarten schmückt.

Da hat sie eine Idee. – »Komm, Roserl. Darfst noch einen Adler machen«, sagt sie zum Kind. »Aber diesmal machst ihm zwei Köpfe. Mußt nur deinen Kopf zweimal nebeneinander in den Schnee drücken. Alles andere machst ganz genau so wie bei dem da.« – Voller Begeisterung läßt sich das Kind gleich wieder in den Schnee fallen, und es macht diesmal zwei Köpfe.

Als die beiden schließlich das neue Werk betrachten, fragt das Roserl: »Ist der Adler so schöner?«

»Ja, so ist er schöner. Bei dem weiß man wenigstens, daß es ein österreichischer ist«, antwortet Franziska; und schaut dabei in beide Richtungen des Weges, ob sie auch nicht beobachtet werden. »Aber jetzt müssen wir uns tummeln. Laß dich abputzen – und dann lauf!«

Ob jemand erkennt, daß das ein Doppeladler sein soll, fragt sich Franziska, als sie nun hinter dem Kind hereilt. Vielleicht hätten sie ihn besser wieder weggewischt. Aber, was soll's. Ist halt ein mißglückter Adler, wenn wer fragt. Dennoch war es nicht gut, daß sie das Kind das hat machen lassen. Sie muß ihm einschärfen, daß es keine Adler mit zwei Köpfen mehr machen soll und vor allem zu niemandem sagt, daß solche schöner wären. Da könnte sonst noch was Schlimmes herauskommen.

Daß das wirklich der Aschauer gewesen sein soll, der drüben in der Grünau, wo ihre Mutter wohnt, einen umgebracht hat, fragt sie sich nun wieder. Wo er sich doch immer gar so österreichisch aufgeführt hat. Durch und durch ein Vaterländischer. Und immer in der Kirche; in der vordersten Reihe natürlich. Und bei jeder Prozession vorn im Block der Honoratioren. – Wenn die Nazi Leut umbringen, so ist das ja nicht weiter verwunderlich. Aber ein Christenmensch? Einer, der damit angibt, daß er gut mit dem Bischof ist? Wie kann so einer das tun?

Na ja, wenn man's genau nimmt, so hat er davon, wie er einmal mit dem Bischof zusammengesessen ist und dem gute Ratschläge gegeben hat, schon seit langem nicht mehr erzählt. Und es hat sich auch schon vor Jahren aufgehört, daß er nur deswegen in die Stadt gefahren ist, weil der Bischof dort ein feierliches Amt zelebriert hat. Daran allein, daß es inzwischen einen neuen Bischof gibt, wird es nicht liegen. Mit dem hiesigen Pfarrer hat er sich ohnehin nie besonders verstanden. So ein kleiner Landpfarrer war ihm immer zu minder. Aber vielleicht haben sie auch sonst nicht zusammengepaßt, denn der Pfarrer ist oft recht direkt. Der hat sich auch gegenüber dem gnä' Herrn kein Blatt vor den Mund genommen.

Dafür kommen jetzt hohe SSler aus dem KZ zu ihm, und selbst Leute aus Berlin waren schon auf dem Meierhof. Da geht es dann immer hoch her. Muß immer was Besonderes auf den Tisch. Und nur auf dem guten Geschirr. Vor allen Leuten hat er sie einmal angebrüllt, weil sie zum Schnaps die gewöhnlichen Stamperln gebracht hat. Woher sollte sie denn wissen, daß für die die geschliffenen Gläser gerade gut genug sind. Dabei ist der Herr sonst durchaus verträglich.

Aber da geht es eben ums Geschäft. Als so eine Partie einmal abgezogen ist, hat sie beim Abräumen gehört, wie er zu seinem Schwager, der an dem Nachmittag auch dabei war, gesagt hat: Wo sollt ich denn sonst auch Arbeitskräfte hernehmen. Wenn ich nicht welche vom Lager bekomm, könnt ich schlichtweg zusperren. Und wer sollt mir sonst schon Aufträge geben. Übrig blieb ich, wenn die jetzt die Autobahn bauen. Beim Vorbeigehen hat sie immer wieder auf einen riesigen Plan hinschauen müssen, der auf dem Schreibtisch gelegen ist. Oben ist groß gestanden: Siegeshalle, Berlin.

Geld stinkt nicht. Das war immer die Red von ihrem Mann. Wo's was zu verdienen gibt, gibt's kein Gewissen. Der Karl hat schon damals gewußt, was er sagt. Und wenn er jetzt da wäre, dann würde er wahrscheinlich nur mit den Achseln zucken und meinen: Begreifst jetzt, was ich dir immer klarzumachen versucht hab. – Ja, wenn er nur da wäre, denkt Franziska. Es wäre alles so viel leichter. Über ein Jahr ist es nun her, daß er zuletzt daheim war. Und dann ist die Mitteilung gekommen, daß er im Feld vermißt sei. Wenigstens haben sie ihr nicht geschrieben, daß er tot ist. Da kann man immer noch hoffen. Als er daheim war, hat er erzählt, daß schon ein paar aus seiner Kompanie zu den Russen übergelaufen sind. Vielleicht hat er es auch geschafft? Die Hoffnung bleibt ihr. Das Kind braucht einen Vater; und keinen Helden, der für Führer, Volk und Vaterland gefallen ist. Und es bräuchte ihn schon so lange. Den Karl haben sie gleich, nachdem der Krieg angefangen hat, geholt. Wie die meisten Holzknechte in der Gegend hat er als aufmüpfig gegolten, weil sie sich nicht alles gefallen haben lassen. Waren als Rote verschrien; obwohl der Karl mit denen nichts zu tun gehabt hat. Aber wenn es darum gegangen ist, eine Sache gegen die schwarzen Waldbarone auszufechten, dann war er dabei. Deswegen war er ja auch schon bei den Vaterländischen nicht gut angeschrieben.

Als sie den Karl geheiratet hat, hat ihr deswegen der Aschauer auch ins Gewissen reden wollen. Und als sie sich nicht hat abbringen lassen, hat er geschimpft und gemeint, sie sollt nur ja nicht von dem roten Gesindel anziehen, sonst wär sie die längste Zeit bei ihm in Dienst gewesen. – Damals, da war er selbst noch ein Erzschwarzer. Und jetzt macht er bei den Nazi mit, kommt Franziska auf den vorigen Gedanken zurück. Daß er sich's mit denen gutstellt, das kann sie ja noch irgendwo verstehen. Aber deswegen muß er ja nicht gleich dabei sein, wenn jetzt alle narrisch spielen und durch die Gegend ziehen, um die Ausreißer einzufangen. Es sei denn, er müßte was beweisen, sich selbst oder den anderen. Damit er noch einen Auftrag kriegt oder ein paar Leut mehr aus dem Lager, die für ihn im Steinbruch arbeiten.

Was bringt die Leut dazu, daß sie so gemein werden, von heut auf morgen so kalt und herzlos sind? Diese Frage stellt sie sich seit dem Morgen immer wieder, auch wenn sie versucht, keine Antwort darauf zu finden, um sich nicht an die Ereignisse erinnern zu müssen, die ihr die Frage so nachdrücklich aufzwingen. Auch jetzt will sie sich noch einmal der Erinnerung daran entziehen, und sie schaut nach dem Kind. Doch das geht brav vor ihr her, zwischendurch ein wenig hüpfend, um das Tempo zu halten.

Und dann denkt Franziska, daß es nun nicht mehr weit zum Meierhof sei und daß sie dort sowohl dem Herrn gegenübertreten muß, als auch dem Verwalter – dem Gatterer, der sie eigentlich immer gut behandelt hat. Wie aber soll sie den beiden begegnen, wie kann sie mit den beiden reden? Einen Augenblick überlegt sie, daß es am einfachsten wäre, wenn sie sie überhaupt nicht wiedersehen müßte. Aber sie kann nicht kurzerhand von der Arbeit wegbleiben. Dafür sind Leute schon eingesperrt worden.

Sie muß hingehen, ob sie will oder nicht. Jetzt und auch weiterhin. Was sollte sie denn sagen, wenn sie zum Ortsgruppenleiter hingeht und erklärt, sie möchte eine andere Arbeit haben. Sollte sie ausgerechnet dem sagen, daß sie nicht mit Leuten zusammensein will, die jemand umgebracht haben. Da wäre sie gewiß beim Falschen. Und selbst wenn er ihr eine neue Arbeit gibt, so schickt er sie irgendwohin, weg aus dem Ort. Und was ist dann mit dem Kind. Sie kann es doch nicht die ganze Zeit bei der Großmutter lassen. Und sie will das auch nicht. So bleibt ihr also nichts übrig, als weiter auf dem Meierhof in Dienst zu gehen – und sich nichts anmerken zu lassen.

Und wenn sie jetzt mit dem Kind hinkommt? Zum Schluß liegt die Leiche von dem Mann noch immer hinter dem Verschlag. Sie muß das Kind auf jeden Fall mit ins Haus nehmen, denkt sie. Wenn aber der Herr schon da ist? Soll sie mit dem Roserl vor ihn hintreten? Soll es danebenstehen, wenn er vielleicht mit ihr zu schreien beginnt? Und vielleicht hat das Kind auch etwas davon mitbekommen, was die Mutter von ihm erzählt hat? Doch da beruhigt sich Franziska, daß das Kind zu der Zeit vor dem Haus gespielt hat. Nur das mit der Schule hat es hören können, denn es war in der Stube, als sie selbst so voller Sorge zur Mutter gekommen ist, weil sie doch nicht gewußt hat, warum sie das Kind schon zu Mittag abholen müßte.

Mit einem Mal hat sie nun doch das Bild von dem Russen vor Augen. Der Gedanke, daß seine Leiche noch immer auf dem Meierhof liegen könnte, hat ihr den Schrecken dieses Morgens wieder vergegenwärtigt. Es ist vor allem der Anblick des Mannes, wie er sie angebettelt hat, der in den Vordergrund tritt. Dann aber laufen all die Ereignisse – deren Erinnerung sie bisher so angestrengt vermieden hat – noch einmal vor ihr ab.

Gleich nachdem sie in der Früh zur Arbeit gekommen war, hat sie wie immer das Frühstück für den Verwalter gerichtet und ist dann mit den Küchenabfällen hinausgegangen. Als sie um die Ecke des Verschlags kam, hat sie da plötzlich einen Mann auf dem Abfallhaufen knien gesehen. Wie angewurzelt ist sie stehengeblieben und hat erst da erkannt, daß er im Abfall herumwühlt. Erdäpfelschalen hat er sich in den Mund gestopft und dabei ängstlich um sich geblickt. So hat er sie dann auch bemerkt. Erschrocken ist er aufgesprungen und vor ihr stehengeblieben, ganz dürr, im Häftlingsdrillich, um den Mund schmutzig verschmiert. Beide haben sie kein Wort herausgebracht, haben einander nur angeschaut, wobei wohl keiner gewußt hat, wessen Schrecken größer war.

Und dann hat sich dem Mann ein Stöhnen entrungen – sie hat wirklich gesehen, wie es durch den ganzen Körper hochgekommen ist –, und daraus hat sich ein Wort gebildet: Hunger. Der ungeheure Schmerz, der in diesem Wort gelegen ist, hat sie in die Wirklichkeit zurückgeholt. Daß er Hunger haben mußte, war ihm ja anzusehen. Und daß er dringend etwas zu essen gebraucht hat. Aber dann hat sie gedacht: Der kann doch nicht den Abfall essen.

So hat sie den Kübel auf den Boden gestellt und zu dem Mann gesagt: Warte! Ich komm gleich zurück. Und sie ist in die Küche gegangen, wo noch immer der Verwalter beim Frühstück gesessen ist. Dem hat sie erklärt, daß draußen einer von den Ausbrechern sei; hat ihm auch geschildert, daß er ganz verhungert sei, eingefallen wie ein Toter. Im Abfallhaufen hätte er herumgegraben, um was Eßbares zu finden. Das gehe doch nicht an, hat sie gesagt; und den Verwalter gefragt, ob sie dem Mann nicht etwas aus der Küche geben könne.

Der hat nur genickt, während er weitergekaut hat. Franziska sieht es wieder deutlich vor sich, wie seine Kinnlade gemahlen hat – und auch sein zustimmendes Nicken. So hat sie vom Brotlaib einen kräftigen Renken abgeschnitten und ein Haferl mit Milch gefüllt. Damit ist sie zu dem Mann hinausgegangen. – Der ist noch wie zuvor dagestanden. Ist nur zurückgewichen, als sie ihm das Essen in die Hand geben wollte. Deswegen hat sie schließlich das Haferl in den Schnee gestellt und das Brot oben drauf gelegt. Und dann ist sie zur Ecke vom Verschlag zurückgegangen, dorthin, von wo sie den Mann das erste Mal gesehen hatte. Erst da ist er hingegangen und hat das Haferl in die eine und das Brot in die andere Hand genommen.

Zunächst hat er von der Milch getrunken, aber so gierig, daß sie ihm bei den Mundwinkeln heruntergeronnen ist. Dann hat er vom Brot abgebissen. Große Stücke, und er hat sich nicht die Zeit genommen, anständig zu kauen. Als wollte er alles gleich hinunterschlucken. Währenddem hat er sie die ganze Zeit angeschaut – aus diesen riesigen Augen, die so tief im Gesicht gelegen sind. Und sie ist ganz ruhig geblieben, hat sich nicht von der Stelle bewegt, weil sie Angst gehabt hat, daß er weglaufen könnte, ohne fertiggegessen zu haben. Zwischen zwei Bissen hat er hervorgestoßen: Danke. Dabei hätte er sich fast verschluckt. Und als dann der allererste Heißhunger gestillt war: Ich Russe. Kriegsgefangener. Und da hat sie an ihren Karl denken müssen.

Weil er die Milch schon ausgetrunken hatte, hat sie ihm angedeutet, daß er ihr das Haferl geben solle. Sie wollte ihm noch welche bringen. Und er ist wirklich auf sie zugegangen, wobei er ihr so dankbar in die Augen geschaut hat, wie man sich das nicht vorstellen kann. Noch jetzt krampft sich Franziska bei der Erinnerung daran das Herz zusammen. – Sie hat das Haferl genommen und ist in die Küche zurückgegangen. Dort ist der Verwalter gerade vom Tisch aufgestanden. Und während er sich die Brösel vom Mund gewischt hat, hat er gefragt: Ist der Ausreißer noch da?

Sie hat ja gesagt und noch einmal Milch in das Haferl geschenkt. Wie hätte sie auch nur ahnen können, was dann geschah, denkt sie jetzt. Doch als sie durch das Vorhaus kam, hat sie gesehen, wie dort der Verwalter gerade ein Gewehr aus dem Waffenschrank nimmt. Zuerst hat sie noch gedacht: Wozu braucht der ein Gewehr? Der da draußen kann doch keiner Fliege etwas zuleid tun. Und sie wollte ihm schon sagen, daß der Mann da draußen gewiß kein Schwerverbrecher sei, wie sie überall erklärt haben, sondern ein russischer Kriegsgefangener. Doch dazu ist sie gar nicht mehr gekommen. Mit dem Gewehr in der Hand ist der Verwalter bei der Tür hinausgegangen, hat dort nur die Holzschuhe übergezogen und ist hinter den Verschlag gestapft. Sie hinter ihm, mit dem Milchhaferl in der Hand. Und noch immer hat sie nicht geahnt, was da passieren würde.

Jetzt kommt der Augenblick, an den zu erinnern sie sich so besonders gewehrt hat. – Als der Verwalter um die Ecke gegangen ist und den Mann vor sich gesehen hat, hat er das Gewehr gehoben und abgedrückt. Der Mann ist zusammengebrochen und auf der Stelle liegengeblieben. In dem Augenblick hätte sie schreien mögen, doch hat sie keine Luft mehr gekriegt. Es war ihr, als ob sie vergessen hätte, wie man atmet. Und als dann der Atem doch wiedergekommen ist, hat sie das Haferl fallen lassen und ist weggerannt. Sie ist ins Haus, hat aber dann nicht gewußt, wohin sie sollte. Denn plötzlich hat sie ungeheure Angst vor dem Gatterer gehabt. Schließlich hat sie sich im Schlafzimmer des gnä' Herrn versteckt.

Da ist sie dann hinter der Tür gestanden und hat gehorcht, ob er ihr nachkommt. Dabei sind ihr die Tränen heruntergeronnen, und es hat ihr inwendig wehgetan, weil sie sich das Schluchzen verbissen hat. Sonst hätte er sie womöglich noch gehört. Der Verwalter ist kurz darauf auch ins Haus gekommen. Gepfiffen hat er. Aber dann ist er wieder hinausgegangen. Sie hat gehört, wie er sich vor der Tür die Stiefel angezogen hat und weggegangen ist.

Trotzdem ist sie noch längere Zeit im Schlafzimmer geblieben, ist neben der Tür gehockt und hat noch immer das Bild von dem Toten gegenwärtig gehabt. Und sie hat sich Vorwürfe gemacht: Wenn sie dem Gatterer nichts gesagt hätte, könnte der noch leben. Hätte sie ihn doch die Erdäpfelschalen essen lassen! Er wäre davon nicht satt geworden, aber er wäre auch nicht tot. Warum hatte sie ihm was bringen müssen und so den Verwalter überhaupt erst aufmerksam gemacht? Wenn sie dem Russen wenigstens gesagt hätte, daß er jetzt weglaufen müsse, nachdem sie ihm die Milch und das Brot gebracht hat. – Wie aber hätte sie ahnen können, was der Gatterer vorhat? Er hatte ihr doch zugenickt, als sie gefragt hat, ob sie dem Mann was bringen dürfe.

Dabei hat sie die ganze Zeit geweint. Erst als keine Tränen mehr gekommen sind, ist sie aus ihrem Versteck hinausgegangen. Ganz mechanisch hat sie überall aufgeräumt. Bis sie dann die Nachricht von der Mutter erhalten hat, daß sie schon zu Mittag das Kind holen müßte. Da hatte sie sich dann nur noch Sorgen gemacht, ob etwas mit dem Kind oder mit der Mutter sei. Sie hatte sich zwar überlegt, daß sie wohl kaum erst zu Mittag kommen müßte, wenn etwas passiert wäre, wirklich beruhigt war sie aber erst, als sie dann bei der Mutter war und erfahren hat, warum diese nach ihr geschickt hatte.

Plötzlich steht vor Franziska das Kind, auf das sie zuletzt nicht mehr geachtet hat. Belastet von all den Gedanken hatte sie während des Gehens nur zu Boden geblickt. Nun merkt sie, daß sie das Eingangstor zur Meierei erreicht hat. Das Kind hat hier auf sie gewartet. In wenigen Augenblicken wird sie ins Haus treten. Und damit ist keine Zeit mehr, darüber nachzudenken, wie sie sich dem Herrn und dem Verwalter gegenüber verhalten soll. Es wird sich schon alles ergeben, denkt sie und verspürt – als ob sie erschöpft wäre – eine gewisse Gleichgültigkeit. Doch Gleichgültigkeit kann sie sich jetzt nicht leisten, geht es ihr im selben Augenblick durch den Kopf. Sie muß schließlich darauf schauen, daß sie ihren Arbeitsplatz behält. Was sollte sonst mit dem Kind werden.

»Komm, Roserl«, sagt sie, während sie das Kind bei der Hand nimmt. »Wenn wir jetzt zum Haus kommen, bleibst du drinnen neben der Tür ganz ruhig stehen. Du bewegst dich nicht von der Stelle, bis ich dich holen komme. Du gehst nicht hinaus und auch sonst nirgendwo hin. Versprichst du mir das?«

Als das Kind gehorsam nickt, fügt sie noch hinzu: »Du bist doch mein braves Roserl.«

Dann öffnet sie die Haustür, zeigt dem Kind, wo es stehenbleiben soll, und schaut ängstlich durchs Vorhaus. Bevor sie die beiden, die in der geöffneten Tür zum Arbeitszimmer stehen, noch sieht, hört sie den Herrn sagen: »Hast du gut gemacht, Gatterer. Hätten in eine mißliche Lage kommen können.«

Er ist also schon da, denkt Franziska. Und er wird wahrscheinlich auch schon nach seinem Essen gefragt haben. Dann wird es eben heute nicht ohne Schimpfen abgehen. – Sie nimmt allen Mut zusammen und schließt die Tür so laut, daß man es hört. Rasch geht sie bis zur Mitte des länglichen Vorraums und sagt von dort: »Entschuldigt, gnä' Herr. Aber ich habe das Kind von der Großmutter holen müssen.«

Aschauer dreht sich um, und sie will schon weiterreden, erklären, warum sie das Kind habe holen müssen. Doch er winkt ab: »Ist schon gut, Fanni.« Und leutselig wie selten setzt er fort: »Kochst halt was Schnelles. – Wir zwei haben ohnehin noch miteinander zu reden. Und dazu genehmigen wir uns heute ein Stamperl. Gelt, Gatterer.« – Mit diesen Worten schiebt Aschauer seinen Verwalter ins Arbeitszimmer und schließt die Tür.

Das wäre gerade noch einmal gut gegangen, ist Franziskas erster Gedanke, als sie das Kind von der Tür holt, um mit ihm in die Küche zu gehen. Gleich darauf aber sagt sie zu sich: Jetzt saufen's miteinander auch noch auf ihre Heldentaten.

VII

»Was ich mir wirklich wünsch, das wär ein fünfzehnter Nothelfer – einer, der gegen die reichsdeutsche Krankheit hilft«, sagt mürrisch Ephrem, der Knecht vom Rescheneder, in das Schweigen, das am Tisch herrscht. »Und wenn's so ist, daß es nur abgezählte vierzehn Nothelfer geben darf, dann tausch ich den halt gegen den Blasius ein. Lieber Halsweh als dauernd der Zustand, wo sich keiner mehr sicher fühlen kann.«

Die paar alten Knechte, die im Wirtshaus zum schwarzen Hirschen beisammensitzen, nicken – mehr oder weniger zustimmend. Nur der Benno vom Waldinger fragt anzüglich: »Bist deswegen heut früh gleich gar nicht zum Segen gegangen?« Und da sonst keiner etwas sagt, fährt er fort: »Hast uns gefehlt. – Dabei hätt ich gedacht, daß grad du die Hilfe vom Blasius brauchen könntest. Kriegst sonst leicht Halsweh, wenn'st mit deinem Bauern immer Heil schreien mußt.« Das ›Heil‹ stößt er so heiser hervor, daß es sich wie das Röhren eines Hirsches anhört.

»Ach, laß meinen Bauern in Frieden, Benno«, erwidert Ephrem. »Der ist im Grund nicht so schlecht wie er ausschaut. Der wär ganz normal, wenn wir nicht die reichsdeutsche Krankheit da hätten. – Darum hab ich ja gemeint, daß wir einen zusätzlichen Nothelfer bräuchten.«

»Aber ein Guter ist er auch nicht, dein Rescheneder.« Benno schlägt mit der flachen Hand auf den Tisch. »Ist doch überall dabei, wo sie den Führer hochleben lassen. Sitzt warm im Arsch von den Nazi-Bonzen; und ich frag mich, ob er sich dabei wenigstens die Nase zuhält. – Ich trau mich zu wetten, daß du heut nur deswegen nicht beim Blasius-Segen warst, weil dich dein Bauer nicht hat gehen lassen. Stimmt's? Brauchst dich nicht zu genieren, kannst es ruhig zugeben!«

»Und jetzt regst dich wieder ab, Benno«, wirft Bartl, der Knecht vom Edtlinger, ein. Allerdings ist sein Ton kaum auf Beschwichtigung angelegt. »Was kann denn der Ephrem für seinen Bauern? Soll er ihm ins Gewissen reden? Oder soll er ihm sagen: Rescheneder, bei dir bleib ich nicht, weil'st ein Nazi bist. – Was tätst denn selber, wenn dein Waldinger plötzlich zackig die Hand hochreißt? Sag's!«

»Der ist kein Nazi, und der wird kein Nazi«, sagt Benno mit einem Schulterzucken.

Bartl beharrt jedoch auf seiner Frage: »Man kann nie in die Leut hineinschauen, wie sie inwendig sind. Der Rescheneder war ja auch nicht von Anfang an dabei. Hat sich erst später ausgerechnet, was es ihm bringt, wenn er mit dem Wolfszeug heult. – Jetzt einmal angenommen, der Waldinger fängt zu guter Letzt auch noch zu rechnen an, was machst dann? Sagst dann: Behüt dich Gott, Bauer, bei dir gefällt's mir nimmer. Wo willst denn hin? Gibst mir nichts, dir nichts alles auf? Heutzutag kannst dir nicht einfach einen neuen Bauern suchen. Und wenn's dich gar zum Eiblmayer dienstverpflichten, willst dann sagen: Da geh ich nicht hin. Bei einem Nazi arbeit ich nicht.«

Inzwischen ist der Wirt herbeigeeilt, was ihm nicht leicht fällt, da er stark hinkt. »Still seid's, ihr alten Trottel«, keucht er, als er den Tisch erreicht. »Ich hab so auch schon genug Ärger am Hals. Da brauch ich nicht noch eure Redereien. Vor allem, wenn ihr dabei auch noch so schreien müßt.«

»Ist doch eh sonst niemand da, der uns hören könnt«, sagt Bartl und deutet auf die leere Wirtsstube. »Mußt schon froh sein, wennst am Samstagabend uns alte Trottel – hast uns doch so genannt, du hatscherter Pantscher – als Gäst bewirten darfst.«

»Wenn du so daherredest, kann ich auf dich verzichten«, fährt ihn der Wirt an.

»Wui, jetzt ist er fuchtig.« Bartl schaut feixend in die Runde.

Die anderen Knechte gehen jedoch nicht auf ihn ein, und so herrscht einen Augenblick betretenes Schweigen, bis schließlich Ignaz, der Knecht vom Falterbauern, sagt: »So, und jetzt ist wieder Ruh. Ich geh nicht ins Wirtshaus, damit ich mir eure Streitereien anhör. Die brauch ich gewiß nicht. Entweder ihr vertragt euch jetzt allemiteinand, oder ich verabschied mich. – Sollt ich einmal mit dem eigenen Verdruß nicht das Auslangen haben, laß ich's euch wissen.« Ignaz macht allerdings keine Anstalten aufzustehen. Er weiß sehr gut, daß er in der Runde ein gewisses Ansehen hat.

Der Wirt lenkt dann auch ein: »Es ist ja nur, weil man doch nie weiß. – Ihr könnt doch von was anderem reden.«

»Und, worüber dürfen wir bei dir im Wirtshaus reden?« ereifert sich Bartl schon wieder.

»Na redet's halt vom Wetter«, antwortet ihm der Wirt bissig, »wie sonst auch. Hast sicher noch ein paar Bauernregeln auf Lager.«

»Wenn's zu Lichtmeß stürmt und schneit, sind die Russen nicht mehr weit.« Es ist Benno, der den Satz eingeworfen hat.

Der Wirt braust gleich wieder auf: »Geh du nur auch noch auf mich los.« Doch dann meint er mit einer resignierenden Handbewegung: »Ist eh alles für die Katz. Rennt's in euer Unglück.« Damit will er sich schon abwenden, als Bartl hinter ihm sagt: »Brunz dich nicht an, Lois!«

Da dreht er sich wieder um, stützt sich mit beiden Händen auf den Tisch und schaut ihm wütend ins Gesicht. »Das hast schon einmal gesagt. Und du weißt, was dabei herausgekommen ist. Nicht du bist deswegen im Gefängnis gehockt, sondern ich. Du bist im Warmen gesessen, während ich nicht gewußt hab, was mir nicht alles noch passieren wird. Ich war's, der die Angst hat ausstehen müssen, ob ich jemals wieder zurückkomm. Drum sag nie wieder ›Brunz dich nicht an, Lois!‹ zu mir. Du kannst zu mir ins Wirtshaus kommen, aber sag mir nicht, was ich tun soll und was nicht. Und auch nicht, wovor ich Angst haben soll und wovor nicht. Hast mich verstanden, Bartl?«

Der Ausbruch des Wirts hat Bartl etwas gedämpft. Versöhnlich sagt er nun: »Aber du mußt zugeben, daß wir alles getan haben, dich da auch wieder rauszubringen. Allemiteinand haben wir für dich ausgesagt. Haben dem Gestapo-Heini erklärt, daß du nie an die Ostarbeiter was ausgeschenkt hast. Daß du so etwas nicht tust. Und wir haben's so oft gesagt, bis sie's glauben haben müssen.«

»Aber ich wär überhaupt nie in das Schlamassel geraten, wenn du damals nicht auch gesagt hättest: ›Brunz dich nicht an, Lois! Was ist denn schon dabei, wennst ihnen ein Bier und einen Schnaps gibst?‹ Ich hätt ihnen gesagt, daß ich ihnen nichts geben darf; gleich als sie bei der Tür hereingekommen sind, hätt ich ihnen das klar gemacht. Aber du hast ja den Seelensguten spielen müssen. Auf meine Kosten. Einen Schnaps hast ihnen spendiert, aber das war auch schon alles, was du hast zahlen müssen. Das Lehrgeld hab ich gezahlt – und zwar ausgiebig. Aber ich hab wenigstens die Lehr verstanden. An mein gutes Herz braucht niemand mehr zu appellieren.«

Als der Wirt einmal Luft holen muß, wirft Ignaz ein: »Ist das jetzt ausgeredet? Dann könnt's euch ja wieder vertragen. – Bring uns lieber noch ein Bier, Lois!« Beruhigend fügt er noch hinzu: »Wir haben uns ja damals auch alle Sorgen um dich gemacht. Das kannst mir glauben.«

Der Wirt setzt an, noch etwas zu sagen; doch dann hinkt er zur Schank und verschwindet dahinter. Nach einer Weile brummt Bartl – gleichsam als Entschuldigung – vor sich hin: »Wer hat damals auch wissen können, daß da draußen einer paßt und nichts Besseres zu tun hat, als den Lois zu verzünden, weil er an ein paar Ostarbeiter was ausgeschenkt hat.«

Keiner der Knechte reagiert darauf. Das Thema ist abgeschlossen, auch wenn sich der eine oder andere noch seine Gedanken darüber machen mag. Wortlos sitzen die Fünf nun da: Ephrem, Benno, Bartl, Ignaz und Pankraz, der Knecht vom Effeneder. Letzterer hat den ganzen Abend noch nichts gesagt. Das ist zwar nicht weiter aufgefallen, aber es ist ungewöhnlich, läßt er sich doch sonst keinen Witz oder ein handfestes Streitgespräch entgehen, wenn dabei auch ein Gspaß ist, wie er immer erklärt.

Heute ist er jedoch nicht dazu aufgelegt. Zum einen gehen ihm immer noch die Ereignisse vom Vormittag durch den Kopf. Gerade diese wollte er im Wirtshaus wenigstens für einige Zeit vergessen; was ihm aber nicht geglückt ist. Zum anderen hat er von allem Anfang an am Wirtshaustisch eine ungewohnte Gereiztheit gespürt, die jeden Ansatz eines Gesprächs sofort zu einer Auseinandersetzung ausufern läßt.

Er selbst spürt ja auch diese Gereiztheit in sich, gesteht er sich ein und sagt sich, daß das wohl an diesen Tagen liegen müsse. Dabei beobachtet er die vier anderen. – Der Ephrem hat Verdruß mit seinem Bauern, der ihn jetzt nicht einmal mehr in die Kirche gehen läßt. Er nimmt den alten Rescheneder zwar in Schutz, was aber kann das schon mehr sein als bestenfalls eine Rechtfertigung vor sich selbst. Der Ignaz hält treu zu seinem Falterbauern und ist auch persönlich davon betroffen, wie man dem immer wieder übel mitspielt. Gestern sollen sie ihn ja schon wieder zum Ortsgruppenleiter vorgeladen haben. Wie es heißt, wegen der Ausbrecher. – Eigentlich hatte Pankraz gehofft, daß Ignaz etwas darüber erzählen würde. Aber ihn direkt darauf ansprechen, das will er auch nicht.

Sein Blick bleibt am Bartl hängen. Der ist zwar im allgemeinen ein gutmütiger Latsch, zuweilen aber auch ein Streithansl. Wenn der sich gehen läßt, ist das nichts Besonderes. Eigenartig ist dagegen, wie sich der Benno an diesem Abend aufführt. Irgendetwas muß ihn bedrücken, glaubt Pankraz. Wie er sich mit dem Ephrem angelegt hat, mit dem er seit jeher gut ist, da muß etwas dahinterstecken. – Na ja, das mit dem fünfzehnten Nothelfer, das muß einem überhaupt erst einmal einfallen. Als ob gegen die Nazi ein Nothelfer nützen könnte.

Damit ist er wieder bei dem Punkt, der ihn beschäftigt, seit vom zusätzlichen Nothelfer die Red war. Der sollte – wie Ephrem gemeint hat – ja nur dafür sorgen, daß die Reichsdeutschen verschwinden. Einmal angenommen, es würde den wirklich mit einem Mal geben und er würde tatsächlich dafür sorgen, daß die von heut auf morgen allesamt weg sind, was aber ist dann mit einem Leitl. Hat der dann plötzlich niemanden mehr umgebracht? Und auch all die anderen – haben sie dann nicht ehrliche und anständige Leut drangsaliert. Wer kann denn überhaupt sagen, er hätte ein reines Gewissen?

War er selbst nicht dabei – ja hat er nicht in Wirklichkeit mitgetan, als der Malermeister den Mann erschlagen hat? Er hat geholfen, als sie den im Stall Versteckten herausgeholt haben. Na gut, er hat ihn gestützt, weil er doch verwundet war – aber wofür hat er ihn denn gestützt? Damit ihm vor der Stalltür der Leitl mit dem Sauschlögel den Schädel einschlagen kann. Und was nützt es dem Mann, wenn er ihm jetzt noch nachträglich sagen könnte: Ich hab doch nicht wissen können, daß der Malermeister das tun wird; daß er überhaupt zu so etwas fähig ist? Jeder hat über ihn nur gelacht, weil er doch gar so ein Simandl ist. Trotzdem: Geschehen ist's! Und daran ist nichts zu ändern.

Er hat dem Leitl zugeschaut beim Mord. Denn das war nichts anderes, sagt sich Pankraz nun schon zum x-tenmal. Der Ausbrecher hätte niemandem etwas tun können. Vielmehr hätte man dem etwas zu essen geben und sich um seinen Fuß kümmern müssen. Und was dann? – Auch auf diese Frage hat er bisher vergebens eine Antwort gesucht. Was wäre denn gewesen, wenn der Leitl nicht zufällig vorbeigekommen wäre? Alle haben sie am Hof gewußt, daß zumindest einer im Stall ist. Die Mitzi hat ihn ja stöhnen gehört. Und sie hat sich nicht mehr in den Stall getraut.

Die Bäurin hat als erste gesagt, es müßt etwas geschehen. Wer weiß, was die anstellen, hat sie gejammert. Alle werden sie uns umbringen, den Hof niederbrennen und uns ausrauben. So hat man's ja auch überall gehört; daß das Schwerverbrecher sind, Räuber und Mörder. Aber eigentlich hat keiner von ihnen recht gewußt, was wirklich zu tun ist. Holen wir den Gendarm, hat der Bauer schließlich gemeint. – Und den hätten sie sicher auch geholt, wenn nicht der Leitl aufgetaucht wäre, überlegt Pankraz. Für den Mann selbst hätte das allerdings nicht viel geändert. Der Gendarm hätte ihn auch nur zur SS gebracht, und was die mit ihm gemacht hätte, da braucht man nicht nachzufragen. Tot wäre er in jedem Fall schon. – Außer man hätte ihn versteckt oder ihm wenigstens bei der Flucht geholfen. Die Bauersleut hätten da aber nicht mitgetan, das ist klar.

Und wenn nicht die Mitzi, sondern er das Stöhnen gehört hätte? Was hätte er dann getan? Darüber kann er sich nicht klarwerden. Und gerade diese Ungewißheit versetzt ihn in Unruhe, bewirkt eben jene Gereiztheit, die er auch an sich selbst bemerkt hat. – Als Pankraz in diesem Augenblick die Eingangstür aufgehen hört, fühlt er sich direkt erleichtert, weil er aus seinen Gedanken gerissen wird.

Er verrenkt sogar den Kopf, um schneller sehen zu können, wer jetzt noch kommt. Auch der Wirt, der gerade mit den gefüllten Biergläsern von der Schank zu ihrem Tisch unterwegs ist, bleibt stehen und schaut. Er erkennt den Gast als erster und sagt voller Überraschung: »Ja da kriegt noch der Saubär Fadln, wenn sich der Jockl auch wieder einmal bei mir im Wirtshaus anschauen läßt.«

Als der Hartl-Knecht die Tür hinter sich geschlossen hat, begrüßen ihn alle freudig; auf eine Weise herzlich, wie sie in dieser Runde sonst nicht üblich ist. Bartl nennt dafür auch sogleich den Grund, als er Jockl zuruft: »Das ist aber gescheit, daß du ausgerechnet heut vorbeischaust. War ja schon nicht mehr auszuhalten mit den Langweilern da. Zuerst müssen's streiten, und wenn ihnen das schließlich zuviel wird, sitzen's mit einem langen Gesicht da, wie bei der eigenen Leich, und öden sich an.«

»Na, das freut mich aber, wenn ich euch einen Gefallen tun kann«, meint der Hartl-Knecht und setzt sich neben Ignaz. Der legt ihm die Hand auf die Schulter und fragt lachend: »Weißt aber eh, wer immer mit der Zankerei anfangt.« »Na der, der sich zuletzt drüber beschwert«, antwortet jener. Mit einem Mal ist die Stimmung am Tisch aufgeräumt.

Der Wirt, der mit seiner vollen Serviertasse mitten in der Wirtstube stehengeblieben war, will nun zur Schank zurück, offenbar um noch ein weiteres Bier für Jockl zu zapfen, als ihn Benno zurückruft: »Jetzt bring uns doch zuerst die Biere, die du schon fertig hast. Nachher schmeckt doch das Gschlader überhaupt nicht mehr.«

Ephrem wendet sich an Jockl und sagt: »Kannst inzwischen meines haben.«

»Gelt's dir Gott«, antwortet dieser, »das ist mir jetzt schon richtig abgegangen.« Und da der Wirt nun tatsächlich zuerst die vollen Gläser an den Tisch gebracht hat, nimmt er sich eines und trinkt in großen Schlucken. Er tut dies so genüßlich, daß die anderen Knechte, die ihn dabei beobachten, schmunzeln. »So wird ein gewaltiger Bierdurst gelöscht«, meint Bartl, als Jockl schließlich das Glas absetzt. »Hast uns lang genug im Stich gelassen. Jetzt erzähl einmal, was sich alles getan hat in der Zwischenzeit.«

»Ach, nichts Besonderes«, erwidert der Hartl-Knecht mit einer Handbewegung, die ausdrücken soll, daß es sich nicht lohne, darüber zu reden. Doch dann setzt er fort: »Ihr wißt ja ebensogut, was sich jetzt rundherum tut.« Und mit einem Blick zu seinem Nachbarn: »Der Naz weiß da sicher was Interessanteres. – Bin mit dem Schlitten gestern unten auf der Straße bei euch vorbeigefahren. Da muß sich beim Falter einiges abgespielt haben?«

Ignaz geht jedoch nicht auf die Frage, beziehungsweise Aufforderung, seinerseits zu erzählen, ein. Er gibt nur zurück: »Und? Waren's am Hartlhof nicht? Das wird sich der Eiblmayer doch nicht entgehen haben lassen. Wenn er schon einen Vorwand hat, um beim Hartl herumnasern zu können.«

»Nein, der Eiblmayer war gestern nicht dabei«, sagt Jockl schließlich, da ihn nun alle am Tisch erwartungsvoll anschauen. Und zum Ignaz gewandt: »Ich hätt gedacht, der war bei euch. – Ich war aber auch gar nicht daheim, als sie gekommen sind. Hab Menage für die SS führen müssen. So bin ich ja auch bei euch vorbeigekommen.«

Nachdem er sich mit einem Schluck Bier den Mund angefeuchtet hat, beginnt Jockl dann doch zu erzählen: »Waren nur SSler, die da am Vormittag aufgekreuzt sind. So hat es zumindest die Bäurin erzählt. Wollten schon die Haustür eintreten, weil sie nicht gleich aufgemacht hat. Und dann haben sie den ganzen Hof von vorn bis hinten, von unten bis oben durchstöbert. Wie die

Landsknecht haben sie gewütet. In der Stube hat einer das Bild aus dem Hergottswinkel genommen – als ob sich dahinter einer versteckt halten könnt – und hat es dabei fallen lassen. Hat dann so getan, als ob es ihm leid tät, als ob es ganz unabsichtlich passiert wär.

Das zerbrochene Glas vom Herz-Jesu-Bild war aber noch das Geringste. Jedes Zimmer, jede Kammer haben sie auseinandergenommen. In jeden Kasten haben sie hineingeschaut. Und wenn einer nicht gleich aufgegangen ist, haben sie ihn mit dem Bajonett aufgebrochen. Haben sie auch noch von der Wand weggeschoben und dahinter die Mauern abgeklopft. Wie die Berserker hätten sie sich aufgeführt, hat die Bäurin gesagt. – Na ja, das Ergebnis hab ich gesehen, als ich nach Haus gekommen bin. Den ganzen Nachmittag haben wir gewerkt, bis wir wenigstens im Haus wieder halbwegs Ordnung geschaffen haben.

Dabei hat sich die Bäurin nichts zu sagen getraut. Der Anführer von denen hat sie immer wieder angeschrien, sie soll endlich sagen, wo die Ausbrecher untergekrochen sind. Sie wüßten nämlich genau, daß sie welche versteckt hätte. – Ich kann mir nur vorstellen, daß das die Rederei vom Eiblmayer war. – Jedenfalls haben sie herumgetobt und sind immer wilder geworden, weil sie nichts gefunden haben. Offenbar sind die sicher gewesen, daß sie bei uns am Hof welche erwischen. Und ich kann nur sagen: Gottseidank hat sich da keiner heimlich eingeschlichen. Von den SSlern hätt es uns keiner abgenommen, daß wir nichts davon gewußt haben.

Den Heuboden haben's uns auch ganz durcheinandergebracht. Zuerst haben's nur mit den Gabeln überall herumgestochert. Das war ihnen aber schließlich noch nicht genug: So haben's das ganze Heu auseinandergerissen und überall verstreut. Sind mit den schneenassen Stiefeln darauf herumgetrampelt und haben es zertreten. War eine Mordsschinderei heut vormittag, alles wieder auf gleich zu bringen, damit nichts Feuchtes drinnenbleibt. – Dabei haben wir eh schon so wenig Futter. Grad erst eine Woche ist Pauli Bekehrung vorbei und wir haben schon längst nicht mehr die Halbscheid. Und jetzt das noch. Ich weiß wirklich nicht, wie wir da durchkommen sollen.«

»Pauli Bekehrung, bald hinum, bald herum«, murmelt Benno vor sich hin und dann lauter: »Das kommt davon, daß wir auch noch vom Heu abliefern müssen. Beschweren sich aber dann, daß die Küh so wenig Milch geben und so mager sind. Ist auch gleich die Red von Sabotage. – Auf jeden Fall sind wir am Land an allem schuld.«

»Ist genau das, was ich gesagt hab«, wirft Ephrem ein, »die Reichsdeutschen haben keine Ahnung von der Landwirtschaft. Können nicht genug kriegen von allem, scheren sich aber nicht darum, was für eine Arbeit dahintersteckt und was man alles dafür braucht.«

»Ach, hör doch auf, immer nur über die Reichsdeutschen zu jammern«, stößt Pankraz hervor. »Die Hiesigen sind um nichts besser.«

»Ha, unser Eisheiliger gibt auch einmal Laut. – Hab schon gedacht, du bist eingeschlafen«, versucht Bartl den Effeneder-Knecht aufzuziehen. Der aber geht gar nicht darauf ein. Er hat schon wieder den Kopf gesenkt, nimmt aber dann doch einen Schluck Bier, um schließlich zu murren: »Weil's wahr ist.«

Jockl wendet sich nun erneut an seinen Nachbarn: »So, Naz, und jetzt erzähl du, was bei euch gestern los war.«

»War nicht viel anders als bei euch«, versucht dieser auszuweichen.

»Na erzähl schon«, zeigt sich nun auch Bartl neugierig. Und Jockl: »Ich hab doch die Leichen gesehen, unten an der Straße. Die waren doch von euch oben, oder nicht?«

»Ja, die haben sie im Waldl hinter dem Hof erwischt«, antwortet Ignaz. »Das war, nachdem sie dem Falter das ganze Haus von oben nach unten gekehrt haben. Waren auch nur SSler. Die meisten haben aber untereinander gar nicht deutsch geredet. Müssen Ukrainer oder sowas gewesen sein. Haben sich jedenfalls wie die Wilden aufgeführt. Im Hof war aber keiner, den sie hätten finden können. – Wir haben allesamt schon aufgeatmet, als sie endlich draußen waren, da hat es hinter dem Haus gekracht. Geschossen haben sie, daß man hätt glauben können, da wären zwanzig, dreißig von den Ausbrechern gewesen. Und dann ist der Häuptling zurückgekommen und hat angeschafft: Bringt die Leichen zur Straße hinunter, aber rasch!

Schließlich sind sie aber wirklich abgezogen, und ich bin mit dem Bauern ins Waldl nachschauen gegangen. Da haben wir die zwei Toten gesehen. Ganz verrenkt sind sie in ihrem Häftlingsgewand im Schnee gelegen. Überall die Löcher von den Gewehrkugeln. – Ich hab dann den kleinen Schlitten geholt, und wir haben die beiden aufgeladen. Dabei hab ich gemerkt, wie leicht die waren. Rein gar nichts dran an ihnen. Die hätt ich mit Leichtigkeit auch auf der Schulter zur Straße hinuntertragen können. Weil aber der Schlitten nun einmal da war, hab ich gedacht, es kommt aufs selbe hinaus. Aber ich sag euch: Mit dem Schlitten hab ich mich mehr abgeplagt, als wenn ich die zwei unter den Arm genommen hätt. – An der Straße hab ich sie dann hingelegt; wie's der SS-Häuptling angeschafft hat.« Und mehr zu sich selbst fügt er nach einem Augenblick hinzu: »Gern wüßt ich, wer die beiden waren. Solche Krispindeln.«

Für kurze Zeit herrscht Schweigen am Tisch; dann fragt Benno: »Aber haben's nicht am Nachmittag den alten Falter zum Ortsgruppenleiter gebracht? Ich hab sowas läuten gehört.«

»Ja. Irgend jemand hat angeblich behauptet, daß die zwei Ausbrecher von ihm versteckt worden wären. Und da haben sie ihn zum Verhör geholt. Wollten ihm einfach wieder was anhängen. Zum Glück ist aber der Bürgermeister persönlich gekommen und hat dem Zimbrich erklärt, er sollt ihm die Bauern nicht rebellisch machen und den Falter schnell wieder auslassen. Der Ortsgruppenleiter wollt aber nicht gleich nachgeben, hat sich darauf versteift, daß einer von den Ausbrechern einen Hut aufgehabt hätt, den er nur vom Falter hätt haben können. So haben sie vor dem Bauern eine Zeitlang herumgestritten, bis sich der Bürgermeister doch durchgesetzt hat. Und so ist der Bauer auch wieder heimgekommen.«

»Da siehst, wie schnell es dir heutzutag an den Kragen gehen kann«, sinniert Ephrem in das erneute Schweigen, das der Erzählung des Falter-Knechts gefolgt war, hinein, »und wenn'st einmal aufknüpft bist, nützt dir der Blasius-Segen auch nicht mehr gegen das Halsweh.«

»So, und jetzt tut's mir allemiteinand einen Gefallen – und redet's von was anderem«, erklärt nun der Wirt, der zuletzt selbst, an die Wand neben dem Tisch gelehnt, wie die anderen auch aufmerksam zugehört hat. »Egal von was, nur die Politik laßt's endlich sein. Wenn's unbedingt sein muß, spendier ich dafür sogar einen Schnaps.«

»Das ist eine Red, die ich mir gefallen laß.« Zur Bekräftigung schlägt Bartl mit der Faust auf den Tisch, daß die Gläser hüpfen. »Wenn'st uns auf deine Kosten einen Schnaps bringst, darfst dir sogar aussuchen, worüber wir reden.«

»Na, ihr redet's doch sonst auch so viel und gern von den guten, alten Zeiten, wo ein rechter Knecht noch was gegolten hat«, lacht der Wirt und wendet sich ab, um von der Schank die Schnapsflasche und Gläser zu holen. Im Weggehen fährt er noch fort: »Wo's auf einem Bauernhof noch eine Hierarchie unter den Knechten gegeben hat. Stimmt's?«

Keiner am Tisch geht aber darauf ein. Sie schauen dem Wirt nur nach, wie er dahinhinkt und vor sich hinlacht. Und auch als er schließlich die Gläser auf den Tisch stellt und einschenkt, fällt kein Wort. So redet er selbst weiter, nachdem er sich auch ein volles Stamperl genommen hat: »Könnt's doch erzählen, wie das mit der Gumsn war, nach dem Dreschen.«

Auf dieses Stichwort hin will Bartl tatsächlich zu erklären anfangen: »Na, das war eine Strohpuppe, die wie ein Drescher angezogen war ...« Er unterbricht sich aber sogleich mit einer wegwerfenden Handbewegung. »Ach, erzähl's dir doch selber. Weißt es so gut wie ich. – Ich laß mich doch von dir nicht pflanzen.«

»Dann mußt dir eben selbst was einfallen lassen. Was, das ich vielleicht noch nicht kenn«, erwidert der Wirt.

Pankraz nimmt ebenfalls einen kleinen Schluck aus dem Schnapsglas und überlegt, daß er zu den Geschichten über die Jagd nach den Ausbrechern auch etwas beizutragen hätte. Anscheinend hat sich noch nicht herumgesprochen, was sich am Vormittag am Effenederhof abgespielt hat. Sonst hätten sie ihn schon danach gefragt. Natürlich müßte er aus eigenem davon anfangen, sonst machen ihm die anderen später noch Vorwürfe, wenn sie zum Schluß alles von wo anders erfahren. Ihm ist aber so gar nicht danach, darüber zu reden, sich jetzt noch einmal alles in Erinnerung zu rufen. – Es hat ihm schon gereicht, daß er dem Gendarmen das hat haarklein erzählen müssen, damit der den Toten holen kommt.

Da er aber jetzt den Schnaps trinkt, den der Lois extra spendiert hat, damit sie über diese Sachen nimmer reden, dürfte er jetzt anständigerweise gar nichts erzählen, sagt sich Pankraz. Das wird er eben erklären, wenn sie damit kommen, daß es von ihm nicht anständig gewesen wär, kein Wort über die Leitl-Geschichte zu verlieren, wo er doch mit ihnen zusammengesessen ist. – Aus dem Kopf bekommt er aber deswegen die Ereignisse auch nicht. Kaum hat man's geschafft, ein Stück wegzubringen, kommt schon ein anderes an die Oberfläche, sinniert er. Wie wenn man versuchen wollte, einen aufgeblasenen Gummireifen unter Wasser zu drücken.

Der Leitl ist gleich, nachdem es geschehen war, abgezogen. Er hat zum Bauern nur noch gesagt, daß sie wegen der Farbe wohl besser ein anderes Mal miteinander reden. Und als er beim Tor draußen war, sind die Bäurin und die Mitzi aus dem Haus gekommen. Sie waren am Stubenfenster gestanden und hatten mehr oder weniger alles mitangesehen. Als die Mitzi aber dann direkt vor dem Toten gestanden ist, hat sie zu heulen angefangen. Und die Bäurin ist ihnen richtiggehend umgekippt.

Gemeinsam haben sie sie dann ins Haus getragen und aufs Bett gelegt. Der Bauer hat ihr Schnaps auf die Lippen getropft, bis sie die Augen wieder aufgeschlagen hat. Und da hat sie erst recht zu jammern begonnen. Meingott, das Unglück! hat sie immer wieder hervorgestoßen und hat sich gar nicht mehr erfangen können. – Dabei wär das alles vielleicht gar nicht passiert, wenn sie nicht von allem Anfang so narrisch gewesen wär, nachdem die Mitzi den Ausbrecher im Stall stöhnen gehört hat. – Und als sie mit ihrem Meingott, das Unglück! fertig war, ist es weitergegangen mit: Daß das ausgerechnet uns passieren muß! Sie war nimmer zum Halten. Plötzlich ist ihr eingefallen, daß der Ausbrecher vor seinem Tod das Haus verflucht haben könnt, und hat gemeint, der Bauer müßt den ganzen Hof mit Weihwasser ausspritzen – für alle Fälle, falls das zum Schluß ein Ungläubiger war. Da ist aber selbst der Bauer krawutisch geworden und hat ihr gesagt, daß sie jetzt aber schnell zu spinnen aufhören sollt. So hat sie dann nur mehr verlangt, daß der Tote rasch weg müßt.

Das war aber ohnehin klar. Was sollten sie jedoch machen? Einfach irgendwo eingraben, das ist nicht gegangen. So ist nur die Möglichkeit geblieben, den Gendarmen zu holen. Als das beschlossen war, ist der Bauer mit ihm hinausgegangen. Die Schnapsflasche hat er vorsorglich dabei mitgenommen, und gleich vor der Tür haben sie beide einen kräftigen Zug daraus genommen. – Und den haben sie auch bitter nötig gehabt, denkt Pankraz jetzt, wobei er das Schnapsglas in seiner Hand betrachtet.

Das bringt ihn in die Gegenwart zurück. Als er aufschaut, merkt er, daß die anderen am Tisch ziemlich ähnlich wie er dasitzen – mit dem Stamperl in der Hand in irgendwelche Gedanken versunken. Er muß darüber schmunzeln. Die mit Schnaps erkaufte Aufforderung des Wirts, über etwas anderes zu reden als über das, was offenbar allen durch den Kopf geht, hat sichtlich nichts gebracht. Unter den Umständen ist es eben einfacher, gar nicht zu reden und den eigenen Gedanken nachzuhängen, geht es Pankraz durch den Kopf.

Es ist schließlich Benno, der das Schweigen am Tisch durchbricht, als er – es ist eher ein lautes Sinnieren – vor sich hinsagt: »Ich kann mich ja täuschen, aber ich glaub, der Pfarrer sollt ein bißl aufpassen. Wie er da heut bei der Kerzenweihe gebetet hat, ›Auf Herr! Steh uns bei, und befreie uns um Deines Namens willen!‹, das hätt leicht wer in die falsche Kehle bekommen können. Und dann noch, als er die Kerzen zur Prozession verteilt hat: ›Das Tragen der geweihten Kerzen dient der Abwehr aller schädlichen Einflüsse des Bösen Feindes.‹ Wenn das jemand dem Zimbrich einfach so zutragt. Weiß man's, was der heraushört. Das kann hundertmal aus einem Psalm sein. – Der Pater Lambrecht wär schließlich auch nicht der erste Pfarrer aus der Gegend, den sie auf Nimmerwiedersehen abgeholt haben.«

»Lois! Ich glaub, wir zahlen«, unterbricht Jockl laut Bennos Gedankengang. Und leise pfaucht er den Waldinger-Knecht über den Tisch an: »Und morgen bei der Mess horchst am besten gar nicht hin, was der Pfarrer sagt. Wenn'st nichts hörst, kannst auch nichts falsch verstehen!«

VIII

Laimberger steht am Fenster und schaut angestrengt hinaus, während die Bäurin – noch im Sonntagsstaat – fahrig beim Herd herumwerkt. Erschrocken blicken beide zur Tür, als diese mit Schwung aufgeht. Es ist aber Georg, der hereinstürzt, und hinter ihm seine Schwester Irmgard. Erleichterung und Freude ist den beiden ins Gesicht geschrieben. »Alles in Ordnung«, sagt der Sohn.

Irmgard drängt sich an ihrem Bruder vorbei. Aufgeregt und mit strahlenden Augen sprudelt sie hervor: »Die sind wirklich heroben gewesen, haben auch überall herumgesucht. Gefunden haben sie sie aber nicht. Es war doch gut, daß ich noch einmal heraufgelaufen bin. Wenn ich die beiden nicht gewarnt und auch noch Heu vor dem Verschlag aufgeschüttet hätt, wer weiß ...«

»Ist gut, Irmi«, unterbricht sie die Mutter mit einem zufriedenen Lächeln, »bist ein braves Dirndl. Aber jetzt hör auf, wie ein dalkerter Spatz herumzuflattern.« Alle schauen plötzlich zum Vater hinüber, denn der hat sich mit einem tiefen Seufzer in seinen Sessel fallen lassen, sodaß dieser kracht. Die Bäurin setzt an, etwas zu sagen, läßt es aber bleiben; sie lächelt nur weiter, als sie jetzt endlich den Sonntagshut abnimmt, den Mantel auszieht und beides am Haken an der Tür aufhängt. Die guten Sachen würde sie wie üblich nach dem Essen wieder in den Kasten räumen.

Nachdem sie bei dieser Gelegenheit auch noch die Tür fest geschlossen hat, faßt sie Irmgard bei der Schulter und sagt: »Es wird Zeit, daß wir uns ans Kochen machen. Komm, gehen wir uns umziehen.«

Georg schaut den beiden nach, als sie mitsammen ins Nebenzimmer gehen. Auch er zieht nun seinen schwarzen Sonntagsjanker aus und hängt ihn neben den Mantel der Mutter. Dann geht er durch die Stube zum Tisch und setzt sich zum Vater. Der schaut aber nur abwesend vor sich hin und ist offensichtlich zu keinem Gespräch bereit. So steht der Bub wieder auf, blickt einmal kurz beim Fenster hinaus und lehnt sich dann ans Fensterbrett. Dabei merkt er, wie sehr ihm die Hände zittern. Er hält sie mit gespreizten Fingern vor sich und beobachtet sie. – Es war auch ein Morgen zum Zittern, geht es ihm durch den Kopf.

Wie üblich hatten der Vater und er das Frühstück eingenommen. Die Mutter trank nur ein Glas Wasser; sie wolle zur Kommunion gehen, hatte sie erklärt, und zum Vater gewandt: »Man muß froh sein, wenn man das Abendmahl noch empfangen kann.« Dieser war jedoch nicht auf den versteckten Vorwurf eingegangen, hatte ihn mit einer Handbewegung abgetan. Nur Irmi folgte der Mutter. Schließlich waren sie zum Kirchgang aufgebrochen. – Sie hatten gerade ein Drittel des Weges zurückgelegt und schon auf den Ort hinuntersehen können, als sie plötzlich bemerkten, daß eine SS-Patrouille, die den Ort eben erst verlassen hatte, geradewegs zu ihnen heraufkam. Die Richtung, die sie einschlug, ließ keinen Zweifel.

Da seufzte auch schon die Mutter: »Die kommen gewiß wieder zu uns. – Sollen wir vielleicht besser zurückgehen?« Der Vater stellte daraufhin lediglich fest: »Sonntag ist's. Und da gehen wir in die Kirche.« Daran gab es somit nichts mehr zu deuteln. Doch nun wandte sich die Mutter an ihn: »Hast du ihnen auch wirklich klargemacht, daß sie unter keinen Umständen aus dem Verschlag herausdürfen? – Hast du auch die Bretter wieder genau eingepaßt und Heu davor aufgehäuft?« Unter dem eindringlichen Blick, mit dem sie ihn dabei anschaute, war er sich plötzlich nicht mehr sicher, ob er alles richtig gemacht hatte. »Ich hab ihnen gesagt, daß wir in die Kirche gehen, und daß sie aufpassen müssen«, konnte er nur antworten. Ob er aber die Bretter wirklich wieder genau eingepaßt hatte, das hätte er nun beileibe nicht mehr sagen können. Auf jeden Fall hatte er vergessen, wieder Heu vor den Verschlag zu häufen, nachdem er den beiden in der Früh etwas zu essen gebracht hatte.

Alle vier waren sie dagestanden, und als ihn nun der Vater, die Mutter und die Schwester so forschend ansahen, war ihm mit einem Mal aufgegangen, was seine Unachtsamkeit für sie alle bedeuten konnte. »Ich geh zurück«, hatte er gesagt. Bevor er sich aber noch umdrehen konnte, war Irmi mit den Worten »Nein, das mach ich!« weggerannt. Er hatte ihr noch nachlaufen wollen, doch die Mutter meinte nur: »Laß sie. – Du gehst mit uns!«

In gezwungener Ruhe waren sie weitergegangen, bis sie auf halbem Weg dem SS-Trupp begegneten. Die Gewehre umgehängt, kamen sie daher; und aus einiger Entfernung konnte man schon hören, wie sie laut ihre Witze rissen und lachten, als ob es ins Sonntagsvergnügen ginge. Es müsse doch wohl Lustigeres an einem Sonntag geben, als in der muffigen Kirche zu sitzen, wieherte einer von denen so laut, daß auch sie es hören mußten, und die anderen überschlugen sich darüber vor Lachen.

Der Vater grüßte sie dennoch freundlich, die Mutter betonte jedoch ihr ›Grüß Gott!'. Er selbst brachte kein Wort heraus. Er hielt den Blick gradaus nach vorn gerichtet; die Hände, zu Fäusten geballt, fest in die Hosentaschen vergraben. – Hier hat er zum ersten Mal das Zittern gespürt. Es war ihm, als ob jeder von seinem Gesicht ablesen müßte, daß bei ihnen zwei von den entsprungenen KZ-Häftlingen versteckt sind. Und eben dieses Zittern hörte nicht mehr auf.

Sie waren schon fast bei der Kirche angelangt, als Irmi wieder zu ihnen stieß. Damit sie den SSlern nicht begegnen mußte, hatte sie einen anderen Weg genommen. Der war länger und so hatte sie zeitweise laufen müssen, um sie noch vor der Kirche einzuholen. Sie war deshalb auch ziemlich außer Atem, und sie nickte nur – ein wenig verschwörerisch, wie ihm schien –, um anzudeuten, daß sie alles in Ordnung gebracht hätte. Dabei sah man ihr an, daß sie gern mehr darüber erzählt hätte.

Irmi ist die einzige von ihnen, die seit gestern mehr spricht als sonst, geht es Georg durch den Kopf. Der Vater schweigt fast nur mehr, und die Mutter sagt gerade noch das Notwendigste. Auch ihm scheint vieles plötzlich so unwichtig, daß es sich nicht auszahlt, darüber zu reden. – Es ist diese Ungewißheit, die dauernd an einem nagt, denkt er. Und die kann man ohnehin nicht in Worte fassen. Bei Irmi ist dies offenbar anders: Für sie gibt die

Aufgabe den Ausschlag. Es muß geholfen werden; allein das genügt ihr schon. Vielleicht deshalb, weil sie noch gar so jung ist?

Er dagegen konnte auch während des Gottesdienstes nur grübeln, was nicht noch alles auf sie zukommen würde, was man tun müsse, um das Schlimmste zu verhindern. Eine Frage nach der anderen drängte sich ihm auf, während er neben seinem Vater in der Kirchenbank saß. – Bestimmt hat Irmi den Verschlag gut getarnt, ist es ihm durch den Kopf gegangen, das hieß aber noch keineswegs, daß die SS die beiden nicht finden würde. Zum einen beruhigte ihn der Gedanke, daß der SS-Trupp keine Hunde dabeihatte, gleich darauf überlegte er aber, was man tun müsse, damit sie den Verschlag auch dann nicht finden, wenn sie beim nächsten Mal doch mit ihren Kläffern aufkreuzen. – Und sie werden nicht aufhören wiederzukommen.

Es ist ihm bis jetzt noch keine Idee gekommen, was man dagegen machen könnte, damit Hunde das Versteck nicht ausschnüffeln, fällt Georg ein. Denn er hat gar nicht mehr weiter über das Problem nachgedacht, weil ihm schon im nächsten Augenblick klargeworden ist, daß das Versteck auch so leicht genug zu entdecken wäre. Wenn einer von der SS auf die Idee kam, das Heu davor wegzuräumen und dann gegen die Wand zu schlagen? Da mußte man hören, daß dahinter noch ein Raum ist. Und er dachte: Hoffentlich hat Irmi die Heugabel nicht in der Nähe stehengelassen, damit die SS nicht dadurch noch auf eine solche Idee kommt.

Was aber, wenn sie den Verschlag bereits entdeckt haben, war schon die nächste Frage gewesen. Daß sie die beiden Russen wahrscheinlich sofort erschießen würden, war nur das eine. So schlimm das auch wäre, so wäre die Sache doch damit noch keineswegs erledigt. Niemand würde ihnen glauben, daß sie nichts von den versteckten Häftlingen gewußt hätten. Wie sollten die auch aus eigenem ausgerechnet den Verschlag gefunden haben. Und selbst wenn man das noch jemandem einreden könnte, so war da schließlich noch das Geschirr, auf dem er ihnen heut morgen das Frühstück in den Verschlag gebracht hat. Wie hätte das dorthinkommen sollen, wenn nicht durch einen von ihnen.

Er muß alles auf sich nehmen, hat er sich bei diesem Gedanken während der Messe vorgenommen. Er allein hat von den beiden gewußt, würde er sagen. Heimlich, ohne daß es sonst jemand im Haus bemerkt hätte, habe er sie in den Verschlag gebracht; in seinen Verschlag, den er schon als Bub entdeckt und in den er sich seinerzeit immer zurückgezogen hat, wenn er allein sein wollte oder ihn niemand finden sollte. – Es hat ja auch wirklich niemand in der Familie von dem Verschlag etwas gewußt, bis gestern. Da müßte er nicht einmal lügen. – Das Essen für die beiden habe er insgeheim entwendet, als gerade keiner in der Nähe der Speisekammer war; am besten in der Nacht, als alle geschlafen haben. Allzu einfach darf das aber auch nicht klingen, hatte er dann gedacht. Vielleicht sollte er hinzufügen, daß die Mutter in der Früh etwas bemerkt habe und er daraufhin erklärte, daß er plötzlich einen unbezwingbaren Hunger verspürt habe, in der Nacht. Deswegen hätte der Vater auch recht geschimpft, würde er hinzufügen.

Die ganze Messe über sind ihm diese Dinge durch den Kopf gegangen, und der Vater mußte ihn ein paar Mal anstoßen, damit er sich niederkniete, wenn alle anderen schon knieten, und dann auch wieder, damit er aufstand, wenn es gefordert war. Eigentlich hat er vom Gottesdienst überhaupt nichts mitbekommen, erinnert er sich jetzt. Der Herr möge ihm seine Unaufmerksamkeit verzeihen! Angenehm war, daß er mit gefalteten Händen dasitzen konnte; so ließ sich wenigstens das Zittern halbwegs unterdrücken. Ganz gelungen ist es dennoch nicht. Dabei hat er die Hände zeitweise so fest ineinandergekrampft, daß die Knöchel weiß hervortraten.

Er muß alles auf sich nehmen, wenn etwas passiert! Das hat er in der Kirche gelobt. Dazu muß er aber auch glaubhaft machen können, wie es überhaupt dazugekommen ist, daß er die beiden Häftlinge verstecken konnte, ohne daß sonst jemand etwas davon bemerkte; wie und wann er den beiden überhaupt begegnet ist.

Auch diese Geschichte hat er noch immer nicht parat, denkt Georg jetzt. In der Kirche wollte er sie sich noch ausdenken, doch wurde er dann von Vorstellungen abgelenkt, was die SS wohl machen würde, wenn sie die beiden fand. Hin und her überlegte er, ob sie kommen und die ganze Familie aus der Kirche holen würde, noch während des Gottesdienstes, sodaß es alle sähen. Oder warteten sie gar schon draußen.

Unerträglich schien ihm diese Ungewißheit. Und zu diesem Zeitpunkt wäre ihm jede Gewißheit lieber gewesen, wie sie auch ausschauen mochte. Doch die Messe hat sich gezogen und gezogen. Der alte Doktor tobte sich an der Orgel aus, zog alle Register und schien nicht mehr aufhören zu wollen. Bei der Wandlung dachte er schon, daß die Messe nun bald vorbei wäre. Verstohlen schaute er einmal kurz nach hinten zur Kirchentür, gerade als sie sich nach der Wandlung wieder setzten. Da war aber nichts. So zog er vorläufig den Schluß, daß sie wohl nicht in die Kirche hereinkämen. Was aber, wenn sie draußen schon warteten?

Dann kam noch die Kommunion. Auf der anderen Seite sah er die Mutter mit Irmi nach vorne gehen. Einen Augenblick dachte er dabei, daß die Mutter recht gehabt hätte, als sie den Vater und ihn aufforderte, auch zum Abendmahl zu gehen. Würde ihm das nicht helfen, wenn er vielleicht schon vor der Kirchentür verhaftet wird? Auf jeden Fall wäre ihm schon besser, wenn er jetzt aufstehen und nach vor zur Kommunionbank gehen könnte. Er hatte jedoch gefrühstückt und so mußte er sitzenbleiben – und warten. Viel zu viele gingen ihm an diesem Sonntag zur Kommunion. So dauerte alles noch länger. Er nützte die Zeit, indem er dafür betete, daß den anderen, der Mutter, Irmi und dem Vater nichts geschehen möge, wenn er alles allein auf sich nähme.

Schließlich war die Messe zu Ende. Der Doktor ließ die Orgel noch mächtig dröhnen, als alle schon zum Ausgang drängten. Mit einem Mal wollte er da gar nicht mehr so schnell Gewißheit haben. Er wurde jedoch zum Ausgang geschoben. Auf halbem Weg war plötzlich die Mutter neben ihm. Beim Weihwasserbecken getraute er sich nicht, die Hand hineinzutauchen; er hatte Angst, es könnte jemand sehen, wie sehr sie zitterte. Die Mutter jedoch tauchte die ihre bedächtig hinein, tupfte ihm mit den nassen Fingern auf seine Hand und bekreuzigte sich dann selbst. Sie strömte eine Ruhe aus, die er in diesem Augenblick auch in sich zu spüren glaubte. Noch ein paar Schritte und alles liegt an ihm, dachte er.

Er bekreuzigte sich rasch und trat auf die schneebedeckten Kirchenstufen hinaus. Der kalte Wind schlug ihm ins Gesicht, sodaß die Augen tränten und er nichts zu erkennen vermochte, als er über den Kirchenplatz blicken wollte. Rasch wischte er sich mit dem Handrücken die Tränen weg. Nun sah er wieder. – Keine schwarzen Uniformen!

Wie üblich standen die Kirchgänger in Gruppen beisammen. Eine größere Gruppe hatte sich heute bei der Volksschule auf der anderen Seite des Kirchenplatzes zusammengefunden. An den Gesten konnte man erkennen, daß es dort einige Aufregung gab. Gewiß ging es um die toten Häftlinge, die dort liegen.

Er verharrte noch immer auf den Kirchenstufen, von den Nachkommenden gestoßen und zur Seite gedrängt. Bevor er aber endlich hinunterstieg, ließ er den Blick für alle Fälle noch einmal über den Platz schweifen, um sich zu überzeugen, daß sie hier nicht auf ihn warteten. Er verspürte dabei zwar eine gewisse Erleichterung, sagte sich aber sogleich, daß das auch nur einen Aufschub bedeuten konnte. Wer weiß, vielleicht saßen sie auf dem Hof; machten es sich gar gemütlich, bis sie von der Kirche zurückkämen.

Der Vater stand mittlerweile schon bei den Bauern, mit denen er sonntags nach der Messe immer beisammen war. Die Mutter ging, Irmi an der Hand führend, zu den Frauen hinüber, die ihrerseits den sonntäglichen Tratsch austauschten. Alles geschah wie üblich. Und erst da wurde ihm klar, daß das ja auch so sein mußte. Man durfte sich nichts anmerken lassen, mußte so tun, als ob nichts geschehen wäre. Wollten sie heute gleich nach der Kirche heimgehen, müßte das auffallen; erst recht würde man daraus Schlüsse ziehen, wenn bekannt werden sollte, daß man bei ihnen zwei Häftlinge gefunden habe. Dennoch konnte sich Georg nicht dazu entschließen, zur Gruppe der Jungen hinüberzugehen, die fast alle ebenso wie er vergangene Woche den Einrückungsbefehl erhalten hatten. Es war ihm nicht danach, jetzt auch noch daran denken zu müssen, daß er am Mittwoch in den Krieg ziehen würde; und schon gar nicht wollte er darüber reden.

So war er ein Stück der Mutter nachgegangen, die inzwischen mit den Bäurinnen beisammen stand. Schon aus einiger Entfernung hörte er die laute Stimme der Pucheggerin: »Also, wenn ihr mich fragt's, ich hab in der Nacht überhaupt nicht mitbekommen, was da los war. Ich bin aufgewacht, weil ich vor dem Haus Trappeln gehört hab. Und dann hab ich vom KZ herüber die Sirenen gehört und hintennach eine Schießerei. Ich hab aber nicht nachgeschaut. Bin ganz still geblieben. Hab nur gehorcht, ob vielleicht jemand bei der Tür ist. Da war aber nichts. Erst am nächsten Tag hab ich die Spuren gesehen. Die haben direkt am Haus vorbeigeführt. Bloßfüßig müssen die da gerannt sein, weil im harschigen Schnee die Abdrücke ganz blutig waren. – Aber, wie gesagt, ins Haus ist keiner hereingekommen.«

»Da kannst von Glück reden«, hörte er darauf die Grundbäurin. »Mir war schon am Abend nicht recht gut. Als ob ich was geahnt hätte. Und in der Nacht hör ich's dann im Haus tappen. Mir hat gleich nichts Gutes geschwant. Doch hab ich zuerst gedacht, daß sich einer von den Ostarbeitern in die Speis schleichen will. Hab deswegen auch den Bertl nicht aufgeweckt. – Ich steh also auf und geh hinunter; denk mir, dem Schuft werd ich's zeigen. Und als ich dann die Tür von der Stube aufmach, glaub ich, mich trifft der Schlag: Stehen da drei Gespenster. Wirklich, ich sag's euch, wie die Gespenster sind sie dagestanden und haben mich angeschaut, mit so riesigen Augen. Der eine war ganz weiß im Gesicht; der hat die Mehllade in der einen Hand gehalten und hat mit der anderen das Mehl grad so in den Mund geschaufelt. Der zweite hat den Fetthafen erwischt gehabt, der am Fensterbrett gestanden ist. Hat sich mit den Fingern das Schmalz in den

Mund geschmiert. Ein dritter war da auch noch. Der muß über die Zuckerdose gekommen sein, weil er sie fallen lassen hat, als sie Hals über Kopf an mir vorbei gerannt sind. Der ganze Zucker war über den Boden verschüttet.«

»Ja, lauter Räuber und Mörder«, warf da eine andere ein, die er aber nicht erkennen konnte. Er wollte auch nicht zur Gruppe hinüberschauen, schließlich sollten sie nicht merken, daß er horchte.

»Aber geh«, hörte er die nächste, »die wollten eben nur irgendwas zwischen die Zähne kriegen. Mir sind sie über die Erdäpfel gekommen. Müssen die, so wie sie waren, mitsamt der Schale hinuntergeschlungen haben.«

»Und wie sie sich überall eingeschlichen haben.« Es war wieder die, die zuvor schon von den Räubern und Mördern geredet hatte und nun jammerte: »Die hätten uns alle im Schlaf umbringen mögen.«

Da reichte es ihm. Er wollte kein Wort mehr von dem hören, was da zusammengeredet wurde. Er war schon im Weggehen, als immerhin eine erwiderte: »Hättest ihnen vielleicht was gegeben, wenn sie artig an die Tür geklopft hätten?«

Doch es war überall nur die Rede vom Ausbruch. Das merkte er, als er erneut über den Kirchenplatz ging. Was er auch hörte, in jeder Gruppe wurde offenbar nur über das eine Thema gesprochen. Und so kam er letztlich doch noch zu seinen sonntäglichen Gesprächspartnern. Aber hier war es nicht anders. Als er sich zu ihnen gesellte, führte der Mitterer-Hans das große Wort: »Und am Nachmittag zieh ich wieder mit. Lieber wär ich ja auch schon jetzt dabeigewesen, aber die Mutter hat darauf bestanden, daß ich zuvor mit in die Mess geh, wenn's ein gottgefälliges Werk sein soll. Was willst da machen? Die anderen haben zum Schluß schon ein paar geschossen, und ich knotz derweil in der Kirche. – Gestern hätt ich beinah einen erwischt, doch dann hat ihn mir der Banholzer-Franz vor der Nase weggeschossen. Der wollt noch davonlaufen, aber er hat ihn sozusagen im Sprung getroffen. Aufgestellt hat's den wie einen Hasen.«

Auch jetzt noch, allein bei der Erinnerung an das Gerede vom Hans, könnte ihm schlecht werden, denkt Georg. Auf dem Kirchenplatz jedenfalls ist ihm trotz der Kälte plötzlich ganz heiß geworden. Er hat gespürt wie ihm der Schweiß auf die Stirn getreten ist, und er hat sich zusammennehmen müssen, daß er sich nicht auf der Stelle übergibt. – Und da war keiner, der dem Hans dagegengeredet hätte. Alle haben sie das wie selbstverständlich hingenommen, diese Roheit. Haben nicht anders dreingeschaut, als wenn er erzählt hätte, daß er beim Kegeln gestern alle Neune geworfen hätte.

Aber – er selbst hat ja auch nichts dazu gesagt, hat auch nur geschwiegen. Er war in der Panik, daß man ihm ansehen könnte, in welchem Zustand er ist; das stimmt. Was aber hätte er gesagt, wenn das nicht gewesen wäre? Schließlich ist auch er die beiden vergangenen Tage mit dem Volkssturm mitmarschiert. Er war genauso an der Jagd auf die Ausbrecher beteiligt. Nur daß die Trupps, mit denen er unterwegs gewesen ist, keinen gefunden haben. Gottseidank, hat er sich immer wieder gesagt. Aber das war ein Zufall. Was hätte er getan, wenn es an ihm gewesen wäre zu schießen. Hätte er sich geweigert? Hätte er danebengeschossen? – Weiß er, wie es in den anderen ausgeschaut hat, ob es nicht dem einen oder anderen ebenso wie ihm gegangen ist, überlegt er jetzt. Nur eines ist sicher: Daß es dem Hans ernst war mit dem, was er am Kirchenplatz von sich gegeben hat. Und wenn es auch nur aus Angabe war. Doch zugetraut hätte er ihm das nicht.

Jedenfalls hat er es dort nicht mehr ausgehalten. Wortlos, so wie er gekommen war, ging er auch wieder weg. Langsam wechselte er zur Gruppe jener Bauern hinüber, bei denen sein Vater stand. Der hat ihn näherkommen gesehen und ist mit einem Mal auf ihn zugeeilt, hat ihn bei der Schulter gepackt und geflüstert: »Wie schaust denn aus, Bub? Bist ja ganz weiß im Gesicht.« Und mit einem forschenden Blick zu denen, die in der Nähe standen: »Bist ja eine Gefahr.« – Er konnte dazu nur den Kopf schütteln. Kein Wort brachte er heraus.

»Ist eh Zeit, daß wir gehen«, sagte der Vater schließlich, und er winkte zur Mutter hinüber, die ab und zu herschaute. Sie nahm daraufhin Irmi am Arm, verabschiedete sich von den Frauen und kam zu ihnen herüber, aufrecht wie immer und ohne Hast. Als er sie so sah, war er ungeheuer stolz auf sie, denkt Georg und erinnert sich an das Gefühl, das ihn in dem Augenblick überkam. Als ob er aus diesem Anblick Mut schöpfen müßte.

Die Mutter schaute ihn besorgt an. Dann legte sie ihm ihre Hand in den Nacken, zupfte ihn an den Haaren und schob ihn vorwärts. – Bei anderer Gelegenheit hätte er sich gegen diese mütterliche Geste in aller Öffentlichkeit gewehrt, doch da auf dem Kirchenplatz fühlte er sich keineswegs zu alt dafür. Er legte ihr seinerseits die Hand auf die Schulter und drückte diese sanft, gleichsam im Einverständnis. Und da lächelte sie. Es war das gleiche Lächeln, wie sie es eben am Herd gezeigt hat.

Auf dem Heimweg hängte sich Irmi bei ihm ein. Dabei spürte er ihr Zittern und merkte, wie sehr sie des Schutzes bedurfte. Und er schämte sich, weil er sich hatte gehenlassen. In der gegenwärtigen Lage konnte das schlimm enden; nicht nur für ihn selbst, sondern auch für die anderen. Sie mußten sich auf ihn verlassen können. Als ihm dies durch Irmis Zittern überdeutlich zu Bewußtsein kam, hätte er die Schwester am liebsten fest an sich gezogen, doch dann drückte er nur ihren Arm und flüsterte ihr zu: »Es wird schon alles gut sein.«

Daß alles gut sein würde, war allerdings lediglich eine Hoffnung, an die gewiß keiner von ihnen zu glauben wagte. Als sie den Ort verlassen hatten, schritten sie immer schneller aus. Niemand von ihnen sprach ein Wort. Sie stapften durch den Schnee, immer die Spuren vor sich, die die SSler am Morgen getreten hatten. Nur einmal sagte der Vater: »Ein Blutrausch ist über die Menschen gekommen.« Offenbar war dies ein Gedanke, der ihn beschäftigte, ihn bedrückte und eben laut geworden war. Der Satz war an niemanden gerichtet, und so sagte auch niemand etwas darauf.

Der Schnee knirschte unter ihren Schritten, und einige Zeit ließ er sich von diesem Geräusch einlullen, richtete seine ganze Aufmerksamkeit darauf und rollte jeden Schritt von der Ferse bis zur Fußspitze, um das Geräusch zu verstärken. Doch dann kamen erneut die Gedanken, was wohl inzwischen am Hof geschehen sein mochte, und Vorstellungen, was sie dort erwarten würde. Er versuchte sich auszumalen, wie die SSler vergeblich am Heuboden herumsuchen, mit den Heugabeln überall herumstochern – und dennoch den Verschlag nicht finden. Mucksmäuschenstill waren währenddessen die beiden Russen. Wenn nur ein Wort aus dem Versteck drang, waren sie verraten. Doch das mußten sie selbst besser wissen als jeder andere.

Schon im nächsten Augenblick glaubte er jedoch zu sehen, wie einer zufällig mit der Heugabel gegen eines der Bretter des Verschlags stößt, wie alle aufhorchen, weil es hohl getönt hat, sich gar eines der Bretter löst. Alle stürzen sie hin, reißen den Verschlag auf, finden dahinter die beiden und zerren sie auf den Hof. Dann die Schüsse. Deutlich sieht er dabei die Gesichter von Boris und Igor. – Und die SSler sehen auch das Geschirr im Versteck, ziehen rasch ihr Schlüsse.

Diese Bilder drängten sich ihm auf, als sie vom Weg aus schon den Hof sehen konnten. Nichts deutete darauf hin, daß der Trupp noch da war. Niemand war zu sehen, keine schwarzen Uniformen. Dennoch verstärkte sich sein Zittern; und damit Irmi es nicht merkte, hakte er ihren Arm aus seinem. Er strich ihr über die Schulter und sagte: »Ich geh schon einmal voraus.« Doch die Mutter fuhr ihn an: »Du bleibst bei uns.« Und gleich darauf wieder ruhiger: »Wir gehen alle zusammen.«

Was mochte sie wohl gedacht haben, überlegt Georg. Tatsächlich hätte es nichts gebracht, wenn er vorausgegangen wäre. Wie hätte er die anderen warnen können, wenn die SS im Haus gewartet hätte? Und was hätte das genützt? Schließlich konnte keiner von ihnen davonlaufen, hätte dies doch nur von vornherein schon ein Einbekenntnis der Schuld bedeutet. – Er beschloß allerdings, daß er auf jeden Fall der erste sein wollte, der die Stube betreten würde.

Schließlich kamen sie auf den Hof. Da lagen keine Toten. Sicherlich hätte sich die SS nicht die Mühe gemacht, sie wegzuräumen, mußte er dabei denken. Vielleicht war doch alles gut gegangen. Es waren zwar überall die Stiefelspuren im Schnee zu sehen und das Scheunentor stand offen. Darüber hinaus deutete aber nichts mehr auf die SS hin.

So schnell sie auch vom Ort heraufgeeilt waren, so langsam näherten sie sich nun der Haustür. Er ging voran, schob Irmi leicht zur Mutter hin und drückte die Türschnalle. Nichts rührte sich. Und dann auch in der Stube – nichts. – Jetzt, hinterher, kann Georg darüber lächeln, aber ihm war wirklich so, als ob ihm ein Stein vom Herzen gefallen wäre.

Noch aber war nicht alles klar, und so eilte er auf den Heuboden hinüber. Er wagte noch immer nichts zu sagen, räumte mit den Händen das vor dem Verschlag aufgehäufte Heu weg, und erst als er begann, die Bretter zum Versteck zu lösen, rief er die Namen der beiden. Und sie antworteten. Sie lebten. Sie waren nicht gefunden worden. – Irmi, die nachgekommen war, beugte sich neben ihm herunter, um in den Verschlag schauen zu können. Da sah er Tränen in ihren Augen.

»Ja, sie sind dagewesen. Und wir haben sie auch überall suchen gehört«, erzählte Boris auf ihre Frage hin. »Sie sind aber bald wieder abgezogen.« Doch da war er schon in die Stube zurückgerannt, um Vater und Mutter zu sagen, daß noch einmal alles gut gegangen sei.

Jetzt könnte das Zittern aber wirklich aufhören, denkt Georg, als er sich nun von der Fensterbank losstößt, auf die er seine Hände gestützt hatte. Er geht zum Tisch und rutscht auf die Bank. Der Vater schaut ihn dabei an – und schmunzelt. Ihre Blicke treffen einander, und Georg spürt ein Einverständnis mit seinem Vater wie nie zuvor. Da kommen die Mutter und Irmgard vom Umziehen zurück und machen sich sogleich am Herd zu schaffen.

Georg lehnt sich in die Bank zurück. Die Anspannung, die er bis jetzt gespürt hat, schlägt in Müdigkeit um. Am liebsten würde er die Augen schließen. Doch er schaut den beiden Frauen am Herd zu; wie die Mutter das Feuer wieder anfacht und Irmi den Erdäpfeltopf aufsetzt. Und während er die beiden betrachtet, wird ihm die große Zuneigung bewußt, die er für sie hegt. Ihnen darf nichts passieren, sagt er sich erneut. Der Vater, der kann sich selbst zur Wehr setzen. Er ist stark. – Aber noch während er dies denkt, muß er sich schon verbessern: Die größte Stärke hat bisher die Mutter gezeigt. Sie war es ja, die darauf beharrt hat, die beiden Flüchtlinge zu verstecken.

Und Schwäche hat bisher nur er selbst gezeigt, heut vormittag, als der Vater zu ihm sagen mußte: Bist ja eine Gefahr! – Angst haben auch der Vater und die Mutter, aber man darf sie nicht zeigen, glaubt Georg nun zu wissen. Wie lange kann man aber damit leben? Das ist entscheidend. Gerade etwas mehr als einen Tag sind die beiden Flüchtlinge nun bei ihnen versteckt – und ein Ende ist nicht abzusehen. Er selbst wird am Mittwoch einrücken, in den Krieg ziehen. Wird er sich aber nicht aus der Ferne noch mehr Sorgen machen, noch mehr Ängste um die daheim ausstehen?

Wäre nicht alles viel einfacher, wenn die beiden nicht ausgerechnet bei ihnen aufgetaucht wären? Georg schämt sich sogleich für diesen Gedanken. Wenn sie nicht auf ihren Hof gekommen wären, wer weiß, dann lägen sie vielleicht schon mit all den anderen auf dem Leichenberg vor der Volksschule. Nein, so zu denken ist unrecht, ist eine Sünde, sagt er sich. Vielleicht hat das Schicksal die beiden gerade zu ihnen geführt, damit sie hier beschützt werden?

Dabei erinnert er sich des gestrigen Morgens, als er selbst totmüde heimgekommen war. Die ganze Nacht über war er mit einigen anderen vom Volkssturm draußen gewesen, abkommandiert, die Posten, die die Fluchtwege nach Norden abriegeln sollten, zu verstärken. Die Kälte und vor allem dieses ständige Passen, was sich tun würde, hatte an den Nerven gezerrt. Glücklicherweise war nichts geschehen; aber auf dem Weg nach Hause hatte er am Straßenrand immer wieder Leichen in ihren auffälligen Anzügen liegen gesehen. So hatte er nur das Bedürfnis zu schlafen gehabt, schlichtweg abzuschalten.

Er hatte noch kurz in den Stall geschaut, wo Irmi bereits werkte. Sie nannte ihn dabei lachend einen Herumtreiber, der nicht einmal rechtzeitig zur Arbeit nach Haus komme. Er war aber zu keinen Scherzen aufgelegt und ging über den Hof zum Haus. Schon als er durch die Haustür trat, hörte er von der Stube her kurz eine Männerstimme und dann die Mutter reden. Der Vater war es nicht, das merkte er sofort. Der war um diese Zeit auch gewiß schon im Steinbruch. So wollte er wenigstens nachschauen, wer da war – und als er in die Stube trat, stand so einer vor ihm. Im ersten Augenblick glaubte er an einen Faschingsscherz, an eine Kostümierung. Doch da drehte sich der Mann, der mit dem Rücken zur Tür gestanden war, um, wohl weil er diese aufgehen gehört hatte, und wich sogleich in den äußersten Winkel der Stube zurück. Von dort schaute er ihn aus angstgeweiteten Augen an. Er selbst wiederum konnte seinen Blick nicht von dieser ausgemergelten Gestalt wenden, die nun wahrlich nichts Komisches mehr an sich hatte, trotz des verbeulten Hutes, der von einer Vogelscheuche zu stammen schien, und der dreckigen alten Decke, die dem Mann wie eine Pelerine über die Schultern hing. Darunter schaute die gestreifte Hose hervor, die er bereits an den toten KZ-Häftlingen gesehen hatte.

Nur langsam wurde ihm bewußt, wie sehr ihn dieser Anblick erschütterte, diese tiefgelegenen Augen in dem fahlen, nur von pergamentartiger Haut überzogenen Schädel – und die Todesangst, die in diesem Blick lag. Er wagte nicht, sich zu bewegen. Erst als die Mutter sagte: »Du brauchst keine Angst zu haben. Das ist mein Sohn«, und daraufhin an dem Mann diese Starre – wie die eines gehetzten, in die Enge getriebenen Tieres – nachzulassen schien, rührte er sich wieder. Da merkte er, daß ihm ja noch immer das Gewehr, das er die Nacht über getragen hatte, über der Schulter hing. Langsam nahm er es herunter und stellte es in die Ecke neben der Tür. Dann ging er zum Tisch, setzte sich – und das tat ihm gut.

Nun trat der Mann wieder einen Schritt vor, und während sein Blick hastig zwischen der Mutter und ihm hin und her eilte, sprudelte er mit einem Mal hervor: »Ich bin ein ukrainischer Dolmetsch und komme aus der Stadt. Ich muß in meine Heimat zurück.« Er sprach deutsch, wenn auch mit einem deutlichen Akzent. Als ob sie ihn nicht verstanden hätten, begann er gleich darauf noch einmal: »Ich bin ein ukrainischer Dolmetsch ...«

Da unterbrach ihn die Mutter: »Wir wissen, woher du kommst. Aber du brauchst keine Angst zu haben.« Sie wollte auf ihn zugehen, ihn beruhigen, doch da wich er sogleich wieder zurück. So blieb sie stehen und blickte ihn an. Dann sagte sie plötzlich: »Du hast Hunger.« Und schon verließ sie die Stube, sichtlich um aus der Speisekammer etwas zu holen.

Erneut zog sich der Mann ängstlich zurück. Sein Blick wanderte immer wieder zum Gewehr. – Er hätte es ja gern hinausgetragen, erinnert sich Georg. Es hatte ohnehin in der Stube nichts verloren. Doch wagte er nicht einmal aufzustehen, um den Mann nicht noch mehr zu verschrecken. Es war nicht abzusehen, was der getan hätte, wenn er hingegangen wäre und das Gewehr in die Hand genommen hätte. Er wußte einfach nicht, was er tun könnte, um den Mann zu beruhigen. So lehnte er sich deutlich sichtbar in die Bank zurück, und fragte schließlich: »Wie heißt du?«

»Boris«, antwortete jener.

Immerhin war damit ein Anfang gemacht, und so fragte er weiter: »Woher kommst du?«

»Sowjetunion«, war die Antwort.

Er mußte am Fragen bleiben, und so setzte er nach: »Rußland?«

Der Mann – Boris – nickte, doch dann sagte er: »Ukraine.«

Bei Ukraine mußte er an die Ostarbeiter denken, von denen eine ganze Menge hier bei Bauern untergebracht sind. So versuchte er es weiter: »Bauer?« Doch da schüttelte Boris den Kopf.

Es fiel ihm auf Anhieb nichts mehr ein, was er den Mann weiter fragen könnte; Unverfängliches, nur um ihn am Reden zu halten. Doch schien ihm, er hätte bereits ein wenig Vertrauen gewonnen, und so versuchte er es nun mit der Aufforderung: »Setz dich!«

Tatsächlich kam Boris zum Tisch und setzte sich zaghaft auf den nächststehenden Sessel, als die Mutter zurückkam. Sofort sprang er wieder auf. Die Mutter trat jedoch hinter ihn, legte die Hand auf seine Schulter und drückte ihn in den Sessel zurück. »Bleib sitzen«, sagte sie und stellte den Teller, den sie gebracht hatte, vor ihn hin. Mehrere Scheiben Brot und ein Stück Speck lagen darauf.

»Er heißt Boris«, erklärte er der Mutter, worauf diese nickte. Da huschte ein Lächeln über das Gesicht des Mannes. Und er griff nach einem Stück Brot, biß heftig hinein, kaute, wobei seine Backenknochen noch stärker aus dem Schädel traten. Als er erstmals geschluckt hatte, blickte er zur Mutter auf, die neben ihm stehengeblieben war und sagte: »Danke, Mutter.« – Dieses Wort aus dem Mund des Fremden hat ihn aufs erste verwirrt, erinnert sich Georg, aber es hat ihn auch sehr berührt.

Er blickt nun erneut zu ihr hinüber. Sie ist so zart und kann doch so stark wirken, geht es ihm durch den Kopf. Groß kommt sie ihm heute vor, wie sie da beim Herd steht. An und für sich hält sie sich immer sehr gerade, wohl weil sie so klein ist. Wie sie aber jetzt das Kreuz durchdrückt, das hat er noch nicht an ihr gesehen.

Sie war es auch, die sofort erkannte, warum Boris plötzlich zu essen aufhörte; als ob er irgendwelche Bedenken hätte. Einen ganz kleinen Bissen nahm er noch, wobei sein Blick vom Teller zur Tür wanderte. – Das war auch ihm aufgefallen; ihm war jedoch nur der Gedanke gekommen, daß Boris den Teller nehmen und damit fliehen wolle. Dabei hätte er ahnen müssen, was dahintersteckte. Hatte man ihnen beim Volkssturm nicht erklärt, daß die Ausbrecher immer zu zweit oder zu dritt geflohen sind? Und einer hatte gemeint, es sei wie beim Schwammerlsuchen.

Wenn man einmal einen gefunden hat, müsse man nur an der Stelle genau weitersuchen. Bestimmt wäre da noch einer.

Doch die Mutter stellte die richtige Frage: »Wo ist dein Kamerad?«

Boris zuckte sichtlich zusammen, um dann sofort lauthals zu beteuern: »Ich bin allein.« Und wie aufgezogen betete er wieder seinen Spruch vom ukrainischen Dolmetsch herunter, der in seine Heimat zurück müsse.

Energisch unterbrach sie ihn wieder: »Dein Kamerad ist genauso hungrig wie du. Also hol ihn her.«

Als Boris etwas erwidern wollte, bedeutete sie ihm zu schweigen. Sie zog einen Sessel neben den seinen, setzte sich, blickte ihm ins Gesicht und sagte sehr leise: »Ich hab zwei Söhne an der Front, im Osten. Wenn ihnen was passiert, so möchte ich, daß ihnen auch jemand hilft.«

Boris nickte und stand auf. Als er die Stube verließ, schaute er auf das Gewehr, das noch immer in der Ecke lehnte. Es war, als ob er einen Moment innehielt, doch dann schloß er die Tür. Schweigend saßen die Mutter und er nun am Tisch. Nur einmal seufzte sie tief und meinte: »Es ist schon ein rechter Jammer.« Doch gleich darauf straffte sich ihre Gestalt wieder, und mit der Bemerkung »Da werd ich noch etwas aufschneiden müssen!« ging sie erneut hinaus.

Als sie mit einem zweiten Teller zurückkam, war Boris noch nicht wieder da. Sie setzte sich und blickte in der Stube umher. Dabei blieb ihr Blick am Gewehr hängen. »Räum es weg«, sagte sie darauf hindeutend, »es gehört da nicht herein.« Er stand auf, nahm das Gewehr, doch wollte er damit nicht ins Vorhaus gehen. Was wäre, wenn Boris gerade in dem Augenblick zurückkehrte, ging es ihm durch den Kopf. Und so trug er es ins Nebenzimmer. Einen kurzen Augenblick schaute die Mutter verwundert – was sollte auch das Gewehr im Schlafzimmer der Eltern –, doch sie verstand sofort und nickte zustimmend.

Tatsächlich hätte er das Gewehr auch ohne weiteres in sein Zimmer tragen können, denn es dauerte geraume Zeit, bis Boris mit seinem Kameraden kam. Er überlegte schon, ob die beiden vielleicht die Angst gepackt hätte und sie weiter geflüchtet wären. Dann fragte er sich, wie weit Boris wohl gehen müsse, um den anderen zu holen. Die Morgendämmerung hatte längst eingesetzt, und es war gefährlich für die beiden, wenn sie draußen gesehen würden. Und nicht minder gefährlich auch für sie, wenn man die beiden in den Hof hereingehen sähe. Zu diesem Zeitpunkt war ihm überhaupt erst in den Sinn gekommen, daß sie sich strafbar machten, wenn sie sich um diese Männer kümmerten, ja, daß sie selbst dafür verfolgt würden. Und für einen kurzen Augenblick war da die Hoffnung, daß sie nicht wiederkämen.

Gleich darauf klopfte es jedoch an der Tür. Als er hinging, sie zu öffnen, fürchtete er, es könnte jemand anderer sein; jemand, der die Flüchtlinge beim Haus gesehen hätte. Draußen stand aber Boris mit einem zweiten, den er mehr über der Schulter schleppte, als daß er ihn führte. Er war offensichtlich verletzt, denn die Decke, die dieser ebenfalls wie eine Pelerine trug, war auf einer Seite blutdurchtränkt. Er beeilte sich, Boris zu helfen, und sie legten den anderen auf die Ofenbank. Dieser hatte keinen Hut auf, und so sah man deutlich den kahlgeschorenen Streifen, der von der Stirn zum Nacken lief.

Boris ging zum Tisch und brachte dem anderen ein Stück Brot. Mit einem weiteren Stück setzte er sich neben ihn. Und sie aßen; kauten und kauten. Als er den beiden dabei zuschaute, hatte er für einen Moment den Eindruck, das Mahlen der Zähne müsse ein lautes Geräusch verursachen. Doch es war ganz still im Raum. Schließlich empfand er es als ungehörig, die beiden beim Essen zu beobachten, und er schaute zu Boden, wartete, bis sie ihren Heißhunger gestillt haben würden.

Boris holte gerade eine dritte Scheibe Brot für sie beide, als Irmi aus dem Stall kam. Wie angewurzelt blieb sie in der Tür stehen. Die Mutter sagte nur: »Mach die Tür zu. Es geht kalt herein.« Und dann: »Das ist Boris.« Den Namen des anderen kannten sie noch nicht, und so fragte sie ihn: »Und wie heißt du?«

»Er heißt Igor«, antwortete Boris für ihn.

»Und das ist Igor«, wandte sich die Mutter wieder an Irmi. Es klang so selbstverständlich, als ob es keine Zweifel darüber gäbe, daß es sich hier um willkommene Gäste handelte. »Wir werden heißes Wasser brauchen«, fuhr sie fort, »stell schon einmal den Hafen auf.« Irmi füllte aus dem Krug Wasser nach und rückte den Topf in die Herdmitte. Verwirrt schaute sie dabei von einem zum anderen.

Als das Sieden des Wassers zu hören war, sagte die Mutter: »So, und jetzt wollen wir uns einmal anschauen, was da los ist«, und ging auf Igor zu. Da sprang Boris auf und stellte sich vor diesen, als ob er ihn schützen müßte. »Das mache ich schon«, erklärte er.

Behutsam dreht er Igor zur Seite, schob die Decke hoch und öffnete die gestreifte Hose bis zu der Stelle, wo sie durch das Blut festklebte. Nun schaute er zu Irmi, und diese nahm – ohne zu zögern oder auch nur nachzudenken – eine große Schüssel, schüttete heißes Wasser hinein und brachte es ihm. Mit Hilfe des Wassers löste sich schließlich der Stoff. Einen Augenblick mußte er wegschauen, als die Wunde zum Vorschein kam. In der fahlen, gelblichen Haut, die eine knöcherne Hüfte überspannte, war ein tiefer Riß, aus dem nun wieder Blut sickerte. Rundherum hatte sich die Haut grünlich verfärbt.

Als er wieder hinsah, begann Irmi die Wunde zu säubern. Boris ließ es geschehen. Behutsam strich sie mit einem feuchten Tuch die Wundränder entlang. Das Wasser in der Schüssel färbte sich immer stärker rot. Da kam die Mutter, die er gar nicht hinausgehen gesehen hatte, aus dem Nebenzimmer zurück. Sie brachte einen Leinenstreifen und eine Flasche Schnaps. Boris nahm die Flasche, entkorkte sie und hielt sie vorerst Igor an den Mund, ließ ihn kurz trinken und schüttete dann einen kräftigen Schluck auf die Wunde. Igor bäumte sich auf, doch die Hand seines Kameraden hielt ihn fest. Schließlich begann er die Hüfte zu verbinden, und er schien dabei sehr sachkundig.

Als er damit fertig war und seinem Kameraden die Hose wieder hochgezogen hatte, richtete sich Boris auf, schaute die Mutter und Irmi an, und er sagte etwas in seiner Sprache. Nur am Schluß sagte er laut »Danke«.

Es war das darauffolgende Schweigen, das ihn die Situation, in der sie sich befanden, nun erst in aller Deutlichkeit erkennen ließ, geht es Georg jetzt durch den Kopf. Sie hatten zwei Häftlingen, die von der SS gesucht und gejagt wurden, Hilfe geleistet, hatten ihnen zu essen gegeben, einen sogar verarztet. Allein das konnte unter Umständen schon die Todesstrafe bedeuten, zumindest Gefängnis oder Lager, was vielleicht auf dasselbe hinauslief. Und jetzt waren die beiden am Hof. Was sollte nun mit ihnen geschehen? Beinhaltete dieses ›Danke‹, das Boris der Mutter und Irmi gesagt hatte, nicht schon eine neue Bitte?

Einmal drinnen kamen sie nicht mehr heraus. Wer wollte den beiden nun sagen, daß sie jetzt wieder verschwinden sollten. Igor schien auf der Ofenbank eingeschlafen zu sein, erschöpft. Und auch Boris würde sich nicht mehr lang auf den Beinen halten können. Und selbst wenn man sie vom Hof wegschicken wollte, war dies nun zu gefährlich. Nicht allein für die beiden, sondern auch für sie selbst. Wenn jemand die beiden weggehen sähe, würde mit Sicherheit aufkommen, daß sie ihnen geholfen hatten.

Georg blickt zur Mutter hinüber und fragt sich – nicht zum ersten Mal –, ob sie von Anfang an dies alles bedacht hat. Sie hat nie auch nur einen Augenblick gezögert, ist unbeirrt von dem Zeitpunkt, da er in die Stube trat und Boris vor ihr stehen sah, an die Sache herangegangen. – Sie hat diesem ja auch gesagt, warum sie es tut.

Und sie hat das auch dem Vater gegenüber geltend gemacht, als dieser am späten Nachmittag nach Haus kam. Bei der Erinnerung daran muß Georg zu ihm hinüberschauen. Er hat noch dessen Toben im Ohr, als ihm die Mutter sagte, daß zwei Flüchtlinge im Haus wären. Er fluchte und schimpfte, wie es noch keiner von ihnen bisher gehört hatte. »Du bringst uns noch alle miteinand ins Lager«, schrie er. »Frau, hast du denn nicht gesehen, wie die ausschauen, wenn sie im Lager waren? So werden wir alle ausschauen – wenn sie uns nicht vorher schon erschiessen.« Aber es war nicht nur Wut; er hörte auch die Angst heraus, die dahinter verborgen war.

Und der Vater schilderte, was er an diesem Tag gesehen hatte: Den Leichenberg vor der Volksschule und auch sonst immer wieder Tote. Am meisten erschüttert schien er aber vom Anblick eines Gefangenen, den die SS mit einem Strick hinten an ein Auto gebunden und an diesem bis in den Ort geschleift hatte. Lediglich eine blutverschmierte Masse wäre von dem übriggeblieben, ein Bündel Knochen, die spitz durch die Haut getreten seien.

Gerade an dem Punkt hakte aber die Mutter ein. »Du hast zwei Menschen im Haus, die auf deine Hilfe angewiesen sind«, sagte sie. »Wenn wir ihnen nicht helfen, liegen sie zum Schluß schon morgen vor der Volksschule; vielleicht auch von einem Auto zu Tode geschliffen. Kannst du das verantworten? Gott würde das nie verzeihen!«

»Aber denkst du denn nicht an deine Familie?« fragte der Vater.

Und sie: »Doch. Die ganze Zeit über denke ich auch an den Andreas und den Josef – wie es ihnen wohl gehen mag. Ob ihnen in Rußland wer hilft, wenn sie nicht mehr weiter wissen?« Ruhig und bestimmt setzte sie schließlich hinzu: »Gott wird es uns vergelten!«

Da wandte sich der Vater an ihn: »Sag ihr doch, wie es ist, wenn die wirklich wo zu suchen anfangen. Und nicht nur grad einmal vorbeischauen, wie bei uns gestern. Das war noch nichts. Da bleibt nämlich keiner verborgen. Jedes Versteck wird ausgehoben, gleich ob im Keller oder in der Scheune oder sonst irgendwo. Aus Brunnen haben sie die Ausbrecher geholt. – Ich wüßte bei uns ja nicht einmal einen Platz, wo man jemanden halbwegs verstecken könnte.«

Auf diesen Augenblick schien die Mutter gewartet zu haben. Lächelnd fragte sie: »Kannst du dich noch erinnern, wie oft wir den Georg gesucht und ihn nicht gefunden haben? Und doch war er immer da.«

Als am Vormittag die Frage aufgetaucht war, wo man die beiden verstecken könnte, hatte er sich an den Verschlag erinnert, den er als Kind so gerne aufgesucht hatte. Nie hat er jemandem davon erzählt, den Eltern nicht, auch nicht den Brüdern, nicht einmal Irmi. Auch nicht, als er diesen schon längst nicht mehr als Versteck benutzte. Da hatte er ihn gewissermaßen vergessen. Nie hatte er sein Geheimnis preisgegeben, bis nun eben die Notwendigkeit aufgetaucht war, die beiden unterzubringen.

Die Mutter erzählte dem Vater vom Verschlag. Doch dieser suchte förmlich nach neuen Einwänden. So meinte er dann: »Weißt du überhaupt, was das für Menschen sind? Schließlich wird es ja einen Grund gegeben haben, daß man sie ins Lager gesteckt hat. Hast doch gehört, daß das alles Schwerverbrecher sind.« Recht überzeugt schien er aber selber nicht davon zu sein.

»Schwerverbrecher? – Das sind Menschen in Not!« erwiderte die Mutter. »Und hast du nicht selbst gesagt, daß man auch uns ins Lager bringen würde, nur weil wir den beiden geholfen haben. Sind wir deswegen dann auch Räuber und Mörder?«

Da gab der Vater seinen Widerstand auf. »Behalt sie dir, du Umurken!« polterte er noch einmal. Und schließlich: »Aber ich will sie nicht sehen. Ihr habt auch so alles ohne mich beschlossen.«

»Ist schon gut, Mann«, sagte die Mutter und versuchte seine Hand zu tätscheln, die er aber wegzog und in die Hosentasche steckte.

Georg spürt, daß er mittlerweile einen kräftigen Hunger entwickelt hat. Der Druck in der Magengegend hat sich gelöst. Verstohlen hebt er wieder die Hand – kein bißchen Zittern mehr. Er fühlt sich wie nach einem Tag harter Arbeit, müde, aber auch zufrieden. Dabei entschlüpft ihm ein Seufzer.

Die Mutter schaut zu ihm herüber, lächelt ihm zu und fragt: »Geht's jetzt wieder besser?« Als ob sie genau wüßte, wie ihm zumute war. Sie scheint so vieles zu wissen, denkt Georg. – »Gleich gibt's was zu essen«, sagt sie dann. Und als ihr Blick zum Vater hinüberwechselt: »Mann, willst nicht endlich den guten Rock ausziehen?«

IX

»Die müssen spinnen«, murrt Franzmaier aufgebracht, als er zum Stubenfenster hinausblickt. »Ausgerechnet heut herzukommen. Da gehören schon Nerven dazu.« Dabei trommelt er mehrmals mit den Knöcheln seiner zur Faust geballten Hand aufs Fensterbrett. Die Bäurin, die das Geschirr vom Mittagessen abtrocknet und dann jedes Stück – es quer durch die Stube tragend – in die Kredenz räumt, schaut kurz zu ihm, sagt aber kein Wort.

Nach dem Essen, während sie abwusch, hatte der Bauer, wie sonst auch an manchen Wintersonntagen, die Arme auf den Tisch gestützt eine Zeitlang vor sich hingedöst. Schwer hatte er dabei geatmet und war zuletzt vom eigenen Schnarchen, als sich dieses zu überschlagen begann, aufgeschreckt. Benommen hatte er sich aufgerichtet, angelegentlich geranzt und sich schließlich hinter dem Tisch hervorgezwängt. Dann war er, anscheinend unschlüssig darüber, was er nun tun sollte, zum Fenster getreten.

»Die müssen spinnen«, sagt er nochmals. Die Bäurin geht allerdings auch diesmal nicht darauf ein, fährt in ihrer Arbeit ruhig fort, worauf sich Franzmaier halb zu ihr umdreht und erklärt: »Die Polen stehen da draußen herum, als ob nichts wär.«

Die Frau deutet vorerst nur durch ein Kopfnicken an, daß sie ihm zugehört und ihn auch verstanden hat. Erst als sie mit einigem Scheppern den Suppenhafen verstaut hat, meint sie gleichmütig: »Sollen sie doch. Schließlich ist Sonntag.«

Gereizt erwidert der Bauer: »Aber es ist kein Sonntag wie irgendeiner.« »Und überhaupt«, fährt er dann fort, »ich will nicht, daß die sich weiter hier treffen.«

Nun hält die Bäurin auf dem Weg zurück zum Herd doch inne. Besorgt blickt sie den Mann an. Aus seiner Stimme war nicht nur Ärger, sondern auch Unruhe oder Beklemmung herauszuhören. »Aber was ist denn schon dabei, wenn sie ab und zu da draußen zusammenkommen«, fragt sie schließlich. »Jeder

Mensch braucht auch ein wenig Vergnügen. Das hast doch selbst gemeint, als du es ihnen seinerzeit erlaubt hast.«

»Es kann aber gar kein Vergnügen sein, bei der Kälte draußen herumzustehen«, gibt er heftig zurück. »Und außerdem ist das keine Zeit für Vergnügen.«

»Wenn'st meinst«, sagt die Bäurin darauf mit einem Achselzucken und setzt ihre Arbeit fort. Franzmaier wendet sich wieder dem Fenster zu, starrt hinaus. Dabei beginnt er erneut, auf das Fensterbrett zu klopfen. Erst nach einer Weile unterbricht er das Schweigen. »Ruf nach dem Buben«, heißt er die Bäurin. »Er soll ihnen sagen, daß sie verschwinden müssen.«

Wortlos unterbricht sie ihren Weg quer durch die Stube, geht gleichmütig zur Tür und ruft hinaus: »Toni, komm! Der Vater will was von dir.«

Wenige Augenblicke später tritt Anton in die Stube. Als er die Tür hinter sich schließt, hört er gerade noch, wie der Vater – nun bereits zum dritten Mal – meint: »Die müssen spinnen.« Damit ahnt er schon, worum es geht. Schließlich hat auch er die Polen gesehen und sich gewundert, daß sie sich trauen, an einem Tag wie diesem herzukommen.

Anton war nach dem Mittagessen in seine Kammer gegangen, um den Sonntagsanzug wieder in den Kasten zu räumen. Während er ihn in ein Tuch hüllte, damit er nicht verstaubt, hatte er beim Fenster hinausgeschaut und dabei Anja über den Hof gehen gesehen. – Er schaut ihr gerne zu, wenn sie so aufrecht ausschreitet, hatte er bei dem Anblick gedacht und sie weiter beobachtet: Die mageren Schultern hochgereckt, das Kopftuch fest gebunden, wobei immer ein paar blonde Haare darunter hervorlugen, die feste, geflickte Bauernjacke eng um den Leib gebunden. Der weite Rock reicht ihr heute bis zu den Fesseln, hatte er bemerkt, während sie ihn bei der Arbeit zumeist geschürzt trägt, sodaß man ihre Waden sehen kann.

Als er sie vom Fenster seiner Kammer aus betrachtet hatte, war sie zielstrebig auf das große Scheunentor zugeeilt. Und da hatte er gesehen, daß dort schon zwei Ostarbeiter warteten. Anja hatte die beiden begrüßt und mit ihnen gesprochen. Währenddessen waren nach und nach noch drei weitere aufgetaucht. Zwei von ihnen hatten sogar wie üblich ihre Musikinstrumente dabei. – Mehr als das hatte ihn allerdings verwundert, wie jene so tun konnten, als ob rundum alles wie sonst sei. Er wäre gar nicht auf die Idee gekommen, daß sie sich an diesem Sonntagnachmittag, da man doch jeden Augenblick damit rechnen mußte, daß die SS wieder auftaucht, hier treffen könnten.

Anton tritt nun neben den Vater. Dabei sieht er, wie sich dessen Wangenmuskeln immer wieder anspannen. Er kennt dieses Muskelspiel als untrügliches Zeichen dafür, daß im Vater etwas vorgeht, daß er dabei ist, eine Entscheidung zu treffen, aber noch einmal die Argumente abwägt. Angespannt blickt er zum Fenster hinaus; und Anton läßt seinen Blick dem des Vaters folgen. Im Grunde ist es ein vertrauter Anblick, der sich ihnen bietet: Ein paar Polen, vielleicht auch andere Ostarbeiter, die in den Gehöften rundum in Dienst stehen, kommen am freien Nachmittag vor der Scheune ihres Hofes zusammen, um miteinander zu reden, auch ein wenig zu musizieren und mitunter zu tanzen. Das gehört in gewisser Weise schon zum Sonntag, seit es ihnen der Vater seinerzeit erlaubt hat. – Anja hatte damals geklagt, erinnert sich Anton, daß sie keinen Ort hätten, um ab und zu zusammenkommen, weit weg von ihrer Heimat miteinander reden zu können und sich auch einmal zu vergnügen. Das war ihm billig erschienen, und er hatte deshalb den Vater gebeten, doch seine Einwilligung dazu zu geben, daß sie sich hier auf dem Hof treffen dürften.

Dennoch, heute ist die Szene vor der Scheune ungewohnt, findet Anton. Das liegt keineswegs nur am Schnee rundherum. Es hat immer auch schon Wintersonntage gegeben, an denen die Polen hier zusammengekommen sind, wenn die Sonne bereits gewärmt hat und es im Freien angenehm war. Heute jedoch ist es bitter kalt. Man sieht es an den Atemwolken, die sich vor den Mündern bilden, wenn jene reden. Und es wird auch eine gewisse Anspannung in der Haltung der Frauen und Männer deutlich, die da beisammenstehen.

Anton kennt alle sechs. Zumindest hat er sie schon bei früheren Gelegenheiten am Hof gesehen. Neben Anja steht deren Freundin, die dem Pacher zugeteilt ist. Bei den vier Burschen ist er sich nicht ganz sicher, wo sie in Dienst sind: Der mit der Geige, so glaubt er, arbeitet beim Lenseder. Und der mit der Gitarre beim Pötscher. – Als er nun wieder auf die eingepackten Instrumente aufmerksam wird, kann er sich gar nicht vorstellen, wozu sie die überhaupt mitgebracht haben. Bei der Kälte kann man doch gar nicht spielen, denkt er. Da müssen einem ja die Finger abfrieren.

In seinem Bemühen, noch genauer zu sehen, was sich beim Scheunentor abspielt, ist Anton mit seiner Nase an die Fensterscheibe gestoßen, die sich beschlägt. Verlegen blickt er zu seiner Mutter. Die ist zwar inzwischen mit dem Abtrocknen fertig, steht aber nun – noch immer mit dem Geschirrtuch in der Hand – nachdenklich beim Herd. Seine Schandtat hat sie nicht bemerkt. Anton muß schmunzeln: Als Kind hat sie immer mit ihm geschimpft, weil er an allen Scheiben seine Nasenabdrücke hinterlassen hat. Jetzt wisse sie, was eine Neugierdsnase sei, meinte sie immer, wenn sie mit einem Tuch hinter ihm her war, auf die Spuren seiner Neugier hauchte und die Scheiben wieder blank rieb. Spiegelblanke Fensterscheiben, das ist bei ihr nahezu eine Besessenheit. Selbst an Tagen schwerster Arbeit, wenn sie sich schon todmüde in einen Sessel hat fallenlassen, kann sie allein dafür noch einmal aufstehen, eine matte Stelle wieder auf Glanz zu bringen, geht es Anton durch den Kopf. Daher stammt auch ihre besondere Abneigung gegen Fliegen, die vornehmlich auf den Fensterscheiben ihren Dreck hinterlassen. – Anton möchte gern seinen Nasenabdruck wegwischen; er hat aber nichts bei der Hand und will nicht auch noch die Mutter darauf aufmerksam machen, indem er ein Tuch holt.

Anton schreckt auf, als der Vater neben ihm zu schimpfen beginnt: »An all dem ist nur die Anja schuld. Na warte, die kriegt noch eine Tracht Prügel.« – Ängstlich blickt er den Vater an. Diese Drohung macht ihn beklommen, als ob er selbst davon betroffen wäre. Forschend schaut er zum Vater auf, versucht in dessen Gesicht zu erkennen, wie ernst es diesem mit dem Prügeln ist. – Nein, die Anja darf er nicht schlagen, denkt er besorgt.

Der Bauer merkt offenbar den gespannten Blick des Sohnes. Jetzt wendet er sich zu ihm und faucht ihn an: »Und du, geh endlich hinaus. Sag denen, daß sie schleunigst verschwinden sollen. – Und nimmer wiederkommen brauchen.«

Anton geht zur Stubentür. Dabei schaut er zur Mutter hin, die nach wie vor beim Herd steht. Sie wirft ihm einen Blick zu, der besagen soll: Tu, was er sagt! Und widersprich nicht! Das bringt nichts.

Im Vorhaus setzt er sich auf die schmale Schuhbank, um die Stiefel anzuziehen. Wie soll er Anja beibringen, daß die anderen gehen müssen, überlegt er. Es widerstrebt ihm, ihr nur zu sagen, daß es der Vater so will. Sie soll verstehen, daß es so besser ist. Eigentlich müßten sie von selbst begreifen, daß es nicht gut wäre, wenn sie die SS hier zusammen findet.

Natürlich haben sie nichts mit den Ausbrechern zu tun, und es ist auch kein Geheimnis, daß sich die Polen sonntagnachmittags am Franzmaierhof treffen. Gerade das schafft aber auch Argwohn. Wer für Ostarbeiter Unterschlupf hat, der versteckt auch fortgelaufene Verbrecher, hat der SS-Führer unlängst den Vater angeschrien. Gleich am Freitag früh ist er mit seinem Trupp aufgetaucht und hat angeordnet, den ganzen Hof zu durchsuchen. Nicht den kleinsten Winkel haben sie ausgelassen, und dabei haben sie gewütet wie die Landsknechte. Kein Möbelstück ist an seinem Platz geblieben, und die Scheiben vom schönen Kasten im Elternschlafzimmer sind zu Bruch gegangen, weil sie das Schloß nicht auf Anhieb aufgebracht haben. Als ob sich ausgerechnet da drinnen einer versteckt halten und abhauen könnte, bevor noch die Mutter kommt und aufsperrt. Zweifellos ging der SS-Trupp mit Absicht so vor, daß es nachher wie auf einem Schlachtfeld aussah. – Und gestern war schon der nächste Trupp da. Noch einmal wurde alles durchwühlt, als ob es eine ausgemachte Sache wäre, daß Ausbrecher am Hof sind und man sie nur finden müßte.

Das hat die Anja doch auch mitbekommen, denkt Anton, der noch immer auf der Bank sitzt, obwohl er die Stiefel längst anhat. Und sie weiß auch, daß das alles für den Vater gar nicht so leicht ist, eben weil sich die Polen auf seinem Hof treffen dürfen. – Aber das ist kein Grund, die Anja zu verprügeln. Die Drohung des Vaters geht ihm nicht aus dem Kopf, und sie verbindet sich mit jenem ersten Bild von Anja, das er immer wieder vor Augen hat.

Die Bleß war damals trächtig, und das Kalb mußte jeden Tag kommen. In der Nacht hatte Anton schon einmal nach ihr geschaut, und ganz in der Früh war er schon wieder im Stall. Der Vater hatte zwar erklärt, daß es bestimmt noch drei, vier Tage dauern würde, aber Anton wollte von Anfang an dabei sein, wenn es zum Kalben war. Schließlich sollte das Jungtier ja ihm gehören – wenn es durchkommt. Das hatte ihm der Vater zu seinem zwölften Geburtstag versprochen. Er müßte sich aber auch darum kümmern, ganz allein und von der ersten Stunde an, hatte er hinzugesetzt.

Die Bleß hatten sie ganz nach hinten gestellt, damit man sie von der Stalltür aus nicht sehen sollte. Sie hatten gehofft, das Kalb behalten zu können, wenn es dem Eiblmayer nicht unter die Augen käme. Die Liesl und die Graue hatte der schon kurz nach Kriegsbeginn requiriert, und als die Bleß im Jahr zuvor trächtig gewesen war, hatte er bei einem seiner Kontrollgänge der Kuh auf den Pansen geklopft und erklärt: ›Paßt's mir gut auf auf das Kalbl. Daß ihm ja nichts passiert. Nicht daß ihr mir nachher sagts, es wär tot gewesen und ihr hättet's gleich eingraben müssen. Das gehört schon dem deutschen Reichsnährstand.‹ Ein paar Wochen später hatte er es dann abgeholt. – Diesmal war er noch nicht dagewesen, und so hatten sie eben gehofft, daß sie es behalten könnten.

An jenem Morgen, als er nach der Bleß schaute und sie noch immer ruhig wiederkäuend vorfand, sah er Anja. Er war dagestanden und hatte den riesigen Bauch betrachtet, in dem sich das Kalb schon heftig bewegte, als er ein Plätschern hörte. Es kam vom Verschlag, in dem die Stallgeräte abgestellt sind. Zuerst glaubte er, er hätte sich verhört; als er es dann aber nochmals plätschern hörte, ging er nachschauen. Und da stand sie, nackt bis zu den Hüften. Vor ihr ein Kübel Wasser, aus dem sie sich wusch.

Zu dem Zeitpunkt kannte er noch nicht einmal ihren Namen. – Tags zuvor hatte er sie kurz gesehen, als sie Zimbrich, der Ortsgruppenleiter brachte, ein blondhaariges Mädchen mit ängstlichem Blick. Er war dazugekommen, als jener dem Vater sagte: ›Das kleine Luder wollte die Kratzbürste spielen, aber ich hab ihr das Wilde schon heruntergeräumt. Die müßt jetzt brav sein wie ein Lamperl. Wenn nicht, rufst mich. Ich sorg schon für Ordnung.‹

Als sie nun im Verschlag vor ihm stand, begriff er erst, was der Zimbrich gemeint hatte. Er schaute zwar gleich zu Boden, nachdem er gesehen hatte, daß sie nackt war. Dennoch waren ihm die zwei großen blutunterlaufenen Stellen nicht entgangen: die eine, die sich über die linke Brust zog, und die andere quer über den Bauch. – Erst viel später erzählte ihm Anja, wie sie der Ortsgruppenleiter verprügelt hatte, weil sie es wagte, ihn um Brot anzubetteln. Mit einem Stück Schlauch, das er immer für solche Zwecke parat hielt, war er auf sie losgegangen und hatte mit aller Kraft auf sie eingedroschen.

Das gehörte zu seinem Verständnis von Ordnung. Im Lauf der Zeit war es ja ortsbekannt geworden, daß er es sich angelegen sein ließ, Ostarbeiter zu verprügeln, wenn sie ihm nur irgendwie auffielen; wenn er beispielsweise meinte, sie hätten gerade an dem Platz nichts verloren, wo er sie antraf. Noch bevor es den Erlaß gab, daß Ostarbeiter nicht im Autobus mit Einheimischen fahren dürften, hatte er schon welche aus den Bussen geholt und an Ort und Stelle zusammengeschlagen, weil sich – wie er erklärte – Leute beschwert hätten, daß sie mit denen nicht gemeinsam fahren wollten. – Bis er dann selbst einmal eine gehörige Tracht Prügel bezog. Eines Nachts, als er vom Wirtshaus nach Hause ging, wurde er in einen dunklen Winkel gezerrt und nach Strich und Faden verdroschen. Dabei konnte er niemanden erkennen, weil man ihm eine Decke übergeworfen hatte. Und man kam auch nie dahinter, wer es gewesen sein könnte.

Ursprünglich wäre das Ganze überhaupt nicht aufgekommen, denn der Ortsgruppenleiter selber schwieg darüber. Weil er doch anderntags ganz krumm daherkam, soll er sogar gesagt haben, es wär der Hexenschuß. Offenbar genierte er sich, daß man ihm so mitgespielt hat. Durchgesickert ist das alles erst, als sich seine Frau verplappert hat. Auf dem Hauptplatz war ein Ostarbeiter – absichtlich oder nicht – an sie angestoßen, und da begann sie sofort zu keifen: ›Bist wahrscheinlich auch einer von denen, die meinen Hubert so zugerichtet haben.‹

Da waren dann die Prügel für den Ortsgruppenleiter nicht mehr zu verheimlichen. Und die Schadenfreude war groß, erinnert sich Anton, auch wenn sich die meisten empört zeigten und sich eifrig an der Suche nach den Schuldigen, die dann erst begann, beteiligten. Zwei Ostarbeiter wurden schließlich als sogenannte Rädelsführer ins Lager gebracht; bis heute weiß jedoch niemand, ob die beiden überhaupt etwas mit der Sache zu tun hatten. – Immerhin, so heißt es, soll der Zimbrich seinen Schlauch nicht mehr gar so oft und vor allem nicht mehr in aller Öffentlichkeit in Anwendung bringen.

Hoffentlich trifft das auch zu, denkt Anton. Die Anja hat er jedenfalls seinerzeit arg zugerichtet. Und das Bild von damals geht ihm nicht mehr aus dem Kopf, seit der Vater gedroht hat, sie zu verprügeln. Wie sie da im Verschlag stand, mit schreckgeweiteten Augen, nicht einmal die Arme vor die nackte Brust nahm, nachdem er sie entdeckt hatte. – Er hat sie wirklich nur einen kurzen Augenblick angeschaut, geht es ihm durch den Kopf, und doch hat er so viel gesehen. Auch wie mager sie war, richtiggehend verhungert. Und er hatte gefunden, daß er ihr helfen müßte. Als er am Abend jenes Tages nochmals zur Bleß schaute, stopfte er sich ein altes, aber sauberes Unterhemd in die Joppe und darin eingewickelt ein Stück Brot, das er sich beim

Abendessen abgespart hatte. Er schämte sich zwar ein wenig, daß es nur ein Stück trockenes Brot war, von der Stosuppe, die es an jenem Abend gab, hatte er aber nicht gut etwas mitnehmen können. Beides legte er auf den Stallkübel, der umgekippt an der Stelle stand, wo sie sich in der Früh gewaschen hatte.

Da am nächsten Morgen beides, das Brot und das Unterhemd, nicht mehr da war, legte er abends wieder ein Stück Brot an dieselbe Stelle und dazu ein kleines Stück Speck. Aber auch den Tag über schaute er oft nach der Bleß, nicht zuletzt in der Hoffnung, dabei dem Mädchen wieder zu begegnen. Er sah sie jedoch erst am nächsten Tag wieder, als sie über den Hof ging. Und da glaubte er, ein schwaches, schüchternes Lächeln in ihrem Gesicht zu sehen, das ihm zu gelten schien. – Dann kam jedoch der Krach mit dem Vater. Am Abend hatte er wieder ein Stück Brot auf den Kübel gelegt. Kurz nach ihm schaute aber auch der Vater nach der Bleß, und aus irgendeinem Grund ging er in den Verschlag, wo er das Brot fand. Anton konnte sich zwar herausreden, indem er erklärte, daß er es vom Abendessen mitgenommen hätte, als er nach der Kuh sehen wollte. Die sei aber so unruhig gewesen, daß er ihr noch ein wenig Stroh unterlegte, und dabei hätte er dann ganz auf das Brot vergessen. Der Vater schien ihm zu glauben, schimpfte aber noch lange herum, daß man in diesen Zeiten wahrlich kein Stück Brot zum Herumliegenlassen habe. So getraute sich Anton fortan nicht mehr, einen Anteil seines Abendessens an die gewohnte Stelle zu legen.

Das erübrigte sich dann aber auch. Denn schon anderntags hörte er beim Mittagessen den Vater zur Mutter sagen, daß die Neue durchaus anstellig sei. Nur ein bißl Kraft müsse sie zusetzen, meinte er. Deshalb solle ihr die Mutter beim Essen ein wenig zugeben; damit sie eine volle Arbeitskraft würde.

Jedesmal, wenn er im nachhinein Anja sah, zeigte sie dieses kleine Lächeln, mit dem sie ihm ihre Dankbarkeit auszudrücken schien. Als er später auch schon ein paar Worte an sie richtete, sagte er ihr nie, daß lediglich zwei Stück Brot und ein kleines Stück Speck von ihm stammten und es nicht sein Verdienst war, daß sie schließlich eine größere Essensration bekommen habe. – Er wollte es ihr ja sagen, ganz am Anfang, doch es ergab sich einfach nie die rechte Gelegenheit. Allerdings, wenn er es sich recht eingesteht, hatte er ein wenig Angst, ihr Lächeln zu verlieren. Mitunter schämt er sich noch für diese Lüge, denn nichts anderes war sein Schweigen.

Es wird höchste Zeit, daß er endlich hinausgeht. Anton schreckt aus seinen Gedanken hoch. Falls der Vater noch beim Fenster steht, wird er sich fragen, wo er bleibt. Da muß er sich dann noch eine Ausrede einfallen lassen; irgendetwas, was er noch rasch habe erledigen müssen. – Vorerst stellt sich aber immer noch die Frage, wie er Anja beibringen soll, daß die anderen gehen müssen, ohne daß sie glauben, sie würden aus reiner Böswilligkeit vertrieben.

Als Anton schließlich von der Bank aufsteht und nach Joppe und Mütze greift, grübelt er, warum der Vater wohl ihm die Aufgabe zugeschanzt hat, die Polen vom Hof zu scheuchen. Schließlich hat er ihm immer wieder eingeschärft, er solle sich von den Fremden fernhalten. Als er ihn einmal mit Anja reden sah, hat er deswegen sogar Krach geschlagen: Das Mensch ist für dich so gut wie überhaupt nicht vorhanden, hatte er ihn angebrüllt. Halt dich weg von ihr. Wenn jemand mit ihr redet, dann bin das allein ich.

Anton ist eigentlich nie klargeworden, was hinter diesem Verbot des Vaters steckt; und er hat sich auch nicht daran gehalten. Er suchte geradezu Gelegenheiten, mit Anja ein paar Worte zu wechseln und in ihrer Nähe zu sein. Wenn sie aber in Hinkunft miteinander redeten, dann nur dort, wo sie nicht gesehen werden konnten. Er hat ihr nie etwas vom Verbot des Vaters gesagt, dennoch bekam jeder Wortwechsel zwischen ihnen etwas Verschwörerisches. Vielleicht hat der Vater auch Anja erklärt, daß sie nicht mit ihm reden dürfte, denkt er dann. Sie haben allerdings nie darüber gesprochen.

Und ausgerechnet heute, wo es um etwas Unangenehmes geht, wird er vom Vater geschickt, mit ihr zu reden? Anton bleibt jedoch keine Zeit, eine Erklärung dafür zu finden. Als er aus der Haustür hinaustritt, treibt ihm der scharfe, kalte Wind Tränen in die Augen. Rasch geht er über den Hof. Er würde ja gern wissen, ob der Vater noch immer hinter dem Fenster steht, doch er wagt nicht hinzusehen.

Schnurstracks stapft er auf die Gruppe vor dem Scheunentor zu. Anja und die anderen haben ihn schon bemerkt und blicken ihm entgegen. Dabei reden sie aber eindringlich weiter; man sieht es am Atemdunst. Als ob sie noch rasch etwas auszudisputieren hätten, denkt Anton beim Näherkommen. Als er dann schon in Hörweite ist, sagt der mit dem Geigenkasten unter dem Arm: »Es ist ohnehin viel zu kalt, um zu spielen.« Dabei machen schon alle Anstalten, sich zu verabschieden. – Wenn es so ist, braucht er gar nicht lang zu reden, denkt Anton erleichtert. Erst dann fällt ihm auf, daß der Geigenspieler seine Bemerkung auf Deutsch gesagt hat. Sie war offenbar für ihn bestimmt, geht es Anton durch den Kopf, kann sich aber keinen Reim darauf machen.

In diesem Augenblick tritt Anja zu ihm. »Wir gehen ohnehin schon«, sagt sie, als ob sie wüßte, warum er gekommen ist. »Es ist viel zu kalt.« – Da war wieder diese Erklärung. Anton, der die Augen niedergeschlagen hat, als das Mädchen zu ihm trat, blickt ihr nun ins Gesicht. Nur allzu gern wüßte er, was da gespielt wird. – »Ich muß aber noch mit dir reden«, fügt sie schließlich hinzu.

Die anderen verabschieden sich einer nach dem anderen mit einem Händedruck von Anja. So erklärt Anton: »Ich muß gleich zurück. – Aber ich schau noch rasch in den Stall. Komm nach! Aber von der anderen Seite!«

Was sie ihm wohl zu sagen hat, überlegt er, als er über den Hof zurückeilt. Dabei schaut er kurz zum Stubenfenster hin, sieht aber den Vater nicht dahinter stehen. Für den Fall, daß dieser ihn aber doch beobachtet, geht er so zielstrebig zum Stall, als ob er dort dringend etwas zu erledigen hätte. Nachdem er die Tür hinter sich geschlossen hat, nimmt Anton eine Heugabel zur Hand.

Schließlich wäre es möglich, daß ihn der Vater sucht. Es hätte sich ja gehört, daß er ihm berichtet, was es mit den Polen gegeben hat. So wartet er unruhig. Kurz darauf schlüpft Anja beim Weidetor herein.

»Die anderen haben Angst, dir zu vertrauen«, sagt sie sofort, nachdem sie zu ihm getreten ist. »Aber ich hab gesagt, du wärst schon in Ordnung.«

Anton freut sich über dieses Lob aus Anjas Mund. Gleichzeitig damit wächst aber auch seine Spannung, wozu diese Vorrede gut sein soll. Nun scheint das Mädchen aber doch noch zu überlegen; bis es schließlich nach einer Weile mit der Erklärung herausrückt: »Wir müssen jemanden verstecken. – Und du mußt uns dabei helfen.« Indessen schaut sie ihm ins Gesicht, wartet auf seine Reaktion – und findet darin auf Anhieb nur Verständnislosigkeit.

Da Anton nicht zu begreifen scheint, worum es geht, beginnt sie rasch zu erzählen, wobei sie ihre Stimme noch weiter senkt, nachdem sie den Blick vorsorglich durch den Stall wandern ließ: »Es geht um einen der Flüchtlinge aus dem KZ. Bis jetzt ist er durchgekommen, doch nun braucht er ein neues Versteck. Wo er jetzt ist, hält er es nicht mehr aus: Er ist nämlich im Misthaufen beim Lenseder eingegraben. Nicht einmal die Hunde haben ihn dort gefunden. In der Nacht hat er sich aus dem Keller etwas zu essen geholt. Die Bäurin hat das bemerkt und sie haben die SS verständigt. Die hat am gestrigen Nachmittag nochmals alles durchsucht – diesmal auch mit ihren Hunden; wieder vergebens. In der Nacht hat ihn dann der Marek entdeckt, als er wieder auf dem Weg in den Keller um etwas Eßbares war. Und er hat ihm versprochen, daß er ein anderes Versteck für ihn finden will.«

Marek, das ist der mit der Geige, geht es Anton durch den Kopf. Hat er doch recht gehabt, daß der beim Lenseder in Dienst ist. Und dann: Sich in einem Misthaufen vergraben, der muß ja stinken wie ein ... Auf Anhieb fällt ihm gar nichts Vergleichbares ein. Kein Wunder, daß da sogar die Hunde der SS aufsteckten. – Und dann dämmert ihm erst langsam, daß Anja davon ausgehen könnte, den Ausbrecher hier am Hof zu verstecken. Wozu sonst bräuchten sie ihn, müßten sie ihn ins Vertrauen ziehen?

»Willst ihn etwa bei uns unterbringen?« fragt er und fügt sofort hinzu: »Der Vater würde das nie zulassen.«

»Der darf auch gar nichts davon wissen«, wehrt Anja ab.

Ein Geheimnis zwischen ihnen beiden, denkt Anton. Dennoch kommen ihm gleich Bedenken: »Wir können so einen doch nicht hier verstecken. Einen Ausbrecher – so einen Räuber und Mörder...«

»Das ist kein Räuber und Mörder«, erwidert Anja, »das ist ein russischer Kriegsgefangener. – Man muß ihm helfen, sonst bringt ihn die SS um.«

»Woher willst du wissen, daß das ein Kriegsgefangener ist«, fragt Anton herablassend. »Im Radio und sonst überall haben sie erklärt, daß Schwerverbrecher aus dem Lager ausgebrochen sind. Und die müssen's doch wohl wissen.«

»Das sagen sie doch nur, damit die Leute Angst haben und denen keiner hilft«, stellt das Mädchen fest. »Und der Marek hat ja mit ihm gesprochen, hat von ihm gehört, was sie alles im KZ mitgemacht haben, bis sie es nicht mehr ausgehalten haben und ausgebrochen sind.«

So schnell ist Anton nicht zu überzeugen: »Der wird alles mögliche erzählen, wenn es darum geht, daß man ihm hilft.«

»Marek ist kein Dummkopf. Der läßt sich keinen Bären aufbinden«, erwidert Anja bestimmt.

»Sei's drum«, gibt Anton vorläufig in diesem Punkt nach, stellt aber sogleich die nächste Frage: »Wo aber sollten wir den verstecken. Die SS kann jeden Augenblick wieder auftauchen und alles durchsuchen.«

»Sie waren doch schon zweimal da und haben nichts gefunden. Beim dritten Mal werden sie bestimmt nicht mehr so genau suchen. Und es gibt bestimmt irgendwo am Hof einen Platz, der so verborgen ist, daß ihn auch die SS nicht findet. – Du müßtest doch so ein Versteck kennen?« Forschend blickt ihn Anja dabei an.

Als die SS vor zwei Tagen den Hof peinlich genau durchsucht hat, hat er selbst kurz einmal nachgedacht, wo er sich verstecken würde, wenn man ihn verfolgte, erinnert sich Anton; ein wenig verlegen, so als ob man ihn bei etwas ertappt hätte. Dabei hat er jedenfalls in erster Linie an die zugemauerte Ecke im Rübenkeller gedacht, zu der man leicht ein Schlupfloch brechen könnte, das man von außen kaum sehen würde. Und er hat sich bestätigt gefühlt, da sich die SS im Rübenkeller gar nicht lang umgeschaut hat. – Ob er jedoch Anja davon erzählen soll, überlegt Anton.

Diese sieht an seiner Miene, daß er etwas im Sinn hat. »Du weißt einen Ort, wo man ihn verstecken könnte. Ganz bestimmt«, dringt sie in ihn. »Es ist doch nur, bis diese wütende Jagd auf die Flüchtlinge vorbei ist! Höchstens ein paar Tage! Dann will er ohnehin weiter zu seinen Leuten.«

Als Anton noch immer schweigt, drängt Anja weiter: »Du bist doch ein guter Mensch. Hast auch mir einmal geholfen.«

Eigentlich will er ja helfen, denkt er, und Anja soll merken, was er nicht alles für sie zu tun bereit ist. Auch die anderen Polen sollen wissen, daß man ihm vertrauen kann. Und daß er auch helfen kann. – Daran liegt es nicht, daß er noch immer zögert. Vielmehr ist da die Angst, der Vater könnte nur allzu schnell dahinterkommen. Wie er ja noch immer alles entdeckt hat. Nie hat Anton etwas vor ihm verbergen können. Und was will er dann sagen? Wie will er sich herausreden? Es ist nicht auszudenken, was der Vater macht, wenn er draufkommt, daß sein eigener Sohn geholfen hat, einen Ausbrecher auf seinem Hof zu verstecken. Vielleicht prügelt er ihn tot? Oder er jagt ihn fort? Und wo soll er dann hin? Wer wird denn ihm helfen, wenn er es nötig hat?

»Natürlich ist es gefährlich«, sagt in dem Moment Anja, als ob sie schon wieder wüßte, was ihm durch den Kopf geht. »Was aber ist heute nicht gefährlich. Eines Tages werden die Nazis verschwunden sein, und dann wird jeder gefragt, was er getan hat. – Ich könnte ja auch sagen, daß mich der Flüchtling nichts angeht. Hab ich nicht so schon genug Kummer – in ein fremdes Land verschleppt wie ein Sklave. Gewiß, es könnte mir noch schlechter gehen. Ich werde hier gut behandelt. Aber so, wie man ein Pferd gut behandelt, weil es gut arbeiten soll. Dabei wird man sich um ein Pferd allemal mehr kümmern. Wenn einem von euch das Pferd eingeht, kann er sich kein neues leisten. Wenn man aber einen neuen Ostarbeiter braucht, weil einer eingegangen ist, läßt man sich einen vom Ortsgruppenleiter zuteilen. – Ich will auch überleben. Ich will auch eines Tages wieder in meine Heimat zurückkehren, wieder frei und ohne Angst atmen können. Soll ich deswegen aber wegschauen, wenn man andere Leute umbringt? Nicht helfen, wenn es darauf ankommt? Und wenn dann kein anderer da ist, der es tut, so muß ich mich doch selbst mein Leben lang fragen, was ich denn getan habe, als meine Hilfe verlangt war.«

Anton ist überrascht über die Heftigkeit, mit der Anja die letzten Sätze hervorgestoßen hat. Er fühlt sich überfordert von der Fülle an Fragen, die auf ihn einstürmen. Und er hat keine Zeit, Antworten darauf zu finden. Denn er muß ins Haus zurück. Wenn er nicht bald kommt, wird ihn der Vater suchen. Er muß sich jetzt entscheiden. Am liebsten würde er sagen: Reden wir am Abend noch einmal darüber. Er möchte so gern über alles nachdenken können. Doch er weiß selbst, daß das nicht geht. Anja will jetzt und hier seine Antwort. So zornig wie sie dasteht, kann er sie nicht auf später vertrösten. – Schließlich sagt er: »Gut, ich helfe euch. Doch jetzt muß ich ins Haus. Der Vater wartet.«

»Du darfst ihm auf keinen Fall etwas sagen«, schärft ihm das Mädchen nochmals mit Nachdruck ein.

»Nein, ich sag ihm nichts«, erwidert Anton ein wenig ärgerlich. »Das ist klar. Und ich komm gegen Abend noch einmal; dann sag ich dir, wo wir den Ausbrecher unterbringen.« – Sein ›Lebwohl‹ sagt er schon auf dem Weg zur Stalltür.

Jetzt muß ihm rasch etwas einfallen, was er dem Vater erzählen wird, denkt Anton im Hinausgehen, warum er nicht sofort zurückgekommen ist, was er so lang getrieben hat, nachdem er mit den Polen geredet hat. Immerhin, sie sind gleich gegangen. Das hat er erledigt. – Viel gibt es aber im Stall nicht mehr zu tun, da ja das meiste Vieh weg ist. Er kann sich nur um die Bleß gekümmert haben. Wenn er sagt, er hätte in der Früh den Eindruck gehabt, daß sie ein wenig lahmt? Und er hätte nun nachgeschaut, ob sie sich was eingetreten hat? – Falls er aber gemeint hätte, daß die Bleß lahmt, dann hätte er gleich in der Früh dem Vater etwas sagen müssen, überlegt er. Soll er sagen, daß er es da vergessen hat? Dann wird der Vater schimpfen, daß man so etwas nicht vergißt. Und wenn er sagt, daß er lieber erst selbst nachschauen wollte, bevor er gar etwas Falsches erzählt? Nur war dann eben der Kirchgang und das Mittagessen. Bei dieser Überlegung hört er den Vater gleichsam weiterschimpfen: Bei sowas läßt man sich keine Zeit! Da schaut man sofort nach! Kirchgang, Mittagessen... Inzwischen kann die Kuh schon krepiert sein...

Was soll's? Irgendeinen Grund findet der Vater immer, um zu schimpfen, denkt Anton, als er die Stiefel auszieht und schließlich die Tür zur Stube aufmacht. Etwas bang schaut er in den Raum. Der Vater sitzt an seinem Platz. Und er blickt nicht einmal auf, als er eintritt. Nachdenklich stiert er vor sich hin. Die Mutter hat vor sich auf dem Tisch den Nähkorb stehen und stopft. Als sie jetzt zu ihm herblickt, wirkt sie besorgt. Doch das bedeutet noch nichts, sagt sich Anton. Eigentlich kennt er gar keine andere Miene mehr an ihr. Es ist schon sehr lange her, daß er sie wirklich einmal lachen gehört hat. Immer ist sie in Sorge; nichts kann sie so nehmen, wie es eben kommt.

Da vorläufig das Donnerwetter seitens des Vaters ausbleibt, geht Anton behutsam zur Ofenbank und setzt sich. Der Vater erwartet offenbar nicht einmal, daß er berichtet, was los war. Am liebsten würde er die Stube gleich wieder verlassen; doch merkt er jetzt, daß er recht durchfroren ist und ihm die Wärme wohltut. Außerdem könnte dann der Vater doch noch auf ihn aufmerksam werden und ihn fragen, wohin er schon wieder gehe. So bleibt er sitzen, weiß aber dabei nichts mit sich anzufangen. Er reibt sich die Hände, kratzt sich im Nacken, weil er plötzlich ein Jucken verspürt, möchte schließlich etwas trinken – wagt aber auch das nicht, um unbeachtet zu bleiben. Wenn er sich wenigstens irgendeine Arbeit mitgebracht hätte, denkt er, dann wäre die Situation nicht gar so unangenehm. Er überlegt sogar schon, ob er sich nicht doch eine holen soll. Als er dabei zum Vater hinüberschaut, merkt er, daß dieser ihn beobachtet. In seinem Blick ist jedoch nichts Drohendes. – Allerdings sieht Anton wieder das Spiel seiner Wangenmuskel. Also ist die Luft noch nicht rein, geht es ihm durch den Kopf, da kommt noch etwas.

Und da sagt auch schon der Vater: »Komm, setz dich an den Tisch!« Und zur Mutter gewandt: »Laß uns allein. Ich hab mit dem Buben was zu bereden.«

Sie steckt die Nadel in den Socken, den sie gerade stopft, legt alles auf den Tisch, zupft ein paar Wollfusseln von ihrer Schürze und steht wortlos auf. Als Anton ihr auf dem Weg zum Tisch begegnet, blicken sie einander erneut in die Augen. Allerdings kann er in den ihren nicht erkennen, worum es bei dem Gespräch mit dem Vater gehen wird, nicht einmal, ob dabei Ärger zu erwarten ist.

»Du bist alt genug, daß ich mit dir offen reden kann«, erklärt Franzmaier, nachdem sich Anton zu ihm an den Tisch gesetzt und die Mutter die Stube verlassen hat. Der Bauer schaut dabei den Sohn nicht an, sondern starrt weiter auf die Tischplatte. Er redet, als ob er noch immer in Gedanken wäre, die nun laut werden. »Und wenn du noch nicht alt genug wärst, müßtest du trotzdem manches begreifen lernen. Das liegt an der Zeit.«

Verwundert betrachtet Anton den Vater wegen dieser Vorrede. Gleichzeitig ist er erleichtert, weil sie nicht auf ein bevorstehendes Donnerwetter hindeutet. Worauf das Gespräch aber hinauslaufen soll, kann er nicht einmal ahnen. Bis ihm der Vater plötzlich ins Gesicht blickt und sagt: »Du mußt zur Hitlerjugend.«

Anton ist überrascht, vor allem, weil es dem Vater anscheinend sehr schwer gefallen ist, ihm das mitzuteilen. Was sollte schon groß dabei sein, wenn er dem Verein beitritt, fragt er sich. Er kennt sie ja alle, die HJler; hat sie allerdings bisher nur belächelt, wenn sie aufmarschierten, in ihren Uniformen herumstolzierten und sich dabei ungeheuer wichtig vorgekommen sind.

»Gestern war der Eiblmayer da«, fährt der Vater fort, »du hast ihn wahrscheinlich gesehen. Beschweren ist er sich gekommen, weil ich bei der Jagd auf die Ausbrecher nicht mitmach. Ich hab ihm gesagt, daß ich nicht könnt, weil ich gerad jetzt am Hof so viel zu tun hätt; was er nicht gelten lassen hat. Der Dienst am Vaterland müsse allemal vorgehen, hat er gemeint. – Na, im Grund müssen wir beiden einander nichts vormachen. Er weiß ganz genau, daß ich nie viel von den Nazis gehalten hab. Und bis jetzt ist das irgendwie angegangen. Als ich ihm aber gestern schließlich klargemacht hab, daß ich nicht durch die Gegend hatschen will, mit dem Gewehr unterm Arm, um irgendwelche Leut abzuknallen, die mir nichts getan haben, hat er aufbegehrt, hat zu drohen angefangen, daß mir das noch leid tun könnt. Und nicht nur mir, sondern auch euch, der ganzen Familie.

Ich hab aber nicht nachgegeben. Und zuletzt hat er gemerkt, daß es auch nichts bringt, wenn ich nur dabei bin und vielleicht irgendwann in die Luft knall. – So ist er dann mit dem Verdacht herausgerückt, daß ich vielleicht gar selbst einen Ausbrecher versteckt halten könnt. Hat gemeint, daß er lieber selbst noch einmal nachschauen kommt, weil ich ihm gleich gesagt hab, daß die SS schon zweimal da war und nichts gefunden hat. Das war aber nur so eine Rederei. Doch zu allerletzt ist er noch damit gekommen, daß ich mit den Fremdarbeitern ›fraternisier‹, was für ihn ein Beweis mehr dafür wär, wie feindlich ich ihnen gegenüberstünd. Und was sie mit ihren Feinden machen, das hat er dann gleich dazugesagt. Ich hab ihm erklärt, daß man Ochsen gut herhalten muß, wenn sie anständig arbeiten sollen. Und so viel anders wär das bei den Menschen auch nicht. Es wär demnach ebenfalls ein ›Dienst am Vaterland‹, wenn man den Fremden auch ein bißl Auslauf gibt. – Darauf hat er nichts mehr gesagt, ist aufgestanden und gegangen. Als er aber schon in der Tür war, hat er gemeint: Dann schick wenigstens den Buben in die HJ. Sonst kann ich nichts mehr für dich tun.«

Mitgenommen wirkt der Bauer, als er nun schweigt. Er schiebt die Ellbogen auf der Tischplatte weit nach vor und knetet seine

Hände, die er dabei betrachtet. Erst nach geraumer Zeit fügt er mit verhaltener Stimme hinzu: »Der Eiblmayer war kein schlechter Bauer und wir haben uns seinerzeit ganz gut verstanden. Seit er jedoch bei den Nazis Ortsbauernführer geworden ist, ist er verkommen. Er ist ein Ruachler geworden, der sich bei all dem nicht einmal mehr um den eigenen Hof richtig kümmert. – Aber eines ist klar: Wenn es ihn überkommt, können wir in gröbere Schwierigkeiten geraten. Deshalb ist es vielleicht wirklich das beste für uns alle, wenn du zur HJ gehst.«

Wieder herrscht Schweigen. Aufmerksam betrachtet Anton den Vater. Er kann sich noch immer nicht erklären, was den Vater gar so bedrückt, wenn er tatsächlich zur Hitlerjugend geht. Wenn es etwas nützt, ist doch nichts dabei. Und was ist schon Schlimmes daran, wenn er von Zeit zu Zeit in der Uniform herumrennt.

»Sie werden dir dort alles Mögliche einzureden versuchen.« Der Bauer hat sich wieder gerade gesetzt und schaut nun dem Sohn eindringlich ins Gesicht. »Sie werden dir erklären, daß die Treue zum Führer wichtiger ist als alles andere. Sogar wichtiger als die eigene Familie. Sie werden dich ausfragen: über mich, über die Mutter, was es am Hof gibt, was du gehört hast, was du gesehen hast... Überleg dir immer, was du ihnen sagst. – Spiel mit! Anders geht's nicht. Wenn du dabei bist, kannst du dich nicht ausschließen. Tu so, als ob du zu ihnen gehörst. Aber denk dir immer dein Teil.« Und mit einem Seufzer fügt er hinzu: »Mein Gott, ich hab nicht gewollt, daß es dazu kommt.«

Der Vater scheint zu Ende geredet zu haben, denkt Anton. Es drängt ihn schon hinauszugehen, um sich alles durch den Kopf gehen zu lassen, was der Vater gesagt hat. Dennoch wartet er, ob der Vater vielleicht noch etwas hinzufügen will. Dieser stellt aber nur mehr fest: »Das war's. – Hol jetzt die Mutter!«

Erleichtert steht Anton auf. Und noch während er zur Tür geht, denkt er froh: Erstmals hat ihn der Vater nicht wie ein Kind behandelt. Er hat ihn ernstgenommen. Er hat ihm Dinge anvertraut, die er offenbar vor der Mutter nicht sagen wollte.

X

»He, Derflinger! Warum lieferst die zwei Falotten nicht gleich bei mir ab? Brauchst dich dann nicht mehr mit ihnen abzuquälen.« Die Fleischhauerin Öttl, die – die Arme in die Hüften gestemmt – vor ihrem Geschäft steht, ruft es lachend zum Gendarmen herüber. »Wir haben sonst eh keine Arbeit. Und der Jacques versteht sich aufs Abstechen.« Dabei schaut sie rundum, ob man ihr auch zuhört und ihren Scherz zu würdigen weiß. Ein paar Vorübergehende sind neben ihr stehengeblieben und beobachten ebenfalls die seltsame Gruppe von vier Männern, die auf der Hauptstraße dahermarschiert; vorn zwei KZ-Häftlinge in ihren auffallenden Streifen-Anzügen, dahinter der Gendarm und der Satzbauer. »Ist zwar nichts dran an den beiden«, redet die Fleischhauerin weiter, nun an die gewandt, die mitgelacht haben. »Netta ein paar Knochen. Und die machen keine Suppe fett.«

Keiner der vier Männer reagiert auf den Zuruf der Fleischhauerin, alle blicken stur geradeaus. Nur Satzbauer beobachtet kurz aus dem Augenwinkel den Gendarmen und murrt leise vor sich hin: »Die Öttl, das Aas. Wenn's sonst nichts zum Schlachten hat, tät's zur Not auch Menschen schinden. Pfui Teufel!« Er will dabei ausspucken, findet allerdings im letzten Augenblick, daß es nicht gut wäre, sich mit der Fleischhauerin anzulegen. Doch es ist bereits zu spät, und ein Speichelfaden, den er nicht mehr zurückhalten konnte, rinnt ihm übers Kinn. Angewidert wischt er ihn mit dem Ärmel weg. »Wenn's keine Arbeit hat, dann soll's eben zusperren«, murrt er weiter.

»He, Derflinger! Hast nicht gehört«, schreit die Fleischhauerin nun wieder herüber, »bring deine zwei Ausreißer in die Schlachtbank. Für'n Hund reichen's noch.« Und sie läßt dem wieder ihr aufreizendes Lachen folgen. Jetzt kann sich Satzbauer nicht mehr beherrschen, und er linst doch zu ihr hinüber; sieht auch die anderen, die dabeistehen und mitlachen.

Für einen kurzen Moment kommt ihm dieser Anblick bekannt vor. Angestrengt versucht er sich zu entsinnen, wo ihm diese Szene schon einmal untergekommen ist. Bis sich ihm plötzlich wie in einem Schleier eines der Kreuzweg-Bilder aus der Kirche über die Gruppe von Menschen vor der Fleischhauerei schiebt. Es ist jenes Bild, das ihn schon als Kind immer abgestoßen hat. – Man sieht darauf Jesus in einem roten Mantel sitzen, umgeben von brutalen Gestalten. Einer der Männer schlägt ihm gerade mit einem Stock auf den Kopf. Das Entsetzliche an diesem Bild ist jedoch die Reihe von zu Fratzen verzerrten Gesichtern hinter dem Heiland.

Er muß sechs oder sieben Jahre alt gewesen sein, erinnert sich Satzbauer, als er den Katecheten auf dieses Kreuzweg-Bild angesprochen hat, weil ihm die Gesichter gar so scheußlich vorkamen. Doch der erklärte ihm damals lediglich: Das sind die Juden, die Christus, unsern Herrn, verhöhnen. Daran erinnert er sich auch heute noch jedes Mal, wenn er in der Kirche an dem Bild vorbeikommt. – Und nun sind ihm jene Gesichter in eins geronnen mit denen von Leuten, die er kennt. Und das sind doch Christenmenschen, denkt Satzbauer.

Als er einen weiteren kurzen Blick zur Fleischhauerin hinüber riskiert, scheint das Bild mit einem Mal verändert. Er sieht zwar noch immer ein abstoßendes Grinsen auf den meisten Gesichtern rund um sie, aber nun kommt es ihm aufgesetzt vor – pflichtschuldig oder gar unterwürfig. Und in der Mitte steht sie, breit in ihrem knöchellangen Pelzmantel, beherrschend. Für eine Menge Leute im Ort kann sie den Ton angeben, das weiß er. Schließlich entscheidet sie, wem sie mit Bestimmtheit erklärt, daß nichts da sei, was sie verkaufen könnte, oder für wen sie extra was ganz Besonderes aufgehoben hat; etwas, was man in Zeiten wie diesen sonst gar nicht mehr kriegt. Er hat selbst erlebt, wie honigsüß sie dann daherredet; ›daß sie keinen Ärger scheut, wenn sie jemandem einen Gefallen tun kann‹. Unter der Hand gibt es dann ein Stück Beiried oder auch einen Jungfernbraten.

Das ist aber nicht alles, sinniert er weiter. Dazu kommt noch, daß sie als eifernde Nationalsozialistin gefürchtet ist, ihre Bösartigkeit schon manchen in Verlegenheit und ihre Hinterhältigkeit auch schon manchen in arge Bedrängnis gebracht hat. – Dabei weiß jeder, daß sie erst zur Nazisse geworden ist, als man ihren Mann an die Front abkommandierte. Damals hat sie anscheinend geglaubt, sie könnte – wenn sie sich mit den Nazi einläßt – so viel Einfluß gewinnen, daß sie ihren Bernhard zurückbekäme. Darin hat sie sich allerdings verrechnet. Ihren Öttl hat sie nicht wiederbekommen. Aber man hat ihr den Franzosen in Dienst gegeben; und der muß sie nun, wie es allgemein heißt, nicht nur in der Schlachtbank zu ihrer Zufriedenheit bedienen. Wer weiß, ob es ihr heut überhaupt recht wäre, wenn ihr Bernhard von der Front käme und mit einem Mal vor der Tür stünde? Bärbeißig stellt sich Satzbauer die Frage und will, gleichsam eine Antwort suchend, noch einen Blick auf die Fleischhauerin werfen. Inzwischen sind sie jedoch schon so weit an ihr vorbeimarschiert, daß er sich umdrehen müßte. Und das will er nun auch wieder nicht.

Die Öttl geht ihm jedoch nicht aus dem Sinn. Er selbst hat nie irgendwelchen Ärger mit ihr gehabt, doch die Menschenverachtung, die sie eben zuvor an den Tag gelegt hat, nagt an ihm. Im Grunde ist ihr Verhältnis mit dem Fremdarbeiter ein offenes Geheimnis, brütet er weiter. Doch da ist keiner, der sich darüber wirklich aufregt. Bei ihr käme niemand auf die Idee, von einer Schänderin deutschen Blutes zu reden – oder sie gar an den Pranger zu stellen, wie seinerzeit die Lehner Agnes, die man an einem Sonntag vormittag mit einer Tafel um den Hals auf den Kirchplatz gezerrt hat. Die Agnes hat man nach Strich und Faden fertig gemacht. Und wer es selbst nicht miterlebt hatte, der konnte im ›Österreichischen Beobachter‹ in allen Einzelheiten nachlesen, wie sie mit einem Polen im Bett erwischt worden war. Dazu auch noch ein Bild von ihr mit der umgehängten Tafel, auf die die Nazis geschrieben hatten, daß sie ihr deutsches Blut und ihre Ehre durch den Verkehr mit einem Polen geschändet habe, während der Mann an der Front für Führer, Volk und Vaterland kämpfte. Der Öttl dagegen will jedoch niemand den Ehrentitel einer deutschen Frau absprechen; schon gar nicht ihre Nazi-

Freunde. Die weiß sie ja zu schmieren, nicht nur mit Fleisch, sondern vor allem auch mit hinterhältigem Tratsch.

Letztlich könnte man fast glauben, daß ihr der Ortsgruppenleiter den Franzosen sogar mit Absicht zugeschoben hat, damit sie ihm mit ihrem Bernhard nicht weiter auf die Nerven fällt, geht es Satzbauer durch den Kopf, als er aus seinen Gedanken gerissen wird. Einer der beiden Häftlinge vor ihm ist gestolpert, und nur mit Mühe kann er sich auf den Beinen halten. Im ersten Augenblick will er dem Stolpernden schon beistehen, doch da spürt er den Blick des Gendarmen. Und er sieht ein, daß es nicht gut ausschauen würde, vor aller Augen den Ausbrecher zu stützen. Da hat der Derflinger schon recht.

Durch den Vorfall hat sich Satzbauers Aufmerksamkeit wieder auf die beiden Gefangenen gerichtet. Lang halten die zwei nicht mehr durch, denkt er, während er sie eingehend von hinten betrachtet. Wie ausgemergelt sie sind. Und jetzt auch noch der lange Weg von seinem Hof her. Wirklich zum Erbarmen, wie sie da vor ihnen herwanken. – Was aber hätte er tun sollen?

Es ist alles nur die Schuld von diesem Flüchtlingsweib, geht es ihm durch den Kopf. Überhaupt kann er sich nur darüber ärgern, daß man diese Sippschaft bei ihm einquartiert hat. Wobei er eingestehen muß, daß die anderen durchaus leidlich sind. Die beiden jungen Frauen kümmern sich um den Haushalt, da kann man nichts sagen. Der Alte kränkelt ein wenig, aber sonst ist ein Auskommen mit ihm. Auch die Kinder sind zum Aushalten. Sind halt recht verschüchtert, verstört noch von der neuen Umgebung. Man merkt, daß sie am meisten von der Flucht mitgenommen sind. Doch die Alte, die ist die reine Pest. Den ganzen Tag giftet sie herum. Nichts paßt ihr. Zuhaus im Banat hätten sie es viel besser gehabt. Auf so einem großen Hof hätten sie dort gelebt. Und jetzt da, wo alles so eng ist. Rund um die Uhr keift sie so dahin. Als ob er nichts anderes zu tun hätte, als den Hof auszubauen, damit sie's auch ja gemütlich hat, grollt Satzbauer. Er braucht nur an sie zu denken und schon steigt ihm die Galle hoch.

Und gestern, als er von der Sonntagsmesse heimgekommen ist – die sind ja nicht mitgegangen, weil sie Evangelische sind –, da hat sie ihn gleich überfallen. In der Scheune hätte sie jemanden gehört, hat sie gezetert, er müßte sofort nachschauen. Wo käme man aber hin, wenn man sich von der auch noch herumscheuchen ließe. Wer weiß, was sie gehört hat, hat er sich jedenfalls gesagt. Die hört bestimmt auch noch das Gras wachsen. So ist er nicht nachschauen gegangen. Aber sie hat immer weiter gebohrt. Bestimmt wär jemand in der Scheune, hat sie gejammert. Schließlich treiben sich Ausbrecher in der Gegend herum. Und immer wieder hat sie vom Feind geredet, den man aufspüren müßt.

Was ihn betrifft, so hat es ihm gereicht, daß er zwei Tage lang bei der Treibjagd hat mitmachen müssen. Doch er hat es sich verkniffen, ihr zu erklären, daß vorläufig sein Bedarf, Ausbrecher zu fangen, vollauf gedeckt sei. Er hat ihr nur gesagt, daß die Scheune ohnehin schon durchsucht worden wäre. Sie hat aber trotzdem nicht locker gelassen. Am Abend ist sie ihm immer noch in den Ohren gelegen, daß er jetzt endlich nachschauen müßt. Doch er hat allseits eine gute Nacht gewünscht und sich gedacht: Was man nicht weiß, macht einen nicht heiß.

Schließlich hat er nicht grundsätzlich ausgeschlossen, daß sie recht gehört haben könnte und tatsächlich Ausbrecher in der Scheune wären. Was aber sollte er machen. Kein Mann im Haus außer ihm. Denn den Alten kann man nicht rechnen. Die eigenen Buben alle an der Front, und den Knecht haben sie auch noch eingezogen, als sie ihm die Banater einquartiert haben. An denen hätte er Hilfe genug, hat der verdammte Eiblmayer gemeint, als er dem Xaver den Einberufungsbefehl höchstpersönlich gebracht hat.

Ja, wenn wenigstens sein Annerl – Gott hab sie selig – dagewesen wär. So aber war ihm überhaupt nicht danach, in die Scheune nachschauen zu gehen. Ist niemand drinnen, ist es ohnehin für die Katz; ist aber jemand drinnen, weiß man nicht, was denen einfällt. Schließlich hat er ja zu dem Zeitpunkt noch nicht wissen können, was für Krepirln das sind, zu schwach, um einer Fliege die Haxen auszureißen. Nach allem, was rundum erklärt worden ist, hat er davon ausgehen müssen, daß das gewalttätige Verbrecher sind. Und ausgerechnet mit solchen sollte er sich anlegen. Dafür sind gewiß andere da, hat er sich gesagt.

Doch heut in der Früh, auf nüchternen Magen, hat dieses schwarze Weib, diese Bißgurrn schon wieder zu keifen angefangen. Und weil er noch immer nicht nachschauen gehen wollte, hat sie gedroht: Wenn er nichts unternähme, wollte sie die SS holen, damit die sich endlich darum kümmert. – Das hätte ihm grad noch gefehlt, daß die SS auftaucht; und, wenn sie wirklich einen Ausbrecher findet, zum Schluß gar noch erklärt, er selbst habe ihn versteckt. Denn die Alte hätte bestimmt ihr Schandmaul aufgerissen und denen erklärt, daß sie ja schon am Sonntag was gehört habe, aber er, der Bauer, sich schlichtweg geweigert hätte nachzuschauen, obwohl sie immer wieder darauf gedrängt hat.

Nur deswegen ist er zu guter Letzt doch noch in die Scheune gegangen. Einen Stock hat er sich gar mitgenommen – und ist sich damit recht blöd vorgekommen, als er dann wirklich den zweien gegenüber gestanden ist. Viel Platz zum Verstecken ist ja nicht in der Scheune. Und als er einmal scharf rundum geschaut hat, sind die beiden Gestalten auch schon aus dem Heu herausgekrochen, mit erhobenen Händen. – ›Nicht umbringen!‹ hat der eine gesagt, und der andere: ›Hunger!‹ Als ob sie schon auf ihn gewartet hätten.

Doch dann? Was sollte er denn tun, wo er sie nun einmal entdeckt hatte? Er konnte nicht hinausgehen und den Zugereisten einfach erklären, daß er niemanden gefunden habe. Taucht – Gott behüte – wieder ein Suchtrupp auf, findet die beiden, und dann heißt es erst recht, er hätte sie versteckt.

Ja, wenn er die beiden gestern abend erwischt hätte, da hätte er ihnen noch sagen können, sie sollten in der Nacht verschwinden; mit gutem Wind und auf Nimmerwiedersehen. Doch in der Früh, da war das nimmer möglich. Lassen sie sich beim Tor sehen, bemerkt sie bestimmt die Alte. Kriechen die zwei aber hinten bei den lockeren Brettern hinaus, findet eins von den Kindern die Fußspuren im Schnee und erzählt davon. Bis zur kommenden Nacht zu warten, schien ihm dann auch schon zu gefährlich wegen der Suchtrupps. – Es ist ihm wirklich nichts anderes übriggeblieben, als zu sagen, daß die zwei in der Scheune sind.

Zeiten sind das, wo man im eigenen Haus Angst vor irgendwelchen Zugereisten haben muß, denkt Satzbauer zornig. Die sind's wahrlich imstand, einen ehrlichen Bauern noch ins Zuchthaus oder gar ins Lager zu bringen. Überall müssen sie herumnasern. – Nazibrut! Sind doch selbst daran schuld, daß sie flüchten haben müssen. Wegen nichts muß man nicht fliehen. Könnten heut noch auf ihrem ›so großen Hof‹ sein, wenn sie sich nicht mit den Nazis eingelassen hätten. Und er hätte seine Ruhe.

Was hat er nicht alles anstellen müssen, um den beiden in der Scheune etwas zu essen und zu trinken bringen zu können, ohne daß die Alte etwas merkt. Die hätte ihm bestimmt auch noch daraus einen Strick gedreht. Weil's doch verboten ist, den Ausbrechern etwas zu geben. Wenn aber jemand am Verhungern ist, dann kann man nicht anders, als ihm wenigstens einen Renken Brot zu geben. Um den aber aus der Küche hinauszuschmuggeln, hat er sich wie ein Dieb gefühlt – im eigenen Haus. Und weil er sich nicht getraut hat, etwas aus der Speiskammer mitzunehmen, hat ihn das ein Glas vom guten Eingemachten aus dem Keller gekostet. Schließlich hat er sogar die Scheck nachgemolken, damit er denen wenigstens ein Haferl Milch geben konnte. Reinweg wie ein Dieb ist er sich im eigenen Haus vorgekommen.

Und dann hat ja mit den beiden etwas geschehen müssen. Für alle Fälle hat er von außen an der Scheunentür den Riegel vorgeschoben. Genaugenommen war das höchst überflüssig, denn den beiden war ganz bestimmt nicht mehr nach Flucht. Aber damit war's ja nicht getan: Sie mußten vom Hof weg. Allein hätte er sie nicht wegbringen können. Und außerdem hätte er gar nicht gewußt, wohin er sie bringen soll. Die Alte hat immer nur gekeift: Man muß die SS holen.

Genau das war aber das allerletzte, was er wollte. Nur allzu gut konnte er sich ausmalen, was dann passieren würde: Die kommen angerückt, treiben die zwei vors Scheunentor und erschlagen oder erschießen sie an Ort und Stelle – je nach Laune. Wie sie es dieser Tage überall gemacht haben, wenn sie einen Ausbrecher zu fassen kriegten. Und das vor aller Augen. Denen ist es gleich, ob dabei auch Kinder zuschauen. – Deshalb hat er sich entschlossen, nach dem Gendarmen zu rufen. Der mußte schließlich wissen, was zu tun ist.

Bei diesem Gedanken schaut Satzbauer wieder zu seinem Nebenmann. Derflinger trottet, immer nur geradeaus blickend, vor sich hin. Die Kappe sitzt ihm tief in der Stirn. Er muß in letzter Zeit gehörig abgenommen haben, denkt Satzbauer, als er ihn so von oben bis unten mustert. Der Uniformmantel hängt geradezu an ihm, und unter dem Koppel wirft er gehörig Falten. Er wird wohl auch seine Sorgen haben, geht es ihm durch den Kopf. Es ist ja kein Geheimnis, daß er mit den Nazi und vor allem mit der SS aus dem Lager immer wieder übers Kreuz kommt.

Nach dem Hitler-Einmarsch hat man ihn als Gendarm am Ort belassen, obwohl er ein hundertprozentiger Vaterländischer war, erinnert sich Satzbauer. Als der Zimbrich als Ortsgruppenleiter hierhergekommen ist, hat der ihn auf seinem Posten belassen. Vielleicht deswegen, weil es niemand hier verstanden hätte, wenn der Derflinger irgendwohin strafversetzt worden wäre – wie es anderen Gendarmen aus der Umgebung gegangen ist, die es sich nicht schon zuvor mit den Nazis gerichtet hatten. Der Derflinger mit seinem Schmerbauch und seiner gemütlichen Art, der hat einfach zum Ort gehört. Jeder hat sich's gut mit ihm gestanden – bis auf die paar Ausnahmen, die es immer gibt. Und wirkliche Reibereien hat es mit den Nazis am Ort vor dem Umbruch nicht gegeben. Wenn sie ihre Parolen geschmiert oder in der Nacht einen Wirbel veranstaltet haben, dann hat sie der Derflinger anderntags zusammengeholt und hat ihnen auf seine Art ins Gewissen geredet. Es war ja nicht so, daß er sie nicht allesamt gekannt hätte. Und damit war auch alles erledigt, bis zum nächsten Mal. Vielleicht hat der Zimbrich deshalb auch geglaubt, daß es mit ihm keine Probleme geben würde; daß er unter den Nazi eben seinen Dienst so weiter versieht wie bisher.

Und er hat ja im Grunde auch seinen Dienst so weiter versehen wie zuvor. Bei diesem Gedanken muß Satzbauer innerlich schmunzeln. Nur hat er sich kaum darum geschert, daß nun die Nazi an der Macht waren. Wenn die glaubten, sie müßten einen Bahöl machen, dann hat er ihnen, genauso wie früher, ›ohne Ansehen der Person‹ ins Gewissen geredet. Und von den SSlern hat er sich überhaupt nie etwas anschaffen lassen. Wenn die etwas von ihm wollten, dann hat er immer gesagt, daß sie sich da mit seiner übergeordneten Dienststelle in Verbindung setzen müßten. Und das hat sie fuchsteufelswild gemacht. Einer von den ganz Oberen aus dem Lager hat ihn einmal in aller Öffentlichkeit angebrüllt, er würde ihn noch zur Schnecke machen, doch der Derflinger hat sich nicht darum geschissen. Das ist alles an ihm abgeperlt, wie Wasser vom Wachstuch. Ein anderer hat einmal mit hochrotem Kopf gekeift, so etwas gäb es auch nur in der Ostmark. Daß so einer noch Gendarm sein dürfte, das wär die hier typische Schlamperei. Der Ziereis selbst soll sich einmal beim Gauleiter über den Derflinger beschwert haben, heißt es. Ist aber nichts herausgekommen. Der Derflinger hat sich ja immer nur auf den Dienstweg berufen, der halt eingehalten werden müsse. Und dagegen haben sie schwerlich was sagen können.

Ein einziges Zugeständnis hat er an die Nazi gemacht: Er hat seinen Buben in die HJ geschickt. Als jedoch die HJler einmal mit riesigen Buchstaben an die Kirchenmauer ›Stinkbude‹ geschmiert haben, da hat er den Buben vor all den anderen eigenhändig so verdroschen, daß der eine Woche lang nicht mehr sitzen konnte.

Die Haltung Derflingers gegenüber den Nazis hat ihm gefallen, denkt Satzbauer. Und wenn der wamperte Gendarm im Ort noch immer ein wenig Zielscheibe spöttischer Bemerkungen war, so hat man ihn doch auch achten gelernt. Das war wohl der Grund, warum er es sich angelegen sein ließ, die beiden Ausbrecher ihm zu übergeben. Dabei blickt er nochmals zum Derflinger hinüber. – Nicht einmal das war einfach. Er selbst wollte ja den Hof nicht verlassen, solang die zwei in der Scheune eingesperrt waren. Es mußte also jemand anderer gehen, den Gendarmen zu holen. Die Alte hat sich sofort angeboten, und es kostete ihn einige Mühe zu verhindern, daß ausgerechnet sie ging. Schließlich konnte er nicht wissen, ob sie nicht doch gleich zur SS gelaufen wäre. Abhalten ließ sie sich allerdings erst, als er zu bedenken gab, daß bestimmt noch andere Ausbrecher in der Gegend wären, denen sie doch nicht begegnen wolle. Das hat gewirkt. Bei der Erinnerung an ihren Gesichtsausdruck, als sie erklärte, was sie nicht alles dringend am Hof erledigen müßte, kommt Satzbauer nun wieder innerlich das Lachen an.

Er hatte gehofft, daß eine von den jungen Frauen den Gendarmen holen würde, doch keine der beiden wollte noch gehen, nachdem er die Alte mit den Ausbrechern geschreckt hatte. Das hatte er nicht bedacht. Er wußte schon nicht mehr, was er nun tun sollte, als sich schließlich der älteste Bub anbot zu gehen. Das war ohnehin die beste Lösung. Der Bub ist verständig, und so konnte er ihm noch vor der Haustür auftragen, nur dem Gendarmen von den beiden Ausbrechern in der Scheune zu erzählen, keinem anderen, und ihm auszurichten, daß es dringend sei. – Und der kam dann zum Glück auch gleich mit dem Buben mit.

Der Derflinger hat überhaupt nichts dazu gesagt, als er ihn zur Scheune führte und ihm währenddessen erzählte, wie es gekommen ist, daß er die beiden entdeckte. Entgegen aller Gewohnheit war er auffallend schweigsam. Auch dann hat er, ohne ein Wort zu sagen, die beiden gemustert, die erschrocken vor ihm zurückgewichen sind. Es verging einige Zeit, in der er sie recht nachdenklich betrachtet hat. Und zuletzt sagte er lediglich: ›Gehen wir halt.‹ In dem Augenblick muß ihm wohl das Haferl aufgefallen sein, in dem er den beiden die Milch gebracht hatte, und das Einweckglas, das nun leer auf dem Boden lag. Denn er fügte hinzu: ›Zuvor laßt aber noch das Geschirr von da verschwinden.‹

Da war ihm klar geworden, daß der Derflinger von ihm erwartete, daß er mitkäme. Er hatte gedacht, daß für ihn in dem Moment alles vorbei wäre, in dem der Gendarm mit den beiden abziehen würde. Auf die Idee, daß er selbst mitgehen sollte, war er wirklich nicht gekommen. Als er ihn jedoch fragte, was er denn noch dabei soll, hat der Derflinger gemeint: ›Du hast sie gefangen, also steht dir auch die Ehre zu, sie abzuliefern. Außerdem kann ich's weiß Gott nicht riskieren, daß mir vielleicht einer von denen abpascht. Stell dir vor, die rennen plötzlich auseinander, der eine dahin, der andere dorthin. Was mach ich dann? Da kommt mir zum Schluß gar noch einer aus.‹

Er hat ja von Anfang an gefunden, daß das eine Ausred war, denkt Satzbauer. Denn er hätte schon gewußt, was da zu tun ist. Wenn er die beiden aneinandergebunden hätte, wären sie ihm schon nicht in verschiedene Richtungen davongelaufen. Und das hätten sie sich auch nie getraut, wo er doch sein Gewehr dabei hat; das er allerdings die ganze Zeit über kein einziges Mal von der Schulter genommen hat, als ob er vergessen hätte, daß es da hängt. – Aber es war ihm unangenehm, vor den zwei ausgemergelten Gestalten davon zu reden, gesteht er sich ein. Und dann hat er gespürt, daß da eine Absicht dahintersteckt, doch hat er sich nicht getraut, den Derflinger danach zu fragen. So ist er wohl oder übel mitgegangen und hat sich gedacht: Wenn er schon einmal im Ort ist, dann kann er dort wenigstens auf ein Bier gehen.

Als er ins Haus gegangen ist, sich für den Weg warm anzuziehen, da hat er dem Derflinger einen Schnaps angeboten. Zum Aufwärmen, denn er war immerhin schon die ganze Strecke zum Hof gegangen. Doch der hat abgelehnt. Auch das war er vom Derflinger nicht gewohnt. – Unterwegs zum Ort haben sie kaum miteinander geredet. Gleich zu Beginn hat er ihn gefragt, was denn nun mit den beiden geschehen würde. Und der Gendarm hat kurz angebunden geantwortet: ›Wir bringen's zur SS, und die erschießen's‹, daß es ihm vergangen ist, noch etwas zu sagen. Erst nach einer ganzen Weile hat der Derflinger, der anscheinend gemerkt hat, wie erschrocken er war, noch gemeint: ›Was hast dir denn vorgestellt? Daß wir mit ihnen ins Wirtshaus auf einen Frühschoppen gehen? – Die gehören der SS. Da kannst nun einmal nichts machen. Und laufenlassen? Dafür ist es jetzt zu spät.‹

In diesem Augenblick stolpert der Gefangene, der schon zuvor fast gefallen wäre, wieder. Diesmal kommt Satzbauer nicht mehr in Versuchung, ihm zu helfen. Der warnende Blick, den ihm der Gendarm wieder zuwirft, ist überflüssig. Man lernt schnell, denkt er. Und dennoch: Wenn er die beiden Männer vor sich betrachtet, so sieht er an ihrer ganzen Haltung, wie entkräftet sie sind. Und da soll man kein Mitleid haben? Wenn sie wenigstens überleben könnten. Dieser Gedanke zehrt schon die ganze Zeit an ihm.

Er hat doch gerade deswegen nach dem Gendarmen gerufen, weil er geglaubt hat, der wüßte eine Möglichkeit, wie man den zweien helfen könnte, damit sie nicht dasselbe Schicksal erleiden wie die Ausbrecher, die in den vergangenen Tagen der SS wieder in die Hände gefallen sind. Sonst war doch die ganze Quälerei, sie vom Hof auch noch bis in den Ort zu schleppen, vollkommen umsonst. Dann wäre es für die zwei bei Gott leichter gewesen, wenn sie die SS gleich bei der Scheune erschossen hätte. – Er ist schuld, daß sie sich noch den weiten Weg hierher quälen mußten, um dann doch zu sterben. Satzbauer schaut dabei auf die blutigen Fetzen, die um ihre Füße gewickelt sind. Aus ihnen sickert frisches Blut, das im Schnee auf der Straße rote Spuren hinterläßt. Aber er hat es doch gut gemeint, sagt er sich ein ums andere Mal. Was hätte er denn sonst machen sollen, als den Gendarmen zu rufen? Blieb ihm denn eine andere Wahl?

Und zu all dem muß er auch noch hier mitmarschieren. Das stört ihn erst recht. Da können sich die Leute das Maul über ihn zerreißen und herumspintisieren, was er damit wohl zu tun haben mag. Irgendwie fühlt er unzählige Blicke auf sich gerichtet. Dabei hat ihr Zug seit der Fleischhauerei kaum mehr Beachtung gefunden. Beim Brunnen sind ein paar Kinder beisammengestanden und haben zu ihnen herübergestiert. Die sollten doch in der Schule sein, hatte er voll Unmut gedacht; bis ihm dann einfiel, daß es ja seit Freitag keinen Unterricht mehr gibt. Und jetzt stehen die Kinder herum und wissen nichts mit sich anzufangen. Was sind das für Zeiten.

Andererseits sind gerade wegen dieser Zeiten so wenig Leute auf der Straße. Ein paar Frauen hat er gesehen; doch früher, vor dem Krieg, wären beträchtlich mehr unterwegs gewesen, hätten jetzt für's Mittagessen eingekauft, überlegt er. Was aber sollen sie jetzt schon einkaufen? Und für nichts geht niemand bei dieser Kälte aus dem Haus. – Trost ist das aber auch keiner. Es genügt schon, daß ihn die paar hier mit den Gefangenen sehen. Darüber hinaus reicht allein schon die Fleischhauerin, um ihn ins Gerede zu bringen. Und bestimmt werden sie auch noch aus den Fenstern beobachtet.

Bei diesem Gedanken läßt er den Blick über die Häuserfronten wandern. Und er sieht, daß ihnen der Schlosser entgegenkommt. Dieser schaut auch kurz zu ihnen herüber, dreht aber gleich den Kopf weg und beginnt dann in der Holztrage, in der er sein Werkzeug verstaut hat, herumzukramen, als ob er etwas suchte. Der will auch nichts gesehen haben, geht es Satzbauer durch den Kopf. Auch das gehört zu diesen Zeiten: Fragst du einen, was los war, dann will er überhaupt nichts bemerkt haben, nicht einmal, daß man ihm auf die Zehen getreten ist; hintenherum jedoch wird man ausgerichtet, da will dann jeder mehr als der andere beobachtet haben.

Was hat er eigentlich hier verloren, fragt er sich nun schon zum wiederholten Mal. Er hätte dem Derflinger gleich sagen sollen, daß er keine Zeit habe mitzukommen. Oder, daß er gar nicht einsähe, was er noch weiter mit den Gefangenen zu tun hätte. – Satzbauer ärgert sich über sich selbst, daß er mitgegangen ist, und auch über den Gendarm, der ihn gleichsam verpflichtet hat mitzugehen. Zur Bewachung dieser beiden Krispindeln hat er ihn doch wirklich nicht gebraucht. Wie sollte ihm von denen einer ausrücken. Schwierig wäre es höchstens geworden, wenn ihm einer auf dem Weg eingegangen wäre.

Jedenfalls kann er noch immer nicht die Absicht erkennen, die der Derflinger dabei verfolgt hat. Und dazu kommt noch, daß er mit den Gefangenen auch noch ausgerechnet über die Hauptstraße marschieren muß. Er will sie offensichtlich vorerst einmal zum Gendarmerieposten führen. Da hätten sie aber ebensogut über den Graben, den Kirchenplatz und dann die Obere Zeile gehen können, wo sie von kaum jemandem gesehen worden wären. Sie hätten sich damit den Auftritt der Fleischhauerin und auch die verborgenen Blicke erspart.

Man könnte glauben, er hätte es geradezu darauf angelegt, daß sie von möglichst vielen Leuten gesehen werden. Aber auch darin kann Satzbauer keinen Sinn erkennen. Was sollte es schon bringen, wenn die Leute die Ausbrecher sehen? Außerdem paßt das gar nicht zum Derflinger. So wie er ihn kennt, muß es ihm geradezu unangenehm sein, sich derart mit den Gefangenen zu zeigen.

Seine Überlegungen werden jäh unterbrochen, als mit einem Mal von der Ortseinfahrt vor ihnen das Aufheulen eines Motors zu hören ist. Und dann sieht er auch schon den Kübelwagen, der mit großer Geschwindigkeit auf sie zukommt. Die SS, denkt er sofort. Und er fragt sich, ob die nur zufällig vorbeikommt oder ob sie vielleicht schon jemand davon unterrichtet hat, daß zwei Ausbrecher gefangen durch den Ort geführt werden. Er wäre keineswegs überrascht, wenn die schleichende Post so schnell Wirkung zeigt.

Da bleibt das Auto auch schon knirschend und mit einem Schlenker auf der rutschigen Straße vor ihnen stehen. Ein SSler springt heraus und reißt den hinteren Wagenschlag auf. Ein Offizier zwängt sich aus dem Fond, richtet sich in Ruhe die Kappe, die ihm beim Aussteigen verrutscht ist, zieht seinen Mantel glatt und nimmt schließlich die Reitpeitsche, die ihm der SSler reicht, wobei der noch die Hacken zusammenschlägt. Erst dann schaut der Offizier zu ihrer Gruppe herüber, tut so, als ob er sie erst jetzt bemerkte – und kommt geradezu gemächlich auf sie zu.

»Da haben wir ja wieder zwei von diesen Undankbaren, die unsere Gastfreundschaft nicht zu würdigen wissen«, sagt er mit einem breiten Grinsen, nachdem er vor den Gefangenen stehengeblieben ist. Und dann schlägt er blitzschnell den beiden mit der Reitpeitsche vor die Brust. Nach Atem ringend gehen sie in die Knie. Nur ein leichtes Stöhnen entringt sich ihren Mündern. Noch immer grinsend schaut der Offizier auf die zwei hinunter.

Und dann verändert sich ganz plötzlich sein Ausdruck. Mit wutverzerrtem Gesicht blickt er den Gendarmen an und brüllt: »Warum sind die zwei noch am Leben?«

»Weil sie bis hierher durchgehalten haben«, antwortet Derflinger ruhig. Dabei steht er stramm. Satzbauer, der ihn aus den Augenwinkeln beobachtet, findet, daß ihn diese Haltung ein wenig dümmlich aussehen läßt. Er merkt aber auch, daß der Gendarm recht blaß geworden ist.

»Es gibt einen ausdrücklichen Befehl, wonach jeder dieser flüchtigen Schwerverbrecher sofort an Ort und Stelle zu liquidieren ist«, schreit der SS-Offizier, daß es von den Hauswänden widerhallt.

»Ich hab keinen solchen Befehl erhalten«, erwidert Derflinger darauf.

»Den hat jeder zu kennen!« Dem Offizier steht nun Zornröte im Gesicht. »Die Lagerleitung hat an alle Posten eine entsprechende Weisung ergehen lassen. Und darüber hinaus wurde sie selbst im Radio verlautbart. Der Gauleiter hat es persönlich angeordnet.« Und indem er sich vorbeugt, setzt er leiser nach: »Oder braucht die Gendarmerie das auch noch schriftlich?«

Als Derflinger nun sagt: »Na ja. Schaden kann's nie, wenn man so etwas auch schriftlich hat«, nimmt er erneut seine verbogene Habtachtstellung ein.

Der Offizier mustert ihn scharf von oben bis unten. »Bist du so blöd oder tust du nur so«, fragt er schließlich. Und dann mit einem Grinsen, als ob ihm gerade ein Einfall gekommen wäre: »Sag, bist du etwa der Gendarm, der glaubt, daß er mit uns Blindekuh spielen kann?«

Als Derflinger ihn nur verständnislos anschaut, faucht er: »Renitentes Pack. – Aber dich kriegen wir noch. Was du dir jetzt geleistet hast, ist eine klare Befehlsverweigerung.« Währenddessen greift er zur Pistolentasche, knöpft sie auf und zieht langsam die Waffe heraus. – Ängstlich beobachtet Satzbauer ihn dabei. Er wird doch jetzt nicht den Derflinger erschießen, denkt er im ersten Augenblick.

Nachdem der Offizier die Pistole bedächtig entsichert hat, dreht er sich jedoch auf den Fersen um – und schießt erst dem einen, dann dem anderen Gefangenen in den Kopf. Blut spritzt in den Schnee, in den die beiden nun aus ihrer knieenden Stellung sacken. Dann steckt der Offizier die Pistole wieder in die Tasche, knöpft sie zu und geht gemessenen Schritts zum Auto, wo der SSler bereits wieder die Tür aufgerissen hat. Bevor er schließlich einsteigt, schnauzt er über die Schulter: »Wegräumen!«

XI

Just zum Zeitpunkt, da der Bauer mit dem Tischgebet begann – Vater unser, der Du bist in dem Himmel –, sah er den Ausbrecher das erste Mal. Nein, daß er ihn da wirklich schon gesehen hätte, kann er nicht sagen, denkt Benno. Aus dem Augenwinkel heraus hat er draußen auf dem Hof eine Bewegung wahrgenommen; lediglich bemerkt, daß da etwas war. Und wenn er in dem Moment bereits gewußt hätte, was dann kommen würde, hätte er besser nichts bemerkt.

Seit mehreren Stunden sitzt der Knecht reglos, den Kopf in die Hände gestützt nun schon in seiner Kammer und grübelt vor sich hin. Von Zeit zu Zeit wird ihm bewußt, wie kalt es hier ist; wie tief ihm mittlerweile der Frost in den Gliedern sitzt. Dann blickt er vom gestampften Lehmboden hoch und über die gekalkten Wände, als müßte er sich erst wieder darüber klar werden, wo er ist. Und er zieht den Mantel, den er um die Schultern geschlungen hat, enger über der Brust zusammen.

Um diese Jahreszeit wird es in der Kammer nur dann wirklich warm, wenn nebenan der Backofen angeheizt ist. Üblicherweise hält er sich nie hier auf, außer zum Schlafen. Es steht auch nicht mehr herinnen als das Bett, die Holztruhe, in der er seine Habseligkeiten aufbewahrt, der schmale Tisch, auf dem die metallene Waschschüssel und der Wasserkrug abgestellt sind, sowie der schon mehrmals zusammengenagelte, aber noch immer wacklige Sessel, auf dem er nun hockt und stets von neuem die Ereignisse dieses Tages in Gedanken abrollen läßt.

Als der Bauer weiterbetete – Geheiligt werde Dein Name –, war alles noch in Ordnung. Er selbst hat bei diesen Worten über den Tisch geblickt, auf dem die große Schüssel mit einer dicken, dampfenden Krautsuppe stand. Ein kleines Stück Fleisch vom gestrigen Sonntag lag obenauf; das würde sich der Bauer, wenn er als erster in die Schüssel langte, herausnehmen. Die Bäurin hatte es ohnehin wie üblich an den ihm zugewandten Rand gelegt.

Abgesehen davon wäre auch sonst niemand auf die Idee gekommen, es sich herauszufischen.

Neben dem Bauern lagen wie immer der Brotlaib und das Messer. Damit würde er, nach dem allseitigen Amen und Setzen für jeden von ihnen ein Stück herunterschneiden. – Viel gab es mittlerweile ja nicht mehr zum Schneiden: ein Stück für ihn selbst, eins für die Bäurin – und eins für ihn, den Knecht. Sonst war niemand mehr am Hof. Ja, früher, da wäre er Großknecht gewesen. Wo es aber keinen Zweiten Knecht, keinen Roßknecht und keinen Fütterer gibt, da bedarf's auch keines Großknechts mehr. Und der Umstand, daß er mit den Bauersleuten am selben Tisch sitzt, das hat in diesen Zeiten ebenfalls seine Bedeutung verloren.

Der Brotlaib war noch ganz und er hatte daran gedacht, daß der Bauer mit seinem klobigen Daumen noch drei Kreuze auf die Unterseite malen würde, bevor er das Scherzl abschnitt, als er – es war beim Geheiligt werde Dein Name – wieder durch eine Bewegung auf dem Hof abgelenkt wurde. Das veranlaßte ihn, durchs Fenster hinauszublicken; er konnte allerdings nichts erkennen. – Der Bauer schaute ihn strafend an. Wenn er das Tischgebet spricht, hat jeder ruhig und mit gesenktem Blick dazustehen. So will er es. Keinen Muckser darf es geben. Selbst der Herd wird mit einem strengen Blick bedacht, wenn es ein Holzkloben wagt, ausgerechnet während des Gebets in der Glut zu knacken.

Es ist schon recht finster in der Kammer, und Benno läßt den Blick zum kleinen Fenster wandern, das sich im abendlichen Dämmerlicht noch hell abzeichnet, durch das aber kaum mehr Licht in den Raum gelangt. Dabei fällt ihm das Eisenkreuz, das im steinernen Fensterstock fest verankert ist, ins Auge. Genaugenommen hat er es noch nie bemerkt, denkt er. Und dabei wohnt er doch schon so lange hier. Es ist schon eigenartig, daß er erst heute darauf aufmerksam wird. Weil es die helle Fläche des Fensters, in die er gestarrt hat, in noch kleinere Rechtecke zerteilt? Oder liegt es daran, daß man sich vor einem Abschied alles, woran man sich gewöhnt hat, noch einmal fest einprägen will? Da fallen einem dann plötzlich Dinge auf, die man bisher nie beachtet hat. Wie dieses Eisenkreuz. – Gewiß wurde es vor Zeiten angebracht, um vor Gefahren von außen zu schützen; vor Räubern und Dieben. Möglicherweise auch vor marodierenden Landsknechten, geht es ihm durch den Kopf. Doch nun, da er es weiter betrachtet, vermittelt es ihm das Gefühl, eingesperrt zu sein.

Er könnte die Petroleumlampe anzünden, überlegt Benno, um die Dunkelheit aus der Kammer zu vertreiben. Sie würde auch ein wenig Wärme abgeben. Vielleicht ließen sich dann seine Gedanken leichter ordnen. – Was aber gibt es noch, das zu ordnen wäre, fragt er sich gleich darauf. Ist nicht schon alles entschieden? Auch die Petroleumlampe würde ihm kein neues Licht aufstecken. Oder gar seinen Beschluß umstoßen. Er hat dem Bauern klipp und klar gesagt, daß er geht, daß es ihn nach allem, was heute vorgefallen ist, hier nicht mehr leidet. Morgen früh wird er seinen Binkel schnüren und für immer den Hof verlassen.

Eins jedoch weiß er nicht: Was dann sein wird. Es wird ihm nichts übrig bleiben, als morgen früh zum Ortsbauernführer zu gehen und ihm zu erklären, daß er vom Waldinger fortgegangen ist, nicht mehr dessen Ehald ist. Dabei wird er ihm allerdings auch den Grund dafür nennen müssen. Und er kann überhaupt nicht abschätzen, was der Eiblmayer dann sagen, was er tun wird. Dennoch, diese Ungewißheit, so sehr sie ihn auch bedrückt, darf ihn von seiner Entscheidung nicht abbringen, sagt er sich nicht zum ersten Mal in diesen Stunden.

Als das erste Entsetzen über die Tat des Bauern abgeklungen war und er gespürt hatte, wie sich ihm die Kälte in alle Glieder zog, da hat ihn schon ein starkes Verlangen überkommen, in die Stube hinüberzugehen, sich zum Ofen zu setzen und das Kribbeln zu fühlen, wenn die Wärme von den Fingerspitzen weg in den Körper zurückkehrt. Warum mußte er sich hier kasteien, hat er sich gefragt, während der Bauer, den sein Gewissen wie ein riesiger Mahlstein zermalmen müßte, im Warmen sitzt.

So sehr es ihn blangte hinüberzugehen, er blieb fest. Und er ließ sich auch nicht beirren, als schließlich die Bäurin erschien und ihm zuredete, doch in die Stube zu kommen. Frierst dir da noch die Nase ab, sagte sie. Und er wußte, daß sie es gut mit ihm meinte. Deshalb hat er sich auch schwer getan, als er ihr erklärte: Mit jemandem, der einen Menschen umgebracht hat, wolle er nicht dieselbe Luft atmen. Die wär ihm zu stickig.

Sie hat darauf erwidert, daß man doch über alles erst einmal reden müsse. Es wär doch einer von den Ausbrechern gewesen, die jetzt allerorten gejagt würden. – Und er: Nein! Wer jener auch war, das darf keinen Unterschied machen. Mensch ist Mensch!

Das hat er der Bäurin klarzumachen versucht. Ist es nicht so, hat er gefragt, daß einem, wenn man das eigene Leben ernst nimmt, es als ein Geschenk Gottes sieht, das Leben jedes Menschen ebenso heilig sein muß. Sonst wird man zum Gottlosen.

In andern Zeiten vielleicht, hat sie dagegengehalten. Doch das hat er nicht gelten lassen. Wer mit den Wölfen heult, hat keinen Platz in Gottes Herde, hat er ihr gesagt.

Bist doch ein alter Sturschädel! Geschimpft hat sie zuletzt. Erfrierst lieber, als auch nur einen Fingerbreit nachzugeben. Bleibst eben da hocken. Und dann, als sie schon im Hinausgehen war: Es liegt nicht bei dir, über den Bauern zu richten!

Darum geht es ihm auch nicht, denkt Benno, ist es ihm nie gegangen. – Zukomme uns Dein Reich, hat der Bauer gebetet, und: Dein Wille geschehe wie im Himmel also auch auf Erden! Wie aber sollte Gottes Reich zu uns kommen, wenn wir Seinen Willen nicht achten? Das fünfte Gebot heißt nun einmal: Du sollst nicht töten. Das geht nicht zusammen: Erst das Gebet des Herrn hersagen und dann hinausgehen, um einen Menschen abzuschlachten.

Nein, es liegt nicht an ihm zu richten, sinniert der Knecht, seine Tat muß der Bauer mit Ihm ausmachen. Aber es trifft ja uns alle. Wir beten um Gottes Reich. Aber das kommt nicht von allein. Wenn wir selbst nichts tun, nicht nach dem Willen Gottes handeln, dann nützt alles Beten nichts.

Er hat sich bemüht, den Bauern zu verstehen, hat überlegt, was ihn dazu gebracht haben könnte, das zu tun. Denn ohne inneren Zwang macht man so etwas nicht. Da muß etwas dahinterstecken. Der Bauer kann zwar mitunter recht jähzornig sein; aber es ist doch ein Unterschied, ob man jemandem eine herunterhaut, gar einen nach Strich und Faden verprügelt oder ob man zum Messer greift und einen schlachtet. Der Fremde hat ihm nichts getan, hat ihn nicht gereizt, sodaß er in Wut geraten hätte können. Er hat sich in den Hof verirrt und geschaut, ob da nicht ein Versteck zu finden wäre.

Daß die Nazi und ihre Mitläufer Jagd auf die Ausbrecher machen und sie auch umbringen, wo sie sie treffen, das kann für den Bauern nicht gelten. Er war nie ein Nazi und auch nie ein Mitläufer, sagt sich Benno. Sonst hätte er ihn doch schon viel früher verlassen. Der Bauer hat immer die Nazi verflucht, weil sie ihm die Buben in den Krieg geschickt haben. Und erst recht, als dann der Schrieb gekommen ist, der Thomas wäre in Rußland gefallen. – Eineinhalb Monate ist das her, und seitdem hat sich der Bauer sehr verändert. Er ist ein anderer geworden, seit der Thomas tot ist. Auf ihn hat er alles gesetzt. Er sollte den Hof übernehmen. Für den andern, den Hans, hat er nie soviel übriggehabt. Der taugt dazu, Pfarrer zu werden, aber nicht für den Hof, hat er ihn einmal zur Bäurin sagen gehört.

Jedenfalls war er ganz durcheinander, nachdem die Todes-nachricht gekommen ist. Im einen Moment war er so voller Wut auf alle und alles, daß es besser war, ihm nicht in die Nähe zu kommen. Und schon im nächsten Augenblick hockte er ganz dasig irgendwo herum und lamentierte vor sich hin. Nichts hätt mehr einen Sinn, hat er dann gejammert, und am besten wär's, den Hof gleich zu verschenken. Da hat kein Zuspruch geholfen. Nichts wollte er mehr gelten lassen.

Die Bäurin ist noch in der Stunde, da der Schrieb vom Militär gekommen ist, in die Kirche gegangen, um dort eine Kerze für den Thomas anzuzünden. Als sie nach Haus gekommen ist, hat sie der Bauer angefahren, daß sie das bleiben lassen sollt. Davon würd der Thomas auch nimmer lebendig. Nichts würde dem noch was nützen. Dabei hat er immer wieder auf die Bäurin eingeschlagen. Und als er damit fertig war, hat er gejammert: Wenn ihm Gott schon den Thomas nimmt, dann sollt er ihn selbst gleich dazunehmen.

Tatsächlich hat er sich dann ins Bett gelegt und darauf gewartet, daß er jetzt auf der Stelle sterben würde. Zwei Tage ist er nicht mehr herausgekommen, hat nichts gegessen und nichts getrunken. Er hat auch nichts geantwortet, wenn man ihn angeredet hat. Hat nur vor sich hingestiert. Die Bäurin hat nimmer gewußt, was sie tun sollte. Sollt sie den Doktor oder den Pfarrer rufen?

Nach den zwei Tagen war er aber plötzlich wieder da. Und er hat aufs neue zu toben angefangen. Er ist aus dem Haus gerannt, und dabei hat er die Haustür zugedroschen, daß es eine der Angeln herausgerissen hat. Dann ist er in den Stall und hat den Falben angeschirrt. Dabei hat er die Trense so fest angezogen, daß der vor lauter Schmerz hochgegangen ist. Du Mistbraten, hat er gebrüllt, und ist mit dem Stiel von der Heugabel auf den Falben losgegangen, hat auf ihn eingeschlagen – die Striemen sieht man heute noch –, bis er zuletzt selbst umgekippt ist. Dabei hat er wirklich Glück gehabt, daß ihn das Pferd nicht ertreten hat.

Er hat alles mitangesehen, erinnert sich Benno, doch solang der Bauer auf den Falben eingeschlagen hat, hätte er sich nicht in seine Nähe getraut. Erst als er gesehen hat, wie der Bauer umgefallen ist, holte er ihn rasch aus dem Roßstand heraus. Er brachte ihn ins Haus zurück und fragte, was er denn gar mit dem Falben gewollt hätte. Und da antwortete der Bauer: Pflügen. Jetzt, wo überall der Schnee liegt! Wenn er's nicht schon vorher gemerkt hätte, so war das Beweis genug, daß der Bauer zumindest zeitweise den Verstand verloren hat.

Mehr als eine Woche ist das noch so dahingegangen. Wenn er herumgeschossen ist, wie ein von der Unruhnacht Übriggebliebener, dann hat er auch Gott gelästert, hat Ihm geflucht, weil er es zugelassen hätte, daß ihm die Fremden seinen Thomas nehmen – die einen, die ihn in ihren verdammten Krieg geschickt und die anderen, die ihn dort umgebracht haben. Und damit ist er dann wieder in seinen Stumpfsinn verfallen; war völlig teilnahmslos gegenüber allem, was um ihn herum war. Aber zuletzt hat sich dann doch wieder alles mehr oder weniger eingespielt.

Über den Tod vom Thomas war er aber deswegen noch nicht hinweg. Als die Bäurin schließlich eine Seelenmesse für den Buben lesen ließ, hat er zwar nichts mehr dagegen eingewendet, aber er selber ist nicht hingegangen. Im Ort hat man das natürlich vermerkt. Da ist gleich geflüstert worden, der Waldinger wollt sich bei den Nazis anbiedern, ginge deswegen nicht mehr in die Kirche. Gewiß, es heißt schon was, wenn einer nicht einmal zur Seelenmesse für den eigenen Sohn geht. Mit den Nazi hat das aber nichts zu tun gehabt. Offenbar hat der Bauer gehofft, daß der Thomas doch noch zurückkehrt, und wenn er zur Seelenmesse gegangen wäre, hätte er sich gleichsam damit abgefunden, daß er tot ist.

Gleichwohl gab es aber noch einen weiteren Streit mit der Bäurin. Als sie von der Seelenmesse heimkam, hat sie ihm vorgehalten, daß er sich in seinem Jammer um den Thomas an seinem andern Sohn versündige. Wenn's nach ihm ginge, hätt es den Hans treffen sollen, warf sie ihm an den Kopf, damit er nur seinen Thomas zurückkriegte. Und: Der Hans wär ihm keinen Seufzer wert. Erst hat der Bauer nichts dazu gesagt, aber sie zankte immer weiter, bis er schließlich voller Zorn hervorgestoßen hat: ›Alles wär mir recht, wenn ich den Thomas zurückbekäm.‹ – Das war zuviel für die Bäurin. Bestürzt hat sie aufgeschrien und dann zu flennen begonnen. Zwischen Schluchzern, die ihren Körper beutelten, hat sie ihn einen Unmenschen genannt, den Gott dafür strafen werde, weil er nur um das Leben des einen Sohnes rechte.

Nach diesem Streit konnten die beiden nie mehr so wie früher miteinander auskommen, geht es Benno durch den Kopf, auch wenn sie sich mittlerweile wieder vertragen. Die Bäurin wird ihm den Satz nie verzeihen. – Vielleicht ist es ihr gar nicht nur um seine, des Knechts ablehnende Haltung gegenüber dem Bauern gegangen, als sie gemeint hat, es läge nicht bei ihm, über den Mann zu richten, kommt ihm in den Sinn. Mag sein, daß das auch der Schluß war, zu dem sie sich durchgerungen hat, um wieder Ordnung in ihr Verhältnis zu bringen.

Jedenfalls ist der Bauer am Sonntag nach der Seelenmesse wieder in die Kirche gegangen und ebenso an jedem weiteren Sonntag. Damit hat langsam das Gerede aufgehört, das ihn als Parteigänger der Nazi abstempeln wollte. Im Nachhinein scheint es Benno, als hätte der Bauer ab dem Streit das tägliche Tischgebet gar noch inbrünstiger gesprochen als früher.

Gib uns heute unser tägliches Brot, betete der Bauer zu mittag gerade, als er von neuem einer schattenhaften Bewegung auf dem Hof gewahr wurde. Und da beschloß er, den Hof nicht mehr aus den Augen zu lassen, ob das dem Bauern paßte oder nicht. Natürlich schaute der ihn wiederum strafend an, doch ließ er sich im Gebet nicht unterbrechen. – Er sollte ruhig nachher schimpfen, dachte er, schließlich war es sein Hof, auf den er achtgab. Zum Schimpfen ist er dann aber gar nicht gekommen.

Bis tief in die Knochen spürt Benno nun schon die Kälte. Er versucht, den Mantel noch enger um Hals und Brust zu ziehen, ist sich aber gleichzeitig dessen bewußt, daß das auch nichts mehr helfen wird. Er könnte sich noch die Bettdecke umhängen, überlegt er. Oder sich überhaupt ins Bett legen? – Nein, in der Situation wäre das nicht passend, sagt er sich. Wenn nun der Bauer doch noch kommt und ihn dann im Bett findet?

Ist es das, worauf er hier in seiner Kammer vor Kälte klappernd wartet? Daß der Bauer zu ihm kommt? Und sagt, es täte ihm leid, was er getan hat? Er wüßte selbst nicht, was ihn da überkommen hat? – Würde das seinen Entschluß umstoßen? Und hofft er insgeheim, daß etwas geschieht, wonach er sagen kann: Unter diesen Umständen bleib ich.

Es stimmt schon, gern geht er nicht von hier fort, denkt Benno. Hier hat er sich eingelebt. Er hat sein Auskommen, und er wird nicht schlecht behandelt. In gewisser Weise gehört er schon fast zur Familie. Nun, er ist schließlich auch schon lang genug da. – Wie viele Jahre sind das bereits, überlegt er und rechnet kurz nach: Zwanzig Jahre sind es, fast auf den Tag genau. Zu Lichtmeß 1925 kam er her. Zuvor war er beim Laimbauern im Nachbarort gewesen, als Fütterer. Der aber hatte ununterbrochen etwas an ihm auszusetzen gehabt. Nichts konnte er ihm recht machen. Er war ein rechter Zwiderling. Und dann hat er gehört, daß der Waldinger einen Zweiten Knecht sucht. Sie waren sich rasch einig geworden, er hat sich seinen Jahrlohn geholt, die Habseligkeiten zusammengeschnürt und war nach der Klanklwoche hier am Hof eingestanden.

Das waren noch andere Zeiten. Und auch am Hof war alles noch anders. Der Adalbert – Gott hab ihn selig! – war damals Großknecht. Der hat ein Regiment geführt! Wenn der nicht gewesen wäre, stünde der Hof heut nicht so da. Der Bauer war noch jung, hatte den Hof eben erst übernommen, weil den Vater im Wald der Blitz getroffen hat. Der Thomas hat damals seine ersten Schritte getan, erinnert sich Benno. Und der Hans war gerad unterwegs. Die alte Agatha – Gott hab sie selig! – war noch da, die Dirn. Und die Lintschi, das Kuchlmensch. Die hätt ihm gut gefallen, und er hat auch nichts unversucht gelassen, an sie heranzukommen. Aber über die haben alle gewacht, die Agatha und die Bäurin – bis sie dann woandershin gegangen ist.

Als der Adalbert gestorben ist, sind die Buben schon herangewachsen gewesen und haben ihre Arbeit am Hof zugeteilt bekommen. Er selbst ist danach Großknecht geworden, aber Zweiten Knecht hat es keinen mehr gegeben. Eine Zeitlang hat der Bauer noch einen Fütterer beschäftigt, aber der ist gleich zu Beginn des Kriegs eingezogen worden. – Nach der Agatha hat es noch eine Dirn gegeben, die Burgl. Mit der war nicht gut Kirschen essen. Gar nicht anstreifen, das war das allerbeste. Sie war ja fesch, daran hat's nicht gefehlt, aber ein hantiges Weibsbild. Mit der Bäurin hat sie sich verstanden, hat sich nie um eine Arbeit gedrückt, doch sonst durfte ihr niemand was sagen. Als dann die Nazi gekommen sind und der Eiblmayer Ortsbauernführer wurde, hat der sie zu sich dienstverpflichtet. Weigern hat sie sich nicht können, doch ihre Art hat sie deswegen nicht verloren. Es heißt, der Eiblmayer wollt ihr einmal ans Ghei gehen. Das war aber das erste und das letzte Mal, denn die Tetschen, die sie ihm gegeben hat, sollen nicht von schlechten Eltern gewesen sein.

Eigentlich kennt er niemanden, der das dem Ortsbauernführer nicht vergönnt hat, denkt Benno. Und morgen muß er nun zu ihm und ihm erklären, daß er vom Waldinger weggegangen ist. Auch, warum er von ihm wegegangen ist. Danach wird er bestimmt sofort fragen. – Was aber soll er ihm sagen? Sagt er ihm die Wahrheit – daß der Bauer einen von den Ausbrechern wie ein Stück Vieh abgeschlachtet hat – wird das der Obernazi kaum als Grund gelten lassen. Für den ist das doch viel eher Grund für eine Belobigung. Mit Verständnis wird er also bei ihm nicht rechnen können. Bestenfalls wird er ihm gut zureden: Er soll sich die Sache überlegen und schnell zum Waldinger zurückgehen.

Es kann aber auch anders kommen, denkt Benno. Daß er treu zur Kirche steht, das ist kein Geheimnis, und auch, daß er mit den Nazis nichts am Hut hat. Er hat zwar nie öffentlich gegen sie geredet; oder sich gar in der Systemzeit an irgendwelchen Schlägereien mit ihnen beteiligt. Doch kann ihn der Eiblmayer dafür, daß er den Bauern ausgerechnet wegen einer Tat verlassen will, die in seinen Augen rühmlich sein muß, auch ins Gefängnis bringen. Wer weiß, ob das nicht unter Wehrkraftzersetzung fällt.

Der Gedanke, auf seine alten Tage noch ins Gefängnis – oder gar ins Lager – gesteckt zu werden, verstört ihn. Ob er das überleben würde, fragt er sich. Sein Lebtag lang hat er nie etwas mit der Justiz zu tun gehabt. Dabei war er in jüngeren Jahren gewiß kein Seicherl, hat bei genug Raufereien mitgemacht. Und es war gewissermaßen Ehrensache, daß man sich von Zeit zu Zeit illegal einen Hasenbraten oder auch ein Reh besorgt hat. Den Gendarmen ist er aber immer ausgekommen. Und jetzt soll es ihn erwischen, weil's ihn bei einem Bauern nicht mehr leidet, der einen Mann umgebracht hat?

Natürlich könnte er dem Eiblmayer einen anderen Grund nennen, könnte etwas dahermurmeln, daß der Bauer ihn geschlagen hat. Oder daß er ihm nicht genug zu essen gibt. Wer aber würde das schon glauben? Hat er doch immer damit angegeben, daß es ihm beim Waldinger besser geht als den meisten Knechten in der Gegend. Manchem Bauern geht es bestimmt besser als dem seinen, aber deswegen bleibt für die Dienstboten auch nicht mehr. Wünsche hat er in seinem Leben natürlich genug gehabt, die er sich gern erfüllt hätte. Aber mit der Zeit schleift sich alles ab. Ein bißchen mehr Ruhe, das ist zuletzt alles, was man in seinem Alter noch möchte; und im Grunde haben die Bauersleut ihm die auch gegönnt. Es wäre nicht anständig, dem Bauern etwas vorzuwerfen, was er nicht getan hat, sagt sich Benno. – Und vor allem wäre es falsch, sich nicht zu seinem Entschluß zu bekennen – mit allen Folgen. Wenn er dazu nicht bereit ist, dann braucht er auch nicht wegzugehen. Dann kann er gleich in die Stube hinüberwechseln, sich zum Ofen setzen und endlich den Frost aus seinen Knochen vertreiben.

Die Reglosigkeit, in der er seinen Grübeleien nachhing, hat ihn, verbunden mit der Kälte, fast starr werden lassen. Als er sich nun rührt, spürt er einen dumpfen Schmerz in den Gliedern. Er muß sich etwas Bewegung verschaffen, denkt Benno und steht auf. Er reibt die Hände fest aneinander, schlägt sich mit den Armen um die Brust und beginnt im Raum herumzugehen, das Bett entlang bis zur Wand, mit einer Kehrtwendung zurück, an der Truhe vorbei zur Tür, wieder eine Kehrtwendung, dann zum Tisch und mit einer Drehung wieder das Bett entlang. Dabei wird ihm erstmals die Enge des Raums bewußt. – Vor dem Krieg war einmal ein Schausteller am Ort. Der hatte einen Löwen im Käfig dabei. Das Tier konnte sich darin kaum bewegen. Immer wenn es an ein Ende des Käfigs kam, ging es gleichsam mit den Vorderpratzen die Wand hinauf, drehte sich, ließ sich zur Seite plumpsen, machte zwei Schritte, um dann an der anderen Käfigwand hochzugehen. Das wiederholte sich andauernd. An jenen Löwen fühlt sich Benno nun erinnert. Kein Auslauf. Aber er kann die Kammer nicht verlassen, sagt er sich. Vielleicht schaut der Bauer doch noch vorbei.

In einer Gefängniszelle ist auch nicht mehr Platz, kommt ihm mit einem Mal in den Sinn. Dennoch, sagt er sich, im Leben muß es immer einen Punkt geben, an dem man Stellung bezieht. Wo man nicht mehr alles hinnimmt; sich vielmehr eingesteht, daß man selber betroffen ist, auch wenn man nur dabeisteht. Gewiß, man kann bei allem und jedem sagen: Das ist eben gottgewollt. Es kann aber nicht Gottes Wille gewesen sein, daß der Mann da draußen neben dem Misthaufen umgekommen ist, daß der Bauer wie ein Berserker über ihn hergefallen ist. Mit Gott läßt sich das nicht vereinbaren. Das ist Menschenwerk, da kommt man nicht drumherum. So muß man es auch nennen. – Er will gar nichts verschweigen, denkt Benno. Wenn ihm die Nazi tatsächlich sein Weggehen vom Waldinger als Wehrkraftzersetzung auslegen, dann will er eben wehrkraftzersetzen.

Allerdings ändert das nichts daran, daß ihm bang ist vor dem, was der kommende Morgen und auch die Zukunft bringen werden. Denn nichts wird wieder so sein, wie es war. Er würde sich in den eigenen Sack lügen, wenn er auch nur im geringsten hoffte, daß es ihm irgendwann auf seinem weiteren Lebensweg noch einmal so gut gehen wird wie in den vergangenen Jahren. Auch wenn es der Eiblmayer nicht darauf anlegt, ihn ins Gefängnis zu bringen, sondern ihn zu einem anderen Bauern hin dienstverpflichtet. Wenn der unzufrieden ist, daß man ihm einen so alten Knecht zugeteilt hat, wird er ihn das spüren lassen. Und das ist noch der günstigere Fall. Denn wenn er zu einem Bauern kommt, der es mit den Nazis hält, und der erfährt, warum er beim Waldinger weggegangen ist, dann kann ihm der das Leben recht sauer werden lassen.

Kann sich aber etwas ändern, wenn der Waldinger doch noch kommt, fragt er sich. Es geht nicht darum, daß sich der Bauer entschuldigt. Schließlich hat er nichts zu verzeihen. Es geht auch nicht darum, daß er sich rechtfertigt. Aber könnte er nicht sagen, daß er seine Tat bedauert? Kennst mich doch, Benno. Mir sind die Roß im Hirn durchgegangen. Mit diesen Worten hat er früher fallweise durchblicken lassen, daß er zuletzt etwas bedauerte, was er im Jähzorn getan hat. Dabei hat er aber nie jemanden umgebracht, wendet Benno in Gedanken ein.

Die entscheidende Frage bleibt doch allemal, ob das alles damit zusammenhängt, daß der Bauer den Tod des Thomas noch immer nicht verwunden hat. – Der Bub ist tot und der Ausbrecher ist tot. Ist aber ein Leben gegen das andere aufzuwiegen? Der eine ist im Krieg gefallen. Und es ist schade um ihn. Er kann den Schmerz des Bauern wirklich verstehen. Auch er hat den Buben gemocht. Er war anstellig, hat sich für alles am Hof interessiert und schon als Kind überall mithelfen wollen.

Es ist schon so lange her, aber er erinnert sich, als ob es gestern gewesen wäre: Es war ein schöner Sommertag. Die Bauersleut, er und wahrscheinlich die Agatha waren auf dem Hof, als ihnen allen plötzlich der Atem wegblieb. Der Bub, damals noch kaum den Windeln entwachsen, kam plötzlich aus dem Stall heraus und führte den Rappen hinter sich her. Den hatte der Bauer gerade erst gekauft, und sie alle waren dem neuen Pferd gegenüber noch vorsichtig. Doch ging der Rappe wie ein Lamperl hinter dem Dreikäsehoch her. Der Bauer hatte dem Thomas versprochen, daß sie mit dem Neuen ausfahren würden, und auf diese Weise erinnerte ihn der Bub daran. Zuletzt lachten sie alle; in erster Linie entlud sich darin jedoch der Schrecken, den sie ausgestanden hatten. Zudem war der Thomas immer gut gelaunt, und er hat sich auch nie den Dienstboten gegenüber aufgespielt. – Der andere dagegen war ein Fremder, den sie ins Lager gesperrt haben.

Ein Fremder! Nun ist ihm selbst dieses Wort in den Sinn gekommen, das für den Bauern zum Inbegriff all seiner Wut geworden ist. Zuerst gebrauchte er es beim Tod des Buben. Und dann kam es noch, als vor vierzehn Tagen die Bombe auf dem Rübenacker einschlug. Dabei ist überhaupt nichts passiert; nur ein großes Loch hat sie in den Acker gerissen, das man im Frühjahr zuschaufeln wird müssen.

Es war an einem späten Nachmittag, als sie das Flugzeug hörten. Der Tag war klar, und er hatte natürlich Ausschau danach gehalten. In den vergangenen Monaten waren hier immer öfter Flugzeuge zu sehen gewesen. Eines ist sogar beim Meiselwald drüben abgestürzt. Und es hat ein viel größeres Loch gerissen als die Bombe. Genaugenommen waren sie aber noch nie durch die Flieger beunruhigt gewesen. Wie es heißt, bombardieren sie die Göring-Werke in der Stadt, und danach fliegen sie im weiten Bogen wieder zurück. So verschlägt es sie eben manchmal über diese Gegend.

Das Flugzeug kam immer näher. Als er zum Himmel blickte, sah er es in der Sonne blitzen. Und im nachhinein war er sich sogar sicher, daß er gesehen hat, wie es etwas fallen ließ. Und dann war der Pumperer auf dem Rübenacker. Sie sind gleich hinüber, um nachzuschauen, was da passiert ist. Mehr als das Loch war da aber nicht zu sehen. Deswegen wollten sie auch schon wieder gehen, als der Ortsgruppenleiter mit einer ganzen Partie, darunter auch ein paar von der SS, auftauchte. Sie haben allerdings auch nicht mehr als das Loch gesehen. Einer meinte nur, daß die Flieger, wenn ihnen Bomben übrigblieben, diese dann irgendwo abwerfen, weil sie sie ja nicht wieder mit nach Hause nehmen könnten.

Der Bauer hatte die ganze Zeit über nichts gesagt, doch als sie wieder auf dem Hof waren, begann er zu toben. Er führte sich fast wieder so auf wie beim Tod des Thomas. Auf ihn und seinen Hof hätten sie es abgesehen, brüllte er. Und wieder waren es die Fremden, die schuld waren.

Auch der da draußen war ein Fremder. – Als der Bauer beim Und vergib uns unsere Schulden, wie auch wir vergeben unseren Schuldigern war, hat er ihn erstmals richtig gesehen. In seinem gestreiften Anzug stand er da draußen, darüber einen alten zerfetzten Mantel, den er einer Vogelscheuche abgenommen haben mußte. Angstvoll blickte er um sich, wußte offenbar nicht, wohin er sich wenden sollte.

Der Bauer mußte aus irgendeinem Grund bemerkt haben, daß er nicht spaßhalber während des Gebets aus dem Fenster schaute.

Jedenfalls wandte er sich um, während er weiterbetete – und führe uns nicht in Versuchung. Er muß auch sogleich den Mann gesehen haben, denn mit einem Mal schoß ihm die Zornröte ins Gesicht, und beinahe keuchend stieß er hervor: Sondern erlöse uns von dem Übel. Beim abschließenden Amen zwängte er sich schon hinter dem Tisch hervor und stürzte zur Tür.

Die Bäurin und er hörten die Haustür zuschlagen und gingen zum Fenster. Da sahen sie den Bauern auf den Hof rennen. Er lief in den Holzschuhen, und an einer eisigen Stelle neben dem Misthaufen wäre er fast ausgerutscht. Der andere stand wie angewurzelt da, als der Bauer auf ihn zugelaufen kam. Aus weit aufgerissenen Augen blickte er ihm entgegen. Sein Mund öffnete sich angstvoll, und in hilfloser Abwehr hob er schließlich beide Hände. Der Bauer hatte seinen Taschenfeitel aus der Hosentasche gezogen und klappte ihn nun auf. Ohne einen Moment innezuhalten, stürzte er auf den Mann zu – und schlitzte ihm mit einer einzigen heftigen Bewegung den Hals auf.

Das Herz krampfte sich ihm bei diesem Anblick zusammen, als ob es jemand in seinen Händen zerdrücken wollte; und der Bäurin neben ihm entrang sich ein schmerzvoller Seufzer. Nahezu gleichzeitig eilten sie dem Bauern auf den Hof nach. Und da standen sie schließlich vor dem toten Mann im schmutzigen Schnee. Er lag da, auf dem Rücken, der Kopf mit der glattgeschorenen Schneise im kurzen Haar unnatürlich verrenkt, und aus der klaffenden Kehle sickerte Blut. Die Hände waren in ihrer flehenden Geste erstarrt.

Während sich dieses Bild nach und nach in sein Gehirn einprägte, hörte er mit einem Mal das heftige, fast pfeifende Atmen des Bauern neben sich. Und dann brüllte dieser auch schon los: ›Ihr habt da nichts verloren! Schert euch ins Haus!‹ – Da gab es keine Widerrede. Außerdem, was hätten sie noch tun können? So gingen sie zurück in die Stube.

Auf dem Tisch stand das Essen. Die Bäurin warf ihm einen kurzen Blick zu. Nach all dem hätte er jedoch keinen Bissen hinuntergebracht, obwohl ihm zuvor schon der Magen geknurrt hatte. Er setzte sich auf die Ofenbank, und die Bäurin räumte die Suppenschüssel und das Brot vom Tisch.

Wenn er nicht so neugierig aus dem Fenster geschaut hätte, dann wäre der Bauer gar nicht auf den Mann aufmerksam geworden, denkt Benno. Und wieder hat er deutlich den Anblick des Toten vor Augen. Dabei treten ihm Tränen in die Augen. – Wenn der Bauer den Ausbrecher nicht bemerkt hätte, hätte der vielleicht ein Versteck gefunden. Oder er wäre weitergezogen. Genaugenommen ist es seine Schuld, daß der Bauer auf ihn aufmerksam geworden ist. Ist er deswegen aber auch schuldig? Konnte er ahnen, daß der Bauer ihn wie ein Schwein abschlachten würde? Außerdem wußte er überhaupt nicht, daß der, den er da bemerkt hatte, einer von den Ausbrechern war. Und als ihm dies klar wurde, hatte ihn auch der Bauer schon zu Gesicht bekommen.

Vielleicht war es auch die Angst, man könnte den Mann auf seinem Hof finden, die ihn zu seiner Tat getrieben hat, überlegt Benno. Zweimal sind die SSler in den vergangenen Tagen schon vorbeigekommen. Einmal haben sie alles durchsucht. Selbst unter sein Bett hat einer geschaut. Als ob er ausgerechnet dort jemand verstecken würde. Beim zweiten Mal hat sich der Anführer von dem Trupp vor dem Bauern in Positur gestellt und geschnauzt: ›Das gibt's doch gar nicht, daß du keinen von diesen Verbrechern gesehen haben willst. Hältst wohl gar welche versteckt? Na warte! Wir finden alle. Und wenn wir dir den ganzen Hof auf den Kopf stellen müssen.‹

Dann muß ihm aber plötzlich die schwarze Binde am Joppenärmel des Bauern aufgefallen sein, denn auf sie hindeutend fragte er: ›Trauerfall?‹ In dem Moment ist der Mitterer vom Volkssturm neben ihn getreten und hat ihm zugeflüstert: ›Der Sohn ist kürzlich an der Front gefallen.‹ Da hat sich der SSler, ohne noch etwas zu sagen, umgedreht und mit einer Handbewegung den übrigen angedeutet, daß sie weitermarschieren sollten. – Wenigstens sein Beileid hätte er dem Bauern aussprechen können, hatte er gedacht. Das wäre aber wahrscheinlich schon zu viel verlangt gewesen. Was sollte man auch von so einem Gottlosen erwarten?

Bestimmt kommen sie wieder; und immer wieder, bis sie auch den Letzten der Ausbrecher gefangen haben. Und bestimmt ist es gefährlich, wenn sie dann einen finden, der sich versteckt hat. Sie haben keinen Zweifel daran gelassen, daß sie jeden zur Verantwortung ziehen, der den Ausbrechern hilft. Von daher gesehen könnte er den Bauern verstehen, daß er den Mann nicht auf dem Hof haben wollte. Aber es hätte durchaus genügt, ihn einfach zu verjagen.

Nein, sagt sich Benno, die Tat des Bauern ergab sich nicht aus der Angst heraus, von der SS verfolgt zu werden. Das wurde ihm schon klar, als er noch drüben auf der Ofenbank sitzend nach einem Beweggrund dafür suchte. Er kann noch so viel darüber brüten, er findet keine Entschuldigung für das, was der Waldinger getan hat. Und es war richtig, daß er dem Bauern, nachdem dieser in die Stube zurückgekommen war, sogleich erklärte, er würde nicht länger bei ihm bleiben.

Der Bauer hat nichts dazu gesagt, hat nur einen knurrenden Ton von sich gegeben und sich dann an seinen Platz gesetzt. Die Arme schwer aufgestützt, starrte er auf die Tischplatte. Nur einmal wischte er mit dem Handrücken darüber, als ob er einen Krümel entfernen wollte. Die Bäurin werkte ihrerseits eine Zeitlang vor sich hin, erst am Herd und dann in der Kredenz; fing plötzlich sogar an, das Geschirr umzuräumen. Schließlich fand sie aber nichts mehr zu tun und setzte sich ebenfalls zum Tisch. So hockten sie dann alle drei in der Stube, ohne daß einer ein Wort gesagt hätte.

Bis er dann aufstand und in seine Kammer ging. Er weiß eigentlich nicht, warum er seinen Platz auf der Ofenbank verlassen hat. Der Bäurin gegenüber hat er gesagt, daß er nicht die gleiche Luft mit einem Mörder atmen wolle. Doch das ist ihm vorher nicht in den Sinn gekommen. Vielleicht dachte er, daß er in seinen Überlegungen leichter zu einem Schluß käme, wenn er dabei den Bauern nicht sähe. Oder wollte er dem Bauern einen Anstoß geben, zu ihm zu kommen, ihm etwas unter vier Augen zu erklären?

Inzwischen ist es ganz finster geworden. Nun muß er doch die Petroleumlampe anzünden, denkt Benno. Der Bauer ist bisher nicht gekommen, so wird er jetzt auch nicht mehr kommen. Außerdem muß er seine Habseligkeiten zusammenschnüren, wenn er morgen bald in der Früh aufbrechen will. Und dann wird er sich ins Bett legen. Es ist Zeit, daß er wieder etwas Wärme in die Knochen kriegt, sonst erkältet er sich wirklich noch.

Überdies spürt er, wie müde und abgespannt er ist. Auch der leere Magen macht sich bemerkbar. Kein Wunder, schließlich hat er seit der Früh nichts mehr gegessen. Aber er wird seine Kammer nicht verlassen, nur um etwas zu essen zu kriegen, sagt er sich. Er hat in seinem Leben schon mehr gehungert. Und vielleicht wird er auch wieder mehr hungern. Dann ist das eine gute Vorbereitung.

Wer weiß, vielleicht ist es ihm beim Waldinger ohnehin schon viel zu gut gegangen. Es mag durchaus sein Gutes haben, wenn er hier weggeht. Ja, früher, als er noch jung war, da hat es ihn nie lang an einem Ort gelitten. Da wollte er etwas sehen, etwas erleben; hatte er Angst, etwas zu versäumen. Doch das ist lang her, und er ist schwerfällig geworden. Wenn man älter wird, hat man vielmehr Angst vor Veränderungen, will nur mehr das bewahren, was man hat.

Aber es ist ihm nicht nur bang vor der Veränderung, gesteht sich Benno ein. Es sind andere Zeiten im Land als damals, als Dienstboten noch mit einer Zukehrung rechnen konnten, wenn sie den Hof zu Lichtmeß verließen. Er wird sich nicht aussuchen können, bei welchem Bauern er einsteht. Er wird dienstzugeteilt, und damit hat sich's. – Wozu aber soll er sich jetzt den Kopf darüber zerbrechen. Sein Entschluß steht fest; allein das ist schon eine Erleichterung.

Benno steht auf, holt die Petroleumlampe vom Wandhaken, nimmt den Glaszylinder ab, schraubt den Docht hoch und zündet ihn an. Eine Weile schaut er in die Flamme, dann setzt er den Zylinder wieder in die Halterung und richtet bedächtig den Docht, bis kein Ruß mehr aus der Lampe quillt.

XII

»Kannst dir denken, Herr Notar, warum ich dich gebeten hab, heut früher zu kommen. Bevor noch die anderen da sind«, sagt Eberl, der alte Wagnermeister, leise, mit fragendem Unterton, nachdem er Dr. Gaishuber aufgefordert hat, mit seinem Sessel näherzurücken.

»Bin auch gleich gekommen, obwohl ich wirklich nicht weiß, was es gar so Dringendes gibt«, antwortet dieser mürrisch. Und wie zur Erklärung seiner Mißlaunigkeit zeigt er an sich hinunter: »Bin noch in der Montur, in der sie heut den Volkssturm – einschließlich meiner unmaßgeblichen Person – wieder durch die Wälder, durch die Auen getrieben haben; auf der Jagd nach den ausgerissenen KZlern. Hab keine Zeit mehr gehabt mich umzuziehen. – Na, so warm ist es hier auch nicht, daß ich deshalb ins Schwitzen kommen werd.«

Bei den letzten Worten blickt er auf. Die Wirtin, die sie in der Küche rumoren gehört hatten, als sie zuvor beinahe gleichzeitig das Gastzimmer des ›Goldenen Hahn‹ betraten, ist an ihren Tisch getreten. »Was darf ich den Herrschaften bringen«, fragt sie in gewohnter Weise, obwohl die Mitglieder der Liedertafel, die sich großteils schon seit mehr als zwei Jahrzehnten hier treffen, längst per du mit ihr sind.

»Ich könnt einen Glühmost vertragen«, erwidert der Notar. Und der Wagnermeister: »Ja, das ist das rechte Gesöff unter diesen Umständen. Bring mir auch einen, Gretl.«

»Na, was gibt's denn so Dringliches und vor allem so Geheimnisvolles, daß ich stante pede hab hier anrücken müssen«, kommt der Notar auf den Beginn des Gesprächs zurück, nachdem sich die Wirtin entfernt hat. Dabei geht er keineswegs auf den Flüsterton des Wagnermeisters ein, der ihm deshalb nun eindringlich bedeutet, doch leiser zu reden. Er selbst antwortet dann kaum vernehmbar, nachdem er noch ein Stück näher an den Notar herangerückt ist: »Der Rudi, der Postmeister, wird nicht mehr hier am Gendarmerieposten festgehalten. Wie ich gehört hab, sollen sie ihn heut ins Gefängnis in die Stadt gebracht haben. Es geht jetzt nicht nur um das Hören von Feindsendern. Bei der gestrigen Hausdurchsuchung, so heißt es, haben sie eine Liste mit Namen gefunden – Namen von Leuten, die gegen die Nazis sind.«

»Hör auf mit dieser Wisperei«, erwidert Gaishuber unwirsch. »Das tut mir ja im Ohr weh.« Nach einer Weile fährt er fort: »Das schaut nicht gut aus für den Rudi. – Aber was kann man da machen.«

»Weißt, Herr Notar, seit ich davon gehört hab, mach ich mir so meine Gedanken, was das für eine Liste sein könnt.« Eberl bleibt bei seinem Flüsterton: »Zwei Möglichkeiten sind mir dabei eingefallen: Was ist, wenn es sich um eine alte Liste handelt, die etwas mit unserer Liedertafel zu tun hat; schließlich war der Rudi einmal so etwas wie unser Schriftführer. Da stehen wir dann alle drauf. Oder er hat tatsächlich – wer weiß aus welchen Gründen – einmal Namen von Leuten zusammengeschrieben, von denen er weiß, daß sie's nicht mit den Nazis halten. Und auch da könnten einige von uns draufstehen. Es hat sich doch keiner von uns ein Blatt vor den Mund genommen, wenn wir hier in unserer Runde beisammengesessen sind.«

»Das ist wohl noch kein Grund, daß man uns registriert«, wirft der Notar ein.

»Ich glaub ja auch nicht, daß der Rudi die Leute für die Nazi zusammengeschrieben hat – wenn es diese Liste überhaupt gibt«, erwidert Eberl. »Man hätte ihn gewiß nicht verhaftet, wenn er für die gearbeitet hätte. Wer weiß aber, mit wem er noch in Verbindung gestanden ist. Über die Post wäre doch so manches möglich.«

»Mag sein. Sehr wahrscheinlich scheint mir das aber nicht. Und überhaupt: Was haben wir schon groß dahergeredet? Ab und zu ein bißerl gemeckert. Irgendwo muß man ja auch sagen können, was man sich denkt. Das werd ich mir auch in Zukunft nicht nehmen lassen. Zumindest nicht an meinem Stammtisch.« Und nach kurzem Luftholen: »Ich war zu keiner Zeit ein Nazi, und daraus hab ich nie ein Hehl gemacht. Das weiß jeder hier am Ort. Ich bin ein Schwarzer, und werd's wohl auch bleiben.« – Da Gaishuber zuletzt sehr laut geworden ist, hat der Wagnermeister versucht, seine Hand beruhigend auf die des anderen zu legen. Mit einem »Das kann jeder hören, der will!« zieht dieser seine jedoch grimmig weg.

»Darum geht's doch, Kurt«, faucht nun auch Eberl.

Bevor allerdings der Wortwechsel zwischen den beiden heftiger werden kann, wird er durch die Wirtin unterbrochen, die wieder an den Tisch getreten ist. »Wohl bekomm's«, sagt sie, als sie die Steingutkrügerl, aus denen der Glühmost dampft, auf den Tisch stellt und dabei die beiden Männer fragend anschaut.

Das kommt davon, denkt der Wagnermeister, jetzt hat auch die Gretl schon gespannt, daß was los ist. Weil der Notar auch bei jeder Kleinigkeit – bei jedem Fliegenschiß, setzt er noch verstärkend hinzu – aufbrausen muß. Er ist schon ein rechtes Milchhaferl; immer knapp daran überzugehen.

Während Eberl dem Charakter des Notars nachsinnt, hört er ihn zur Wirtin sagen: »Dankschön, Gretl. Den brauch ich jetzt ganz dringend. Haben uns heut schon wieder den ganzen Tag durch die Gegend getrieben, damit wir ihnen ihre Ausreißer einfangen. War ohnehin für die Katz. Von denen läßt sich keiner mehr blicken.«

»Langsam müßten's doch alle wieder beieinand haben«, meint fragend die Wirtin, »nach dem, was sie in den vergangenen Tagen schon an Toten zusammengekarrt haben?«

»Na ja, für die SS geht es klarerweise darum, auch noch den allerletzten zu erwischen. Schließlich steht die Ehre vom Ziereis auf dem Spiel; zumindest das, was er und seine Gefolgschaft darunter verstehen. – Weißt, Gretl, bei den Japanern würde man sagen, daß er sein Gesicht verloren hat, weil ihm die Häftlinge ausgekommen sind. Einem SS-Sturmbannführer darf sowas einfach nicht passieren. Ist ja quasi vom Führer damit betraut worden, die Gefangenen im KZ beisammenzuhalten. Und dann sind auf einmal gleich ein paar hundert pfutsch. Deswegen ist er gar so fuchtig und hat geschworen, daß nicht ein einziger entkommen darf. Das heißt: Wenn 500 ausgebrochen sind, dann genügen ihnen eben 499 Eingefangene noch nicht. Nur wenn die Zahl voll ist, ist auch seine Nazi-Ehre gerettet. Sonst gilt er doch in seiner Bande als Versager.«

Der Notar scheint über seine eigenen Worte nachzudenken, bevor er dann fortsetzt: »Aber das allein ist wohl nicht der Grund, daß sie für ihre Jagd alles in Bewegung setzen; nicht nur den Volkssturm und die HJ, sondern auch noch den braunen Gausturm aufbieten. So denk ich zumindest. – Das Ganze ist ihnen Anlaß, im selben Aufwischen auch die Leut hier in der Gegend zu durchleuchten. Ihre treuen Anhänger und Mitläufer werden vergattert, beziehungsweise auf Trab gebracht, wie sie das im Altreich zu nennen pflegen. Und die übrige Bevölkerung wird ein bisserl drangsaliert, damit sie auch ja merkt, wer bei uns noch immer das Sagen hat. Wer weiß, möglicherweise erwischt man sogar jemanden, der sich aufzumucken traut; wenn er so einem Ausreißer vielleicht einen Bissen Brot zusteckt. Vom Verstecken red ich überhaupt nicht. – Das steht dahinter, wenn sie unsereins Tag für Tag durch die Landschaft treiben. Als Volksstürmer hat man dabei weidlich Gelegenheit, sich so seine Gedanken über das alles zu machen; wenigstens so lang, bis einem vor lauter Kälte die geraden Gedanken in den Hirnwindungen einfrieren.«

Eberl, der mit halbem Ohr zuhört, ärgert sich über den geradezu leutseligen Ton, den der Notar gegenüber der Wirtin angeschlagen hat; nachdem er sich ihm gegenüber zuvor grob, ja geradezu verletzend benommen hat. – Warum, so fragt er sich, ist er ausgerechnet auf den Notar gekommen, um mit jemandem die Bedrohung zu bereden, die jene ominösen Namenslisten für sie alle bedeuten könnten? Zum einen ist da die Tatsache, daß sich Gaishuber von Berufs wegen mit dem Recht auskennen muß. Wenn auch vom Recht wenig zu merken ist in dieser Zeit. Zum anderen ist der Notar unter seinen Bekannten einer von jenen, bei denen er ganz sicher ist, daß sie es sich nicht doch insgeheim mit den Nazis gerichtet haben. – Nein, verbessert er sich sofort: Genaugenommen ist in der Liedertafel, wie sie sich zur Zeit zusammensetzt, niemand, dem er nicht vertrauen würde. Und doch möchte er nicht mit jedem das Problem, das sich mit der Verhaftung des Postmeisters ergeben hat, vertraulich besprechen.

Der Notar ist allerdings auch einer, der für seinen Geschmack den Mund immer ein wenig zu voll nimmt. Er selbst, zum Beispiel, hätte ganz bestimmt nicht so mit der Wirtin geredet, wie Gaishuber es eben getan hat. Es ist zwar niemand in der Wirtsstube, der mithören könnte – dabei läßt der Wagnermeister, gleichsam sich selbst bestätigend, den Blick durch den leeren Raum wandern –, wie man aber weiß, hat das schon mancher geglaubt, der sich dann urplötzlich mit seinen eigenen Aussagen konfrontiert gesehen hat. Natürlich ist auch auf die Gretl Verlaß, fügt er in seiner Überlegung hinzu, dazu kennen sie einander schon lang genug, und es ist ja wirklich nicht so, daß man sich am Stammtisch ein Blatt vor den Mund nehmen müßte. Dennoch: Vorsicht ist die Mutter der Porzellankiste. Insbesonders dann, wenn die Gefahr besteht, daß sie allesamt schon verdächtig sind. Vielleicht war es sogar ein Fehler, sich mit dem Notar hier zu treffen, um dies zu bereden. Allerdings, wenn sie einander woanders getroffen hätten, wäre das vielleicht umso verdächtiger gewesen.

Wie der Rechtsgelehrte gerade gesagt hat, denkt Eberl, jetzt, wo die Front immer näherrückt, wollen die Nazis noch mehr Druck auf die Leute ausüben. Ein unbedachtes Wort am falschen Ort und schon ergibt eins das andere. Wenn die Gestapo einmal zu suchen anfängt, findet sich immer was. – Wer hat noch nie Feindsender gehört? Schließlich ist das heutzutage die einzige Möglichkeit, sich zumindest halbwegs ein Bild davon zu machen, was rundum los ist. Und wer will wirklich genau wissen, was er alles in seiner Wohnung hat. Ob nicht in irgendeiner Schachtel am Dachboden noch ein Bild vom Dollfuß liegt oder ein Liederheft vom Christlich-deutschen Turnverein hinter einen Kasten gerutscht ist.

Daran hat er überhaupt noch nicht gedacht, geht es Eberl durch den Kopf. Was ist, wenn sie bei ihm eine Hausdurchsuchung vornehmen? Würden sie da nicht auch alles mögliche verdächtige Material finden? Das Liederheft hat er ganz bestimmt noch. Es wäre ihm doch nie in den Sinn gekommen, eine Liedsammlung wegzuwerfen. Allerdings dürfte es ihnen schwerfallen, ihm daraus einen Strick zu drehen. Haben die Nazis doch selber eine ganze Menge von den Liedern übernommen, die sie seinerzeit schon gesungen haben; besser gesagt: Sie haben sie gestohlen. Jedenfalls können sie nicht gut ihre Lieder plötzlich als verdächtig bezeichnen. Darüber hinaus könnte er aber nicht sagen, was sich in all den Jahren in seinen Laden angesammelt hat; oder was noch in den Laden der Fini – Gott hab sie selig – herumliegt.

Im Grunde ist es wohl auch einerlei. Wenn er jetzt anfangen wollte, alles nach Verdächtigem zu durchsuchen, käme er wahrscheinlich nicht weit. Und irgendwelche Schriftstücke, die sich gegen die Nazis richten, hat er bestimmt nie gehabt. – Im nächsten Moment ist sich jedoch Eberl auch darüber nicht mehr so sicher. Könnte es nicht sein, daß in den Briefen, die er zeit seines Lebens immer säuberlich aufgehoben hat, irgendwo eine Bemerkung gegen die Nazis steht? Sollte er aber deswegen alle Briefe verbrennen? Mit ihnen sind so viele Erinnerungen verbunden. Andererseits: Wann hat er jemals in ihnen geblättert, im einen oder anderen Brief etwas nachgelesen? Und wenn die Gestapo sie bei einer Hausdurchsuchung mitnimmt, dann sind sie auch weg.

Viel wichtiger aber, sagt sich Eberl, ist es jetzt, einmal zu klären, was der Notar von der ganzen Sache hält. Doch der plaudert ja lieber mit der Wirtin; und will auch gar nicht mehr aufhören. Während er ärgerlich an seinem Glühmost nippt, beobachtet er die beiden verstohlen. Die zwei ratschen als ob nichts wäre, geht es ihm durch den Kopf, als ob sie nicht jeden Moment von der Gestapo geholt werden könnten, weil sie auf einer Liste aufscheinen, die man beim Postmeister gefunden hat.

Und dann hört er den Notar weitererzählen: »Drüben im Örlwald haben die SSler Spuren gefunden. Weil die ihnen gar so verdächtig vorgekommen sind – ein paar Blutspritzer sollen zu sehen gewesen sein –, haben sie um Hunde geschickt. Damit die die Spur verfolgen. So hat dann die wilde Jagd begonnen. Allerdings sind sie nicht weit gekommen. Denn plötzlich ist da ein toter Hase gelegen. Und die Hundsviecher haben sich auf den Kadaver gestürzt und sich darum gebalgt, anstatt die Spur weiterzuverfolgen. Sind zwar darauf abgerichtet, daß sie nur auf Menschen gehen, aber letztlich ist ihnen ein toter Hase vor der Schnauze immer noch lieber als ein paar Männer, die man erst im Wald finden muß. Dabei sind diese verdammten Kläffer so scharf, daß sich keiner getraut hat, ihnen den Hasen wegzunehmen. So haben die SSler warten müssen, bis ihre Viecher den toten Hasen vollständig zerfetzt gehabt haben.

Als sie schließlich die Spur weiterverfolgt haben, endete die dann plötzlich im Nichts. Verweht, verwischt? Auf jeden Fall: Ende. Weil da ohnehin nichts mehr ging, haben sie die Hunde in der anderen Richtung der Spur suchen lassen. Und dabei sind sie auf zwei Fangeisen gestoßen, die beide ausgeräumt waren. – Die, die sie verfolgt haben, mußten also zwei Hasen gehabt haben; allerdings hat einer davon schon genügt, um die Jagdpartie so lang aufzuhalten, daß die mit dem anderen Braten entkommen sind. Und die SS rätselt noch immer, ob es Ausbrecher waren, die die Fangeisen ausgenommen haben, oder Hiesige, die das mit der angeordneten Hasenjagd ein wenig zu wörtlich genommen haben.« Nach einer Gedankenpause schließt er: »Das kommt davon, wenn man glaubt, mit solchen Hundsviechern käme man weiter. Sind letztlich auch nur Aasfresser – wie ihre Herrln.«

Erschrocken, außer ihnen könnte noch jemand die letzten Worte des Notars gehört haben, läßt der Wagnermeister wieder den Blick durch die Wirtsstube schweifen. Der reißt doch immer sein Maul auf, geht es ihm wieder durch den Sinn. Ist einfach durch nichts einzubremsen. Aber einmal wird es dann doch zuviel sein. – Allerdings hat dem Gaishuber seine Rederei bisher noch nicht geschadet, überlegt Eberl weiter. Anscheinend ist es wirklich so, daß ein paar reden können, was sie wollen; und einem andern wird schon ein Furz zum Verhängnis. Wenn man's genau nimmt, hat der Notar sogar Nutzen daraus gezogen, daß er denen immer verdächtig war.

Gleich zu Beginn des Kriegs, als die ersten ins Feld mußten, da galt er, der Erz-Schwarze, als wehrunwürdig. Also konnte er in seiner warmen Kanzlei sitzen bleiben. Und als die Wehrmacht im Jahr darauf schon nicht mehr so wählerisch war, da war der Herr Notar bereits unabkömmlich; weil alle seine Kollegen aus der Umgebung nämlich beim Militär waren – freiwillig. Die einen, längst Illegale, wollten sich ›dem Führer mit all ihrer Manneskraft zur Verfügung stellen‹, wie so ein Depp in der Zeitung geschrieben hat. Und zwei andere haben wohl gedacht, sie könnten sich's verbessern, wenn sie erst ihre Siege auf dem Schlachtfeld errungen hätten. Jedenfalls war er plötzlich der einzige Notar weit und breit, und den konnte man schließlich nicht mehr einziehen.

Damit hatte er faktisch Narrenfreiheit. Da konnten ihm auch seine Redereien nicht mehr schaden. Es heißt zwar, daß man ihn eigens deswegen einmal in die Stadt zitiert hat; aber man hat es dabei bewenden lassen, ihm ›ein wenig Zurückhaltung‹ nahezulegen. Gewiß, ein paar einheimische Bonzen wären ihn gern losgeworden. Aber es ist immer daran gescheitert, daß keiner, der ihnen zu Gesicht gestanden wäre, auf ein Notariat hier am Land scharf gewesen ist. Wer sich den Nazis angedient hat, der wollte dafür schon etwas Besseres haben. So hat er eben dableiben müssen – und sein Rayon ist so groß wie nie zuvor.

Der Redefluß des Notars ist gerade einmal abgerissen. Als Eberl dies merkt, blickt er auf die Uhr. Es ist höchste Zeit, wenn er mit ihm noch die Sache bereden will, bevor die anderen eintreffen. Rasch trinkt er den Rest seines Glühmosts aus und sagt zur Wirtin: »Geh Gretl, bring mir noch ein Haferl davon.«

»Mir auch«, schließt sich der Notar an.

Der Wagnermeister wartet, bis die Wirtin weg ist, dann rückt er von neuem an den Notar heran: »Ist dir was zu der Namensliste vom Rudi eingefallen«, fragt er flüsternd.

»Was sollte mir dazu schon eingefallen sein«, erwidert der Notar, wobei er den vorhergehenden Abstand zu Eberl wiederherstellt.

»Na ja, es könnte doch sein, daß wir alle in Verdacht geraten. Hast selbst gesagt, daß sie gerade jetzt auf scharf schalten.« Durch den gereizten Ton des Notars ist der Wagnermeister etwas verunsichert. Dennoch setzt er fort: »Und wir müssen uns auch überlegen, ob wir den anderen etwas davon sagen.«

Fragend blickt er Gaishuber an. Bevor dieser jedoch irgendeine Antwort geben kann, geht die Tür zur Wirtsstube auf. In der halboffenen Tür erscheint zaghaft ein Gesicht, fest eingemummt in ein großes Kopftuch und von Schnee angestäubt. – Offenbar hat es wieder zu schneien begonnen, denkt Eberl bei diesem Anblick – und dann: Es ist nicht die Gestapo! Wenngleich er auch nicht sofort erkennen kann, wer da so schüchtern und die Wirtstube absuchend in der Tür steht. Erst als er den Notar neben sich sagen hört: »Na sowas, das Fräulein Klara gibt uns auch wieder einmal die Ehre!« und sie, zu ihrem Tisch blickend, antwortet: »Guten Abend, Herr Doktor Gaishuber«, wird ihm klar, daß es die junge Lehrerin ist. Als sie ihn ebenfalls begrüßt, erwidert er den Gruß, denkt allerdings sogleich: Die hat ihm jetzt gerade noch gefehlt!

»So kommen'S doch herein, Fräulein Klara«, sagt der Notar jovial, »es ist nicht so heiß herinnen, daß man lüften müßt.« Und als die Lehrerin mit einer kaum hörbaren Entschuldigung in die Wirtsstube tritt, die Tür rasch hinter sich schließt und zögernd zum Stammtisch kommt, fragt er: »Was führt Sie denn in solchen Zeiten zu uns?«

»Ich will nicht stören«, antwortet sie, »aber es ist so: Der Herr Lehrer Anschober hat mir einen Brief geschickt, von der Front. Und darin schreibt er, ich sollte doch am nächstbesten Montag zur Liedertafel gehen und Ihnen seine Grüße bestellen, die er mitschickt.«

»Das ist aber nett von ihm; und natürlich auch von Ihnen, daß Sie sich herbemüht haben. Doch mit dem Grüßebestellen werden Sie sich noch ein bisserl Zeit lassen müssen«, erklärt der Notar, »vorläufig sind ja nur wir zwei da. Ein paar mehr sollten schon noch kommen, und die wollen bestimmt auch hören, was unser Andreas von der Front schreibt. Setzen Sie sich her und trinken'S was! Den Glühmost können wir empfehlen, wenn Sie inwendig ein bisserl Wärme brauchen.« – »Na, so kalt ist es hier nun auch wieder nicht«, setzt er lachend hinzu, als sich die Lehrerin mit Mantel und Kopftuch niedersetzen will, »auch wenn Sie eine gehörige Portion Schneelüfterl mitgebracht haben. Legen'S doch ab, sonst werden'S noch ganz naß.«

Folgsam geht die Lehrerin zum Kleiderständer, nimmt ihr Kopftuch ab, wobei sie sich verstohlen mit der trockenen Innenseite über das Gesicht wischt, es dann ausschüttelt und aufhängt. Während sie beginnt, den Mantel aufzuknöpfen, scheint sich der Notar auf seine guten Sitten zu besinnen: Plötzlich steht er nämlich auf, geht zur Lehrerin und hilft ihr aus dem Mantel.

Jetzt spielt er auch noch den Kavalier, denkt der Wagnermeister. Es war wirklich keine gute Idee, mit dem Notar die Frage der Namenslisten besprechen zu wollen. Erst ratscht er mit der Wirtin, unterhält sie mit irgendwelchen Gschichterln, und als er ihn dann endlich so weit hat, daß er eine Antwort geben muß, sagt er nichts, oder will er nichts sagen. Und schließlich schneit noch die Lehrerin herein, womit das Gespräch endgültig beendet ist. Denn vor der Zugereisten wird er die Sache nicht mehr anschneiden.

Mißmutig beobachtet Eberl die beiden weiter. Der Notar muß eine scherzhafte Bemerkung gemacht haben, denn er selbst lacht laut auf, und die Lehrerin müht sich ein schwaches Lächeln ab. Als er schon zum Tisch zurückkehrt, fischt sie aus der Manteltasche ein Papier. Es ist ein Feldpostbrief, säuberlich aufgeschnitten, erkennt der Wagnermeister, nachdem ihn die Lehrerin vor sich auf den Tisch gelegt, einen Wassertropfen weggewischt und ihn glattgestrichen hat.

Für einen Moment macht ihm diese Geste die Lehrerin sympathisch. Für sie sind offenbar Briefe auch etwas, das man sorgsam behandelt. Oder es geht ihr nur um diesen Brief, schränkt er ein. Zwischen dem Anderl und ihr muß ja etwas sein. Sonst würde er ja nicht ausgerechnet ihr schreiben. Denn um die Schule wird es in seinem Brief kaum gehen. Und bevor er damals eingerückt ist, erinnert sich Eberl, hat er sie ja noch in die Liedertafel einzuführen versucht. Sie ist allerdings nicht mehr gekommen, nachdem er weg war. Das war auch besser so: Schließlich hat sie keiner gekannt.

Knapp vor Kriegsbeginn ist sie hierherversetzt worden. Die Kinder mögen sie recht, heißt es. Mehr hat er aber auch schon nicht über sie gehört. Gewiß, sie wirkt nicht unsympathisch; so ohne weiteres hätte man sie aber in der Liedertafel nicht akzeptiert. – Nein, es war bestimmt auch für sie besser, daß sie dann nicht mehr gekommen ist, ergänzt Eberl seinen Gedanken.

»Sie haben ja jetzt schöne Zeiten«, hört er den Notar zu ihr sagen. »Keine Schule. Das ist ja fast wie Ferien.«

»Ich glaub nicht, daß man das so sehen kann«, erwidert die Lehrerin, »wir haben doch jetzt die Flüchtlinge in der Schule einquartiert. Und deren Betreuung macht bestimmt nicht weniger Arbeit als der Unterricht. Ganz abgesehen davon, daß der Umgang mit den Kindern um vieles angenehmer ist.«

Ein wenig erschrocken, daß ihr das so herausgerutscht ist, schaut sie forschend erst den Notar und dann den Wagnermeister an, wie man wohl ihre Bemerkung aufnehmen wird. Der Notar nickt jedoch nur verständnisvoll, und der Wagnermeister tut so, als ob er gar nicht zugehört hätte. Schließlich meint der Notar: »Ich kann mir schon vorstellen, daß das eine Plag ist. Für die muß ja gekocht werden, und auch sonst brauchen sie Fürsorge.«

»Das wäre es nicht«, erklärt die Lehrerin, nun schon etwas beherzter. »Das Umräumen in der Schule war zwar einigermaßen mühevoll, aber das Kochen macht sogar Spaß, wenn man auch mit den vorhandenen Mitteln nicht viel auf den Tisch stellen kann. Was unangenehm ist, das sind einige der Flüchtlinge. An allem und jedem nörgeln sie herum. Nichts ist ihnen gut genug. Sie führen sich auf, als ob ihnen ein Luxushotel zustünde. Gerade daß sie uns nicht ihre Schuhe vor die Tür stellen, damit wir sie ihnen putzen. Dauernd betonen sie, was sie nicht alles für den Führer und Deutschland geleistet hätten.«

»Die sind eben den Speck gewohnt«, murrt der Notar verständnisvoll. »Haben sich aufopferungsvoll für den Führer gemästet und können jetzt nicht verstehen, daß nun die mageren Jahre angebrochen sind.«

Wie kann der Notar nur so vor der Lehrerin reden, denkt Eberl. Er kennt sie doch nicht. Daß sie offenbar ihren Ärger mit den Flüchtlingen hat, liegt auf der Hand; weiß er jedoch, wem sie – vielleicht auch nur unüberlegt – erzählt, wie er sich über die Flüchtlinge geäußert hat. Immerhin sind da großkalibrige Nazis dabei, die bestimmt noch immer Einfluß haben. Sonst hätten sie sich ja nicht so einfach absetzen können.

»Wenn's gestattet ist, könnte ich vielleicht doch schon einmal einen Blick in den Brief werfen und lesen, was uns der Andreas zu schreiben hat«, sagt eben der Notar, als sich Eberl wieder dem Gespräch der beiden zuwendet. Der Wagnermeister merkt, daß die Lehrerin ein wenig zögert, den Brief, den sie die ganze Zeit über geradezu behütend unter ihrer Hand gehalten hat, herzugeben. Ein Schimmer von Röte ist ihr ins Gesicht gestiegen. Bevor sie allerdings noch etwas erwidern kann, kommt die Wirtin wieder an den Tisch. »Ich hab Ihnen auch gleich ein Haferl Glühmost gebracht, Fräulein Klara«, sagt sie, während sie vor jeden das dampfende Getränk hinstellt.

Die Lehrerin scheint etwas einwenden zu wollen, doch der Notar läßt sie nicht zu Wort kommen: »Nur keine Widerrede! Die winterliche Form unserer Landessäure ist noch das beste, was Sie zur Zeit kriegen können. Ich weiß ja nicht, was Sie sonst trinken, aber glauben'S mir, der Most hier fällt nicht unter Kriegsqualität. Und er schützt gegen Erkältung.«

Als sich die Lehrerin nicht weiter widersetzt und am Glühmost nippt, drängt der Notar schon: »Schmeckt doch gut?« Ohne jedoch auf eine Bestätigung zu warten, kommt er auf den Brief zurück: »Und jetzt möcht ich doch endlich wissen, was uns der Andreas schreibt.« Dabei streckt er die Hand fordernd nach dem Brief aus. Zögernd faltet die Lehrerin den Bogen auseinander und reicht ihn dem Notar, wobei sie mit dem Finger auf eine Stelle weist und betont: »Hier ist der Gruß für die Liedertafel.«

Die hat ja eine Heidenangst, der Notar könnte etwas lesen, was nur für sie bestimmt ist, denkt Eberl. In diesem Augenblick tut sie ihm leid, und er meint, an Gaishuber gewandt: »Laß dir doch Zeit, Herr Notar. Am besten ist es doch, wenn das Fräulein Klara uns allen vorliest, was für uns gedacht ist.«

Allerdings kommt der Notar ohnehin nicht zum Lesen, da in diesem Moment wieder die Tür geöffnet wird. »Es geht ein Bi-Ba-Butzemann in unserm Haus herum, fidibum.« Mit diesen Worten tritt Brunngraber, der Schneider des Ortes, ein, wobei seine zwei Krücken einen eigenartigen Takt zu seinem Singsang schlagen. Er wirft die Tür hinter sich zu, indem er ihr mit einer Krücke Schwung gibt, und wendet sich dann dem Tisch zu. »Grüß Euch Gott miteinander«, ruft er. Offenbar erst jetzt bemerkt er die Lehrerin, denn er zieht – die Krücken fest unter die Achseln drückend – den Hut und läßt seine Tenorstimme von neuem dröhnen: »Welch strahlend Licht in unsrer Runde. – Grüß Gott, Fräulein Klara.« Die Lehrerin erwidert kurz den Gruß und wendet sich sogleich wieder dem Notar zu, der noch immer den Brief in Händen hält.

»Grüß Dich, Vitus«, ruft die Wirtin, die herbeieilt. »Warum bist denn heut gar so aufgeräumt?«

»Sollt ich's nicht sein, wenn ich zur Liedertafel geh«, fragt er zurück und meint dann: »Draußen ist es schön kalt. Der Schnee ist trocken. Und dann tut mir mein Haxen nicht weh. Ich sag Dir, ein Haxen, den man nicht hat, der kann einem mehr weh tun als einer, den man noch hat.«

»Sonst gibt es aber wirklich keine Gründe, lustig zu sein«, wirft Eberl brummig ein.

»Oh doch«, fährt der Schneider fort, »wenn ich am Morgen beim Fenster hinausschau und seh, wie der Volkssturm vergattert wird, dann ist mir gleich viel wärmer in der Werkstatt, weil ich mir denk, als Einfüßler brauch ich da wenigstens nicht mithatschen.«

»Wart's nur ab«, lacht boshaft der Notar, »wenn bald die letzten Reserven mobilisiert werden, dann bleibt auch der Bi-Ba-Butzemann nicht in seinem Häuschen, sondern springt über Stock und Stein.« Und sich plötzlich an Eberl wendend: »Dich hab ich aber auch nicht beim Aufmarsch der Heimatfront gesehen?«

»Ich bin unabkömmlich«, murmelt der Wagnermeister. »Die SS hat mir einen Haufen Schier gebracht, die frisch gespannt werden müssen. Ich kann also nicht spazierengehen, sondern muß arbeiten.«

»Dann hast du doch auch einen Grund, lustig zu sein«, meint daraufhin Brunngraber.

Als Eberl schweigt, sagt der Notar: »Er hat erfahren, daß sie den Postmeister ins Gefängnis in die Stadt überführt haben. Und er macht sich Sorgen, weil es heißt, man hätte bei ihm eine Liste mit Namen von Leuten entdeckt, die gegen den Hitler sind.«

Verdammter Rechtsvertreter, denkt zornig der Wagnermeister. Kaum sagt man ihm etwas unter dem Siegel der Verschwiegenheit, schon posaunt er alles aus. Wenn man ihn nach seiner Meinung fragt, dann hält er den Mund; und wenn er ihn halten soll, dann reißt er ihn auf. Es war wirklich eine Schnapsidee, sich ausgerechnet mit ihm aussprechen zu wollen.

»Das ist gut«, hört er da den Notar kichern. »Das gefällt mir. Horcht zu, was uns der Andreas schreibt: Liebe Liedertafel. Jeder Tag bringt mich Euch ein Stück näher. Noch ein paar Siege, dann bin ich ganz bei Euch. Und, so es uns allen vergönnt ist, stimmen wir schon bald ein fröhlich Lied darauf an, daß wir es fertiggebracht haben, über tausend Jahre zu leben. Euer Euch vermissender Anderl.« Sich die Hände reibend blickt er die anderen reihum an, doch die – mit Ausnahme der Lehrerin – schauen eher verständnislos drein.

»Das ist Ironie«, versucht der Notar zu erklären. »Noch ein paar Siege wie in der jüngsten Zeit, und dann ist er zusammen mit der ganzen Front schon bei uns ... Und so etwas geht anstandslos durch die Militärzensur, weil diese Heinis gar nicht begreifen, was da steht.«

Zustimmend, aber auch ein wenig pflichtschuldig grinsen nun auch die anderen. »Der Anderl traut sich was«, meint der Schneider, »schreibt sowas in einem Brief, der durch die Zensur gehen muß. – Ich sag euch, seinerzeit, im 1. Weltkrieg, wär er damit nicht durchgekommen. Da sind Leute auf die Bank gekommen, geprügelt worden, bis das Blut spritzte, weil sie durchdrehten und nur mehr nach Hause wollten. Ich hab's selbst gesehen.«

In diesem Moment geht wieder die Tür auf und der alte Arzt tritt ein. Er klopft bedächtig den Schnee vom Mantel, bevor er ihn auszieht und an den Kleiderständer hängt. Erst dann tritt er an den Tisch und grüßt die Runde. Nachdem er die Runde kurz gemustert hat, meint er schließlich: »Wenn ich euch so anschau, könnt ich beileibe nicht sagen: Seid ihr jetzt lustig oder trübsinnig?«

»Wenn du was Gelungenes lesen willst, dann lies hier die Grüße vom Anderl an unsere Liedertafel«, erwidert der Notar und reicht den Brief an den Arzt weiter, der sich neben ihn gesetzt hat. Bevor die Lehrerin noch etwas sagen kann, setzt er schon hinzu: »Die Passage da ist für uns bestimmt.« Dabei blickt er verschwörerisch zu Klara.

Der Arzt überfliegt, nachdem er seine Brille aufgesetzt hat, die Stelle im Brief. »Das ist gut«, sagt er schließlich lachend und legt den Brief achtlos weg. »Aber wie kommt das zu uns?« Bevor noch jemand antworten kann, nimmt er nochmals den Brief und schaut an dessen Anfang. »Ach so, das ist in einen Brief an das Fräulein Klara verpackt.« Als er sie daraufhin anblickt, huscht ein verständnisvolles Grinsen über sein Gesicht. Die Lehrerin senkt errötend den Blick.

Ja, die Studierten, die können sich über so etwas amüsieren, grantelt Eberl vor sich hin. So etwas gefällt ihnen. Aber den Lehrer muß der Teufel geritten haben, als er das niederschrieb. Schließlich konnte er doch nicht wissen, daß die Zensur darüber hinweglesen würde. Ebensogut hätten sie ihn an Ort und Stelle wegen Wehrkraftzersetzung an die Wand stellen können. Und dann hätte bestimmt noch jemand begonnen nachzuforschen, an wen denn diese Grüße gerichtet waren. Im Handumdrehen wäre man auf ihre Liedertafel gekommen, und es hätte geheißen: Da also sitzen die Leute beisammen, die sich über so etwas amüsieren. – Wenn das dann noch in Verbindung gebracht wird mit der Namensliste vom Postmeister, gibt's kein Entkommen mehr, geht es dem Wagnermeister durch den Kopf. Schon werden ein paar Leute, die sich überhaupt nichts haben zuschulden kommen lassen, zum Handkuß gebeten.

»Also, ich muß schon sagen«, fährt der Arzt lachend fort, nachdem er einen kräftigen Schluck vom Glühmost genommen hat, den die Wirtin ihm und dem Schneider unaufgefordert gebracht hat, »der Brief gefällt mir um einiges besser als das Geschreibsel, das uns vor ein paar Jahren sein Kollege Aigner hat zukommen lassen. Ich hab seinen Ton noch immer im Ohr: Wie er da von einer Zeit der Erprobung geschwafelt hat, und von der Zuversicht, mit der er in die kommende, entscheidende Zeit blickt. Unerträgliches Schmalz war das, was ihm da aus der Feder geronnen ist.«

»Gott hab ihn selig, den Hermann«, wendet sich Brunngraber an den Doktor. »Laß die Toten in Frieden ruhen. Schließlich hat ihm seine ganze Zuversicht nichts geholfen. Er hat früh genug ins Gras beißen müssen; sofern er in Rußland, in Eis und Schnee, überhaupt ein Halmerl gefunden hat.«

»Von mir aus soll er in Frieden ruhen«, keppelt der Arzt weiter, »aber der Brief war ja nicht das einzige, was sich mir auf die Galle geschlagen hat. Noch ärger war, was seine Alte dann noch um den Heldentod ihres guten Hermann aufgeführt hat. Hat so lang herumgesudert, bis man ihm noch im nachhinein einen Orden verliehen hat – irgendein Eisernes Kreuz. Den Gefrierfleischorden hat er ja schon gehabt. – Und als Zuckerguß zu all dem noch der Schmus auf seinem Totenbildl. Auswendig kann ich's schon, weil ich immer drüberstolper, wenn ich nur das Gebetbüchl aufmach:

Für Führer und Heimatland zu streiten
War ich bestimmt nach Gottes Rat
Weit entfernt von meiner Heimat
Mußt ich in das kühle Grab.
Nicht im Familienkreise
Sah ich der Teuren letzten Blick,
Keine Hand von meinen Lieben
Hat mir die Augen zugedrückt.

– Das muß einem erst einmal einfallen.«

»Mußt halt das Bildl woanders hineinlegen«, wirft der Notar grinsend ein, »damit'st nicht immer drüberstolperst.«

»Du weißt doch gar nicht, ob die Aignerische das selber ausgesucht hat für ihren Hermann«, meint der Schneider. »Vielleicht ist das so von der Druckerei gekommen?«

»Bestimmt hat sie sich das so gewünscht«, erwidert der Arzt. »Ich kenn sie doch. Die Aignerische ist so eine Funsen. – Ist aber auch egal.« Und sich an die Lehrerin wendend: »Jedenfalls lassen wir uns beim Anderl recht herzlich für seine zuversichtlichen Worte bedanken. Richten Sie ihm das aus, wenn Sie ihm wieder schreiben. Auch wir hoffen, bald wieder mit ihm gemeinsam singen zu können. Und, was Fröhliches wird uns dann schon einfallen.«

Während die Lehrerin den Brief wieder an sich nimmt, ihn säuberlich zusammenfaltet, beobachten sie die vier Männer. Dabei herrscht für einen Augenblick Stille am Tisch. Unterbrochen wird sie schließlich vom Schneider, der sich an den Arzt wendet: »Der Herr Notar hat, bevor du gekommen bist, erzählt, daß sie den Postmeister-Rudl nun gar in die Stadt ins Gefängnis gebracht haben. Irgendeine Liste sollen sie bei ihm gefunden haben.«

»Nicht irgendeine Liste«, wirft Eberl heftig ein. Jetzt ist es ohnehin zu spät, die ganze Geschichte noch vertraulich abzuhandeln, denkt er. Da sollen gleich alle wissen, was wirklich los ist. »Es heißt, sie hätten bei ihm eine Liste mit den Namen von Nazigegnern gefunden. Was Genaueres weiß ich auch nicht, aber ich hab nachgedacht, was das wohl für eine Liste sein könnte. Was ist, wenn das eine Liste von der Liedertafel ist – mit unseren Namen. Der Rudi war seinerzeit unser Schriftführer, und als solcher hat er bestimmt auch einmal eine Liste von allen angelegt, an die Einladungen gegangen sind. – Wenn das so eine Liste ist, dann sollten wir uns irgendwie darauf vorbereiten ...« Forschend blickt er dabei den Arzt an.

Der scheint ihn jedoch gar nicht weiter zu beachten. »Hat schon jemand mit der Hilde geredet«, fragt er vielmehr. »Die sitzt doch nun mit den Kindern allein da. Man muß sich um sie kümmern.«

»Hast recht«, meint Brunngraber, »wenn der Rudolf im Gefängnis ist, kriegt sie keine Lebensmittelkarten mehr. Und sie braucht doch zumindest Milch für die Kinder. Vielleicht sollten wir ein bißchen was zusammenlegen – in alter Freundschaft sozusagen.«

»Dann sind wir überhaupt fällig.« Es ist Eberl so herausgerutscht. Und es tut ihm auch sogleich leid, da ihn alle anderen – offenbar von seiner Äußerung unangenehm berührt – anschauen.

»Was meinst denn damit«, fragt der Schneider in dem Moment nach.

»Nichts besonderes«, murmelt der Wagnermeister. »Mir ist nur gerade eingefallen, daß sie auch schon Leut eingesperrt haben, weil sie für die Frau von jemandem gesammelt haben, der im Gefängnis sitzt. So ist es jedenfalls in der Zeitung gestanden.«

»Und deswegen willst nichts geben«, fragt der Arzt gereizt. »Wenn wir was geben, wissen doch nur wir, die wir hier am Tisch sitzen, davon. – Oder mißtraust du jemandem von uns?«

»Aber nein«, erwidert Eberl. »Es war nur ein Gedanke, wie vorsichtig man bei sowas sein muß.« Um dem Disput ein Ende zu setzen, greift er selbst als erster zur Brieftasche und legt seinen Haushaltsausweis für Vollmilch auf den Tisch. – Die spielen sich alle auf, denkt er dabei, man dürfte frei gar nichts mehr sagen. Er ist ja selbst dafür, daß man der Hilde etwas zukommen läßt. Aber da muß man ja nicht öffentlich sammeln. Da kann man sich doch auch etwas einfallen lassen, wo nicht jeder weiß, ob jemand und wer wieviel gegeben hat, denkt er, während die anderen – einschließlich der Lehrerin, wie er sieht – etwas zu seiner Karte dazulegen. Aber es ist doch immer so: Einer hat plötzlich eine Idee, und ohne über eventuelle Folgen nachzudenken, geht man schon daran, sie auszuführen. Alles wird überhaps in Angriff genommen, grollt er vor sich hin.

»Stellt sich noch die Frage, wer zur Hilde geht und ihr das Geld bringt«, hört Eberl den Notar sagen. – Das kommt denen bestimmt recht, wenn jetzt auch noch einer von der Liedertafel bei der Postmeisterin auftaucht, sagt er sich. Vielleicht warten sie nur darauf? Bestimmt wird auch sie beobachtet. – Nein, er wird gewiß nicht gehen. Soll ihnen doch einer von diesen Neunmalgescheiten in die Arme laufen.

»Wenn der Eberl aber recht hat, dann wär's bestimmt nicht gut, wenn jetzt einer von uns bei ihr vorbeischaut«, sagt nun der Schneider. – Der Wagnermeister horcht auf. Doch noch einer, der sein Hirnschmalz einsetzt, denkt er. Es beruhigt ihn, daß er mit seinen Bedenken nicht allein dasteht. Es mag ja sein, daß er ein wenig überängstlich ist, gesteht er sich ein, aber schließlich will man seinen Kopf behalten.

Das Schweigen, das nach Brunngrabers Einwand am Tisch eingetreten ist, wird plötzlich durch die zaghafte Stimme der Lehrerin unterbrochen: »Ich könnte ja zu ihr gehen. Die Nannerl ist bei mir in der Klasse; war es zumindest, bis der Unterricht eingestellt worden ist. Wenn das Kind in der Schule etwas vergessen hätte, wäre es doch nur selbstverständlich, daß ich da vorbeischaue und es ihm bringe. Oder nicht?«

Eberl, der zuletzt mit gesenktem Kopf dagesessen ist, um nicht dem Blick von einem der anderen zu begegnen, wendet sich überrascht der Lehrerin zu. Und er merkt, daß auch die anderen drei Männer sie erstaunt in Augenschein nehmen. Wie bereitwillig ihr Angebot gekommen ist, denkt er. Dabei hat sie doch mit ihrer Runde nichts zu tun; außer, daß sie der Anderl vorbeigeschickt hat. Und dann: Für eine Zugereiste nimmt sie sich ganz schön viel heraus. Aber er muß zugeben, daß er durch ihr Angebot erleichtert ist. Auch wenn er sich irgendwie beschämt fühlt. Was mag sie nur dazu veranlaßt haben, fragt er sich. Will sie ihnen imponieren – oder dem Anderl? Oder hat sie sich gar nicht überlegt, worauf sie sich einläßt? Er hat keine Vorstellung; schließlich kennt er sie überhaupt nicht. Vielleicht hat das ganze Gerede um die Grüße ihres Anderl den Anstoß gegeben; und sie glaubt nun auch, sie könnte denen auf der Nase herumtanzen. Dabei sitzt sie da wie ein schüchternes Kind. Man müßte sie wenigstens darauf aufmerksam machen, daß das alles nicht ungefährlich ist, denkt der Wagnermeister. Ist es aber seine Sache, das zu tun?

»Wenn es darum geht, einen Vorwand zu finden, die Hilde aufzusuchen, dann findet jeder von uns einen«, hört er nun den Doktor sagen. »Was liegt näher, als daß ich als Arzt zu ihr gehe. Oder der Brunngraber als Schneider. Einen entsprechenden Notariatsakt wird es wohl auch geben, daß der Kurt amtlich vorbeischauen könnte. Und, wenn nicht anders, bringt der Eberl den Kindern eine Rodel, die der Postmeister noch bei ihm bestellt hat. – Ist es nicht so?« Dabei schaut der Arzt zu ihm, und ihre Blicke treffen einander kurz. Als ob er gerade ihn herausfordern wollte, geht es dem Wagnermeister durch den Kopf. Doch dann setzt der Arzt fort: »Wer weiß, vielleicht ist es wirklich besser, wenn das Fräulein Klara zu ihr geht – und quasi von Frau zu Frau mit ihr sprechen kann.«

Niemand macht einen Einwand. Und damit scheint es beschlossene Sache zu sein, die Lehrerin gehen zu lassen. Diese nimmt auch das Gesammelte, das noch immer auf dem Tisch liegt, an sich, als sie erklärt: »Jetzt muß ich aber gehen. Morgen ist bestimmt wieder ein anstrengender Tag.« Mit ihr steht der Notar auf, um ihr – nochmals ganz Kavalier – in den Mantel zu helfen.

»Ein fesches Weibsbild, die Lehrerin«, sagt er an den Tisch zurückkehrend, nachdem sie die Tür hinter sich geschlossen hat. »Und nicht fad, wenn es darum geht, daß was erledigt werden muß.« Da sonst niemand etwas sagt, setzt er nach einer Weile fort: »Zum Singen ist es heut zu spät. Aber trinken könnten wir noch einen. Wie wär's?« Und er ruft auch schon zur Wirtin hin: »Gretl, bring doch noch eine Runde – für uns alle.«

Weil sie jetzt alle zu ihr hinschauen, fällt dem Wagnermeister auf, daß sich die Wirtin – die doch sonst gern mit ihnen am Stammtisch sitzt – zuletzt nur hinter der Schank aufgehalten hat. Recht hat sie, denkt er. Es gibt eben Situationen, da hält man sich am besten heraus.

XIII

Was wird wohl sein, wenn er dem Apotheker den Zettel gibt? Georg findet keine Antwort auf die Frage. Zum wiederholten Mal zieht er das Stück Papier aus seiner Jackentasche, faltet es auseinander und betrachtet, was darauf geschrieben steht. Es sind noch immer dieselben fremden Worte, denen er nichts entnehmen kann. – Es war dumm von ihm, daß er überhaupt nicht nachgefragt hat, was auf dem Zettel steht, denkt er. Doch in der Eile hat er ganz darauf vergessen. Und nun kann er die Schrift noch so eingehend betrachten, er wird daraus nicht klug werden. Vor allem wird er keinen Aufschluß darüber erhalten, was der Apotheker tun wird, wenn er den Zettel sieht, sagt er sich.

Als er heute morgen das Frühstück in den Verschlag brachte, waren die beiden Russen sehr aufgeregt gewesen. Igor ging es schlecht. Seine Wunde war brandig geworden und Boris meinte, sie bräuchten unbedingt ein Medikament, sonst würde Igor sterben. – Er war selbst ziemlich erschrocken, als er Igor da liegen sah: Seit die beiden vor drei Tagen gekommen waren, hatte er marod gewirkt, nun aber sah sein Gesicht wächsern und fahl aus, und die Nase ragte spitz daraus hervor. Eile war geboten, so schien auch ihm. Es mußte etwas getan werden.

Boris fragte, ob sie im Ort eine Apotheke hätten. Und als er dies bejahte, sprachen die zwei ein paar Worte miteinander. Schließlich forderte ihn Boris auf, Papier und Füllhalter zu bringen. Es war aber dann Igor, der ein paar Worte niederschrieb, den Zettel zusammenfaltete und erklärte, daß er damit das Medikament bekommen sollte.

Die Mutter hatte keine Einwände dagegen, daß er in den Ort zur Apotheke ginge, nachdem er ihr erzählt hatte, wie es stand. Sie gab ihm Geld, damit er die Medizin bezahlen könnte. Deswegen machte er sich auch noch keine Gedanken, als er von zu Hause wegging. Doch dann, als er schon ein Stück Weges dahingestapft war und sich dabei die Erinnerung an die Angst wieder einstellte, die er vor zwei Tagen auf dem Weg in den Ort hinunter ausgestanden hatte, fragte er sich mit einem Mal: Warum sollte der Lösch die Worte auf dem Zettel überhaupt lesen können?

Da nahm er zum ersten Mal das Papier aus der Jackentasche, in die er es zu Hause – zusammengefaltet wie es war – säuberlich gesteckt hatte. Und als er es nun studierte, konnte er darauf rein gar nichts entziffern. Was Igor da geschrieben hatte, mußte wohl russisch sein, sagte er sich. Der Lösch aber konnte bestimmt nicht russisch. Und dann: Wenn der Apotheker merkt, daß das russisch ist, muß er ja geradezu Verdacht schöpfen und fragen, wer ihm wohl den Zettel geschrieben hat.

Dann überlegte er wiederum, daß ihn die Mutter nicht so einfach hätte gehen lassen, wenn eine Gefahr damit verbunden wäre. Doch, sie hatte den Zettel gar nicht gesehen; warum hätte sie also Bedenken haben sollen. – Wie auch immer, sie brauchten unbedingt die Medizin, wenn Igor nicht sterben sollte. Es war also unmöglich, einfach umzukehren und daheim zu erklären, er hätte sich nicht getraut, dem Apotheker den Zettel zu geben. Dafür würde er sich sowohl der Mutter als auch den beiden im Verschlag gegenüber schämen, und erst recht gegenüber Irmi.

Und falls ihn der Lösch zur Rede stellt, wird er vorbereitet sein. Denn mittlerweile hat er sich eine Geschichte ausgedacht, mit der er alles erklären kann, denkt er, dem Apotheker und auch sonst jedem, der sie dann hören will. Georg schreitet wieder schneller aus. Besser, er läßt sie sich noch einmal durch den Kopf gehen, sagt er sich. Damit er sich später nicht verredet. Und vielleicht kann er sie auch noch ein wenig ausbauen, damit sie nicht gar zu mager wirkt.

Also: Da war ein Arzt bei der Kompanie, die es kürzlich hierher verschlagen hat; die, die auf dem Weg zurück an die russische Front war. – Das kann jeder nachprüfen und da gibt es nichts zu rütteln. Er selbst hat ihn zwar nicht gesehen, aber am Sonntag hat der Eberl Hubert von ihm erzählt; und auch davon, daß er mit ihm geredet hat. Und so gut wie der Hubert kann auch er zufällig mit dem Doktor geredet haben. Nur einer könnte sagen, daß das gelogen ist, und das ist der Doktor selber; doch der ist bestimmt schon weit fort.

Weiter im Text: Dem Arzt also hat er erzählt, daß auch er bald einrücken muß. Und sie haben deshalb über alles mögliche gesprochen, nicht zuletzt auch über das Verwundetwerden. Na ja, und weil jener doch ein Doktor war, hat er ihm gesagt, was für ein Medikament gut sei, wenn ihm an der Front was passieren sollte. Er selber kennt sich damit aber überhaupt nicht aus, und deshalb hat ihm's der Doktor schließlich auf dem Zettel da aufgeschrieben.

Ja, und den Zettel hat er so eingeschoben, wie er ihn gekriegt hat; hat nicht lang nachgeschaut, was draufsteht. Heut früh aber – er hat überlegt, was er alles mitnehmen müsse, wenn er morgen einrückt – ist ihm der Zettel eingefallen. Und er hat sich gedacht, er sollte vielleicht die Medizin gleich besorgen, für alle Fälle sozusagen. Daran kann ja wohl nichts Schlimmes sein?

Warum aber der Doktor das Medikament auf russisch aufgeschrieben hat, das weiß er beim besten Willen nicht, kann's auch nicht erklären, weil er das ja selbst gar nicht bemerkt hat. Wie gesagt: Er hat den Zettel so eingesteckt, wie er ihn bekommen hat, und hat nicht nachgefragt. –Vielleicht hat er gemeint, es wäre besser so, wenn er das Medikament einmal in Rußland braucht; damit die dort auch verstehen, was er will. Was anderes kann er sich nicht vorstellen.

Das müßte genügen, denkt Georg, mehr braucht er nicht zu erklären, könnte er ja auch nicht, wenn alles wirklich so gewesen wäre. Bleibt nur die Frage: Gibt ihm der Lösch etwas, das man bei einer Verwundung braucht, oder nicht. Anhaben kann er ihm jedoch nichts.

Und das alles, weil der Igor durch einen blöden Zufall verwundet worden ist, geht es ihm durch den Kopf. Wenn ihn die SS angeschossen hätte, wäre das was anderes, das wäre noch halbwegs verständlich. Da könnte man gewissermaßen nichts sagen. Aber es hat ihn ja eine Heugabel erwischt!

Fürs erste ist Georg beruhigt, daß er für den Apotheker eine Geschichte parat hat. Jetzt darf er sich nicht mehr irritieren lassen, sagt er sich. Und weil ihm gerade wieder die Heugabel eingefallen ist, erinnert er sich, was Boris über ihre Flucht erzählt hat und wie Igor verletzt worden ist. – Nach dem Ausbruch waren sie wie viele andere erst über das offene Feld hinter dem Lager gehetzt. Doch ihre Kraft war bald zu Ende. Kein Wunder, so ausgehungert wie sie waren! Und als sie nicht mehr so schnell weiterkonnten, wollten sie in einen Wald; dachten, daß sie sich dort verstecken könnten. Doch da sanken sie erst einmal bis über die Knie in den Schnee. Da war kein Weiterkommen. Außerdem hätte man dort ihre Spur leicht verfolgen können. So nahmen sie den nächstbesten Weg, der abzweigte, ohne zu wissen, wohin der führen würde. Sie erreichten gerade noch ein Bauernhaus, dann waren sie so fertig, daß sie nicht mehr weiterkonnten. Und weil es im Haus überall dunkel war, schlichen sie sich in den Stall und von dort auf den Heuboden. – Nach allem, was sie erzählt haben, muß das beim Hammerschmid gewesen sein, denkt Georg.

Vollkommen erschöpft schliefen sie da ein. Geweckt wurden sie erst in der Früh, weil irgendwo eine Tür ging. Doch da konnten sie nicht mehr weg, und so haben sie sich tief ins Heu vergraben. Und es wäre auch alles gut gegangen, wenn nicht jemand gekommen wäre, Heu in den Stall hinunterzuwerfen. Es war eine Frau; sie hörten sie singen. Und wie's der Teufel will, sticht sie mit einem Mal genau an der Stelle die Heugabel hinein, wo der Igor darunterliegt – und erwischt ihn an der Hüfte. Immerhin konnte er sich gerade noch zurückhalten, nicht laut aufzuschreien, sonst wäre gleich alles vorbeigewesen. Aber jetzt ist er dagelegen, angestochen von der Heugabel, und er durfte sich nicht rühren. Und selbst dann, als sie wieder allein am Heuboden waren, konnten sie nichts tun, weil sie doch nichts zum Verbinden hatten. Außerdem war es zu gefährlich, ganz aus dem Heu herauszukriechen, weil sie nicht wissen konnten, ob nicht wieder wer heraufkäme.

Das war noch nicht alles. Denn dazu kam noch der Hunger. Und der Durst, denn in ihrer Not hatten sie begonnen, Heu zu nagen. – Georg versucht, sich in ihre Lage hineinzudenken; mit wenig Erfolg. Das kann man überhaupt nicht nachempfinden, sagt er sich schließlich. Vor allem dieses Nichtauskönnen wäre ihm unerträglich, diese trügerische Geborgenheit. Man muß warten, bis man den Ort wieder verlassen kann, um nicht entdeckt zu werden, ist aber gleichzeitig in der Falle, falls man sie sucht.

Als die beiden in der darauffolgenden Nacht davon ausgehen konnten, daß alle im Haus schliefen, war es zu dunkel, um Igors Wunde gründlich zu untersuchen. Die Hose war in ihr festgeklebt. Sie konnten nichts tun, als die Flucht fortzusetzen. Als sie jedoch das Haus verließen, schlug ihnen die Kälte wieder voll entgegen. – Er kann schon verstehen, daß sie im ersten Augenblick wieder zurückwollten, wie Boris erzählte, denn im Heu war es immerhin noch halbwegs warm gewesen. Sie mußten aber weiter; einen Ort suchen, an dem sie sicherer wären.

Man hatte ihnen gesagt, daß sie die Flucht nach Norden richten sollten. Doch sie hatten nichts, um sich zu orientieren. Die Nacht zuvor war sternenklar gewesen; da waren sie allerdings nur darauf aus gewesen, vom Lager wegzukommen. Das offene Feld hatte sie nach Osten geführt, das wußten sie noch. Sie waren dann zwar mehr nach Norden abgezweigt, wußten aber nun auch nicht mehr, wie der Weg weiter verlaufen war. Und in dieser Nacht nun war der Himmel bedeckt. So gingen sie aufs Geratewohl in der Richtung, in der sie einen Weg fanden und in der das Fortkommen am leichtesten schien. Denn Igor kam nur mühsam voran. Es dauerte nicht lange, da mußte ihn Boris schon stützen.

Auf Dauer hielt er das aber auch nicht durch. Als sie dann beide in den Schnee kippten und für eine Weile liegen blieben, erklärte Igor, Boris sollte die Flucht allein fortsetzen, zusammen würden sie es nie schaffen. Doch dieser dachte nicht daran. Er hielt Ausschau, wo er Igor unterbringen könnte. Und als sie zuletzt wieder einen Hof fanden, versuchte er es da.

So kamen sie zu ihnen. – Sie hatten keine andere Wahl, erklärte Boris. Sie waren am Ende. Sie brauchten etwas zu essen, und Igors Wunde mußte versorgt werden. Sie mußten sich an jemanden wenden – und damit auch riskieren, daß sie der SS ausgeliefert würden. Sonst hätten sie nur noch irgendwo im Schnee liegen bleiben und erfrieren können.

Es wäre doch eine Schande gewesen, ihnen nicht zu helfen, denkt Georg, während er stehen bleibt. Und er merkt, daß ihn sein Erinnern an Boris' Schilderung der Flucht mehr mitgenommen hat, als dies bei der Erzählung selbst der Fall gewesen war. Vielleicht kann man eine solche Lage erst wirklich erfassen, wenn man sie sich selbst durch den Kopf gehen läßt, sinniert er.

Als die Kälte durch die Schuhsohlen zu dringen beginnt, wird ihm bewußt, daß er noch immer dasteht. Und er sagt sich, daß er sich nicht zum Spintisieren auf den Weg gemacht hat. Im Weitergehen muß er an den Vater denken und dessen Einwände. Er hatte ihnen zwar erklärt, welche Gefahr für sie alle daraus entstünde, im Grund aber sperrte er sich nicht wirklich dagegen, die beiden zu behalten. Wenn er nicht gewollt hätte, dann hätte er ganz andere Seiten aufgezogen. – Niemand von ihnen hat in Frage gestellt, Hilfe zu leisten. Umso unbegreiflicher erscheint ihm daher das Verhalten der anderen Leute in der Gegend, die offenbar ganz wild darauf sind, die Flüchtlinge zu jagen, sie abzuknallen.

Aber es kann doch nicht sein, daß sie die einzigen wären, die Verfolgte aufgenommen haben. Es waren doch mehr als fünfhundert, die geflüchtet sind. Wie viele müssen da versucht haben, in dem einen oder anderen Hof Schutz zu finden. Natürlich hat die SS, hat der Volkssturm überall gesucht. Und die Gefahr ist groß, wenn sie dann einen finden. Was aber wäre an ihnen so anders, daß sie es trotzdem auf sich genommen haben? – Vielleicht reden manche nur so, damit sie nicht auffallen, fragt er sich. Vielleicht hätte er auf dieselbe Art mitreden müssen, anstatt die Hosen voll zu haben? Dann käme gewiß niemand auf die Idee, daß bei ihnen welche versteckt sind. Doch, kann man sich so verstellen? Er jedenfalls könnte beim besten Willen nicht so daherreden.

Georg blickt vom Weg auf und schaut zum Ort hinunter. Sonntag war er zum letzten Mal unten gewesen; denn an der Jagd auf die Ausbrecher hat er sich nun nicht mehr beteiligt. Er hätte einfach nicht mehr mitmachen können. Es war der Vater, der ihn davon befreit hat. Er hat dem Ortsbauernführer erklärt, daß der Bub noch eine Menge zu erledigen hätte, weil er doch diese Woche einrücke. Und der hat das auch geschluckt. – Könnte aber sein, daß ihm im Ort der Eiblmayer nun über den Weg läuft, denkt Georg plötzlich, beruhigt sich allerdings gleich: Das ist schließlich nicht so, wie wenn einen der Lehrer beim Schulschwänzen erwischt. Falls er ihm begegnet, wird er auch ihm die Geschichte mit dem Medikament erzählen. Sieht er wenigstens, daß er sich wirklich aufs Einrücken vorbereitet. Bei diesem Gedanken huscht der Anflug eines Lächelns über sein Gesicht. Doch es weicht sogleich einer Beklommenheit, als ihm einfällt, daß sie von eben dieser Stelle am Sonntag erstmals den SS-Trupp gesehen hatten, der dann zu ihrem Hof heraufmarschierte. Es war schon ein rechtes Glück, daß sie bei all ihrer Sucherei den Verschlag nicht gefunden haben, sagt er sich, um dann noch hinzuzusetzen: Diese Unmenschen! Folterknechte! Teufel!

Wie hätte er auch nur ahnen sollen, was da im Lager wirklich vor sich geht? Bis Boris ihm erzählte, welche Zustände dort herrschen, wie dort mit den Menschen umgegangen wird. Er versteht nun auch, daß denen gar nichts anderes übriggeblieben ist als auszubrechen. Die Hölle nannte es Boris. Sie hätten gewußt, daß der Krieg nicht mehr lang dauern würde; aber auch, daß man sie noch alle erledigt hätte, bevor die Deutschen kapitulierten. Es blieb ihnen nur die Wahl, sich im Lager allesamt umbringen zu lassen oder die Flucht zu riskieren, mit einer – wie er sagte – geringen Chance zu überleben. Denn es wäre ihnen klar gewesen, daß die meisten dabei umkommen würden. Aber jeder hätte sich gesagt: Besser auf der Flucht erschossen als weiterhin zu Tode gequält zu werden.

Seit er gehört hat, wie Boris, Igor und all die anderen im Lager geschunden wurden, geht ihm das nicht mehr aus dem Kopf. Nur Teufel können sich so etwas einfallen lassen. Immer wieder versucht er sich alles bildlich vorzustellen, aber es will ihm einfach nicht gelingen. Es bleiben immer nur Boris' Sätze, die er sich in Erinnerung ruft. – Todesblock nannten sie alle den Teil des Lagers, in dem sie untergebracht waren. Ein Hof mit granitenen Mauern rundherum, in der Mitte eine dreigeteilte Baracke mit einem Raum für die Häftlinge, einem für die Kranken und dazwischen der Waschraum. Gegenüber dem Waschraum war noch die Behausung des Blockältesten. Dort war überhaupt der einzige Ofen des ganzen Blocks; und dort waren auch Decken, die die Häftlinge allerdings nie zu sehen bekamen.

So weit läßt sich das ja noch irgendwie vorstellen, denkt Georg. Aber daß der Raum für die Häftlinge zehn mal zwanzig Meter groß war – ihr Stall ist nicht viel kleiner – und daß darin fünfhundert Menschen untergebracht waren, das erscheint ihm unbegreiflich. Im Raum war nichts als der blanke Betonboden, und darauf mußten sie übereinanderliegend schlafen. Aber selbst dafür war er noch zu klein. Ein Teil der Häftlinge mußte stehend die Nacht verbringen. – Kein Bauer in der Gegend würde sein Vieh so halten, geht es Georg durch den Kopf.

Aber nicht genug damit, selbst da wurden sie noch gequält. Im Winter, wenn es fror, spritzten die SS-Wärter abends mit einem Schlauch Wasser über den Betonboden. Und dahinein mußten sich die Häftlinge legen. Dann rissen die SSler die Fenster auf. Sie nannten das ›Lüften‹. Bis zum Morgen waren ein Dutzend Häftlinge in der Eisschicht, die sich auf dem Boden gebildet hatte, erfroren. Im Sommer dagegen, so erzählte Boris, wurden die Fenster fest verschlossen, damit sie in der Hitze ersticken sollten.

Warum tut man Menschen das an, fragt sich Georg seit dem Vortag immer wieder. Was kann ein Mensch verbrochen haben, daß man so mit ihm umgeht. Er wüßte keine Tat, die man dermaßen vergelten dürfte. – Und die da im Todesblock gequält wurden, waren nichts anderes als Kriegsgefangene. Das sagt zumindest Boris, und er hat keinen Grund, daran zu zweifeln. Die Männer im Block 20 wären fast ausschließlich aus seinem Land, der Sowjetunion, gekommen, darunter viele Offiziere. Dazu noch einige Jugoslawen und Polen. Es waren Menschen, die als unverbesserlich eingestuft wurden. Viele von ihnen hatten mehrere Fluchtversuche unternommen oder waren sonst irgendwie aufgefallen.

Boris selbst, so erzählte er, war bei Charkow gefangengenommen und dann nach Deutschland gebracht worden. Schon auf der Fahrt hatte er zu fliehen versucht, doch man fing ihn wieder ein und steckte ihn in ein Lager, in dem er für die Rüstung bestimmte Einzelteile fertigen mußte – bis sie draufkamen, daß er und einige andere auch mit Absicht fehlerhaft arbeiteten. Das war der Grund, warum er schließlich in dieses Lager und hier in den Todesblock gebracht worden war.

In den Block 20 zu kommen, so erklärte Boris, war nur eine besondere Form des Todesurteils. Wer da einmal drinnen war, der kam nur als Leiche heraus. Im Gegensatz zu anderen Häftlingen im Lager wurden die aus dem Todesblock nicht zur Arbeit eingesetzt. Weder im Steinbruch noch in den Betrieben der Umgebung. Sie wurden einzig und allein in diesen Block gebracht, um hier zu Tode geschunden zu werden. Mindestens zehn mußten am Tag sterben. Das war die ›Norm‹. Und sie wußten das auch. Deswegen zählten sie jeden Morgen genau mit, wieviele Tote aus der Baracke getragen wurden. Waren es nur sechs, wußten sie, daß im Laufe des Tages zumindest vier weitere sterben mußten.

Und dafür gab es viele Arten. Manchmal wären Häftlinge im Waschraum in eine Badewanne gesetzt worden, die mit eiskaltem Wasser gefüllt war. Wenn sie das auch nach Stunden noch aushielten, noch immer lebten, wurde die Badewanne mit einem Deckel verschlossen, bis sie ertrunken waren. Zudem gab es im Waschraum mehrere einzementierte Haken, an denen Häftlinge stundenlang aufgehängt wurden. Oder die SSler legten einem einen Strick um den Hals und zogen ihn hoch, bis er bewußtlos wurde. Viele hielten die ständigen Mißhandlungen nicht mehr aus und erhängten sich selbst an diesen Haken.

Als Boris dies erzählte, war Georg alles so unglaublich erschienen. Was konnte es für einen Sinn haben, Gefangene extra in dieses Lager zu überführen, um sie dann hier zu Tode zu quälen, fragte er. Wenn jemand schon zum Tod verurteilt wird, dann ist es doch einfacher, ihn gleich an Ort und Stelle zu erschießen, oder auch zu erhängen. Doch Boris erklärte: ›Wir waren Schulungsmaterial. Einerseits waren da SSler, denen es schlicht Spaß machte, Menschen zu peinigen; aber da waren dann auch noch junge SSler, die erst scharf gemacht werden mußten. So wie sie ihre Hunde abrichten, bis sie Menschen zerfleischen, so werden auch ihre Leute zum Morden dressiert. Von denen darf sich keiner scheuen, Häftlinge zu quälen und zu töten. Das ist ihre besondere Schule. Das soll sie dazu erziehen, sich als Herrenmenschen zu fühlen.‹

Es ist, als ob sich ihm diese Sätze ins Gehirn eingebrannt hätten. Menschen zu Bestien dressieren? – Kein Zweifel, wenn welche von der SS irgendwo in der Gegend aufkreuzen, dann hat jeder eine Heidenangst vor ihnen; ausgenommen vielleicht jene, die es sich mit ihnen gerichtet haben. Man weiß nie, was die SSler im nächsten Augenblick anstellen werden. Sie schikanieren ja auch außerhalb des Lagers jeden, der ihnen nicht zu Gesicht steht. Und wenn einer gegen sie aufbegehrt, dann sitzen sie immer am längeren Ast. Selbst wenn einmal zugegeben wird, daß sich einer etwas zuviel gegenüber den Einheimischen herausgenommen hat, dann ist das Schlimmste was ihm passieren kann eine Versetzung.

Wenn man allerdings weiß, durch welche Schule die im Lager gehen, dann kann einen nichts mehr verwundern. Die Roheit, die Unberechenbarkeit gehören einfach zu ihrem Auftreten, sind nicht die Eigenart eines einzelnen. Zumindest nicht allein, geht es Georg durch den Kopf.

Aber all das gibt auch Leuten die Möglichkeit, ihre Roheit ausleben zu können. Boris hat ja nicht nur von dem jungen SS-

Blockführer erzählt, dem es großes Vergnügen bereitet haben muß, die Häftlinge zu mißhandeln und zu schinden. Da war auch der Blockälteste, der nicht weniger unmenschlich war. Hunderte sind im Block unter seinen Schlägen mit der Gummiwurst, die mit Zinn ausgegossen war, gestorben. Mit bloßen Händen hat er, ein zum Tod verurteilter Verbrecher, der sich durch seinen Dienst im Todesblock Begnadigung erhoffte, Häftlinge erwürgt. Und er hat sie in den Latrinenschacht gestoßen, wo sie in der Brühe umkamen. – Kein Wunder, daß der Blockälteste zwei persönliche Leibwächter brauchte. Boris glaubt, es wären Holländer gewesen. Nie sprach jemand mit ihnen, da niemand ihre Sprache verstand. Allerdings beteiligten sie sich nicht an den Grausamkeiten des Blockältesten.

Das taten andere, die dem Stubendienst angehörten. Sie erhofften sich dadurch Vergünstigungen, und sei es nur ein Schöpfer mehr von der wässrigen Rübensuppe, die sie auf russisch ›balanda‹ nannten, oder ein Stück Ersatzbrot. Drei sind Georg auch dem Namen nach in Erinnerung geblieben: zwei Polen, Adam und Wolodka, sowie einer, den sie Tataren-Mischka nannten. Sie wären immer beteiligt gewesen, wenn es darum ging, zu peinigen und zu morden, erzählte Boris, und dem Blockältesten an Grausamkeit in nichts nachgestanden. Und doch war es eben jener Tataren-Mischka, der diesen dann, zu Beginn des Ausbruchs, umbrachte.

Georg nähert sich nun schon dem Ort. Die längste Strecke hat er sich mit der Erinnerung an Boris' Erzählungen aus dem Lager abgelenkt, nun aber wird ihm wieder bewußt, weswegen er vom Hof heruntergekommen ist. In der Jackentasche fingert er nach dem Zettel, als ob er ihn verloren haben könnte. Er befühlt das Papier und sagt sich, daß es nun ernst wird. Bald schon wird er wissen, wie der Apotheker auf das Schriftstück reagiert. – Was wäre, wenn er einfach hineinginge und sagte, daß er ein Medikament gegen eine Verwundung braucht, überlegt Georg. Und dann fragt der Lösch ihn, um was für eine Wunde es denn ginge. Er kann ihm doch nicht Igors Verletzung beschreiben:

Von einer Heugabel angestochen. Und vom Wundbrand kann er schon gar nichts sagen, denn dann müßte ja der Arzt her. Wenn er aber nur unklar herumredet, gibt er ihm vielleicht bloß einen Arnikageist. Er hat keine Wahl, er muß ihm das Rezept geben.

Man muß sich nur vorstellen, wie sie den Plan überhaupt entwickeln konnten. Da war einmal die Sache mit dem ›Ofen‹. Wenn die Häftlinge gerade nicht mißhandelt wurden, weil sich die SSler ausruhten, dann standen sie auf dem Hof. Bei der winterlichen Kälte froren sie erbärmlich, und daraus entstand der Ofen. Einer rief: Zu mir, und andere drängten sich an ihn und wärmten ihn, bis ein weiterer, der außen gestanden war, nun seinerseits rief: Zu mir. So ging das dahin und jeder wurde der Reihe nach von den anderen gewärmt. Sozusagen im Ofen wurde schließlich auch der Plan des Ausbruchs entwickelt. Denn da fiel es nicht weiter auf, wenn ein paar Häftlinge immer wieder den Kopf zusammensteckten.

Als dann der Plan feststand, mußten aber alle anderen eingeweiht werden. Das übernahm einer, den sie Wolodja nannten, ein Studierter, der viel gelesen hatte. Er holte sich vom Blockältesten in einer gnädigen Minute die Erlaubnis, den anderen abends Geschichten erzählen zu dürfen. Und er erzählte Geschichten, die er in Büchern gelesen hatte, und dazwischen auch immer wieder eine, die im Grunde ihren geplanten Ausbruch schilderte, wobei er so tat, als ob diese auch aus einem der Bücher stammte, die er gelesen hat. So wurden alle mit dem Plan vertraut gemacht. – Der Gedanke, wie man die SS und ihre Helfershelfer hereingelegt hat, stimmt Georg heiter.

Das geschah jedoch alles unter Lebensgefahr, sagt er sich gleich darauf. So wie es eben jenen Gennadi erwischt hat, von dem Boris berichtete. Da ja keiner von ihnen je aus dem Todesblock hinausgekommen war, wußten sie überhaupt nichts über das Lager und seine Anlage wie auch über die Umgebung. Sie brauchten aber zumindest eine ungefähre Vorstellung, wie und in welcher Richtung sie flüchten könnten. – Boris weiß selbst nicht, wer den Kontakt zu Häftlingen außerhalb des Blocks herstellte.

Jedenfalls war Gennadi bekannt, daß sie eine Skizze bekommen sollten, an die Unterseite des Kübels geklebt, in dem man ihnen die ›balanda‹ brachte. Um die Botschaft rechtzeitig zu entdecken veranstaltete er nun täglich ein Gerangel bei der Essensausgabe, in dessen Verlauf er einen Blick auf den Kübelboden werfen konnte. Und nach einigen Tagen war sie da: Eingehüllt in eine Kugel aus geknetetem Brot auf Zigarettenpapier der Plan des Lagers und seiner Umgebung. Unbemerkt entfernte Gennadi die Kugel und gab sie schnell weiter. Glücklicherweise, denn am Abend dieses Tages schlich sich der Blockälteste von hinten an ihn heran – offenbar war er ihm durch das tägliche Gerangel aufgefallen – und stieß ihn in den Latrinenschacht.

Dennoch wäre der Ausbruch fast noch gescheitert. Ursprünglich sollte er schon am vorangegangenen Sonntag stattfinden. Drei Nächte zuvor stürmten jedoch plötzlich SSler den Block. Und sie nahmen 25 Männer mit, die sie von einer Liste ablasen. Darunter waren alle, die den Ausbruch geplant hatten. Niemand wußte, ob es Zufall war oder ob Verrat dahintersteckte. Anderntags wurde bekannt, daß alle 25 umgebracht worden waren. Anfangs gab es wohl Verzagtheit, doch war der Plan allen so weit vertraut, daß man zuletzt nur den Zeitpunkt für den Ausbruch um vier Tage verschob. Sie mußten es versuchen; nur so hatte vielleicht ein kleiner Teil von ihnen Aussicht zu überleben. Das wiederholte Boris immer wieder.

Georg hat mittlerweile die Hauptstraße erreicht. Wie gewöhnlich hält er Ausschau nach seinen Freunden. Doch es ist kaum jemand auf der Straße. Die bittere Kälte, wie sie noch vor wenigen Tagen geherrscht hatte, ist zwar vorbei, dennoch verläßt kaum jemand das Haus, wenn er nicht muß. Auch er wäre ja nicht in den Ort heruntergekommen, wenn es nicht um die Medizin für Igor ginge. Bei dieser Überlegung merkt er, daß er gehörig durchgefroren ist. Offenbar war er bisher so in seine Gedanken versponnen, daß er das gar nicht gespürt hat.

Nun, er ist ja bald in der Apotheke, sagt er sich. Allerdings wird er sich dort nicht lang genug aufhalten, um sich ein wenig aufzuwärmen. Und er setzt ein ›hoffentlich!‹ hinzu. Er würde gern etwas Warmes trinken, geht es ihm durch den Kopf. Wenn er aber die Medizin bekommt, dann ist es Zeit, rasch wieder heimzukehren. Wenn er sich beeilt, wird ihm schon warm werden. Und wenn er das Medikament nicht bekommt? Dann ist es egal; dann kann er auch zum Wirt gehen, einen Tee trinken – und überlegen, was zu machen ist, um vielleicht auf andere Art an die Medizin zu kommen. Wenn er zum alten Doktor ginge und sich von ihm das Rezept bestätigen oder umschreiben ließe? Dagegen könnte der Lösch nichts haben. Doch auch der Doktor würde nachfragen, wer ihm den Zettel geschrieben habe. – Wahrscheinlich würde ihm der Doktor eher seine Geschichte abnehmen, überlegt Georg. Vielleicht wäre er aber auch beleidigt, weil er sich nicht an ihn gewandt hat.

Georg blickt wieder die Hauptstraße entlang, ob er nicht doch einen seiner Freunde sähe; einen, der morgen mit ihm einrückt. Weit und breit ist aber keiner von ihnen zu sehen. Die werden eben auch ihre Vorbereitungen treffen und besorgen, was sie brauchen, denkt er und muß dabei grinsen. Wer weiß, ob er nicht einen beim Apotheker trifft. – So weit kommt es noch, denkt er, daß er selber glaubt, was er sich ausgedacht hat. Beruhigend wäre es natürlich schon, wenn einer seiner Freunde, weil er ohnehin nichts zu tun hat, ihn in die Apotheke begleitete. Oder zumindest wüßte, daß er dort hineingegangen ist.

Doch dann sagt er sich, auf dem letzten Stück Weges brauche er sich nun auch nicht mehr närrisch zu machen, und geht weiter. Dabei drängt sich wieder Boris' Bericht von der Flucht in seine Gedanken. Die erste Tat am Abend vor Lichtmeß, mit der der Ausbruch eingeleitet wurde, war, daß Tataren-Mischka unter einem Vorwand zum Blockältesten ging und ihn erstach. Man hatte ihm klargemacht, daß er mitmachen mußte, da auch er im Todesblock ein Ende des Kriegs nicht überleben würde. Die beiden Leibwächter wurden gebunden und geknebelt.

In einer Ecke der Baracke begannen einige Männer, den Beton aufzureißen. Der Plan sah nämlich vor, einen unterirdischen

Gang bis zum Wachturm zu graben, um von unten her die Wachmannschaft mit ihrem Maschinengewehr auszuschalten. Man erkannte jedoch bald, daß man dies bis zum Zeitpunkt des Ausbruchs ohne geeignetes Werkzeug nicht schaffen würde.

Andere richteten alles her, was als Wurfgeschoß dienen konnte: Kohlestücke und Ersatzseife aus dem Raum des Blockältesten, Holzschuhe, sowie die Trümmer des Betonwaschtisches, den sie zerschlugen. Ein Teil der Decken aus dem Raum des Blockältesten wurde in Streifen gerissen, um sich die Füße für die Flucht damit zu umwickeln. Der größte Teil mußte aber ganz bleiben. Diese Decken brauchten sie, um den stromgeladenen Stacheldraht auf der Mauer zu überwinden.

Und dann begann das Warten. Der Plan sah den Ausbruch für ein Uhr nachts vor. Um Mitternacht war Wachablöse. Das hieß, daß die vorangegangene Wache dann schon fest schlief, die Männer am Turm schon eine Stunde Dienst getan hatten und dementsprechend durchfroren und müde waren, und daß die nächste Wache noch im Bett lag. – Sie wußten aber nicht, was der SS noch bis dahin einfallen würde. Wenn sie wieder mitten in der Nacht kämen, um Häftlinge aus ihrem Block abzuholen, wie schon vor Tagen, dann würde alles auffliegen. Oder wenn die Männer auf dem Wachturm Verdacht schöpften und Alarm gäben. Als Boris eindringlich die Unsicherheit beschrieb, die Angst, unter der sie in diesen Stunden gelitten hatten, konnte Georg nachfühlen, wie das an ihrer aller Nerven gezehrt haben mußte.

Und dann war es endlich soweit. Aus Türen und Fenstern stürmten sie hinaus, voran einer mit dem Feuerlöscher. Das war ihre entscheidende Waffe gegen den Mann am Maschinengewehr. Mit dem Schaumstrahl wurde er blind gemacht. Zuvor hat er allerdings noch eine Reihe der anstürmenden Häftlinge, die ihre Wurfgeschosse gegen den Wachturm und seine Besatzung richtete, niedergemäht. Das MG-Geknatter mußte das ganze Lager alarmiert haben. Höchste Eile war also geboten. Nasse Decken wurden über den Stacheldraht geworfen, dann kletterten die ersten über die Schultern von anderen hoch. Unter dem Gewicht der Körper, die sich über den Draht legten, brachen die Streben. Es gab einen gewaltigen Kurzschluß – und der Weg war frei.

Boris hat jedoch auch von denen erzählt, die nicht einmal die andere Seite der Mauer – eine, wenn auch kurze Freiheit – erreichen konnten. Etwa hundert Männer im Block waren so schwach und entkräftet, daß sie von vornherein gar nicht imstande waren, an der Flucht mitzumachen. Die meisten von ihnen blieben vollkommen nackt zurück, weil sie anderen ihre Kleider gaben. Sie wußten, daß sie den Tag nach dem Ausbruch nicht überleben würden. So sollten es die anderen wenigstens ein bißchen wärmer haben. Manche brachen schließlich unter der Anstrengung zusammen, ihren Kameraden über die Mauer zu helfen, und einige opferten sich, indem sie sich ohne schützende Decken über den stromgeladenen Stacheldraht hängten, weil dieser zuerst nicht nachgeben wollte.

Georg steht schon einige Minuten vor der Apotheke. Nun aber darf er nicht mehr länger zögern hineinzugehen, sagt er sich schließlich. Sonst schöpft gar noch jemand Verdacht, weil er hier herumsteht. – Entschlossen steigt er die zwei Stufen zur Apothekentür hinauf und öffnet sie. Niemand ist da, weder vor noch hinter dem Ladentisch. Als er die Tür hinter sich schließt, hört er aus dem anschließenden Raum den Apotheker rufen: »Ich komm schon.«

Georg bleibt stehen und blickt über die dunklen Regale mit den vielen Gläsern in allen Größen. Dabei entsinnt er sich, daß sie schon als Kinder gern hierhergekommen sind, wenn es auch immer ein wenig Überwindung kostete. Für sie hatte die Apotheke etwas Seltsames an sich. Wahrscheinlich lag das am Geruch, der so fremd war. Und er erinnert sich an die beiden großen Gläser, die immer gleich neben der Kassa standen. Wenn der frühere Apotheker – zumeist war es aber das Fräulein Adler – entdeckte, daß sie sich in einem Winkel bei der Tür herumdrückten, rief er sie näher. Und dann fragte er: ›Hast du vielleicht

Halsweh?‹ Wenn sie dann nickten, griff er in eines der beiden Gläser und gab ihnen entweder ein Stück Lakritze oder ein Eibischzuckerl.

Unwillkürlich schaut Georg zum Platz neben der Kassa. Doch die beiden Gläser sind nicht mehr da. Es war noch vor dem Krieg, daß der frühere Apotheker in Rente gegangen ist. Und als der Lösch dann kam, ging auch das Fräulein Adler. Sie lebte zwar noch einige Zeit am Ort, eines Tages aber war sie verschwunden. Es hieß, man habe sie abgeholt; was Genaues wollte niemand wissen.

»Ah, der Schurl mit der Blechhaube!« Die laute Stimme des Apothekers schreckt Georg aus seinen Gedanken. Etwas verdattert blickt er Lösch an, der hinter einem Vorhang hervorgetreten ist.

»Du gehörst doch auch zu denen, die morgen einrücken«, setzt der Apotheker gleich fort. »Für Führer, Volk und Vaterland!«

Etwas ist eigenartig am Ton des Apothekers, denkt Georg, während er nun den Zettel aus seiner Jackentasche fischt. Er klingt heute fast leutselig. Als er das Blatt Papier dann auseinanderfaltet und es dem Apotheker über den Ladentisch reicht, sagt er sich: Jetzt kommt der Augenblick, wo der Frosch ins Wasser springt. Vielleicht rührt es von seiner Verlegenheit, oder es belustigt ihn, daß ihm gerade jetzt der Spruch eingefallen ist, jedenfalls huscht ein kurzes Lächeln über sein Gesicht.

Lösch grinst zurück, als ob dieses ihm gegolten hätte. Er nimmt den Zettel, blickt darauf, hält ihn dann etwas näher an die Augen – legt ihn schließlich auf den Ladentisch zurück und geht zum Regal hinter sich. Mit einem kleinen Glas kommt er zurück und stellt es vor Georg hin. Dieser steckt es sogleich in die Tasche, ohne auch nur einen Blick darauf zu werfen, zahlt rasch, nachdem der Apotheker den Preis genannt hat, und wendet sich zum Gehen.

Am liebsten würde er zur Tür hinausrennen, doch er zwingt sich, ganz normal einen Schritt vor den anderen zu setzen. Als er die Tür schon geöffnet hat und noch immer nichts passiert ist, sagt er: »Auf Wiedersehen.«

»Heil Hitler«, erwidert Lösch. Lachend fügt er hinzu: »Na ja, ab morgen wirst du das auch lernen.«

Dann steht Georg vor dem Eingang, und er lehnt sich gegen die Wand. Es ist ihm, als ob er die ganze Zeit die Luft angehalten hätte, als ob er erst jetzt wieder einatmen könnte. Und das tut er nun auch in tiefen Zügen. – Es ist höchste Zeit, daß er nach Hause kommt, denkt er schließlich und stößt sich von der Mauer ab.

XIV

Hoffentlich schaut niemand in den Rübenkeller! Dieser Gedanke hat Anton den ganzen Tag über verfolgt. Und die Angst, jemand könnte dies getan haben, verstärkt sich, als er nun die Stiege hinuntergeht. – Als er heimgekommen war, hatte er im Haus niemanden angetroffen, und so war er in seine Kammer hinaufgegangen, um die warmen Kleider, die er für seinen ersten Einsatz bei der HJ getragen hatte, abzulegen. Doch dann setzte er sich lediglich aufs Bett und wartete, was kommen würde. Vielleicht war schon jemand im Rübenkeller, ging es ihm durch den Kopf. Und er stellte sich vor, was sich da abgespielt haben mochte.

Es war der Vater, der in Antons Überlegungen die Tür öffnete – und sogleich vor dem Geruch zurückschreckte. Um nachzusehen, von wo der Gestank kam, zündete er die Karbidlampe an und leuchtete in alle Winkel. Er sah zwar auf Anhieb niemanden, doch er folgte seiner Nase. Und dabei mußte er unweigerlich zu dem nur notdürftig mit ein paar Schalbrettern und Gerümpel abgedeckten Loch in der zugemauerten Ecke gekommen sein.

Was aber war dann passiert? – Es beunruhigte ihn, daß er weder Vater noch Mutter im Haus angetroffen hatte. Und so drängte sich ihm mit einem Mal die Vorstellung auf, es könnte wie schon in den vergangenen Tagen auch heute wieder ein SS-Trupp gekommen sein und das ganze Gehöft durchstöbert haben. Dabei hätte einer die Tür zum Rübenkeller geöffnet – vielleicht gar nicht mit der Absicht, sich dort gründlich umzuschauen – und den Gestank wahrgenommen. Auf die Frage, was denn da so stinke, hätte der Vater wahrheitsgemäß geantwortet, daß er es nicht wisse, wodurch bei allen, die an der Tür standen, der Argwohn geweckt worden sei und man begonnen hätte, den Rübenkeller genau zu durchsuchen.

Warum aber waren der Vater und die Mutter nicht da, fragte sich Anton. Man würde sie doch nicht mitgenommen haben? – Schließlich hielt er es nicht mehr aus, einfach dazusitzen, und er trat ans Fenster, um auf den Hof hinunterzuschauen. Vielleicht würde er einen von ihnen sehen oder doch zumindest erkennen können, wo sie sich aufhielten. Sich auf die Suche nach ihnen zu machen, wagte er nicht. Einen Augenblick überlegte er, ob er nach Anja sehen sollte; sie müßte ja auch wissen, ob etwas vorgefallen war. Wenn man ihn jedoch mit ihr zusammen fände, würde es nur noch ärger.

Warum aber könnte nicht alles vollkommen ruhig sein? Niemand hat in den Rübenkeller geschaut und den Ausbrecher entdeckt. – Seine Kammer ist ihm zu eng geworden. Er will nicht weiter in ihr darauf warten, daß man ihn ruft, will sogleich dem Vater oder der Mutter am Gesicht ankennen können, was los ist. Deshalb beschließt er, in der Stube der Dinge zu harren, die da kommen würden.

Vorsichtig öffnet er die Tür: Es könnte ja sein, daß der Vater oder die Mutter zurückgekehrt sind, ohne daß er es bemerkt hat. Doch es ist niemand da. Anton geht erst zum Fenster, blickt auf den Hof hinaus. Dabei sieht er auch zum Scheunentor hinüber, wo am Sonntag – es ist erst zwei Tage her – Anja mit den Ostarbeitern gestanden war, über die sich der Vater so aufregte. Dort hat alles begonnen. – Nun ist der Hof leer, kein Mensch zu sehen.

Dann setzt er sich auf die Ofenbank, seinen Lieblingsplatz. Angenehm warm ist es hier. Vor nicht allzu langer Zeit muß hier nachgelegt worden sein, geht es ihm durch den Kopf. In gewisser Weise beruhigt ihn dies. Die Sorge, die Eltern könnten von der SS mitgenommen worden sein, scheint unbegründet. Wo aber sind sie dann? Die Ungewißheit, nicht zu wissen, was passiert ist, macht ihn noch fertig, denkt er. Soll er sie suchen gehen?

Doch er beschließt, in der Stube zu bleiben. Er ist müde vom Gewaltmarsch, den er heute mit der HJ auf der Jagd nach den Ausbrechern hinter sich gebracht hat. Und wohlig zieht die Wärme in ihn ein. Er stützt die Ellbogen auf die Knie und schließt die Augen. – Es könnte alles so geruhsam sein, wenn es den Flüchtling nicht gäbe, und nicht die Anja; und wenn er sich nicht von ihr überreden hätte lassen. Ja, selbst wenn der Mann nicht so stinken würde, wäre alles einfacher.

Nach dem Gespräch mit dem Vater am Sonntag war er in seine Kammer hinaufgegangen, und dort war ihm Anjas Ansinnen sofort wieder eingefallen. Helfen müsse man dem einen, damit er nicht umgebracht würde, wie all die anderen, hatte sie gesagt. Ein Versteck müsse man für ihn finden. Und dabei hat er immer an die zugemauerte Ecke im Rübenkeller denken müssen. – Seit er als Kind begonnen hat, den Hof für sich zu entdecken, war etwas Geheimnisvolles um dieses Mauereck gewesen. Lange Zeit beflügelte der Gedanke daran seine Phantasie. Was hat er sich nicht alles ausgedacht, was dahinter verborgen sein könnte. Von einem Schatz hat er geträumt, und auch von eingemauerten Leichen. Aber er hat nie nachgefragt. Zuerst wäre herausgekommen, daß er sich im Rübenkeller herumgetrieben hat, obwohl man ihm doch verboten hatte, in ihn hinuntersteigen. Dahinter stand die Angst der Mutter, er könnte die Stufen hinunterfallen und sich den Hals brechen.

Erst sehr viel später erzählte der Vater von sich aus einmal, was es für eine Bewandtnis mit dem Kellereck hat. Sein Großvater hätte den Keller graben lassen, sagte er, als sie beide einmal nach der Rübenernte davor standen. Doch im darauffolgenden Frühling sei genau an diesem Eck das Wasser hochgekommen. Eine Wasserader laufe ausgerechnet unter dieser Stelle durch. Das merke man aber nur manchmal, nach der Schneeschmelze oder nach außerordentlichen Regenfällen. Und so mauerte man einfach das Eck ab; zuschütten konnte man es ja nicht mehr. Und außerdem, so soll Vaters Großvater gemeint haben, sei es immer gut zu wissen, wo man in Notzeiten Wasser finden kann.

Damals hatte er aber längst selbst schon an einer brüchigen Stelle der Mauer ein faustgroßes Loch durchgebrochen, um mit einer Lampe hineinzuleuchten. Die Enttäuschung war riesengroß gewesen, als er dahinter nur einen leeren Raum fand und am Boden weder Truhen mit Edelsteinen noch ein Skelett. Am Sonntag hatte er sich an diese Ernüchterung erinnern und dabei schmunzeln müssen. – Das Loch war nie aufgefallen, da immer Bretter und anderes Gerümpel an der Wand lehnten. Und die Idee, daß das ein feines Versteck sein könnte, wenn man die Öffnung nur entsprechend vergrößerte, ist nicht neu. Sie war ihm schon seinerzeit gekommen.

Anton wird es jetzt heiß auf der Ofenbank. Er hat ja noch immer die warmen Sachen an, und die Wärme, die der Ofen ausstrahlt und die eben noch so angenehm war, bringt ihn nun zum Schwitzen. Er kann sich jedoch nicht dazu entschließen aufzustehen. Vielleicht hilft das auch, falls er sich heute bei der Schneestapferei verkühlt hat, sagt er sich. Für nichts und wieder nichts hat sie der Ober-HJler umhergetrieben, nachdem man ihnen allen in der Früh ein Gewehr in die Hand gedrückt hat. Wehrertüchtigung unter besonderen Bedingungen hat er das genannt – und ihnen kaum eine Rast gegönnt. Mittags führte er sie zu einem SS-Trupp, der im Wald sein Lager aufgeschlagen hatte. Dort gab es einen Teller Eintopf, ein Stück Brot und dazu noch einen kaum trinkbaren Tee mit viel Zucker. Es war nur eine kurze Abfütterung, dann ging es schon wieder weiter, bis zum späten Nachmittag, als sie in einem weitem Bogen wieder zum Ort zurückkehrten.

Dabei war die Hatscherei selbst gar nicht das Unangenehmste, denkt Anton, wenngleich ihm die Kälte arg zugesetzt hat, wie er zugeben muß. Aber so außergewöhnlich war es nun auch wieder nicht für ihn. Er braucht sich nur an das eine Mal erinnern, als er den Vater beim Holzmachen begleitete und sie dann im Schneesturm heimgehen mußten. Die Buben vom Ort waren dagegen so etwas überhaupt nicht gewohnt. Einige von ihnen wußten zum Schluß schon nicht mehr, wie man einen Fuß vor den anderen setzt – insbesonders auch ein paar von denen, die sich beim Abmarsch besonders schneidig aufgeführt hatten, wie Anton schadenfroh bemerkte.

Viel unangenehmer als die Kälte, die Schneestapferei und alles andere war, daß ihm der Ober-HJler nicht von der Seite wich. Schon beim Appell, als man sie alle zur Gewehrausgabe antreten ließ, war er auf ihn zugekommen und hatte so laut, daß sich alle nach ihm umdrehten, gebrüllt: ›Ah, da ist ja der Neue in unseren Reihen! Du kommst gerade recht in einer Zeit, da man sich bewähren muß.‹ Und dann zeigte er ihm des langen und breiten, wie er mit dem Karabiner umgehen müsse: laden, spannen, anvisieren und abdrücken. – Das interessierte ihn sogar; denn nur allzu gern hätte er mit dem Gewehr auch einmal geschossen, sinniert er. Aber bestimmt nicht auf einen der Ausbrecher. Nur so einmal ausprobieren, wie das ist.

Während des ganzen Marsches redete der Ober-HJler auf ihn ein wie auf ein krankes Roß, predigte ihm etwas vor von der Bewährung, die Führer, Volk und Vaterland nun von jedem anständigen Deutschen forderten. Und es kam wirklich auch das, worauf ihn der Vater vorbereitet hatte: Er wollte ihn über die eigenen Eltern ausholen. – Dabei wußte er gut Bescheid über alles, hatte sich offenbar zuvor erkundigt. Er sprach ihn auf die Treffen der Ostarbeiter auf ihrem Hof an und wollte wissen, wie denn das Verhältnis zu ihnen sei, redete von der ›Gefahr des Fraternisierens‹, daß man sich dabei anstecken könne wie beim Tripper. Dabei lachte der Rotzlecker blöd und fragte, ob er denn auch wisse, was das sei.

Von Anfang bis zum Ende war er lästig wie eine Gwandlaus. Dabei mußte Anton immer daran denken, daß jemand in den Rübenkeller gehen und dort den versteckten Ausbrecher riechen und finden könnte. Von diesen Ängsten durfte jedoch der Ober-HJler nichts merken. Außerdem mußte er, wie ihm der Vater aufgetragen hatte, auch noch auf alles eingehen, was jener von ihm wollte. Das gelang ihm anscheinend auch ganz gut, überlegt Anton, denn der HJ-Führer zeigte sich eigentlich recht zufrieden. Vor allem auch, als er ihm erzählte, daß der Vater den Ostarbeitern verboten habe, sich weiter auf seinem Hof zu treffen. Nur einmal, da mußte er gemerkt haben, wie sich alles in ihm sträubte: Das war, als er begann, ihn über seinen Vater auszuhorchen.

Dabei versuchte der Kundt, das alles als ganz natürlich hinzustellen. Schließlich wäre da ja nichts, was Anton verheimlichen müßte, meinte er. Der Vater sei doch ein aufrechter deutscher Bauer, manchmal vielleicht ein wenig schwierig, doch dem Führer treu ergeben. Das sagte er aber schon mit einem fragenden Unterton. Und dann wollte er gleich wissen, wie denn der Vater ganz allgemein zu den Kriegsereignissen stünde. Wohl an seinem Gesichtsausdruck muß er spätestens da gemerkt haben, daß sich in ihm alles verhärtete. Am liebsten wäre er dem Naserer an die Gurgel gefahren, doch er mußte sich beherrschen.

Und der Ober-HJler merkte auch, daß er so nicht weiterkam, denn einlenkend erklärte er, daß ganz allgemein manches nicht richtig verstanden würde, wobei vor allem durch das Hören von Feindsendern ein falscher Eindruck von der Kriegslage entstünde. Nein, er wolle bestimmt nicht dem Vater unterstellen, daß er Feindsender höre, redete er gleich weiter, aber es gebe immer noch Leute, die feindliche Meldungen unter der Hand weitererzählten; zum Beispiel wenn die Männer nach der Messe am Kirchenplatz noch beisammenstehen. Man müsse sich davor hüten zu glauben, was da klammheimlich an Feind-Meldungen verbreitet würde.

Im Nachhinein kann sich Anton gar nicht erinnern, daß der HJler je eine Pause gemacht hätte – außer wenn er allgemeine Kommandos gab und einmal die einen da und die anderen dort hinschickte, um sie hinter einem Gebüsch oder einer Schneewehe nachschauen zu lassen, ob da nicht etwas Verdächtiges wäre. Ihn aber ließ er keinen Schritt allein gehen, wich ihm nicht von der Seite. – Schließlich kam er auch noch damit, daß es nun an ihm läge, den Vater im richtigen Sinn zu beeinflussen. Er sei ja nun organisiert, im Gegensatz zum Vater. Und er würde folglich mit dem richtigen Gedankengut vertraut; das er natürlich an seine Eltern weitergeben müsse. Immer war da ein kleiner Stachel gegen den Vater, jeweils verbunden mit einer als Feststellung getarnten Frage, wie denn dessen Haltung zu dem einen oder anderen wäre.

Anton wischt sich mit beiden Händen über das Gesicht, als ob er die Erinnerungen an diesen Tag auslöschen wollte. Dabei merkt er, daß ihm Schweißperlen auf der Stirn stehen. Er überlegt eben, ob er sich woanders hinsetzen oder doch zumindest einmal die dicke Weste ausziehen sollte – da geht die Stubentür auf. Erschrocken fährt er hoch, atmet allerdings erleichtert auf, als er in der Tür die Mutter erkennt.

»Was ist denn mit dir los, Toni«, sagt sie, als sie ihn da sitzen sieht. »Bist ganz rot im Gesicht. Hast dich verkühlt? Wär auch kein Wunder. Den ganzen Tag unterwegs.« – Eingehend mustert Anton das Gesicht der Mutter, ob sich hinter ihrer ersten Sorge um ihn etwas verberge. – Sie fährt aber fort: »Wart's den ganzen Tag draußen? Mußt ganz durchfroren sein. Am besten ist, du nimmst ein heißes Fußbad! Ich stell dir Wasser auf.« Dabei schiebt sie schon den großen Hafen in die Mitte des Herds und schüttet aus der Kanne Wasser nach.

Anton hält die Ungewißheit nicht mehr aus. Er findet die Fürsorge der Mutter übertrieben. Einen Augenblick glaubt er, sie wolle sich damit ablenken, und so fragt er: »Wo ist denn der Vater?« – Es ist das erste, was Anton seit ihrem Eintreten gesagt hat, und die Mutter schaut ihn erstaunt an. Es stehen ihm schon wieder Schweißperlen auf der Stirn. »Du dampfst ja richtiggehend. Zieh endlich das warme Zeug aus«, sagt sie – und, als ob sie sich auf seine Frage besinnen müßte: »Er ist im Stadl und schneidet Schab für's Roß. Es ist schon finster geworden, als ihm plötzlich eingefallen ist, daß das noch zu tun wär. Dabei hätt das ganz gewiß auch bis morgen Zeit gehabt. Aber nein, mit der Laterne ist er noch hinausgegangen. Hat zur Zeit keine Ruh, der Mann.«

Es ist nichts passiert, denkt Anton. Aber er weiß, daß sich der Vater mitunter seinen Ärger oder Zorn abarbeitet; und deshalb fragt er zur Vorsicht nach: »Hat's was gegeben, den Tag über?«

»Nein«, antwortet die Mutter, während sie ihm eine Waschschüssel mit heißem Wasser vor die Füße stellt.

Nun, endlich befreit von der Last, die ihn den ganzen Tag bedrückt hat, knöpft er die dicke Weste auf. Er zieht die Socken aus und probiert mit der großen Zehe, ob das Wasser auch nicht zu heiß sei. Aber das ist eher eine Gewohnheitsgeste aus seiner Kindheit. Im Augenblick ist er so glücklich, geht es ihm durch den Kopf, daß er selbst über glühende Kohlen gehen könnte. Dankbar blickt er die Mutter an, als er die Füße im dampfenden Wasser versenkt und sich dann zurücklehnt. Ihm ist, als ob man ihm einen schweren Rucksack, den er bis zum Umfallen geschleppt hat, nun von den Schultern genommen hätte, denkt er. Wohlig schließt er die Augen. Er könnte auf der Stelle einschlafen.

Ein paar Tage nur müßte man den Flüchtling unterbringen; bis die Jagd abgeblasen würde, hat die Anja gesagt. Und ein Tag ist immerhin schon überstanden. Wenn man jemandem das Leben rettet, ist das doch ein gutes Werk, auch wenn es ein Fremder ist, sinnt Anton weiter vor sich hin. So war es doch richtig, daß er auf das Ansinnen des Mädchens eingegangen ist. – Als er sie sonntags im Stall verließ, hatte er nur Angst, man könnte ihm ansehen, welche Gedanken ihn beschäftigten. Aber der Vater dachte offenbar nur daran, daß er ihn nun doch zur HJ schicken müßte.

Als er in seiner Kammer saß, mußte er immer an den Rübenkeller denken. Schließlich schlich er sich aus dem Haus, um sich die zugemauerte Ecke anzusehen. Da war noch das Loch, das er einst durch die Mauer gebrochen hatte. Und es sollte kein Problem sein, dachte er, als er dort stand, es so weit zu vergrößern, daß ein Mann durchpaßt, und den ganzen Krempel, der herumlehnte, wieder so hinzustellen, daß der Einstieg auf Anhieb nicht auffallen würde. Das teilte er schließlich auch Anja mit.

In der Nacht kam der Pole vom Lenseder, um sich zu erkundigen, wie es um die Frage des Verstecks stünde; und er brach dann auch gleich ein entsprechendes Loch in die Mauer, wie ihm anderntags die Anja erzählte. In der darauffolgenden Nacht wollte er den Flüchtling bringen. – Vorerst aber kümmerte sich Anton nicht darum. Am Vormittag ging er mit dem Vater Holz schneiden, da er nicht allzu bald beim Eiblmayer aufkreuzen wollte. Der hätte ihn sonst vielleicht schon am selben Tag einem HJ-Suchtrupp nachgeschickt, und so eilig hatte er es nun auch wieder nicht, bei dem Verein dabeizusein. So ging er erst nach dem Mittagessen, um sich beim Ortsbauernführer zu melden.

Und der war sogar scheißfreundlich, als er hinkam, lud ihn sogar in die Stube ein. Allerdings mußte er sich dort anhören, was für ein Segen es doch für ihn wäre, wenn er jetzt Hitlerjunge würde, und auch, was für ein Segen es für die Eltern wäre, weil jetzt wenigstens ihr Bub organisiert sei. Allerdings durfte er dem Eiblmayer ab einem bestimmten Zeitpunkt des Gesprächs nicht mehr ins Gesicht schauen. Mit einem Mal war da nämlich aus seiner Erinnerung das Bild eines Fuchses aufgetaucht, das er einmal in einem Kinderbuch gesehen hat. Und das wurde nun, jedesmal wenn er ihn ansah, eins mit dem Gesicht des Ortsbauernführers. Es gab da eine Ähnlichkeit, möglicherweise lag es aber auch nur daran, daß er den Eiblmayer samt seinen Erklärungen als ebenso hinterhältig wie den Fuchs im Kinderbuch empfand. Und er mußte immer daran denken, was der Vater einmal über ihn gesagt hat: Der Neid frißt Viech und Leut.

Allerdings schien sich der Eiblmayer ehrlich darüber zu freuen, daß er zur HJ kam, denn er spendierte ihm sogar ein Stamperl Schnaps. Wahrscheinlich lag das daran, daß er nun bei seinen Leuten damit hausieren gehen konnte, es sei ihm gar gelungen, dem Franzmaier den Buben abzuluchsen, denkt Anton. – Und den Obstler hat er auch nicht abgelehnt, obwohl ihm der Vater ausdrücklich das Schnapstrinken verboten hat. Doch das wollte er dem Eiblmayer nicht sagen. Der hätte sich doch nur über ihn lustig gemacht. Und, sofern der Vater etwas merken sollte, könnte er sich nicht allzu sehr aufregen, war er doch vom Ortsbauernführer auf das Stamperl eingeladen worden. Außerdem hat ihm der Schnaps gutgetan. Er hat ihn aufgewärmt; und der Rückweg ist ihm viel kürzer vorgekommen.

Wieder auf dem Hof hat ihn der Vater sofort gefragt, wie es denn beim Eiblmayer gewesen sei. Doch er hat ihm nur gesagt, daß er den Auftrag bekommen hätte, sich heute früh vor dem Abmarsch der Suchtrupps beim Ober-HJler zu melden. Der würde ihn schon einteilen, hätte der Ortsbauernführer gemeint. Worauf ihm der Vater von neuem gute Ratschläge gab, wie er sich verhalten sollte. – Allerdings muß sich Anton eingestehen, daß der Vater recht genau abzuschätzen wußte, wie sich alles abspielen wür-de.

Anton schreckt auf, als ihm die Mutter heißes Wasser in die Waschschüssel nachschüttet. »Laß die Füß noch ein bißl drinnen«, sagt sie. »Bist müd? Der Vater muß gleich kommen, und dann essen wir. Danach gehst schlafen. – Mußt morgen wieder mit denen mitziehen?«

Anton nickt. Wo nur der Vater bleibt, fragt er sich. Er wird doch nicht jetzt noch beim Rübenkeller vorbeischauen. – Wenn der Mensch nicht so stinken würde, brütet er vor sich hin, dann wäre alles viel einfacher. Aber er ist ein paar Tage lang im Misthaufen eingegraben gewesen. Gut möglich, daß sich da der Geruch sogar in die Haut zieht. Als er heute früh rasch zum Rübenkeller ging, um nachzusehen, ob der Flüchtling bereits im Versteck sei, schlug ihm jedenfalls der Gestank schon bei der Tür entgegen; und er machte gleich wieder zu. Was bringt es schon, wenn er ihn sieht, dachte er. Er wüßte ohnehin nicht, was er ihm sagen sollte.

Immerhin weiß er, was da so stinkt, sagt er sich dann. Wenn aber der Vater oder die Mutter in den Rübenkeller schauen, müssen sie ja denken, weiß Gott was da unten los sei: daß die Rüben faulen oder sich ein Iltis einquartiert hat. Allerdings würde nicht einmal der den Keller so verstinken. Sie könnten auch glauben, daß eine Katze oder ein Marder dort krepiert ist. Auf jeden Fall würde aber der Vater nachschauen. Und seine Nase würde ihn unweigerlich zum Versteck führen.

Das haben sie nicht bedacht, als es um das Versteck ging, denkt Anton. Wenn sie den Flüchtling im Stall untergebracht hätten, wäre das alles anders. Allein, er wüßte dort keinen Platz, der auch nur halbwegs Sicherheit böte. Den ganzen Tag über hat er gegrübelt, wie man den Geruch wegbringen könnte. Schließlich kann man nicht einfach lüften. Wenn die Tür des Kellers offenstünde, würde das erst recht die Aufmerksamkeit des Vaters wecken.

Zumindest müßte man dem Flüchtling saubere Kleider geben und die seinen irgendwo im Schnee vergraben. Das schien ihm vordringlich. Wo aber sollte man die herbekommen, noch dazu welche, die ihm passen. Er hätte ihn sich doch in der Früh anschauen sollen, dann wüßte er wenigstens, ob er groß oder klein, dick oder dünn ist. Nun, dick wird er nicht sein, geht es ihm durch den Kopf, wenn er so ausschaut wie all die anderen, die sie bei der Schule hingeworfen haben. Da hatte er nur Skelette gesehen, als er am Sonntag, wie die anderen auch, vorbeigegangen war.

Er selbst hat nichts, was er einfach weggeben könnte, ohne daß es gleich auffiele; und er weiß nicht einmal, wo seine ausgetragenen Sachen sind, wo die die Mutter aufbewahrt. Er hat sich nie darum gekümmert. Und es hängt auch nirgends etwas herum, das nicht sofort abgehen würde. Am besten wäre, wenn die Anja mit diesem Marek redete. Vielleicht kommt der beim Lenseder leichter an etwas heran.

In dem Moment geht die Stubentür auf und der Vater schlurft herein. Anton fühlt sich ertappt, als ob er ihm seine Gedanken ansehen müßte. Unbewußt hat er die Beine schützend hochgezogen. Bang blickt er dem Vater entgegen. Doch der grinst nur, als er ihn da sitzen sieht. »Bist auch schon daheim«, sagt er. »Hast dir die Haxen wundgelaufen. Naja, für die Ehre muß man leiden.«

»Mach dich vielleicht auch noch über den Toni lustig«, geht die Mutter auf ihn los. »Es war doch nicht seine Idee, daß er da mittut. Du hast ihn ja geschickt – damit dich der Eiblmayer in Ruh läßt.«

»Ist schon gut, Frau«, beschwichtigt sie der Vater. »Vielleicht darf man noch einen Spaß machen.« Und sich an den Buben wendend, der, unschlüssig, was er nun tun soll, die Füße wieder ins heiße Wasser gestellt hat: »Wie war's denn so, den ganzen Tag?«

»Kalt«, sagt Anton. Doch der Blick des Vaters macht ihm deutlich, daß dieser einen ausführlichen Bericht über den Ablauf des Tages erwartet. Und während Anton noch nachdenkt, was er denn nun erzählen soll, hört er auch schon den Vater ärgerlich sagen: »Laß dir nicht wieder alle Würmer aus der Nase ziehen.«

»Gib Frieden, Mann«, wirft die Mutter ein, die am Herd hantiert. »Der Bub ist doch ganz erledigt.«

»Er ist ja nicht auf dem Maul gelaufen«, erwidert der Vater grob. »Das hat er nicht angestrengt. Also kann er's jetzt aufmachen.«

Die Mutter murrt nur leise etwas vor sich hin und stellt die Suppenschüssel auf den Tisch. Sie schiebt das Brotmesser zum Vater und fordert dann Anton auf: »Komm, jetzt wird erst einmal gegessen.« Gleichsam vermittelnd fragt sie dann noch: »Habt's überhaupt was zu essen gekriegt?«

»Ja«, antwortet Anton, während er sich die Füße abtrocknet. »Bei der SS im Wald hat's Eintopf gegeben.« Und die Gelegenheit wahrnehmend, den Vater mit irgendeinem Bericht zufriedenstellen zu können, fährt er fort: »Kohlrabi und gelbe Rüben waren drinnen, und ein wenig Fleisch, das aber recht fett war.«

»Und das haben die SSler auch gegessen?« unterbricht ihn fragend der Vater.

»Das kann ich nicht sagen«, antwortet Anton. »Als wir hingekommen sind, waren sie mit dem Essen schon fertig. Da stand nur noch ein großer Hafen herum, den sie für uns aufgehoben haben.«

»Wie ich die kenn, haben sie sich ganz bestimmt die Wampe mit was anderem vollgeschlagen«, fühlt sich der Vater offenbar bestätigt. »Wo sollt denn sonst all das Zeug hinkommen, das sie den Bauern wegnehmen.« Und nachdem er den Holzlöffel in die dünne Erdäpfelsuppe getaucht hat: »Heutzutag wird der Bauer nicht mehr satt, weil sich's diese gottverdammten Schmarotzer gut gehen lassen.«

Er will schon den Löffel zum Mund führen, als die Mutter leise meint: »Gebetet hast noch nicht.«

Gereizt wirft er den Löffel in die Suppenschüssel zurück. »Für den Herrn zahlt sich's wirklich nicht aus, daß er auch noch segnet, was er uns da beschert hat. Das wär doch glattweg zuviel von ihm verlangt.« Ohne das Tischgebet zu sprechen greift er wieder zum Löffel und führt ihn zum Mund.

»Versündig dich nicht, Mann«, schilt die Mutter und spricht für sich ein stummes Gebet, bevor sie in die Suppe langt. Anton, der sie beobachtet hat, macht es ihr nach. Es fällt kein weiteres Wort. Jeder der drei löffelt still vor sich hin, den Blick gesenkt.

Der Vater hat genau vorausgesehen, wie das bei der HJ ablaufen wird, denkt Anton. Und nur allzu gern würde er ihm das auch mitteilen. Warum nur hat er es zuvor wieder zum Streit kommen lassen? Warum hat er die Gelegenheit nicht genutzt? – Er ist nicht bockig, wie der Vater immer meint. Es ist nur so, daß es ihm ungeheuer schwer fällt zu reden, wenn er dem Vater gegenübersteht. Immer ist da eine Beklemmung, der Vater könnte etwas auszusetzen haben, könnte verärgert sein oder sich über ihn lustig machen oder sonst auf eine Weise reagieren, die ihn bloßstellt. Darum hat er sich angewöhnt, so wenig wie möglich zu sagen, auch wenn er damit den Vater erst recht reizt.

Am Sonntag, da war alles anders, da hat ihn der Vater von sich aus ins Vertrauen gezogen, hat mit ihm geredet wie mit einem Mann. Vielleicht ist er nun alt genug, daß sich manches zwischen ihnen beiden ändert. Er würde so gern mit dem Vater reden können, sich ihm anvertrauen, ihm erzählen können, was ihn bewegt, sich mit ihm richtig aussprechen. Wie oft ist er in seiner Kammer gehockt und hat sich ausgemalt, daß sie eines Tages beisammensitzen, bei einem Krug Most, und er erzählt dem Vater, wie bang ihm als Kind in seiner Nähe war, und sie beide könnten darüber lachen.

Die Mutter dagegen ist immer besorgt. Manchmal tut ihm das gut, wie zuvor, als sie ihm das Fußbad richtete. Viel öfter jedoch stört sie ihn mit ihrer Fürsorglichkeit. Vor allem mag er nicht, daß sie ihn unablässig gegenüber dem Vater in Schutz nimmt. Sei nicht so streng zu ihm! Schimpf nicht schon wieder mit ihm! Lach ihn nicht aus! Ständig steht sie mit ihrer Obhut zwischen dem Vater und ihm. Der Vater wird dadurch nur noch ungehaltener und stichelt dann: ›Pack den Buben nur in Watte; dann bleibt er ewig ein Talk.‹ Er wird ihn nie ernst nehmen, wenn sich die Mutter immer einmischt.

Bestimmt war das auch der Grund, warum der Vater die Mutter am Sonntag aus der Stube geschickt hat, als er mit ihm ernsthaft reden wollte. Vielleicht hat er aber auch befürchtet, die Mutter würde dreinreden und Bedenken haben? Kann es sein, geht es Anton plötzlich durch den Kopf, daß sich der Vater auch schwer tut, mit ihm normal zu reden, weil ihn die Mutter unausgesetzt in Schutz nimmt?

Er ist aber schon selbst schuld, daß sich heute nicht wieder die Vertrautheit vom Sonntag eingestellt hat. Er hätte sich zum Vater an den Tisch setzen und ihm erzählen müssen, was heute alles los war: Daß ihm der Ober-HJler pausenlos auf die Fersen getreten ist, weil er ihn ausholen wollte, was denn der Vater zu der einen Sache meine und dann wieder zu einer anderen. Das hätte er ihm schildern können. Und auch, daß er genau das gemacht hat, was ihm der Vater aufgetragen hat. Das hätte ihn womöglich sogar erheitert.

Wie aber hätte er sich zum Vater setzen sollen? Er hat ja die Füße in der Waschschüssel gehabt, als der Vater in die Stube gekommen ist. Außerdem hat ihm die Angst die Gurgel zugeschnürt, der Vater könnte den Fremden schon gefunden haben oder ihm ansehen, daß er etwas hinter seinem Rücken getan hat. – Der Vater hat noch immer alles herausgefunden, überlegt Anton. Nie hat er ein Geheimnis für sich bewahren können. Da ist was, ich seh's dir an der Nasenspitze an. Drück nicht herum, heraus damit! So hat es geheißen, seit er sich erinnern kann. Und wenn er nicht die Wahrheit gesagt hat, dann hieß es auch: Du lügst, ich seh's dir an der Nasenspitze an. Heraus mit der Wahrheit!

Vielleicht hat ihn der Vater nur noch nicht genau genug angeschaut, sonst hätte er ihm schon an der Nasenspitze angesehen, daß im Rübenkeller ein Flüchtling versteckt ist. Anton blickt kurz aus dem Augenwinkel zum Vater hinüber. Der aber starrt auf die Tischplatte, während er gleichmäßig aus der Suppenschüssel löffelt und ab und zu ein Stück Brot in den Mund schiebt. Tief eingegraben in seine Stirn ist die Sorgenfalte. Irgendetwas scheint ihn zu bedrücken.

Anton linst weiter zum Vater hinüber. Zu gern wüßte er, was ihn bekümmert, und er wünschte sich, daß sich der Vater ihm anvertraut und er ihm helfen könnte. Warum aber sollte er ihm Vertrauen schenken? Hat er nicht etwas getan, womit er das Vertrauen des Vaters mißbraucht, geht es Anton durch den Kopf. Und das ist nicht eines seiner kleinen Geheimnisse, die er immer so gern bewahrt wissen wollte. Da geht es um etwas, das die ganze Familie in Gefahr bringt. Er hätte sich von Anfang an dem Vater anvertrauen müssen. Der hätte besser gewußt, was zu tun ist.

Es war dumm, daß er auf die Anja gehört hat, die meinte, der Vater dürfe nichts davon wissen. Hat sie geglaubt, er würde den Flüchtling verraten? Warum sollte er das tun? Der Vater würde nicht weniger als er selbst einsehen, daß es die Pflicht eines guten Christen ist, einem Menschen das Leben zu retten. Außerdem mag er die Nazis nicht. Wenn er sich besser mit ihnen stünde, hätte er nicht die Sorgen mit dem Eiblmayer und ihn auch nicht zur HJ schicken müssen. Nein, der Vater würde den Flüchtling ganz bestimmt nicht verraten, sagt sich Anton und wirft wieder einen Blick zu ihm hinüber. Wahrscheinlich hätte er sogar ein Versteck gewußt, wo der Mann besser aufgehoben wäre. Aber selbst wenn er den Rübenkeller für gut fände, ließe sich auch das Problem mit dem Geruch lösen – wenn er nur von allem wüßte. Denn er gibt dem Flüchtling bestimmt auch frische Kleider.

»Iß, Toni«, hört er plötzlich die Mutter sagen, »mußt doch was Warmes in den Magen kriegen.« Ihre Aufforderung reißt ihn aus seinen Gedanken, und er merkt, daß er ganz aufs Essen vergessen hat. Jetzt schaut auch der Vater zu ihm her. »Mußt dich schon mit der Suppe zufrieden geben«, meint er mürrisch. »Mehr können wir dir nicht bieten. Vielleicht fällt morgen bei der SS was Besseres für euch ab. Oder seid's mit der Sucherei schon zuend?«

»Nein, morgen geht's wieder weiter«, antwortet Anton und will eigentlich weiterreden, erzählen, wie sie nutzlos herumgejagt werden, doch der Vater löffelt schon wieder in sich hinein und die Mutter drängt: »Jetzt iß, solang die Suppe noch warm ist!« So taucht auch er seinen Löffel in die Schüssel.

Dabei fällt ihm mit einem Mal ein: Der Flüchtling muß ja auch etwas essen. Die Anja hat nichts dazu gesagt, aber was will sie ihm schon geben. Sie kriegt selbst nicht so viel, daß sie sich davon etwas absparen könnte. Allerdings hat er keine Vorstellung, wie er helfen soll. Er schaut auf das Stück Brot, das er in der Hand hält. Viel ist davon nicht mehr übrig. Und wenn er den Vater um ein weiteres Stück bittet, wird davon auch niemand satt. – Als Kind hat er manchmal etwas aus der Speis stibitzt, etwas Eingelegtes oder ein Stück Zucker – aber nur wenn die Eltern aus dem Haus waren. Oder die Mutter hieß ihn etwas holen und er riskierte einen raschen Griff ins Zuckerglas. Das ist aber schon lang her, und es scheint ihm unmöglich, sich heute abend unbemerkt in die Speis zu schleichen.

Für einen Augenblick drängt sich Anton die Vorstellung auf, wie der Mann in seinem Versteck sitzt, vom Hunger geplagt. Und der Hunger wird stärker und stärker, bis es der Mann nicht mehr aushält und aus dem Keller herausläuft. So käme erst recht alles auf, überlegt er. Dann müßte er alles gestehen und der Vater wäre zu Recht wütend. Wenn er ihn dagegen einweiht, dann müßte der Flüchtling auch nicht hungern, denn dann könnte er ihm bringen, was der Vater für richtig hält.

»Ich bring der Anja was zu essen«, erklärt in diesem Moment die Mutter und steht vom Tisch auf. Und zum Vater gewandt: »Schneid ein Stück Brot ab!« Sie gießt das, was in der Suppenschüssel übriggeblieben ist, in ein Haferl, wickelt das Brot, das der Vater abgeschnitten hat, in ein Tuch und geht aus der Stube.

Als die Tür hinter ihr zufällt, denkt Anton, jetzt ist die Zeit, sich dem Vater anzuvertrauen. Jetzt muß er reden. Er darf es nicht weiter aufschieben. Der Vater muß von allem wissen. Nur so wird alles gut werden. Dabei beobachtet er ihn, wie er mit aufgestützten Ellbogen dasitzt und weiter vor sich hinstarrt. Anscheinend spürt er den Blick Antons, denn er schaut auf. Jetzt muß es sein! Er reißt sich zusammen und sagt: »Vater! Bei uns am Hof ist ein Flüchtling versteckt.«

XV

»Gelobt sei Jesus Christus«, sagt Derflinger, als das Schiebetürchen hinter dem Holzgitter aufgeht. Angestrengt versucht er in der Dunkelheit dahinter Pater Lambrecht auszumachen, erkennt allerdings nur schemenhaft dessen Kopf, den jener gesenkt hält.

»Bekenne vor Gott deine Sünden«, sagt der Pfarrer und macht durch ein Handzeichen deutlich, daß er zu hören bereit sei.

»O Gott! Ich bekenne, daß ich gesündigt habe«, beginnt Derflinger. Doch noch während er diese Worte sagt, erscheint es ihm unpassend, sein Schuldbekenntnis so formelhaft zu beginnen; mit Worten, die man ihm einst beigebracht hat, bevor er zur Erstkommunion ging. Seit seiner Kindheit hat er noch jede Beichte so begonnen und sich nie Gedanken darüber gemacht. Auch später nicht, wenn er jeweils einmal im Jahr seine läßlichen Sünden loswerden mußte, bevor er zu Ostern zur Kommunion ging. Da beichtete er auch lediglich, daß er gelogen hatte, jähzornig gewesen war, und vielleicht auch noch, daß er Vater und Mutter nicht geehrt hatte, solange die beiden noch lebten. Heute jedoch geht es um etwas ganz anderes, um etwas viel Schwerwiegenderes, dessen Ausmaß er nicht abzuschätzen vermag. – Schließlich ist es auch so lang her, daß er etwas über Todsünden gehört hat. Er kann sich beim besten Willen nicht mehr daran erinnern, ob ihm in so einem Fall der Pfarrer überhaupt die Absolution erteilen darf. Allerdings, und das gesteht er sich ein, ist das gar nicht sein vordringliches Problem. Genaugenommen ist sein Beichtgang nur ein Vorwand.

Die ganze Nacht über war er wach gelegen, hatte sich in seinem Bett herumgewälzt und alles immer wieder von neuem überdacht. Dennoch war es ihm nicht gelungen, Ordnung in seine Gedanken zu bringen. Gegen den Morgen zu wurde ihm dann klar, daß er sich mit jemandem aussprechen mußte. Doch nicht mit seiner Frau. Denn ihr konnte er einfach nicht all das sagen, was ihn so sehr bewegt, was ihn quält. Sie ist ja selbst viel zu sehr erschüttert. Und er weiß auch nicht, wie sie auf das Eingeständnis seiner Schuld reagieren würde.

Da ihm schließlich immer deutlicher geworden war, daß es die Strafe Gottes gewesen sein muß, die ihn getroffen hat, besann er sich auf den Pfarrer. Ihm konnte er im Beichtstuhl alles sagen. Und er mußte ihn anhören. Vielleicht würde er dabei Erleichterung finden, dachte er. – Jeder im Ort weiß, daß Pater Lambrecht im Anschluß an die Frühmesse noch einige Zeit im Beichtstuhl verbringt und dort wartet, ob jemand seiner bedarf. So war er in der Dunkelheit aufgestanden, da ihm das Bett ohnehin keine Ruhe verschaffen konnte.

Allerdings war er schon auf dem Kirchplatz gewesen, bevor überhaupt noch die Frühmesse begonnen hatte. Nein, er ging nicht hinein. Er wollte von niemandem gesehen werden. Er mußte zumindest erst mit dem Pfarrer gesprochen haben, bevor er heute irgendjemand gegenübertreten konnte. Es nagte alles so heftig in ihm, daß er es gewiß nicht ertragen hätte, wenn ihn jemand darauf angesprochen oder ihn auch nur auf ungewöhnliche Weise angeschaut hätte.

Auf dem Kirchplatz wollte er aber nicht bleiben; vielleicht wäre sonst noch jemand auf die Idee gekommen, er stehe da, um die Kirchgänger zu registrieren. So war er durch die Straßen des Orts gestreift. Zum Glück kann, was seine Person betrifft, niemand auf dumme Gedanken kommen, wenn man ihn dabei beobachtete. Selbst eine SS-Streife würde ihn nicht behelligt haben. Schließlich gehört es zu seinem Dienst, auch in den dunklen Morgenstunden durch die Straßen des Orts zu patrouillieren.

Gegen Ende der Frühmesse war er schließlich zum Kirchplatz zurückgekehrt, hatte hinter einem Hauseck gegenüber der Kirche gewartet, bis niemand mehr herauskam, um dann zum Beichtstuhl zu schleichen. Ja, er gesteht auch das ein: Er ist geschlichen, darauf bedacht, von niemandem dabei beobachtet zu werden, wie er beim Pfarrer Trost sucht. – Und jetzt kniet er hier, weiß aber nicht, wie er beginnen soll.

»Ich habe große Schuld auf mich geladen«, versucht es Derflinger von neuem. Er kommt aber auch diesmal nicht weiter. Das sind nicht seine eigenen Worte, geht es ihm durch den Kopf. Wenn er die volle Wahrheit sagen will, dann kann er sich nicht mit Redewendungen behelfen, die er vermutlich irgendwann einmal in einem Buch gelesen hat.

Er muß nur den richtigen Anfang finden, glaubt er, dann wird schon alles leichter. – Auch Pater Lambrecht scheint sein Ringen bemerkt zu haben. Als Derflinger in seiner verbissenen Suche nach den rechten Worten einmal hochblickt, sieht er, daß dieser ihm das Gesicht zugewandt hat. Und dann hört er ihn sagen: »Was belastet dich, mein Sohn?«

Dieses gönnerhafte ›mein Sohn‹, das er nie ausstehen konnte, und der trostschwangere Ton, den er aus den Worten des Pfarrers heraushört, dieses Es-wird-schon-nicht-so-arg-sein veranlassen Derflinger schließlich dazu herauszuplatzen: »Ich habe gemordet!« Und für einen kurzen Augenblick bereitet es ihm eine gewisse Genugtuung, Erschrecken im Gesicht Pater Lambrechts bemerken zu können. – War dies aber nun der richtige Anfang, fragt er sich dann. Zumindest ist es der Schluß aus all seinen bisherigen Überlegungen; auch wenn er selbst nicht geschossen hat.

»Bist also genauso einer«, hört er nun den Pfarrer sagen. »Ist über euch alle der Teufel gekommen?« Zorn und Enttäuschung liegen in diesen Worten. – Als er weiterspricht, scheint sich der Pfarrer jedoch wieder gefangen zu haben. »Und wen hast du ermordet«, fragt er.

»Einen von den Ausbrechern«, antwortet Derflinger und denkt: Als ob es einen Unterschied machte, wen man ermordet hat. – »Die Sache ist aber nicht so einfach«, fährt er eindringlich fort. »Geschossen hat der Fredi, mein Bub. Doch ist das ganz allein meine Schuld. Ich hab es auf dem Gewissen, daß der Bub einen umgebracht hat!«

»Man hat mir erzählt, daß zwei Buben von der HJ gestern Ausbrecher erschossen haben, die man aufgegriffen hat. Geht es darum?« fragt der Pfarrer nach. »War einer von ihnen der Fredi?«

Und als Derflinger dies nur kurz bejaht: »Ich hab aber gehört, daß der Bürgermeister den Buben das Gewehr in die Hand gedrückt und ihnen gesagt hat, daß sie schießen sollen. Warst du denn auch dabei?«

»Nein, ich war nicht dabei«, erwidert Derflinger. »Ich hab doch gesagt, daß die Sache nicht so einfach ist.« Und nach einer Weile: »Ich selbst hab es auch erst gestern abend erfahren, als der Bub nach Haus gekommen ist und berichtet hat, was vorgefallen ist. – Im Grunde hat das aber alles schon viel früher angefangen.«

»Dann erzählst mir halt alles«, fordert der Pfarrer ihn zum Weiterreden auf, scheint aber noch etwas zu überlegen und meint schließlich: »Aber vielleicht ist es besser, wir gehen aus dem Beichtstuhl hinaus. Wir können uns vorn vor dem Altar zusammensetzen. Da spricht es sich leichter. – Außerdem hab ich dort nicht das Gefühl, es könnte sich jemand vor dem Beichtstuhl herumdrücken und mithören.«

Als Derflinger nichts zu dem Vorschlag sagt, meint er beruhigend: »Wenn es ums Beichtgeheimnis geht, so gilt das dort nicht weniger als hier. Was du mir anvertraust, erfährt nur Gott.«

»Na gut, Pater Lambrecht«, erwidert schließlich Derflinger. »Mir ist es ebenfalls lieber, wenn ich genau weiß, daß niemand zuhört – außer Gott.« Und als er hört, daß jener den Beichtstuhl verläßt, erhebt sich auch er aus seiner knieenden Stellung und folgt dem Pfarrer, der nun mit raschen Schritten vor ihm hergeht. Im Mittelgang schaut Pater Lambrecht zu dem alten Holzkruzifix hoch, das an einem der Pfeiler hängt, und bekreuzigt sich. Vor dem Hauptaltar macht er eine tiefe Kniebeuge und geht dann rasch nach links, Richtung Taufbecken. Zuletzt bleibt er bei einer Bank stehen, die ein wenig versteckt hinter einem Pfeiler steht, von der aus man jedoch einen Großteil des Kirchenschiffs überblicken kann.

Der Pfarrer fordert ihn auf, sich hier niederzusetzen, und rutscht dann neben ihn. Derflinger hat das Gefühl, daß er nicht der erste ist, mit dem der Geistliche an diesem Platz ein Gespräch führt. –«Und jetzt erzähl, was gestern geschehen ist«, fordert ihn dieser von neuem auf, nachdem er sich zurechtgesetzt, unter der Soutane schwarze Wollfäustlinge hervorgeholt und sie sich angezogen hat, wobei er zuvor noch ein paar Mal in die Hände gehaucht hat.

»Gestern früh ist der Fellner Bertl ganz aufgeregt dahergekommen und hat den Fredl geholt. Alle HJler hätten zum Bürgermeister zu kommen, hat er erklärt.« Wie oft ist Derflinger der Ablauf dieses Tages in der vergangenen Nacht durch den Kopf gegangen. Jede Einzelheit, die er erfahren hat, hat sich dabei so fest in sein Gedächtnis eingegraben, daß er kaum einmal nachdenken muß, als er nun dem Pfarrer davon berichtet. »Vor dem Gemeindeamt sind sie vergattert worden, die HJ-Buben – und auch vom Volkssturm waren wieder welche dabei. Der Bürgermeister hat sie in Reih und Glied antreten lassen, und dann hat er auf sie eingeredet, daß sich trotz der Suchaktionen noch immer Schwerverbrecher, die aus dem Lager ausgebrochen sind, in der Gegend herumtreiben. Und daß es nun ihrer aller Aufgabe sei, wieder Sicherheit und Ordnung zu schaffen. So ungefähr muß er sich ausgelassen haben. – Zuletzt hat er ihnen dann noch mit besonderem Nachdruck eingeschärft, daß keine Gefangenen gemacht würden. ›Jeder Ausbrecher, wo er auch angetroffen wird, wird sofort niedergemacht‹, hat er ihnen gesagt.«

Jetzt stockt Derflinger in seiner Erzählung. Er seufzt tief auf, und als er merkt, daß ihn der Pfarrer fragend anschaut, erklärt er: »Das hat ganz bestimmt etwas mit mir zu tun gehabt. Ich hab ja am Tag davor die zwei, die der Satzbauer bei sich am Hof erwischt hat, in den Ort hergebracht, obwohl ich sie ja ebenfalls an Ort und Stelle hätte erschießen sollen. Doch hab ich mich nicht daran gehalten, hab sie vielmehr auch noch durch die Hauptstraße geführt. Die Leut sollten sehen, was für Menschen das sind, hab ich mir gedacht; daß es Menschen sind, auf die man nicht einfach bedenkenlos schießen kann.«

»Man hat's mir erzählt«, wirft der Pfarrer ein. »Auch davon, wie sich die Öttl aufgeführt hat.«

»Ach die – die ist bloß eine bösartige Stänkerin.«

»Und wie du dich mit dem SSler angelegt hast.«

»Aber wozu«, murmelt Derflinger. »Was hat das alles gebracht? Die zwei sind zuletzt doch erschossen worden. Und haben sich auch noch den ganzen Weg vom Satzbauer her abquälen müssen. Weil ich mir eingebildet hab, ich müßt sie lebend durch den Ort führen.«

»Und doch find ich, daß du richtig gehandelt hast«, erwidert der Pfarrer. »Die Leut müssen erkennen, daß da Menschen gejagt werden.«

»Na und? Hat sich deswegen auch nur einer Gedanken gemacht?«

»Ich glaub schon. Sonst hätt man mir nicht gleich davon erzählt.«

»Ja, weil etwas los war. So wie sie zu den Leichen vor der Schule gehen und gaffen.«

»Nein, das war's zumindest nicht allein. Da hat auch Respekt dafür mitgeschwungen, daß du's denen gezeigt hast.«

»Und davon kann ich mir was abschneiden«, meint Derflinger unwillig. »Ich selbst hab mir ja auch weiß-Gott-was darauf eingebildet. Das war mein Unheil. Es stimmt schon: Die Strafe folgt immer auf den Fuß. Wenn ich mich am Montag an die Weisung der SS gehalten und mich nicht aufgespielt hätt, dann wär anderntags den Kindern bestimmt nicht so ausdrücklich befohlen worden, daß sie schießen müssen.«

»Ich glaub nicht, daß man das so sehen kann«, meint der Pfarrer, nachdem er eine Weile sinnend dagesessen ist. »Du solltest dir das nicht einreden. – Doch erzähl einmal fertig, wie es weitergegangen ist.«

»Jeder der Buben hat zuletzt vom Bürgermeister ein Gewehr bekommen und fünf Schuß Munition. Dann wurden sie noch in Gruppen eingeteilt und sind abmarschiert. Und mein Fredi mußte ausgerechnet in der vom Bürgermeister mitziehen. – Aber selbst da hätt noch alles gutgehen können. Die längste Zeit sind sie durch die Gegend gezogen, ohne daß sie auch nur eine Spur gefunden hätten. Kalt war ihnen und die Füße haben ihnen schon wehgetan. – Ach, wär doch der Bub mit mordstrumm Blasen oder einem gehörigen Schnupfen nach Haus gekommen! Das hätt sich alles kurieren lassen.Doch nein. Am späten Nachmittag – niemand hat mehr geglaubt, daß sie überhaupt noch einen erwischen werden – zerren der Rohrbacher und der Schrötter, die vom Volkssturm mit waren, zwei von den Ausbrechern aus einem Dickicht, in dem die sich versteckt hatten. – Und die beiden schießen nicht; wo doch für sie der Befehl genauso gegolten hat, sondern bringen die Gefangenen zum Bürgermeister. Der hat sich deswegen auch gleich aufgeregt, hat sie zusammengeschissen. Aber selbst als er ihnen befohlen hat, sie sollten die beiden neben ihm erschießen, haben sie sich geweigert. Zumindest haben sie keine Anstalten gemacht, seiner Anordnung nachzukommen. So ist der Bürgermeister, weil er bei den beiden nichts ausgerichtet hat, auf seine verfluchte Idee gekommen.«

An dieser Stelle stockt Derflinger erneut. Nachdenklich wiegt er den Kopf hin und her, als ob er sich erst darüber klar werden müßte, daß sich das alles wirklich zugetragen hat, bevor er weitererzählt: »Da müssen eben richtige Männer her, hat er geschimpft. Als er sich dabei umgeschaut hat, sieht er die zwei Buben neben sich stehen. Und er sagt zu ihnen: Na ihr beiden, ihr wollt doch auch schon erwachsen sein; wollt doch auch schon euren Mann stehen? Schießt die zwei Verbrecher nieder! – Und die beiden Buben tun's! Sie nehmen das Gewehr von der Schulter, stellen sich hinter die beiden Ausbrecher und drücken ab.

Dabei hat der Fredi noch einmal einen Schutzengel gehabt. In seiner Aufregung hat er vergessen durchzuladen. Als er abdrückt, ist nichts. Was aber dann kommt, das will mir nicht in den Kopf: Der eine Gefangene liegt also schon tot auf dem Boden, und der andere steht noch da. Hinter ihm der Bub. Und da geht der Bürgermeister hin, zieht ihm am Karabiner den Verschluß zurück und meint: So, jetzt schieß!

Ich seh direkt das teuflische Grinsen auf seinem Gesicht, als der Fredi dann abdrückt und auch der zweite tot umfällt. Mich wollt der Bürgermeister damit treffen! Weil ich die Gefangenen nicht erschossen hab, hat er den Buben dazu gebracht, den Mann umzubringen.

Wie aber soll der Bub damit leben? Heut ist er noch stolz darauf. Auf der HJ-Ehrentafel soll sein Bild ausgestellt werden, hat der Bürgermeister vor allen Leuten erklärt. Und wahrscheinlich kommt er auch noch in die Zeitung. – Aber eines Tages muß ihm doch klar werden, daß er jemanden umgebracht hat. Und was ist dann? Er hat noch sein ganzes Leben vor sich, und das mit einem Toten auf dem Gewissen. So was kann man doch gar nicht abbüßen?« Von Schluchzen geschüttelt schaut er dabei fragend zum Pfarrer auf.

Der legt ihm beruhigend die Hand auf die Schulter, weiß aber offenbar auf Anhieb auch kein tröstendes Wort. Schweigend sitzen die beiden Männer einige Zeit da. Schließlich stößt Derflinger hervor: »Ich wollt doch einen anständigen Menschen aus ihm machen!«

»Warum aber hast du ihn dann zur HJ geschickt«, fragt darauf der Pfarrer. »Das paßt doch gar nicht zu deiner Überzeugung?«

»Ich weiß schon: Alles hab ich falsch gemacht.« Verzweifelt verbirgt Derflinger das Gesicht in seinen Händen.

»Nein. So hab ich das nicht gemeint«, murmelt der Pfarrer und drückt erneut dessen Schulter.

»Aber es ist doch so! Alles ist einzig und allein meine Schuld. Ich hab immer nur an mich selbst gedacht. Als die Nazi an die Macht gekommen sind, hab ich mir was darauf eingebildet, daß sie mich nicht einfach abserviert haben. Obwohl ich mich nicht mit ihnen arrangiert hab, bin ich am Ort geblieben – und hab geglaubt, daß das mit mir, mit meiner Person etwas zu tun hat. Und ich hab mir auch nichts ausreden lassen. Ich hab lang vor dem Anschluß meinen Diensteid auf Österreich geleistet, hab ich mir gesagt, und dazu bin ich gestanden. Dementsprechend hab ich auch meinen Dienst versehen.

Leicht war das nicht. Aber irgendwie bin ich immer durchgekommen; und ich hab geglaubt, daß ich darauf auch noch stolz sein müßt. Sie haben ja gewußt, woran sie bei mir sind. Aber rein dienstlich haben sie mir nicht ankönnen. Ich hab mich an die Vorschriften gehalten, hundertprozentig. Was aber sonst noch so gekommen ist, da hab ich mich einfach blöd gestellt. Das war eine Gratwanderung, gewiß; und nicht nur einmal hab ich geacht, jetzt ist's passiert, jetzt bin ich einen Schritt zu weit gegangen. Letzten Endes bin ich aber doch wieder durchgerutscht.

Der Frau war das natürlich nicht recht. Du glaubst wohl, du kannst den Stier melken, das war ihre ständige Redensart. Richtest ja doch nichts aus gegen die, hat sie gemeint. Aber jedesmal, wenn ich ihnen wieder ausgekommen bin, hab ich mir was darauf eingebildet. – Und das ist mir nun zum Verhängnis geworden. Gott hat mich für meinen Stolz bestraft. Für die Hoffart, die doch eine Todsünd ist?«

»Das ist doch Unsinn«, unterbricht ihn der Pfarrer. »Weshalb sollte Gott dich für etwas bestrafen, das doch gottgefällig sein muß? Ich würde eher annehmen, daß Er wohl seine schützende Hand über dich gehalten haben muß, wenn sie dich trotz allem auf deinem Posten gelassen haben.«

»Wie aber kann er dann zulassen, daß ein Kind zum Mörder wird«, stößt Derflinger unter einem Aufschluchzen, das seinen ganzen Körper beutelt, hervor. »Wo blieb da seine schützende Hand? Oder war Gott so beschäftigt damit, mich zu schützen, daß er auf den Fredi vergessen hat? Vielleicht ist Gott auch kriegsversehrt. Hat er denn nur eine Hand zum Beschützen?«

»Versündig dich nicht, Derflinger!« Der Pfarrer versucht den Gendarmen, der bei den letzten Sätzen seine Hand von der Schulter geschüttelt hat, zu beruhigen. »Gott zu lästern hilft dir nichts. – Die Wege des Herrn sind eben unergründbar.«

»Ach, laßt mich doch mit euren Sprüchen in Frieden«, braust Derflinger auf. Und niedergeschlagen setzt er hinzu: »Was kann mir überhaupt noch helfen?«

Wieder herrscht Schweigen zwischen den beiden Männern. – Bibelsprüche werden ihm jedenfalls nicht weiterhelfen, ärgert sich Derflinger und fragt sich dann, ob ihn der Pfarrer überhaupt verstanden hat. Wenn er begriffen hätte, worum es ihm geht, dann könnte er ihm doch nicht mit solchen Weisheiten kommen?

Aus dem Augenwinkel beobachtet er den Pfarrer neben sich. Wie dieser seine Hände knetet und gedankenversunken vor sich hin blickt. – An wen sonst hätte er sich aber wenden können, fragt er sich. Es blieb ihm doch nur der Pfarrer. Dabei muß er an die Frau zu Hause denken und daran, daß sie ihrerseits Hilfe von ihm erwartet. Aber dazu muß er doch vorerst einmal mit seinen eigenen Gedanken ins reine kommen. Dazu ist er hierher gekommen. Wenn ihm der Pfarrer nicht helfen kann, dann muß er eben die Sache mit sich selbst ausmachen. Jedenfalls kommt er nicht drumherum, heute mit ihr über das alles zu reden; und dabei kann er sie auch nicht mit irgendwelchen Sprüchen abspeisen.

Wieder taucht vor ihm das Bild auf, das sich ihm bot, als er gestern nachmittag nach Hause kam. Als er die Tür zur Stube aufmachte, fiel sein erster Blick auf sie, wie sie da weinend beim Tisch saß. Sie sah kaum auf, als sie ihn eintreten hörte, schluchzte nur: ›Er hat einen umbracht.‹ Erst da schaute er zum Buben, der – die Füße in einer Waschschüssel mit heißem Wasser – auf dem Diwan hockte und sie sogleich korrigierte: ›Ich hab einen Schwerverbrecher ausgemerzt!‹ Stolz, vielleicht sogar ein wenig herausfordernd, blickte er ihn dabei an. Und er selbst mußte überhaupt einmal nachfragen, weil er gar nicht mitbekam, was das heißen sollte – bis der Fredi dann auch ihm erzählte, was vorgefallen war.

Er wundert sich jetzt noch ein wenig über seine Geistesgegenwart. Denn als er schließlich begriff, was geschehen war, war ihm sogleich danach, dem Fredi eine herunterzuhauen, ihn windelweich zu prügeln, zu brüllen, zu schimpfen. Es kostete ihn ungeheure Beherrschung, nichts davon zu tun. Aber die Tat des Buben wäre dadurch nicht ungeschehen gemacht worden. Außerdem, mußte er nicht viel mehr mit sich selbst ins Gericht gehen?

– Er könnte jetzt nicht sagen, wann er sich seines eigenen Versagens bewußt geworden ist. Er hat es sich doch zugetraut, den Buben zu einem anständigen Menschen zu erziehen?

In erster Linie war da aber auch die Angst. Es hätte doch jemand hören können, wie er den Buben für etwas ausschimpft, wofür er von den Nazi belobigt wird. Oder wenn er ihn gar verprügelt hätte? Er darf sich das gar nicht vorstellen: Der Bub rennt plötzlich mit einem blauen Aug herum, nachdem ihn der Bürgermeister zum Helden erklärt hat. Da wäre es gar nicht mehr nötig gewesen, daß der Fredi von sich aus etwas sagt, damit man ihn abholt.

Aber vielleicht hat ihm gerade die Beherrschung, die es ihn kostete, den Buben nicht anzuschreien, ihn nicht zu verdreschen, so viel Kraft abverlangt, daß er selbst nicht mehr wußte, wo ihm der Kopf stand, überlegt Derflinger. In seinem Unvermögen, mit dem Buben und auch mit der Frau über das Ganze zu reden, nahm er den Mantel und sein Kappel, sagte, er hätte noch etwas auf dem Posten zu erledigen, und verdrückte sich.

Zuerst dachte er, er könnte etwas Ordnung in seine Gedanken bringen, wenn er einen Spaziergang machte. Doch da traf er den Schrötter; und der begrüßte ihn gleich: ›Na, du Heldenvater!‹ Dazu murmelte er noch etwas, das sich anhörte wie: Jetzt muß der Krieg schon an der Heimatfront gewonnen werden; und: Das ist das wahre Heldentum, das unsereins erst von den Kindern lernen muß. Dann allerdings hörte er von ihm noch einmal, wie das alles passiert war. Und der Schrötter schilderte auch, wie der Bürgermeister dem Fredi durchgeladen hatte – denn davon hatte der Bub nichts erzählt.

Um danach nicht noch einmal von irgendjemand angesprochen zu werden, setzte er sich schließlich wirklich ins Postenzimmer und grübelte dort – ohne auf einen grünen Zweig zu kommen – vor sich hin, bis er glaubte, daß der Bub und die Frau inzwischen schon schlafen gegangen wären. Daheim schlich er sich ins Schlafzimmer, ohne Licht zu machen, und legte sich nieder. Er merkte zwar, daß die Frau auch nicht schlafen konnte;

dennoch vermied er es, mit ihr ein Gespräch zu beginnen. Was hätte er ihr denn sagen sollen?

»Warum aber hast du – so wie du zu den Nazis stehst – den Fredi in die HJ gesteckt?« Die Frage des Pfarrers schreckt Derflinger aus seinen Gedanken. Und er muß erst eine Weile überlegen, bis er sich erinnert, wo sie ihr Gespräch unterbrochen haben.

»Der Bub sollt es leichter haben, hab ich mir gedacht«, erklärt er endlich. »Er sollt nicht ausgeschlossen sein – in der Schule und auch sonstwo. – Dazu kommt, daß ich auch nicht gewußt hab, ob sie mich nicht doch einmal am Kragen erwischen; und dann sollt der Bub nicht mit hineingezogen werden. Zumindest hab ich mir vorgestellt, daß sie ihm nichts tun, wenn er doch bei der HJ ist. – Allerdings hab ich mir auch vorgestellt, daß ich als Vater ihn so weit beeinflussen könnte, daß ein anständiger Mensch aus ihm wird.«

Gedankenverloren fügt er nach kurzer Pause leise hinzu: »Das war wohl ein ziemlicher Irrtum. – Aber ich wollte immer nur das Beste für ihn. Schließlich hat niemand gewußt, wie lang das alles gehen wird. Vom tausendjährigen Reich war die Rede. Da ist es auch um die Zukunft des Buben gegangen.«

»Und nun schaut es so aus, als ob das alles bald vorbei ist«, sinniert nun seinerseits der Pfarrer vor sich hin. »Hat sich alles nicht ausgezahlt, meinst du?«

»Das sag ich ja! Alles hab ich falsch gemacht. Ich allein bin schuld. Letztlich hab auch ich den Ausbrecher umgebracht.« Derflinger verfällt wieder in sein verzweifeltes Schluchzen.

»So darfst du das nicht sehen«, versucht ihn der Pfarrer neuerlich zu beschwichtigen. »Deine ganze Selbstquälerei führt doch zu nichts. – Du hast nur das Beste gewollt. Allein darauf kommt es an. Daß das nicht zum Besten geführt hat, ist etwas anderes. Deswegen darfst du dir keine Schuld am Tod des Mannes geben. Sie hätten ihn in jedem Fall umgebracht.«

»Aber er ist durch die Hände meines Buben umgekommen!«

»Nicht du hast ihm das Gewehr in die Hand gedrückt.«

»Aber ich hab ihn gehen lassen. Hätt ich ihn zurückgehalten, hätt ihm niemand einen Schießprügel in die Hand drücken können.«

»Du hast ihm nicht den Hahn gespannt.«

»Daran braucht Ihr mich nicht zu erinnern, Pater Lambrecht«, sagt Derflinger mit einem Mal ganz ruhig, um aber sogleich aufzubrausen: »Der Bürgermeister, dieser Strolch, dieser Verbrecher. Wenn ich nur nicht andauernd das gehässige Grinsen vor Augen hätt, mit dem er den Buben zum Schießen verleitet. – Ich bring ihn um!« Wütend springt er auf. »Ich bring ihn um, den Strolch! Mitten auf der Straße! Vor allen Leuten! Alle sollen es sehen! Und wenn er um sein Leben winselt ...«

»Nimm dich zusammen, Derflinger«, fährt ihn der Pfarrer an. Mühsam zieht er ihn wieder auf die Bank herunter. »Gibt es nicht schon genug Tote rundum? Soll alles im Blut ersaufen?«

»Aug um Aug, Zahn um Zahn. So heißt es doch in der Bibel.« Streitsüchtig blickt der Gendarm dem Pfarrer ins Gesicht.

»Das hat Gott den Juden am Sinai gesagt. Doch Jesus Christus, unser Herr, hat dazu gesagt: Leistet dem, der euch etwas Böses antut, keinen Widerstand, sondern wenn dich einer auf die rechte Wange schlägt, dann halt ihm auch die andere hin.«

»Ich hab keinen zweiten Sohn, den man mir auch noch zum Mörder machen könnt«, erwidert Derflinger.

»Stell dich nicht so an!« Ärgerlich schlägt der Pfarrer mit der Faust auf die Bank. »Ich sag nur, daß das Morden endlich ein Ende haben muß.«

»Das sagt den Leuten draußen«, meint grimmig Derflinger, der sich wieder einigermaßen beruhigt hat. »Das sind doch Eure Schäflein, treue Kirchgänger, die mit Flinten herumziehen und auf Menschen schießen – die ihnen nichts getan haben!«

»Mög es ihnen Gott nicht vergelten!«

»Ihr betet für die, die umbringen, statt daß Ihr sie davon abhaltet. Tut doch etwas!«

»Ich kann doch nicht zu jedem hingehen und ihm ins Gewissen reden.«

»Wozu habt Ihr denn die Kanzel?«

»Und was passiert, wenn ich von der Kanzel sag, daß sie nicht bei der Jagd mitmachen sollen, nicht schießen dürften? – Das hat nichts mit Feigheit zu tun; aber – ob du's glaubst oder nicht – auch ich häng an meinem Leben.«

»So hab ich's auch nicht gemeint. Ihr müßt es ja nicht so direkt sagen. Ihr habt doch sonst für jeden Anlaß einen Bibelspruch parat. Da wird sich doch auch dafür ein geeigneter finden lassen.« Und als der Pfarrer zögernd nickt, fügt Derflinger herausfordernd hinzu: »Ihr könnt ja probieren, ob Ihr damit Erfolg habt. Habt Ihr keinen, dann steht es mir frei zu tun, wonach mir ist. Ihr müßt Euch also schon was Überzeugendes einfallen lassen, wenn ich den Bürgermeister nicht über den Haufen schießen soll.«

»Nein, Derflinger, so haben wir nicht gewettet. Das ist glatte Erpressung. Von Dienst wegen müßtest du doch selbst etwas dagegen unternehmen.« Ein kurzes Lächeln huscht dabei über das Gesicht des Pfarrers. Er wird jedoch gleich wieder ernst. »Es kann nicht mehr lang dauern, dann ist das alles vorbei. Und danach, da werden die Schuldigen bestraft.«

»Und wer wird entscheiden, wer die Schuldigen sind«, braust Derflinger von neuem auf. »Der Fredi hat geschossen. Ihn wird man deswegen hängen. Und der Bürgermeister wird sich abputzen. Er hat nur die Befehle weitergegeben; und wer will ihm daraus einen Strick drehen. Ins Fäustchen wird er sich lachen.« Mit den letzten Worten steht Derflinger auf. »Danke, Pater, daß Ihr mit mir gesprochen habt«, sagt er; und nachdem sich auch der Pfarrer erhoben hat, schütteln sie einander die Hand.

Derflinger ist schon im Weggehen, da wendet er sich noch einmal um: »Es bleibt aber dabei. Tut etwas gegen das Morden – und ich werd mir überlegen, was ich mach.«

XVI

»Mann! Ich muß dringend mit dir reden«, hört Meisel seine Frau aus dem Schlafzimmer nebenan herüberrufen. Sie hat offenbar gehört, daß er in die Stube zurückgekommen ist, nachdem er den Doktor zur Haustür gebracht hat.

»Ich komm gleich«, ruft er durch die halboffene Tür zurück und geht zum Tisch. Dort stehen zwei Gläser, jedes noch etwa halb voll Most. Er nimmt aus seinem einen kräftigen Schluck. – Der Doktor hat auch nicht ausgetrunken, denkt er dabei. Vielleicht wäre ihm nach etwas Wärmenderem der Sinn gewesen. Das hätte er aber sagen müssen.

Wenn es nach ihm ginge, würde er sich jetzt einmal niedersetzen, die Füße unter den Tisch strecken und ein wenig ausspannen; ins Narrnkastl schauen. – Nichts als Aufregung hat es in letzter Zeit gegeben, sagt er sich, während er das Glas noch einmal zum Mund hebt. Ohne zu trinken stellt er es jedoch wieder ab und geht ins Schlafzimmer.

»Du machst aber auch Sachen«, poltert Meisel, als er ans Bett tritt, in dem die Bäurin liegt. »Es wird schon wieder, meint der Doktor.« Dabei betrachtet er ihr Gesicht, dessen linke Wange – vom Auge bis zum Kinn – blutunterlaufen ist. »Man mag ja viel Arges von mir denken«, fährt er lachend fort, »dich aber dermassen zu verprügeln, daß du so ausschaust, das brächt ich beim besten Willen nicht fertig.«

Die Bäurin versucht ihrerseits ein Lächeln, doch es wird nur eine schmerzverzerrte Grimasse daraus. »Ich hab aber dem Doktor heimlich gesteckt, daß du mich so verplescht hast«, lispelt sie mit Mühe unter der aufgeschlagenen Oberlippe hervor. »Weil du gar so ein Grobian bist.«

»Und der Doktor hat dir das auf's Wort geglaubt.« Meisel lacht lauthals und meint dann hinter vorgehaltener Hand: »Aber sag das nicht auch noch vor den Kindern. Die könnten glauben, daß was Wahres dran ist.« Dabei schaut er zu den drei Jüngsten, die aufmerksam dem scherzhaft geführten Gespräch der Eltern folgen. Offenbar sind sie, sofort nachdem der Arzt hinausgegangen ist, ins Elternschlafzimmer gehuscht, um nach der Mutter zu sehen.

»Hör auf, mich durchzubeuteln«, stöhnt die Bäurin auf, »es tut so auch schon alles weh genug.« Das Lachen Meisels hat das ganze Bett erbeben lassen, da er sich während der Unterhaltung mit beiden Händen schwer auf dessen Fußbrett gestützt hat. – Erschrocken richtet er sich auf.

»Ein paar Tag mußt wohl im Bett bleiben, hat der Doktor gesagt«, stellt er dann fest. »Darfst auf dem einen Fuß nicht auftreten.«

»Das hat er mir auch gesagt«, erwidert sie. »Deswegen muß ich ja mit dir reden.« Und zu den Kindern gewandt: »Laßt's uns allein!«

Als diese das Zimmer verlassen haben, zieht sich der Bauer einen Sessel neben das Bett und setzt sich. Er will die Hand seiner Frau nehmen, die vor ihm auf der Tuchent liegt, merkt allerdings noch rechtzeitig, daß auch die in einem Verband steckt. Die Bäurin hat seine Geste gesehen und reicht ihm nun die andere – gesunde – Hand.

»Hat dir der Doktor auch gesagt, daß er meint, ich sollt dich, wenn nötig, am Bett anbinden«, lacht der Bauer nun wieder, die Hand seiner Frau liebevoll in seinen Pratzen. »Er kennt dich, hat er behauptet. Wenn du einmal aufstehst, bist auch gleich wieder an der Arbeit. Und dann könnt dir eventuell am Fuß was bleiben. – Wegen dem wackligen Zahn muß man schauen, wenn du wieder hinüber in den Ort gehen kannst.«

Nach einer kleinen Pause, in der er sie eingehend betrachtet, fährt er mit einem Kopfschütteln fort: »Weil'st auch immer so hudeln mußt. – Wenn'st wenigstens die Milchpitschen ausgelassen hättest, dann hättest dich vielleicht noch erfangen. Aber die hast ja festhalten müssen, damit kein Tropfen verschüttet wird. Jetzt haben wir zwar die Milch, aber dafür liegst im Bett. Und es hätt dir noch mehr passieren können. Hättest dir den Fuß brechen oder gar das Aug ausschlagen können. Wenn man am Glatteis ausrutscht, dann läßt man alles fallen, und wenn's ein Korb voll Eier ist. Nichts ist so wichtig, daß man nicht erst schaut, daß einem selber nichts passiert.«

»Ist schon gut, Mann! Hast recht. Aber nun ist es einmal geschehen«, lispelt die Bäurin, ein wenig ärgerlich über seine belehrenden Vorhaltungen. Mühsam versucht sie, sich aufrechter in die Polster zu lehnen. »Da ist aber noch was anderes, das ich dir jetzt sagen muß – weil ich doch nicht aufstehen kann.«

Eine Weile scheint sie zu überlegen, wie sie das, was sie zu sagen hat, vorbringen soll. Schließlich erklärt sie: »Du hättest es sonst nicht erfahren – aber: Bei uns am Hof ist einer aus dem Lager.« Um ihren Mann nicht zu Wort kommen zu lassen, redet sie schnell weiter: »Reg dich nicht auf. Ich hab ihn halt hereingelassen. Und hab ihm von Zeit zu Zeit was zum Essen gebracht, damit er sich versteckt halten kann und ihn niemand sieht. – Darauf hab ich geschaut. – Jetzt aber kann ich ihm nichts bringen. Deswegen mußt du das für mich übernehmen.«

Meisel hat ein paarmal dazu angesetzt aufzubrausen. Jetzt schweigt er. Er hat wohl alles richtig mitgekriegt, aber ganz glauben, was ihm die Frau da erzählt hat, kann er noch nicht. Nach allem, was seit Lichtmeß passiert ist, soll nun gar einer von den Ausbrechern im Haus sein?

»Es ist der, der drüben im Hag versteckt war«, redet die Frau weiter. »Der, dem wir was zum Essen hingebracht haben. Vorgestern früh ist er plötzlich beim Stallfenster gestanden, hat vor Kälte gebibbert wie ein Lamplschweif. Und da hab ich einfach nicht anders können: Ich hab ihm gesagt, er sollt sich in Gott's Namen im Stroh verstecken. Und wenn's ihm in der Nacht zu kalt wird, in den Kuhstall gehen. – Man muß ihm nur immer wieder was zu essen bringen, damit er nicht vor Hunger am Hof herumzugeistern anfangt.«

Meisel schweigt noch immer. Bis er dann – ganz ruhig – sagt: »Frau, ich versteh dich nicht. Hast denn noch immer nicht begriffen, was sich da rundherum abspielt? Hast nicht gesehen, was sich da tut? Hast nicht die Toten vor der eigenen Haustür gehabt?« – Während er dies sagt, treten ihm selbst die Ereignisse der vergangenen Tage und Nächte wieder deutlich vor Augen, und er verfällt erneut in Schweigen.

Angefangen hat es in der Nacht zum Lichtmeßtag. Die Mitternacht war schon vorbei, als sie beide gleichzeitig aufwachten, weil sie etwas gehört hatten. Sie glaubten erst, daß der Lärm vom Bahnhof herüberkäme, daß dort vielleicht rangiert würde. Bis sie schließlich mitkriegten, daß Schüsse sie aus dem Schlaf gerissen hatten. Und dann war da mit einem Mal ein Getrappel, das immer näher zum Hof kam. Im ersten Schrecken fragte die Frau: ›Holen's dich jetzt?‹

Von selbst wäre er gar nicht auf die Idee gekommen. Doch dann dachte er kurz nach, ob es einen Grund geben könnte, warum sie ihn gerade jetzt verhaften sollten; um letztlich zum Schluß zu kommen, daß die in Wirklichkeit keinen Anlaß brauchten. Wenn sie einen einsperren wollen, dann ist jede Gelegenheit gut. – Immerhin überlegte er schon, ob es nicht besser wäre, wenn er sich gleich anzöge; damit er nicht im Nachthemd dastünde, wenn sie ihm die Tür einrennen. Doch dann entschied er sich dagegen. Einerseits war ihm jetzt erst recht danach, wenigstens noch ein paar Minuten im warmen Bett liegen zu bleiben, und dann sagte er sich, daß es keinen guten Eindruck machen würde, wenn es so ausschaut, als ob er sie schon erwartet hätte.

Aber schließlich merkten sie, daß die Leute, deren Schritte sie gehört hatten, am Hof vorbeiliefen. Und mit einem Mal – jene mußten gerade bei den Bienenstöcken sein – war es still. – Schon zuvor hatte es die Frau nicht mehr im Bett gelitten. Sie hatte sich rasch etwas übergezogen, um zu sehen, was da vor sich ging. Da macht sich wer bei den Bienen zu schaffen, rief sie erbost zu ihm herüber, nachdem sie aus dem Stubenfenster geschaut hatte. Deshalb entschloß er sich, ebenfalls aufzustehen. Er war noch dabei, sich die Hose anzuziehen, da schrie sie schon hinaus: ›Was macht's denn da, ihr Lumpen? Schert's euch weg!‹

So sah er nur noch einige Gestalten weglaufen, als er selbst beim Fenster hinausschaute. Doch er erkannte an deren gestreiften Anzügen, daß da nicht irgendwelche Leute Reißaus nahmen. Das sind doch welche aus dem Lager, sagte er zur Frau. Die müssen denen abgepascht sein. Deswegen wahrscheinlich auch die Schießerei.

Gewiß, ein wenig erleichtert war er, daß nicht er betroffen war. Und weil rundum wieder Ruhe eingekehrt zu sein schien, wollten sie sich bereits wieder niederlegen – da hörten sie es am Fenster klopfen. Als sie mitsammen nachschauen gingen, schrie die Frau erschrocken auf, und ihm war auch danach, sich zu bekreuzigen. Es war, als ob ein Gespenst beim Fenster hereinblickte. Ein fast kahler Kopf leuchtete draußen im Mondschein. Von den Augen war nichts zu sehen als ein matter Glanz, und dort, wo die Wangen sein sollten, zeigten sich nur die Konturen des Schädels. – Sie brauchten einige Zeit, bis sie überhaupt wagten, das Fenster erneut zu öffnen. Die Gestalt machte jedoch so verzweifelte Gesten, daß er schließlich doch den Riegel zurückschob. Da merkten sie erst, wie schwer der Mann keuchte. Nur mühsam stieß er zwischen den Atemzügen mehrmals hervor: Hunger!

Er selbst war so verdattert, daß er den Blick gar nicht von der Gestalt abwenden konnte. Doch die Frau ging wie selbstverständlich zum Herd. Vom Abendessen waren ein paar Erdäpfel übriggeblieben. Die nahm sie, füllte sie in ein Stanitzel und gab sie dem Mann beim Fenster hinaus. Der nickte, warf ihr einen dankbaren Blick zu und rannte weiter. – Er hat allerdings nichts mehr von den Erdäpfeln gehabt, denkt Meisel. Kurz danach kam nämlich schon die SS vorbei. Und drüben am Waldrand müssen sie ihn eingeholt haben. Denn dort fanden sie tags darauf das Sackerl im Schnee, noch so wie es ihm die Frau gegeben hatte. Erschossen wurde der Ausbrecher aber hinter dem Stadel. Dort lag jedenfalls seine Leiche. Es war der erste Tote, der in diesen Tagen vom Hof weggebracht werden mußte.

Nur gut, daß sie selbst das Stanitzel wiedergefunden haben und es nicht die SS beim Ausbrecher entdeckt hat, sagt er sich nicht zum ersten Mal. Jeder hätte sofort erkannt, daß er es so nicht irgendwo hat mitgehen lassen. Es mußte ihm jemand hergerichtet haben. Und viele Möglichkeiten, wer das gewesen sein konnte, gab es wohl nicht. Die Anweisung, daß sich strafbar macht, wer den Flüchtlingen in irgendeiner Weise hilft, kam zwar erst am nächsten Morgen über das Radio, aber für die SS wäre das unwichtig gewesen. Die hätte einem auch aus ein paar Erdäpfeln einen Strick gedreht; zumindest aus dem Papier drumherum.

»Mann! Jetzt red endlich«, hört er die Bäurin nun drängend sagen. Meisel blickt ihr ins Gesicht. Er hat ihr eigentlich noch selten etwas abgeschlagen, denkt er dabei. Aber es ist glatter Wahnsinn, einen Ausbrecher am Hof zu behalten, wenn die SS und ihre Spießgesellen noch immer Jagd auf sie machen und dabei vor keiner Haustür halt machen. – Das will er der Frau schon sagen, doch dann hält ihn ihr Blick – ihr ängstliches Forschen in seinem Gesicht, wie er sich wohl entscheiden mag – davon ab, ihr das so direkt heraus zu erklären. Und er beginnt schließlich: »Wir haben bisher ein rechtes Glück gehabt. Allein das mit den Erdäpfeln hätt uns den Kragen kosten können. Und bedenk: Was soll mit den Kindern werden, wenn uns was passiert.«

»Was die Erdäpfel angeht, so kannst jetzt nicht behaupten, du wärst dagegen gewesen«, erwidert die Bäurin, ein wenig herausfordernd, so weit ihr dies mit dem verletzten Gesicht überhaupt möglich ist. »Warst ja selber dabei und hast mich nicht abgehalten. Falls dich das jetzt reut, ist das deine Sache. Mir tut nur leid, daß das Manderl sie nimmer hat essen können. Hätt er wenigstens vor seinem Tod noch ein bißl was im Bauch gehabt.«

Bei den letzten Sätzen hat sie mit einiger Anstrengung den Kopf gehoben. Nun läßt sie ihn matt in den Polster zurückfallen, setzt allerdings sogleich fort: »Und wenn'st plötzlich anfangst, die Kinder ins Spiel zu bringen, kann ich nur sagen: Wo hast denn an sie gedacht, als du dich neulich mit dem SSler angelegt hast?«

So einfach darf sie sich das nun auch wieder nicht machen, denkt Meisel. Man kann doch das eine nicht gegen das andere ausspielen. Außerdem hat er sich selbst schon genug Vorwürfe gemacht, daß er sich gegenüber dem SSler so hat gehen lassen. Aber da sind ihm halt die Nerven durchgegangen. Schließlich braucht er sich nicht von jedem dahergelaufenen SS-Bürscherl sagen lassen, was er zu tun oder zu lassen hat.

Das hat bestimmt noch mit dem einen zu tun gehabt, den sie in der Nacht erschossen haben, geht es ihm durch den Kopf. Am Lichtmeßtag sind sie jedenfalls nachmittags schon wieder aufgekreuzt. Aus dem Fenster beobachtete er sie schon einige Zeit, wie sie mit ihren Hunden über das Feld daherkamen. Die Kläffer folgten offenbar einer Spur und führten den Trupp direkt zum Stadel. Dort standen sie schließlich allesamt und machten einen Heidenlärm. Die Hunde winselten und bellten, und die Männer schienen sich offenbar nicht einig, was sie tun sollten.

Dann sah er, daß dieses SS-Milchgesicht einen Mann zum Haus herüberschickte. Der lief herüber, klopfte und erklärte, als er ihm aufmachte: ›Mitkommen!‹ Er hatte es jedenfalls nicht eilig, zog die Stiefel und den Mantel an und ging dann mit zum Stadel. Auf dem Weg hinüber dachte er noch: Die scheren sich doch sonst auch nicht um die Leute, wenn sie wo eindringen. Doch vor dem Stadeltor hatte sich der Anführer in Positur gestellt. Er solle hineingehen und die Verbrecher, die sich bei ihm versteckt hielten, herausholen, fuhr er ihn an. – Und da hat ihn einfach der Rappel gepackt. Der sollt seine eigenen Leute herumkommandieren, aber doch nicht ihn, hat er gedacht und sich glattweg geweigert, in den Stadel hineinzugehen.

Daraufhin hat der SSler durchgedreht und gebrüllt, daß man ihm seinen deutschen Hof wegnehmen müßt, wenn er selbst nicht bereit sei, ihn gegen jedwedes Ungeziefer zu verteidigen. Mit seiner gespreizten Rederei ist er ihm aber erst recht auf die Nerven gegangen. Und da hat er sich dumm gestellt. Er hätt kein Ungeziefer in seinem Stadel, hat er dem aufgeplusterten Heini erklärt, nicht einmal Mäuse, denn in der Scheitertriste hinter dem Stadel wär das Nest von einem Mauswiesel. Das sei schon ausreichend. Nicht einmal die Katz hätte da noch was zu bestellen. – Im Grunde war es kein Wunder, daß der SSler einen roten Plutzer bekam, der ausschaute, als müßte er jeden Augenblick platzen. Und es hat ihm richtiggehend die Red verschlagen. Als er wieder was herausbrachte, hat er lediglich seine eigenen Leute angekeift: Alles durchsuchen!

Gewiß, es hat ihm Spaß gemacht, diesen großgoscherten Führer-Verschnitt aufzuziehen, denkt Meisel, aber war das den Spaß wert? Drei Ausbrecher haben sie im Stadel gefunden. Die haben sie herausgeführt und gleich dort, an der Wand erschossen. – Die Einschüsse und Blutflecken sieht man noch immer im Holz. Er selbst hätte ja nicht nachgeschaut, aber die Kinder haben sie entdeckt. Sind gekommen und haben gefragt, ob da die aus dem Lager erschossen worden wären. Und das ist das Ärgste: Daß die Kinder das alles mitbekommen müssen.

Bevor der SSler mit seiner Bande abzog, hat er ihm noch angeschafft, er müsse die Leichen zur Straße hinüberbringen und am Straßenrand liegenlassen. Von dort würden sie schon abgeholt. Ob er das wenigstens begriffen hätte, hat er noch mit seinem aufgeblasenen Grinsen nachgefragt. Und zuletzt hat er ihn angeknurrt: Für dich aber ist die Sache damit noch nicht ausgestanden! Du hörst noch von mir!

Das hat dann auch die Frau schon gehört, die – verschreckt durch die Schüsse – eilig aus dem Haus gekommen war. Und natürlich hat sie ihn, nachdem der Trupp weg war, gleich gefragt, was das zu bedeuten hätte. So mußte er ihr schließlich alles erzählen. – Zugegeben, schon da fand er den roten SS-Plutzer kaum mehr zum Lachen. Die Frau hat ja recht, wenn sie ihm nun vorwirft, daß das alles ziemlich blöd und unbedacht war, denkt Meisel. Bis jetzt hat er zwar noch nicht wieder von dem SSler gehört, aber wer weiß, was noch kommt, wenn die ganze Aufregung um den Ausbruch einmal vorbei ist. Wenn dem SSler fad ist, erinnert er sich vielleicht an ihn.

Und mehr braucht er nicht, als daß sie auch noch einen versteckten Ausbrecher bei ihm finden! Er darf sich gar nicht vorstellen, was dann passiert. Das muß doch auch die Frau wissen, geht es Meisel durch den Kopf. Dann ist alles verspielt.

»Du hättest ihn sehen sollen«, sagt nun die Bäurin wieder drängend. »Wie er dagestanden ist. Einen gefrorenen Zeller hat er in den Händen gehalten. Gezittert hat er am ganzen Körper. Die Lippen blau. – Bei der Kälte draußen wär er nicht durchgekommen. Da hätt er krepieren müssen.« Und als Meisel nichts erwidert: »Du kennst ihn doch!«

»Was heißt: Ich kenn ihn«, murrt der Bauer.

»Ich mein nur, daß du ihn auch schon gesehen hast«, erklärt die Bäurin. »Ich hab dir doch gesagt: Es ist der, der am Tag nach Lichtmeß da war.«

Gewiß erinnert sich Meisel an ihn. Aber nur weil man einen schon einmal gesehen hat, kennt man ihn noch nicht, sagt er sich ärgerlich. Außerdem, was macht das heutzutag für einen Unterschied? Selbst wenn's der beste Freund wäre, müßte man sich so etwas schon genau überlegen. Was aber hat er mit einem vom Lager zu tun, daß er so viel riskieren soll?

Natürlich, er kann auch die Frau verstehen. Wie soll man einen Menschen wegschicken, wenn der am Erfrieren ist? Noch dazu, wo man sich tatsächlich schon einmal um ihn gekümmert hat. – Vielleicht war das der Fehler, geht es Meisel kurz durch den Kopf. Der Ausbrecher wäre bestimmt nicht wiedergekommen, wenn sie ihn damals in der Nacht weggeschickt hätten. Doch das ist hinterher leicht gesagt.

Am Samstag war es; er war eben erst vom Wirtshaus zurückgekommen. Die Frau lag schon im Bett, und er zog sich deshalb in der Stube aus. Er schlüpfte gerade aus dem Hemd, als es am Fenster klopfte. Es war ein ganz leises Klopfen, und im ersten Augenblick glaubte er, es wäre etwas im Haus gewesen. Dennoch horchte er, noch immer mit der Pfeid über dem Kopf, und da war wieder das Klopfen. So schlüpfte er ins Hemd zurück und schaute hinaus. Schon wieder einer von denen, war sein erster Gedanke, als er draußen den Mann wahrnahm, über dessen Schädel sich die ihm mittlerweile vertraute ausrasierte Schneise zog. Und dann: Der muß schon auf ihn gewartet haben. Hat ihn wohl heimkommen gesehen und sich dann am Licht in der Stube orientiert.

Die bittenden Handbewegungen hätte er sich sparen können; auch so begriff er sofort, was der Mann wollte. Er sah ja selbst, daß er nicht weniger verhungert ausschaute als all die anderen, die er nun in den zwei Tagen schon gesehen hatte, lebendig und tot. So schaute er in die Töpfe, die auf dem Herdrand standen, fand allerdings nichts, das ihm geeignet schien, um es ihm in die Hand drücken zu können. Da war nur ein wenig Suppe und Sauerkraut, das vom Mittagessen übriggeblieben war.

›Da ist nichts,‹ hörte er plötzlich die Frau hinter sich sagen, und: ›Ich geb ihm einen Renken Brot‹. Sie mußte aufgewacht sein, sei es als er nach Haus kam, sei es durch das Klopfen am Fenster. Und nun hatte sie ihn bei seiner erfolglosen Suche beobachtet. So überließ er es ihr, etwas Eßbares herzurichten, und öffnete inzwischen das Fenster. Der Mann draußen beobachtete aufmerksam die Frau, die ein Stück Brot abschnitt. Doch plötzlich wandte er sich an ihn und sagte ein Wort, das er nicht verstand. Beim zweiten Mal verstand er dann etwas wie ›Spitschki‹, begriff aber noch immer nicht, bis der Mann die Geste des Streichholzanzündens dazu machte.

Er stutzte, schließlich hatte er ja auch die Warnung im Radio gehört, wonach es sich bei den Flüchtigen um Schwerverbrecher handle, Räuber, Mörder und Brandstifter. So einem auch noch Zünder in die Hand zu geben, dachte er, wäre denn doch zu viel verlangt. Dann aber überlegte er, daß wohl niemand auf der ganzen Welt die Frechheit besäße, jemanden, dem man den Hof über dem Kopf anzünden wollte, auch noch ums geeignete Werkzeug dafür anzugehen.

Offenbar glaubte der Ausbrecher, er könnte sich irgendwo ein Feuer machen, um sich oder auch etwas zum Essen daran zu wärmen. Wie aber hätte er ihm in dem Augenblick klarmachen können, daß ihm das in dieser Gegend kaum gelingen würde, ohne daß man ihn sofort entdeckte. So gab er, nachdem ihm die Frau das Stück Brot in die Hand gedrückt hatte, noch eine Schachtel Zünder dazu. Schließlich war keine Zeit, langmächtig herumzudisputieren, wozu er sie gebrauchen könnte. Wer wußte, ob nicht auch ihm schon die SS oder die vom Volkssturm auf den Fersen waren? Deswegen meinte ja dann auch die Frau, als er weggegangen war: ›Mög es ihm besser ergehen als dem anderen.‹ – Bis jetzt ist er jedenfalls durchgekommen, sinniert Meisel. Daß er aber nun gar in seinem Haus ist? So hat er sich das nicht vorgestellt. Fragen hätt die Frau wenigstens können, bevor sie ihn hereinholt.

»Warum hast denn nicht gleich was gesagt«, unterbricht er schließlich sein Schweigen. »Hast Angst gehabt, daß ich nein sag?«

»Darum ist es nicht gegangen«, antwortet die Bäurin. »Bei so was reicht's, wenn es einer weiß, hab ich mir gedacht. Wozu mußt du das auch noch auf dem Buckel haben.«

»Und wenn die SS wieder kommt, alles durchsucht und den Ausbrecher findet? Wie steh ich dann da«, gibt Meisel gereizt zurück.

»Dann kannst ehrlichen Gewissens sagen, daß du von allem nichts gewußt hast«, erwidert die Frau.

»Und du denkst, daß mir das jemand abnimmt? Ein Bauer, der nicht einmal weiß, was sich auf seinem eigenen Hof abspielt? Die lachen sich kropfert, wenn ich sag, ich hätt von nichts was gewußt.«

In seinem Ärger ist Meisel zuletzt immer lauter geworden. »Pscht«, fährt ihn die Bäurin an, »willst, daß man dich hört?«

»Weil's wahr ist. Denkst nicht für einen Kreuzer«, setzt Meisel – nun wieder leiser – nach. »Der ist doch eine ungeheure Gefahr für uns alle, wenn er im Haus bleibt.«

»Gut, wenn'st meinst,« erklärt die Frau trotzig. »Dann schmeißt ihn eben raus. Aber du gehst zu ihm und sagst ihm, daß er verschwinden muß! – Ganz abgesehen davon, daß ich's ihm jetzt gar nicht sagen könnt.«

»Natürlich sag ich's ihm«, erwidert der Bauer bärbeißig. Er will schon aufstehen, setzt sich aber wieder. »Aber jetzt, untertags, kann ich nicht zu ihm gehen«, fügt er schließlich hinzu. – Im anschließenden Schweigen überlegt Meisel, was er dem Mann sagen wird; wie er ihm beibringen kann, daß er gehen muß. Der müßte doch von selbst begreifen, was er für eine Gefahr für uns ist, denkt er. Das darf man doch niemandem antun!

»Und sagst ihm auch, was er tun muß, damit er vielleicht überlebt«, hört er da die Frau ganz leise sagen.

Er tut so, als ob er es nicht gehört hätte. Wie soll er wissen, wie man da draußen in solchen Zeiten überlebt, fragt er sich ärgerlich. Dennoch versucht er sich vorzustellen, was er in so einer Lage machen würde. Immer neue Probleme tauchen dabei in seinen Überlegungen auf. Das erste ist wohl, wie man den Suchtrupps entkommt, denkt er. Solang das ganze Gebiet fast hermetisch abgeriegelt ist, ist es geradezu unmöglich, von hier überhaupt wegzukommen. Man muß also in der Gegend bleiben. Wo aber kann man unterkriechen? Er kennt ein paar Höhlen in den Wäldern rundum; die kennt aber jeder andere hier auch. Als Kinder haben sie die schon gemeinsam erforscht. Außerdem hinterläßt man im Schnee überall Spuren, die verfolgt werden können. Und dazu kommt noch die Kälte, vor der man sich auf Dauer nicht schützen kann; schon gar nicht, wenn man kaum etwas zu essen hat, weil alles hartgefroren ist.

Ein paar Tage kann man das vielleicht aushalten, überlegt Meisel. Aber auf längere Sicht kann man da draußen nicht überleben. Das stimmt schon. Zumindest von Zeit zu Zeit muß man in einem Heustadel oder in einem Stall unterkriechen können. Bleibt noch immer der Hunger. Besonders wenn man so beieinand ist wie die aus dem Lager, nur mehr Haut und Knochen. – Deswegen ist der eine wohl auch in der Nähe geblieben. Am Sonntag fand er bei der alten Buche am Waldrand seine Spuren. Als er das der Frau erzählte, meinte sie, daß man ihm vielleicht dorthin noch einmal etwas zu essen bringen sollte. Und er hat nichts dagegen gehabt; da hat sie schon recht. Er selbst ist ja mit dem Brot und einem Stückerl Hasen, das vom Sonntagsbraten übriggeblieben war, zur Buche gegangen und hat alles hingelegt. Auch die Haube vom Ältesten, die ohnehin schon recht weit war, und dazu noch eine alte Arbeitsjacke, die zwar dünn und kaum dazu angetan war, einen bei dieser Kälte zu wärmen, aber letztlich das einzige war, was er entbehren konnte. Besser als nichts ist sie allemal.

Als er am nächsten Tag nachschaute, war alles weg. Sie konnten sich zwar nicht sicher sein, ob gerade der eine die Sachen gefunden hatte, aber immerhin, so sagten sie, irgendwem wird es schon geholfen haben. – Am Montagabend brachte er von selbst noch einmal was zu essen hin. Dennoch: Er hat es draußen nicht mehr ausgehalten. Zuletzt muß man irgendwo hinein, wo es ein wenig warm ist.

Warum mußte das aber ausgerechnet bei ihm sein, fragt er sich und findet dabei selbst die Frage schon müßig. Und dann sagt er sich, daß es letztlich nur einer wäre, der bei ihm Zuflucht gesucht hat. Und es waren doch so viele. Haben sie es nicht auch woanders probiert. Wer weiß, bei wem sonst noch welche versteckt sind. Und dort leben sie jetzt in der gleichen Angst. – Oder sie sind erschlagen worden, wie der eine beim Effeneder, geht es Meisel durch den Kopf; und dabei entringt sich ihm ein Seufzer. Dort war es der Malermeister, dem er so etwas ganz bestimmt nie zugetraut hätte. Aber wie es heißt, soll auch der Waldinger mit eigener Hand einen umgebracht haben.

Er selbst wäre zu so etwas nicht fähig, denkt er dann. Einen Menschen kaltblütig umbringen; erschlagen oder erstechen. – Und jemand erfrieren oder verhungern lassen? Plötzlich hat sich ihm diese Frage aufgedrängt. Wo bleibt da der Unterschied?

Meisel vermeidet es, sich darauf eine Antwort zu geben. Unvermittelt sagt er zu seiner Frau: »Vielleicht bleibt er doch besser noch ein paar Tag da, bis sich die allgemeine Aufregung gelegt hat. Dann kommt er bestimmt leichter weg aus der Gegend.« Und nach einer Weile: »Außerdem: Wenn die ihn jetzt fangen und ausfragen, wo er die Zeit über war, und er sagt, wir hätten ihn versteckt, dann sind wir ebenso dran, als wenn sie ihn gleich bei uns finden.«

Vorgebeugt ist der Bauer die ganze Zeit über dagesessen, hat kein einziges Mal aufgeschaut. Nun blickt er erstmals wieder seine Frau an. Als sie seine Hand nehmen will, steht er auf. »Ich muß endlich an die Arbeit«, murrt er. »Bin schon viel zu lang herumgesessen. Schließlich muß ich jetzt alles allein machen, wo du im Bett liegst.« Als er den Versuch eines Lächelns auf dem Gesicht der Bäurin sieht, huscht auch ein Schmunzeln über seine Lippen, das den grantigen Ton seiner letzten Sätze Lügen straft. Er sagt jedoch nichts weiter und geht aus dem Zimmer.

XVII

»Was sagt's dazu: Zu guter Letzt kommt der Ederer Ferdl jetzt gar noch bei den Nazis zu Ehren.« Besorgt, es könnte sonst schon jemand um die Neuigkeit wissen, blickt Schmidinger in die Stammtischrunde. Die anderen scheinen jedoch überhaupt nicht auf seine Bemerkung zu achten. Der Huemer Michel spielt weiter gedankenverloren mit seiner Zündholzschachtel, der Fuchsbichler Gust süffelt nicht weniger abwesend aus seinem Mostkrügel, der Ganglberger Sepp und der Howorka Emil flüstern miteinander, und der Wirt wischt nun schon zum zehnten- oder vielleicht auch schon zum zwanzigstenmal über eine Stelle am Tisch, wo vielleicht einmal ein nasser Fleck war. – Die Stelle ist jetzt bestimmt schon trockener als der Fetzen, mit dem er da andauernd herumreibt, denkt Schmidinger, ärgerlich, weil keiner von ihnen neugierig darauf ist, was er zu berichten weiß.

Im Blauen Stern, dem traditionellen Wirtshaus der Arbeiter vom Ort, will heute abend keine rechte Stimmung aufkommen. Das merkte Schmidinger bereits, als er hereinkam. Ob denn heut Trübsalblasen angesagt sei, hat er deswegen auch gefragt, nachdem er sich zu ihnen gesetzt hatte. Ein paar gegrunzte Grüß-dich war jedoch alles gewesen, was er zur Antwort bekam. So hatte er gewartet, bis ihm der Wirt sein Krügel brachte, um endlich mit der Neuigkeit herauszurücken, die ihn vom Werk weg nachgerade gedrückt hatte. Er war ja fast zum Larndorfer – wie sie untereinander ihr Stammwirtshaus nennen – hergerannt, weil er endlich die Geschichte im Freundeskreis loswerden mußte.

Und jetzt schert sich keiner darum, stellt Schmidinger vergrämt fest. Vielleicht haben sie nicht recht mitgekriegt, was er gesagt hat, sinnt er. Dabei hat er sich seinen Einleitungssatz den Weg über Wort für Wort überlegt, damit auch ja die Neugier der anderen geweckt würde. – Er will schon seinen Satz wiederholen, als Howorka mit einem Mal aufschaut und beinahe pflichtschuldig fragt: »Was ist, Karl? Hat der alte Bsuff wieder was angestellt?«

»Habt's denn noch nicht davon gehört«, geht Schmidinger sogleich darauf ein, »in der vorigen Nacht hat er einen von den Ausbrechern erschlagen.«

»Der Ederer?« Auch Fuchsbichler ist nun aufmerksam geworden. Und ungläubig fragt er weiter: »Was hat denn den dazu getrieben? Liegt sich doch sonst mit den Nazis in den Haaren.«

»Das ist es ja gerade«, erwidert Schmidinger. »Seit Tagen weigert er sich, bei der Sucherei vom Volkssturm mitzumachen, legt sich auf seine damische Art sogar mit dem Chef an, riskiert, daß ihn der wirklich noch ins Lager stecken läßt – und dann geht er in der Nacht hin und bringt so einen Kundten um.«

»Bestimmt war er wieder stockbesoffen«, stellt Huemer mit einem fragenden Unterton fest.

»Na klar«, erwidert Schmidinger, »sternhagelvoll muß er gewesen sein. Im Schwarzen Hirschen hat er sich vollaufen lassen. Bis ihm der Lois gesagt hat, er sollt lieber gehen, damit er überhaupt noch den Weg zu seiner Keuschen findet. Er muß ihm auch noch geraten haben, gut aufzupassen, weil's doch draußen häu wär. Aber kaum war der Ederer bei der Tür draußen, hat's ihn auch schon über die Stufen hinuntergewandelt.«

»Ihr könnt's mir glauben: Mir kommt der Radaubruder ganz gewiß nimmer in die Stube herein«, wirft der Wirt ein. »Der weiß schon, daß er sich da nicht blicken lassen darf.«

»Wie aber kommt der Ferdl dazu, daß er dann einen von den Ausbrechern erschlägt?« fragt Howorka nach.

»So wart doch«, erwidert Schmidinger, »ich erzähl ja alles: Das Ganze muß ein ungeheurer Zufall gewesen sein. Der Ederer geht also vom Schwarzen Hirschen weg zu seiner Keuschen. Und als er auf der Höhe vom Dirnbauer ist, muß ihm irgendwie der Ausbrecher über den Weg gerannt sein. Möglicherweise hat der geglaubt, er könnt sich im Dirnbauer seinem Stadl verstecken. Jedenfalls muß ihn dabei der Ederer bemerkt haben und ist ihm in seinem Dusel nachgegangen. Währenddem hat er so laut herumgegrölt, daß der Bauer davon aufgewacht ist. Der wiederum erkennt den Ederer an der Stimme; und geht deswegen gleich gar nicht vors Haus. Schließlich war's nicht das erste Mal, daß sich der Ederer so aufführt, und der Dirnbauer hat schon einmal was abgekriegt, als er den Bsuff von seinem Hof stampern wollt. Er denkt sich also, daß der Ederer wieder einmal bis oben hin voll ist und den Weg verfehlt hat.

Demnach hat er überhaupt nicht mitgekriegt, was sich vor seinem Haus abspielt. Erst in der Früh, als er auf den Hof hinausgeht, sieht er den Ausbrecher da liegen, tot, mit eingeschlagenem Schädel. Daneben der Schemel, den er zum Schuhanziehen bei der Haustür stehen hat – rotverschmiert mit Blut.«

»Ich hoff nur, daß sie den Falotten jetzt endlich einsperren«, wirft Ganglberger ein, »der ist doch eine Gefahr für Land und Leut.«

Und Fuchsbichler: »Ich versteh aber auch den Lois nicht. Daß der ihm immer noch was zum Saufen gibt.«

»Der wird sich doch nicht seine beste Kundschaft vergraulen«, wendet Huemer ein. »Solang er zahlt, schenkt er ihm ein. Und wenn er ihn schon einmal heimschickt, dann hat er wahrscheinlich Angst gehabt, daß ihm der Saufbruder die Wirtsstube vollspeibt oder demoliert.«

»Was heißt einsperren?« Schmidinger reißt wieder das Wort an sich, nachdem er rasch einen Schluck aus seinem Krügerl genommen hat. »Belobigt wird er noch dafür! – Das Ganze hat ja heut noch ein Nachspiel gehabt; und das war überhaupt das Größte: Der Ederer hat heut natürlich einen Plutzer wie ein Wasserschaffel gehabt, hat sich von seinem Rausch gar nimmer erholen können. Zeitweis hat er Schwierigkeiten gehabt, sich auf den Füßen zu halten. Aber der Untam ist ja stark wie ein Pferd; und selbst in dem Zustand kann man ihm bei der Arbeit nichts nachsagen. – Das ist auch der Grund, warum ihn der Eggetsberger trotz allem im Betrieb hält; obwohl's gerade in letzter Zeit immer öfter zu Streitereien gekommen ist, weil sich der Ederer partout weigert, beim Volkssturm mitzumachen. Noch dazu, wo doch der Eggetsberger selber Kommandant von dem Ganzen ist.

Wie auch immer. Am Nachmittag ist plötzlich ein Kübelwagen vor dem Sägewerk vorgefahren; drinnen ein Gottsöberster von der SS und der fesche Gottfried, unser Ortsgruppenleiter persönlich. Schnurstracks sind die beiden ins Büro vom Eggetsberger hineingegangen. Viel Zeit ist nicht verstrichen, dann hieß es plötzlich: Appell! Also sind wir allesamt auf dem Platz vor dem Büro aufmarschiert.

Ihr könnt euch vorstellen, wie uns zumut war. Es hat ja niemand eine Ahnung gehabt, worum's geht. Und wenn sich drei Obernazi was einfallen lassen, kann nichts Gutes dabei herauskommen. Wir sind also in Reih und Glied angetreten. Dann haben die drei vor uns Aufstellung genommen. Und zuletzt heißt's: Ederer vortreten! – Jetzt geht's ihm an den Kragen, denken wir.

Der Ferdl schlurft nach vorn und bleibt vor dem Chef einfach stehen. Macht kein Männchen, wie es der Eggetsberger so gern hat. Bestimmt hat sich der in seinem Innersten grün und blau geärgert. Aber er hat nichts gesagt. Wo er doch sonst sofort gebrüllt hätte: Strammstehen! Und: Wo bleibt die Meldung, du rostiger Dackel? Aber diesmal bleibt er ganz ruhig. Der Ederer steht vor ihm, ein bisserl taumlig, und stiert ihn aus seinen rotverschwollenen Augen an. – Und dann sagt der Eggetsberger mit erhobener Stimme, damit's auch ja jeder hört: Hab gerade gehört, daß du heut nacht eine großartige Tat vollbracht hast. Hochachtung, Ederer!

Nach und nach haben wir dann mitbekommen, was er getan hat, damit er so, vor versammelter Mannschaft, belobigt wird. – Dabei hat sich der Ederer anscheinend selber gar nicht ausgekannt, was da mit ihm passiert; ist dagestanden wie der Ochs vorm neuen Tor. Ich könnt mir vorstellen, daß er sich an überhaupt nichts mehr erinnert hat.«

»Wär kein Wunder – wenn er wirklich so stockbesoffen war«, wirft Howorka ein.

»Und der Eggetsberger muß ausgerechnet den Ederer vor dem SSler, vor dem Ortsgruppenleiter und vor uns allen als Vorbild, ja nachgerade als Helden hinstellen«, setzt Schmidinger mit einem Grinsen voller Genugtuung fort. »Das muß man sich so richtig ausmalen. Das zergeht auf der Zunge. Seit Jahr und Tag liegen sich die zwei in den Haaren, weil sich der Ederer kein Blatt vor den Mund nimmt, selbst wenn es um die Nazis geht. Und was hat der Eggetsberger den Bsuff nicht schon geheißen; alles hat er ihm bereits angedroht: erst, daß er ihn an die Front schickt, und dann, daß er ihn ins Lager stecken läßt. Aber es hat nichts genützt. Und wahrgemacht hat der Chef seine Drohungen auch nicht. Keiner im ganzen Sägewerk ist so stark wie der Ederer. Und, das muß man schon auch sagen, er hat nicht nur einmal mit seinen Bärenpratzen ein Malheur im Werk verhindert. Das weiß der Eggetsberger genau, und eben deswegen will er auch unter keinen Umständen auf ihn verzichten.«

»Er war eigentlich immer ein patenter Kerl«, wirft Huemer ein, »schon seinerzeit, als er noch bei uns Holzknecht war. Aber das Saufen hat ihn ganz ruiniert. Wenn er geladen hat, dann kommt man ihm besser nicht in die Quer. Da kennt er keinen Freund und keinen Feind. Wenn er einmal zum Randalieren anfangt, schlagt er auf alles und jeden ein.«

»Was den Eggetsberger betrifft«, fährt Schmidinger fort, nachdem er auch diesen Einwurf genützt hat, um einen kräftigen Schluck zu sich zu nehmen, »so hat sich der zu guter Letzt selbst Entschuldigungen ausgedacht, damit es nicht auffallen sollt, wenn der Ederer beim Volkssturm nicht mitmacht. Wenn er mit uns anderen seine Kriegsspiele veranstaltet hat, hat er ihm einmal das und einmal jenes angeschafft, mit dem Hinweis, daß das sofort zu erledigen wär.

Irgendwo hat aber alles seine Grenzen. In den vergangenen Tagen hat er uns doch glatt nach Arbeitsschluß ein Gewehr umgehängt und hinausgejagt, damit wir bei der Sucherei nach den Ausbrechern mitmachen. Im Dunkeln, wenn'st die Hand schon nicht mehr vor den Augen siehst, geschweige denn einen Ausbrecher am Randstein, sind wir noch marschiert. Außer dem Ederer. Der ist dann schon im Wirtshaus gesessen. Ohne mit der

Wimper zu zucken, hat er dem Chef erklärt, daß es ihm nicht einmal im Traum einfalle, da mitzumachen. Der Eggetsberger hat natürlich getobt. Bis zum Holzplatz hat man's gehört, als er mit dem Ederer im Büro geschrien hat und ihm einmal mehr alle nur möglichen Strafen angedroht hat. Aber der war stur bis zum Gehtnichtmehr. Da hätt sich der Eggetsberger auf den Kopf stellen können.

Jeder von uns hat sich gefragt, wie lang er sich das noch bieten läßt. Und gestern, als er uns wieder nach Arbeitsschluß hat antreten lassen, haben dann der Primetzhofer und der Glaser erklärt, sie hätten heut auch keine Zeit für die Sucherei; noch dazu, wo eh nicht alle mithatschen. Da ist aber der Eggetsberger wild geworden; hat von Befehlsverweigerung geplärrt und mit seinem Gewehr herumgefuchtelt, daß einem angst und bang geworden ist, er könnt die zwei an Ort und Stell erschießen. Deswegen haben wir auch gedacht, daß es dem Ederer an den Kragen geht, als es geheißen hat, er müßt vortreten. – Und dann wird ausgerechnet er uns als Vorbild hingestellt.«

»Was mir bei der ganzen Sache trotz allem nicht eingeht«, wirft Fuchsbichler ein, »wie kommt der Ederer dazu, daß er einen von den Ausbrechern erschlägt. Wenn er sich doch sogar geweigert hat, bei der Sucherei mitzumachen? Das geht doch nicht zusammen. Riskiert auf der einen Seite alles. Sogar, daß ihn der Eggetsberger einsperren läßt. Und dann das?«

»Ich denk mir, der Ausbrecher hat nur das Pech gehabt, daß ausgerechnet er dem Ederer über den Weg gerannt ist«, sinniert Ganglberger laut vor sich hin. »Wenn's der Zimbrich gewesen wär, hätt er in seinem Dusel wahrscheinlich den erschlagen.«

»Den feschen Gottfried? Dann hätt er allerdings von mir eine Belobigung gekriegt.« Howorka prustet lauthals los, muß aber sogleich feststellen, daß keiner in der Runde mitlacht. Als er um sich blickt, scheinen die anderen unangenehm berührt von seiner Bemerkung. – »Aber das war doch nur ein Witz«, meint er verdattert. »Das wißt ihr doch selbst.« Howorka stimmt neuerlich ein Lachen an, um seine Erklärung zu unterstreichen, doch es mißglückt. Verdrossen sitzen die anderen da, scheinen ihn überhaupt nicht zu beachten. Nur Fuchsbichler murrt schließlich: »Es sind schon Leut wegen viel weniger Witz am Galgen gelandet, du Beutegermane.«

»Aber ihr werdet mich doch nicht verzünden?« Verunsichert schaut Howorka reihum von einem zum anderen. Doch keiner antwortet ihm. Als ob sie den flehentlichen Ton in seiner Stimme überhört hätten.

Warum sagt er dem Emil nicht, daß er sich nicht beunruhigen müsse, fragt sich Schmidinger. Es ist doch selbstverständlich, daß er dessen Bemerkung niemandem gegenüber auch nur erwähnen wird. Schließlich hat er selbst innerlich bei dem Gedanken grinsen müssen. Das war ihm doch aus der Seele gesprochen; und dafür zeigt man niemanden an. Überhaupt, er wäre gar nicht auf so eine Idee gekommen. Und das trifft gewiß auch auf die anderen zu.

Aus den Augenwinkeln heraus mustert er die Männer in der Runde. Auf die hat man sich immer verlassen können, denkt er. Früher, da waren sie sogar eine verschworene Gemeinschaft. Da ist jeder für den anderen eingestanden. Sein Blick bleibt an der Wand hinter dem Stammtisch hängen. Damals war sie geziert von ihrer Fahne und von Photos. Wenn man genau hinschaut, kann man noch an der helleren Färbung der Holztäfelung die Plätze erkennen, an denen die Bilder hingen.

Schmidinger blickt von einem Fleck zum anderen und versucht sich dabei zu erinnern, welche Bilder wo gehangen haben: Das links unten stammte von einem Mai-Aufmarsch, auf dem sie alle in Schutzbund-Uniform zu sehen waren. Aus welchem Jahr? Das könnte er auf Anhieb nicht mehr sagen. Aber es müßte ihm einfallen, wenn er genau nachdenkt. So viele Jahre kommen ohnehin nicht in Betracht. Das kleine darüber war ein Portrait von Karl Marx. Felix, der Lehrer, hat es seinerzeit aus einem Buch abgezeichnet, weil er gemeint hat, daß so ein Bild an der Wand fehlen würde. An Felix' Familiennamen kann er sich auch nicht mehr erinnern. Nach dem Februar '34 war er entlassen worden, und sie haben nie mehr etwas von ihm gehört. Gleich neben der Zeichnung hing ein Photo von Viktor Adler. Und schräg darunter, das große, das stammte von der Bezirksmeisterschaft der Arbeiter-Schützenvereine, bei der sie den zweiten Platz errungen haben. Ganz außen hing noch ein Bild von der Gründung der Wehrsportgruppe. Und direkt neben ihrer Fahne waren zwei kleine Photos, von denen er aber im Moment nun wirklich nicht sagen könnte, was auf ihnen abgebildet war. Wenn er sich's genau überlegt, müßte das eine ein Schnappschuß gewesen sein, als sie alle einmal draußen vor dem Wirtshaus standen. Davon sollte er auch noch irgendwo einen Abzug haben. Und dann gab es da auch noch ein Photo von der Streikversammlung der Steinbrucharbeiter; das könnte das zweite kleine Bild gewesen sein. – Jeder von ihnen, wie sie hier sitzen, müßte zumindest auf einem der Photos als Schutzbündler, als ›Roter‹ festgehalten gewesen sein.

Doch da war noch ein Bild, fällt Schmidinger plötzlich ein, auf dem die Eisenbahnersektion zu sehen war. Der Anlaß, bei dem es entstand, ist ihm entfallen. Der Sepp und der Emil müßten das aber wissen, die waren ganz bestimmt dabei. Er wirft einen kurzen Blick zu den beiden hinüber, die sich wieder flüsternd unterhalten. – Bestimmt bereden die beiden etwas von der Arbeit, denkt er. Das geht ihm ab. Im Sägewerk ist außer ihm keiner mehr von den alten Schutzbündlern; die paar Österreicher, die noch da sind, gehen voll mit dem Chef mit – mit Ausnahme vom Ederer natürlich. Und der Rest sind Ostarbeiter, mit denen er über die Arbeit hinaus keinen Kontakt hat.

Schmidingers Blick kehrt zur Wand zurück. Er sucht einen weiteren hellen Fleck, wo das Bild von den Eisenbahnern hätte hängen können, findet aber keinen. So versucht er, sich die Anordnung der Bilder noch einmal vorzustellen, kommt aber trotzdem auf kein zusätzliches Bild. Es könnte sein, geht es ihm durch den Kopf, daß irgendwann einmal Bilder ausgewechselt worden sind; und daß das von den Eisenbahnern dort gehangen hat, wo sie später das mit den Schutzbündlern draußen vor der Tür angebracht haben. – Es ist alles schon so lang her, sagt er sich schließlich. Dann rechnet er jedoch kurz nach, und muß feststellen, daß die Ereignisse vom Februar '34 gerade erst elf Jahre zurückliegen. Dennoch erscheint ihm das alles wie graue Vorzeit. Wahrscheinlich deswegen, überlegt er, weil mittlerweile so viel geschehen ist.

Der Franz wurde damals krankenhausreif geprügelt, weil er sich dagegen wehrte, daß ein Trupp Heimwehrler seine Wirtsstube kurz und klein schlug. – Ja, da hielten sie alle noch zusammen. Als der Franz aus dem Spital zurückkam, richteten sie ihm die Wirtsstube wieder her. Jeder von ihnen trug sein Scherflein bei, organisierte einen Tisch, ein paar Sesseln oder eine Bank. Dieses Sammelsurium verschiedenster Tische und Sessel ist bis heute so geblieben. Ein Blick durch die Wirtsstube macht dies deutlich. Nur die Wand blieb in der Folge leer, sinnt Schmidinger. Und er hat sich nie erkundigt, wo die Bilder und die Fahne abgeblieben sind. Ob sie wohl mit dem Kleinholz, das die Hahnenschwanzler zurückgelassen haben, weggeworfen wurden? Oder vielleicht sind sie gar noch irgendwo aufgehoben?

Es ist schon eigenartig, überlegt er, daß man sich seit damals so widerspruchslos mit allem abgefunden hat. Was auch passierte, schon im nächsten Augenblick nahm man das als Gegebenheit, gegen die anzukämpfen sinnlos war. Ihm zumindest ging es so. Man hat ihnen regelrecht den Nipf genommen. Das ist auch der Grund, warum es so um sie bestellt ist, sagt er sich. Wohl auch deshalb hat keiner von ihnen dem Emil auf die Schulter geklopft und erklärt: Wo denkst denn hin; natürlich kannst dich auf uns verlassen!

Seinerzeit hätte es das nicht gegeben. Da war zwischen ihnen noch ein Zusammenhalt. Wieder mustert Schmidinger die Runde. Er betrachtet die früheren Kampfgefährten, einen nach dem anderen, und fragt sich schließlich, was sie denn heute noch gemeinsam hätten. Außer der gemeinsamen Vergangenheit; ihrem Stammtisch. – Und dem gemeinsamen Durst, fügt er bitter hinzu. In eben diesem Moment fordert nämlich Huemer den Wirt auf: »Geh, Franz, bring mir noch einen Most!«

Doch möchte er gerade diese gemeinsame Vergangenheit nicht missen. Kein bißchen davon. Da machte alles noch einen Sinn, weil auch jeder für den anderen geradestand, denkt er. – Als die Heimwehrler damals den Gust verhafteten und um jeden Preis herausbringen wollten, wo denn nun die Waffen und der Sprengstoff des Schutzbunds versteckt wären, da hat keiner von ihnen ein Sterbenswörtchen verraten. Und die Hahnenschwanzler haben jeden von ihnen verhört; jeden, der auch nur im Geruch stand, ein Roter zu sein. Ein paar Watschen waren das allerwenigste, was jeder von ihnen dabei einfing. Den Gust selber haben sie so malträtiert, daß ihm bis heute was an den Nieren geblieben ist. – Was auch wieder sein Gutes gehabt hat: Immerhin hat ihn das davor bewahrt, einrücken zu müssen.

Und ihm selbst haben sie fast den Arm gebrochen, erinnert sich Schmidinger, als einer von denen plötzlich begann, mit dem Gewehrkolben auf ihn einzudreschen. Wochenlang trug er die blauen und grünen Flecken gleichsam als Abzeichen seiner Gesinnung am ganzen Körper. Dennoch, sie hätten ihn gar nicht so schlagen können, daß er etwas preisgegeben hätte. Und das gleiche galt auch für die anderen.

Nie hätten diese Haderlumpen etwas herausbekommen, wenn sie sich nicht zuletzt an die Frau vom Gust gehalten hätten. Ihr haben sie erklärt, daß der Mann vor ein Standgericht käme, wenn sie nicht rasch die Waffen fänden. Und mit dieser Drohung haben sie die Erna so damisch gemacht, daß sie schließlich von einem zum anderen gelaufen ist und verlangt hat, sie müßten die Waffen herausrücken, um ihren Mann zu retten. Sie, die sich seine Freunde nennen, dürften doch nicht zulassen, daß der Gust umgebracht wird. Was sollte sie denn allein mit den beiden Kindern anfangen. Die Frau hat alle so rebellisch gemacht, wollte jedem von ihnen die Schuld zuschieben, wenn dem Gust was passiert, daß sie zuletzt beschlossen, die Waffen herauszugeben. Es war ja ohnehin keinem mehr klar, was sie damit anfangen sollten. – Von allein hätten die Schwarzen die Waffen aber nie gefunden, sagt sich Schmidinger, immer noch befriedigt bei dieser Erinnerung.

Doch dann ist alles zerbrochen. Gedankenverloren zündet er sich eine Zigarette an. Beim Herrichten von der Wirtsstube, da war die Gemeinschaft noch beisammen, das stimmt schon. Aber genaugenommen hatte das schon keine Bedeutung mehr. Was hatten sie denn im Sinn? Ihren Wunsch, nicht auf das gewohnte Wirtshaus verzichten zu müssen. Natürlich wollten sie auch dem Franz helfen, der ja immer zu ihnen gehalten hat. Doch der Antrieb, der einmal hinter allem stand, was sie gemeinsam vollbrachten, der war da schon nicht mehr vorhanden.

Es sind ja auch in der Folge nicht allzuviele von ihnen übriggeblieben. Das ist der schäbige Rest, denkt Schmidinger mit einem neuerlichen Blick in die Runde. Die ersten sind abgewandert, weil man ihnen erklärte, sie könnten ihren Arbeitsplatz nur dann behalten, wenn sie zur Vaterländischen Front gingen. Das war der erste Keil, den man zwischen sie trieb; denn zwischen denen, die sich der Drohung beugten, und ihrem Häuflein gab es hinfort nichts Gemeinsames mehr. Die anderen hatten Angst, daß man sie, Gott-behüte, zusammen mit einem Roten sehen könnte; und sie selbst wollten ihrerseits mit den Verrätern, die sich's mit dem System gerichtet hatten, nichts mehr zu tun haben. Kaum daß man einander noch grüßte.

Obendrein kam aber auch zwischen den Übriggebliebenen Mißtrauen auf. – Im Gegensatz zu anderen hatte er das Glück, seinen Arbeitsplatz im Sägewerk zu behalten, obwohl er sich ebenfalls geweigert hat, der Vaterländischen Front beizutreten – und nach wie vor in den Blauen Stern ging, was nun erst recht als verdächtig galt. Damals wußte er selbst nicht, was ihn davor bewahrte, entlassen zu werden. Das wurde erst nach dem Einmarsch der Deutschen klar, als sich der Eggetsberger als Alter Kämpfer entpuppte, der sich offenbar eine Hetz daraus gemacht hat, einen Roten zu beschäftigen, zum Ärgernis der Schwarzen am Ort.

Wie auch immer, er ist dem Eggetsberger heute noch dankbar, weil er es ihm erspart hat, den Pfaffen in den Hintern kriechen zu müssen. Denn zuletzt wäre ihm doch gar nichts anderes übriggeblieben. So ehrlich ist er, sich das einzugestehen. Wenn er auf keine andere Art zu Arbeit gekommen wäre, hätte er zu Kreuz kriechen müssen. Schließlich waren da auch die Riki und die Kinder, die ernährt werden wollten.

Das alles brachte ihm jedoch das Mißtrauen der anderen ein. Nur allzu oft spürte er das. Immer stand da die Frage in der Luft, warum er seine Arbeit behalten hatte, obwohl er nicht zur Vaterländischen Front gegangen war. Noch ärger wurde das klarerweise nach dem Einmarsch, als sich der Eggetsberger deklarierte. Da glaubten einige, er wäre ebenfalls ein Illegaler gewesen, und deswegen hätte ihn der im Betrieb gehalten. Noch dazu, weil ihn der Chef auch nach der Machtübernahme nicht hinauswarf. – Ganz hat er sich das selbst nie erklären können, denkt Schmidinger, es sei denn, für den Chef war ausschlaggebend, daß es nie Reibereien zwischen ihnen gegeben hat. Über Politik wurde nicht geredet, und seine Arbeit hat er immer anstandslos gemacht.

Gewiß, als dann der Eggetsberger Volkssturm-Kommandant wurde und plötzlich an sich Feldherrnqualitäten entdeckte, war es ihm unangenehm, bei dessen Wehrübungen mitzumachen; andererseits wäre ihm aber nicht eingefallen, sich deswegen mit ihm anzulegen. Soll der seinen Spaß daran haben, sagte er sich des öfteren; wenn es ihm gefällt, aus den paar Ostmärkern, die ihm im Werk noch verblieben sind, die Elitetruppe seines Volkssturms zu schmieden. Da muß man eben in den sauren Apfel beißen. Denn eins ist auch sicher: Von ihm hätte sich der Eggetsberger bestimmt nicht das bieten lassen, was er sich vom Ederer gefallen läßt.

In den vergangenen Tagen hat er sich allerdings immer öfter gefragt, ob es nicht vielleicht doch eine Möglichkeit gegeben hätte, sich aus all dem herauszuhalten. Denn mit einem Mal war das alles keine Spielerei mehr, war er miteinbezogen in eine blutige Jagd auf Menschen, die ihm doch schon deswegen nahestehen mußten, weil sie von den Nazis eingesperrt worden waren; auch wenn diese von Schwerverbrechern, Mördern und Räubern redeten. – Sitzt nicht auch der Bernaschek im Lager; und noch viele andere, von denen er genau weiß, daß sie nicht mehr angestellt haben, als gegen die Hitlerei zu sein.

Was aber konnte er jetzt machen – außer beten, daß ihm keiner von den Ausbrechern über den Weg läuft; zumindest nicht, wenn er mit dem Volkssturm unterwegs ist. Dabei hat er auch da wieder Glück: Der Eggetsberger mag sich noch so sehr als eingefleischter Nazi aufspielen, in erster Linie ist er doch ein eingefleischter Kapitalist. Wichtiger als die ganze Jagd auf die Ausbrecher ist ihm, daß in seinem Betrieb gearbeitet wird. Wehrwirtschaftlich notwendig sei das, betont er bei jeder Gelegenheit. Und deswegen darf auch keiner von seinen Arbeitern untertags zu den Suchaktionen herangezogen werden. Erst wenn die Arbeit erledigt ist, marschiert er selbst mit seiner Elitetruppe ins Feld. Wo sich Gott-sei-dank um diese Tageszeit niemand mehr blicken läßt.

»Ich will ja nichts sagen«, poltert in diesem Moment Fuchsbichler los, während er zugleich seinen Krug nach einem kräftigen Schluck lautstark auf den Tisch zurücksetzt, »aber im Gegensatz zu euch ist eine Leich der wahrste Kirtag. Mir schlaft ja schon das Gesicht ein. – Bring uns die Karten, Franz!« Und in die Runde gewandt: »Daß mir jetzt keiner sagt, es wär ihm heut nicht nach Kartenspielen!«

Howorka erklärt als erster, daß er natürlich mit von der Partie sei, Ganglberger folgt. Huemer schaut fragend zu Schmidinger, der zögernd abwinkt, worauf er meint: »Na ja, am vierten Mann soll's nicht fehlen.«

»Und einen großen Klaren zum Aufwärmen«, ruft Fuchsbichler dem Wirt nach. »Man könnt glauben, der Franz spart extra noch bei den Kohlen, damit er seine Schnupfenmedizin los wird«, setzt er bärbeißig lachend hinzu.

»Für mich auch einen«, meldet sich Howorka. – Als ob er zeigen müßte, daß er dazugehört, denkt Schmidinger. Dabei hätte das, was ihm zuvor durch den Kopf gegangen ist, wirklich keiner weiteren Bestätigung bedurft. Im Grunde war nur der Gust seit jeher über jeden Verdacht erhaben. Als die Waffen schließlich abgeliefert waren, ließen ihn die Hahnenschwanzler frei. Mehr als einen Monat lang mußte er jedoch das Bett hüten; und auch dann war immer noch nicht auskuriert, was sie ihm angetan hatten. Eigentlich hätte er ins Krankenhaus gehört, doch wollte er in der unruhigen Zeit nicht von zu Haus weg.

Dann, als er wieder auf den Beinen war, hatte er keine Arbeit mehr. Zur Vaterländischen Front ging er natürlich nicht, und so mußte er sich und die Familie mit allem, was anfiel, über die Runden bringen. Lange Zeit über band er Strohschuhe. An das kann er sich noch gut erinnern. Jeder von ihnen kaufte Strohschuhe, für sich, die Frau und die Kinder. Und dann schon welche in Vorrat. Denn das war die einzige Art, wie sich der Gust auch von den Genossen helfen ließ. Irgendwann jedoch war bei jedem der Bedarf gedeckt. Was sollte man mit so vielen Strohschuhen, noch dazu, wo die Kinder jammerten, daß sie drücken und kratzen. Und insgeheim mußte er ihnen recht geben. Aber das war halt eine Form von Solidarität. Wenn man sie schon gekauft hatte, dann mußte man sie auch auftragen. Dabei ist er sich sicher, daß bei ihm daheim noch immer irgendwo nagelneue Strohschuhe herumliegen, die die Riki oder die Kinder verschwinden haben lassen.

Richtige Arbeit bekam der Gust erst wieder unter den Nazis. Die brauchten schließlich Facharbeiter, als sich die DEST bei den Steinbrüchen einkaufte. Und weil es die Nazi eilig hatten, nahmen sie jeden, ohne lang nach seiner politischen Einstellung zu fragen. Wahrscheinlich kam noch dazu, daß ein paar Illegale den Gust sogar als Leidensgefährten aus der Systemzeit betrachteten. Dennoch wäre bei ihm nie jemand auf die Idee gekommen, er könnte mit denen irgendwann unter einer Decke gesteckt haben. Dafür hatte er einfach zu viel auf sich genommen.

Schmidinger beobachtet Ganglberger, der eben die Karten mischt. Auf irgendeine Weise kamen auch die beiden Eisenbahner während der Systemzeit durch, ohne daß sie der Vaterländischen Front beitraten, sinnt er dabei. Wie das genau ging, könnte er nicht sagen, denn er hat sich nie danach erkundigt. Wie hätte er auch nachfragen sollen, sagt er sich. Der Sepp blieb jedenfalls als Roter verschrien; und was für ihn galt, das galt auch immer für den Emil. Bei den Nazis schwindelten sie sich über den Arbeitsdienst durch, obwohl man bei der Eisenbahn im allgemeinen recht pedantisch darauf schaute, daß nur Pgs eingestellt blieben; vor allem als dann immer mehr Leute einrücken mußten.

Was aber den Michel betrifft, so ist er sich nie darüber klar geworden, wie dieser es seinerzeit geschafft haben soll, seine Arbeit im Grafenwald zu behalten, ohne auf irgendeine Weise Zugeständnisse zu machen. Direkt bei der Vaterländischen Front war er bestimmt nicht, das wäre irgendwann herausgekommen. Aber man hat sich eben seine Gedanken gemacht. Und wenn er sich selbst dann gesagt hat, daß der Michel vielleicht, ebenso wie er selbst, einfach Glück gehabt hat, so war er mit dieser Antwort doch nie ganz zufrieden.

Genaugenommen kann er es keinem der Genossen verdenken, wenn ihm gegenüber immer ein Hauch von Mißtrauen übriggeblieben ist. Wie hätte er ihnen auch stichhaltig auseinandersetzen können, wovon er selbst nicht gewußt hat, was tatsächlich dahintersteckte. – Genau da liegt aber der Hund begraben, fühlt er sich in seinen vorangegangenen Überlegungen bestätigt. Wie sollten sie unter solchen Umständen eine Gemeinsamkeit finden können?

Schmidinger hört den Gust ›Pagat zum Schluß‹ ansagen. – Das Tarockieren ist das einzige, was bleibt, wenn sie sich nichts zu sagen haben, geht es ihm durch den Kopf. Und doch liegt es nicht daran, daß sie nicht miteinander reden könnten. Daß sie gar so maulfaul geworden sind, liegt zu allererst am allgemeinen Stand der Dinge. Man hat sich schlichtweg angewöhnt, nur das Allernotwendigste von sich zu geben. Und das muß unverfänglich, unangreifbar sein. Denn, wenn einem schon einmal eine Bemerkung herausrutscht, die man besser nicht gemacht hätte – wie die vom Emil zuvor –, dann durchlebt man eine Zeit der Beklemmung, muß man fürchten, verpfiffen und schließlich zur Verantwortung gezogen zu werden.

Wenn dagegen jemand anderer das Maul zu weit aufreißt, dann tut man am besten so, als ob man gar nichts gehört hätte. Denn sie drehen einem auch einen Strick daraus, wenn man nicht zum Judas wird. Und man weiß nie, ob einen nicht einer denunziert, weil man sich selbst nicht zum Denunzieren hergibt.

Auf nichts eingehen, heißt deshalb das oberste Gebot, denn im Notfall kann man erklären, man hätte überhaupt nicht mitgekriegt, was der oder jener gesagt hat. Was nicht heißt, daß man damit durchkommt. Dennoch muß einem das in Fleisch und Blut übergehen, will man überleben. Und man schätzt nicht mehr ab, wo man sich wie verhält. Der Emil hat das zuvor zu spüren bekommen. – Und doch hätten sie ihn beruhigen müssen, sagt sich Schmidinger aufs neue. Das hätte sich gehört. Schließlich sollten sie immer noch zusammenstehen.

»So, und da ist noch 's Pagattl, das niemand mehr stechen kann«, sagt Fuchsbichler zufrieden, nachdem er seine letzte Karte mit lautem Knall auf den Tisch gedroschen hat. – Mit dem Gust ist das ja auch so eine Sache, sinnt Schmidinger, der kurz das Ende des Spiels verfolgt und sich bei der Gelegenheit eine neue Zigarette angesteckt hat, weiter. Jeder weiß, daß er in den Steinbrüchen vom Lager arbeitet. Deshalb müßte er besser als jeder andere von ihnen Bescheid wissen, was dort los ist. Noch nie hat er jedoch nur eine Andeutung darüber verloren. Es wäre aber auch keinem von ihnen je eingefallen, ihn danach zu fragen. An das Thema wird nicht gerührt, damit keiner in Schwierigkeiten kommen kann.

Dabei wüßte doch jeder nur zu gern, was sich da abspielt, vor allem jetzt, nach dem Ausbruch. Ihm zumindest geht es so. Wie aber sollte er den Gust fragen, ohne daß der glaubt, er wolle ihn aushorchen? – In Gedanken will er schon die Zigarette im Aschenbecher ausdrücken, sieht aber im letzten Augenblick, daß sie erst halb geraucht ist. Urassen braucht er auch nicht, sagt er sich und streift vorsichtig die Glut von der Zigarette.

Das ist doch auf Dauer nicht auszuhalten: wenn man einander nur noch trifft, weil man's so gewohnt ist, und sich dann darauf beschränkt, Karten zu spielen und zu saufen. – Und doch wüßte er niemanden sonst, mit dem er sich zusammensetzen wollte. Es muß doch darüber hinaus etwas da sein, das sie verbindet, sagt er sich.

»Und wer hat jetzt den Gsties«, fragt Ganglberger.

»Wenn nötig immer der Partner«, stößt Howorka vergnügt prustend hervor.

»Dann hättest aber zuvor schon stechen müssen«, fährt ihn Ganglberger an.

»Aber ganz bestimmt nicht«, wehrt jener ab, »ich hab überall die Farb mitgehabt.«

»Was streitet's denn lang herum«, mischt sich Huemer ein. »Die Runde geht ohnehin an euch.«

»Trotzdem«, murrt Ganglberger nach.

Nein, das sind keine Zuständ mehr, wiederholt Schmidinger für sich. Doch irgendwann muß das alles auch ein Ende haben. Zwei ganze Jahre ist es nun schon her, daß die Deutschen in Stalingrad eins auf den Deckel gekriegt haben. Und seither sind sie ständig auf dem Rückzug; wie sie das auch immer nennen mögen: Frontbegradigung, Sammeln der Kräfte oder sonstwie. Und die Russen stehen inzwischen schon in Budapest. Bald werden sie die österreichische Grenze erreichen. Da hilft auch keine Wunderwaffe mehr. Und doch führt sich das Nazigesindel hier immer noch auf, als ob das Dritte Reich weitere tausend Jahre halten könnte.

Im Grunde geht alles viel zu langsam. Die müßten doch schon längst ganz klein mit Hut sein. Man müßte ihnen endlich die Schneid abkaufen; ihnen ein wenig Zund geben, daß sie auch hier merken: Es geht nicht mehr alles so, wie sie wollen. Wenn sie das nicht rechtzeitig merken, kann sonst noch was passieren. Die reißen alles mit, wenn es ihnen selbst an den Kragen geht. – Das müßte man verhindern, geht es Schmidinger durch den Kopf. Doch dazu müßten sich ein paar Männer zusammenfinden und etwas tun. Vielleicht hätten sie seinerzeit ihr Waffenversteck doch nicht preisgeben sollen.

Wer weiß allerdings, ob die Waffen heute noch zu gebrauchen wären, sagt er sich gleich darauf. Wahrscheinlich wäre das Zeug längst verrostet. Und mit dem Sprengstoff wäre bestimmt auch nichts mehr anzufangen. – Aber der Gust müßte wieder einen besorgen können, überlegt er weiter. Nur ein ganz kleines Feuerwerk, das wäre schon etwas. Das müßte doch die ›Herrenmenschen‹ ein wenig verunsichern. Für ihn jedenfalls wäre das schon eine Genugtuung. Man würde sich gleich ganz anders fühlen.

Wie aber sollte er mit dem Gust und den anderen darüber reden? Er kann ja nicht gut, wenn sie die nächste Runde ausgespielt haben, sagen: Wartet's ein bißerl mit'm Geben. Ich möcht euch nämlich was fragen: Was haltet's denn ihr davon, wenn wir den Nazis ein kleines Feuerwerk bescheren? – Und wenn er mit jedem einzelnen redet und herauszubringen versucht, wie sie dazu stehen?

»Bring mir noch ein Krügel, Franz«, ruft Huemer dem Wirt nach, der eben aufgestanden ist und zur Schank geht. Schmidinger wird dadurch jählings aus seinen Gedanken gerissen. Ein wenig verwirrt blickt er in die Runde; als ob man ihm ansehen könnte, was ihm da durch den Kopf gegangen ist. – Seltsam ist es schon, auf welche Ideen er heute kommt, sagt er sich dann und kann dabei ein kurzes Schmunzeln nicht unterdrücken. Aber, räumt er ein, die Ideen bereiten ihm auch ein gewisses Wohlbefinden.

So ein Streich könnte sie auch wieder stärker zusammenbringen, überlegt er. Damit könnten sie wieder ein verschworener Haufen werden. Eine neue Gemeinsamkeit könnte daraus entstehen, sozusagen eine Gemeinsamkeit für die Zukunft. Und das wäre bestimmt auch etwas wert für die kommende Zeit; wenn die Nazis endlich geschlagen sind und es darum geht, daß es wieder ein Österreich gibt.

Und wenn einer nicht mitmacht? Die andern vielleicht sogar anzeigt? Wieder mustert er einen nach dem anderen. Heißt es nicht immer, daß die Nazis überall ihre Zuträger sitzen hätten? Und es müßte ihnen doch ganz besonders daran gelegen sein, zu wissen, was bei den ›Roten vom Blauen Stern‹ so läuft. Vielleicht haben sie sich längst einen von ihnen gekauft, und keiner weiß, daß so einer unter ihnen ist? – Ob wohl den andern auch schon so ein Verdacht gekommen ist? Möglicherweise haben sie deswegen zu-vor so eigenartig auf Emils Bemerkung reagiert. Und doch, er könnte sich das von keinem vorstellen.

Aber schon allein, daß man sich so eine Frage stellt, ist bedrückend, sagt sich Schmidinger. Das ist die wahre Niedertracht dieses Gesindels: Daß sie es geschafft haben, jeden gegen jeden auszuspielen. Weil man weiß, daß sie da und dort ihre Zuträger sitzen haben, sie sich gekauft haben, durch Vergünstigungen oder Drohungen, herrscht überall das Mißtrauen – selbst dort, wo sie keinen Judas gefunden haben. Aber es genügt schon die Ungewißheit, daß jeder davor zurückschreckt, sich auf den anderen zu verlassen.

»Ist euch klar, daß seit Stalingrad genau zwei Jahre vergangen sind«, sagt in diesem Moment Huemer. – Eigenartig, denkt Schmidinger, daß der Michel jetzt auch auf Stalingrad kommt, nachdem ihm das gerade zuvor ebenfalls durch den Sinn gegangen ist. Könnte es sein, daß ihn ähnliche Gedanken beschäftigen?

Keiner erwidert etwas auf Huemers Frage. »Mir sind nur gerade der Lenz und der Hansl eingefallen«, setzt er nach einer Pause fort. »Die beiden haben doch keine Kartenpartie ausgelassen, haben nie genug kriegen können. Ich erinner mich, als ob es gestern gewesen wäre, wie gallig sie geworden sind, wenn ihnen der vierte Mann abhanden gekommen ist. – Und dann sind sie alle zwei gefallen, in Stalingrad, für Führer, Volk und Vaterland. Zwei Jahre sind sie nun schon tot.«

»Ja, der Lenz und der Hansl«, murmelt Ganglberger nachdenklich, »mit den zweien war immer was los. – Eigentlich könnten wir ein Stamperl auf sie trinken.« Und zum Wirt gewandt: »Bring uns eine Runde, Franz!«

»Für mich nicht«, wendet Howorka ein, »ich hab der Nandl versprochen, daß ich bald heimkomm.« Da die Runde ohnehin gerade beendet ist, streift er die Münzen ein, die ihm geblieben sind, steht auf und geht zum Kleiderständer, um seine Joppe anzuziehen.

»Für heut hast genug sinniert, Karl«, wendet sich Fuchsbichler nun an Schmidinger. »Jetzt wird tarockiert! – Darfst auch gleich geben.«

Dieser nimmt wortlos seinen Krug und setzt sich auf den Platz, den Emil verlassen hat. Er sammelt die Karten vom Tisch und beginnt zu mischen. – Das hat er gerade notwendig gehabt, denkt er dabei, daß man es ihm auch noch ankennt, wenn er sich Gedanken macht. Fehlt nur noch, daß der Gust Gedankenlesen kann.

Die Ohrenklappen der Eisenbahnermütze heruntergezogen und den Schal fest um den Hals geschlungen, kommt Howorka nochmals an den Tisch. »Lebt's wohl, alle miteinand«, sagt er, jeden der Reihe nach anblickend. Er bleibt stehen. Offenbar will er noch etwas hinzufügen, scheint aber nicht die rechten Worte zu finden.

»Ist schon gut, Emil. Mach dir keine Sorgen«, meint Fuchsbichler, ohne nochmals aufzublicken, während er langsam die Karten in seiner Hand auffächert und sie zu ordnen beginnt.

XVIII

»Du bist an allem schuld«, stößt die Bäurin hervor. Schluchzer lassen dabei ihren Körper erbeben. »Du hast ihn zur HJ schicken müssen!«

»Hör auf, Agnes«, erwidert mit verhaltener Stimme Franzmaier – der beim Fenster steht und auf den Hof hinausblickt – ohne sich umzudrehen. »Das eine hat mit dem anderen nichts zu tun. Was anderes wär's, wenn es den Anton so erwischt hätte wie den HJ-Buben drüben in der Dürnau, der von einem SSler erschossen worden ist, weil der ihn für einen Ausbrecher gehalten hat. Dann könntest die Schuld darauf schieben.«

In sich gesunken sitzt die Bäurin im Winkel der Ofenbank. Ihr Blick ist auf ihren Schoß gerichtet, in dem sie ruhelos die Hände knetet. Ihre Tränen sind schon vor geraumer Zeit versiegt; nur das trockene Schluchzen hält unvermindert an. Es schmerzt sie in der Brust und nimmt ihr den Atem, sodaß sie von Zeit zu Zeit nach Luft ringen muß. Als sie eben wieder tief aufgeseufzt hat, murmelt sie trotzig: »Alles hat mit allem zu tun. Und alles rächt sich im Leben.«

»Red nur, was du glaubst«, murrt der Bauer, und dann fährt er sie, sich zu ihr umdrehend, plötzlich an: »Denkst denn, mir tut um den Buben nicht leid. – Aber ich, ich muß mir nicht vorwerfen oder vorwerfen lassen, daß ich ihn zur HJ geschickt hab. Das hat sich nicht umgehen lassen, weil's sonst hätt sein können, daß wir alle miteinand in Gefahr kommen. Das hat mir der Eiblmayer im Vertrauen gesteckt. Es braut sich was zusammen, hat er gemeint.«

»Alles rächt sich im Leben«, wiederholt die Bäurin kaum hörbar; und dann zu ihm gewandt: »Begonnen hat doch alles damit, daß du dich mit den Nazis nicht vertragen wolltest.«

»Das ist aber jetzt ganz was Neues«, unterbricht sie Franzmaier. »Meinst denn gar, ich hätt mich mit diesen Gottlosen zusammentun sollen?«

»Gebt also dem Kaiser, was dem Kaiser gebührt, und Gott, was Gott gebührt, heißt es im Buch«, fährt die Bäurin fort, ohne dabei die Stimme zu heben.

»Und dem Teufel, was dem Teufel gebührt«, höhnt er. »Das steht aber nicht im Buch. Frag den Pfarrer! – Der ist übrigens auch keiner, der sich's mit denen gerichtet hat.«

»Das ist seine Sach«, erwidert die Bäurin. »Er muß sich ja um niemanden kümmern.«

»Außer um uns Gläubige!« Als ob er diese Bemerkung betonen wollte, macht er einen Schritt auf sie zu. »Und das sind noch allemal genug hier am Ort.«

»Darum geht's nicht«, erwidert sie. »Wenn sich der Pfarrer mit ihnen anlegt und sie ihn ins Lager stecken, dann kommt eben ein neuer, der uns die Meß liest, tauft und versehen geht. Deswegen wird niemand von uns Schaden nehmen.«

»Außer er selbst. Das meinst du doch?« Mit einer Geste der Resignation stützt sich Franzmaier auf das Fensterbrett, nachdem er wieder einen Schritt zurück gegangen ist. »Steht ihm aber nicht zu, daß wir zu ihm halten? Sind wir ihm das nicht schuldig?«

»Was scherst dich plötzlich um den Glauben«, schilt die Bäurin mit einem Mal los. »Vorgestern abend hast dich sogar geweigert, das Tischgebet zu sprechen. Auch dafür hat uns Gott nun gestraft.«

»Aber ja, Frau«, murmelt er, »rechne nur alles auf, was ich in meinem ganzen Leben angestellt hab. Vergiß nicht, daß ich als Bub fleißig gewichst hab; wofür ich jetzt gewiß auch bestraft werde. Und wenn'st alles beisammen hast, dann weißt, daß alles ganz zwangsläufig passieren hat müssen. Daß sich der Bub im Stall aufgehängt hat, ist nur die Rechnung für alles.«

»Versündig dich nur weiter, du bockbeiniger Teufel.« Voller Abscheu blickt sie ihren Mann an.

»Jetzt reiß dich aber zusammen! Denn lang hör ich mir das nimmer an.« Und beinahe ungläubig brummt er: »Jetzt wär ich gar schon der Teufel? – Du bringst schon alles durcheinander, Frau!«

»Eins ist doch gewiß: Daß unser Toni tot ist.« Ihr ganzer Körper bäumt sich dabei auf. »Und daß du schuld bist. – An uns hättest schon seinerzeit denken müssen, als die Nazis werben gekommen sind, und nicht erst, als dir der Eiblmayer geflüstert hat, daß sie etwas gegen dich im Schild führen. Hättest dich von allem Anfang an mit ihnen gutgestellt, wär das alles nicht passiert.«

»Wenn ich mit ihnen mitgetan hätt, dann wär der Bub gleich von Beginn an bei der HJ gewesen. Da hätt's überhaupt nichts gegeben. Das gehört einfach dazu«, erwidert der Bauer.

Sie geht jedoch nicht auf seinen Einwand ein: »Aber du hast ja den Guten spielen müssen, den, der sich von denen nicht rumkriegen läßt.«

»Wär's dir lieber, ich wär einer von diesen sierigen Nazis geworden«, wirft er ein.

»Es hätt schon genügt, wenn'st nur ein bisserl mitgespielt hättest. Aber du hast ja gemeint, du könntest das mit deinem Gewissen nicht vertreten. – Wo ist denn jetzt dein Gewissen? Drückt es dir nicht der Tod vom Toni ab?«

»Du denkst dir da was aus, weil dich der Tod vom Buben so mitgenommen hat.« Franzmaier geht zu seiner Frau und will ihr beruhigend die Hand auf die Schulter legen.

»Rühr mich nicht an«, schreit sie auf und schüttelt seine Hand ab.

»Verdammt, was soll ich denn tun«, fährt er sie an. »Soll ich auf den Knien rumrutschen? Das macht den Buben auch nicht mehr lebendig.« Zornig stapft er zur Tür, reißt sie auf und wirft sie mit einem Krach hinter sich zu.

In sich gekehrt bleibt die Bäurin sitzen. Die Wut über ihren Mann hat ihr noch eine einzelne Träne entlockt. Unwillig wischt sie sie von der Wange. – Warum wohl hat sich der Bub umgebracht, fragt sie sich von neuem. Doch sie findet keine Antwort. Weil sie einfach nicht fähig ist, einen klaren Gedanken zu fassen, denkt sie. Immer nur sieht sie das Bild vor sich, wie er da hängt.

Als sie und der Mann heute morgen beim Frühstück gesessen sind, kam der Bub nicht daher; und sie ging in seine Kammer, um ihn zu wecken. Doch da war er nicht. Erst dachte sie, er sei vielleicht schon in den Ort aufgebrochen; er hatte ja nicht gesagt, wann er dort wieder gestellt sein mußte. Sie ärgerte sich nur darüber, daß er sich nicht einmal verabschiedet hatte. Wenigstens Auf Wiedersehen hätte er in die Stube hereinrufen können, meinte sie noch.

Der Mann schien gar nicht zu bemerken, daß der Bub nicht da war; oder er wußte mehr, überlegte sie, als sie sich wieder an den Tisch setzte. Sie sprach ihn darauf an, doch er brummte lediglich: Vielleicht kriegen sie bei den Suchhunden ein besseres Frühstück. Wohl deswegen ging es ihr dann durch den Kopf, der Bub könnte verschlafen haben und nun überhaupt ohne Frühstück unterwegs sein.

An die Ereignisse vom Vortag dachte sie dabei überhaupt nicht. Aber da wußte sie ja auch noch nicht, was passiert war. – Es muß da eine Verbindung geben, schon mehrmals drängte sich ihr dieser Gedanke kurz auf. Und dann krampft sich ihr in der Brust alles zusammen. So auch jetzt. Leise wimmert sie vor sich hin: »Wie er da gehangen ist, so armselig!«

Dabei fand sie ihn nur durch Zufall. Wenn sie nicht im Stall einen Kübel gebraucht hätte, wer weiß, dann baumelte er vielleicht jetzt noch da, unbemerkt und von allen verlassen. Bestimmt hätten sie sich erst am Abend Sorgen gemacht, wenn er nicht zurückgekommen wäre. Und die ganze Zeit über wäre er im Verschlag gehangen! Abends wäre der Mann in den Ort gegangen, um nachzufragen; und dort hätte er dann erfahren, daß der Toni in der Früh überhaupt nicht aufgetaucht sei. Sie hätten überlegt, was denn passiert sein könnte, und wären noch immer nicht auf die Idee gekommen, er könnte tot im Stall hängen. Die Zeit wäre verstrichen, bis sie begonnen hätten, ihn am Hof zu suchen. – Es sei denn, der Eiblmayer oder sonst einer von denen wäre schon tagsüber dahergekommen, um sich aufzuregen, weil der Toni am Morgen beim Appell gefehlt hätte. Dann hätten sie sich freilich schon früher Sorgen gemacht.

Der Gedanke, daß sie den Tag über auf dem Hof dahingearbeitet hätten, während im Stall der Bub hing, läßt sie erneut aufschluchzen. – Wer hätte aber auch an so etwas gedacht, als sie beide nach dem Frühstück an die Arbeit gingen: der Mann in den Rübenkeller, weil er das Loch wieder zumauern wollte, und sie in den Stall. – Na, dann vermauern wir halt die ganze Geschichte, sagte der Mann im Hinausgehen. Als ob er mit dem Zumauern auch die Erinnerung an alles, was gestern passiert ist, dahinter hätte einschließen können, sinniert die Bäurin. So etwas läßt sich aber nicht einfach in ein Loch stopfen und vergessen machen. So fest ist keine Mauer, daß nicht irgendwo ein Hauch durchdringt. Wie sonst würde der Bub tot drüben auf dem Bett liegen.

Sie selbst war nach dem Frühstück in den Stall gegangen. Schon beim Melken hatte sie beschlossen, die Bleß ein wenig abzuschrubben. Ihr Fell war ganz dreckig. Und weil darüber hinaus heute ohnehin nicht viel zu tun war, wollte sie das gleich als erstes erledigen. – Dann aber lief alles ab wie im Kino, bevor der Film reißt. So kommt es ihr jetzt im Nachhinein vor. Da beginnen mit einem Mal die Bilder ganz langsam zu laufen, werden überdeutlich, und dann ist die Leinwand gleißend weiß. Geblendet muß man die Augen schließen.

Sie wollte den Wasserkübel aus dem Verschlag holen und schaute dabei auf den Boden. Erst als sie merkte, daß der Kübel nicht an der gewohnten Stelle stand, blickte sie sich suchend um und fand ihn in der Mitte des Verschlags umgekippt liegen. – Und dann kam ein Bild nach dem anderen: Über dem Kübel sah sie plötzlich Füße, und im Hinaufschauen gewahrte sie die ganze Gestalt, die da hing. Der Anblick allein machte sie schon bestürzt, wenngleich sie in diesem Moment nicht im geringsten auf die Idee gekommen wäre, daß dies der Bub sein könnte. Der Tote hing ja auch mit dem Rücken zu ihr.

Erst dachte sie, es wäre noch einer von den Ausbrechern; einer, der nicht mehr weitergewußt hätte. Dann merkte sie jedoch, daß die Gestalt Tonis Hose und Joppe trug. Sie wollte es nicht wahrhaben, aber nach und nach wurde ihr überdeutlich: Da hing der

Bub! – In diesem Augenblick blendete sie dieses Licht; und ein Schrei drang ihr tief aus der Brust. Sie konnte nicht mehr aufhören zu schreien, bis ihr die Füße versagten und sie auf der Stelle umfiel.

Dann war plötzlich der Mann da. Daran erinnert sie sich wieder: Wie er den Kübel verkehrt herum aufstellte, hinaufstieg und mit seinem Taschenfeitel den Strick durchschnitt. Allerdings sah sie das alles nur schemenhaft, gleichsam durch einen dicken Nebel. Und zwei Geräusche prägten sich fest in ihr Gedächtnis ein: Da war erst das Aufschlagen des Buben auf dem Boden, nachdem der Strick durchschnitten war. Sie spürte es in ihrem ganzen Körper, als ob dabei der Boden erbebte. Und dann das Schleifen, als der Mann den Buben aus dem Verschlag hinauszog. Auch dieses schien sie in der lastenden Stille zu durchdringen. – Die Bäurin sucht in ihrer Erinnerung, ob da sonst noch etwas war. Sie glaubt, den Mann einmal aufstöhnen gehört zu haben, doch ist sie sich dessen nicht sicher.

Sie lag da, starrte auf das kurze Stück Strick, das noch vom Balken herunterhing. Und bei diesem Anblick ging ihr durch den Sinn, wie oft sie doch selbst im Zorn, weil sie im Streit mit dem Mann nicht mehr weiter wußte, gedroht hatte, sie würde sich aufhängen. Wirst schon sehen, morgen wachst auf und ich häng in der Speis, hat sie oft genug gesagt. Es war ihr auch immer danach, endgültig mit allem Schluß zu machen, nichts mehr hören und sehen zu müssen. – Hat sie jedoch je daran gedacht, sich ernsthaft das Leben zu nehmen, überlegt die Bäurin. Anfangs lenkte der Mann meist ein, wenn sie ihm damit kam, gab sich versöhnlich. Bis er ihr dann eines Tages höhnisch erwiderte: ›Warum tust du's denn nicht wirklich? Dann hätten wir alle endlich Ruh von dir.‹

Leichtfertig hat sie davon geredet, sich das Leben zu nehmen. Und sie hat sich damit schuldig gemacht. Sollte Gott nun ihre Sünde bestraft haben, fragt sie sich, indem er ihr auf diese Weise ihr Kind genommen hat; und dabei empfindet sie wieder diesen bitteren Schmerz in der Brust. Bestimmt ist der Bub nicht von selbst auf die Idee gekommen. War sie es, mit ihren unbesonnenen Drohungen, die ihn erst darauf gebracht hat? Gewiß hat er manchen Streit mitbekommen und damit auch jeweils das Ende, wenn sie gleichsam als Vergeltung für die Uneinsichtigkeit des Vaters ihren Tod an die Wand malte. Hat er am Ende in die Tat umgesetzt, was sie so oft angekündigt hat?

Warum aber hat er sich ausgerechnet im Stall aufgehängt, fragt sie sich weiter. – Es war einer seiner Lieblingsplätze, sinnt sie, besonders, als noch mehr Vieh dort stand. Sie erinnert sich, wie herzzerreißend er damals heulte, als die Nazis die Liesl und die Graue wegführten. Und es war bestimmt einer seiner schönsten Tage, als ihm der Mann versprach, er ganz allein müsse sich in Zukunft um das Kalb der Bleß kümmern.

Und da war die Anja, gesteht sich die Bäurin ein. Ihr ist nicht verborgen geblieben, daß sich Toni mit ihr manchmal heimlich im Stall getroffen hat. Der Mann durfte nichts davon merken, denn er hatte es dem Buben ausdrücklich verboten. Nie im Leben wäre sie jedoch auf die Idee gekommen, ihm von ihren Beobachtungen zu erzählen. Was war denn schon dabei, wenn sich die zwei verstanden. Allesamt reden sie von Rassenschande, als ob die nicht ebensogut Menschen wären, wie jeder hier am Ort. Und da war ja auch nichts zwischen den beiden. Wenn ein Bub heranwächst, braucht er ein Dirndl, mit dem er sich verständigen kann. Sonst fehlt ihm doch was.

Und jetzt sind beide nicht mehr da. Wie quälend dieser Gedanke ist! Der Bub ist tot, und sie darf gar nicht daran denken, wo Anja jetzt wohl sein mochte. Was aber hätte sie machen sollen, als die SSler sie mitnahmen? – Der Mann hat alles allein entschieden; ja, er hat ihr nicht einmal gesagt, was überhaupt los ist. Gestern früh erklärte er plötzlich, er ginge zum Eiblmayer. Sie hatte keine Ahnung, daß ihm der Bub am Abend zuvor vom Versteck im Rübenkeller gebeichtet hat. Damit rückte der Mann erst heraus, nachdem sie den Ausbrecher erschossen und die Anja fortgebracht hatten.

Ja, es tut ihr auch um das Dirndl leid. Bei der Arbeit war es anstellig; zwar verschlossen, aber nie aufsässig. Und sauber war es obendrein. Die Bäurin merkt, daß sie an die Anja in der Vergangenheitsform gedacht hat. Man wird sie doch nicht gleich umgebracht haben, geht es ihr durch den Kopf. Immerhin, man hat sie nicht gleich mit dem anderen erschossen, sagt sie sich; findet darin aber kaum Beruhigung. Bestimmt wollte man sie auch noch verhören, herausbringen, wer da sonst noch dahintersteckt. Der Eiblmayer hat gleich erklärt: ›Tät mich nicht wundern, wenn da das ganze Polengesindel dahintersteckt.‹ Und er hat es nicht lassen können, bei der Gelegenheit gleich wieder gegen den Mann zu sticheln, weil er doch damit einverstanden war, daß die sich immer wieder auf dem Hof getroffen haben. Siehst endlich, was dabei herauskommt, hat er ihn gleich ein paarmal hintereinander gefragt. Dabei war es doch der Mann, der ihnen den Ausbrecher angezeigt hat.

Wenn sie die Anja aber verhört haben, erschrickt die Bäurin plötzlich, dann hat sie gewiß auch gestanden, daß der Toni von allem gewußt hat. Hat dem Buben da etwas geschwant und hat er sich deswegen umgebracht? Wer weiß, vielleicht taucht der Eiblmayer mit seinen SSlern schon demnächst wieder auf, um ihn abzuholen? Diese Mörderbande, denkt sie zornig und malt sich aus, wie sie sie zum Bett führt und fragt: Den wollt's mitnehmen? Und von neuem steigt ein tiefes Schluchzen aus ihrer Brust hoch.

Das hat der Mann nicht überlegt, als er ihnen die Anja ausgeliefert hat, sagt sie sich bitter. Weiß Gott, was er sich überhaupt dabei gedacht hat. Wäre nicht alles viel einfacher gewesen, wenn er den Ausbrecher beim Kragen aus dem Keller geholt und ihm gesagt hätte, er solle verschwinden. Der hätte es ohnehin nicht mehr lang gemacht, so wie er ausgeschaut hat. Und damit wäre alles erledigt gewesen. Der Bub wäre noch am Leben, und um die Anja hätte sie sich schon gekümmert. – Aber nein, ausgerechnet den Eiblmayer muß er holen, an dem er doch sonst kein gutes Haar läßt. Und der rückt dann auch noch mit seinen SSlern an.

Er kann das doch nicht dem Buben zufleiß getan haben, sagt sich die Bäurin. Noch dazu, wo der sich ihm anvertraut hat. Der Toni muß ihm alles gestanden haben, als sie vorgestern abend der Anja das Essen brachte. Doch sie hat nicht einmal ansatzweise etwas davon mitbekommen, denn der Bub ging gleich darauf ins Bett, – er war ja auch todmüde. Und der Mann saß nur da, grübelte vor sich hin, und brachte wie üblich kein Wort heraus. Immer schimpft er den Buben, daß der so maulfaul ist; dabei hat der das genaugenommen von ihm. Jeden Ärger frißt er in sich hinein, und wenn er sich Sorgen macht, dann geht er auch nur mit sich selbst zu Rat. Wenn man einmal nachfragt, kriegt man keine Antwort. So war es auch an dem Abend. Deshalb ging sie ebenfalls ins Bett, nachdem sie noch das Geschirr abgewaschen und weggeräumt hatte.

Auch am nächsten Tag beim Frühstück fiel kein Wort über die ganze Sache. Allerdings, daran erinnert sie sich nun, suchte der Bub ein paarmal den Blick des Vaters. Doch der stierte nur, wie sonst auch, vor sich hin. Da sie aber von nichts etwas wußte, dachte sie sich nichts dabei. Sie drängte den Buben nur, genügend zu essen, weil sie doch bestimmt wieder den ganzen Tag mit ihrer Sucherei unterwegs sein würden. – Außergewöhnlich war, daß sich der Mann an diesem Morgen so viel Zeit beim Essen ließ. Der Toni war längst aus dem Haus, da kaute er noch immer an seinem Stück Brot und spülte jeden Bissen einzeln mit der warmen Milch hinunter. Sie dachte schon, er fühle sich nicht wohl, wollte sogar schon nachfragen, ließ es dann aber bleiben, weil er ohnehin keine rechte Antwort geben würde.

Doch dann stand er plötzlich auf und erklärte, er müsse zum Eiblmayer – ohne daß er eine Andeutung gemacht hätte, was er bei dem wollte. – Nicht einmal da ahnte sie, was bald darauf geschehen würde. Sie machte die üblichen Arbeiten im Haus, richtete auch schon alles für das Kochen her, ohne beunruhigt zu sein – als sie das Auto hörte. Da ging sie zum Fenster, um nachzusehen, was los sei. Und erst in dem Moment, als sie den Mann mit dem Eiblmayer und den zwei SSlern über den Hof marschieren sah, witterte sie das Unheil. Sie gingen in Richtung Stall, und ihr erster Gedanke war, jetzt wollten sie ihnen auch noch die Bleß wegnehmen. Deshalb eilte sie hinaus, zog im Vorhaus nur rasch den Mantel über und schlüpfte in die Holzschuhe, war aber noch kaum vor der Tür, als sie sah, wie die beiden SSler die Anja aus dem Stall führten. Bestürzt blieb sie stehen und beobachtete, wie sie das Mädchen zum Eiblmayer brachten, um dann schnurstracks auf den Rübenkeller zuzugehen.

Bei all dem fiel kein Wort. Von der Haustür aus beobachtete sie die Männer. Sie war ja stehengeblieben, nachdem sie gemerkt hatte, daß es nicht um die Bleß ging. Dabei hatte sie sogar erleichtert aufgeatmet. Nun schämte sie sich dafür, denn Schritt um Schritt bekam sie mit, was sich abspielte. Schon im nächsten Moment tauchten nämlich die beiden SSler wieder auf, in der Mitte einen Mann, der nicht nur aufgrund seines Gewands als einer vom Lager erkennbar war. – Wie aus einem Traum war das alles, denkt die Bäurin, und es war nicht allein die winterliche Kälte, die sie erschauern ließ. Die einzige menschliche Regung, die sie wahrnahm, war der trotzige Blick, den Anja ihrem Mann zuwarf.

Sonntags nach der Messe hatte sie den riesigen Haufen toter Ausbrecher im Ort gesehen, diese ausgemergelten Gestalten mit den Totenschädeln. Gewiß, der Anblick hatte sie erschüttert; nun aber sah sie eine solche Gestalt noch lebend, und sie konnte nicht glauben, daß sich ein Mensch in diesem Zustand überhaupt noch auf den Beinen halten konnte. – Der Mann stürzte dann auch, aber deswegen, weil ihm einer der SSler einen Schlag von hinten versetzt hatte. Daraufhin begann der zweite, mit seinen schweren Stiefeln auf ihn einzutreten, wobei er brüllte: Aufstehn!

Es war das erste Wort, das nach so langer, bedrohlicher Stille, wie ihr schien, gefallen war, und es schreckte sie aus ihrer Reglosigkeit auf. – Der Mann hätte sich aus seiner hockenden Haltung gar nicht mehr erheben können, da ihn beide SSler nun mit ihren Füßen traktierten. Der Anblick war ihr unerträglich; was aber konnte sie dagegen tun. Nicht einmal wegschauen konnte sie. Bis sie schließlich den Eiblmayer sagen hörte: ›Das macht doch keinen guten Eindruck.‹

Die SSler hörten tatsächlich auf. Erstaunt blickten sie den Ortsbauernführer an; doch dann verzogen sich ihre Gesichter herausfordernd, und höhnisch meinte der eine: ›Du hast uns überhaupt nichts zu sagen!‹ Aber sie packten den Mann unter den Achseln und stellten ihn auf; um ihn quer über den Hof wegzuschleppen. Sie zerrten ihn durch das Tor zwischen dem Stadel und dem Stall hinaus, und schon kurz darauf ertönten vom Hag herüber zwei Schüsse.

Von ihnen, die auf dem Hof zurückgeblieben waren, rührte sich währenddessen keiner. Sie selbst war völlig gebannt dagestanden, geht es der Bäurin durch den Kopf, wie die Maus vor der Schlange; war unfähig, etwas zu tun. Aber dem Mann war ohnehin nicht mehr zu helfen. – Als die beiden SSler zurückkamen, wandten sie sich Anja zu. ›Und nun zu dir, du polnisches Luder‹, sagte der eine. Ihr erster Gedanke war, man würde nun auch das Mädchen hinausführen und erschießen. Doch sie packten die Anja, drehten ihr brutal die Hände auf den Rücken und zogen sie in Richtung Hoftor weg. Man wollte sie offenbar fortbringen, denn diesmal folgte der Eiblmayer den beiden, nachdem er noch zum Mann gesagt hatte: ›Den Hinigen schaffst in den Ort nüber!‹

Die Anja hatte nur ihr Leibel an, wie sie eben im Stall gearbeitet hatte. Das fiel ihr erst jetzt auf und sie dachte: So können sie doch das Dirndl nicht mitnehmen, die erfriert ja. Und da rief sie: Wartet's doch! Die beiden SSler blickten zu ihr herüber, und wieder hatten sie diesen Gesichtsausdruck; als ob sie nicht glauben könnten, daß irgendjemand Einwände dagegen erhob, was sie taten. Das konnte sie jedoch nicht kümmern. Sie ging zum Stall, um von dort Anjas Jacke zu holen, und brachte sie ihr. Die SSler und der Eiblmayer waren tatsächlich stehengeblieben, und es machte auch keiner Einwände, als das Mädchen seine Jacke anzog.

Mehr konnte sie aber auch für die Anja nicht tun, sagt sich die Bäurin, und dabei ist ihr, als spürte sie noch den Blick, mit dem sie das Mädchen angesehen hat. Angst stand darin, aber auch Trotz. Und ein klein wenig Dankbarkeit glaubt sie darin gesehen zu haben. – Dann packten sie die SS-Männer wieder bei den Armen und brachten sie zum Auto, das kurz darauf wegfuhr. Sie blieb mit dem Mann auf dem Hof zurück.

Es ist ihr wirklich leid um das Mädchen, denkt die Bäurin. Und es war ihre erste Frage an den Mann, noch auf dem Hof: Warum auch die Anja? – Geradezu wütend hat er hervorgestossen: Weil sie uns das alles eingebrockt hat! Anschließend erfuhr sie überhaupt erst, daß der Toni ihm von dem Ausbrecher im Rübenkeller erzählt hatte. Auch davon, wie er hingekommen war. Und schließlich schimpfte der Mann: Der dumme Bub hat bei all dem auch noch mitgemacht. Hat kein bißl nachgedacht, daß uns das um Kopf und Kragen bringen kann. Dem sein Leben wollte er retten, hat er gesagt; und das von uns allen hat er dafür aufs Spiel gesetzt. – Aber schuld an allem ist die Anja. Von selbst wär er nie auf so einen Blödsinn gekommen. Zuletzt richtete sich sein Vorwurf auch noch gegen sie: Der Bub ist einfach zu weich!

Zugegeben, als ihr der Mann das alles im Hof draußen auseinandersetzte, da hat sie ihm recht gegeben. Es ginge doch wirklich nicht, dachte sie, einen Ausbrecher auf dem Hof zu verstecken, wo ringsum auf sie Jagd gemacht wird; und tatsächlich jeden Augenblick wieder einer von diesen SS-Trupps auftauchen konnte, um nochmals das Oberste zuunterst zu kehren. Aber das, was dann geschehen war, war auch nicht recht, überlegte sie weiter, als der Mann wegstapfte, das Roß anzuschirren, weil er den Toten gleich wegbringen wollte. Nein, das durfte ebensowenig die Lösung sein. Vor allem hätte er die Anja nicht mithineinziehen dürfen. Das war ihr schon klar gewesen, als sie noch gar nicht wußte, wozu das noch führen würde. Wie die mit ihr umgegangen sind, geht es ihr wieder durch den Kopf. Sie ist doch noch ein Kind, das Schutz gebraucht hätte.

Schämen müßten sie sich. Denn gekümmert hat sich keiner von ihnen um sie. Außer dem Toni vielleicht. Dieser Gedanke drückt ihr von neuem die Brust zusammen, und die Tränen beginnen wieder zu fließen. Wenigstens der Bub hat sich alles zu Herzen genommen. Zu weich ist er, hat der Mann gesagt. Wie hart muß man aber sein, daß man in diesen Zeiten nicht zu weich ist, fragt sie sich. Hart wie Krupp-Stahl, so sollen die Menschen heutzutage sein. Sind sie dann aber noch Menschen? Oder sind sie dann Panzer und Kanonen?

Als die Anja zu ihnen gekommen ist, war sie halb verhungert. Und doch hat sie sich von selbst nicht getraut, dem Mädchen mehr als das Notwendigste zu geben. Sie hat Angst gehabt, der Mann könnte schimpfen, wenn sie ihr auch nur ein bißchen mehr zukommen ließe, und hat ihm erst die Erlaubnis dazu herausgelockt, indem sie ihm erzählte, wie anstellig das Mädchen sei. Und er hat nur daran gedacht, daß sie besser arbeiten könnte, wenn man sie ein wenig herausfütterte. – Viel war das im allgemeinen jedoch auch nicht, sinnt die Bäurin. Morgens, wenn sie melken ging, nahm sie ein Stück Brot mit und von der Milch ließ sie der Anja ein Haferl voll zurück. Mittags und abends brachte sie ihr die Reste vom Bauerntisch. Das war einmal mehr und manchmal auch recht wenig; denn der Mann aß, bis er satt war. Ob dann noch etwas übrig war und wieviel, das scherte ihn nicht. Mitunter schämte sie sich deswegen und aß selbst nicht mehr weiter. Dem Toni erging es ebenso. Dann blickten sie einander voll Einverständnis an.

Andererseits wagte sie nicht, von vornherein ein bißchen mehr zuzubereiten, nachdem der Mann einmal getobt hatte: Koch nicht für den Trang! Wir haben nichts zum Urassen. – Richtig satt kann die Anja nicht geworden sein, auch wenn sie ab und zu mit einem Stück Brot oder auch einer Scheibe Speck heimlich nachbesserte. Sie bedauert jetzt, nicht mehr für das Mädchen getan zu haben, muß sich aber zugleich sagen, daß ihr Bedauern zu spät kommt. Dabei wünschte sie sich, daß die Anja wenigstens den Hof in guter Erinnerung hätte behalten können.

Wo mag sie jetzt sein, fragt sich die Bäurin wieder. Und wie mag es ihr gehen, ausgeliefert diesen brutalen Männern? Gemeine Unholde sind das, setzt sie hinzu. Sie darf gar nicht daran denken! – Was aber kann sie jetzt noch für die Anja tun? Sie könnte wenigstens einmal nachfragen: wo sie ist, wie es ihr geht, ob sie etwas brauche? Das würde ihr aber bestimmt schlecht ausgelegt. Und wenn es der Mann erfährt, hat er wieder einen Grund mehr sich aufzuregen. Doch sollte sie es tun. Ist sie das dem Mädchen nicht schuldig, nach allem, was passiert ist?

Immerhin, auch den Mann hat gestern das Gewissen ein wenig gedrückt. Als er mit dem Schlitten heimkam, wirkte er recht dasig. Er sagte kein Wort, setzte sich an seinen Platz, rieb, das Kinn in die Hände gestützt, an seinen Bartstoppeln herum und murmelte vor sich hin. Eine Zeitlang schaute sie dabei zu, dann aber fragte sie ihn, ob es denn auf dem Weg etwas gegeben hätte. Und da rückte er mit seinem Kummer heraus: Während der Fahrt habe er sich ausgemalt, wie es denn sein würde, wenn er mit seiner Fuhre in den Ort käme. Man würde ihn beobachten, wie er mit dem Toten hinten auf dem Schlitten daherfährt, vor dem Schulhaus anhält und dort die Leiche auf den Haufen wirft. Diese Vorstellung habe ihn so bedrückt, daß er schließlich um den Ort herumgefahren sei und den Toten klammheimlich neben der Straße, die nach der Grünau führt, abgelegt habe.

An der Stelle würde er bestimmt gefunden und mit den anderen Leichen eingesammelt werden, dachte er. Und niemand würde wissen, daß das seine Leiche wäre. So ausgezehrt, wie die sind, schaut doch einer wie der andere aus, sagte der Mann. Selbst wenn jemand beim Leichenberg vor der Schule nachsehen wollte, ob er den Toten schon abgeliefert hätte, würde er den wohl kaum herausfinden können.

Während der Heimfahrt wären ihm aber Bedenken gekommen; weil man doch einen Toten nicht irgendwo abladt wie eine Fuhre Heu. Noch dazu, wenn es vielleicht ein Christenmensch gewesen ist. Deswegen habe er gleich ein paar Vaterunser für ihn gebetet. Doch den Gedanken, daß der Tote vielleicht gar von Füchsen und Raben angefressen werden könnte, wurde er nicht los. Da saß er schließlich herum und sann nach, ob er die Leiche nicht doch noch holen und vor die Schule bringen sollte. Zum

Schluß beruhigte er sich damit, daß sie wahrscheinlich schon längst von irgendeinem Kommando weggebracht worden sei.

Die Erinnerung daran, wie der Mann vom toten Christenmenschen erzählte, ruft der Bäurin wieder den Buben ins Gedächtnis, der nebenan – ebenfalls tot – auf dem Bett liegt. Er muß ja auch begraben werden, fällt ihr mit einem Mal ein. Daran hat sie noch gar nicht gedacht. Der Pfarrer muß verständigt werden, und wer weiß, was sonst noch zu tun ist. Bestürzt fährt sie mit der Hand zum Mund, als ob ihr etwas Unbedachtes herausgerutscht wäre. Und sie fragt sich, ob der Toni überhaupt ein christliches Begräbnis bekommen wird, da er doch ein Selbstmörder ist.

In Gedanken sieht sie den verwachsenen Anger hinter dem Friedhof. Würde er dort in ungeweihter Erde verscharrt werden wie der Harthaler Sepp, der sich im vorigen Winter vergiftet hat, weil ihm die Frau davongelaufen ist – ohne Segen und Totenmesse. Das war so traurig. – Es liegt ganz beim Pfarrer, geht es ihr durch den Kopf; denn andererseits hat er die Kainrath Litzi eingegraben, obwohl sie sich aufgehängt hat – weil ihr Mann gefallen ist. Geistig verwirrt wäre sie zum Zeitpunkt der Tat gewesen, hat er erklärt, und deswegen nach kirchlichem Recht keine Selbstmörderin. Bei der Totenrede hat er sie dann sogar als Opfer bezeichnet. Nicht sie hätte Hand an sich gelegt, hat er gemeint, andere hätten sie auf dem Gewissen.

Ist es aber beim Toni nicht ganz genauso? Der Mann, der Eiblmayer, die SSler, sie allesamt haben die wahre Schuld am Tod des Buben. Das muß man dem Pfarrer klarmachen, dann wird er ihn auch wie einen Christenmenschen eingraben. Er wird für ihn das Beten ansagen und eine Seelenmesse lesen! Bei seiner Einstellung zu denen, bestärkt sich die Bäurin, wird es der Pfarrer nicht zulassen, daß der Toni auf dem Anger eingescharrt wird. – Sie hätte zuvor nicht so über den Pater Lambrecht reden sollen, denkt sie im nächsten Moment, weil ihr nun das Gespräch mit dem Mann wieder einfällt. Sie hat das alles doch nur gesagt, weil der sie gar so wütend gemacht hat. Nie würde sie dem Pater Lambrecht etwas Schlimmes wünschen; schon gar nicht, daß er ins Lager gesteckt wird. Im Grunde hat sie nur gemeint, er müßte sich halt ein wenig vorsehen, bei dem, was er sagt.

Dennoch, es war sündhaft, was sie gesagt hat. Möge es ihr Gott nicht vergelten – und wegen ihrer Worte den Pater Lambrecht dazu bringen, daß er den Toni für einen gemeinen Selbstmörder nimmt. Man muß ihm nur genau erzählen, wie alles war, sagt sie sich von neuem, dann hat er bestimmt ein Einsehen. Wer aber soll das tun, wenn nicht sie. Und doch könnte sie ihm jetzt nicht gerade in die Augen schauen, müßte glattweg rot werden, da sie ihn doch schlechtgemacht hat.

Es wird wohl am besten sein, wenn der Mann mit ihm redet. Wie auch immer, ihm muß doch auch daran gelegen sein, daß der Bub christlich begraben wird. Er hätte die Nachrede, wenn der Toni wie ein Gottloser auf dem Anger verscharrt wird. Und er kann sich mit dem Pater Lambrecht verständigen. – Außerdem muß er ohnehin in den Ort fahren und den Tod vom Toni melden. Und er muß das bald tun, fährt sie in ihren Gedanken fort, noch bevor sie den Buben suchen kommen. Die Vorstellung, die SSler könnten ausgerechnet jetzt wieder auf dem Hof auftauchen, ist ihr unerträglich. – Wenn aber der Mann beim Pater Lambrecht nichts erreicht, dann muß sie doch selbst mit ihm reden. Und sie wird bestimmt nichts auslassen, denkt sie, haargenau wird sie ihm alles auseinandersetzen.

Wenn sich doch der Bub ihr anvertraut hätte, grübelt die Bäurin, sie hätte ihm bestimmt helfen können. Aber so hat sie gar nicht gewußt, daß ihn etwas drückt. Wenn er ihr von dem Ausbrecher erzählt hätte, dann wäre ihnen beiden gemeinsam schon etwas eingefallen, was man hätte machen können. Doch für ihn zählte nur der Vater, was der sagte, was der tat. Ihm gegenüber wollte er sich immer beweisen. Der Vater sollte ihn ernst nehmen; darauf lief alles hinaus.

Und das ist dabei herausgekommen! Nie, nie in ihrem ganzen Leben wird sie dem Mann das verzeihen, sagt sie sich, und eine einzelne Träne rinnt ihr wieder über die Wange. – Es hätte nicht so kommen müssen, wenn er sich mit dem Buben zusammengeredet hätte. So aber saß er da, als der Bub abends völlig erschöpft von dieser unmenschlichen Sucherei heimkam, und er wußte ihm nichts anderes zu sagen, als daß der Eiblmayer mit ein paar SSlern dagewesen wäre und den Ausbrecher wie auch die Anja mitgenommen hätte. Kein Wort mehr! Nur die nackte Tatsache.

Der Toni saß dann beim Tisch und war käsweiß. Jetzt im nachhinein kann sie sich denken, daß ihn die Nachricht so mitgenommen hat; aber gestern glaubte sie nur, die Blässe käme von der Kälte und der Müdigkeit. Denn der Bub sagte nichts, zeigte keine Regung, saß nur da, bleich wie ein Leintuch. Wenn er geschimpft hätte, geflucht hätte, geheult hätte, dann wäre ihr klar geworden, wie es um ihn steht. Doch er ließ sich nichts ankennen, war nach außen hin ganz ruhig.

Der Mann aber hätte wissen müssen, was in ihm vorgeht. Ihm hat der Bub ja alles erzählt; ihm hat er gesagt, wie sehr ihm daran lag, daß der Ausbrecher überlebte. Doch er schwieg, half dem Buben mit keinem Wort. Dabei mußte er doch auch sehen, daß der Bub beim Abendessen kaum etwas anrührte, so sehr sie ihn auch drängte. Und er ließ ihn auf die Kammer gehen, ohne auch nur den Versuch gemacht zu haben, ihm etwas zu erklären.

Warum sagte er dem Buben nicht, daß es für sie alle viel zu gefährlich gewesen wäre, den Ausbrecher zu verstecken, wo jeden Augenblick die SS wieder auftauchen konnte? So wie er es ihr erklärt hat. Schon vorgestern abend, als der Bub mit der ganzen Sache zu ihm gekommen ist, hätte er ihm das klarmachen müssen. Aber wahrscheinlich hat er da auch den Mund nicht aufgebracht, hat er erst nachdenken müssen. Oder wollte er nicht begreifen, wie ernst es dem Buben mit der Sache war?

Und mit einem Mal drängt sich der Bäurin ein neuer Gedanke auf: Könnte es sein, daß der Mann zu feig war, klipp und klar zu sagen, wie er dazu steht? War er zu feig, dem Ausbrecher ein Versteck zu geben oder ihn auch nur wegzujagen? Und war er schließlich zu feig, das auch zuzugeben? – Sie wehrt sich gegen diesen Gedanken: Nein, so kennt sie den Mann nicht. Man mag ihm viel vorwerfen. Er ist eigensinnig, ein Dickschädel, unzugänglich; aber doch kein Feigling!

Dennoch bohrt es weiter in ihr: Wäre es zuletzt Feigheit gewesen, daß er gestern abend dem Buben nichts weiter zu sagen wußte, als daß sie den Ausbrecher und die Anja abgeholt hätten? Daß sie den Mann gleich drüben am Hag erschossen haben, hat er nicht dazugesagt. Wenn er mit dem Buben geredet hätte, hätte er ja zugeben müssen, daß er schlichtweg Angst gehabt hat. – Dann bräuchte auch er jemanden, der ihm beisteht, geht es ihr durch den Kopf. Wie aber sollte sie sich ihm gegenüber verhalten? Für sie war er immer der Starke, der Unerschütterliche, an dem sie sich anhalten und wenn nötig auch aufrichten konnte. Der Gedanke, daß das nun nicht mehr so sein könnte, ist ihr unvorstellbar.

In diesem Moment hört sie den Mann ins Vorhaus kommen. Unangenehm laut empfindet sie nach der Stille nun seine Schritte, als er sich der Stubentür nähert. Sie fühlt sich aus ihren Gedanken gerissen, hätte gern noch mehr Zeit für sich gehabt; auch wenn ihr danach ist, über nichts mehr nachdenken zu müssen. Nur ein klein wenig Ruhe wünscht sie sich. – Wie aber könnte sie Ruhe finden, wo nebenan der tote Bub liegt?

»Hast dich ein wenig beruhigt«, fragt der Franzmaier gleich beim Eintreten. »Kann man jetzt wieder mit dir reden?«

Als die Bäurin nichts sagt, setzt er sich zu ihr auf die Ofenbank. Sie zieht sich noch weiter in den Winkel zurück, worauf er schicksalsergeben die Hand auf seinen Schenkel fallen läßt. Schweigend sitzen die beiden nebeneinander da. Bis er nach einem tiefen Seufzer anhebt: »Versteh! Mir will das alles ja auch nicht in den Sinn.« Und noch inständiger: »Was hätt ich denn tun sollen? Alles was ich gewollt hab, war, uns allen miteinander Schwierigkeiten zu ersparen.«

»Du mußt in den Ort fahren«, unterbricht ihn die Bäurin, »mußt mit dem Pater Lambrecht reden, daß er dem Toni ein christliches Begräbnis zukommen läßt.«

»Ja, mach ich. – Aber jetzt sag erst einmal, daß du mich verstehst!«

»Nein«, erwidert sie in aller Ruhe. »Ich weiß nicht, ob ich dich versteh. Und ich weiß auch nicht, ob ich dich verstehen will. – Fahr jetzt! Tu das wenigstens noch für den Buben.«

Nachdem der Franzmaier wortlos aufgestanden ist und die Stube verlassen hat – diesmal die Tür leise hinter sich schließend –, holt die Bäurin tief Luft. Es ist ihr so eng geworden neben ihm, findet sie. Und es steigt in ihr der Wunsch auf, sich an irgendetwas Schönes zu erinnern. Doch da muß sie wohl weit zurückdenken.

XIX

»So! Da habt's mich wieder«, sagt Georg, der plötzlich in den Verschlag getreten ist, lachend. Igor schreckt auf; er hat, auf seinem Strohlager liegend, vor sich hingedöst. Auch Boris schaut den jungen Laimberger ziemlich entgeistert an; er scheint nur langsam zu begreifen, daß es tatsächlich Georg ist, der mit breitem Grinsen vor ihnen steht. Schließlich fragt Boris unsicher: »Bist du nicht gestern eingerückt?«

»Ja schon«, antwortet Georg, von neuem lachend: »Aber es hat mir dort nicht so besonders gut gefallen. Und da hab ich ihnen klargemacht, daß ich wieder nach Haus geh.«

Noch immer ein wenig verwirrt beginnt nun auch Boris zögernd zu lachen. »Und sie haben dir die Hand geschüttelt, dich auf beide Wangen geküßt und mit Musik verabschiedet?« Er betrachtet Georg forschend und setzt, als dieser nichts erwidert, hinzu: »Sag nicht, sie hätten dir auch noch eine Flasche Schnaps mit auf den Weg gegeben.«

»Na, ganz genauso war es nun auch wieder nicht«, erklärt Georg, auf Boris' Ton eingehend. »So macht man das vielleicht bei euch Russen. In der deutschen Armee wird das mit einem laut und deutlich gebrüllten Heil Hitler erledigt.«

»Ist denn der Krieg schon aus«, fragt Igor, sich mühsam auf seinem Lager aufrichtend, mit einem ungläubigen Lächeln auf den Lippen. Und da er keine Antwort erhält, wendet er sich an Boris, stellt ihm offenbar dieselbe Frage auf russisch.

Zu Igor gewandt, fragt jedoch Georg nur besorgt: »Geht es dir besser? Hat die Medizin geholfen?«

»Ja, es geht mir besser«, erwidert Igor fast unwillig und richtet sogleich wieder eine Frage an Boris.

»Er will wissen, was mit dem Krieg ist. Ist er aus?« übersetzt dieser und setzt dann selbst drängend hinzu: »Sag jetzt endlich, was geschehen ist!«

»In einem muß ich euch leider enttäuschen«, stellt Georg fest, nun selbst ernst geworden. »Der Krieg geht noch weiter. – Wie ihr aber seht, wird er ohne mich geführt.«

»Haben sie dich nicht genommen«, wirft Boris ungeduldig ein.

»Sie haben mich nicht genommen, aber auch nicht nichtgenommen«, gibt Georg zur Antwort. »So weit bin ich nämlich nicht gekommen.«

»Bist du desertiert«, fragt Boris nach. »So erzähle endlich!«

Das Wort läßt Georg zusammenzucken: Ist er ein Deserteur, fragt er sich; oder – auf gut deutsch – ein Fahnenflüchtiger? Das hat er sich bisher noch nicht so recht überlegt. Er ist abgehauen, ist einfach nicht eingerückt. Daß man ihn drankriegt, wenn man ihn erwischt, daran hat er von Anfang an nicht gezweifelt. Doch erst das Wort desertieren hat ihm deutlich gemacht, wie geahndet wird, was er getan hat; verbindet sich doch das Wort Fahnenflucht, das sich ihm nun eingeprägt hat, zwangsläufig mit Todesstrafe.

Dabei lag es wirklich nur an der besonderen Situation, daß er sich verdrückt hat. Gewiß wäre er jetzt schon an der Front, wenn sich alles anders abgespielt hätte. Er wäre gar nicht auf die Idee gekommen abzuhauen, wenn der Zug nicht so lange aufgehalten worden wäre. – Die Mutter behauptet zwar, sie hätte das schon kommen gesehen. Und doch, sein Entschluß, hierher zurückzukehren, war unversehens, aus einem jähen Antrieb heraus gediehen. Nie zuvor hatte er nur daran gedacht, das zu tun. Und wenn die Mutter nun meint, sie hätte so etwas schon geahnt, weil er sich gar nicht aufs Einrücken eingestellt habe – was hätte er denn tun sollen, um die richtige Einstellung zum Kriegführen zu kriegen. Sich an dieser Hasenjagd begeilen wie der Mitterer-Hans?

Vielleicht wäre alles anders gekommen, wenn ihnen nicht die beiden da ins Haus geschneit wären. Mit ihnen jedoch hatte er genug zu tun und auch genug Ängste auszustehen. Da fand er gar keine Zeit, sich auch noch aufs Einrücken einzustellen. – Das hatte aber nichts mit seinem Entschluß zu tun. Natürlich hat er darüber gegrübelt, daß der Krieg ohnehin bald verloren sein würde, und auch, daß er an der Front gegen Leute wie Boris und Igor kämpfen und auf diese schießen müßte. Aber er hat sich nie Gedanken gemacht, wie er dem entgehen könnte. Er hat alles genau nach Vorschrift eingepackt und ist auch gestern früh weggefahren, um sich an Ort und Stelle zu melden – ohne irgendeinen Hintergedanken.

Georg merkt, wie erwartungsvoll ihn Boris und Igor noch immer beobachten. Seine Überlegungen führen ohnehin auf keinen grünen Zweig, sagt er sich, und jetzt muß er ihnen doch erzählen, was vorgefallen ist. Könnte sein, daß ihm dann auch manches klarer wird.

»Als ich gestern früh zum Bahnhof gegangen bin, war es noch stockfinster, und vor allem saukalt«, beginnt er, mit der Absicht, alles möglichst genau zu beschreiben. »Am Bahnsteig stand schon der Eberl-Hubert, der den gleichen Einrückungsbefehl gehabt hat wie ich, selber Tag, selbe Kaserne. Und gleich nach mir ist auch der Mitterer-Hans am Bahnhof eingetroffen. Das war der Dritte im Bund. Allesamt waren wir zu bald da und sind dann im Frost herumgestanden, wie bestellt und nicht abgeholt. Außerdem hat der Frühzug auch noch Verspätung gehabt. Das wär jetzt schon normal, hat der Hubert dazu bemerkt. Worauf der Hans gleich aufbegehrt hat, daß eben Krieg sei. Der Hubert hat daraufhin nichts mehr gesagt. Überhaupt war er gestern recht stad.

Der Zug ist aber dann doch dahergekommen. Im Waggon, den wir erwischt haben, war's nicht weniger finster und kaum weniger kalt als draußen. Gezogen hat's da wie in einem Vogelhäusl. Die Mehrzahl der Fenster war mit Sperrholz verschlagen, und die einzige Wärme ist von den Leuten gekommen, die drinnen gesessen sind. Und das waren schon recht viele, sodaß wir froh sein mußten, überhaupt einen Sitzplatz zu kriegen. Ein paar Leute sind so herumgerückt, daß wir drei – man hat uns wohl unser Ziel angesehen – beisammensitzen konnten. Das war gewiß freundlich gemeint, mich aber hat's nur Nerven gekostet. Denn kaum ist der Mitterer-Hans gesessen, hat er schon zu schwadronieren angefangen, wie pfundig es doch sei, daß es jetzt endlich an die Front geht. Und er hat nimmer aufgehört. Überhaupt würd jetzt alles ganz anders werden, hat er gemeint, weil schon in den nächsten Tagen die Wunderwaffe käme.

Zudem hat er noch mit einer Lautstärke geredet, daß alle mithören mußten, was er da von sich gegeben hat – wenn sie nicht gerade geschlafen haben. Im Abteil daneben ist der Greindl gesessen, ein hiesiger Bauer, dem die Nazi den Hof weggenommen haben und der jetzt jeden Tag in die Stadt hinunter arbeiten fahren muß. Wenn er sich eine Zigarette angeraucht hat, und auch jedesmal wenn er daran gezogen hat, hab ich im Schein von der Glut sein Gesicht gesehen. Er hat unentwegt herübergeschaut. Und ich hab gesehen, wie mitleidig er zuerst den Hans gemustert hat. Hat sich bestimmt gedacht, was für ein Armutschgerl der Hans ist, wenn er so daherredet. Er hat aber nichts gesagt.« Es ist schon eigenartig, daß ihm gerade diese Bilder so deutlich wieder vor Augen treten, denkt Georg.

»Mir war jedenfalls die ganze Rederei reichlich unangenehm«, setzt er fort. »Und als der Hans wieder mit der Wunderwaffe angefangen hat, mit der man den Feind im Osten in einem einzigen Aufwischen hinter den Ural treiben würde, hab ich ihn gefragt, woher er denn das alles hätt. Da hat er gemeint, der Führer hätt's im Radio verkündet; oder zumindest hätt jemand im Radio erklärt, daß Hitler das gesagt hat. So genau hat er es aber auch nicht gewußt, weil er's nämlich selber gar nicht gehört hat. Hat's nur von seinem Vater gehabt.

Aber er ist nicht runtergestiegen von der Sache, war richtig aufgezogen. Hat immer weitergeredet. Besonders peinlich ist es mir dann geworden, als er angefangen hat, mir zu erklären, wieviel Grund und Boden ich im Osten kriegen würde, wenn wir euch – also die Russen – endlich besiegt hätten. Einen Hof wie ein Schloß könnt ich mir dort bauen lassen, hat er gemeint. – Was hätt ich dagegen sagen sollen. Von den anderen rundherum, die ja auch alle zugehört haben, hat keiner den Mund aufgemacht. Ich hab immer nur den Greindl anschauen müssen. –

Wenn man's genau nimmt, hab ich Angst gehabt, daß der gar noch fuchtig wird und sich vielleicht um Kopf und Kragen redet.

Am liebsten hätt ich mich woanders hingesetzt, aber das war nicht möglich. Zum einen war der Zug inzwischen so voll, daß ich kaum mehr einen freien Stehplatz hätt ergattern können, geschweige denn einen Sitzplatz; zum anderen: Wie hätte das ausgeschaut.« – Als er überlegte, wie er der Nähe des Mitterer-Hans entrinnen könnte, war ihm die Idee gekommen, er könnte seinen Sitzplatz jemandem anbieten, erinnert sich Georg, einem der Mädchen zum Beispiel, die in der Stadt dienstverpflichtet sind. Doch dann hätte er stehen müssen; und er hatte sich gesagt: Wer weiß, wann er wieder ein paar bequeme Bretter unter dem Hintern haben wird.

»Schließlich sind wird am Bahnhof in der Stadt angekommen. Dort mußten wir umsteigen. Unser Zug stand schon da, und so haben wir uns gleich hineingesetzt. Wir hatten doch all unsere Sachen dabei, und wir wußten auch nicht, ob der Zug nicht genauso voll werden würde wie der andere. Als wir unsere Sitzplätze gesichert hatten, lehnte sich der Mitterer-Hans gottseidank gleich in seine Ecke und – kaum hat man sich's versehen hat er auch schon geschnarcht. So hatte wenigstens das Gerede von der Wunderwaffe für einige Zeit ein Ende.

Nur – der Zug ist nicht abgefahren. Der Waggon, in dem wir gesessen sind, war zwar besser instand als der, mit dem wir in die Stadt gekommen sind, geheizt war aber auch da nicht. Und wenn man wartet, nicht weiß, wann und wie es weiter geht, dann friert einen noch mehr als wenn man sich auskennt und ein Ende zumindest abzusehen ist. Aber niemand im Waggon hatte eine Ahnung, warum der Zug nicht fuhr. Ein paar Leute haben, eher verstohlen, schon zu murren angefangen: daß sie ihre Zeit nicht gestohlen hätten, daß sie schließlich nicht zum Vergnügen im Zug säßen und was zu tun hätten. Wir hatten bestimmt schon eine Stunde gewartet, als dann zuletzt jemand vom Bahnhof vorbeigekommen ist und erklärt hat, irgendwo auf der Strecke sei was passiert, und bis zur Abfahrt würde es wohl noch eine halbe Stunde dauern.«

Vielleicht war es noch im Bahnhof, als ihm erstmals der Gedanke kam, das mit dem Einrücken müßte nicht so endgültig sein, überlegt Georg. Da tauchte nämlich die Frage auf, was wohl wäre, wenn sie nicht rechtzeitig die Kaserne erreichten. Grund dafür gab es eigentlich keinen, denn sie hatten noch reichlich Zeit und mußten auch nicht mehr weiß-Gott-wie-weit fahren. Aber es ging ihm plötzlich im Kopf herum: Was würden sie tun, oder: Was müßten sie tun, wenn sie nicht mehr weiterkämen. – Trotzdem, da war auch nicht einmal im Ansatz ein Gedanke von Abhauen, sagt sich Georg. Es war ihm nämlich nur eingefallen, daß sie dann am besten zur Fahrdienstleitung gingen, um von dort in der Kaserne anzurufen und klarzustellen, was los ist. Schließlich wäre es nicht ihre Schuld, wenn sie nicht rechtzeitig kämen. – Zu dem Zeitpunkt war er froh darüber gewesen, daß sie zu dritt waren. Allein in dieser Lage hätte er sich wahrscheinlich mehr Sorgen gemacht.

»Der Zug ist dann doch abgefahren«, erzählt Georg schließlich weiter. »Alles schien in bester Ordnung. Längst war heller Tag, und die Bahnfahrt wär bestimmt schön gewesen – wenn es nicht in den Krieg gegangen wär.«

Oder war es da, daß ihm die Idee gekommen ist, nicht in den Krieg zu ziehen, überlegt er, seinen Bericht neuerlich unterbrechend. Jedenfalls war ihm während der Fahrt dieses Mißverhältnis aufgestoßen: Einerseits fand er es schön, aus dem Zugfenster zu blicken und in die schneebedeckte Landschaft zu schauen, die draußen vorbeizog; und andererseits mußte er sich zugleich sagen, daß er nur deswegen hier unterwegs war, weil er an die Front sollte, um dort zu kämpfen, zu töten und vielleicht auch selbst zu sterben. Und wofür das? Er fand, so oft er sich auch die Frage stellte, keine Antwort. Das riesige Gut, das ihm der Mitterer-Hans versprochen hatte, das lockte ihn nicht. Er wollte doch nichts anderes als hierbleiben, in der Gegend, in der er aufgewachsen ist, und die er kennt.

Und da war ihm mit einem Mal schon die Landschaft, die vor dem Zugfenster vorbeizog, zu neu und ungewohnt erschienen. Er mußte an zu Hause denken und auch an die zwei da. Und er fand, daß ihn mit den beiden mehr verband als mit dem Mitterer-Hans, seinem Krieg und dem Grund und Boden, von dem Menschen wie Boris und Igor vertrieben werden sollten, damit er ihn bekommen konnte. – Dennoch, sagt sich Georg, obwohl ihm das alles durch den Kopf ging, hatte er auch da immer noch keine Zweifel daran, daß er dem Einrückungsbefehl Folge leisten würde.

»Wir hatten schon etwa die Hälfte der Strecke zurückgelegt, als der Zug plötzlich in der Nähe eines Ortes stehenblieb«, erzählt er weiter. »Zuerst dachten wir, es wäre nur ein kurzer Aufenthalt. Wir saßen da und warteten. Während der Fahrt war es im Waggon ein bißchen wärmer geworden, nun setzte auch die Heizung wieder aus, und bald begannen wir von neuem zu frieren. – Da ist dann auch der Mitterer-Hans aufgewacht. Offenbar war er ausgeschlafen, denn kaum hat er die Augen aufgeschlagen, hat er auch schon zu schimpfen angefangen, weil er doch wegen der vielen Warterei gar noch den Krieg versäumen würde. Der Eberl-Hubert ist nur dagesessen und hat noch immer nichts gesagt. Mir aber ist das so auf die Nerven gegangen, daß ich es nicht mehr ausgehalten hab.

Ich hab ihnen erklärt, daß ich mir die Füße vertreten müßte. Erst bin ich im Waggon hin und her gewandert, doch da hab ich den Hans und seine Raunzerei immer noch gehört. Und so bin ich schließlich aus dem Zug ausgestiegen und draußen neben den Gleisen auf und ab gegangen. In der Nähe waren ein paar Häuser, und neben dem Bahndamm hat sich die Landstraße hingezogen. Weiter vorn zweigte eine Straße ab; und als ich dann einmal bis zur Lokomotive spazierte, sah ich, daß dort auf einem Wegweiser ›Zur Rollfähre‹ stand.«

Es mag wohl diese Tafel gewesen sein, die für seinen Entschluß maßgeblich war, beginnt Georg erneut zu überlegen. Doch vorerst war da nicht mehr gewesen, als daß er den Wegweiser wahrgenommen hatte. Danach ging er nämlich wieder zurück in den Waggon. Und er setzte sich auch wieder zu den beiden. Zuletzt hatte ihn eine große Müdigkeit gepackt. Jetzt war auch ihm nach Schlafen, und er lehnte sich in die Ecke der Sitzbank, nachdem er sich die Jacke fester um die Brust und den Hals zusammengezogen hatte. Er schloß die Augen, doch fand er keine Ruhe. Wie auch jetzt gingen seine Gedanken ununterbrochen im Kreis. Zum einen waren da die Erlebnisse des Morgens, dann auch das leidige Warten – und damit die Ungewißheit, wie alles weitergehen würde. Und inmitten all dessen tauchte von Zeit zu Zeit das Bild des Wegweisers auf: Zur Rollfähre. Erst allmählich wurde ihm klar, welche Idee sich ihm damit aufdrängte: Er müßte lediglich über den Fluß, und er wäre wieder in seiner granitenen, heimatlichen Umgebung.

Es kann aber auch sein, daß die Mutter recht hat, wenn sie meint, daß das alles schon in ihm gewesen ist. Hat er in Wirklichkeit nur auf das Zeichen gewartet, das ihm den Weg, oder vielleicht besser den Ausweg wies? Jedenfalls stand dann plötzlich sein Entschluß fest. – Seinen Rucksack konnte er vor den beiden nicht gut mitnehmen, er mußte ihn im Zug lassen. Was aber war schon dessen Verlust verglichen mit dem, was er gewinnen würde. Er sagte zum Hubert – so, daß es auch der Hans verstand –, er halte die Warterei hier im Waggon nicht mehr aus. Er müsse wieder hinaus, sich die Füße vertreten.

Und er hat sie sich im wahrsten Sinn des Wortes vertreten! Und nicht nur die Füße, sondern auch die Absätze. Das Schmunzeln, das ihn bei diesem Gedanken überkommt, gerät allerdings ein wenig schmerzlich, da ihm zugleich bewußt wird, wie steif seine Beine sind und daß die hockende Stellung, die er im Verschlag eingenommen hat, den Schmerz nur noch verstärkt. So setzt sich Georg auf den Boden, lehnt den Rücken gegen die Wand und streckt sich genüßlich. »Dann bin ich mit der Fähre über den Fluß gesetzt und nach Haus gegangen«, erklärt er schließlich, als ob damit alles gesagt wäre.

Boris schaut ihn an, wartet, ob nicht doch noch etwas nachkommt, und fragt dann: »Und niemand hat dich aufgehalten?«

»Das erste Stück Wegs hab ich schon ein ungutes Gefühl gehabt«, antwortet Georg, durch die Frage aus seinen Gedanken zurückgeholt, »da hab ich noch gedacht, jeden Augenblick müßt mir eine Streife entgegenkommen und mich beim Wickel pakken. Bei jedem Geräusch bin ich zusammengefahren. Nicht nur einmal hab ich mich hinter einem Gatter oder einem Baum versteckt, wo weit und breit nichts war. Je weiter ich aber dahinmarschiert bin, desto sicherer bin ich mir geworden. Da hab ich dann auch schon eine Antwort parat gehabt, für den Fall, daß mich jemand fragt, was ich in der Gegend verloren hätte. Und als es schließlich Abend wurde und Nacht, da bin ich dahingewandert, als ob nichts wär.

Erst in der näheren Umgebung bin ich vorsichtig geworden. Wie es heißt, suchen sie da noch immer irgendwelche Schwerverbrecher, die ihnen aus dem Lager ausgekommen sind.« Beim letzten Satz hat Georg eine ernste Miene aufgesetzt, hält sie aber nicht durch und meint dann : »Das hätt grad noch gefehlt, daß ich für so einen gehalten werd. – Aber in der Gegend da kenn ich mich aus. Das hätt schon ein ganz damischer Zufall sein müssen, wenn sie mich ausgerechnet hier erwischt hätten.«

»Wie hast du überhaupt den Weg hierher gefunden«, fragt Boris erneut nach.

»Es gibt manchmal etwas im Leben, von dem man auf Anhieb gar nicht begreift, wozu es noch einmal gut ist.« Georg kann sich nicht erinnern, wo er diese Spruchweisheit aufgeschnappt hat, aber es ist schon was Wahres dran, geht es ihm durch den Kopf. »Vor ein paar Jahren, als Andreas, der Älteste von uns, in den Krieg mußte, hat die Mutter eine Wallfahrt gemacht. Damit er gesund zurückkehren möge. Und mich hat sie dazu mitgenommen. Hat gemeint, mir würd's nicht schaden, und ich könnt ruhig auch was für den Bruder tun. – Und als ich dann gestern schon eine beträchtliche Strecke aufs Geratewohl in der Richtung gegangen bin, die hierher führen mußte, komm ich doch bei eben der Wallfahrtskirche vorbei, zu der wir damals gegangen sind. Nicht, daß ich mich noch genau an den ganzen Weg hätte erinnern können, aber im wesentlichen hab ich mich dann schon zurechtgefunden.«

Boris nickt, setzt an, als ob er dazu etwas sagen wollte, schweigt dann aber. Erst nach einer Weile fragt er: »Und jetzt bleibst du da?«

»Ja. Jetzt bleib ich da«, erwidert Georg. »Es wird zwar enger im Verschlag werden; aber ich hab mir gedacht: Ihr werdet schon nichts dagegen haben.«

Alle drei lachen. – Schließlich springt Boris auf. »Warte«, sagt er, »Ich hole Stroh und richte dir dein Lager her. Du mußt doch entsetzlich müde sein nach dem Marsch.«

Nachdem Boris den Verschlag verlassen hat, schaut Georg zu Igor. Dieser lächelt ihn an, und so lächelt er zurück. Er schaut wirklich schon bedeutend besser aus als noch vor zwei Tagen, denkt Georg. Unvermutet sagt Igor: »Ich danke dir sehr.« Er will offenbar noch etwas sagen, kann es aber nicht in Worte fassen – und wartet, bis Boris mit einem Armvoll Stroh zurückkommt, um ihn erneut etwas übersetzen zu lassen.

»Er sagt: Seit er weiß, welche Angst du ausgestanden hast, weiß er erst zu schätzen, was du für ihn getan hast.« Währenddessen schüttet Boris das Stroh neben Georg auf. Dann geht er nochmals hinaus. – Georg ist verwirrt. Für einen Augenblick hate er zuvor geglaubt, Igors Lächeln könnte spöttisch gemeint sein, da er selbst durch den Anblick Igors daran erinnert worden war, wie dumm und unwissend er sich neulich mit seiner unbegründeten Angst angestellt hatte.

Heute kann er leicht darüber lachen, denkt Georg, doch vorgestern, auf dem Weg zur Apotheke, da war ihm ganz bestimmt nicht danach gewesen. Und selbst als er die Medizin schon in der Tasche hatte und auf dem Heimweg war, hatte ihn doch noch immer die Frage geplagt, wieso der Lösch den Zettel lesen konnte. Das ließ ihm keine Ruhe, und so war auch das erste, was er sagte, als er das Fläschchen in den Verschlag brachte: Wie habt ihr gewußt, daß der Apotheker russisch versteht? – Verständnislos schauten ihn die beiden an. Und erst als er erklärte, daß der ja sonst wohl nicht Igors Zettel hätte lesen können, begannen sie erleichtert zu lachen. Bis ihn dann Boris darüber aufklärte, daß das, was auf dem Zettel stand, nicht russisch, sondern lateinisch gewesen wäre; wie eben Rezepte auf der ganzen Welt ausgestellt würden. Und Igor hätte das schreiben können, weil er Arzt sei. Zumindest würde er es noch werden, sollte er je lebend in seine Heimat zurückkehren.

Nun, wenn man's weiß, ist es kein Geheimnis, denkt Georg und findet sogleich, daß ihm da ein saudummer Satz eingefallen ist. Ein Geheimnis ist doch nur, was man nicht weiß. Es wäre aber auch ein Wunder, sagt er sich, wenn ihm noch Erleuchtungen kämen, so müde ist er. Zu allererst muß er sich jetzt einmal richtig ausschlafen, und dann wird man weitersehen.

Als Boris zurückkommt und einen weiteren Armvoll Stroh neben ihm aufschüttet, bedankt er sich und wälzt sich unverzüglich darauf. Kaum hat er aber eine angenehme Lage gefunden – wobei ihm deutlich wird, wie schwer seine Beine sind – und die Augen geschlossen, hört er Irmis Stimme: »He, du Schlafpelz, ich hab dir noch eine Decke mitgebracht. So kannst du da nicht schlafen. Verkühlst dich sonst noch.« – Georg richtet sich wieder auf, nimmt die dicke graue Decke und breitet sie über sich.

»Ich hätte ihn ohnehin nicht so schlafen lassen«, sagt Boris zu Irmi. »Wenn du nicht gekommen wärst, hätte ich ihm meine gegeben.«

»Das ist schön, daß ihr euch alle so um mich kümmert«, meint Georg, während er sich wieder niederlegt. »Da wird einem gleich warm.« – Bevor er sich aber erneut zur Seite dreht und einrollt, fordert er Irmi noch auf: »Mach von außen den Verschlag jetzt zu und gib anständig Heu davor. – Wer weiß, wann sie wieder kommen, um nun auch nach mir zu suchen.«

Was wird wohl der Vater dazu sagen, daß er nicht eingerückt, sondern heimgekommen ist, geht es ihm durch den Kopf, nachdem er sich zurechtgelegt und von neuem die Augen geschlossen hat. Die Mutter hat es aufgenommen, als ob es ganz selbstverständlich wäre. Hat sich kaum erstaunt gezeigt, als er plötzlich in der Tür gestanden ist. Bist hungrig, hatte sie gesagt, mehr als Feststellung denn als Frage, und hat ihm auch schon etwas zu essen hergerichtet. Hat nicht einmal nachgefragt, wie und wo er Reißaus genommen hat. Als ob sie tatsächlich davon ausgegangen wäre, daß er nicht lang fortbleiben würde.

Irmi dagegen, die wollte alles ganz genau wissen. Als sie in die Stube kam und ihn plötzlich da sitzen sah, ist sie auf ihn zugestürmt. Was machst denn du da, hat sie gemeint und ist ihm um den Hals gefallen, als ob er seit vielen Jahren verschollen gewesen wäre – oder vermißt. Erzählen sollte er und keine Kleinigkeit auslassen. Bis sie die Mutter schließlich zurechtwies: ›Jetzt laß den Georg endlich in Ruh. Der ist auch ohne deine Fragerei schon erschöpft genug. Und er bleibt ja da. Ist noch genug Zeit, damit er dir alles haargenau erzählen kann.‹ – Es ist schön, wieder daheim zu sein, denkt er, und erst jetzt fällt ihm auf, daß Irmi nach allem und jedem gefragt hat, nur nicht: Warum er ausgerissen ist.

Beim Vater wird das anders sein. Seine erste Frage wird sein, was er sich denn dabei gedacht habe, vom Militär abzuhauen. – Diese kommende Frage hatte sich ihm von Anfang an aufgedrängt, gewissermaßen vom ersten, noch unklaren Gedanken, er könnte die Fähre nehmen und nach Hause zurückgehen: Was wird der Vater sagen? Und was will er ihm antworten? Wie würde er in seinen Augen dastehen? Wird der Vater ihn einen Feigling schimpfen?

Die beiden Brüder stehen im Feld, kämpfen an der Front, und er verkriecht sich in der Kittelfalte der Mutter. Wird das sein Urteil sein? – Aber er ist nicht aus Feigheit abgehauen, sagt sich Georg. Er ist nicht abgehauen, weil er Angst hatte, an der Front kämpfen zu müssen. Er wollte nur nicht dafür kämpfen, wofür dieser Krieg geführt wird. Noch dazu, wo er ohnehin verloren und bald zu Ende sein wird. Als Andreas in den Krieg zog, und auch später, als Josef ihm folgte, war alles noch anders. Da war eben Krieg und dem konnte man sich nicht entziehen. Damals wäre er bestimmt nicht auf die Idee gekommen, abzuhauen und sich daheim zu verstecken.

Er wüßte nur zu gern, wie sich Andreas entscheiden würde, wenn er heute einrücken müßte, denkt Georg. Er ging schon seinerzeit nicht gern in den Krieg. Bei Josef war das anders, für den war es die Gelegenheit, hier herauszukommen. Er wollte ohnehin vom Hof und überhaupt aus der ganzen Gegend weg. Den hielt hier nichts. Andreas dagegen, den zieht es immer hierher zurück. Wenn er früher Fronturlaub bekam, ließ er keine Gelegenheit aus, um nach Haus zu kommen, und war es auch nur für einen Tag. Es ist dann wieder leichter, irgendwo im Dreck zu liegen, war seine Rede, wenn die Mutter fragte, ob sich denn das auszahle, die Anstrengung und die lange Fahrt für ein paar Stunden daheim.

Dennoch hat er Andreas nie klagen gehört; er erinnert sich lediglich an einmal, als jener dem Vater von den vielen Toten erzählte, die er schon hätte sehen müssen und die er wohl sein ganzes Leben lang nicht mehr würde vergessen können. Niemand wäre auch je auf die Idee gekommen, ihn einen Feigling zu schimpfen, obwohl er gewiß keiner ist, der sich groß grämt, weil er eine Rauferei versäumt hat. Wenn's aber drauf ankam, dann hat er schon kräftig zugelangt.

Es kann gar nicht ausbleiben, daß sich Georg in diesem Zusammenhang seiner Lieblingserinnerung an den älteren Bruder entsinnt. – Er selbst war noch ein kleiner Bub gewesen und eines Tages hatte ihn der Hammerschmid in der Nähe seines Zwetschkenbaums erwischt. Wie der Teufel war er plötzlich da gewesen und hatte den Dreschflegel geschwungen. Ihm war erst gehörig die Angst in die Glieder gefahren, dann hatte er die Beine unter den Arm genommen; wie die wilde Jagd war jedoch der Hammerschmid hinter ihm hergewesen. Andreas sah das vom Feld aus, und er stürzte herbei.

Später erzählte er zwar immer, was das für ein lustiger Anblick gewesen sei: Voraus der Bub wie ein aufgescheuchter Hase und hintennach der Nachbar mit gereckter Drischel. Für einen Zuschauer mag es wohl erheiternd gewesen sein; er jedoch stand Todesängste aus. Zumindest glaubte er, um sein Leben rennen zu müssen. Und er war heilsfroh, als er den Bruder herbeieilen sah.

Die Hetzjagd hatte immerhin ein Ende, als sich der Bruder dem Hammerschmid in den Weg stellte. Willst denn den Buben erschlagen, schrie er grimmig den Nachbarn an, packte den Dreschflegel, den der mit beiden Händen hielt, und drehte ihn mit einem Ruck gerade so herum, daß er jenem mit ziemlicher Wucht gegen das Schienbein schlug. Der Hammerschmid ging vor Schmerz in die Knie – und erst jetzt fragte der Bruder nach, was denn den Nachbarn so rabiat gemacht hätte. Und der fing tatsächlich mit einem Gejammer um seine Zwetschken an. Mehr hat er aber nicht gebraucht. Und deswegen gehst mit dem Dreschflegel auf ein Kind los, fuhr ihn Andreas an und machte dabei eine Handbewegung, als ob er noch einmal zuhauen wollte. Der Hammerschmid duckte sich ängstlich. Ist erledigt, sagte jedoch der Bruder, wir gehen! Dabei packte er ihn mit seiner Pranke fest im Genick und zog ihn weg. Den Nachbarn ließ er da hocken. Später auf dem Heimweg meinte er dann lachend: Stibitzte Zwetschken sind zwar die besten, aber nur dann, wenn man sich nicht erwischen läßt.

Andreas hat ihn immer in Schutz genommen. Nicht so Josef. Der schimpfte sogar mit dem Andreas: Laß das sein! Der Bub muß selber lernen, sich durchzusetzen. Er soll sich selber wehren! – So sind eben seine zwei Brüder, denkt Georg und fragt sich, warum ihm das wohl gerade jetzt durch den Kopf geht. Er wollte doch schlafen; hat seine Augen nicht mehr offenhalten können, und nun drängen sich ihm wie wirr alte Geschichten auf. – Er muß jetzt schlafen, sagt er sich. In dem Zustand, in dem er sich befindet, möchte er dem Vater nicht gegenübertreten, wenn der am Abend heimkommt.

Ist es aber nicht eben das bevorstehende Gespräch, das ihn nicht zur Ruhe kommen läßt? – Nein, der Vater kann ihm nicht vorwerfen, daß er ein Feigling sei, murmelt er leise vor sich hin. Das kann er nicht glauben, das darf er nicht glauben! Er hat sich nie vor etwas gedrückt, auch wenn ihm bang dabei war. Wer war es zum Beispiel, der dazumal den Rappen zum Stehen gebracht hat, als der mit dem Schlitten durchgegangen ist? Das war doch er; und er war damals noch viel jünger!

Aber selbst wenn er ihm nicht Feigheit vorwirft, wird der Vater billigen, daß er vor dem Kriegsdienst ausgerissen ist? Er muß es ja ausbaden. Im Ort, an der Arbeit wird man ihn darauf ansprechen, daß sein Sohn ein Fahnenflüchtiger, ein Vaterlandsverräter sei. Und auch wenn sie nichts sagen, so steht es dennoch zwischen ihm und den anderen. Schließlich weiß er selber nur zu gut, was es heißt, wenn gegen jemanden Stimmung gemacht wird. – Wie seinerzeit beim Bäckergesellen, weil der sich auf ein Pantscherl mit der Tochter vom Grafen eingelassen hat. Plötzlich steht so einer dann ganz allein da. Das abgebrochene Gespräch, wenn er vorbeikommt, oder die leisen Bosheiten, laut genug geäußert, damit er sie doch mitbekommt. Wenn am Wirtshaustisch plötzlich kein Platz ist, weil die Sessel so stehen, daß kein weiterer mehr dazwischen hineinpaßt. Und die abweisenden Blicke auf Schritt und Tritt. Das hält man nicht lang durch. Auch der Leonhard hat zuletzt seine sieben Sachen gepackt und ist auf Nimmerwiedersehen weggezogen.

Allerdings, niemand kann mit Sicherheit sagen, daß er tatsächlich desertiert ist. Er war auf dem Weg in die Kaserne, und als der Zug auf freier Strecke stehenblieb, ist er ausgestiegen, um sich die Füße zu vertreten. Und dann war er mit einem Mal nicht mehr da. Nichts anderes können der Hubert und der Hans behaupten. Vielleicht war er zu weit weg, als der Zug angefahren ist. Oder es ist ihm was passiert. Oder er hat ein Auto auf der Landstraße aufgehalten, weil er befürchtet hat, daß er mit dem Zug zu spät kommen könnte? Solange sie ihn nicht erwischen, weiß niemand was Genaues. – Auf dem Weg nach Hause hat ihn nur ein Mann aus der Nähe gesehen: der Fährmann, ein grantiger Alter, der ihn bestimmt nicht richtig angeschaut hat. Selbst wenn sie draufkommen, den nach ihm zu fragen, ist es nicht sicher, ob er etwas sagen kann oder sagen will.

Wer wäre also imstande, mit Sicherheit zu erklären, daß er ein Fahnenflüchtiger sei? Ebenso gut könnte man sich um ihn Sorgen machen, die Eltern bedauern, weil sie den Sohn verloren haben. – Das ist aber gar nicht die Frage, muß sich Georg eingestehen. Wenn es ihnen paßt, genügt für die Leute auch schon der Verdacht. Beweise brauchen sie nicht, wenn sie es auf jemanden abgesehen haben.

Natürlich war es seine eigene Entscheidung, nicht einzurükken. Und er ist alt genug, selbst Entscheidungen zu treffen. Was aber, wenn der Vater damit nicht einverstanden ist? – Er wird ihn nicht anzeigen, nicht den Nazis ausliefern. Diese Angst braucht er nicht zu haben. Er könnte ihn aber verachten, ihn gar als Sohn ablehnen.

Vielleicht muß er damit leben. Und es bleibt ihm nichts übrig, als wegzuziehen, sobald er den Verschlag verlassen kann. Irgendwann muß er ohnehin weg, wie der Josef. Aber es täte ihm in der Seele weh, müßte die Mutter darunter leiden; falls ihr der Vater Vorhaltungen macht. Vielleicht gibt er ihr die Schuld an allem, sagt zum Schluß, der Bub wär von selber nie auf die blöde Idee gekommen, wenn sie nicht die beiden Ausbrecher aufgenommen hätte. Sollte der Vater das sagen, dann müßte er sich Gewissensbisse machen.

Einen Vaterlandsverräter kann ihn der Vater aber nicht heißen. Hat er nicht selbst gesagt, die Deutschen hätten sich Österreich einverleibt, und es wäre ihm zuwider, wenn sie ihn einen Ostmärker nennen. Es ist der Krieg der Deutschen, den er nicht mitmacht, sagt sich Georg. Ganz sicher ist er sich dessen aber auch nicht. Sind nicht so viele Österreicher im Krieg – darunter auch Andreas und Josef? Und was wird nach dem Krieg? Im Gespräch mit der Mutter hat der Vater einmal gemeint, es würde wieder ein Österreich geben, wenn die Deutschen den Krieg verlieren. Und wenn es so ist, als was gilt er dann?

Wie soll er nur schlafen, wenn sich aus einer Frage fünf neue ergeben? Verdrossen, weil es ihm nicht gelingen will, wenigstens für kurze Zeit dieses Ringelspiel in seinem Kopf abzuschalten, richtet sich Georg auf. Als er sich wie zuvor mit dem Rücken gegen die Wand des Verschlags lehnt, fragt Boris: »Kannst du nicht schlafen?« Und er gibt auch gleich die Antwort darauf: »Bist eben noch zu aufgeregt.«

Igor scheint nur darauf gewartet zu haben, daß Georg wieder munter wird. Denn sogleich wendet er sich an ihn. »Was ist mit dieser Wunderwaffe«, fragt er. »Wird der Krieg noch lange weitergehen?«

Hat er nicht genug am Hals, denkt Georg, was muß ihn da auch noch die Wunderwaffe kümmern? Dasig, wie er ist, will er schon erwidern, daß ihm das – zumindest im Augenblick – ziemlich wurscht sei. Das stimmt jedoch nicht, muß er einräumen. Ihrer drei Leben sind vom Fortgang des Kriegs beziehungsweise dessen baldigem Ende abhängig. Und Igor ist krank. Umso dringlicher stellt sich daher für ihn die Frage, wann es endlich so weit sein wird, daß er das Versteck verlassen kann. Gleichsam entschuldigend lächelt daher Georg, als er schließlich antwortet: »Nichts ist damit. Ein paar von den Gußeisernen klammern sich an den Glauben daran. Aber der Vater hat erzählt, daß sich selbst Nazis schon darüber lustig machen.«

»Und der Krieg? Wo ist die Front? Hast du nichts gehört«, bohrt Igor weiter.

»Ach, erzählt wird vieles«, meint Georg. Und zu Boris gewandt: »Nach dem was du erzählt hast, könnte man fast glauben, ihr habt im Lager mehr gewußt als wir heraußen.« Und nach kurzem Nachdenken: »Man müßte ausländische Sender hören. Dann wüßte man vielleicht was Genaueres.« Der Vater war immer dagegen. Daß mir keiner das Radio angreift, hat er gedroht, denn ihn wird man nicht beim Schwarzhören erwischen. Wenn es was Wichtiges gibt, dann hört er es woanders auch, hat er gemeint.

»Aber du warst doch draußen, mußt etwas gehört haben«, hakt Boris ungeduldig nach. »Wie steht es mit dem Krieg? Wird er noch lange dauern?«

»Ihr habt mir doch gesagt, daß er bald vorbei sein wird«, erwidert Georg aufbrausend. »War es nicht so? Und ich hab euch geglaubt. Sonst wär ich doch gar nicht auf die Idee gekommen, nicht einzurücken.«

Boris mustert ihn etwas verdutzt, blickt dann zu Igor, der ebenfalls verwundert über diese Antwort scheint, und wieder zu Georg zurück. »Das ist doch nicht dein Ernst«, meint er schließlich. Die drei schauen sich reihum an, und erst huscht ein kurzes Schmunzeln über Georgs Lippen, dann beginnt auch Boris zu grinsen und schließlich brechen sie alle in ein befreiendes Gelächter aus.

»Er wird schon bald einmal vorbei sein, der Krieg«, sagt nach einer Weile Georg lässig. »Bis dahin müssen wir schauen, wie wir mitsammen durchkommen.« Dabei denkt er: So aus der Luft gegriffen war das nicht. Er hat den beiden vertraut, als sie erklärten, der Krieg würde bald vorbei sein. Natürlich waren sie nicht die einzigen, die davon gesprochen haben. Es muß Anfang vergangener Woche gewesen sein, erinnert er sich, als der Vater gegenüber der Mutter feststellte, jetzt würde es nicht mehr lang dauern, denn jetzt begännen sich auch schon ein paar von den alten Kämpfern abzusetzen. Seitdem hat ja auch die Mutter ans Tischgebet angefügt: ›Lieber Gott, gib, daß dem Andreas und dem Josef nicht zuletzt noch was passiert! Laß sie bald gesund heimkommen!‹ – Doch er hat sich nicht weiter den Kopf darüber zerbrochen, bis die beiden da aufgekreuzt sind und so geredet haben, als ob sie es aus erster Hand wüßten.

Einmal sollte er es doch noch mit dem Schlafen versuchen, sagt er sich dann. Und er legt sich wieder auf seinem Lager zurecht, stopft die Decke fest unter den Rücken. Jedenfalls ist er selbst gesund heimgekommen, geht es ihm durch den Kopf; empfindet allerdings schon im selben Augenblick diesen Gedanken als ungehörig.

XX

Die alte Fuchtel! Jetzt muß sie erst einmal warten, brummt Keller unwillig. Er sitzt allein in der großen Küche am Gesindetisch; vor sich eine Schale Kaffee, an der er von Zeit zu Zeit nippt. Dennoch blickt er zum Tablett, das für die Frau Oberst schon fertig gerichtet ist, und überprüft nochmals, ob er auch nichts vergessen hat, was sie zu ihrem Frühstück wünscht. Wegen irgendwelcher Kleinigkeiten will er jedenfalls nicht ihren Jähzorn wekken. Und so zählt er nach: Kaffeekanne, Milchkanne, Zuckerdose, Schale, weiche Eier, Butter, Weißbrot, Honig und ein Teller mit Käse und Wurst. Alles vom Feinsten, geht es ihm durch den Kopf. Beziehungen muß man eben haben, dann fehlt es einem an nichts. Und dazu noch das feinste Geschirr, das im Haus zu finden war.

Und weil alles gar so appetitlich ausschaut, greift er hinüber, nimmt eine Scheibe Wurst, faltet sie zusammen und steckt sie in den Mund. Er kaut genüßlich, als die Glocke von neuem anhaltend schrillt. »Ja, Frau Oberst, Frühstück kommt sofort«, murmelt er halblaut, während er den Bissen hinunterschluckt. In Gedanken fügt er jedoch hinzu: Aber erst trinke ich noch meinen Kaffee aus. Denn der wird sonst kalt bis ich zurückkomme.

Die Alte weiß ohnehin nicht, wo er sich gerade aufhält. Sie legt zwar Wert darauf, von ihm nur als ihrem Bedienten zu reden, inzwischen ist er allerdings schon für alles im Haus zuständig. Er ist der Diener der gnä' Frau, aber auch Knecht und Handwerker, und seit die Mitzi weg ist, selbst Stubenmädchen und Köchin. – Genaugenommen ist das aber immer noch besser, als im letzten Abdruck an die Front verschickt zu werden, fährt er in Gedanken fort und nippt wieder an seinem Kaffee. Schließlich hat ja der Zimbrich die Frau Oberst vor die Wahl gestellt: Bei aller Wertschätzung für die Gattin eines Frontoffiziers, der im Kampfeinsatz für uns alle steht, so sagte er ihr, und natürlich auch für die aktive Parteigenossin, müsse er doch auch in Zeiten wie diesen von ihr ein Opfer fordern. Sie müsse wenigstens das Stubenmädchen, die Mitzi hergeben, meinte er, sonst könne er nicht verhindern, daß ihr Schani doch noch eingezogen wird.

Ihr Schani! Wenn er das nur hört, stellen sich ihm die Haare auf. Sein Lebtag war er ein Hans oder ein Hansl. Das war er schon beim Herrn Oberst, als der noch Leutnant war. Und auch sie hat ihn nicht anders gerufen – bis die zwei hier ins Schloß gezogen sind. Da gewöhnte sie sich an, ihn Schani zu nennen. Wahrscheinlich hat sie das auch in einem Film gesehen. Wie alles, wovon sie glaubt, das gehöre zur feinen Lebensart: Das noble Geschirr, die Einladungen, und selbstverständlich auch das Frühstück im Bett.

Das war schon eine besondere Idee, erinnert sich Keller. Sich daran erinnernd muß Johann schmunzeln. Für das Frühstück im Bett brauchte sie ja unbedingt ein Tischchen, das man über die Knie stellen kann. Erst hat sie das ganze Haus nach so einem Ding absuchen lassen, und als sich da nichts auftreiben ließ, was ihren Vorstellungen entsprach, schimpfte sie erst einmal lauthals auf die früheren Besitzer – ›schäbiger Landadel‹, keppelte sie, ›ohne jede Zivilisation‹ – und dann mußte sich der Oberst um so ein Tischchen kümmern. Sie raunzte so lang, bis er extra deswegen in die Stadt fuhr, um so ein Stück zu finden. Aber der Herr Oberst und er fanden auch dort nichts Passendes.

So blieb nichts übrig, als es vom Tischler anfertigen zu lassen. Der Gaisebner fabrizierte schließlich ein Tischchen, so wie es ihm der Oberst erklärt hatte. Doch das war ihr nicht genehm. Es war halt nur eben ein Tischchen, in der Größe wie sie es verlangt hatte. Doch sie wollte geschwungene Beine und sonst auch noch einigen Zierrat. Und so fing die ganze Semperei wieder von vorn an. Bis der Oberst zuletzt einen Bauern auftrieb, der sich aufs Kripperlschnitzen verstand. Für gutes Geld war er bereit, die verlangten Schnörkel anzufertigen. Da gab dann die arme Seel endlich Ruh. Nicht ganz, denn zuerst matschkerte sie noch herum, daß das alles zu bäuerisch wäre und gar nicht zum anderen ›Interieur‹ passe. Doch da wurde dann auch der Oberst grantig und hieß sie eine kramperte Bißgurrn. – Seither ist sie mit ihrem

Tischchen zufrieden und läßt sich darauf das Frühstück im Bett servieren.

Dem Oberst selber war das ja zu blöd. Er schimpfte auf die Brösel im Bett, und so kam er zumeist in die Küche, um hier zu frühstücken. Bis er dann an die Front mußte. Doch sie hält eisern an ihrem standesgemäßen Frühstück fest, bewegt sich keinen Schritt aus ihrem Schlafzimmer, bevor sie nicht dort bedient worden ist. Deswegen kann er auch geruhsam weiter seinen Kaffee schlürfen. Es besteht keine Gefahr, daß sie plötzlich auftaucht und ihn dabei ertappt. Auch das wäre ja nicht standesgemäß.

In diesem Augenblick schrillt erneut die Klingel, erst langanhaltend und dann in kurzen Abständen. »Niemand daheim, und ich geh auch gleich«, murmelt Johann und grinsend greift er wieder nach seiner Tasse. Erfahrungsgemäß dauert es jetzt einige Zeit, bis sie wieder Sturm läutet. Immerhin hat er ihr schon klargemacht, daß ihr trautes Heim zwar kein großes Schloß – tatsächlich ist es ja nur ein Meierhof –, aber doch weitläufig genug ist, daß er ihr Geklingel nicht von überall hören könne, wenn sie vormittags zu erwachen geruht. Und da er sich nun allein um alles kümmern müsse, falle genug Arbeit an, sodaß er nicht allzeit bereit in der Küche auf ihr Zeichen warten könne.

Das hat sie sogar ohne Meckern eingesehen. Johann vermerkt dies auch nachträglich noch mit einem gewissen Staunen. Sie wirkt überhaupt ein wenig beherrschter, seit sie nun nur mehr zu zweit in ihrem Schloß hausen, geht es ihm durch den Sinn. Jetzt weiß sie erst richtig zu schätzen, was sie an ihm hat. Und das betrifft nicht nur die ganze Arbeit im Haus. Sie ist auch sonst auf ihn angewiesen, denkt er selbstgefällig, wird sie doch im Ort gemieden: Einerseits weil sie sich in ihrer zänkischen Art schon fast mit jedem überworfen hat, und andererseits weiß jeder genau, daß sie alles, was sie nur irgendwie aufschnappen kann, dem Zimbrich und in erster Linie ihrem Herrn SS-Obersturmführer brühwarm und wohl auch noch ein wenig ausgeschmückt hinterbringt. – Deswegen kratzen ihr die beiden ja auch das Goderl.

Doch hätte sie den beiden nichts zu erzählen, wenn er nicht wäre; wenn er – ihr Schani – sie nicht halbwegs auf dem laufenden hielte. Rein gar nichts hätte sie zu bieten. – Natürlich ist man auch ihm gegenüber vorsichtig. Aber er kommt genug herum, und wenn man genau hinzuhören versteht, bleibt einem zuletzt nichts verborgen. Dazu kommt noch, daß es sich auch niemand mit ihm verscherzen will. Schließlich haben die meisten Federn, er könnte dann etwas über sie erzählen. Und so erfährt er insgeheim allen möglichen Tratsch, weil jedem der eigene Rock näher ist als des anderen Hemd. Nur hinterrücks nennen sie ihn: Der Oberstin ihr Schani. Aber das kann ihm egal sein; auch wenn es gehässig gemeint ist. – Mit Hans oder Hansl kann man zwar auch seine Witze machen, denkt Keller, doch hätte das nie diesen bösartigen Beigeschmack.

Wie auch immer – genaugenommen hat er kein schlechtes Verhältnis zu den Leuten im Ort. Und er hat auch gegen niemanden etwas, mit einzelnen Ausnahmen vielleicht. Wenn es sich ergibt, steht auch einer rechten Gaudi nichts im Weg. Ab und zu kann er ja auch etwas von dem abzweigen, was der Rensleben der Frau Oberst zukommen läßt. – Und außerdem: Er selbst hat noch niemanden verklampfelt, sagt er sich. Er erzählt der Alten, was er gehört hat, kein bisserl mehr und kein bisserl weniger. Das ist alles. Was sie dann daraus macht, das ist nicht sein Kaffee. Das kann ihn nicht mehr kümmern.

Der Mühlbauer wollte seinerzeit die Leut gegen ihn aufhussen, aber das ist ihm nicht gelungen. Schließlich waren ihm ja die anderen auch die Ziegel neidig und deswegen ein wenig schadenfroh. – Und außerdem: Er selber hat doch nichts dafürkönnen, daß dem Mühlbauer seine Ladung Ziegel abhanden gekommen ist, denkt Keller. Er hat lediglich dem Herrn Oberst erzählt, was er gesehen hat; eben, daß der Bauer anscheinend eine große Ladung Ziegel zugeteilt bekommen und sie gerade nach Hause geführt hat. Es war nicht seine Sache, daß gleich darauf der Zimbrich zum Mühlbauer gegangen ist und alles beschlagnahmt hat, mit der Begründung, daß die Partei damit ein Kinderheim bauen wolle. Und daß die Ziegel zuletzt im Schloß gelandet sind und sich der Oberst einen Pferdestall hat bauen lassen, dafür konnte er schon gar nichts. So laufen halt die Dinge.

Wenn der Mühlbauer heut lamentiert, weil der Pferdestall leer steht, dann ist das erst recht nicht seine Schuld. Außerdem wäre ihm der Kuhstall heut auch schon zu groß, wenn er ihn sich damals hätte bauen können. Das liegt eben am Krieg. Deswegen ist ja auch nichts aus der Pferdezucht geworden, die der Herr Oberst hat aufziehen wollen. – Der Gedanke an den Pferdestall hat ihn unwillkürlich neben sich auf den Küchenboden schauen lassen.

Wer weiß, sinnt er weiter, ob noch jemals etwas aus den Plänen des Herrn Oberst wird. Die Alte macht sich jedenfalls schon Sorgen, ob sie ihr Schloß behalten kann. Erst neulich hat sie den Rechtsanwalt aus der Stadt kommen lassen, um sich von ihm bestätigen zu lassen, daß mit dem Kauf des Meierhofs alles seine Richtigkeit habe.

Gedankenverloren nimmt Johann ein Stück Käse vom Frühstückstablett und steckt es in den Mund. Wie sie da im Salon beisammenhockten, die beiden, denkt er dabei, sie aufgedonnert und ganz Schloßherrin, und er ganz ehrerbietig. Frau Oberst hin und Frau Oberst her, so ging das die ganze Zeit. Er selbst mußte erst den Kaffee servieren, und später rückte sie sogar den guten französischen Cognac heraus. Dabei steckten sie die ganze Zeit über die Köpfe zusammen, sodaß er nicht viel mitbekam.

Er würde ja dem Rechtsverdreher kein Wort glauben, geht es Keller durch den Kopf. Heute schindet er sich noch ein fettes Honorar heraus, und was morgen ist, das kann ihm gleich sein. Außerdem würde er sich doch selber ins Fleisch schneiden, wenn er jetzt zugäbe, daß der Kauf des Meierhofs nicht ganz astrein war. Und vorläufig, solang die Parteigenossen noch am Ruder sind, wird es auch keine Schwierigkeiten geben. Die Frage ist aber, was danach kommt. – Allerdings könnte er getrost sein letztes Hemd darauf verwetten, daß keiner der beiden eine solche

Möglichkeit auch nur angedeutet hat. Haben gewiß nur um den heißen Brei herumgeredet.

Hinausgeschmissenes Geld war das! Daß der Rechtsanwalt von selbst darauf zu reden kommt, hat die Alte doch nicht erwarten können. Doch da liegt der Hund begraben: Wie will sie vom Anwalt eine klare Antwort bekommen, wenn sie selbst nicht eingesteht, warum sie sich Sorgen macht. Sie weist jeden Gedanken von sich, daß es mit den Nazis bald ein Ende haben könnte, und hat doch Angst, daß man ihr dann das Schloß wegmimmt. – Was also will sie dann vom Anwalt? Der wird sich hüten, vor der Frau Oberst von sich aus eine solche Möglichkeit anzudeuten. Und das kann er ihm durchaus nachfühlen. Da gibt's nur eins: Strammgestanden bis zum letzten Schnaufer.

Nein, er selber würde es auch nicht wagen, der Alten gegenüber am Endsieg zu zweifeln. Nicht auszudenken, was ihr hintnach einfällt. Wahrscheinlich müßte er da noch froh sein, an die Front verschickt zu werden. Und dem Anwalt wird es nicht anders gehen. Ganz abgesehen davon, daß er sich später immer damit herausreden kann, er hätte in seiner Rechtsauskunft doch nur von den gegebenen Verhältnissen ausgehen können. Ob die ursprünglichen Besitzer je wieder zurückkehren, war da nicht abzusehen.

Die haben sich ja gleich nach dem Anschluß abgesetzt, nach England, wie es heißt. Er kennt das alles nur vom Hörensagen, da es ihn erst danach mit dem Herrn Oberst – damals noch Hauptmann – in diese Gegend verschlagen hat. Der Graf soll jedenfalls ein eingefleischter Klerikaler gewesen sein, der sich groß aufgespielt hat. Einen Roten muß er einmal verprügelt haben, weil der sich geweigert hat, ihn mit seinem ›von‹ anzureden, und ihm noch dazu patzig erklärt hat, daß nach dem Krieg mit dem Kaiser auch alle Grafen abgeschafft worden wären. Vor allem muß der Graf aber auch gegen die Nationalsozialisten das große Wort geführt haben, hat sie als Lumpen und als ehrloses Gesindel bezeichnet. Da war es durchaus verständlich, daß es ihn hier nach dem Anschluß nicht mehr gelitten hat.

Wie auch immer, der Meierhof stand leer und die Alte, die ja aus der Gegend ist, war versessen darauf, sich ihn unter den Nagel zu reißen. Unentwegt lag sie dem Herrn Oberst in den Ohren: Ihm als Altem Kämpfer dürfte es doch nicht schwer fallen, das Gut günstig zu erwerben. Ihm als Offizier stünde das doch zu. Wer, wenn nicht er, müßte dafür sorgen, daß das Schloß erhalten bleibt. Nichts ließ sie unversucht, und sie kam mit immer neuen Gründen, warum ausgerechnet er den Meierhof kaufen müßte. Schließlich ließ er sich breitschlagen und sie fuhren her – nur einmal anschauen, wie sie sagte. Der Zimbrich scharwenzelte um ihn herum, zeigte ihm alles.

Und sie machte währenddessen schon Pläne, was sie alles verändern würde, den einen Tisch dahin und die schweren Stühle dorthin. Er selbst, erinnert sich Johann, mußte für sie jede Kiste aufmachen, die herumstand. Darin waren die besten Stücke verpackt, die der Graf offensichtlich mitnehmen wollte, in der Eile aber dann doch zurückgelassen hat. Alles war vorhanden. Im Grunde brauchte man nur sauberzumachen und einzuziehen.

Der Oberst wollte aber noch immer nicht recht, und sie fuhren wieder heim. Sie keppelte unausgesetzt weiter. Irgendein dahergelaufener Prolet würde ihnen das Schloß noch vor der Nase wegschnappen, wenn er sich nicht bald entschlösse, erklärte sie. Und zuletzt gab er nach. Das war kurz nachdem er zum Major befördert worden war und sie ihm einredete, daß sie nun auch standesgemäß wohnen müßten. Schließlich hätte er nun auch gesellschaftliche Pflichten zu erfüllen. – Das einzige, was den Oberst aber wirklich dazu brachte, sich um den Meierhof zu bemühen, war die Möglichkeit, hier eine Pferdezucht einzurichten. Nicht nur einmal hat er ihm das im Vertrauen gesagt, wenn sie gemeinsam hier in der Küche gesessen sind, während sie im Bett frühstückte.

Und der Reitstall war auch alles, worum er sich dann kümmerte. Doch war es für die Pferdezucht schon zu spät. Johann steckt sich wieder ein Stück Käse in den Mund. – Bevor er das Frückstückstablett zur Frau Oberst bringt, muß er Wurst und

Käse wieder ergänzen, denkt er. Dabei ißt sie ohnehin nicht auf, was sie sich täglich vorsetzen läßt. Aber sie will eben sehen, daß genug vorhanden ist; daß sie nicht hungern muß. Ihm kann das nur recht sein, denn so fällt ausreichend für ihn ab. Und weil er ohnehin den Teller neu richten muß, nimmt er sich noch eine Scheibe Wurst.

Besser könnte es ihm in einer Zeit, da allenthalben nur mehr gejammert wird, gar nicht gehen. Dafür lassen sich sogar die Launen der Alten aushalten, sagt er sich. Und wenn ihn die Leute den Schani der Oberstin nennen, dann braucht er nur daran zu denken, daß er hier sitzen kann und es ihm an nichts fehlt.

Das hätte er sich nie träumen lassen, als er seinerzeit beim Leutnant Pöchtrager als Leibbursch angefangen hat, sinnt Johann weiter. Erst war der Krieg; da hatte er gar keine Wahl. Nach dem Ende, 1918, hätte er zwar gehen können – und er hat sich damals sein weiteres Leben auch ganz anders vorgestellt. Er wäre gern Handwerker geworden, gleich ob Schlosser oder Tischler. Schon als Kind hat er in den Werkstätten gern bei der Arbeit zugeschaut; wenn die Drehbank gelaufen ist oder die Bandsäge. Er hat sich immer gewünscht, selbst auch einmal sein Geschick unter Beweis stellen zu können. Doch zuletzt war er froh, daß ihn der Herr Leutnant behalten wollte. Arbeit, die ihm gefallen hätte, gab es in der allgemeinen Arbeitslosigkeit ohnehin nicht. Und Offiziersbursch zu sein war noch immer besser als Bauernknecht.

In den ersten Jahren kamen sie einigermaßen herum, wie eben der Herr Leutnant und spätere Oberleutnant von Garnison zu Garnison versetzt wurde. Doch er fand sein Auskommen, und mehr konnte man nicht erwarten. Um die Ansichten des Herrn kümmerte er sich wenig, obwohl er natürlich wußte, daß dieser insgeheim bestimmte Absichten verfolgte. Schließlich konnte er nicht allzu viel vor ihm verbergen, legte es auch gar nicht darauf an; und mitunter mußte er ihn auch einweihen, wenn sich zum Beispiel die Offiziersclique, der er angehörte, bei ihm traf, oder wenn er dafür sorgen mußte, daß niemand erfuhr, wo er sich wirklich aufhielt. Außerdem war er nicht blöd, und er konnte sich seinen Reim darauf machen, wenn der Herr ihm Vorträge darüber hielt, wie die Zukunft ausschauen sollte.

Dieses Leben änderte sich einigermaßen, als der Herr zum Hauptmann befördert und Kompanie-Kommandant wurde. Damals heiratete er, nachdem die Wanderjahre mehr oder weniger vorbei waren. Wie er dabei ausgerechnet auf die Alte verfallen ist, könnte er heute nicht mehr genau sagen. Sie war jedenfalls eine rechte Landpomerantschen – aber eine gute Partie. Und das wird wohl den Ausschlag gegeben haben.

Er selber hatte damals nicht viel mit ihr zu tun. Er lebte ja weiter in der Kaserne. Ab und zu mußte er ihr etwas vom Herrn Hauptmann ausrichten; mitunter schickte ihn dieser auch, etwas für sie zu besorgen. Dabei lernte er immerhin so weit ihr Gemüt kennen, daß er verstand, warum auch der Herr des öfteren vorgab, Dienst machen zu müssen, und in der Kaserne blieb. Anders wurde das, als die Alte ihr Schloß bekam. Sie zog ganz hierher, und er mußte den Herrn an den Wochenenden herauschauffieren.

Da ging sie ihm dann schon gehörig auf die Nerven. Sie vertrug es einfach nicht, wenn sie ihn irgendwo herumsitzen sah. Es gehe nicht an, daß sein Bursch nichts tue, erklärte sie dem Herrn. Dafür bekäme er nicht sein Geld. Und: Er müsse schon dafür arbeiten, daß er hier durchgefüttert würde.

Deswegen war er ursprünglich recht unglücklich, als der Herr Major kurz nach Kriegsbeginn mit seiner Idee kam: Er würde bald ins Feld ziehen, sagte er eines Tages, und es wäre beruhigend für ihn, wenn er, der Johann, bei seiner Frau bliebe. Auf ihn könnte er sich verlassen. Schließlich wisse man ja nie, was noch alles komme. Und zum Stiefelputzen würde er schon jemand Neuen finden.

Eigentlich war er gekränkt, daß ihn der Major nicht mitnehmen, ihn vielmehr seiner Frau als Dienstboten dalassen wollte. Natürlich hätte er auch nein sagen können, aber der Herr kam immer wieder damit, daß er ihm vertrauen könnte, und auch die Alte müßte sich auf jemanden verlassen können. – Genaugenommen war es ihm zuwider, bei ihr zu bleiben, aber schließlich gab er nach. Und heute muß er sagen: Es war nicht die schlechteste Entscheidung seines Lebens.

Grinsend steckt er sich noch eine Scheibe Wurst in den Mund. Für die Verhältnisse, unter denen man gegenwärtig lebt, schmeckt sie ganz vorzüglich, denkt er, während er sie geradezu andächtig kaut. Dabei drängt sich ihm die Frage auf, wie es wohl dem Herrn im Augenblick gehen mochte. Schon seit einer Woche haben sie nichts mehr von ihm gehört. Erst dachten sie, das käme daher, daß man den Postmeister verhaftet hat. Inzwischen ist jedoch eine Neue da, aber noch immer kein Brief vom Herrn Oberst. Gott behüte ihn davor, daß er in Gefangenschaft geraten ist, geht es Johann durch den Kopf und unwillkürlich blickt er von neuem auf den Küchenboden neben sich.

Diesmal kann er das Bild nicht wieder verdrängen, das ihn seit Tagen bedrückt – vor allem wenn er an den Herrn denkt. Dann sieht er wieder die Gefangenen da liegen, geschunden und gedemütigt. Und ihm ist, als ob der eine von ihnen aussehe wie der Herr Oberst. – Schuld an allem ist nur die Alte, sagt er sich voller Zorn. Überall muß sie etwas wittern – wie eine Ratte. Ja, genau wie die Ratte, die er neulich am Hof erwischt hat, geht es ihm durch den Kopf. Die hat auch witternd ihre Schnauze einmal da und dann wieder dort hineingesteckt, da hingeschnofelt und dort hingeschnofelt, bis er ihr mit dem Spaten eine übergebraten hat.

Er weiß gar nicht, wie die Alte überhaupt darauf gekommen ist, im Pferdestall könnten sich Ausbrecher versteckt haben. Hat sie es nur vermutet oder hat sie tatsächlich etwas gesehen oder gehört? Ihm jedenfalls war nichts Außergewöhnliches aufgefallen. Doch sie rief zwei Tage nach dem Ausbruch, kurz nachdem sie aufgestanden war, ihren Obersturmführer im Lager an; der dann auch bald auftauchte, begleitet von einem Scharführer und zwei Staffelanwärtern.

Sie wartete schon in der Tür, als der Kübelwagen auf den Hof einfuhr. Zackig sprang der Rensleben heraus, küßte ihr wie üblich die Hand, um sogleich zu betonen, wie schwierig es gewesen sei, eine Streife aufzutreiben, da doch alle Mannschaften im Einsatz seien, diese verdammten Verbrecher wieder einzufangen. Aber natürlich habe er alles unternommen, um auf schnellstem Weg herzukommen, wenn sich die Frau Oberst bedroht fühle.

Niemand hat sich bedroht gefühlt, denkt Johann. Was ihn betrifft, so wäre ihm nicht im Traum eingefallen, daß sich auch nur ein Ausbrecher ausgerechnet auf den Meierhof dieser eingefleischten Nazisse verirrt haben könnte. Allerdings dürfte das kaum einer von denen gewußt haben. – Vielleicht hatte die Alte etwas von ihrem Schlafzimmerfenster aus gesehen? Jedenfalls erklärte sie dem Rensleben sofort, er müßte seine Leute im Pferdestall nachschauen lassen.

Der schickte sie los, und tatsächlich kam schon im nächsten Augenblick jeder der drei mit einem Gefangenen zurück. Mit den Gewehrkolben trieben sie sie vor sich her, bis sie allesamt vor dem Obersturmführer und der Frau Oberst angekommen waren. Der Rensleben wollte sie gleich aus dem Hof hinausschicken, um die Ausbrecher dort zu erledigen, und sich selbst mit einer zackigen Verbeugung verabschieden, als die Frau Oberst meinte, für eine kleine Jause wäre doch wohl noch Zeit. Wenn's nicht allzusehr pressiere, könnten sie ja alle in die Küche kommen. Er, der Schani, würde etwas zum Trinken bringen und ein bißchen Wegzehrung aufschneiden.

Der Rensleben war offenbar so zufrieden mit sich, drei Gefangene auf einen Schlag gemacht zu haben, daß er sich gnädig zeigte. Mit einem erneuten Handkuß nahm er das Angebot an und marschierte auch schon in Richtung Küche. Hinter ihm seine Leute, die die Ausbrecher einfach mitnahmen, weil sie offenbar nicht wußten, was sie sonst mit ihnen anfangen sollten. Auf dem Hof konnten sie sie nicht stehen lassen, und daß einer als Wache zurückgeblieben wäre, darauf kam keiner. Schließlich wollte sich niemand die Jause entgehen lassen.

Er selber sah nicht, was daraufhin in der Küche geschah, denn er mußte erst einmal in den Keller gehen, um Wein zu holen; ohnehin den, den der Rensleben ›mit vielen lieben Grüßen‹ der

Frau Oberst hatte schicken lassen, um bei seinen regelmäßigen Besuchen hier damit bewirtet zu werden. Und dann noch in die Kammer um Fleisch, Wurst und Käse.

Als er dann in die Küche zurückkam, bot sich ihm ein eigenartiges Bild: Da, wo er jetzt sitzt, lagen die drei Gefangenen mit dem Bauch auf dem Boden, und die SS-Männer saßen rund um den Gesindetisch, in Erwartung der Jause. Die Frau Oberst stand beherrschend da, keifte auch sofort, wo er sich denn herumtreibe. Die Herren von der SS hätten Hunger, und auch nicht so viel Zeit, um untätig herumzusitzen. Schließlich sei von allen höchster Einsatz gefordert.

In diesem Augenblick richtete sich einer der Gefangenen auf. Er sieht sie noch vor sich, diese dürre, hagere Gestalt im Häftlingsdrillich, das ausgezehrte Gesicht, eigenartig entstellt durch die Schneise, die von der Stirn weg in die Stoppelhaare rasiert war; und die tiefliegenden Augen, groß, beinahe unheimlich. Da stand er plötzlich, wohl zur Überraschung aller, nahm Haltung an und sagte: ›Als Offiziere verlangen wir, entsprechend der Genfer Konvention behandelt zu werden.‹ – Der Mann sprach ohne erkennbaren Akzent, erinnert sich Johann.

Zu jenem Zeitpunkt sah er allerdings nur, wie der Scharführer aufsprang – das Gesicht zornrot –, die Maschinenpistole packte, die neben ihm auf dem Tisch lag, und dem Gefangenen mit aller Wucht den Schaft gegen die Schulter rammte, während er schrie: ›Verdammtes Aas! Wer hat dir erlaubt aufzustehen? Auf den Bauch, du Kröte!‹

Die Wucht des Stoßes warf den dünnen Mann um. Er fiel auf die beiden anderen. Mit schmerzverzerrtem Gesicht versuchte er sich von ihnen herunterzuwälzen. Dabei hielt er sich die Schulter. Ganz bestimmt war da etwas gebrochen, denn man hatte deutlich ein Knacken gehört, als ihn die Maschinenpistole traf. Schließlich lag er wieder auf dem Bauch, den einen Arm noch immer vor der Brust. Das war dem Scharführer noch nicht genug. Er blaffte: Arme zur Seite! Dann trat zu dem am Boden Liegenden hin und versetzte ihm einen Tritt gegen die Schulter. Ein qualvolles Stöhnen entrang sich dem Mann. Er strengte sich an, den Arm unter dem Körper hervorzubringen; dem Scharführer ging das aber nicht schnell genug, und wieder stieß er mit dem Stiefel zu.

Als jener es dann doch geschafft hatte, so zu liegen, wie es dem Scharführer gefiel, ging über dessen Gesicht ein Grinsen, und in beinahe wohlwollendem Ton sagte er: Und jetzt will ich von euch keinen Mucks mehr hören! Kein Sterbenswörtchen! Wir wollen in Ruhe jausnen. – Auf dem Weg zu seinem Sessel trat er dem Mann noch, wie unbeabsichtigt, auf die Hand, wartete geradezu auf einen Schmerzenslaut, doch dieser biß sich in die Lippe, um keinen Anlaß für weitere Martern zu geben.

Schließlich saßen wieder alle vier SS-Männer am Tisch, und die Alte begann sogleich auf ihn, der währenddessen in der Tür stehen geblieben war, einzuschimpfen: Die Herren haben Hunger und du stehst da und hältst Maulaffen feil. Sie sagte das, als ob überhaupt nichts vorgefallen wäre.

Er ging also zum Tisch und stellte dort die Flaschen ab. Dabei mußte er über die Gefangenen drübersteigen; und er achtete darauf, daß er keinen berührte. Währenddessen beobachtete er die SS-Männer. Der Rensleben saß ruhig da, hatte nur sein besonders hochnäsiges Gesicht aufgesetzt. Der Scharführer zeigte noch immer ein selbstgefälliges Grinsen. Einer der Staffelanwärter stocherte in seinen Zähnen, als ob ihn das alles nichts anginge. Nur der zweite Staffelanwärter war ein wenig blaß um die Nase.

Wohl weil er ihn sich deshalb genauer anschaute, erkannte er ihn auch. Es war der Bub vom Rescheneder. Verträgt noch nicht alles, ging es ihm durch den Kopf, und er mußte sich eingestehen, daß ihn die Sache ebenfalls etwas mitgenommen hatte. Er merkte das, als er schließlich aus der Kredenz die Teller herausnahm, Käse und Fleisch aufzuschneiden begann, wobei ihm die Hände ein wenig zitterten.

Was dieses Gesindel glaubt, sich herausnehmen zu können, hörte er plötzlich die Alte hinter sich sagen. Anscheinend war sie nun zu ihrem Rensleben getreten, der direkt hinter ihm saß. Da gibt's nur eins: Mit aller Härte durchgreifen, setzte sie noch hinzu. – Genau da, als er dies hörte, mußte er erstmals mit Sorge an den Herrn Oberst denken. Der war ja ebenfalls Offizier, und im Krieg. Wie die Frontlage stand, konnte es auch ihm passieren, daß er plötzlich in Kriegsgefangenschaft geriet. Würde es ihm dann ebenso ergehen? Müßte sich auch er auf den Boden legen, erniedrigt und mißhandelt? Was würde die Frau Oberst dazu sagen? Würde sie dann auch keifen: Recht geschieht ihm!

Dieser Gedanke wollte ihm nicht mehr aus dem Kopf gehen: Immer wenn er sich in den vergangenen Tagen an die drei Gefangenen erinnerte, mußte er zugleich an den Oberst denken. Und er wünschte ihm, daß ihm solches erspart bliebe.

Für die Alte dagegen stellt sich die Frage nicht. Solange es nicht passiert, würde sie sich nicht eingestehen, daß ihr Mann überhaupt in Gefangenschaft geraten könnte. Und dann wiese sie auch jeden Gedanken von sich, daß man das eine mit dem anderen gleichsetzen könnte: einen deutschen Offizier und einen russischen. – Und doch, zuletzt ist nur der Sieger ein Übermensch, geht es ihm durch den Kopf.

So weit war er allerdings mit seinen Überlegungen noch nicht, als die Alte aufs neue zu keppeln begann: Du hast ja noch nicht einmal Gläser auf den Tisch gestellt, Schani. Du läßt die Herren glatt verdursten. Und sie holte selbst die Gläser aus der Kredenz. Und zum Rensleben gewandt, ganz vornehm: Vielleicht übernimmt der Herr Obersturmführer selbst das Öffnen der Flaschen?

Da war er dann allerdings mit dem Herrichten der Jause auch schon fertig, und er stellte die Teller auf den Tisch. Sie müssen schon mittrinken, Frau Oberst, meinte der Rensleben als er die Gläser füllte. Schließlich waren Sie maßgeblich daran beteiligt, daß wir drei dieser Verbrecher wieder aufspüren konnten. Sie ließ sich nun auch ein Glas bringen und setzte sich an den Tisch. Auf unsern Führer, Adolf Hitler! stieß sie hervor und prostete mit dem Obersturmführer. Die anderen brüllten zurück: Auf den Führer!

Er wußte nicht, was er weiter tun sollte. So zog er sich in die Ecke neben der Anrichte zurück und beobachtete. Der Rensleben gab sich recht manierlich, aber der Scharführer schenkte sich ununterbrochen nach, während er das Frühstück in großen Bissen hinunterschlang. Nur der junge Rescheneder schien keinen Appetit zu haben, rührte kaum etwas an, obwohl ihn der Scharführer des öfteren aufforderte zuzulangen. Immer wieder versuchte er einen Blick auf die Gefangenen zu werfen, doch diese lagen auf der anderen Seite des Tischs und ganz offensichtlich hatte er Angst, er könnte mit seiner Neugier – oder war es Anteilnahme? – auffallen.

Der andere Staffelanwärter, der neben dem Scharführer saß, machte sich einen Spaß daraus, einem der Gefangenen ein Stück Schwarte vor die Nase zu werfen. Doch der machte ihm nicht die Freude, mit Heißhunger danach zu greifen. Obwohl ihm bestimmt danach war, das konnte man deutlich an seinem Blick sehen. Aber der Gefangene beherrschte sich; was den Staffelanwärter schließlich dazu bewog, es noch mit einem Stück Wurst und einem Stück Käse zu versuchen. Als er auch damit den Gefangenen nicht aus der Reserve locken konnte, meinte er lachend zu den anderen gewandt: Die sind anscheinend etwas Besseres gewohnt. Ein Stück Wurst ist ihnen schon zu minder. Sind im Lager verzogen worden.

Keller blickt auf die Küchenuhr. Wie die Zeit vergeht, wenn man ins Sinnieren kommt, denkt er. Gleich wird die Alte wieder klingeln. Und dann muß er ihr das Frühstück bringen. Vorher muß er allerdings den Wurst- und Käseteller wieder richten. Er hat gar nicht bemerkt, daß er ihn ganz leergegessen hat. Aber es ist ja genug da, sagt er sich, steht auf und geht zur Anrichte. Doch die Ereignisse, die nun schon fast eine Woche zurückliegen, gehen ihm nicht aus dem Kopf. Während er den Teller frisch mit Wurst- und Käsescheiben belegt, muß er an die Stücke denken, die der Staffelanwärter dem Gefangenen vor die Nase warf.

Das war ihm dann doch zuviel gewesen. Von seinem Platz aus sah er ja genau, welche Überwindung es den Mann kostete, nicht danach zu schnappen. Der Hunger stand ihm in den Augen. Und doch verbot es ihm anscheinend seine Menschenwürde, der Verlockung nachzugeben. Und daneben die SS-Männer, die sich die Wampe vollschlugen. Er wollte das alles nicht mehr sehen.

Schließlich hatte er genug im Haus und auch draußen zu tun, da mußte er nicht herumstehen und denen beim Fressen zuschauen, dachte er. Entschlossen hatte er sich von der Anrichte abgestoßen und war auf die Tür zugegangen. Dabei hatte er überlegt, welche Arbeit er vorgeben würde, wenn man ihn danach fragte. Doch niemand achtete auf ihn, und das war ihm auch recht so. Erst mußte er aber wieder zwischen dem Scharführer und den am Boden liegenden Gefangenen durch. Dabei ging er bedächtig, als ob er in Gedanken schon bei der Arbeit wäre. Einerseits wollte er keinem der Russen zu nahe kommen, andererseits beobachtete er die Männer am Tisch. Als er sich hinter dem Scharführer vorbeidrückte, sah er deutlich, wie diesem der Schweiß im geröteten Genick stand. Und genau in diesem Augenblick holte der auch ein Schneuztuch aus seinem Hosensack, wischte sich erst den Mund ab, dann Stirn und Gesicht und fuhr sich zuletzt damit über den schweißnassen Nacken.

Der Gefangene, den dieser niedergeschlagen hatte, lag ganz verkrümmt da. Er mußte etwas gebrochen haben, denn als er sich an ihm vorbeidrückte, sah er, wie schwer der am Boden Liegende atmete und wie bleich dessen schmerzverzerrtes Gesicht war. – Und wieder fällt ihm ein, was er bei diesem Anblick dachte: Er war ja selbst auch im Krieg gewesen, im vorigen. Und dort hatte er gewiß auch einiges gesehen und erlebt, was ihn erschütterte. Aber damals, so glaubt er sich zumindest zu erinnern, wäre niemand auf die Idee gekommen, einen Verletzten auf solche Weise liegen zu lassen.

Er war schon nahe der Tür, da erschrak er, weil der Scharführer nach einem kräftigen Räuspern plötzlich hinter ihm zu reden anfing. Er glaubte schon, jener wolle ihn zurückrufen, oder daran Anstoß nehmen, daß er wortlos die Küche verließ. Er schlurfte jedoch weiter, als ob es nicht ihn anginge, und stellte dann erleichtert fest, daß sich der SS-Mann lediglich anschickte, etwas zu erzählen.

›Ich frage mich,‹ begann er, ›wozu diese ostmärkischen Gendarmen eigentlich zu gebrauchen sind?‹ Der nachdenkliche Ton, in dem er dies sagte, konnte einen glauben machen, er spreche von einem Problem, das ihm schon die ganze Zeit über durch den Kopf gegangen sei. Doch dann setzte er fort: ›Der Gendarm von Amesberg hat einen Suchtrupp geführt; und tatsächlich haben sie spät am Abend noch zwei von den Halunken erwischt. – Immerhin, das muß man ihm zugute halten, hat er keine Fisimatenten gemacht. Er wollte die beiden an Ort und Stelle umlegen, durch Genickschuß.‹ Der Scharführer legte eine Kunstpause ein, um dann höhnisch zu vermerken: ›Doch dazu war es ihm anscheinend zu dunkel! So hat er sich von einem Bäuerlein mit der Taschenlampe leuchten lassen. – Auf die Idee muß man erst kommen. Unsereinem würde so etwas gar nicht einfallen. Aber wir bringen ja einen Genickschuß auch blind an; wenn es sein muß an einem Neger im Tunnel.‹

Während der Scharführer noch lauthals über seinen Witz lachte, schaffte er selbst es, die Küche unbemerkt zu verlassen. Im Vorhaus zog er seinen Mantel an und ging in die Holzhütte. Dort, so meinte er, würde man ihn nicht so schnell finden. Er mußte ohnehin noch Holz machen; in erster Linie wollte er dort aber den Abzug des SS-Trupps abwarten. – Er richtete sich sogar ein paar Kloben her, um sie zu Scheitern zu hacken. Doch dann hockte er sich auf den Hackstock und sann vor sich hin. Der Oberst ging ihm nicht aus dem Kopf. Fortwährend mußte er an ihn denken, und daran, wie es wohl ihm gehen mochte.

Die Qualen der Gefangenen dauerten allerdings nicht mehr lang an. Zumindest schien es ihm, als hätte er sich soeben erst hingesetzt, als er die Schüsse hörte. Und dann fuhr auch schon der Kübelwagen weg. Eine Weile blieb er noch in der Hütte sitzen und dachte an die Offiziere. – In diesem Moment schlägt die Klingel wieder an, erst einmal kurz und dann lang anhaltend. »Ja, Frau Oberst! Frühstück kommt schon«, sagt Keller laut, das

Geklingel übertönend. »Der Schani ist schon auf dem Weg.« Er nimmt den Wurst- und Käseteller von der Anrichte mit, stellt ihn auf das Tablett. Recht warm wird der Kaffee nun auch nicht mehr sein, denkt er. Aber was kann er dafür, wenn er sich um alles kümmern muß.

XXI

»Parteigenossen! Es ist mir eine Ehre, euch heute so zahlreich hier zu einem gemütlichen Beisammensein, das, wie Ihr Euch denken könnt, auch seinen Anlaß hat, begrüßen zu dürfen. – Vergessen will ich natürlich auch die Damen nicht.« Dabei läßt Ortsgruppenleiter Zimbrich seinen Blick geflissentlich durch das Hinterzimmer im Gasthof zur Post schweifen, um gleichsam jeder der anwesenden Frauen kurz zuzunicken.

Das kann ja wieder lustig werden, denkt Süß, wenn der fesche Gottfried schon von Beginn an so geschwollen daherredet. Der Spenglermeister sitzt an einem Tisch nahe der Tür; möglichst weit weg von den Großkopferten, war seine Überlegung gewesen, als er diesen Platz gewählt hatte. Mittlerweile fühlt er sich allerdings nicht mehr recht wohl hier. Erst setzte sich der Sagmüller mit seiner Frau zu ihm – und dann ließ sich am Nebentisch noch ein Rudel SS-Feldwebel nieder. Da war freilich das Hinterzimmer schon so voll, daß gar nicht mehr die Möglichkeit bestand, an einen anderen Tisch zu wechseln.

An einem der vorderen Tische herrscht plötzlich Unruhe, und der Spenglermeister reckt den Kopf. Auf Anhieb kann er jedoch nicht ausmachen, was los ist. Erst als der Ortsgruppenleiter betont hinzusetzt, »von denen einige ja auch Parteigenossinnen sind«, bekommt er mit, daß die Unruhe offenbar von der Pöchtragerin ausgegangen ist. – Die eingebildete Funsen hat sich wahrscheinlich beschwert, daß sie nicht sogleich als Parteigenossin begrüßt worden ist, sagt er sich. Oder sie hat sich darüber aufgeregt, daß der Zimbrich die anderen Frauen ebenfalls als Damen bezeichnet hat, was sie ja wohl nur für sich als Schloßherrin gelten läßt.

»Ganz besonders möchte ich in unserer Runde SS-Obersturmführer Rensleben begrüßen«, fährt der Ortsgruppenleiter fort. »Wir schätzen uns überaus glücklich, daß er sich unserem Ort so verbunden fühlt. Heil Hitler, lieber Fritz!« – »Heil Hitler«, dröhnt es als Echo durch das Hinterzimmer, wobei die SSler neben Süß besonders laut plärren.

»Ich will mich nicht lang aufhalten, alle einzeln zu nennen, über deren Anwesenheit wir uns besonders freuen, sondern möchte pauschal alle begrüßen, die in den letzten Tagen durch Mut und Einsatzfreude mitgeholfen haben, daß wir heute sagen können: Die Gefahr für unsere Gegend ist gebannt. – Die Rechnung stimmt, hat uns SS-Obersturmführer Rensleben seitens der Lagerleitung ausgerichtet. Keiner der flüchtigen Schwerverbrecher läuft mehr frei herum. Alle sind wieder dort, wo sie ihre gerechte Strafe verbüßen. Oder sie haben die verdiente Strafe für ihren verbrecherischen Ausbruch gefunden.«

Die Treibjagd ist beendet, geht es Süß bei diesen Worten durch den Kopf. Heute vormittag haben sie sogar den Leichenberg vor der Schule weggeführt. Zufällig war er selbst gerade vorbeigekommen, als ein paar Häftlinge, bewacht von einer ganzen SS-Mannschaft, dabei waren, die Toten auf einen Lastwagen zu laden. Mit Krampen mußten sie die Leichen voneinander trennen, weil diese in der Zwischenzeit zusammengefroren waren. – Die Toten haben das ganz bestimmt nicht mehr gespürt, denkt er; dennoch, nicht einmal mit Toten sollte man so umgehen.

»Darauf sollten wir trinken!« Der Ortsgruppenleiter greift selbst schon zum Glas, als er noch hinzufügt: »Das heißt, wir sollten auf jene trinken, die – unter Einsatz ihres Lebens – diesen Verbrechern mutig entgegengetreten sind.« Alle warten darauf, daß er trinkt, da hält er noch einmal inne und erklärt: »An dieser Stelle will ich doch noch einen Namen nennen: Es ist der unseres Malermeisters Leitl, der – wie ihr ja alle wißt – heldenhaft einen dieser Verbrecher daran gehindert hat, den Hof des Effeneder in Brand zu stecken. Wir freuen uns, daß er heute – gemeinsam mit seiner liebwerten Gattin – in unserer Mitte weilt.«

Ein Grinsen huscht über Süß' Gesicht, da sich ihm insgeheim die Frage aufgedrängt hat, ob dem Zimbrich der Malermeister wohl in dem Augenblick eingefallen ist, als er vom Heldenmut sprach, oder bei der Aufforderung, das Glas zu erheben. – Das also sind unsere neuen Helden, geht es ihm durch den Kopf; versoffene Pantoffelhelden, die sich an räudigen Ausreißern vergreifen.

Fehlt nur noch, daß sie den Ederer auch noch eingeladen haben, um ihn hier entsprechend zu würdigen. – Das war ja eine mächtige Blamage für den Herrn SS-Obersturmführer Rensleben und den feschen Gottfried: Fahren prompt zum Eggetsberger ins Sägewerk hinaus, weil sie gehört haben, daß einer von seinen Arbeitern einen Ausbrecher erschlagen hat. Und dort verlangen sie, daß der vor angetretener Mannschaft belobigt wird.

Daß die zwei nicht Bescheid wußten, um wen es da ging, ist die eine Seite; sind eben beide keine Hiesigen; der eine ein Zugereister und der andere überhaupt aus dem Altreich. Der Witz ist vielmehr, daß sie sich auch nichts sagen lassen. Wie es heißt, hat ja der Eggetsberger noch versucht, ihnen klarzumachen, was für ein versoffener Vogel der Ederer ist. – Wie er zum Nationalsozialismus steht, wird der Herr Sägewerksbesitzer wohlweislich verschwiegen haben; sonst hätte man ihm vielleicht selbst noch ein paar unangenehme Fragen gestellt. – Wie auch immer, die zwei waren fest entschlossen, den Ederer zu belobigen. Nichts konnte sie davon abbringen. Und der Volkssturmkommandant mußte selber die Ehrung vornehmen. Ist wirklich ein Wunder, daß er dabei nicht erstickt ist, denkt Süß. Nachher allerdings muß er so getobt haben, daß dabei sein bestes Service zu Bruch ging.

»Und dann wollen wir auch nicht unsere stramme HJ vergessen«, hört er jetzt den Zimbrich sagen. »Auch sie hat sich wacker geschlagen. Trinken wir auf die HJ, in der unsere Jugend zu wehrtüchtigen Männern heranreift – und auf den Jugendführer des Deutschen Reiches, Baldur von Schirach.« Mißmutig hebt auch der Spenglermeister sein Glas und folgt der Aufforderung. »Übrigens werden zwei unserer Hitlerjungen in die Ehrentafel unseres Gaues eingetragen«, fährt Zimbrich fort, nachdem alle getrunken haben, »und auch unsere Zeitung, der Völkische Beobachter, will einen Bericht darüber bringen, wie sie mutig und einsatzfreudig den Verbrechern entgegengetreten sind.«

Es war alles darauf angelegt, solche Helden zu schaffen, sinnt der Spenglermeister. Schließlich gab es doch kaum jemanden, dem man nicht ein Gewehr in die Hand gedrückt hat, um Jagd auf diese Krepaunzeln zu machen. Allesamt mußten sie erwischt werden. Und dafür wurden der Volkssturm und selbst die HJ-Buben bewaffnet. Dabei wäre es doch wirklich nur recht und billig gewesen, daß sich die SS ihre Leute selber wieder einfängt, wenn es ihr schon nicht mehr gelingt, sie im Lager zusammenzuhalten.

Süß wirft einen Blick zum Nebentisch. Wenn man sich diese Gfrißer nur anschaut, weiß man schon, wieviel es geschlagen hat, sagt er sich voll Ingrimm. Das soll die Elite der Bewegung sein? Da ist es kein Wunder, daß der Karren schon so tief im Dreck steckt. Ein Haufen Tachinierer ist das. Die müßten erst einmal an der Front zeigen, was in ihnen steckt. Und wenn sie dort ihren Mannesmut bewiesen haben, dann sollen sie sich so-Gott-will auch an der Heimatfront bewähren.

Nein, das hätte sich seinerzeit keiner von ihnen träumen lassen, daß solche Leute hier einmal das große Wort führen werden. Die haben doch durchwegs noch an der Mutterbrust genuckelt, als sie – die Illegalen – bereits im Kampf um die nationalsozialistische Revolution gestanden sind. Und etwas riskiert haben, fügt er hinzu; schränkt dann allerdings wieder ein: Er selber vielleicht nicht so sehr, schließlich war er Gewerbetreibender, und er hat sich auch nie so exponiert, daß man ihm ans Leder gegangen wäre. Andere jedoch sind für ihre Überzeugung im Gefängnis gesessen. Denn damals hat man sich noch etwas dabei gedacht, wenn man Nationalsozialist geworden ist; da hat man noch eine Zukunft vor Augen gehabt.

Doch davon haben die keine Ahnung, sagt er sich und wirft neuerlich einen Blick zum Nebentisch. Dann nimmt er einen Schluck Bier und lehnt sich bequem in den Sessel zurück. Ja, damals, da kämpften sie für eine bessere Zukunft. Es ging doch darum, herauszukommen aus dem kleinformatigen Mief der Klerikalen. Dieses Schrumpfösterreich, das 1918 übriggeblieben ist, war eine Mißgeburt von der ersten Stunde an. Auf Dauer konnte man so nicht überleben. Das mußte zuletzt jeder begreifen, als im Reich der wirtschaftliche Aufschwung einsetzte. So etwas konnte kein Dollfuß und kein Schuschnigg zuwege bringen. Bei denen konnte man doch nicht einmal sicher sein, daß die rote Gefahr endgültig gebannt war.

Süß wird aus seinen Gedanken gerissen, als er merkt, daß die anderen schon wieder die Gläser heben. Jetzt ist ihm ganz entgangen, auf wen getrunken wird, denkt er, welcher von all den Helden nun an der Reihe ist. Ist aber auch egal. – Das fehlte ihm gerade noch, daß er es verpaßt, auf jemanden mitzutrinken, und darüber eine Tratscherei entsteht.

Es sich wegen einer solchen Lappalie mit jemandem anzulegen, das kann er sich wirklich nicht leisten. So gut gesegnet ist er schließlich auch nicht mit Aufträgen. Er ist zwar der einzige Spenglermeister weit und breit, aber man weiß nie, auf welche Ideen die Leute kommen. – Rasch hebt er sein Glas und trinkt einen Schluck. Außerdem, wenn er es gar verabsäumte, auf irgendeinen Großkopferten zu trinken, dann hat er gleich den Scherben auf.

»He, Anni«, schreit neben ihm einer von den SSlern, »wie sollen wir denn auf jemand anstoßen, wenn unsere Gläser leer sind? Stell dir vor, dein Jörg wäre dran, und wir sitzen auf dem Trokkenen.« Und zu seinen Kumpanen gewandt, meint er lachend: »Das macht dem Mädel bestimmt Hummeln im Arsch.«

Anni, die heute in der ›Post‹ aushilft, ist gerade dabei, drei Tische weiter eine Runde frisch gefüllter Gläser abzustellen. Nun aber kommt sie rasch an den Tisch der SS-Feldwebel. Allerdings geht es ihr, wie Süß merkt, nicht so sehr darum, deren Bestellung aufzunehmen, denn sie fragt sogleich: »Wo bleibt denn der Jörg?«

»Scheint so, als ob er gerade befördert würde«, erklärt einer von ihnen hinter vorgehaltener Hand, als ob dieses Geheimnis nur für sie bestimmt sei. »Hat gute Arbeit geleistet in den letzten Tagen.«

»Wahrscheinlich wird er jetzt versetzt«, fügt ein anderer grinsend hinzu. Und während er bemüht ist, ihr den Hintern zu tätscheln: »Kannst dich ruhig an mich wenden, wenn dir zukünftig ein Mannsbild fehlt.«

»Lassen'S das, Sie«, faucht ihn Anni an und stößt seine Hand so heftig weg, daß dabei ein Glas vom Tisch fällt und auf dem Boden zerbricht. Der Spenglermeister, der alles beobachtet hat, sieht, wie dem Mädchen die Röte ins Gesicht schießt, als sich nun von den umliegenden Tischen die Blicke auf sie richten. Hastig dreht sich Anni um und läuft zur Tür. Süß muß den Kopf einziehen, um dabei nicht von ihrem Serviertablett getroffen zu werden. Das kommt davon, denkt er, und merkt, daß er einen kräftigen Spritzer Bierhansl abgekriegt hat.

Geschieht mir recht, sagt er sich und versucht ärgerlich, den nassen Fleck mit dem Taschentuch wegzureiben. Warum hat er auch herkommen müssen? – Das blöde Gelächter vom Nebentisch geht ihm auf die Nerven. Überhaupt alles rundum. Es ist ja nicht einmal jemand da, mit dem er sich gern unterhalten möchte. Dabei blickt er den Sagmüller an. Ein Kriecher, denkt er dabei, der nichts anderes im Kopf hat, als sich bei denen Liebkind zu machen, die etwas zu sagen haben. Eine Wetterfahne. In der Systemzeit war er treu vaterländisch, und nachher wollte er schon immer heimlich mit den Nationalsozialisten sympathisiert haben. Das kann er weismachen, wem er will; nur ihm nicht. Denn er hat seinerzeit mit dem Fuhrunternehmer einen mordstrumm Streit gehabt. Und weil er ihn bei Gelegenheit einen schwarzen Lumpen geheißen hat, hat der gedroht, er würde ihn als Nazi anzeigen. Heute will er sich bestimmt nicht mehr daran erinnern. Aber beim Ortsgruppenleiter ist er gut angeschrieben.

Süß läßt seinen Blick durch das Hinterzimmer schweifen. Da ist keiner, von dem er ehrlich sagen möchte, daß er sich gut mit ihm versteht. Mit Ausnahme vom Hoffellner Toni natürlich, einem der wenigen Illegalen, die im Ort noch übrig sind. Das verbindet. – Als er kam, saß der Toni jedoch mit seiner Lintschi schon vorn am Tisch mit der Pöchtragerin. Scheinen ja dicke

Freundinnen zu sein, die Lintschi und die alte Umurken. Nun ja, der Lintschi ist schon immer der Sinn nach Höherem gestanden, und die Nationalsozialisten, einschließlich ihres Toni, waren ihr allweil zu gewöhnlich. Deswegen hat es ihr wahrscheinlich die Schloßherrin besonders angetan. – Nicht ums Verrecken würde er sich jedoch mit der Pöchtragerin an einen Tisch setzen, sagt sich der Spenglermeister. Für ihn ist sie nichts weiter als eine üble Tratschen, eine hinterhältige Dreckschleudern!

»...aber, und das muß hier auch gesagt werden, es gibt auch Mitbürger in unserem Ort, die es am nötigen Einsatz haben fehlen lassen«, hört er den Ortsgruppenleiter nun sagen und wird aufmerksam. Jetzt muß er aufpassen, denkt er. Jetzt wird sich zeigen, ob man seinen Streit mit dem SS-Scharführer an die große Glocke hängen will. Das möchte er wissen, und vor allem auch, wie das Ganze dargestellt wird.

Genaugenommen, gesteht er sich ein, war das der entscheidende Grund, der ihn zu dieser ›festlichen Zusammenkunft‹ hergetrieben hat. – Natürlich hätte er in jedem Fall kommen müssen. Ohne triftigen Grund konnte er gar nicht wegbleiben. Aber letztlich drängte es ihn auch herzukommen.

Ein Streit im eigentlichen Sinn war es gar nicht, schränkt Süß in Gedanken ein, während er aufmerksam die Erklärung des Ortsgruppenleiters verfolgt. »Es gibt eine ganze Reihe von Volksgenossen, die sich mit fadenscheinigen Vorwänden von den Suchaktionen der letzten Tage gedrückt haben.«

Aber er läßt sich doch von so einem Rotzlöffel nicht sagen, was er zu tun und was er zu lassen habe! Schon gar nicht läßt er sich von so einem schaffen, daß er jemanden erschießen soll. – Natürlich war es Pech, daß ausgerechnet er neben dem Schnidling gestanden ist, als der Pölzl den Gefangenen dahergebracht hat. Und es war auch nicht abzusehen, was dann kommen würde, sonst hätte er sich vielleicht noch verdrückt. Zu allererst hat jedenfalls der Scharführer den Pölzl angebrüllt, daß der den Ausbrecher gleich an Ort und Stelle hätte fertigmachen müssen.

Dann jedoch hat er sich plötzlich zu ihm herumgedreht und hat ihn angefahren: Umlegen!

Mehr hat er nicht gebraucht. – Doch genaugenommen war er sehr ruhig geblieben, als er den Lackaffen fragte, wozu er denn selber eine Pistole am Koppel trage. Und: Wenn's ihm darum ginge, den Ausreißer zu erledigen, sei er doch wohl selbst Manns genug.

»Und ich will nicht verhehlen, daß auch Parteigenossen darunter waren, die sich der Pflicht am Vaterland, dem Deutschen Reich, und ich möchte auch sagen, der Pflicht an unserer engeren Heimat vorsätzlich entzogen haben.« Während Süß voller Unruhe an seinem Bier nippt, vermerkt er gereizt: Geschraubt daherreden, das kann er, der Zimbrich. »Bei Gelegenheit werden wir uns daran erinnern.«

Das gehört jetzt anscheinend dazu, wie das Amen zum Gebet. Der Scharführer hat mit dem gleichen drohenden Unterton gemeint, er würde sich ihn merken. Wir treffen einander bestimmt wieder – und dann geht es für Sie nicht so glimpflich ab, waren seine Worte. Dabei hat jener ohnehin keine Schwierigkeiten gehabt, einen Helden zu finden, den es in den Fingern gejuckt hat.

»Auf Führer, Volk und Vaterland«, schreit jetzt der Ortsgruppenleiter, und alle stehen mit erhobenem Glas auf. Das Echo »Für Führer, Volk und Vaterland« dröhnt hinterher.

Immerhin, stellt Süß fest, hat der Zimbrich keine Namen genannt. Die Erleichterung darüber fühlt er geradezu körperlich. Und als nun das Horst-Wessel-Lied angestimmt wird, fällt er in den vertrauten Text ein: »Die Fahne hoch! Die Reihen fest geschlossen! ...« Dabei könnte fast wieder etwas wie die alte Begeisterung aufkommen, denkt er, als er mit kräftiger Stimme weitersingt: »Kamraden, die Rotfront und Reaktion erschossen, marschiern im Geist in unsern Reihen mit.«

»Und jetzt, Parteigenossen – und Parteigenossinnen, beginnt der vergnügliche Teil.« Mit erhobener Stimme versucht der Ortsgruppenleiter den Lärm zu übertönen, der beim allgemeinen Niedersetzen entstanden ist. Auch Süß setzt sich wieder. Mit großen

Schlucken trinkt er sein Glas leer und hebt es sogleich hoch, um Anni anzudeuten, daß sie ihm noch ein Bier bringen soll.

»Na, Lorenz, was sagst – eine gelungene Feier«, redet ihn in diesem Moment Sagmüller an. Der Spenglermeister ist überrascht. Der Welli tut ja fast so, als ob er das selber inszeniert hätte, denkt er, nickt aber bestätigend. Ein rechter Schleimscheisser ist dieser Sagmüller, geht es ihm dann durch den Kopf. Was soll an dem allen gelungen gewesen sein? Früher, ja da haben sie noch zu feiern verstanden. Da haben sie sich nicht in ein Hinterzimmer verkrochen. Da sind sie aufmarschiert in Koppel und Wichs, bei jedem Wetter. Mit Fackeln und Fahnen. Beflaggt hat alles sein müssen. Das hat schon einen ganz anderen Eindruck gemacht auf die Leute. Doch jetzt feiert man sozusagen im trauten Familienkreis. Und für Leute wie den Sagmüller ist das auch schon was Besonderes. – Manche geben es eben recht billig, falls sie nur selber dabei sind. Wenn das aber dem Fuhrunternehmer genügt, dann will er ihm seine Freude nicht nehmen, und so murmelt er an seine Tischnachbarn gewandt: »Ja, war durchaus gelungen.«

»Hast du noch etwas vom Postmeister gehört«, fragt ihn jetzt flüsternd der Fuhrunternehmer, wobei er sich weit über den Tisch zu ihm herüberbeugt. – Darum geht's also, denkt Süß, denn er hat sich schon gewundert, daß Sagmüller, den wirklich nur der Zufall an denselben Tisch geführt hat, ihn wegen dieser kümmerlichen Ehrung von kümmerlichen Helden angesprochen hat. »Seit ein paar Tagen sitzt auf der Post ein junges Ding, das aus der Stadt hergeschickt worden ist«, fährt der Fuhrunternehmer heimlichtuerisch fort. »Schaut so aus, als ob der Bamminger nicht so schnell zurückkommt.« Und da Süß nichts antwortet, setzt er noch nach: »Man hat nur gehört, daß sie bei ihm verdächtige Namenslisten gefunden hätten?«

»Mehr hab ich auch nicht gehört«, erwidert nach einer Weile Süß. »Sie werden sich aber was gedacht haben, als sie ihn deswegen verhaftet haben.«

»Das schon«, versichert Sagmüller eilfertig. »Aber ich kann mir einfach nicht vorstellen, daß der Bamminger in irgendwas verwickelt sein soll. – Ist überhaupt schon bekannt geworden, wer da sonst noch auf den Listen draufsteht? Sind es Hiesige oder Auswärtige?«

Was soll diese Fragerei, überlegt der Spenglermeister. Warum wendet sich der Sagmüller ausgerechnet an ihn. Er gibt doch sonst bei jeder Gelegenheit damit an, wie gut er es sich mit dem Zimbrich steht. Soll er doch den ausfratscheln! Und wenn es ihm nur darum geht, eine Ansprach zu haben, dann soll er sich gefälligst jemand anderen suchen! – Außerdem, was geht ihn der Postmeister an?

Und dann regt sich Mißtrauen in ihm. Wäre es möglich, daß ihn der Sagmüller aushorchen soll, fragt er sich. Argwöhnisch beobachtet er sein Gegenüber. Haben sie den Fuhrunternehmer auf ihn angesetzt? Ist er nun auch schon verdächtig? – Der Zimbrich hat seinen Streit mit dem Scharführer nicht erwähnt. Aber wer weiß, was da inzwischen hintenherum läuft. Die Unruhe, die ihn den ganzen Tag über gequält und von der er zuvor schon geglaubt hat, er könne sie ablegen, erfaßt ihn nun wieder voll. Er muß wissen, was da erzählt wird, sagt er sich. Doch den Sagmüller wird er ganz bestimmt nicht danach fragen.

»Nein, wer auf den Listen steht, bleibt vorläufig geheim«, antwortet Süß schließlich. Und erneut mustert er den Fuhrunternehmer, um vielleicht in dessen Blick etwas erkennen zu können. Doch dieser schaut ganz unbefangen; und so fügt er noch hinzu, als ob er ihn ins Vertrauen zöge: »Man will schließlich niemanden vorwarnen. Die Verräter müssen erst einmal im eigenen Saft braten, bevor man sie sich dann vornimmt.« Das sollte den Schleimscheißer vorerst einmal beschäftigen, denkt er, zufrieden mit sich. Der soll nur glauben, daß er noch mehr weiß, und sich den Kopf darüber zerbrechen, wer ihn so eingehend ins Vertrauen gezogen haben könnte.

Er greift nach seinem Glas, merkt aber dann, daß es leer ist und stellt es wieder zurück. Wo bleibt nur die Anni, denkt er ärgerlich und hält nach ihr Ausschau. Er entdeckt sie ein paar Tische entfernt mit einem Tablett voll frisch gefüllter Gläser. Wieder hebt er sein Glas hoch, um ihre Aufmerksamkeit auf sich zu lenken. – Als er glaubt, ein Nicken von ihr bemerkt zu haben, lehnt er sich in seinen Sessel zurück. Doch die Besorgnis ist keineswegs ausgestanden. Er muß herausbringen, was da getrascht wird, sagt er sich; damit er dementsprechend Kontra geben kann.

Im Grunde ist es ja lächerlich, daß er sich vielleicht gar noch rechtfertigen soll. Das hätte er auch dem Scharführer gleich klarmachen müssen. Schließlich hat er schon für die Bewegung gekämpft, als der Rotzlöffel noch in die Windeln geschissen hat. – Das scheint jedoch heute nichts mehr zu gelten, denkt Süß und merkt, wie ihn neuerlich der Ärger packt.

Dennoch bedankt sich der Spenglermeister mit einem verständnisvollen Grinsen bei Anni, als diese ihm das frische Bier bringt, dabei allerdings einen deutlichen Umweg macht, um nicht an den SSlern vorbeigehen zu müssen. – Deswegen geht ja auch alles den Bach runter, sagt er sich. Überall haben sich Leute breitgemacht, die aus unerfindlichen Gründen hochgekommen sind. Leute, die einfach unfähig sind.

Der Zimbrich ist ja nur ein Beispiel dafür. Gleich nach dem Anschluß ist er hier aufgetaucht – als Ortsgruppenleiter. Und hat sich aufgespielt, als ob man hier nur auf ihn gewartet hätte. Man mußte fast glauben, er wäre Gott-weiß-was-besonderes. Und dann hat sich herausgestellt, daß er Roßknecht gewesen ist, ein aufgeblasener jedenfalls. Der Winter Bertl als Bürgermeister paßt gerade dazu, wenn er auch wenigstens ein Einheimischer ist. Aber er war schon immer ein Seicherl, und mit seiner Greißlerei hätte er längst abgewirtschaftet, wenn er nicht plötzlich was zu sagen gehabt hätte. Wenn man zu ihm ins Geschäft gegangen ist, hat man sicher sein können, daß gerade das nicht da war, was man gebraucht hat. Und wenn er es dann bestellt hat, dauerte es immer die längste Zeit, bis er es endlich bekommen hat. Daran hat sich nichts geändert, aber schließlich muß man zum Bürgermeister einkaufen gehen, wenn man sich's mit ihm nicht verscherzen will. Und danach führt sich der Bertl auch auf.

Zu all dem kommt noch, daß heutzutage nur mehr die etwas gelten, die den beiden in den Allerwertesten kriechen. Die sind bei ihnen Liebkind und kriegen auch ihren Teil ab. Denn genaugenommen glaubt jeder nur mehr, der Nationalsozialismus sei dafür erkämpft worden, damit sie sich bedienen können. Selbst haben sie nichts einzubringen, und so hat auch niemand eine Chance, der von sich aus etwas einbringen wollte.

»Unlängst stehe ich drüben bei der Schule, warte, daß mich der Jörg abholt, und mein Hasso nagt dort ein wenig an den Knochen herum.« Ein SSler am Nebentisch erzählt so laut, daß Süß nicht umhin kann mitzuhören. »Kommt so ein Eingeborener daher und will sich beschweren. Na, ich habe ihm Bescheid gestoßen. Es könnte ihm doch schnurzegal sein, habe ich ihm verklickert, ob diese Überreste letztlich von Würmern oder von Hunden gefressen werden.«

»Ja, es wird Zeit, daß diese Zivilisten endlich einmal kapieren, was Sache ist«, erwidert ein anderer. »Man hätte da schon längst einmal etwas nachhelfen müssen.«

Die führen sich auf, als ob sie allein das Kraut fett machten, denkt der Spenglermeister gereizt. Leben wie die Maden im Speck und tun dabei so, als ob man sich bei ihnen noch dafür bedanken müßte. – Genaugenommen hat das aber seinen Anfang schon mit dem Anschluß genommen. Da kamen sie mit ihren Gulaschkanonen, daß man hätte glauben können, hier in der Ostmark wären alle knapp am Verhungern. Gleichzeitig aber ramschten sie die Geschäfte leer. Truppweise fuhren sie übers Land wie dazumal die Hamsterer.

Und immer waren sie die Obergescheiten. Wie jener Goldfasan, der ihn fast in den Ruin getrieben hätte. – Süß spürt, wie ihm bei der plötzlichen Erinnerung an jenen Politischen Leiter aus dem Reich die Hände feucht werden. Auch im Gesicht ist ihm auf einmal heiß, und er fürchtet, man müsse ihm die Zornröte ansehen können. Er holt sein Schneuztuch aus dem Hosensack und wischt sich damit über die Stirn. Es war wohl ein Irrtum zu glauben, daß er die Sache längst überwunden hat, geht ihm dabei durch den Kopf. Als ob es gestern gewesen wäre, sieht er jenen mit einem Mal wieder vor sich – in seiner goldbraunen Parteiuniform mit den roten Kragenspiegeln.

Die örtlichen Nationalsozialisten waren damals auf dem Kirchplatz angetreten, als er kam, um die Parade abzunehmen. Langsam schritt er die Reihe ab und ließ sich von jedem einzelnen die Personalien vortragen. Dabei wirkte er äußerst gelangweilt – bis er zu ihm kam. Als er sich nämlich mit ›Lorenz Süß‹ meldete, stutzte jener und begann dann zu brüllen, daß es über den ganzen Platz hallte: Süß? Das ist doch ein Judenname. Wie kommt so einer in die NSDAP? Und dann noch: So etwas kann es doch auch nur bei diesen Hinterwäldlern geben!

Er selbst kam gar nicht mehr dazu, diesem Großkopferten zu erklären, daß Süß hier ein guter deutscher Name sei und es nie Juden in seiner Familie gegeben hätte. Der Goldfasan drehte sich auf der Stelle um, ging zu der großen schwarzen Limousine, in der er sich herkutschieren hatte lassen, und rauschte, ohne noch ein Wort gesagt zu haben, ab.

In den Boden hätte er versinken mögen, erinnert sich der Spenglermeister wieder. All die Gesichter um ihn, das höhnische, schadenfrohe Grinsen der einen, Ablehnung, ja Feindseligkeit bei den anderen. – Nur ganz wenige hielten damals zu ihm. Ein paar von den alten Illegalen, die ihn ja genau kannten. Er wäre doch nie in die Partei aufgenommen worden, wenn unter seinen Ahnen Juden gewesen wären. Nur mit Hilfe jener wahren Freunde gelang es ihm damals, das klarzustellen. Doch das brauchte seine Zeit. – Viel hat nicht gefehlt und er hätte aufgegeben. Er wurde ja von allen gemieden, hatte plötzlich keine Aufträge mehr. Am liebsten hätte er seine Werkstatt zugesperrt und wäre weggezogen.

Eine Annonce aus dem Österreichischen Beobachter kam ihm damals gerade zupaß: Da wies ein Zahntechniker aus der Stadt, der ebenfalls Süß hieß, seine deutsch-arische Abstammung nach.

Diese Annonce schnitt er fein säuberlich aus der Zeitung und hängte sie in seiner Werkstatt auf. Andere lasen sie auch, und so renkte sich schließlich doch alles wieder ein. Dabei entsinnt er sich noch besonders gut des letzten Satzes: ›Daher wird jede Ausstreuung, Genannter wäre Jude, schärfstens geahndet.‹

Zwei Jahre später – über die ganze Angelegenheit schien schon Gras gewachsen – tauchte alles noch einmal auf. Da klebte ihm jemand in der Nacht eine Ankündigung jenes Veit-Harlan-Films an die Werkstattür. Er selbst bemerkte das vorerst gar nicht; er wurde nur aufmerksam, als immer wieder Leute hinschauten und kichernd weitergingen. Als er den Zeitungsausschnitt sah, schlug er ihn aus lauter Wut mit dem Stemmeisen aus dem Holz, als müßte er ihn mit Stumpf und Stiel entfernen. Die Scharte sieht man gewiß heute noch, denkt Süß, allerdings hat er schon so lange nicht mehr darauf geachtet. – Aber eines ist gewiß: Seit damals gerät er jedesmal in ungeheure Wut, wenn er auch nur im geringsten das Gefühl hat, jemand könnte eine Rechtfertigung von ihm erwarten.

»Ich habe unlängst auch einem dieser Eingeborenen Bescheid gestoßen«, hört er von neuem einen der SSler am Nebentisch erzählen. »Das war so: Ich war abkommandiert, einen jämmerlichen Haufen dieser Volksstürmer durch die Gegend zu schleifen, als uns doch tatsächlich so ein entlaufener Hase über den Weg huscht. Wir nehmen ihn hopp, und da steht er nun vor uns. Sagt doch nicht so ein altes Männchen rührselig neben mir: Der ist ja bloßfüßig. Und ich: Er ist ja auch barfuß abgehauen! Aber ich habe diesem Volksstürmer noch angeboten, er könnte dem Schuft seine Schuhe leihen, damit er keine kalten Füße hat, wenn er abkratzt.« Die SSler brüllen vor Lachen.

Sprüche klopfen, das ist alles, was sie können, ärgert sich Süß. Und damit auch noch angeben. Am besten ist, gar nicht hinzuhören, sonst kommt einem noch die Galle hoch. – Um sich abzulenken, blickt er im Saal umher und merkt, daß eine Reihe von Leuten schon dabei ist aufzubrechen. Vielleicht sollte er auch gleich gehen, überlegt er. Dann könnten ihm wenigstens diese Quatschköpfe nicht weiter auf die Nerven gehen.

Doch eigentlich ist ihm jetzt noch nicht danach, nach Haus zu gehen. Zumindest möchte er in Ruhe sein Bier austrinken, so zuwider ihm auch im Grunde diese ganze Heldenehrung ist. Wonach ihn jetzt blangt, ist, sich bequem in seinen Sessel zu lehnen und dem allen unbeteiligt zuzusehen. Schließlich sollte er, was den möglichen Tratsch betrifft, vorerst einmal abwarten – bis er etwas Genaueres weiß. Vielleicht ergibt sich auch noch eine Gelegenheit, mit dem Toni zu reden, sagt er sich.

Lautes Gelächter am Nebentisch läßt ihn erneut zu den SSlern hinüberschauen. Die sind schon ziemlich drüber, denkt er und wundert sich ein wenig, da ihnen die Anni, soviel er gesehen hat, zuletzt nichts mehr gebracht hat. Vielleicht werden die auch vom Erzählen ihrer Heldentaten besoffen, sagt er sich. Als er aber genauer hinschaut, entdeckt er, daß mittlerweile zwischen den leeren Biergläsern auch eine Schnapsflasche steht. Die Heldentaten allein reichen also doch nicht, vermerkt er, als einer von ihnen nun fortfährt: »Das alte Bauernweib hat jetzt schon zum dritten Mal eine Eingabe gemacht. Beschwert sich doch glatt immer wieder darüber, daß sie unseren Gestank nicht verträgt. Wenn Schlechtwetter kommt, schreibt sie, drückt es ihr den Rauch vom Krematorium ins Haus; und von dem ranzigen Geruch wird ihr übel. Deswegen meint sie, wir sollten gefälligst nur bei Schönwetter die Sachen verbrennen, die gar so stinken.«

Wieder brüllen alle vier vor Lachen. »Das Weib hat Nerven«, poltert der los, der mit dem Rücken zu Süß sitzt. »Der müßte man etwas von unserem anderen Rauch ins Haus blasen.«

»Ich sehe uns schon Meldung machen«, plärrt der nächste höhnisch, »den nassen Zeigefinger in der Luft: Herr Untersturmführer, die Windrichtung stimmt! Wir können nachlegen. Damit dem armen Muttchen nicht kodderig wird.«

»Vorstellungen haben diese Eingeborenen!« Der, der von der Eingabe der Bäurin erzählt hat, ist wieder ernst geworden. »Jetzt wo der Ofen dauernd in Betrieb ist, weil sie uns auch noch das ganze Kroppzeug aus den Lagern im Osten herankarren, mit solchen Kinkerlitzchen zu kommen.«

Muß jetzt schon jeder wissen, daß die Russen im Generalgouvernement stehen, ärgert sich Süß. Die sollten sich ein wenig vorsehen, was sie daherreden. Wenn er etwas zu sagen hätte, dann kriegten die vier eins auf ihre vorlaute Pappen. – In diesem Moment sieht er, daß Hoffellner vorne vom Tisch aufsteht. Jetzt wäre eine Gelegenheit, ihn zu fragen, denkt der Spenglermeister. Offenbar geht der Toni noch nicht nach Hause, da seine Lintschi sitzen bleibt. Wenn er aufs Pissoir geht, könnte er ihn bei der Schank draußen abpassen.

Er steht auf, und winkt dem Toni kurz zu, der schon durch die Tür in die Wirtsstube geht. Süß folgt ihm und bleibt an der Schank stehen. »Gib mir ein Bier, Karl«, sagt er zum Wirt. »Hast heut wieder Hochbetrieb.« »Ja, freilich«, erwidert dieser ohne aufzusehen. Weiter Bier zapfend fügt er noch hinzu: »Sonst müßt man noch abhausen.«

Das Jammern hat der Karl anscheinend schon mit der Muttermilch gesoffen. Spöttisch beobachtet Süß den Wirt, der die vollen Gläser auf einem Tablett schlichtet. Als Stammwirtshaus der Nationalsozialisten macht die ›Post‹ ohnehin das meiste Geschäft von allen Wirtshäusern am Ort. »Gibst mir gleich noch ein zweites Bier«, sagt er, als ihm einfällt, er könnte den Toni darauf einladen – damit es nicht so ausschaut, als wollte er ihn nur ausfragen.

Während er dasteht und sowohl auf das Bier als auch auf den Toni wartet, kommt ihm die Bemerkung des SS-Feldwebels von zuvor wieder in den Sinn. Genaugenommen ist es wirklich kein Geheimnis mehr, daß die Wehrmacht überall am Rückzug ist, sagt er sich. Die Russen stehen im Raum Budapest, und es wird sie nichts mehr aufhalten – auch keine Wunderwaffe –, bis sie auf Ja und Nein auch hier auftauchen. Was dann passieren wird, möchte er sich gar nicht vorstellen.

Als der Wirt ihm die zwei vollen Biergläser hinstellt, nimmt er eines und trinkt bedächtig in kurzen Schlucken. Nichts wird dann verborgen bleiben, überlegt er. Auch die Treibjagd der letzten Tage wird zur Sprache kommen. Und die Russen werden blutige Rache nehmen. Das ist unausweichlich. Schließlich ist es kein Geheimnis, daß lauter Russen aus dem Lager ausgebrochen sind. – Nicht zum ersten Mal in diesen Tagen sagt er sich dann: Es war hirnrissig, da mitzumachen!

Und doch ist ihm gar nichts anderes übriggeblieben. Was hätte er denn tun sollen? Immerhin, er hat keinen von denen umgebracht, stellt er für sich fest. – Vorläufig jedoch könnte ihm das noch übel ausgelegt werden. Und er wird sich hüten, jemandem seine Überlegungen auf die Nase zu binden. Wenn ihn aber der Toni fragt, warum er sich mit dem Scharführer angelegt hat, warum er nicht geschossen hat, was sagt er ihm dann?

Vielleicht ist es doch besser, die ganze Sache nicht von sich aus zur Sprache zu bringen, geht es ihm durch den Kopf. Der Toni kommt ohnehin nicht daher, sagt er sich und blickt erst zur Tür, die auf den Gang hinaus führt. Dann läßt er den Blick durch die Wirtsstube wandern. Könnte sein, daß er gar nicht ausgetreten ist. Aber er sieht ihn nirgends. – Wenn es drauf ankommt, kann er immer noch mit dem Toni reden, überlegt er. Es muß ja nicht jetzt sein. Rasch trinkt er das eine Glas leer, dann nimmt er das zweite, volle und erklärt dem Wirt: »Ich geh wieder hinein.«

XXII

»Was meinst du, Greindl«, sagt der Pfarrer, kurz aus der Bibel aufschauend, die vor ihm liegt, »wär das nicht ein Thema für die Predigt am Sonntag? – Jesus sprach zu ihm: Stecke dein Schwert in die Scheide. Alle, die zum Schwerte greifen, kommen durch das Schwert um. Evangelium nach Matthäus 26,52.«

Greindl ist von der Frage des Pfarrers einigermaßen überrascht. Er weiß nicht, was dieser von ihm erwartet. Natürlich hat er das Bibelwort schon gehört; darüber nachgedacht, was damit gemeint sein könnte, hat er allerdings nie. So sagt er nach einer Weile: »Kommt ganz drauf an, was Ihr aus dem Spruch herauslesen wollt.« Und verbessert sich: »Wie Ihr ihn auslegen wollt.«

Seit geraumer Zeit schon sitzen der Pfarrer und der abgemeierte Bauer, der bei ihm Unterkunft gefunden hat, in der Küche des Pfarrhofs beisammen. Als Greindl heute von der Arbeit heimgekommen war, hatte er den Pfarrer wie erwartet hier vorgefunden, dem einzigen warmen Raum im ganzen Pfarrhof. Pater Lambrecht war am Tisch gesessen und hatte gelesen. »Nimm dir ein Glas aus der Kredenz und setz dich«, hatte er zu ihm gesagt und dabei auf den Mostkrug gedeutet, der vor ihnen auf dem Tisch steht.

Danach wechselten sie jedoch kein Wort mehr. Greindl füllte sein Glas und schaute dann eine Zeitlang dem Pfarrer zu, wie er da saß und in der Bibel blätterte, sie einmal an der einen Stelle, dann wieder an einer anderen aufschlug, gelegentlich auch einen Absatz las, wobei er den Mund bewegte, als ob er laut lesen würde. Man muß glauben, daß er etwas sucht, aber selbst nicht recht weiß, was er sucht, dachte er dabei. Schließlich wurde er es aber leid, den Pfarrer bei seiner eigenartigen Suche zu beobachten, und er begann, seinen eigenen Gedanken nachzuhängen – aus denen ihn die Frage des Pfarrers nun gerissen hat.

»So wie es wohl jeder versteht«, sagt der Pfarrer. »Das Schwert steht für Krieg. Also kann man auch sagen: Wer einen Krieg entfacht, der wird durch den Krieg umkommen. Verstehst mich?«

»Und das wollt Ihr so am Sonntag von der Kanzel herunter sagen? – Vor all den Leuten?« Greindl, der noch immer die Wangen in seine Fäuste gestützt hat, hebt nun den Kopf und mustert den Pfarrer.

»Nun, ich würd ja sozusagen nur die Frage stellen, wie das Wort Jesu zu verstehen ist. Was uns der Herr damit hat sagen wollen«, erwidert der Pfarrer mit einem leichten Schmunzeln.

»Und wenn dann jemand nach dem Heimtückegesetz verurteilt werden soll, müssen sich die Richter wohl auch an den lieben Herrn Jesus halten, – den Ihr ja nur nachgebetet habt?« fragt Greindl spöttisch. »Das glaubt Ihr doch selbst nicht, Herr Pfarrer! Wenn Ihr von der Kanzel auch nur ein Wort gegen den Krieg sagt, warten die schon vor der Kirche auf Euch. Die passen doch nur auf einen Vorwand, daß ihnen ein Schwarzrock wie Ihr in seinem blinden Gottvertrauen ins Garn geht. – Geht nicht zu weit. Ihr wißt selbst, daß Ihr bei den Nazis nicht gerade gut angeschrieben seid.«

»Aber man darf doch nicht alles einfach hinnehmen, nicht zu allem Ja und Amen sagen«, meint der Pfarrer.

Für Greindl klingt der Satz ein wenig wie eine Frage, und ganz kurz regt sich in ihm der Verdacht, der Pfarrer wolle ihn aushorchen. – Doch dann beruhigt er sich selbst. Dieses leidige Mißtrauen steckt so tief in ihm, sagt er sich, daß er es wohl nie wieder loswerden wird. Es war schon richtig, daß er sich seinerzeit in der Gefängniszelle geschworen hat, mit niemandem mehr über etwas zu reden, das auch nur im mindesten nach Politik schmeckt. Dennoch darf er nicht hinter allem und jedem Ungemach wittern. Greindl schämt sich ein wenig des Mißtrauens, das sich in ihm gegenüber dem Pfarrer geregt hat.

Doch taucht für einen Augenblick noch einmal das Bild jenes Menschen vor ihm auf, den die Wärter damals blutüberströmt in die Zelle geworfen hatten; um den er sich kümmerte und der dann beim Prozeß Lügen über ihn erzählte, ihm Worte in den Mund legte, die er nie gesagt hat oder zumindest nicht so, wie sie dann vor Gericht gegen ihn verwendet worden sind. Einen

Spitzel kann man eben nicht riechen, und man weiß auch nicht, wodurch einer zum Spitzel wird.

Warum aber sollte ihn der Pfarrer aushorchen wollen, fragt er sich. Schließlich ist er der einzige am Ort, der bereit war, ihn aufzunehmen. Was den Nazis gar nicht gefallen hat. Aber es war auch nicht der erste Anlaß, warum er denen mißliebig geworden ist. Schon viel früher hat die Gestapo mehrmals den Pfarrhof durchsucht. Wie es heißt, waren die Geheimen darauf aus, bei ihm verdächtige Schriften zu finden. Haben aber nichts entdeckt. Der Pfarrer soll damals gesagt haben: Die einzige verdächtige Schrift, die ihr bei mir finden könnt, ist die Heilige Schrift. – Jedenfalls hat man ihm nicht ankönnen. Und nur, um ihm irgendwas zufleiß zu tun, hat man ihm die Pfarrerköchin woandershin dienstverpflichtet.

Argwohn diesem Mann gegenüber ist wirklich unbegründet, denkt Greindl. Was aber will der Pfarrer von ihm hören? Anscheinend ist es ihm ernst damit, am Sonntag über diesen Schwert-Spruch zu predigen. Oder er überlegt noch, ob er eine geeignete Predigt hergibt? Wie auch immer. Wozu soll er was sagen? Zum Spruch – oder dazu, daß man nicht zu allem Ja und Amen sagen dürfe?

Schließlich antwortet er langsam, den Blick auf den Tisch gesenkt: »Wenn Ihr glaubt, daß man nicht zu allem und jedem Ja und Amen sagen darf, dann müßt Ihr Euch aber auch überlegen, was dabei herauskommt. – Was wollt Ihr denn bewirken, wenn Ihr eine solche Predigt haltet? Wird deswegen der Krieg auch nur einen Tag früher aus sein? Ihr liefert Euch nur selbst ans Messer. Oder glaubt Ihr, daß Eure Schäflein aufmucken werden, wenn man Euch abholt und ins Lager steckt? Daß sie zum Oberbonzen gehen und dem erklären, sie wollen ihren Pfarrer zurückhaben? – Ich sag Euch, alle miteinand werden sie sich schön ruhig halten und sagen: Der hätt es doch besser wissen müssen. Und ein paar werden schon immer gewußt haben, daß es mit dem Pfarrer nicht gutgehen könne. Hätt halt den Mund nicht so voll nehmen dürfen. Jetzt sieht er eben, was dabei herauskommt.« –

Bei den letzten Worten hat Greindl aufgeschaut. Er blickt nun den Pfarrer forschend an, dann macht sich ein Grinsen in seinem Gesicht breit: »Außerdem müßt Ihr auch an mich denken, Herr Pfarrer! Was geschieht denn mit mir, wenn man Euch einsperrt? Euer Nachfolger hat vielleicht etwas dagegen, daß ein Vorbestrafter, ein Zuchthäusler weiter im Pfarrhof wohnt.«

»Man darf nicht immer nur an sich selbst denken, Greindl!« Auch der Pfarrer grinst, als er dies sagt; doch wird er sogleich wieder ernst: »Ich versteh schon, daß du verbittert bist, nichts mehr gelten lassen willst. Doch frag ich dich: Sagst du zu allem Ja und Amen?«

»Ja«, antwortet Greindl, ohne lange nachzudenken.

»Weil du in deinem Innern davon überzeugt bist, oder weil es dir für dich als das beste erscheint«, bohrt der Pfarrer nach.

»Ich hab lediglich gemeint, daß Ihr nichts bewirkt, wenn Ihr so eine Predigt haltet«, versucht Greindl das Gespräch in eine andere Richtung zu lenken.

»Die Leut müssen begreifen lernen, woher der Krieg kommt«, sagt der Pfarrer in Gedanken vor sich hin. »Und wenn der Krieg bald vorbei ist, dann müssen sie es schon begriffen haben.«

»Noch aber ist der Krieg nicht vorbei. – Wann er vorbei sein wird, das wissen wir beide nicht«, erwidert Greindl. Und nach einer Weile: »Habt Ihr schon wieder Feindsender gehört?«

»Nein. Wie kommst du nur auf so eine Idee«, wehrt der Pfarrer lachend ab. »Man denkt sich halt sein Teil, wenn jetzt schon in Ungarn die Fronten begradigt werden und die Verteidigung des deutschen Heimatbodens als letztes Kriegsziel übrigbleibt.«

»Ihr solltet mit Euren Reden vorsichtiger sein«, sagt Greindl darauf sehr ernst.

Noch immer lachend meint der Pfarrer: »Du wirst mich doch nicht denunzieren?«

»Ihr wißt nicht, in welche Lage Ihr noch kommt; und ich weiß nicht, in welche Lage ich noch komm. Wenn sie mich dann fragen, was Ihr so redet, wollt Ihr, daß ich lügen muß? Daß ich eine Sünde begeh, damit ich Euch nicht in Schwierigkeiten bring?«

Während Greindl dies sagt, ist auch der Pfarrer ernst geworden. Eine Weile herrscht Schweigen. Beide Männer blicken vor sich hin auf den Tisch. Der Pfarrer streicht über die aufgeschlagene Seite seiner Bibel; Greindl schenkt sich aus dem Mostkrug in das ohnehin noch halbvolle Glas nach, trinkt aber nicht.

»Na ja«, sagt der Pfarrer schließlich, »eigentlich hab ich dich ja nur gefragt, was du zu dem Wort Jesu meinst.«

»Da müßt ich schon wissen, in welchem Zusammenhang er das gesagt hat«, geht Greindl auf den Themenwechsel ein.

»Es geht da um die Verhaftung Jesu auf dem Ölberg«, erwidert der Pfarrer. »Aber gut, ich lese dir die ganze Stelle vor: Jetzt traten sie näher, legten Hand an Jesus und nahmen ihn gefangen. Da griff einer von Jesu Begleitern mit der Hand zum Schwert und zückte es. Er schlug nach einem Knechte des Hohenpriesters und hieb ihm das Ohr ab. Jesus sprach zu ihm: Stecke dein Schwert in die Scheide. Alle, die zum Schwerte greifen, kommen durch das Schwert um.«

Greindl denkt lange nach, bevor er den Pfarrer dann wieder anschaut und fragt: »Es war doch ein Unrecht, daß man Jesus verhaftet hat?«

»Ja, natürlich«, antwortet der Pfarrer, »Jesus hatte schließlich nichts verbrochen.«

»Außer, daß er Reden führte, die denen nicht paßten, die an der Macht waren?« Ein kurzes Schmunzeln huscht dabei wieder über Greindls Gesicht. »Es war also Unrecht, daß man ihn wie einen Verbrecher verhaftet hat. Und einer von seinen Jüngern hat sich zur Wehr gesetzt, hat das verhindern wollen. Stimmt das so?«

»Ja, so steht's geschrieben.« Der Pfarrer betrachtet Greindl ein bißchen verwundert.

Und dieser fährt fort: »Einer, ein einziger, setzt sich zur Wehr, und dem erklärt Jesus, daß er sein Schwert wieder einstecken soll; daß er das Unrecht geschehen lassen muß, um nicht selbst einen gewaltsamen Tod zu sterben. – Hab ich das richtig verstanden?« Scharf ist der Blick, den Greindl dabei auf den Pfarrer richtet.

»So darf man das wohl nicht sehen«, weicht dieser aus.

»Aber ich seh es so. So steht's doch da geschrieben«, erwidert Greindl und zeigt auf die Bibel vor dem Pfarrer. »Soweit ich weiß, hat sich die Kirche auch immer daran gehalten. Hat immer denen, die Unrecht erleiden mußten, die geknechtet und unterdrückt wurden, erklärt, sie dürften sich nicht wehren. Dafür gibt es dann ja auch das Paradies.«

Erstaunt blickt der Pfarrer den Mann ihm gegenüber an, der in seiner Rede zuletzt sehr bestimmt geworden ist. Er setzt schon an, etwas zu erwidern, zögert dann, und fragt schließlich: »Sag, Greindl, bist du wirklich ein Kommunist? – Ich weiß, daß man dich beschuldigt hat, einer zu sein. Ich hab's aber nie geglaubt. Wie sollte ein Bauer denn Kommunist sein?«

»Was wollt Ihr denn hören, Herr Pfarrer«, stellt Greindl lachend die Gegenfrage. »Wenn ich einer wär, dann würd ich's doch Euch, einem Pfarrer, nicht beichten. Und wenn ich keiner bin, umso besser für Euch. – Hättet Ihr mich im Pfarrhof nicht aufgenommen, wenn ich ein Kommunist wär?«

»Doch. Die Kirche ist für jeden da, dem Unrecht widerfährt. – Drum mein ich auch, daß du mit deiner Erklärung des Bibelworts nicht richtig liegst. Als Jesus das sagt, geht es ja darum, daß sich das Wort des Herrn erfüllen muß. Paß auf, ich les dir die Stelle weiter vor.« Der Pfarrer streicht wieder über die Seite der Bibel. »Da heißt es: Oder meinst du, mein Vater würde mir nicht sogleich mehr als zwölf Legionen Engel zu Hilfe senden, wenn ich ihn darum bäte? Aber wie würde dann die Schrift erfüllt, nach der es so kommen muß?«

Der Pfarrer beobachtet Greindl, wartet auf eine Erwiderung. Doch dieser schweigt, hat seinen Blick wieder gesenkt, als ob er neue Argumente suchte. – Greindl denkt auch nach, allerdings nicht über die Bibelstelle. Er ist über sich selbst verärgert. Warum mußte er sich auch auf ein Streitgespräch mit dem Pfarrer einlassen. Und dann noch gegen die Kirche angehen. Auch wenn es hundertmal wahr ist. Warum hat er nicht den Mund gehalten. So hat er den Pfarrer ja selbst zur Frage herausgefordert, ob er ein

Kommunist ist. Von selbst wäre der nie auf die Idee gekommen. Wie sollt ein Bauer Kommunist sein, hat er gesagt. Und nun wird die Frage immer im Raum bleiben. Und es wird nichts nützen, wenn er ihm sagt, daß er keiner ist.

»Hast du verstanden, was ich dir vorgelesen hab? Oder soll ich es dir noch einmal vorlesen«, fragt der Pfarrer.

»Ich hab's schon mitgekriegt«, antwortet Greindl ein wenig ungehalten. Jetzt muß er etwas sagen. »Wenn es in der Situation nur darum geht, daß die Schrift erfüllt wird«, versucht er sich zu konzentrieren, »dann muß man den Spruch, von dem Ihr ausgegangen seid, überhaupt anders sehen. – Der, der da das Schwert zieht, der darf das nur deswegen nicht, weil sonst die ganze Geschichte falsch laufen würde. Jesus ist eben auf den einen nicht angewiesen; denn wenn er wollte, könnte er ein ganzes Bataillon Engel anfordern. Unsereinem ist das aber nicht möglich. Also muß es da auch erlaubt sein, das Schwert zu ziehen, wenn es darum geht, Unrecht abzuwehren.«

»Du bist ein Sophist, Greindl.« Der Pfarrer lacht laut.

Verständnislos schaut ihn dieser an: »Was bin ich? – Erst ein Kommunist und nun schon wieder was anderes. Ist das was Beleidigendes?«

»Ein Sophist«, erwidert der Pfarrer noch immer lachend, »ein Sophist ist, wie soll man das sagen, ein Spitzfindiger. So, als ob du bei den Jesuiten in die Schule gegangen wärst.«

»Und, wär das was Schlechtes?« Greindl ist noch immer verwirrt durch das Gelächter des Pfarrers. »Was ist an dem spitzfindig, was ich gesagt hab? Ihr habt mich gefragt, was ich dazu denke. Und ich hab Euch gesagt, was mir dazu eingefallen ist. – Außerdem, so wie Ihr das auslegt, kann das mit dem Schwert und dem Krieg auch nicht stimmen: Ich war schließlich selbst dabei, als im vorigen Krieg an der Front ein Bischof die Kanonen gesegnet und auch selbst einen Schuß abgegeben hat.«

»Du kannst unsere Kirche nicht für alles verantwortlich machen, was irgendwann einmal ein Bischof getan hat«, begehrt der Pfarrer auf. Er will offenbar noch etwas sagen, bricht aber ab.

Wieder sitzen die beiden schweigend da. Greindl will sich aus dem Krug Most nachschenken, es ist jedoch gerade nur noch ein Schluck drinnen. »Ich hol uns noch welchen«, sagt der Pfarrer, nimmt den Krug und geht aus der Küche.

Greindl streckt sich. Das Kreuz tut ihm weh. Wenn er gewußt hätte, was dabei herauskommt, hätte er sich nicht zum Pfarrer gehockt, denkt er. Er wäre besser gleich in sein Zimmer gegangen. Als ihn der Pfarrer aufgefordert hat, sich zu ihm zu setzen, hätte er ihm sagen sollen, daß er zu müde wäre und morgen ja bald wieder aus den Federn müsse. – Nun hat sich das Gespräch einmal so ergeben. Hätte er zu allem den Mund halten sollen? Auch, wenn er dem Pfarrer gesagt hat, daß er zu allem und jedem Ja und Amen sagt? Angefangen hat doch alles damit, daß er dem Pfarrer sagen mußte, daß seine Idee für die Predigt eine Schnapsidee ist. Man kann jemanden doch nicht ins Messer laufen lassen.

Wenn es ihm ein Bedürfnis ist, gegen etwas zu wettern, geht es Greindl durch den Kopf, dann hätte er schon vergangenen Sonntag etwas dazu sagen müssen, wie man die ausgebrochenen KZler abgeknallt hat. Gegen die, die eine Treibjagd daraus gemacht haben, gegen die hätte er auftreten müssen. Gegen die Unmenschlichkeit. Schon allein aus Sorge um das Seelenheil seiner Schäflein. Da hat er keine Worte gefunden, keine passende Bibelstelle, schimpft er in sich hinein. – Das war so eine Gelegenheit, wo man das Schwert ziehen müßte, überlegt er.

In diesem Augenblick kommt der Pfarrer zurück. Kaum hat er die Tür hinter sich geschlossen, fragt er: »Sag, Greindl, du warst doch lange in Rußland? Und nicht nur in Kriegsgefangenschaft? Hast du von dort deine Ideen?«

Das hat ja kommen müssen, denkt Greindl. Hab ich mir's doch gedacht, daß er nicht locker lassen wird. »Ich war in einem Kriegsgefangenenlager im Ural«, erklärt er schließlich.

»Aber doch nicht die ganze Zeit über?«

»Doch. Es hat da Schwierigkeiten gegeben, weil durch den Zusammenbruch der Monarchie meine Staatsangehörigkeit nicht geklärt war.«

»Gut, das ist deine offizielle Version. Aber mir kannst doch sagen, wie es wirklich war«, dringt der Pfarrer weiter in ihn. »Es interessiert mich halt. Rein persönlich. – Wenn du's mir sagst, nehm ich das wie eine Beichte. Das fällt dann unter das Beichtgeheimnis.«

»Nehmt es nicht persönlich, Herr Pfarrer«, antwortet Greindl, nachdem er eine Weile sinnend dagesessen ist, »aber auch Beichtgeheimnisse sind schon unter der Folter gebrochen worden.«

»Und es sind auch Priester lieber gestorben, als es preiszugeben«, erwidert der Pfarrer. »Du kennst doch die Geschichte des Heiligen Nepomuk, der vom Kaiser Wenzel umgebracht wurde. Und es gibt noch eine Menge andere Beispiele.«

»Redet nicht vom Sterben, Herr Pfarrer! Es ist schon nicht leicht, eingesperrt zu sein und nicht zu wissen, was der nächste Tag oder auch schon die nächste Stunde bringt. – Und für den Fall, daß Ihr den Häschern des Hohenpriesters doch noch in die Hände fallen solltet, ist es besser, Ihr wißt nichts, als Ihr müßt Euch auf das Beichtgeheimnis berufen. Noch dazu, wo es nur um Eure persönliche Neugier geht. Glaubt mir das.« Nach einer Weile setzt Greindl noch hinzu: »Außerdem gibt es da kaum was zu erzählen. Da war noch eine Weibergeschichte. Nichts Politisches also.«

»Aber du mußt doch etwas davon mitbekommen haben, was sich in Rußland abgespielt hat«, läßt der Pfarrer nicht locker. »Es hat doch Kriegsgefangene gegeben, die in der Roten Armee mitgekämpft haben...«

»Ich war nie in der Roten Armee«, wehrt Greindl sogleich mit Nachdruck ab.

»Das hab ich auch nicht gemeint«, beschwichtigt der Pfarrer. »Ich hab nur gemeint, daß es Kriegsgefangene gegeben hat, die auf die Seite der Kommunisten übergewechselt sind, mit denen mitgetan haben...«

»Lassen wir das, Herr Pfarrer!« Greindl unterbricht ihn unwirsch. »Ich hab Euch ja gesagt, daß da noch eine Weibergeschichte gewesen ist. Als die zu Ende war, hat mich das Heimweh gepackt. So bin ich zum Spätheimkehrer geworden. Das ist alles. – Man hat mir schon einmal einen Strick daraus drehen wollen, daß ich kommunistische Ideen verbreitet hätt. Und nur mit Ach und Krach bin ich damals aus der Schlinge herausgerutscht. Da hab ich mir geschworen, zu all dem kein Wort mehr zu sagen. Und so ein Schwur müßte Euch doch heilig sein?« Greindl fährt dabei mit der Hand über die Tischfläche, als ob er damit das Thema wegwischen könnte.

Nachdem die beiden erneut eine Weile schweigend und in Gedanken versunken dagesessen sind, ergreift Greindl doch wieder das Wort: »Und nur zur Klarstellung: Ihr habt selbst gesagt, ich wär verbittert und würde nichts mehr gelten lassen. Wie sollt ich mit so einer Einstellung Kommunist sein?«

»Dann kannst du ja auch am Sonntag in die Kirche kommen«, versucht der Pfarrer scherzhaft einzulenken.

»So weit würd ich aber auch nicht gehen. Ich will doch Euch und Eure Kirche nicht in Verruf bringen.« Auch Greindl lacht jetzt. »Außerdem, verzeiht, ich glaub an Eure Kirche nicht.«

»Du sollst ja auch nicht an unsere Kirche, sondern an unseren Gott glauben.«

»Um an ihn zu glauben, muß ich aber nicht in die Kirche gehen.«

»Vergiß aber nicht: Es ist allemal noch diese Kirche, die sich am entschiedensten gegen den Nationalsozialismus gewandt hat. Es war unser Bischof, der schon 1933 in seinem Hirtenbrief über wahren und falschen Nationalismus gegen die Nazi vom Leder gezogen hat. Und er ist deshalb von denen immer wieder angegriffen worden. Auch den materialistischen Rassenwahn hat er seinerzeit schon angeprangert.«

»Aber gleichzeitig auch gegen die Juden geschimpft«, wirft Greindl ein.

»Du als Bauer müßtest es doch wissen, wer schuld war, daß viele Höfe auf die Amtstafel gekommen und verlizitiert worden sind – die jüdischen Kreditanstalten«, antwortet darauf heftig der Pfarrer.

»Und deswegen mußten die Juden gleich allesamt weg? Waren alle Untermenschen. Auch das Fräulein Adler aus der Apotheke – eine seelensgute Haut, die sich um jeden gekümmert hat. Was hat die mit den verlizitierten Bauernhöfen zu tun gehabt? Niemand hat ihr auch nur nachgefragt, als sie plötzlich verschwunden war, von den Nazis verschleppt. – Aber Ihr sollt recht haben. Es hat eine ganze Reihe von Geistlichen gegeben, die gegen die Nazi aufgetreten sind. Wie der Pater Engelmar, der von der Kanzel erklärt hat, daß den Juden die gleichen Rechte zustünden wie den Deutschen. Wer weiß, wo er heut ist – ob er überhaupt noch lebt. Gott mög ihn schützen. – Mit eurem Bischof aber laßt mich in Frieden.«

»Du brauchst doch deswegen nicht gleich fuchtig werden«, versucht der Pfarrer ihn wieder zu beschwichtigen. »Komm, trink deinen Most. Wer weiß, wann wir wieder so gemütlich beisammensitzen.«

In die nachfolgende Stille dringt ein leises Klopfen an der Haustür. »Es hat geklopft«, sagt Greindl.

»Ich hab's gehört«, murmelt der Pfarrer irritiert. »Wer will denn um die Zeit noch was?«

Greindl sieht das Zaudern des Pfarrers. »Wenn's die wären; die klopfen nicht so zaghaft. Die treten gleich die Tür ein. – Wahrscheinlich will wer versehen werden«, meint er beruhigend. »Der alten Mitterer soll's schon seit ein paar Tagen recht schlecht gehen.«

»Das wird es wohl sein«, seufzt der Pfarrer und geht ins Vorhaus.

Er kommt jedoch gleich darauf zurück und sagt mit einem spöttischen Lächeln: »Da will einer den Rupert sprechen. Ist einer von den französischen Fremdarbeitern, die beim Bürgermeister arbeiten.«

Der läßt mich doch nicht durch einen Fremdarbeiter holen, geht es Greindl durch den Kopf. Was aber kann sonst jemand von ihm wollen, der vom Bürgermeister kommt? »Ich erwart niemanden«, sagt er zum Pfarrer.

»Geh hinaus«, drängt ihn jedoch dieser, »mir wollt er nicht sagen, worum es geht. Er hat nur geflüstert, daß er mit dir reden möcht.«

Greindl steht schließlich auf und geht hinaus. Er wird schon merken, was da gespielt wird, denkt er, ein wenig schicksalsergeben einerseits von der Müdigkeit, die er nun deutlich in den Knochen spürt, und andererseits wohl auch vom genossenen Most.

Der Franzose steht in den Schatten der Eingangstür gedrückt. Als Greindl näherkommt, flüstert er: »Du bist Rupert?«

»Ja«, sagt dieser. »Und wer bist du?«

»Ich bin Adolphe«, antwortet er – und mit einem Schulterzucken und einem leichten Lächeln fügt er sogleich hinzu: »Ich kann nichts für meinen Namen.«

Greindl muß auch grinsen. »Komm herein und mach die Tür zu«, fordert er den Franzosen auf. »Was gibt's?«

»Du sprichst russisch? Nicht wahr?« fragt dieser.

Greindl ist ziemlich überrascht von dieser Frage. Er kann sich nicht vorstellen, was das für eine Bedeutung hat. Aber schließlich ist es kein Geheimnis, und so bejaht er. »Gezwungenermaßen«, setzt er hinzu, »im Kriegsgefangenenlager gelernt.«

Gespannt wartet Greindl, was nun kommen wird. Die Trägheit, die er zuvor gespürt hat, hat sich verflüchtigt. Schließlich hört er den Mann sagen: »Du mußt uns helfen!«

Eine Vielzahl von Gedanken, oder eher Fragen geht Greindl in diesem Augenblick durch den Kopf. Was will man von ihm? Ist das eine Falle? Will man ihn provozieren? Muß er jetzt gleich sagen, daß er mit nichts etwas zu tun haben will? Oder soll er sich noch anhören, wozu man ihn verleiten will? Was aber, wenn man wirklich seine Hilfe braucht? – Er mustert den Franzosen. Seine Bitte um Hilfe hat eindringlich geklungen, überlegt er, ehrlich. Darauf sollte man aber nichts geben, sagt er sich schon im nächsten Moment.

Kann man ihn aber schon festnageln, wenn er sich nur anhört, worum es geht, fragt er sich schließlich. Wenn es eine Falle ist, kann er immer noch sagen, daß er doch wissen mußte, was man überhaupt von ihm wollte. Wie hätte er sonst die Sache anzeigen können? Wenn man ihn aufs Glatteis führen will, dann ist er soundso schon mit einem Fuß am Eis. – So entschließt er sich zuletzt zur Frage: »Um was geht's?«

Doch nun scheint mit einem Mal der Franzose Hemmungen zu haben. »Man hat mir gesagt, du bist vertrauenswürdig«, beginnt er zögernd.

»Wer hat das gesagt«, fragt Greindl scharf.

»Oh, man hat es mir gesagt«, weicht Adolphe aus, »du wirst von den Nazis verfolgt.« Als Greindl nichts dazu sagt, fährt er fort: »Andere werden auch verfolgt.« Dabei blickt ihn der Franzose forschend an, wartet auf eine Reaktion. Greindl gibt sich unbeteiligt. So fügt er hinzu: »Sie brauchen Hilfe.«

»Wer braucht heutzutag keine Hilfe«, wirft Greindl ein, doch er merkt, daß er sich nun entscheiden muß. Jetzt kann er das Gespräch noch abbrechen und so tun, als ob nichts gewesen wäre. Was aber ist, wenn tatsächlich seine Hilfe gebraucht wird? Warum sollte sich ein Fremdarbeiter, einer, der von den Nazis verschleppt worden ist, dazu hergeben, ihn hereinzulegen, fragt er sich. Aber dieser steht in Dienst beim Bürgermeister. Und der gehört zu denen, die ihn verfolgen; auch wenn das in jüngster Zeit nicht so ausdrücklich betrieben wird. Den Hof haben sie zwar, aber bestimmt fuchst es sie, daß er noch immer am Ort ist. Die Mittel, die sie bisher gegen ihn angewandt haben, waren allerdings direkter. Aber vielleicht versuchen sie es jetzt von Hintenherum, auf die hundsgemeine Art?

Wieder faßt er den Franzosen scharf ins Auge. Ihre Blicke treffen einander. Im Blick des anderen liegt eine gewisse Ängstlichkeit, doch er wirkt ehrlich. Jetzt ist er wieder da, wo er schon einmal war, denkt Greindl. Warum kann man ihn nicht einfach in Ruhe lassen. Er hat ohnehin schon fast alles verloren. Was will man denn noch von ihm? Erst das Gespräch mit dem Pfarrer und jetzt das. Warum ist er nicht gleich ins Bett gegangen. Er könnte schon längst ruhig schlafen.

Als wüßte jener um seine Gedanken, sagt der Franzose jetzt nochmals eindringlich: »Hilf uns!«

»Bei was?« Trotz der brüsken Art, in der Greindl dies hervorstößt, klingt im Grund schon seine Bereitschaft durch.

Adolphe zieht ihn in die Ecke des Vorhauses, die am weitesten von der Küchentür entfernt ist, durch die Licht dringt und erzählt Greindl in raschen Worten, was vorgefallen ist: In der Nacht nach dem Ausbruch sind zwei Russen aus dem KZ beim Fenster in die Kammer eingestiegen, in der er mit einem zweiten französischen Fremdarbeiter untergebracht ist. Sie hatten schon geschlafen und waren sehr erschrocken, doch dann merkten sie gleich, woher die beiden kamen. Diese wollten zwar flüchten, als sie sahen, daß jemand in der Kammer war, doch Adolphe und sein Kamerad hielten sie zurück und gaben ihnen zu essen. Was sie eben selbst noch hatten. Die Schwierigkeit war, daß sie sich kaum mit den beiden verständigen konnten, da diese lediglich ein paar Brocken deutsch sprechen – und kein Wort französisch.

»Darum geht es jetzt«, erklärt Adolphe. »Die beiden wollen unbedingt weiter flüchten. Und wir können ihnen nicht klarmachen, daß das noch immer zu gefährlich ist. Du kannst mit ihnen so reden, daß sie verstehen: Es gibt keinen Platz, der sicherer ist als unsere Kammer. Niemand kommt auf die Idee, daß beim Bürgermeister welche aus dem KZ versteckt sein könnten. Niemand wird da suchen. Und das Essen ist kein Problem. Wir können alles organisieren. Unsere Leute arbeiten überall: beim Fleischhauer, beim Bäcker und bei anderen Leuten, von wo wir etwas brauchen.« Der Franzose lächelt, als er dabei Greindl anschaut. »Aber die Russen wollen weg. Sie begreifen nicht, was wir ihnen sagen. – Komm mit mir; sag du es ihnen!«

Greindl ist schon bereit mitzugehen. Dennoch fragt er jetzt: »Wie seid ihr aber ausgerechnet auf mich gekommen? Es gibt doch auch russische Fremdarbeiter, die euch hätten helfen können.«

»Es ist uns sicherer erschienen, wenn du uns hilfst«, antwortet der Franzose. »Wir haben mit den Ostarbeitern schon schlechte

Erfahrungen gemacht. Da gibt es welche, die glauben, daß sie ihre Lage verbessern können, wenn sie andere verraten.«

»Und daß ich euch verrate, das glaubt ihr nicht?« Greindl sucht den Blick des anderen.

Dieser schaut ihn an, lächelt und sagt: »Oh, nichts im Leben ist ohne Risiko.«

Voller Einverständnis lachen beide leise. Und Greindl lacht auch noch, nachdem er Adolphe bedeutet hat, er solle einen Augenblick warten, und nun zur Küchentür geht. – Er ist richtiggehend aufgekratzt. Das ist doch eine gelungene Sache, denkt er. Ausgerechnet beim Bürgermeister sind zwei versteckt. Da zahlt es sich aus, daß man dabei ist. Und er freut sich, daß die Franzosen ihn geholt haben.

In der Küche sitzt der Pfarrer wie zuvor an seinem Platz, noch immer die aufgeschlagene Bibel vor sich. »Ich geh noch einen Augenblick weg«, sagt Greindl. Der Pfarrer schaut auf. »Du lachst ja. Gibt's denn was Lustiges«, fragt er. »Da komm ich mit. Das möcht ich in Zeiten wie diesen nicht versäumen.«

»Nein, bleibt da, Herr Pfarrer.« Greindl versucht sich das Lachen zu verbeißen, doch ganz gelingt ihm das nicht. »Ihr müßt weiter in der Bibel suchen. Der Spruch mit dem Schwert, der paßt nicht. Den solltet Ihr für Eure Predigt nicht verwenden. – Gibt's da nicht auch einen Spruch von der linken Hand, die nicht wissen soll, was die rechte tut?«

»Ja«, antwortet der Pfarrer etwas verständnislos. »Gleich hab ich ihn.« Und während er schon in der Bibel blättert: »Das ist auch bei Matthäus. Ziemlich am Anfang. – Da hab ich es schon. Matthäus 6,3. Hör zu! Wenn du Almosen gibst, soll deine Linke nicht wissen, was deine Rechte tut, damit dein Almosen im Verborgenen bleibt. Dein Vater, der ins Verborgene sieht, wird es dir vergelten.«

»Ja. Darüber sprecht am Sonntag in Eurer Predigt. Das gefällt mir«, sagt Greindl im Hinausgehen.

Nachbemerkungen

Wenige Monate nach jenen Ereignissen, die unter der zynischen Bezeichnung ›Mühlviertler Hasenjagd‹ in manche Chroniken eingingen, war auch im Machland die Gewaltherrschaft des NS-Regimes weitgehend gebrochen. Der verzweifelte Ausbruch Hunderter todgeweihter russischer Kriegsgefangener aus dem Block 20 des Konzentrationslagers Mauthausen hatte in der Nacht vom 1. Februar 1945 auf den 2. Februar – im katholischen Kalender Maria Lichtmeß – stattgefunden. Genau ein Vierteljahr später, am 3. Mai, setzte sich die SS aus dem KZ ab, das allerdings von außen weiter durch die Wiener Feuerschutzpolizei bewacht wurde. Im Inneren übernahm das Internationale Mauthausen-Komitee (IMK – die illegale Häftlingsorganisation) die Lagerleitung. Am 5. Mai erreichten die ersten US-Truppen das Konzentrationslager. Am 7. Mai wurde der Waffenstillstand verkündet.

Allerdings glaubten manche Exponenten des NS-Regimes, auch in letzter Minute noch Führer, Volk und Vaterland retten – oder zumindest glorreich untergehen zu müssen. Während sich das Gros der SS eiligst in den Strom der Flüchtlinge nach dem Westen einreihte, weil man lieber US-Truppen als den anrückenden Sowjet-Truppen in die Hände fallen wollte, schickten sich einzelne SS-Verbände, zum Teil unterstützt von Gruppierungen der fanatisierten HJ und des Volkssturms, in manchen Ortschaften des unteren Mühlviertels zu einer letzten Schlacht an. Die Gefahr für die Bevölkerung, dabei selbst noch in den Strudel des Untergangs gerissen zu werden, konnte nur durch den persönlichen Einsatz beherzter Männer – darunter vereinzelt auch Bürgermeister des untergehenden Regimes – gebannt werden.

Zugleich gab es Menschen, die, aus welchen Gründen auch immer, dieses Regime nicht überleben wollten und in den Tagen des Zusammenbruchs Selbstmord begingen; keineswegs nur hochrangige Nazis, die aufgrund verübter Verbrechen Strafe zu fürchten hatten. Darunter waren auch Menschen – nicht zuletzt Frauen –, die sich der Ideologie des Nationalsozialismus so ausschließlich ergeben hatten, daß sie offenbar ein Leben ohne dessen Rückhalt nicht mehr lebenswert fanden.

Die Infamie des NS-Regimes zeigte sich ebenso auf erschreckende Weise in den letzten Tagen des Konzentrationslagers Mauthausen. Hier wurden Häftlinge noch hingerichtet, nachdem sich die SS bereits abgesetzt hatte. Erfüllt wurden die entsprechenden Befehle von ukrainischen Mithäftlingen, die zuletzt als Schergen der Lagerleitung ausgebildet worden waren.

Aber auch manche Vertreter des NS-Regimes fanden in diesen Tagen ein gewaltsames Ende. Sie starben durch die Hand von Menschen, die, endlich von jahrelanger Knechtschaft befreit, Rache für das ausgestandene Leid nahmen. Nicht immer traf es allerdings die, die sich am schuldigsten gemacht hatten. Fremdarbeiter und KZ-Häftlinge zogen auf der Suche nach Nahrung marodierend durch die Gegend. Ihr eigenes Schicksal hatte sie gelehrt, daß ein Menschenleben wenig wert war. Und unweigerlich kam es auch zu Übergriffen der Besatzungssoldaten.

Die heimische Bevölkerung sah sich nun mit einem Mal selbst in der Rolle des Opfers (was den Verfolgten des Nazi-Regimes nur in seltenen Fällen zugestanden wurde), und angesichts des allgemeinen Selbstmitleids wurden die Verbrechen, die eben noch an anderen begangen worden waren, in den Hintergrund gedrängt. Die brutale Menschenjagd im Anschluß an den Ausbruch zu Lichtmeß, an der sich die Zivilbevölkerung in großer Zahl beteiligt hatte, war zwar in den Hirnen präsent, doch wurde an diese Erinnerung kaum gerührt. Nicht einmal denen, die flüchtigen Häftlingen geholfen, manche sogar aufgenommen und gerettet hatten, schien es geraten, von ihrer Tat zu erzählen. Schließlich waren sie einzelne in einem Umfeld, das sich in außerordentlichem Maß schuldig gemacht hatte.

Und die Geretteten waren offenbar an diesem Stillschweigen ebenfalls interessiert. Sie wollten möglichst rasch und ohne Aufhebens nach Hause zurückkehren; sofern sie nicht gar eine Rückkehr scheuten, wohl wissend, daß unter den herrschenden gesellschaftlichen Bedingungen in ihrer Heimat nur die siegreichen Truppen gewürdigt wurden, man aber denen, die aus deutscher Kriegsgefangenschaft zurückkamen, geradezu mit Argwohn begegnete.

So weiß man bis heute nicht, wieviele derer, die am Ausbruch beteiligt waren, tatsächlich der anschließenden Menschenjagd entronnen sind. Das liegt zum Teil an der Vernebelungstaktik der KZ-Lagerleitung, die gegenüber den übergeordneten Dienststellen von Beginn an das Ausmaß der Befreiungsaktion herunterzuspielen suchte. Unter Bezugnahme auf ein Fernschreiben vom 2. Februar teilte die Kripo Linz tags darauf dem Reichssicherheitshauptamt in Berlin mit: »Von den 419 Geflüchteten[1] am 2. 2. 1945 im Raume Mauthausen, Gallneukirchen, Wartberg, Pregarten, Schwertberg, Perg, insgesamt über 300 wiederergriffen, davon 57 lebend. Die noch Flüchtigen halten sich im Kreisbereich Perg in Auen, Wäldern und Einzelgehöften verborgen und versuchen entlang der Gaugrenze Oberdonau-Niederdonau in Richtung Protektorat[2] zu entkommen.«[3] Seitens der Lagerleitung selbst wurde am Tag des Ausbruchs davon gesprochen, daß sich lediglich 19 Häftlinge noch in Freiheit befänden. Allerdings wurden in den darauffolgenden Tagen bei Suchaktionen weit mehr an Ort und Stelle umgebracht.

Im Lauf der Jahre und unter sich verändernden Bedingungen wurden schließlich die Namen von 13 Sowjetbürgern bekannt, die ihre Heimat lebend erreicht hatten. Unter diesen sind jene drei nicht enthalten, die sich kurz nach Kriegsende gegenüber einer Bauersfamilie noch als Ausbrecher aus dem Block 20 zu erkennen gegeben hatten, später aber nicht wieder auftauchten. Auch einer, der von einer Bauersfamilie bis zur Befreiung durchgebracht worden war, blieb anschließend verschollen. – Von etwa 570 Häftlingen, die sich zum Zeitpunkt des Ausbruchs im Block befanden (75 davon so krank, daß sie überhaupt nicht teilnehmen konnten), haben demnach nicht einmal 20 überlebt. Wobei man natürlich den Fall auch von der anderen Seite her sehen muß: Zumindest für 13 hat sich der Ausbruch gelohnt, denn im Todesblock selbst hatte keiner auch nur die geringste Chance, das Kriegsende zu erleben.

Immerhin fand die ›Mühlviertler Hasenjagd‹ auch ein gerichtliches Nachspiel. Die Ereignisse, die erst wenige Monate zurücklagen, konnten nicht verborgen bleiben. In einzelnen Postenchroniken der Gendarmerie fanden sich Schilderungen, und die Menschenhatz wurde für viele zur Belastung. In etwa einem halben Dutzend Volksgerichtsprozessen von 1946 bis 1948 wurde gegen Verantwortliche wie Täter verhandelt, wobei für die Urteile eines kennzeichnend ist: Die Anstifter zur Menschenjagd, jene, die den Befehl aus- oder weitergaben, keine Gefangenen zu machen – darunter Bürgermeister und Volkssturmkommandanten – gingen in fast allen Fällen frei. Denn während der Verfahren ließ sich die Mehrzahl der Belastungszeugen eines Besseren belehren und plötzlich wollten sie alles nicht mehr so genau gewußt haben. Verurteilt wurden nur solche, denen tatsächlich ein Mord oder auch die direkte Beteiligung daran nachgewiesen wurde, zum Teil mit drakonischen Strafen, wobei in einem Fall – ein Unteroffizier, der in Schwertberg Urlaub machte, beteiligte sich freiwillig an der Jagd und ermordete mindestens drei Häftlinge durch Genickschuß – noch die »allgemeine Psychose der damaligen Zeit« als mildernd gewertet wurde. Ein Bauer, der einem Gendarmen mit der Taschenlampe leuchtete, damit dieser einen Genickschuß anbringen konnte, erhielt zehn Jahre, der Gendarm selbst zwanzig Jahre schweren und verschärften Kerker. Dagegen wurde ein Volkssturmkommandant, dessen Kompanie zwölf KZ-Häftlinge ermordet hatte und der sich nach Kriegsende durch Flucht der Verantwortung entziehen wollte, aber ausgeforscht wurde, letztlich »mangels schlüssiger Schuldbeweise« freigesprochen.

Eine Reihe von Morden, die der Bevölkerung bekannt waren, wurden nie zur Anzeige gebracht. Insgesamt wurden rund zehn Kerkerstrafen zwischen einem und zwanzig Jahren verhängt. In welchem Ausmaß diese in der Folge auch vollzogen wurden, wäre noch einer historischen Untersuchung wert.

Was nun die Menschen betrifft, die den Verfolgten halfen, so wurde die Mutter Langthaler, die zwei russische Offiziere bis zum Kriegsende versteckt hielt, zuletzt international bekannt. Sie wurde sowohl österreichischerseits unter der Regierung Kreisky als auch von sowjetischer Seite geehrt. Darüber hinaus scherte sich das offizielle Österreich aber recht wenig um diese wahren Helden der Heimatfront. Anders ist es nicht zu verstehen, daß ein weiterer Bauer, der einem Ausbrecher das Überleben ermöglichte, nie auf irgendeine Art gewürdigt wurde. Auch einige ›Fremdarbeiter‹, die an der Errettung von Flüchlingen beteiligt waren, scheinen nicht unter den Geehrten der Zweiten Republik auf.

*

Besonderen Dank gebührt an dieser Stelle dem mittlerweile verstorbenen Prof. Peter Kammerstätter, der mir schon 1978 Einblick in seine Aufzeichnungen gab, die er im Jahr darauf unter dem Titel »Der Ausbruch der russischen Offiziere und Kommissare aus dem Block 20 des Konzentrationslagers Mauthausen am 2. Februar 1945« als Materialsammlung herausbrachte. Auf unvergleichliche Weise hat er unzählige Aussagen von Augenzeugen aus allen betroffenen Ortschaften gesammelt und damit ein umfassendes Bild der Ereignisse festgehalten. Wie er selbst erzählte, tat er dies, da an seinem damaligen Arbeitsplatz Kollegen nicht glauben wollten, daß dies alles tatsächlich stattgefunden hätte. So opferte er viele Wochenenden, durchwanderte den Schauplatz und zeichnete an Ort und Stelle die Aussagen von Zeugen auf, um zu dokumentieren, was in seiner Unmenschlichkeit so unvorstellbar klang. Er tat dies in einer Zeit, da einerseits noch viele Menschen lebten, die sich an die Vorfälle erinnern konnten, und andererseits diese Menschen auch noch bereit waren, darüber zu erzählen. Denn heute herrscht allenthalben (wieder) die Meinung vor, man solle doch »das alles endlich in Ruhe lassen«; wobei dies keineswegs nur von jener Seite kommt, die sich der Erinnerung schämen müßte, sondern auch von Frauen und Männern sowie deren Kindern, die damals Menschlichkeit bewiesen hatten, den Flüchtigen auf die eine oder andere Weise halfen oder gar einen von ihnen retteten. Nach wie vor leben sie in einem gesellschaftlichen Umfeld, das ihnen die gebotene Anerkennung verweigert. Umso wichtiger ist die Materialsammlung Prof. Kammerstätters, ohne die ich dieses Buch nicht hätte schreiben können.

Viele sachdienliche Hinweise fand ich auch im Dokumentationsarchiv des österreichischen Widerstands sowie in Franz Steinmaßls Buch »Das Hakenkreuz im Hügelland – Nationalsozialismus, Widerstand und Verfolgung im Bezirk Freistadt«, Grünbach 1989.

Wobei hier ausdrücklich klargestellt werden muß, daß Ort und Personen in diesem Roman frei erfunden sind. Lediglich eine Reihe von Handlungen wie auch die allgemeine Situation entsprechen Tatsachen, die bezeugt sind.

Wien, im Jänner 1995

5

1 in dieser Zahl sind nur jene erfaßt, denen es überhaupt gelang, aus dem Lagergebiet hinauszukommen

2 gemeint ist das Protektorat Böhmen und Mähren. Zumindest einem gelang es, sich bis dorthin durchzuschlagen. Er wurde dort aufgegriffen, wieder nach Mauthausen gebracht, hier aber nicht als einer der Ausbrecher aus dem Block 20 identifiziert – und er überlebte.

3 zitiert nach: Hans Maršalek: Die Geschichte des Konzentrationslagers Mauthausen, Wien 1974. S. 205

Glossar

abmeiern Bauern konnten während der NS-Zeit mit unterschiedlichsten Begründungen als ›nicht bauernfähig‹ erklärt werden, wodurch sie ihren Hof verloren; sie wurden abgemeiert.

abpaschen[1] sich aus dem Staub machen

Alter Kämpfer Bezeichnung für Mitglieder der NSDAP in Österreich, die bereits vor 1933 beigetreten sind, mitunter aber auch ganz allgemein für Leute, die schon vor der Okkupation Österreichs bei der NSDAP waren.

Altreich Deutsches Reich ohne die okkupierten Gebiete

Arbeitsdienst Reichsarbeitsdienst (RAD), Organisation zur Erziehung im Sinne des Nationalsozialismus mit »freiwilliger« Arbeitsleistung.

Armutschgerl armes, hilfloses Wesen

aufhussen aufstacheln

ausfratscheln ausfragen, aushorchen

Bahöl Krawall, Lärm

Bazi Lump

Beiried Rippenstück vom Rind

Bernaschek, Richard oberösterreichischer Landesparteisekretär der SPÖ und Schutzbundführer im Jahre 1934

Bierhansl schales Bier

Binkel Bündel; Bschoadbinkerl ist ein Bündel mit Wegzehrung

Bißgurrn zänkisches Weib; urspr. beißendes Pferd

blangen verlangen, gelüsten (nach etwas)

Bleß Waldlichtung, aber auch heller Fleck auf der Stirn eines Rindes

Blockwart übliche Bezeichnung für den Blockleiter. Block war die unterste Organisationseinheit der NSDAP.

brunzen urinieren

Bühel Hügel

Bund deutscher Mädchen (BDM) Organisation der 14- bis 18jährigen Mädchen in der Hitlerjugend

dalkert unbeholfen

damisch verwirrt, wütend

dasig kleinlaut, verwirrt

DEST Deutsche Erd- und Steinwerke GmbH, 1938 von leitenden Funktionären der SS und Polizei gegründete Firma, in deren Besitz unter anderem die Steinbrüche ›Wiener Graben‹ und ›Marbach-Bruch‹ in Mauthausen waren.

Dirndl Mädchen

drawig eilig

Drischel Dreschflegel

Dusel Rausch

Ehald bäuerlicher Dienstbote

Fadl Ferkel

Falott Gauner, schlechter Mensch

Federn haben Angst haben

flennen weinen

Fuchtel Rute, zänkisches Weib

fuchtig zornig

Funsen schlecht brennende Lampe; übertr.: dumme, anmaßende Person

Gefrierfleischorden wenig angesehener Orden, den jeder Wehrmachtsangehörige verliehen bekam, der am Winterfeldzug in Rußland teilgenommen hatte.

Generalgouvernement jener Teil Polens, der nach der Kapitulation 1939 nicht in das Deutsche Reich eingegliedert wurde.

Gfrett Tätigkeit mit Hindernissen

Gfriß (häßliches) Gesicht

Ghei Schwüle. Ans Ghei gehen: zu nahe treten

Giftnigl Mensch, der leicht ›giftig‹, zornig wird

Goderl kratzen das Kinn streicheln, jemandem schmeicheln, schöntun

Goldfasan spöttische Bezeichnung für die höheren Politischen Leiter der NSDAP. Die Bezeichnung bezog sich auf die goldbraune Farbe der Parteiuniform.

Grant Ärger, schlechte Laune

Grausbirn es steigen einem die Grausbirn auf: es gruselt einen

Greißlerei Gemischtwarenladen

großgoschert, goschert großsprecherisch

Gscher vom Sprichwort: Wie der Herr, so das Gscher. Gscher von Gscherter (Geschorener), stammt aus der Zeit, da die Leibeigenen keine langen Haare tragen durften.

Gsties die höchste Tarockkarte

Gumsn Strohfigur zum Spott für den Hof, der beim Drusch der letzte ist

Haderlump schlauer, schlechter Mensch, Betrüger

Hahnenschwanzler abfällig für Mitglieder der Heimwehr. Anspielung auf die Hahnenfedern am Uniformhut.

hatschen hinken

häu(l) rutschig, eisig

Heimtückegesetz NS-Gesetz gegen heimtückische Angriffe auf Staat und Partei und zum Schutz der Parteiuniform; konnte gegen jede Äußerung in Anwendung gebracht werden, die den Nationalsozialisten nicht paßte und als unwahr hingestellt wurde.

Heimwehr paramilitärische Freiwilligenverbände der Reaktion in Österreich seit 1918; deklarierten sich im Korneuburger Eid 1931 offen als faschistisch.

hinig kaputt, tot

hudeln etwas überhastet tun

Illegaler NSDAP-Mitglied in Österreich, das zwischen 1933 und 1938 – also während die Partei im Ständestaat verboten war (Verbotszeit) – beitrat.

Janker Jacke, Joppe

Jungfernbraten Lungenbraten vom Schwein

Kapazunder Fachkraft, aber auch Vertreter der Obrigkeit

Keitel, Wilhelm, Generalfeldmarschall Chef des Oberkommandos der faschistischen Wehrmacht

Keusche kleiner Besitz, schlechte Hütte

K-Häftlinge Am 2. März 1944 wurde vom Oberkommando der deutschen Wehrmacht ein Geheimerlaß (sogenannte Keitel-Verordnung) herausgegeben, wonach alle nichtarbeitenden Kriegsgefangenen, Unteroffiziere und Offiziere, mit Ausnahme von Engländern und Amerikanern, die bei einem Fluchtversuch ergriffen wurden, der »Aktion K« zugeführt werden sollten. »K« stand dabei für Kugel, in der Nazi-Terminologie Hinrichtung durch Erschießen.

Klanklwoche Wanderwoche für jene Dienstboten, die ihren Dienst bei einem Bauern beendeten

Krampen Doppelspitzhaue

krampert grob

krawutisch zornig; Verballhornung von kroatisch

Krepaunzel schwacher, hinfälliger Mensch

Krepirl hinfälliger Mensch

Krispindel dürres, schwaches Geschöpf

Kundt Kerl, Bursche (meist abwertend)

Lackel grober, auch unbeholfener Mensch

Lamperie früher wurden hier die Lampen der Züge gewartet. Zuständig war der Lampist.

Lamperl Lämmchen

Lamplschweif Schwanz des Schafes. Zittern wie ein Lamplschweif: wie Espenlaub zittern, Angst haben

Landpomerantschen abwertend für Mädchen vom Land; von Pomeranze: Orange

Latsch gutmütiger, meist ausgenützter Mann

Legitimisten der monarchistische Widerstand

Leich Leichenbegängnis

Leiten Berglehne, Abhang

Marterl Bildstock, Gedenksäule für einen auf freier Flur Verunglückten

Märzveigerl scherzhaft für Mitglieder der NSDAP, die ihren Beitritt vor die Okkupation Österreichs datieren ließen, um als ›Illegale‹ zu gelten.

matschkern lästig bemängeln

Menage (Truppen)verpflegung

Mensch Mädchen

Milchpitschen Milchkanne

Mugel Hügel, kleine Anhöhe

Narrnkastl ins Narrnkastl schauen: ziellos vor sich hin blicken

netta nur, bloß

Nipf Kopf; den Nipf nehmen: entmutigen

Notnigl Geizhals

Ortsbauernführer NS-Funktion zur Beaufsichtigung der örtlichen Bauern

Ortsgruppenleiter höchster Funktionär einer Ortsgruppe der NSDAP

Österreichischer Beobachter gegründet als Zeitung der illegalen Nationalsozialisten analog zum Völkischen Beobachter; wurde aber auch noch nach der Okkupation Österreichs unter diesem Namen herausgegeben, obwohl Österreich als Teil des Deutschen Reichs in Ostmark umbenannt worden war.

Pagat Tarock-Einser

pantschen Getränke durch mischen verfälschen

Pantscherl Verhältnis, Liebelei

Pappen abfällig für Mund, Mundwerk

Pauli Bekehrung kirchliches Fest am 25. Jänner. Bauernregel: Pauli Bekehrung, bald hinum, bald herum. Das heißt, daß die Futtermittel für den Winter um diese Zeit erst halb aufgebraucht sein durften.

Pfeid Hemd

Pg Abkürzung für die Parteigenosse oder Parteigenossin genannten Mitglieder der NSDAP

Piefke abwertend für Deutscher, Reichsdeutscher, Preuße

pleschen schlagen, hauen

Plutzer dickbauchiger Krug; übertr.: großer Kopf

pressieren eilen, drängen

RAD siehe Arbeitsdienst

ranzen (sich) sich strecken und dehnen

Renken längliches Stück

Rotzlecker, Rotzlöffel junger, naseweiser Mensch; unreifer Gernegroß

Ruachler raffgieriger Mensch

Saubär männliches Schwein, Eber

Schab ausgedroschenes Strohbündel. Schab schneiden: häckseln

Schani Koseform für Johann, aber auch Diener; aus dem frz. Jean

Scheitertriste aufgestapeltes Brennholz

Schnidling jung geschnittener Ochse

schnofeln schnuppern, schnüffeln

Schübl Haufen, übertr.: viele

Seicherl kleines Sieb; übertr.: unentschlossener Mensch, Feigling

sempern dauernd nörgeln

sierig geizig, raffgierig

Simandl Pantoffelheld, Schwächling; entstanden aus ›Sie ist das Manndl‹

spannen durchschauen, mitbekommen

Speis Speisekammer

SS-Dienstgrade SS-Staffelanwärter = Schütze, SS-Rottenführer = Obergefreiter, SS-Scharführer = Unteroffizier, SS-Untersturmführer = Leutnant, SS-Obersturmführer = Oberleutnant, SS-Sturmbannführer =

Major

stad still, leise; aber auch: langsam, begriffsstutzig

stampern wegjagen, verscheuchen

Stanitzel spitze Papiertüte zur Verpackung von Lebensmitteln

stantape, stante pede stehenden Fußes (lat.), sofort

stibitzen eine Kleinigkeit stehlen

stieren starr blicken

Stosuppe Suppe aus käsig gewordener saurer Milch

sudern viel reden

Systemzeit Zeit des grünen Faschismus in Österreich, 1933 – 1938

Tachinierer Drückeberger

Talk dummer, ungeschickter Mensch

Taschenfeitel Taschenmesser

Tetschen Ohrfeigen

Trang gesammelte Abfälle aus der Küche, zumeist zum Schweinefüttern verwendet

trenzen weinen, jammern

überhaps übereilt, in Bausch und Bogen

Umurken Gurke

Unruhnacht Nacht vom Pfingstsonntag zum Pfingstmontag, in der boshafter Schabernack erlaubt ist.

urassen verschwenderisch sein

Vaterländische Front im Mai 1933 als gesellschaftliche Massenorganisation mit dem Anspruch gegründet, die ständestaatliche Ideologie von einer Harmonie der Klassen durchzusetzen. Öffentlich Bedienstete waren gezwungen beizutreten.

Veit-Harlan-Film bezieht sich auf Veit Harlans antisemitischen Propagandafilm »Jud Süß« (1940)

Verbotszeit siehe Illegaler

verklampfeln petzen, denunzieren, anzeigen

verlizitieren zur Versteigerung bringen

verpletschen verhauen

Volkssturm durch einen Erlaß Hitlers vom 25. September 1944 wurden alle Männer vom 16. bis zum 60 Lebensjahr verpflichtet, »den Heimatboden« zu verteidigen.

Wampe Bauch

wampert dickbäuchig

Welli Blatt beim Kartenspiel; übertr.: zaghafter, dummer Mensch

Wichs eigentlich Festkleidung der Korpsstudenten in Österreich

Zeller Sellerie

Zetzen schwache, leicht zu Tränen neigende Person

Ziereis, Franz, SS-Sturmbannführer Kommandant des KZ Mauthausen

Zukehrung zusätzliches Entgelt in Naturalien, das die Dienstboten neben dem Lohn erhielten.

Zund (geben) übertr.: einheizen; aber auch: denunzieren

zuzeln saugen, süffeln

* *Bei den Mundartausdrücken wurde zumeist die Schreibweise und Erklärung von ›Jungmair/Etz, Wörterbuch zur oberösterreichischen Volksmundart‹ übernommen.*